HONGAARSE DANSEN

Van Jessica Duchen verscheen eerder:

WONDERKIND

# Hongaarse dansen

Jessica Duchen

DE KERN

Oorspronkelijke titel: *Hungarian Dances*
First published in Great Britain in 2008 by Hodder & Stoughton, an Hachette Livre UK Company

Uitgeverij De Kern, De Fontein bv, Postbus 1, 3740 AA Baarn
Vertaling: Monique de Vré
Omslagontwerp: Hans Gordijn
Omslagillustratie: Bettmann/CORBIS
Auteursfoto omslag: Poppy Berry
Opmaak binnenwerk: Hans Gordijn
ISBN 978 90 325 1143 2
NUR 302

www.dekern.nl
www.uitgeverijdefontein.nl

Alle personen in dit boek zijn door de auteur bedacht. Enige gelijkenis met bestaande – overleden of nog in leven zijnde – personen berust op puur toeval.

Voor alle violisten in mijn leven

# HOOFDSTUK I

Lucht. Beweging. Vrijheid.

Hout, vier snaren, de krul. Daarachter de haard en de tegels met rozenpatroon. Wanneer ze haar ogen sluit, komen er beelden langs van wolken aan de horizon, de aarde plat en gebarsten; puntdaken gedekt met riet, stof, gras en in de verte luchtspiegelingen, de uitnodigende schaduwen van het bos, de minstreel. Haar strijkstok is de zijne in een ononderbroken lus door de eeuwen heen. Paardenhaar, darm en metaal, vibratie. Haar vingertoppen vinden de tonen van het verhaal dat hij vertelt; een glissando, een vederlicht pizzicato, de onopvallendste harmonische die ze kan produceren. De minstreel fluistert door de muziek van Marc Duplessis: Wie ben je?

Wielen. Niet de zijne, houten wielen, krakend onder een gekleurde wagen. Gemak. Vertrouwdheid. Routine. Het omdraaien van een sleutel, voetstappen in de gang, en Karina is terug in haar voorkamer, met haar viool in haar handen; haar man loopt met grote passen op haar af, zijn armen wijd open; haar zoon springt de trap af en nu weet ze weer waar ze is, ook al weet ze niet goed wat ze hier, in haar eigen huis, doet.

'Karrie, lieveling.' Julian slaat zijn armen als vleugels om haar heen. 'Hoe gaat het met mijn zigeunermeisje? Met je speelgoed aan het spelen?'

Karina kust hem en zegt niets.

'Karina, heb je vanmorgen iets te doen? Je oma heeft een slechte dag. We hebben je nodig.'

Karina kijkt met de telefoon in haar hand geklemd naar Julians mahoniehouten klok in de hal. Jamie is op school en ze hoeft pas les te geven om vier uur. 'Ik neem de eerstvolgende trein,' belooft ze haar moeder. Ze borstelt haar haar en gaat, snel en lichtvoetig, op weg naar het station van Lewes, genietend van de geuren van lentebladeren en zout die vanuit de zee het binnenland in waaien.

Als Karina anderhalf uur later in Twickenham arriveert, treft ze daar haar oma Mimi woedend Hongaars pratend in haar leunstoel aan. Karina's moeder, Erzsébet, houdt Mimi's hand vast en probeert haar te kalmeren: 'Stil maar, Mimi. Het is allemaal voorbij. Heus. Kijk eens wie er op bezoek komt.' Soms kan alleen Karina, Mimi's enige kleinkind, even puur en troostgevend als een kop chocola, Mimi tot zichzelf brengen.

Karina buigt zich voorover en kust haar; de uitdrukking op Mimi's gezicht verandert van norse boosheid in gelukzalige verrukking. Ze streelt Karina's haar met handen die gezwollen zijn van de artritis. Het zijn vingers die ooit magie uit een viool wisten te halen, en ze nu zo te zien bezorgt Karina bijna fysieke pijn. Mimi stelt een lange vraag in het Hongaars; op slechte dagen vervalt ze in haar oude taal en vergeet ze dat Karina geen woord Hongaars spreekt en nog nooit voet in Hongarije heeft gezet. 'Stil maar, oma,' fluistert Karina. 'Het komt allemaal goed.'

'Het is de schuld van Dénes,' zegt Mimi.

Erzsébet slaakt een zucht en sluipt weg naar het keukentje om thee te zetten. 'Is papa les aan het geven?' vraagt Karina haar.

'Op de academie,' zegt Erzsébet. 'En dat is maar goed ook.' Karina's vader, Dénes, geeft celloles en is als leraar erg in trek. Wanneer Karina Mimi ziet razen vraagt ze zich wel eens af waarom een vrouw van eenennegentig zich nog zo tegen haar eigen kind keert. Misschien komt het door de beroerte, hoewel de dokter blijft beweren dat dat niet zo is. Dementie, oppert Erzsébet, maar ook dat gelooft Karina niet. Misschien is het louter de frustratie dat haar lichaam niet meer doet wat ze wil.

'Zal ik iets voor je spelen, oma?' vraagt ze.

Mimi kan met haar opgezette handen al twintig jaar lang nauwelijks meer vioolspelen. Ze valt stil en haar ogen strelen het instrument terwijl Karina de snaren stemt; dan begint ze de suite van Marc Duplessis, *Dans l'ombre des forêts*, te spelen. Duplessis schreef het stuk voor Mimi rond 1935. Vijf delen: 'De minstreel', 'Bij het vuur', 'Het bos', 'De storm' en 'De bruiloft'. Hij had zich laten inspireren door Mimi's zigeunerjeugd, althans door wat Duplessis, een ambitieuze jonge componist uit de Parijse bourgeoisie, zich daarbij voorstelde. Mimi luistert met gesloten ogen.

Tot een jaar geleden had Mimi in een herenhuis in het West End gewoond, met dikke muren en hoge plafonds, dat haar aan Boedapest had herinnerd. Ze was opgehouden met concerten geven toen de artritis te erg werd, maar ze was blijven werken, overspoeld als ze werd met verzoeken om les te geven, in jury's plaats te nemen en masterclasses te geven. Haar lichaam verouderde sneller dan haar geest. Een knie, een heup, blaasproblemen, dan de beroerte. Dénes had haar ten slotte zo ver gekregen dat ze naar een aanleunwoning was gegaan in een complex met een beheerder, mogelijkheden om hulp te krijgen en een gemeenschappelijke ruimte, dicht bij de Theems en haar familie. Haar raam biedt uitzicht op de gemeenschappelijke tuin en vanaf de voordeur tot aan het toilet is de woning toegerust met een speciale leuning en aangepaste deurknoppen. 'Was dat geen goed idee van mij?' verklaarde ze, terwijl de familie alles voor haar uitpakte.

'Ik ben bang dat ze haar zelfstandigheid kwijtraakt,' had Karina tegen Julian gezegd.

'Ze is een taaie rakker,' was Julians antwoord geweest. 'Als je al jong een moeilijk leven hebt gehad, kun je later heel veel hebben. Wat niet zo is als je een verwend watje bent, zoals wij.' Toch heeft Karina telkens wanneer ze elkaar zien, het gevoel dat er weer een heel klein beetje minder van haar ontembare oma bestaat. Het is net of haar beeld pixel voor pixel aan het verdwijnen is.

Mimi zit roerloos wanneer het stuk het einde nadert. Karina werpt een blik op de foto in de boekenkast: Mimi in Parijs, op eenentwintigjarige leeftijd; naast haar staat de componist, háár componist, Marc Duplessis. De foto is genomen achter het toneel in het Théâtre du Châtelet, nadat ze samen de eerste opvoering van de suite hadden gegeven. Marc is gekleed in een wit rokkostuum en witte stropdas, Mimi in een zijden japon. Dat was in 1936. Mimi's donkere ogen glanzen je tegemoet, lang en amandelvormig, ondoorgrondelijk. Karina heeft het elfachtige gezichtje en de kleine, puntige kin van Erzsébet geërfd, maar haar ogen zijn Mimi's ogen, en ook haar haar is gitzwart, steil, simpel en heel lang.

'We moeten haar maar lekker laten slapen,' fluistert Erzsébet. 'Het was lief dat je wilde komen, Schnoekie. Soms wanhoop ik, dan weet ik niet wat ik nog voor haar kan doen.'

'Slapen.' Mimi's gehoor is nog even goed als dat van een twintigjarige. 'Ik kan niet slapen. Rusten wel, ja. Maar zo veel slaap heb ik niet nodig, lieverds. Wanneer ik slaap, droom ik.'

Karina kust haar gedag. 'Ik ga maandag naar Lindy,' zegt ze, 'dan kom ik wel even langs.'

'De kleine blonde Lindy Rookfield.' Mimi glimlacht.

'Ze is nu niet meer blond en ook niet meer zo klein. Ze runt een boekwinkel en verft haar haar.'

'Ach, Karina.' Mimi kust haar. 'Je zou op die viool moeten spélen, en niet alleen maar les moeten geven aan kinderen van andere mensen. En je zou zelf meer kinderen moeten hebben. Dat zegt je opa.'

'Hij heeft me nooit gekend,' brengt Karina haar vriendelijk in herinnering. Tamás Veres is in het begin van de jaren vijftig van de vorige eeuw gestorven. Althans, dat nemen Mimi en Dénes aan; ze hebben nooit geweten wat er van hem is geworden nadat hij in handen van de Hongaarse geheime politie was gevallen. Het enige wat Dénes erover kwijt wil is: 'Rottweilers.'

Karina wordt geplaagd door schuldgevoel. Ze zou eens in het reine moeten komen met het erfgoed dat als een zak puin op de schouders van haar familie drukt, maar omdat ze is opgegroeid in Londen, ver van het IJzeren Gordijn en zijn spoken, heeft ze nooit het gevoel gehad dat Hongarije bij haar hoorde, noch zij bij Hongarije. Bovendien heeft ze het te druk met het heden om zich te concentreren op het verleden.

'Karrie, ben je vandaag in Twickenham geweest?' vraagt Julian, terwijl hij een drankje voor zichzelf inschenkt nadat ze samen laat hebben gegeten.

'Mama zei dat oma er slecht aan toe was, dus toen...'

'Ik heb een appeltje met je te schillen.' Hij neemt haar vanaf de andere kant van de kamer op. 'Je moeder hoeft maar de telefoon te pakken of je komt al aangerend.'

'Mijn leerlingen kwamen nog lang niet en Mimi vroeg naar me.'

'Het bevalt me niets dat je je altijd zo laat koeioneren. Je hebt een eigen leven, maar ze steunen aldoor op je. Ze gebruiken je. Het is toch niet jouw schuld als Mimi weer eens een aanval van Hongaarse woede heeft?'

'Dat is het ook niet. Ik hou van haar, zij houdt van mij en ik schijn in staat te zijn haar te kalmeren. Daar is toch niks mis mee?'

'Nee, maar het komt te vaak voor. Ze buiten je uit.'

'We zien jouw familie toch ook vaak, waarschijnlijk nog vaker.'

'Dat is anders. Die wonen verderop. En ze zitten ons niet op de lip, en wij hun ook niet.'

'Ik ben de enige die ze hebben,' brengt Karina hem in herinnering. 'Volgens mij ben je jaloers omdat we zo'n hechte familie zijn.'

Karina en Julian kibbelen zelden, maar als ze het doen, volgen ze een soort stamritueel. Bij het minste of geringste teken van onenigheid komen de oude, ingesleten danspatronen weer boven: het koele menuet van Fairfallows Place dat uit de pas loopt met de csardas die een en al hoogte- en dieptepunten is, net als de familie Veres. Karina heeft nog één vluchtweg over.

'Ik ga even oefenen,' zegt ze.

'Oké.' Julian ruimt de tafel af. 'Ik moet nog wat lezen. Maak Jamie niet wakker.'

'Jamie slaapt door alles heen.' Karina geeft een kneepje in de schouder van haar man; hij kust haar hand. Het is hun gebruikelijke teken dat de zaak gesloten is, althans, voorlopig.

Karina's viool ligt in de koffer in een hoek van de huiskamer, achter de victoriaanse chaise longue die van Julians overgrootmoeder is geweest. Het instrument is oud en gehavend – de krul moet ooit los zijn geraakt, want die is duidelijk opgeknapt en vervangen – maar ze heeft hem al sinds haar achttiende en ze zou zich zwaar gehandicapt voelen zonder. Je vergroeit met een viool, had Mimi tegen haar gezegd. Hij wordt een deel van je.

Nu ze vrij is van de druk van concerten, orkesten en destructieve collega's, kan Karina, althans in theorie, in alle rust oefenen. Lesgeven is het belangrijkste wat een musicus kan doen, zegt Dénes, maar nu doet ze weinig anders meer, want ze is per toeval de meest gezochte vioollerares van de hele omgeving voor kleine kinderen geworden. Al voordat Jamie geboren werd, is ze opgehouden met concerten geven. Soms verbeeldt ze zich dat haar viool om meer praktijkgerichte genegenheid smeekt, maar dat is niet mogelijk. Het is maar een stuk hout.

Bovendien geeft lesgeven weer een andere voldoening. Ze houdt ervan een handje om de hals te leggen, een kleine strijkstok het evenwicht te leren vinden en de ogen van een kind te zien oplichten wanneer de eerste aarzelende klanken hakkelend tevoorschijn komen. Er is niets wat zo door merg en been gaat als een viool in de handen van een beginneling, maar de schoolkinderen van Sussex lijken zich door niets te laten afschrikken.

'Ze gaan bij jou zo snel vooruit,' merkt Karina's buurvrouw Gilly Pearson op wanneer de les van haar zoon Olly voorbij is en hij naar buiten stuift om met Jamie te spelen. 'Je zou op school moeten lesgeven. Ze zouden er heel wat voor over hebben om je te hebben.' Lachend bedankt Karina haar, maar ze geeft er de voorkeur aan privéles te geven, zodat haar leerlingen overal vandaan kunnen komen. Net als haar vader gelooft ze hartstochtelijk dat muziek van iedereen is en dat alle kinderen kunnen en zouden moeten leren spelen. Haar beste leerling is een jongen uit een doodgewone buurt wiens vader in de gevangenis zit. Karina had hem geholpen een viool te vinden die hij kon lenen en geeft hem gratis les.

'Je hoeft geen les te geven,' protesteert Julian. Als jurist die werkzaam is in de City verdient hij goed.

'Het gaat niet om het geld,' probeert Karina uit te leggen.

Haar leerlingen komen in het weekend, na school en af en toe vroeg in de ochtend. De maandag houdt ze echter vrij, voornamelijk op aandringen van Julian ('Je moet een dag vrij hebben, mijn lief'), en nu is ze er blij om. Op die dag kan ze haar ouders en oma bezoeken en af en toe stiekem een meidenmiddag in Londen houden met Lindy, die haar liefste vriendin is en die ze al heel lang kent.

Maar als het erop aankomt, is de viool haar oudste liefde. Hij staat altijd voor haar klaar: een onveranderlijke kracht, misschien de enige constante in de geschiedenis van haar familie. Wanneer ze zich uitgeput of ontmoedigd voelt, geeft zijn lied haar steevast weer energie. Haar muziek vindt zich rustgevend een weg naar boven, waar Jamie ligt te slapen en te dromen, en kalmeert Julian, die zich op de *Law Society Journal* probeert te concentreren, als een honingzoete drank; dan stort hij zijn eenzame Hongaarse betovering uit in de nacht en over de stille heuvels.

Ze hoort zachtjes fluiten bij de deur. Lindy komt overeind: ze heeft voorovergebogen achter de toonbank naar plastic tassen zitten zoeken. Alban staat stralend naar haar te kijken, kennelijk genietend van het achteraanzicht met de lange benen onder de rok van spijkerstof. 'Ik wil foto,' zegt hij.

Lindy lacht. Ze is eraan gewend dat Alban naar haar kijkt. Dat hoort bij zijn Balkancharme, en daar stoort ze zich niet aan. Ze wordt zo in beslag genomen door haar huidige affaire dat ze zich tegen alle avances bestand voelt. Ze kan niet uitleggen waarom ze graag met Alban omgaat – het is gewoon zo, en waarom ook niet? Hij heeft twee jaar daarvoor, staand bij de toonbank, geprobeerd haar te versieren. Hij neemt er genoegen mee dat ze seksueel niet beschikbaar is, en lijkt zich ermee tevreden te stellen dat ze af en toe samen wat drinken en dat hij haar wijze raad mag verschaffen waarnaar ze niet luistert. Bepaalde dingen worden niet besproken: ze weet te weinig over waar hij vandaan komt of hoe hij in zijn levensonderhoud voorziet, en dat lijkt in te houden dat ze te veel weet. Ze vermoedt dat Alban niet zijn echte naam is. Maar toch zijn ze bevriend: ze steunen elkaar zonder misbruik van de situatie te maken.

'Wat ga je straks doen?' Hij leunt met een grijnzend gezicht op de toonbank.

'Ik ga er met de lunch vandoor. Karina komt vanmiddag hierheen en we gaan samen weg. Ja, ze is getrouwd en nee, je mag niet met ons mee.'

'Die Karina, jij spreekt veel over haar.'

'Ze is zowat een zus van me. Ze is ook enig kind. Ze woonden tegenover ons en ik ken haar al mijn leven lang. Ze is getrouwd met mijn neef Julian.

Ken je mijn petekind? Hij is hun kind.' De foto van Jamie staat op een opvallende plaats op Lindy's bureau: grote, donkere irissen, met een heel ernstige uitdrukking.

'Bijzondere ogen,' merkt Alban op, terwijl hij hem opneemt. 'Een oude ziel.'

'Hij is pas zeven en ik geloof niet in reïncarnatie.' Lindy keert zich naar een vrouw die met twee pockets in haar hand naast Alban staat te wachten. 'Dat is dertien pond achtennegentig alstublieft.'

De klant steekt het wisselgeld in haar zak en werpt Alban een boze blik toe. Misschien komt het door zijn aftershave, of zijn dikke leren jasje en namaak-Rolex. Alban negeert haar en reikt over de toonbank heen naar een rol chocoladebiscuitjes bij de computer en neemt er een uit.

'Te veel geur, schat.' Lindy kijkt hem afkeurend aan. 'Jij kent het woord bescheidenheid niet.'

'Wat is dat woord? Schijt...'

'Be-schei-den-heid. Bescheidenheid. Het tegenovergestelde van overdaad.'

'Nee, dat woord ik begrijp niet. Overdaad, dat ik vind leuk!' Alban kauwt. 'Lindy, wanneer ga jij weer met mij uit?'

'Je komt toch kijken naar *De verre geliefde*?'

'Ja hoor, ik heb kaartjes gekocht. Heleboel kaartjes. Ik neem mensen mee.'

'Mooi, want ik ben verrekte zenuwachtig. Ik hoop dat ik er ook een agent heen krijg, dus hoe meer mensen, hoe beter.'

'Lindy, hoe komt dat jij tijd hebt om toneelstukken te schrijven en jij runt winkel?'

'Geen idee. Ik doe het gewoon. Als je morgenavond niets beters te doen hebt, kunnen we wel wat gaan drinken.'

Koude lucht en uitlaatgassen stromen de winkel in wanneer de klant van de pocketboeken de deur openlaat. Lindy doet hem dicht. Verwarming, of gebrek daaraan, is een probleem. Ze draagt een warme maillot, haar laarzen verbergen dikke sokken en een dikke grijze kabeltrui wordt om haar middel met een enorme veiligheidsspeld bijeengehouden.

'Alban, wegwezen jij,' zegt ze. 'Neem nog een koekje mee. Ik moet nog van alles doen voor Karina komt.'

'Karina als zus, maar geen zus.'

'Precies. Vort, eruit! Tot morgen.'

'Lindy, jij hebt geen broer. Dus ík jouw broer. Ja?'

'Ja hoor, dag grote broer. Kusje.'

'Jij ook kusje. Tot morgen.' Alban ritst zijn jack tot aan zijn kin dicht en verdwijnt; voor de etalage werpt hij haar nog een kushandje toe. Lindy zwaait terug. Haar neus lijkt vervangen door een ijsblokje. Ze moet met de eigenaar bespreken hoe de verwarming verbeterd kan worden zonder al te veel kosten te maken. Wat meer klanten zou geen kwaad kunnen.

Om kwart voor twee wordt Karina's tengere, donkerharige gestalte met de maartwind de winkel in geblazen. Lindy roept haar naam en snelt de winkel door.

'Jee, wat is het hier koud, zeg.' Karina gaat op haar tenen staan en slaat haar armen om haar heen. 'Je bent ijskoud!'

'Ik ga er iets aan doen, eerlijk waar. Laten we gaan. Ik heb bij Zucchini gereserveerd.' Lindy grist haar jas van de kapstok en zegt haar plaatsvervanger gedag.

Camden High Street, ten zuiden van de sluis en de markt, herbergt een onstuimig geheel van zaken die sieraden, gezond eten, boeken, cd's en films van allerlei aard (legaal en anderszins), elektrische artikelen, grungy mode en tweedehands kleding verkopen – deels voor goede doelen en deels vanwege de retroglamour. Het is een stedelijke aaneenschakeling van asfalt, vrachtwagens, bussen, fietsen, wegwerkzaamheden, drilboren en luidruchtige voetgangers in een te kleine ruimte.

'Je zult de chaos wel niet missen,' merkt Lindy onder het lopen op.

'Juist wel! Ik mis... dit. Er gebeurt altijd wel iets. Er is altijd wel iets waar je naar kunt kijken, interessante mensen om mee te praten, ongewoon eten, gekke geluiden en geuren en er is van alles te zien. Je kunt in Londen helemaal loskomen van jezelf.'

'Ik wou dat ik kon loskomen van mezelf,' is Lindy's reactie. 'Kan mezelf maar niet kwijtraken. Al heel lang niet.'

'Je weet wel wat ik bedoel. Je kunt in Lewes niet anoniem zijn. Je kunt niet gewoon verdwijnen.'

Toen Jamie geboren werd, hadden Karina en Julian meer ruimte nodig en Julian had eenzijdig besloten dat ze naar Lewes zouden verhuizen, niet ver bij Fairfallows Place vandaan, waar zijn familie woonde. Hij vindt het niet erg dagelijks lange reizen op en neer te moeten maken; hij houdt van autorijden, met een cd op volle sterkte. 'Het is voor Jamie leuk om in een kleine stad op te groeien,' had hij aangevoerd. Karina vind het gemakkelijker om met hem in te stemmen dan tegen hem in te gaan; wanneer hij iets besloten heeft, wil hij van geen wijken weten. Redetwisten is tijdverspilling, zegt hij altijd.

Lewes, gelegen op de South Downs, dicht bij Brighton en uitnodigende stukken kust, trekt met zijn steile weggetjes en lukraak geplaatste huizen vaak mensen die de grote stad willen ontvluchten. Toch geeft de stad, die op de dag voor Guy Fawkes de traditie heeft om poppen van de paus te verbranden, Karina sinds het vreugdevuur van 2004 een minder prettig gevoel: in dat jaar besloten een paar mensen uit een naburig dorp een kar met zigeunerafbeeldingen erop in rook te laten opgaan.

Wanneer Jamie hard voor haar uit stept, naar een etalage kijkt en terugracet om te komen bedelen om een stuk speelgoed of een citroensorbet, slaat ze hem wel eens gade. Als ze dan die donkere ogen van hem ziet die hij van zijn Hongaarse Roma-overgrootmoeder heeft en dat keurige Engelse accent dat hij van zijn vader heeft, vraagt ze zich af wat hij zal maken van die verschillende werelden, die zich in zijn bloed zullen vermengen en zijn leven lang invloed zullen uitoefenen op hoe de mensen hem zien. Aan de ene kant de rondzwervende minstreel en aan de andere kant de landheer. Aan Julians kant steekt de familiebagage er aan alle kanten uit, maar aan de hare zijn er alleen schaduwen en geheimen.

Bij Zucchini worden Lindy en Karina met open armen en in het Italiaans begroet door Pietro, de eigenaar. Hij heeft een tafel voor het raam voor hen gereserveerd. Foto's met de handtekening van beroemdheden van wie ze nog nooit gehoord hebben, sieren de muur; aan het plafond hangen bosjes gedroogde bloemen, strengen knoflook en lege wijnflessen.

'Ik vroeg me af,' zegt Lindy, terwijl Karina haar jas laat uitglijden, 'of je er wel eens over gedacht hebt je voorouders na te trekken? Iedereen houdt zich ermee bezig. Er is zelfs een serie over op de tv met beroemde mensen. Zou dat niet fascinerend zijn?'

'Het is te moeilijk. Aan mijn vaders kant raak je een generatie vóór mijn oma alles en iedereen kwijt op de grote vlakke poesta. En ach, mijn ouders zijn er niet in geïnteresseerd en ik spreek geen Hongaars.'

'Zoek dan iemand die het wel spreekt.'

'Maar dat is zo lastig. Met dat Roma-gedoe. Om te beginnen schijnen ze geen gegevens bij te hebben gehouden, althans, geen betrouwbare. En verder houden de mensen er niet zo van... Het is maar beter om niets te doen, al is het maar omwille van Jamie.'

'Maar je bent maar voor een kwart Roma. Mimi is toch de enige?'

'Technisch gesproken wel, ja,' zegt Karina. 'Maar ik heb wel eens het gevoel dat het meer betekent dan de rest bij elkaar.'

Lindy geeft Pietro een wenk, en die brengt hun meteen een fles prosecco. Karina, die met haar rug tegen de muur zit, slaat Lindy met een scheef hoofd gade.

'Wat is er?' wil Lindy weten.

'Ik benijd je. Om je zelfvertrouwen. Dat zal wel door die oude, voorname familie van je komen, dat je gewoon ópdrachten kunt geven.'

'Kletskoek. Pietro weet dat ik altijd prosecco bestel.'

'Ja, maar Julian doet het ook, en zijn ouders doen het vast ook.'

'Laat ze toch.' Lindy heft het glas. 'Op alcohol vóór zessen. *Egészségedre!*'

'Proost,' zegt Karina.

Lindy weet niet waarom haar leven zo'n puinhoop is. Hoe de situatie tot stand is gekomen, is niet zo moeilijk te achterhalen: als je een boekwinkel goed runt, kom je mensen tegen. Je bestelt een paar onbekende boeken voor een musicoloog van middelbare leeftijd; zo iemand ziet er intrigerend uit, dus stel je hem vragen, waarop hij je uitnodigt om iets met hem te drinken, zodat hij je meer kan vertellen. Bij dat drankje kom je van alles te weten over Beethoven en probeer je je de hel voor te stellen waarin een musicus leeft die niets kan horen. Je beseft hoe goed dat verhaal het op het toneel zou doen. De actrice met wie je bevriend bent, is door het dolle heen wanneer je oppert dat jij iets zou kunnen schrijven dat zij zou kunnen voordragen. Je klant biedt zijn hulp aan. Maar algauw ben je niet zozeer bezeten van Beethoven, als wel van je klant. En hoe dat zo gekomen is, weet niemand.

'Maar we houden echt van elkaar,' vertrouwt Lindy Karina toe, boven haar tiramisu. 'Ik weet niet hoe ik het anders moet omschrijven. Het is gewoon... heel echt.' Charles is twintig jaar ouder dan zij, getrouwd en vader van drie tieners. Het is zijn tweede huwelijk – het eerste is geëindigd in een bittere strijd. Oude liefde die in een stenen muur is veranderd door de strijd tussen advocaten. Hij wil dat niet nog eens meemaken.

Het is niet alleen maar negatief. Ze is ruim twee kilo afgevallen sinds ze hem heeft ontmoet. Bovendien is ze door de verhouding aan het schrijven geslagen. Het scherpt haar geest, het is als ontbladeringsspul voor het brein, en haar theaterstuk heeft beslist baat bij haar ervaring met een verre geliefde, ook al zit hij slechts in Primrose Hill.

'Het zou mijn doorbraak kunnen zijn,' merkt ze op. 'Ik heb ook al een schets voor nog twee stukken liggen.'

'Vooral doorgaan. Wat er ook gebeurt, blijf schrijven.'

'Zoals jij met je viool zeker.'

'Hè, toe nou.' Karina haalt haar schouders op. 'Jij moet nog beginnen. Ik heb het al gehad.'

'Doe niet zo achterlijk. Drink je koffie op, dan kunnen we weg.'

Nu Karina en Lindy 130 km van elkaar vandaan wonen, hebben ze een vaste routine voor hun middag samen ontwikkeld. Lunch bij Zucchini. De metro naar Knightsbridge, waar ze zich uitleven in kijken maar niet kopen bij Harvey Nichols en designerspullen passen die ze niet van plan zijn te kopen. Dan ter afsluiting cocktails, hoe kleurrijker hoe beter.

Vandaag informeert een mededelingenbord in station Camden Town hun echter dat de Northern Line ten noorden van Kennington gestremd is door een seinstoring. 'Fuck,' zegt Lindy. 'Laten we de bus nemen.'

Alle andere mensen die uit Camden Town weg willen en Londen door moeten, hebben dezelfde gedachte. De meisjes staan, hun ogen tot spleetjes knijpend tegen de wind, bij een halte van de eenrichtingslijn en houden zich afzijdig wanneer iets wat eerst een rij was, implodeert tot een brij van menselijke gestalten die zich door het laatste beetje ruimte in bus 27 heen wurmen.

'Vraag Julian eens waarom dit soort dingen nog steeds gebeurt,' zegt Lindy. 'Ik dacht dat het zijn taak was het transport op orde te krijgen.'

'Waarom denk je dat hij overal met de auto heen gaat?' zegt Karina ad rem. De wachtenden zien hen lachen; hun hilariteit vrolijkt de middag op. 'Hij houdt zich momenteel bezig met privatisering,' voegt ze eraan toe. 'Het gaat me ver boven de pet. Sinds Andy Williamson naar het ministerie voor Transport is verhuisd, heeft Julian aan iedereen verteld dat ze ouwe gabbers zijn en nu heeft hij plotseling meer werk dan hij aankan.'

'Klotepolitici. Ik haat ze allemaal.'

'Met Andy is niks mis.'

'Andy is een zak. Hij is een geboren Tory, maar is alleen maar Labour geworden om aan de macht te komen. En die vrouw van hem... Is het waar dat ze moesten trouwen?'

'Ja, maar ze is wel gek op hem.'

'O, Karrie, wat ben je toch naïef. Zij is een neurotisch leeghoofd en Andy verdient alles wat hem overkomt.'

'Waarom val je hen zo hard? Kun je ze niet het voordeel van de twijfel geven?'

'Welk voordeel van welke twijfel?'

Er stopt weer een bus. Karina en Lindy worden half meegeduwd, half meegetrokken met de mensenmassa die naar de openstaande deuren beweegt. Wat ze in de bus ziet, waar lichaam tegen lichaam geklemd staat en ledematen tegen de ramen worden geplet, doet Karina abrupt denken aan een schilderij van het laatste oordeel.

'Lin, wacht... ik kan het niet.'

Lindy elleboogt zich de onverbiddelijke zuiging van de bus uit en staat dan weer naast haar vriendin. Karina heeft last van claustrofobie. 'Gaat het?'

'Ik kan... ach, laat maar. Ik raak in paniek in zo'n gedrang.' Ze haalt diep adem en kijkt toe terwijl de deuren zich sluiten.

'Laten we naar mijn huis gaan,' oppert Lindy. 'We gaan de volgende keer wel naar Harvey Nicks.'

Lindy noemt haar woning 'het Roekennest'. Het appartement bevindt zich boven in een witgepleisterd negentiende-eeuws huis in een zijstraat van Camden Road; vanaf de eerste verdieping voert een trap naar een kleine slaapkamer en een woonkamer die uitloopt in een breed en laag gedeelte onder het dak. Ze heeft de woning zelf ingericht: eenvoudig, vrolijk en fris, met twee rode banken tegen witte muren onder de ramen. 'Let niet op de rommel,' zegt ze, de keuken in lopend.

Karina trekt haar laarzen uit en nestelt zich op haar vaste bank. 'Bij mij is het veel erger.'

'Kinderen.'

'Kind, enkelvoud.'

Lindy heeft een snaar geraakt. Karina hoort met halfgesloten ogen het koffiezetapparaat, Lindy's enige luxe, gorgelend in werking treden. 'Wil je nog steeds niet meer kinderen, Karrie?' vraagt Lindy, terwijl ze onder het stoompijpje melk opschuimt.

'Jules wil het wel. Ik weet het niet.' Karina gaat liggen met haar hoofd op de armsteun. 'Ik voel me er niet klaar voor. Het is raar, maar de afgelopen zeven jaar ben ik vooral... Jamies moeder geweest. Ik weet niet zo goed meer wie ik ben.'

'Ik heb een ander probleem.' Lindy staat met haar rug naar haar toe. 'Ik weet wie ik ben, maar dat bevalt me niet.'

'Maar je bent fantastisch! Je bent sterk, je bent intelligent en je kunt heel goed schrijven. En ik weet niet waarom je je haar zwart hebt geverfd. Je zag er zo leuk uit met dat blonde haar.'

'Ik had er helemaal genoeg van een grijze muis te zijn. Ik ben gewoon een magere lomperik met platvoeten.'

'Onzin,' zeg Karina. 'Je lijkt zó weggestapt uit een prerafaëlitisch schilderij.'

'Ik hou niet van de prerafaëlieten.' Lindy geeft Karina een mok koffie, zet een cd met zwoele jazz op en laat zich op de andere bank vallen. De regen tikt tegen de ruiten; Karina staart naar de wolken. De jazz-zanger beschrijft tranen als een rivier, die vergoten worden om de liefde.

'Ik wil deze puinhoop niet, maar ik wil ook niet ophouden met hem te ontmoeten,' zegt Lindy.

'Als Julian tegen me loog zoals Charles tegen jou liegt, zou ik weggaan.'

'Vind je ontrouw altijd verkeerd? Hoe sterk de liefde ook is?'

'Ja, natuurlijk. Maar ik geef hem de schuld, niet jou. Hij is degene die trouw gezworen heeft. Als je een belofte doet, moet je je er ook aan houden.'

'Er hangen allemaal trouwfoto's aan de muur. Zes van die rotdingen, enorm vergroot.'

'Ben je bij hem thuis geweest?'

'Hij komt meestal hier. Maar zijn vrouw was er niet, ze gaf lezingen in Italië. De kinderen waren met haar mee, en hij was thuisgebleven...'

'Maar...?'

'Of we het in zijn bed hebben gedaan? Hún bed? Ja.'

'Lin! Hoe kón je?'

Lindy neem een grote slok koffie. 'Ik heb er eigenlijk niet eens over nagedacht. Ben je geschokt?'

'Ja, maar alleen maar omdat ik me zorgen om je maak. Wat zie je in hem?'

'God mag het weten. We lachen samen, en de seks is geweldig. Maar het is meer: we zijn niet zomaar verliefd, er is, ik weet het niet... harmoníé. Het slaat nergens op, maar het is zo en ik wil het niet missen. Maar soms, als ik gezinnen langs zie komen, met vaders met peuters op hun schouders... Als ik eraan denk doet het al pijn. Maar fuck, meer zit er niet in, want hij heeft al een vrouw en kinderen. En ik denk maar steeds dat hij op een dag zal inzien hoe bijzonder onze relatie is en hen dan in de steek zal laten, maar...'

'Lin, begin daar niet aan. Ga niet denken dat hij haar zal verlaten. Dat doet hij niet.'

'Jezus, Karrie, soms denk ik dat ik hier voor eeuwig vastzit. Dat ik maar op hem blijf wachten en dat het nooit gebeurt. Dat ik mijn hele leven bezig blijf met de vraag hoe ik de winkel warm moet krijgen en met die stomme familie van me blijf bakkeleien, en dat ik dan ineens AOW krijg en alles aan me voorbij is gegaan. Ach, shit, weet je wat, we maken een fles wijn open.'

Veel later wandelt Karina terug naar het station; haar hoofd tolt. De metro rijdt weer. Ze stapt over op Euston. Op Victoria koopt ze een dubbele espresso om tijdens de rit naar huis wat bij te komen.

'Mam, jij bent bij tante Lindy geweest!' zegt Jamie beschuldigend wanneer ze hem bij de Pearsons ophaalt.

'Hoe weet je dat, schattebout?'

'Omdat je dan altijd blij kijkt en naar dat café in de hoofdstraat ruikt!'

Lindy, die in haar eentje is achtergebleven, schenkt de rest van de wijn in een groot glas en drinkt dat in tien minuten op, terwijl ze langs de tv-kanalen zapt en de tranen over haar wangen biggelen.

## HOOFDSTUK 2

Op een lentedag in 1969 zagen Cynthia en Martin Rookfield een verhuiswagen staan voor het huis tegenover het hunne aan Forest Road, in de Strawberry Hill-buurt van Twickenham. Hun nieuwe buren, twee Hongaarse musici die Dénes en Erzsébet Veres heetten, kwamen kort na de verhuiswagen spectaculair rommelig aan. Ze arriveerden met een minimum aan meubels, een oude kleine vleugel, een sterk accent en de verkeerde sleutels. Een gealarmeerde Cynthia haastte zich naar hen toe om ze te verwelkomen en vervolgens de telefoon te laten gebruiken. Dénes noemde de makelaars 'rottweilers', terwijl Erzsébet zich met ineengeklemde handen telkens opnieuw bij Cynthia verontschuldigde.

Het georgiaanse pand van de Rookfields had ooit Forest Road voor zich alleen gehad, maar ergens tussen de oorlogen in had iemand aan de overkant een bescheiden, maar winstgevende rij huizen neergezet. Dat van de familie Veres was het vierde in de rij. Niet lang daarna stond de piano in de plompe erker en lag er over de eettafel een wit katoenen kleed met roodwollen borduursel.

De gezinnen kruisten eerst onregelmatig elkaars pad. Cynthia werd afgeleid door zwangerschap, dan door Belinda, Martin door werk en, heimelijk, zijn secretaresse; ook placht men te zeggen dat in deze straat de buren 'zich niet met elkaar bemoeiden'.

Belinda was een paar maanden oud toen Cynthia, die met de kinderwagen naar huis liep, de hoogzwangere Erzsébet met zes boodschappentassen het pad naar de voordeur op zag worstelen. Ze liep naar haar toe om haar te helpen en nodigde haar toen impulsief uit voor een kop thee in het georgiaanse huis. Erzsébets grage glimlach en gebrek aan pretenties leken verfrissend vergeleken bij de vrouwen van Martins zakenpartners en wat er na de bevalling over was van haar eigen contacten in de modewereld.

Bij de eerste kop van wat tientallen jaren van thee zouden worden, keek Erzsébet naar Cynthia terwijl die, de kilometerslange benen onder zich opgetrokken op de antieke sofa, sprak over dokter Spock, de ademhaling tijdens de weeën en het testen van de temperatuur van flesvoeding. Erzsébet was dankbaar: ze legde uit dat er verder niemand was die ze om raad kon vragen, aangezien ze geen familie had. Ze was tijdens de opstand van 1956 als tiener uit Hongarije ontsnapt door een rivier over te zwemmen. 'Maar toen leefde het grootste deel toch al niet meer,' voegde ze eraan toe. Haar zwangerschap was onverwacht; ze vertelde Cynthia niet dat ze elke dag een dankgebed voor haar kind zei.

'En je schoonmoeder dan? Dat lijkt me wel een aparte vrouw,' zei Cynthia.

'Die heeft het druk. Ze reist heel veel...' Erzsébet kon zich niet voorstellen dat ze Mimi, die in Zwitserland was voor een plaatopname met Yehudi Menuhin, vroeg met haar te praten over het baren van kinderen en het wennen aan het moederschap. Dénes was als zuigeling verzorgd door een Hongaarse kinderjuf die Vali heette, en die hem nog elk jaar uit New York een kerstkaart stuurde.

'Als ik iets kan doen om te helpen, zeg je het maar,' drukte Cynthia haar op het hart. Erzsébet bedankte haar blozend. Soms verbeeldde ze zich dat Twickenham de droom was en het Boedapest van 1956 nog steeds de echte werkelijkheid, die haar en haar man nog bijna iedere nacht in hun slaap bezighield.

Cynthia was gefascineerd en volgde de familie Veres nauwlettend: de piano in de voorkamer, de muziek die uit hun ramen naar buiten sijpelde, Erzsébets schuine, hemelsblauwe ogen, de cellokoffer die op de rug van Dénes als een snelle slak de weg over gleed. Hun intense behoefte aan privacy was voor haar een raadsel – Erzsébets vitrages waren de dikste van de straat –, te meer daar die niet overeenstemde met hun gastvrijheid. Toen ze, slechts een paar weken voordat Erzsébet moest bevallen, de Rookfields uitnodigden om bij hen te komen eten zat Cynthia toen ze naar huis ging zo vol met goulash, knoedels en appeltaart dat ze het idee had dat ze een jaar niet meer hoefde te eten. 'Weet je,' zei Martin, 'je hoeft niet meer bang te zijn dat het arme muzikanten zijn. Ze bezitten misschien niet veel, maar ze eten er goed van.'

'We moeten hen terugvragen,' zei Cynthia. 'Ik vraag me af wanneer. Misschien gelijk met de Blythes?'

'Doe niet zo stom,' snauwde Martin. 'Je kunt die mensen toch niet samen met de directeur van een handelsbank vragen.'

‘Waarom niet? Ik heb toevallig liever Erzsébet om me heen dan iemand anders,’ wierp Cynthia tegen.

Ze was de eerste die moeder en kind in het ziekenhuis bezocht. Een meisje. Een vriendin voor Belinda. ‘Karina? Wat een schattige naam!’ riep Cynthia uit, denkende: was ik zelf maar op die naam gekomen.

Erzsébet probeerde Cynthia niet te laten merken hoe diep ze onder de indruk was van de omvang en inhoud van het georgiaanse huis en begon de kleine Karina naar de overkant te brengen om tweemaal per week met Lindy te spelen. En toen spelling en uitspraak de Rookfields te machtig werden, veranderden Erzsébet en Dénes, die elkaar Erzsi en Dini noemden, geleidelijk in Betsy en Dennis.

Toen de meisjes zes waren, deden ze niets anders dan zich verkleden. Ze gingen stiekem naar Cynthia’s kledingkasten en eigenden zich de oorbellen van bergkristal en feestjurken toe waar ze van Cynthia aan mochten komen. Bij Cynthia, die mannequin was geweest, kwamen de rokken hooguit tot het midden van haar dijen, maar bij de kinderen sleepten ze bijna over de grond. Lindy snuffelde in Erzsébets kleerkast, maar het enige wat tussen het onopvallende tweed een beetje hoop bood, waren een aantrekkelijke sjaal en een lange rok met geel-rood patroon, die achter haar aan sleepte toen ze hem paste.

‘Volgens mij zijn die Hongaars,’ merkte Karina op – het enige wat ze met haar zes jaar over ‘Hongaars’ wist, was dat haar ouders in die taal spraken wanneer ze niet wilden dat ze hen kon volgen. Ze wist toen nog niet dat ze besloten hadden dat zo te houden, gezien het nut van het Hongaars in Groot-Brittannië als een taal die zo’n beetje met Martiaans te vergelijken was.

Ze liepen samen, hand in hand, van en naar de basisschool, vergezeld door Cynthia’s Franse au pair; Erzsébet was dankbaar voor deze hulp, die haar de ruimte bood om pianoles te geven. Toen de meisjes elf waren, schreven Cynthia en Martin Lindy in bij een plaatselijke particuliere meisjesschool; Karina, die het vreselijk vond dat ze alleen achterbleef, studeerde zo hard op haar viool dat ze zonder al te veel moeite een muziekbeurs binnenhaalde.

Dénes had ondertussen vrienden en vijanden gemaakt. Hij was de onzekerheid van het freelancebestaan beu en solliciteerde bij verschillende orkesten naar de functie van sectieleider, totdat hij bij een ervan werd afgewezen met een uitleg die hem bijna deed stikken van woede. ‘U was bij de auditie zo’n beetje de beste,’ had de voorzitter gezegd, ‘maar de dirigent wil de baan aan een oude schoolvriend van hem geven. Sorry, beste man, maar er is niets aan te doen.' De oren van de voorzitter tuitten anderhalve week later nog van de stortvloed van scheldwoorden, doorspekt met nauwgezet beargumenteerde meritocratiefilosofie en een paar felle onomatopoëtische vloeken in het Hongaars.

'Ik ben nu niet meer in Hongarije en als ik iets veracht, kan ik dat zeggen!' had Dénes thuis geraasd. 'Ik doe niet mee aan dat buigen en lachen en die kontlikkerij! Ik kan je wel vertellen, Erzsi, dat ik het helemaal gehad heb met die stomme klootzakken. Er is ook nog zoiets als menselijke waardigheid. Het barst in die orkesten van de stront etende schapen. Mij zien ze er niet meer!' En dat was inderdaad het geval geweest.

'Laat mij helpen,' had Mimi geopperd, toen hij liep te pruilen. 'Ik verdien te veel om op te maken. Wat moet ik met al dat geld?'

'Nooit.' Dénes en Mimi gingen voor de laatste maal een wilsstrijd aan in een lange veldslag waarin Erzsébet zich niet durfde te mengen.

'Toe, Dini,' had Mimi bevolen, 'wees nou niet zo trots. Het zal niet altijd zo zijn.'

'Omdat je me nog steeds de schuld geeft... je denkt nog steeds dat het door mij kwam,' gromde hij. En daarop griste Mimi haar jas van de trapleuning en ging met opgeheven hoofd huiswaarts.

'Waarom is oma zo boos?' vroeg Karina angstig, terwijl ze om de hoek van de keukendeur naar binnen gluurde. 'Waarom, papa?'

'Het is niets, kleintje. Helemaal niets.' Dénes woelde door het zwarte haar van zijn dochter en schudde zijn hoofd.

Gelukkig was Dénes even gul met vriendelijke woorden en gezond verstand als met het tegendeel. Zijn Hongaarse muziekvrienden schaarden zich achter hem en bevalen hem aan als leraar, en algauw werd hij door zo veel leerlingen aangezocht dat hij zijn wekker elke dag een paar uur vroeger moest zetten.

Op zondagmiddagen kwamen de vrienden van de familie Veres bij hen om na de koffie met gebak kamermuziek te spelen. Wanneer het avond werd, stapten ze over op rode wijn en de stoofpotten van Erzsébet, en een paar strijkkwartetten of pianokwintetten later legden ze de instrumenten neer en analyseerden ze tot diep in de nacht het kwaad in de wereld, zoals ze dat misschien ooit in een café in Boedapest hadden gedaan.

Lindy en Karina slopen naar binnen om naar de muziek te luisteren; ze zaten op de grond en voelden de vibraties door hen heen bruisen. Karina's vioolleraar, József, de man met wie Dénes al het langst bevriend was, speelde eerste viool; Karina zat heel stil en nam al zijn bewegingen in zich op. Bij één memorabele gelegenheid kwam Mimi langs, met appeltaart. József keek even naar haar en vluchtte toen de badkamer in. Na tien minuten klopte Mimi op de deur en praatte in het Hongaars met hem door de deur heen, waarna hij ten slotte naar buiten kwam. In de deuropening van de badkamer hield hij haar roerloos en minutenlang in een omhelzing.

Karina kon maar niet begrijpen wat er gebeurd was. Durfde hij niet te spelen waar zij bij was? Maar waarom omhelsde hij haar dan? Al die stomme mysteries ook, had ze, kauwend op haar pen, boven haar huiswerk gemijmerd. En altijd had het iets met haar oma te maken.

Mimi had Karina een piepkleine viool gegeven toen ze drie jaar was. Karina was nooit de huivering vergeten die door haar heen voer toen Mimi die dag voor haar speelde en de stem van de bossen en vlakten uit haar grotemenseninstrument toverde. Haar betovering had diep op Karina ingewerkt, en was nooit meer geweken. Misschien was hij er al geweest.

Ze maakten vroeger violen uit kratten, planken en brandhout, had Mimi tegen haar gezegd. Wanneer ze geen muziek hadden, verloren de *muzsikás cigány*, de Hongaarse zigeunermuzikanten die volgens Mimi de aristocraten van hun volk waren, de wil om te leven. In de gevangenis, tijdens de oorlog, in zware tijden, maakten ze een viool uit alle hout dat ze te pakken konden krijgen. 'Het zit in je bloed,' had ze tegen het kind Karina gezegd, terwijl Lindy met grote ogen en hevig geboeid meeluisterde. 'Denk maar niet dat je eraan kunt ontsnappen.'

'Dat ben ik,' had Karina tegen Lindy gefluisterd toen ze op de grond van de huiskamer naar József, Dénes en zijn kwartet zat te kijken. 'Dat wil ik gaan doen.'

Toen Lindy elf was ontdekte ze toen ze op een vrijdag uit school kwam, dat haar zomaar ineens de slaapkamer aan de voorkant op de tweede verdieping was toebedeeld, in plaats van de slaapkamer aan de achterkant op de eerste. Ze belde Karina. Toen deze haar hielp haar boeken, speelgoed en verzameling buitenlandse klederdrachtpoppen te verhuizen, wees ze haar erop dat ze nu naar elkaar konden zwaaien omdat zij de slaapkamer aan de voorkant van het huis ertegenover had. Of mooier nog: naar elkaar konden seinen.

'We hebben alleen maar een paar zaklantaarns nodig,' zei ze. 'Je doet ze aan en uit, net als bij morsetekens. Je kunt in noodgevallen sos seinen. Of we kunnen drie lange flitsen doen voor *Ben je er?* en een voor *Ja* en twee voor *Straks...*'

'Goed,' mompelde Lindy. Haar onderlip trilde.

'Wat is er? Wat is er gebeurd?'

'Kweenie. Ik geloof dat mijn vader en moeder niet meer bij elkaar willen slapen.'

'Maar...' Karina voelde dat er iets in Lindy verhardde. 'Hebben ze ruzie gehad?'

'Kweenie.' Lindy keek naar haar voeten en beet op haar lip, terwijl ze haar tranen terugdrong.

Thuis liep Karina meteen door naar haar moeder, die net klaar was met lesgeven. Ze zei: 'Mam, Lindy is heel verdrietig want haar ouders hebben ruzie gehad.'

'Erzsébet gaf Karina een stevige knuffel. 'Ze maken inderdaad wel eens ruzie,' bevestigde ze. 'Ik vind het heel naar voor Lindy. Stil maar Schnoekie, probeer het je maar niet te veel aan te trekken. Lindy heeft je steun nodig, dus dan moet jij haar helpen sterk te zijn.'

Lindy en Karina seinden in de lente en herfst tijdens de schemeruren naar elkaar, en tijdens de korte wintermiddagen. De zomer bleek frustrerend: het was moeilijker de zaklantaarns te zien flitsen wanneer het nog niet donker was. Martin klaagde. Waarom konden ze niet gewoon even naar de overkant lopen? Cynthia benadrukte dat er geen kwaad in stak. Maar alle ouders trokken de grens bij wat de meisjes hierna verzonnen: touwladders. 'Je kunt aanbellen, net als ieder ander.'

'Maar we zijn niet ieder ander,' verklaarde Lindy, die had vernomen dat haar zuster in de geest over zigeunerbloed beschikte.

'Ik heb wel eens van die dromen,' bekende de veertienjarige Karina een keer toen ze naar school liepen. 'Ik heb ze altijd al gehad, maar ik heb er nooit zo over nagedacht wat ze betekenen.'

'Mijn moeder zegt dat dromen allemaal over seks gaan,' zei Lindy.

'Nou, deze niet.' Karina had weer zo'n ernstig gezicht, en dat maakte Lindy soms bang. 'Het is moeilijk te beschrijven.'

'Probeer het eens. Wat zie je?' moedigde Lindy haar aan.

'Het is deels iets wat ik zie en deels een gevoel. Ik schommel heen en weer, alsof ik me voortbeweeg. Er zijn een lange weg en een brede horizon. Alles is vlak. Er is ruimte en die gaat maar door en je kunt niet ophouden met erdoorheen te gaan.'

'Zit je in een auto? Of in een vliegtuig?'

'Het lijkt op iets wat groter is dan een auto, met wielen, maar zonder motor.'

'Paard en wagen?'

'Zou kunnen.'

Lindy hield op met giechelen. 'Wat zie je nog meer?'

'Sterren. Ik kijk omhoog en de lucht is helemaal zilverkleurig van de sterren. Ik vlieg erheen en net wanneer het iets magisch begint te krijgen, word ik wakker en is het net of ik op bed neerval. Ik voel echt een schok. Het is net of ik echt in de lucht ben geweest. Zou ik gek zijn, denk je?'

Lindy's eigen dromen waren wereldser. Ze draaiden voornamelijk om Chris, de vriend van haar neef, die in de twintig en uiterst charismatisch was. Tijdens het kerstmaal bij de familie Fairfallows was hij de gast van Hilary en Julian geweest en nadat ze samen een knalbonbon hadden opengetrokken, had hij, warm en lief, 1,8 seconde lang een arm om haar schouder gelegd. Daarna kon ze niet meer eten. Wanneer ze sliep, droomde ze dat hij haar kuste en daar wilde ze niemand iets over vertellen. Zelfs Karina niet.

Chris zien was hoe dan ook moeilijk, want afgezien van het obligate kerstbezoek gingen ze bijna nooit naar Fairfallows, en daar had ze de meeste kans hem tegen het lijf te lopen. Ze was erachter gekomen dat haar vader, Martin, en zijn oudere broer, Arthur, nauwelijks met elkaar spraken. Of het nu door jaloezie om het landgoed kwam, of door dingen in Martins privé- of zakenleven die Lindy boven de pet gingen en waar niet over gesproken werd, of door een ruzie die terug te voeren was op een knokpartij uit hun jeugd, ze wist het niet.

Martin was de knapste vader die ze kende, echt stukken knapper dan de te lange en te zware Arthur; ze dacht vol trots dat hij zo uit een film over een drama uit vroeger tijden kon zijn gestapt. Het probleem van haar moeder was dat de meeste andere vrouwen dat ook vonden, en dat Martin dat wist. Later vroeg Lindy zich af waarom het zo lang had geduurd voordat ze achter zijn masker kon kijken.

Nu en dan hoorde ze in haar zolderkamer schreeuwen, waarbij haar moeders stem steeds meer uitschoot, totdat hij bijna hysterisch werd. Ze probeerde het geluid te overstemmen met platen van Madonna en Alison Moyet, maar zelfs als ze de ruzie niet kon horen, wist ze toch dat zij er was, en werd haar fundering erdoor overstroomd als door een kapotte waterleiding. Een tijdlang was ze bang dat haar ouders zouden gaan scheiden, want dan zou ze de rest van haar tienertijd pendelend tussen twee huizen moeten doorbrengen. Pas na die kerst op Fairfallows, die haar de herinnering schonk aan de warme arm van Chris als een bontjas om haar heen, begon ze zich af te vragen waarom haar moeder niet jaren eerder bij haar vader was weggegaan.

Zittend op haar bed nam Lindy zich stilletjes iets voor. Van nu af aan hield ze niet meer van haar vader, want hij leek noch van haar, noch van haar moeder te houden. Ze had het gevoel alsof er een sluier voor haar ogen werd weggetrokken. Hij praatte alleen met haar om haar de les te lezen over haar huiswerk en te veel make-up. Of om de jongens die haar mee uit vroegen, brutale vlegels te noemen. Of om te verkondigen dat het nooit wat met haar zou worden. Schrijven? 'Doe niet zo stom. Je haalt de universiteit niet eens als je zo doorgaat.' Ze klemde haar kaken op elkaar totdat haar tandvlees bonsde.

Geschokt en ellendig keek Lindy naar het raam en nam toen in de avondschemering licht waar in Karina's kamer. Ze pakte haar zaklantaarn van haar bureau en flitste SOS. Na vier jaar waren ze op elkaars signalen ingespeeld – een zachte flikkering, aan de rand van het gezichtsveld waargenomen tijdens een huiswerkcrisis. Een halo van vitrage omhulde de schim van Karina met de viool onder haar kin. Lindy deed het raam open, en de streng muziek bereikte haar. Voor het eerst kwam de gedachte bij haar op dat haar vriendin haar op een dag in de steek zou kunnen laten, en wel hiervoor: muziek, een wereld die zich aan haar greep onttrok. En terwijl ze toekeek, zag ze haar vader in zijn eentje, te snel, de weg op rijden. Ze wierp zich op bed, begroef haar gezicht in de kussens en jankte een halfuur lang.

'O, schat,' riep Cynthia uit, 'dat zijn je hormonen.'

Een paar avonden voor hun trouwen reden Karina en Julian van Fairfallows naar Seven Sisters Country Park, waar ze op de grond gingen liggen. Ze staarden naar de melkweg die over de zee uitwaaierde: kruiken vol sterrenlicht, zo stroperig als room, leken over hen te worden uitgegoten. Er was op dat tijdstip niemand: ze hadden de rotsen, golven en sterren voor zich alleen; ze vrijden op een kleedje zonder zich in te houden en Karina hield zichzelf voor dat dit was waar ze in die eigenaardige nachtelijke reizen over gedroomd had. Ze wilde dat heel graag geloven.

'Wat bof ik toch!' Julian kwam weer wat op adem en draaide lachend op zijn rug. 'Ik kan maar niet geloven dat je echt met me trouwt.'

'Als iemand me dat tien jaar geleden verteld had, zou ik het ook nooit geloofd hebben,' zei Karina. 'En je was er altijd al, Lindy had het steeds over je...'

‘Ik ben bang dat je misschien vindt dat ik je geprest heb om je te snel aan me te binden.’

‘Geprest heb je zeker,’ plaagde ze hem.

‘Maar je had nee kunnen zeggen.’

Karina aarzelde even voordat ze toegaf dat ze inderdaad nee had kunnen zeggen.

‘Ik heb nog nooit zo van iemand gehouden als van jou,’ mompelde Julian in haar hals.

Karina, die smolt van liefde, een liefde die voortkwam uit een mengeling van dankbaarheid, hoop en blijvende verbazing over haar geluk, besloot hem alles te vertellen over haar dromen over ruimte en beweging, iets wat ze nog nooit aan iemand anders dan Lindy had toevertrouwd. ‘Soms,’ bekende ze, ‘denk ik dat ik een aantal herinneringen van mijn oma heb overgenomen, of misschien gaat het nog verder terug, een soort collectief onderbewuste.’

‘Maar, mijn lief, zoiets als het collectief onderbewuste bestaat niet,’ had Julian met klem gezegd. ‘Je moet niet alles wat je oma zegt, geloven.’

‘Ze heeft niets gezegd. Ze weet het niet, ik heb het haar nooit verteld.’

‘Het gaat er meer om wat zij aan jou vertelt. Die droevige verhalen over het zigeunerleven. Kom op zeg, ze heeft dat allemaal achter zich gelaten toen ze tien was!’

‘Ik heb nooit in een wagen gezeten, maar ik kan voelen hoe die beweegt. Ik weet het nog wanneer ik wakker word.’

‘Ik kan je verzekeren dat de Jag veel comfortabeler is.’ Julian gaf haar een kus op haar neus. ‘Kom, liefje, we moeten ervandoor.’

Tegenwoordig vraagt Karina zich wel eens af wat er met haar wilskracht is gebeurd. Misschien is die naar de knoppen geholpen door de tijd met Richard, toen ze ieder onsje nodig had om een relatie te verbreken die ze niet echt wilde opgeven; sindsdien is hij nooit meer geworden wat hij was, is hij niet meer zo sterk als vroeger. Of misschien komt het door het moederschap, dat haar misschien zachter heeft gemaakt, of haar misschien gewoon te veel vermoeit.

Het is tekenend voor haar succes dat Jamie gelukkig en populair is, en goed in alles behalve rekenen. Ze stort al haar liefde over haar zoon uit, want deze honingzoete genegenheid is zijn beste voeding. Julian zakt na een lange dag op kantoor onderuit in een stoel en noemt haar ‘zijn vitamine K’, maar Karina’s vitamine J is Jamie. Wanneer ze ’s avonds op haar tenen zijn kamer in loopt en hem als een donkere bobbel onder het dekbed ziet liggen slapen, wordt ze door een laaiend vuur van tederheid verteerd. Vergeleken bij liefde lijkt wilskracht niet meer zo belangrijk.

De klok geeft aan dat het bijna elf uur is. *Newsnight* kondigt luid de onderwerpen aan: een demonstratie tegen de oorlog in Irak, nieuwe voorschriften van de overheid voor kinderzitjes in auto's en de stand van de terroristendreiging. Julian zet de tv uit en gaat verder met een artikel over het uitbesteden van spoorbeheer dat hij voor de *Daily Telegraph* schrijft. 'Sorry, schat,' zegt hij tegen Karina. 'Het is stomvervelend, maar ik moet dit vanavond af hebben.'

Karina neemt de telefoon mee naar de keukenuitbouw achter in het huis en belt Lindy. 'Even horen hoe het met je is,' zegt ze. 'Hoe staat het met *De verre geliefde*? Ben je al aan het repeteren?'

'Tot nu toe gaat het goed.' Karina hoort Lindy in Camden iets inschenken, waarschijnlijk wijn. 'We vragen ons af hoe we het stuk moeten omschrijven in de folders. Het is niet echt een toneelstuk. Het is iets met woorden en muziek.'

'Hoe bedoel je?'

'Nou, Nicki is Beethovens verre geliefde, die na zijn dood ontdekt wat hij voor haar voelde, en Vince speelt stukjes pianomuziek. Ik heb zo mijn eigen theorie over wie de verre geliefde nu eigenlijk was.'

'Zijn schoonzus, heb ik gehoord?'

'Charles zegt dat dat onzin is. Mijn uitgangspunt is dat het een vrouw is die hij heeft gadegeslagen, maar zij kent hem van gezicht, meer niet. Voor hem is het alleen maar het idee wat telt. Het maakt hem niet uit of het een grote trut is.'

Het is even stil. Dan zegt Karina: 'Hoe is het met Charles?'

'Pijn. Een pijnlijk soort pijn. Hij zou vanavond gekomen zijn, maar hij belde op om te zeggen dat hij een vergadering heeft op zijn werk, en ik weet niet of hij liegt dat hij barst. Misschien wil hij lekker een avondje thuis zijn bij zijn vrouw en kinderen en durft hij me dat niet te zeggen.'

'Hou je van hem, of van het beeld dat je van hem hebt?' vraagt Karina. Het lijkt ertoe te doen.

'De Heer mag het weten,' zegt Lindy.

'Ik bedoel niet dat je het uit moet maken, hoor. Maar... je moet het uitmaken.'

'Ik weet het, maar ik kan het niet.'

'Jawel, dat kun je wel. Ik heb het ooit ook gedaan, op jouw advies. Dus geloof me, ik kan het weten.'

'Niet zo praten, Karrie. Als je zo klinkt, krijg ik altijd het gevoel dat je als reactie daarop met Jules bent getrouwd.'

'Je weet dat dat niet zo is,' zegt Karina.

# HOOFDSTUK 3

Tijdens een laat avondmaal legt Julian zijn vork neer, legt zijn handen in zijn nek en zegt: 'Luister, mijn lief. Ik heb over Jamies school zitten nadenken.'

'Hè?' Karina, die zich heeft zitten inprenten dat ze haar ouders moet bellen om hen voor Lindy's stuk uit te nodigen, wordt erdoor overvallen.

Julian begint het uit te leggen. Wanneer Jamie dertien is, moet hij naar de best mogelijke school, idealiter Elthingbourne College, waar Julian, zijn broer, vader, oom en opa allemaal hebben gestudeerd. Hij zal wel toelatingsexamen moeten doen, en daarom moet hij naar een particuliere basisschool die hem daarop voorbereidt. Bijvoorbeeld St.-Matthew, vlak bij Chichester.

'Wil je Jamie nú naar een kostschool sturen?' De woorden komen als uit iemand anders mond naar buiten. Karina kan niet geloven dat ze ze moet zeggen. 'Maar hij is pas zeven!'

'In het najaar is hij acht, en dat is voor groep drie al aan de late kant. Ik ging er al op mijn vijfde heen.'

'Maar je vond het er vreselijk.'

'Destijds wel, ja. Maar dacht je dat ik het zover gebracht had als ik niet naar Elthingbourne was gegaan?'

'Ik begrijp het niet. Wat heeft het voor zin een kind te hebben als je het wegstuurt?'

'Als hij naar Elthingbourne gaat,' begint Julian geduldig, 'krijgt hij één heel belangrijke eigenschap: zelfvertrouwen.'

'Maar hij hééft zelfvertrouwen. Kan hij niet op een normale school voor dat examen klaargestoomd worden?'

'Lieve schat, ik zou heel graag met je naar een open dag op St.-Matthew willen gaan. Ze hebben een uitstekende reputatie op het gebied van geestelijke begeleiding. Laten we gaan kijken, en als het je niet bevalt, kunnen we een andere school proberen.'

'Ik wil het niet.'

'Karrie, waarom kun je dit niet rationeel bespreken?'

'Omdat het niet rationeel is om dat een kind aan te doen.' Er spant zich in de hersenen van Karina een vioolsnaar en die begint op knappen te staan. 'Wat is er mis mee zoals het nu is? Hij gaat graag naar school, hij is dol op zijn vrienden, hij is gelukkig. Waarom zouden we hem verplaatsen? Hij zal eenzaam zijn, hij kan gepest worden en hij wordt door de academische gehaktmolen gehaald en wanneer hij eruitkomt, is hij helemaal geplet en verwrongen...'

'Rustig nou maar, mijn lief.'

'Praat niet tegen me alsof ík zeven ben! Hij is ook míjn zoon... Je kunt hem niet van me afpakken!'

'Stil nou, je maakt hem wakker.' Julian duwt haar een zakdoekje in handen. 'Je denkt aan jezelf en niet aan hem. Ik wil hem alleen maar de beste kans geven. Je kunt nu wel denken dat kind zijn alleen maar draait om lol maken en spelletjes doen, maar hij begint al groter te worden. En vanwege ons idiote onderwijsstelsel zullen we als we hem een fatsoenlijke opleiding willen geven, daarvoor moeten betalen. Elthingbourne is de beste, maar er is veel competitie en hij moet er klaar voor zijn.'

'Maar hij komt er nu niet meer in. Je moet kinderen toch zo ongeveer al opgeven voordat ze geboren zijn?'

'Karrie, dat heb ik gedaan.'

'Wát heb je gedaan?'

'Ik heb Jamie bij St.-Matthew opgegeven toen hij een halfjaar oud was.'

'Wát?'

'Ja, eh, jij ging altijd op de Hongaarse-driejarigetoer wanneer het woord kostschool ook maar viel, dus...'

'En dat heb je gedaan zonder het mij te vertellen?'

'Ik vertel het je nu.'

Karina houdt haar handen voor haar gezicht en begint te snikken.

'Karrie,' zegt Julian. Ze reageert niet.

Voor hun eerste afspraakje, nu tien jaar geleden, nam Julian Karina mee uit eten in Le Caprice in Mayfair. Wanneer hij naar de bronsvergulde verschijning tegenover zich keek, moest hij tegen alle logica in (hij houdt namelijk niet van musicals) aan de scène in *My Fair Lady* denken waarin Audrey Hepburn als Eliza Doolittle tijdens een societyfeestje wordt aangezien voor een Hongaarse prinses.

Een week daarvoor had Lindy gezegd: 'Mijn vriendin Karina zit in het British Symphony Orchestra. Ga een keer mee naar een concert, dan kun je met haar kennismaken.' Hij had haar jaren eerder al eens ontmoet, tijdens een zeldzaam bezoek aan zijn tante, oom en nicht aan Forest Road, toen hij nog stage liep op een advocatenkantoor en zij een mager meisje van veertien was dat er liever snel vandoor ging naar het jeugdorkest dan dat ze rondhing in een kroeg aan de rivier. Hij had nooit meer aan haar gedacht. Toen ze in haar concertjapon met de rest van het orkest het podium op gleed, herkende hij haar niet.

Julian voelde destijds nog de naweeën van het feit dat hij gedumpt was door een blonde Canadese advocate wier benen zelfs nog langer waren dan die van tante Cynthia. De benen waren weggelopen. Hij wist niet precies wat Karina allemaal had meegemaakt, iets met een grote liefde, zei Lindy. Ze had een vriend gehad, iets artistiekerigs – een componist? – maar ze was bij hem weggegaan. Lindy was vaag geweest en hij kon het Karina bij hun eerste afspraakje moeilijk onomwonden vragen.

Ze leek van suikerstroop: haar vloeiende bewegingen, de bijna onmogelijke zoetheid in haar ziel, een smaak die sterk, frank en vrij, uniek was. Ze was tien jaar jonger dan hij, maar iets in haar gezicht dat geduldig, intuïtief was, deed haar ouder lijken. Hij zag haar bij het kaarslicht slokjes rode wijn nemen – een sepiakleurig visioen dat over de zwart-witverfijning om hen heen gelegd was, een filmspoel die aan een andere film gelast was.

Iedere man die langsliep keek even naar haar, ook de obers. Ze was ongekunsteld – ze kwam uit een bescheiden, zij het muzikaal nest, had Lindy gezegd – en haar schoonheid was onbewust, haar vreemde, rustige charisma onopzettelijk. Maar wanneer ze lachte, deed ze dat explosief: ze klapte in haar handen en wierp haar hoofd in haar nek, een gebaar dat de zwaar verliefde Julian verblufte. Haar gezicht sprankelde alsof er een bak glittertjes over was uitgestrooid. De emoties op haar gezicht wisselden elkaar in hoog tempo af, even veranderlijk als het weer.

Hij probeerde haar linkerhand te pakken, en tot zijn verbazing liet ze hem zijn gang gaan. Er zat een laagje eelt op haar vingertoppen, het gevolg van urenlang vioolsnaren indrukken. Slechts weinig vrouwen waren in staat geweest hem sprakeloos te maken, althans niet sinds zijn negentiende. Hij vroeg zich af hoe hij haar in bed moest krijgen.

Zijn cd-collectie bleek een onverwacht hulpmiddel. In zijn woning in Bayswater had hij van onder tot boven planken vol cd's. De langbenige Canadese had er een afkeer van gehad, waarschijnlijk uit jaloezie, maar toen Karina ze zag klaarde haar gezicht op en smeekte ze hem haar te laten zien hoe hij zijn collectie had georganiseerd.

De linkerkant, zo legde hij uit, was alfabetisch gerangschikt op componist. Aan de rechterkant stonden historische opnamen, alfabetisch gerangschikt op uitvoerende. Karina had een voorkeur voor de rechterkant en ging op zoek naar violisten: Heifetz, Kreisler, Menuhin. Ze trok er de ene na de andere cd uit onder verrukte uitroepen over het aantreffen van zo veel zeldzame opnamen. Julian had zich nooit kunnen voorstellen dat hij nog eens een meisje zou ontmoeten dat had gehoord van Efrem Zimbalist, laat staan een meisje dat meer van hem af wist dan hij.

Ze vroeg of ze een oude opname mocht horen van Jelly d'Arányi: 'Ze was ook een Hongaarse. De grote viooltraditie was volledig Hongaars. József Joachim, Leopold Auer, Jenő Hubay – alle grote leermeesters van de negentiende eeuw.' Julian schonk wat voor hen in en ze luisterden naar een gedeelte van de cd, een fluistering van vioolmuziek die hen vanuit het verleden onder veel geknetter bereikte. Karina bleef maar verkennen. Toen ze bij de R van Rácz kwam, keerde ze zich om.

'Je hebt Mimi Rácz op de verkeerde plek staan,' verklaarde ze. 'Ze leeft nog.'

'Echt waar? Ik heb al jaren niets meer van haar gehoord. Het recital met de suite van Duplessis is uit de jaren zestig.'

'Ze had te veel musici concerten horen geven wanneer hun techniek niet goed genoeg meer was, en ze had zich heilig voorgenomen dat ze dat nooit zou doen. Dus toen haar artritis erger werd, besloot ze te stoppen.'

'Je weet veel over haar.'

'Ze is mijn oma.'

Lindy had het over een muzikale familie gehad, maar niet over de namen. Karina hield de foto op het cd-doosje in de lucht. Ze hadden dezelfde ogen.

Julian was sprakeloos en kon niet meer blijven zitten. Hij liep de kamer door en pakte Karina bij haar middel. Ze gooide de cd als een frisbee naar de bank en boog haar hoofd achterover om zijn kus te beantwoorden. Terwijl zijn ingewanden zinderend tot houtskool vergingen, herinnerde hij zich vaag dat je de stille types juist in de gaten moet houden.

Veel later lag ze naast hem, languit, met gesloten ogen, als een bosdier met donkere vacht; na wat een tumultueus geheel was geworden, had ze zich losgemaakt en was ze weggedroomd naar een oord waar hij haar niet kon volgen. Nagloeiend, opgetogen wilde hij haar vragen of ze zich goed voelde, of ze het fijn vond bij hem te zijn, maar te snel viel hij in slaap.

‘Hij heeft altijd dingen verzameld,’ zei Lindy een paar dagen later tegen Karina, bij een fles wijn in Camden Town. ‘Eerst waren het postzegels, toen cd’s. Arthur is net zo, met zijn iconen.’

‘Maar het zijn er duizenden! Het is ongelooflijk. De meeste muziekbibliotheken zouden erbij verbleken.’

‘Dus hij zei: “Ga je mee, dan kun je mijn cd-verzameling zien”, en toen was je onder de indruk?’

‘Ik ben vier dagen niet thuis geweest!’ Karina wierp haar hoofd in haar nek en klapte in haar handen.

‘Beter dan Richard!’

De zonneschijn verdween van Karina’s gezicht.

‘Geschikter, dan?’ nam Lindy gas terug.

Twee weken later waren ze verloofd.

‘Trouw met me.’ Julian hield Karina met zijn volle gewicht op het bed gedrukt.

‘Jules, ik krijg geen lucht!’

‘Je moet met me trouwen. Zeg dat je met me trouwt!’

‘Maar we kennen elkaar net. Ga weg, je drukt me fijn!’

‘Weet ik. Trouw met me, in godsnaam! Zeg nu maar ja, dan ga ik weg.’

‘Maar we kénnen elkaar niet.’

‘Ik ken je goed genoeg om te weten dat je met me moet trouwen. Karina, zeg ja, nu, gauw, want anders word ik hartstikke gek.’

‘Goed dan: já. Maar laat me nu ademen.’

De volgende dag ging Julian na kantoor als een haas naar Hatton Garden, waar hij de elegantste ring kocht die hij kon vinden – fijn, niet opzichtig moest het zijn voor zijn magische zigeunervioliste. Misschien had ze gedacht dat hij een grap maakte, maar hij zou geen tijd verspillen aan dat haar uit het hoofd praten. Hij had haar nog niet aan zijn ouders voorgesteld, laat staan aan zijn broer, maar hij wilde niet dat dat enig verschil maakte. Hij was zevenendertig, tot over zijn oren verliefd, en hij had hun toestemming niet nodig, ook al was het het meest dwaze idee dat hij ooit gehad had: van een meisje dat hij nog maar net kende, verlangen dat ze trouwde met een lid van de familie Rookfield.

Erzsébet staarde naar de diamanten ring aan Karina’s vinger. ‘Schnoekie, weet je het zeker? Dit is erg snel, ja?’

‘Hij is aantrekkelijk, warmhartig en intelligent, hij is gek op mij, hij is de neef van mijn beste vriendin en hij houdt van muziek. Wat kan ik nog meer willen?'

'Maar hou je van hem?'

Karina draaide aan haar ring. 'Ik weet dat het snel is, maar ik móét ook wel van hem houden. Ik kan nog steeds niet geloven dat iemand als hij me zo graag wil hebben.'

'Schnoekie, je geeft alles en je geeft zo gemakkelijk.'

'Ik kan er niets aan doen. Jullie zijn hetzelfde. Papa is ook zo. Oma ook.'

'Maar die Engelse families zijn anders. Pas goed op. Je moet weten hoe bepaalde dingen bij hen werken. Niet altijd laten zien wat je voelt. Je niet zo blootgeven.'

Karina dacht terug aan het moment dat Julian haar had neergedrukt en had geroepen dat hij gek werd als ze geen ja zei, en ze begon hard te lachen.

Eén aspect gaf haar een ongemakkelijk gevoel.

'Wat fascinerend,' zei Julian. In het huis weerklonk de muziek van Dinu Lipatti die een pianosonate van Chopin speelde. 'Hij speelt het langzame tweemaal zo snel als die Russische vent die ik pas gekocht heb.'

Karina lag op de bank en ging helemaal op in de muziek. 'O ja?'

Julian zette de cd midden in een frase uit en stopte zijn nieuwe aanwinst in de cd-speler. Verstoord kwam ze overeind.

'Jakkie!' zei ze even later. 'Ik vind deze helemaal niet mooi.'

'Maar waarom zou hij het zo langzaam spelen? Hoe staat het aangegeven in het stuk?'

'Dat weet ik niet, maar ik vind het niet mooi. Mogen we nu weer Dinu?'

'Laten we Rubinstein eens proberen. Hij zou het ijkpunt moeten zijn.' Julian zette de onbevredigende Rus af en ging op zoek naar Arthur Rubinstein.

'Beter.' Karina probeerde te luisteren.

'Het zou interessant zijn om te horen wat Pollini doet. Ik moet hem ergens hebben...'

De opname van Rubinstein stopte even abrupt als hij was begonnen; Julian stopte een nieuwe cd in de gleuf.

'Toch geef ik de voorkeur aan Dinu Lipatti,' zei Karina. 'Kunnen we die niet af luisteren?'

'Ja, schat, zo meteen. O, hé, hier heb je Alfred Cortot, die is interessant...'

Karina kon Julians houding tegenover muziek maar niet vatten. Of je houdt van muziek, of je houdt niet van muziek. Julian hield er duidelijk van: hij bracht veel vrije tijd door met naar zijn cd's luisteren, ze met elkaar vergelijken en er nog meer kopen. Toch deed hij haar denken aan een onderwijzer op een sportdag. Voor hem waren musici net hardlopers die afstandelijk met elkaar moesten worden vergeleken op snelheid en lenigheid. Soms gebruikte hij muziek voor het beïnvloeden van zijn stemming: vóór een moeilijke vergadering zette hij iets op dat hem wakker maakte, zoals Beethoven of Richard Strauss. Maar Karina luisterde alleen vanuit de liefde voor de muziek – de sfeer, de poëzie, het karakter. Voor Julian leken die niet te tellen. Maar op een dag zou ze er vast achter komen dat die toch wel telden...

Karina en Julian introduceerden de families wederzijds bij een diner in de woning in Bayswater. Alles leek eerst goed te gaan. Dénes, een gedrongen figuur met een bruin corduroy jasje aan, schudde Arthur de hand. Een man die Karina tweemaal zo lang en tweemaal zo dik als haar vader leek, en zo niet tweemaal zo excentriek, dan toch zeker met gemak zijn gelijke. De blik van Dénes bleef ongelovig hangen op het met edelstenen bezette orthodox-katholieke kruis dat op Arthurs vest hing; een souvenir dat hij had gekocht tijdens een zakenreis nadat het IJzeren Gordijn was gevallen, legde Arthur uit, en dat hij had gekozen om esthetische, niet-religieuze redenen. Erzsébet vroeg Anne het exemplaar te tekenen van haar nieuwste biografie, die ze als cadeau voor hen had meegebracht. Karina concentreerde zich op het eten en stond met een rood hoofd couscous los te roeren, citroenen te persen en Franse kaas uit te pakken; zo hoefde ze zich geen zorgen te maken over wat er zou gebeuren wanneer de Rookfields afdwaalden naar dat stukje Hongaars terrein waar de landmijnen lagen.

Bij de kaas was het zover: Arthur kwam in aanvaring met het taboe.

'Zo, Dennis,' zei hij, 'dus jullie kwamen allebei in 1956 naar dit mooie, groene land?'

Erzsébet nam gauw het woord: 'Ja, we hebben erg geboft.'

Dénes zweeg.

'Wat fascinerend, Betsy,' probeerde Anne haar aan te sporen. 'Was het erg traumatiserend?'

'We deden wat we konden,' zei Erzsébet met een geforceerde glimlach. 'We waren allebei erg jong. Mijn vader en moeder waren allang dood en ik ben met een paar schoolvriendinnen ontsnapt. We zijn toen er sneeuw lag een rivier over gezwommen. Dénes en ik hebben elkaar hier een paar jaar later ontmoet. Ik begeleidde audities en op een gegeven moment verscheen hij met zijn cello. Vanaf die dag zijn we samen geweest.'

'En jij, Dennis?' drong Anne aan. 'Ben jij ook op spectaculaire wijze ontsnapt?'

In de stilte die volgde, taxeerde Dénes, met een afwerende blik, de nieuwe familie van zijn dochter. Karina hield haar adem in, maar haar vader sprak tot haar opluchting met rustige stem. 'We praten er niet over,' zei hij ten slotte. 'Het is niet belangrijk, en wie weet, brengt de wereld ons op een dag nog ergere dingen. En nu, vrienden, hebben we een verloving te vieren. Laten we daarop drinken!'

Dat deden ze. En als Arthur en Anne later onder vier ogen al de geschiktheid van een muzikante met getraumatiseerde ouders als Julians uitverkorene bespraken, of Julian al vroegen er nog eens over na te denken, dan zou geen enkele Veres dat ooit te weten komen, zelfs Karina niet.

De bruiloft vond plaats in de parochiekerk van Lewes. Eén vak zat tjokvol met familie van de Rookfields, goede vrienden en kennissen, en collega's van Julian. De andere kant bevatte vrienden en vriendinnen van Karina van de muziekacademie en het orkest, plus een handjevol Hongaren. En in het kerkportaal keek Mimi Rácz, telg uit een familie van Hongaarse Roma die muziek maakte op de poesta, in het blozende, brede gelaat van Arthur, Lord Rookfield, geboren in het grote familiehuis dat nu zijn bezit was, en schudde hem de hand met een intensiteit die hem even de adem benam.

Mimi's vele anekdotes over Hongarije hielden, alsof de kraan werd dichtgedraaid, op zodra ze bij het eind van de jaren dertig van de twintigste eeuw kwam.

'Mijn eerste herinneringen zijn herinneringen aan mijn lievelingspaard,' zei ze tegen Karina's nieuwbakken echtgenoot, in haar appartement met hoge plafonds dat uitzicht bood op Montague Square. 'Ik hield toch zo van hem! Een schoonheid, zo bruin en glanzend als een verse kastanje. Mijn vader verkocht hem. Ik heb dagen gehuild.'

'Maar jullie waren toch muzikanten, geen paardenhandelaars?'

'Ja, *muzsikás cigány.*'

'Jullie allemaal?'

'Inderdaad. We waren allemaal muzikanten, mijn hele familie. Een dynastie, net als op de tv.' Mimi grinnikte, meer in zichzelf dan tegen Julian. 'Toen ik nog heel klein was, woonden we in een mooie, uitbundig beschilderde wagen en leefden mijn vader en zijn broers van allerlei losse baantjes, maar later vestigden we ons met onze neven in het allerlaatste huis in een naargeestige voorstad aan de rand van Boedapest. Maar voor de Roma waren muzikanten, de beste *muzsikás cigány*, zoiets als vorsten. De anderen durfden ons niet aan te spreken!'

Mimi's herinneringen aan haar kindertijd mochten dan levendig zijn, haar herinnering aan wat ze hun al eerder had verteld was nihil. Julian had het verhaal over het kastanjebruine paard al een paar maal gehoord. Maar Mimi doorboorde hem met haar blik en hij schoof ongemakkelijk heen en weer op zijn stoel. Er waren weinig dingen die Julian uit het lood brachten, maar als Mimi goed in vorm was, was zij er één van. Haar accent was zwaar: de klemtonen vielen op de eerste lettergrepen van de woorden, de klinkers waren langgerekt, de r-en rolden, de w's klonken als v's. Als de Britse stemmen om haar heen pasteltinten van appelgroen tot aardbeienijskleur vertegenwoordigden, was die van Mimi peperrood.

'Wat een aardige jongeman, Schnoekie,' zei ze tegen Karina. 'Hij onthoudt alles.'

Julian noemde Karina ook een keer 'Schnoekie', maar toen moest ze lachen. Het is een duveltje uit een oud Hongaars verhaal, legde ze uit. Dat haar ouders haar zo noemden was best, maar ze had toch liever dat hij het op 'schat' hield. Julian vond trouwens hoe dan ook dat Karina niet erg op een *schnoek* leek, wat dat ook mocht zijn.

Alles wat er nog over is van het eigen oude Hongaarse verhaal van de familie Veres bevindt zich nu in het huis van Karina en Julian in Lewes. Bovenin is een logeerkamer en daarnaast bevindt zich het niet-omgebouwde gedeelte van de zolder dat door een lage, afsluitbare deur te bereiken is, waarin ze hun eigen rommel en die van anderen bewaren. Erzsébet en Dénes, die gebrek aan ruimte hebben, hebben er hun oude spullen, en die van Mimi, gestald. Tien tot vijftien dozen, misschien meer. Familierelieken die niemand weg durft te gooien; bij die van Mimi zitten mogelijk een brief van Marc Duplessis, aandenkens aan belangrijke concerten of oude foto's. Maar de aard van de dozen en de inhoud – stoffig, ongeordend en voornamelijk in het Hongaars – heeft Karina ervan weerhouden ze zo grondig te inspecteren als ze misschien wel had moeten doen. De implicaties schrikken haar nog steeds af.

'Waarom ben je nooit in Hongarije geweest?' had Lindy ooit gevraagd.

'Als ik jou was, had ik na de val van het IJzeren Gordijn het eerste het beste vliegtuig naar Boedapest genomen.'

'Mijn ouders hebben het achter zich gelaten. Het is denk ik het beste als ik dat ook doe.'

'Wat moet ik toch met jou,' had Lindy gezegd.

## HOOFDSTUK 4

Toen het donker werd, kwamen de violen tevoorschijn. Twee, voor vader en zoon; verder de grotere altviool, de zware contrabas, de taragot en de cimbaal. Met het getik van de hamertjes op de cimbaalsnaren en de zwierige halen op de viool begon naar Mimi's gevoel de magie.

István Rácz kon met de manier waarop hij viool speelde een ronddraaiend universum stilzetten. Net als de rattenvanger van Hamelen kon István, Mimi's vader, iedereen naar zich toe trekken, ongeacht ras, inkomen of scholing. Als hij alleen was, zou dat anders zijn: de vioolspeler heeft zijn publiek nodig, want de draad tussen hen maakt van een reeks muzikale kralen een ketting. De strijkstok geeft de vedel zijn stem, de vingers van de linkerhand geven de woorden van het lied vorm. Als die niets zegt, als het niets betekent, is het niets. Het gaat niet alleen om de noten, maar ook om de ruimte, de beweging ertussenin, die zich een weg naar het onderbewuste boort en het hart diep raakt.

Het was de bedoeling dat Mimi onder haar deken lag te slapen. Ze opende haar ogen en ademde de geur van het houtvuur in. Haar vader, opa en ooms stonden bij het vuur een verbunk te spelen en de cimbaal van oom Sándor borrelde haar dromen binnen; ze hoorde het donkere jammergeluid van de altviool, de taragot die als een zijden lint op luchtstromen leek te worden opgetild, de contrabas die daaronder knarste, en Istváns viool die hen allemaal leidde, glijdend, stijgend en bovenaan huilend. Dat ben ik, dacht Mimi. Die klanken worden van mij.

Gemakkelijk ging dat niet.

'Je bent een meisje,' zei haar moeder, Mária, tegen haar. 'Je kunt gaan zingen wanneer je ouder wordt, of dansen. Muziek maken is voor de mannen.'

'Waarom?' wilde Mimi, die drie was, weten.

'Omdat het altijd zo geweest is.'

'Maar ik wil het!'

'Mimi, de mannen gaan spelen in cafés en taveernes of op feesten, en soms in restaurants in de grote steden. Dat zijn geen geschikte plekken voor een jong meisje.'

'Ik wil...'

'Schei uit, Mimi. Kom hier bij ons spelen, nu, terwijl we eten koken.'

Daarmee was voor Mária de kous af, maar niet voor Mimi. Mimi was de laatste in een lijn, met een eeuwenlange traditie die tegen haar werkte, maar dat ze het niet begreep, wilde nog niet zeggen dat ze zich gewonnen gaf. Ze kon maar één ding doen, en dat deed ze ook. Ze ging op de grond liggen trappelen en gillen en nog eens gillen, en de vogels vlogen uit de bomen en de paarden hieven hun hoofd en hinnikten met haar mee, want ze waren haar vrienden. Haar moeder probeerde haar te kalmeren, maar Mimi gilde door. Haar vader dreigde haar een pak slaag te geven, maar het baatte niet. 'Zorg dat je dochter luistert,' droeg hij Mária op.

Algauw rook Mimi het avondeten; haar moeder probeerde haar te verleiden met een kom konijnenstoofpot uit de ketel. Haar maag knorde. 'Nee! Ik hoef niks!'

'Dan niet,' zei István, terwijl hij zijn vrouw dreigende blikken toewierp.

Mimi weigerde ook 's morgens te eten. Ze wist niet dat ze in hongerstaking was. 'Ik eet niet totdat ik van jullie viool mag spelen.'

Haar dromen waren altijd levendig wanneer ze niet genoeg at. Op de tweede dag lag ze in de wagen en de houten wanden tolden om haar heen. Ze zag haar moeder met haar donkere rokken en lange, geoliede haar vreemde bogen beschrijven. 'Als je het kind niet aan het eten krijgt, gaat ze dood,' protesteerde István. 'Wil je nog een kind verliezen?'

'Wat kan ik doen? Ze wil niet!' stampvoette Mária, bijna in tranen. Mimi beet op haar lip en proefde bloed. Ze gaf niet op. Ze sloot haar ogen en zag draken.

Hoe lang het zo was doorgegaan zou ze nooit weten, maar haar volgende herinnering was duidelijker: haar broer Péter knielde naast haar neer met in zijn hand de kleine viool waarop hij leerde spelen. Hij pakte haar hand en legde die om de hals, totdat ze de vier snaren onder haar vingertoppen kon voelen. 'Ik zal het je leren, Mimi,' fluisterde hij. 'Kom, eet nu iets. Neem maar een stukje brood. Het is vers.'

Mimi kwam half overeind en keek haar vader naar haar idee lange tijd dreigend aan.

'Goed dan.' István Rácz had zojuist de allereerste nederlaag van zijn leven geleden. 'Als het zo moet zijn, laat het dan zo zijn. Mijn dochter zal vioolspelen. Als het goed was voor Panna Czinka, is het misschien ook goed voor haar.'

Ze liet de viool niet meer los. Péter hielp haar 's morgens ermee te werken; 's avonds, wanneer haar moeder het goed vond, ging Mimi soms met de mannen mee naar de taveernes, waar ze, klein en met grote ogen, bij hen zat, ernaar verlangend mee te doen terwijl ze optraden. Het duurde niet lang of ze beseften wat een aanwinst ze was: de *gadje* waren weg van dat lieve, ernstige kind met de lange vlechten, en op de avonden waarop ze mee was, verdienden ze altijd meer. Dat was voordat ze haar instrument beheerste. Dat ze dagen en avonden lang klanken opzoog, gretig als ze was naar muziek, maakte het alleen maar vanzelfsprekend dat ze er ooit deel van zou uitmaken.

Nog voordat ze tien was, werkten de geruchten over de optredens van de kleine Mimi met István Rácz' zigeunerorkest even aanstekelijk als het ritme van hun dansen. Op een dag hoorde István via andere Roma-muzikanten dat de eigenaar van restaurant Károlyi in Boedapest navraag aan het doen was naar de kleine zigeunervioliste en haar familie. Als ze zouden komen voor een proefoptreden en naar zijn zin zouden blijken te zijn, zou hij hun mogelijk een engagement aanbieden.

De familie Rácz ging over de vlakten op weg naar Kistarcsa, ruim twintig kilometer ten noordoosten van Boedapest, waar Mária neven had wonen. De paarden zwoegden voort, terwijl István en Sándor overal informeerden, totdat een groep jonge Roma-mannen de namen herkenden en hen naar een kampement verwezen aan de rand van de voorstad, die op Mimi overkwam als het einde van de wereld. Beroete fabrieken, vervallen huizen die de indruk wekten niet te kunnen wachten tot ze in de modder en het vuil mochten vallen; vrijwel nergens was een boom te zien. 'We kunnen hier blijven, want niemand zal ons weg willen hebben,' legde Mária uit, maar Mimi begreep dat niet. Hongerig en kribbig na een lange dag in de wagen liep ze mee toen haar vader en de anderen, onder wie Péter, die vijftien was en tweede viool speelde, op weg gingen om op te treden in het restaurant in de heuvels van het oude Boeda.

Ze kleedden zich onberispelijk in hun uniform, bestaande uit een donkere broek, witte blouse, een mouwloos vest en lakleren schoenen, en Mimi droeg de lange, geborduurde rode rok die Mária voor haar had gemaakt, met een hesje en rode muiltjes. Ze stapten in de derdeklascoupé van de trein; doordat de mannen hun instrumenten bij zich hadden en met hun geborduurde leren hessen ontzettend opvielen onder de andere passagiers, voelde Mimi honderden ogen op hen rusten, maar niet de gebruikelijke vijandigheid. In Kistarcsa stikte het van de Roma, had István haar verteld, en iedereen kon zien dat ze muzikanten waren. Bovendien hadden ze zich voor deze gelegenheid schoongeboend. In de sociale rangorde van het derdeklasrijtuig behoorden ze, zo besefte ze, tot de bovenlaag.

'Ben je er klaar voor, Mimi?' fluisterde István tegen haar terwijl ze tegen zijn schouder zat te dommelen.

'Klaar.' Ze kende inmiddels alle populaire deuntjes: 'Donkere ogen', 'De leeuwerik', de Hongaarse dansen van Brahms, een paar melodietjes van Liszt, Kálmán en Lehár, en nog andere. 'Hongaarse melodieën, soms klassieke composities, niet onze eigen muziek,' had István tegen haar gezegd, haar behandelend als een volwassene. 'Ze zijn beroemd en de mensen zijn er dol op. Maar we brengen ze in onze eigen stijl. Weet je, Mimi, het is onze taak hen op hun eigen terrein te verslaan!'

Mimi verkondigde later tegen haar moeder dat Károlyi niet zo veel bijzonders was. Ze voelde dat ze de voorkeur moest geven aan het bos boven de stad, aan de voedzame, pittige stoofpotten van konijn of kip, met paddenstoelen, appels en kersen die stilletjes in de boomgaarden waren geplukt, boven de dure sauzen van Károlyi. Ze moest de eenvoudige blouses met lage hals en lange rokken die haar moeders figuur flatteerden, verkiezen boven de zijde en het fluweel dat de *gadje*-vrouwen er droegen, die, zoals Péter haar op weg naar huis met afkeer in zijn stem toefluisterde, zich zo mooi kleedden alleen maar om te eten. Maar zij wachtte haar beurt af terwijl haar familie speelde; ze keek toe en nam alles in zich op: kettingen zo lang als de Donau, slappe hoeden die leken op bloemknoppen die op het punt stonden open te gaan, en terwijl de obers druk heen en weer liepen met zilveren dienschalen, kreeg ze een flauw gevoel in haar maag door de geur van vlees en goedgevulde soepen, want ze groeide hard en sinds de ochtend had ze niets gegeten. Niemand gaf hun iets te eten.

Onze manier van leven is de beste, had haar moeder haar verteld. Wij zijn vrij. Wij worden niet gehinderd door bezittingen. We werken voor onszelf, niet voor anderen, en we betalen onze schulden. We hebben eer en integriteit hoog in het vaandel staan. In tegenstelling tot hen. Maar toen Mimi haar viool tegen haar kin legde, dacht ze inmiddels wel dat bezit misschien helemaal niet zo verschrikkelijk was, en dat het misschien ook niet zo erg was als je je gezin trakteerde op lekker eten in een beroemd restaurant, en dat als ze kon ruilen met het jonge meisje aan de dichtstbijzijnde tafel, dat naast de vader met de snor en het jacquet zat en de moeder met de kersenrode hoed die haar elegante korte haar omsloot, en de oudere zus met de witte jurk met lage taille en het lange parelsnoer dat als maanlicht op haar huid lag, ze nog niet wist wat ze zou doen. Haar strijkstok kwam met een zwaai in actie. Het meisje, dat even oud was als zij, maar in een andere wereld leefde, staarde haar aan en zat heel stil.

Mimi gleed langs de snaar omhoog, hield een hoge harmonische vast, en voelde hoe het publiek de adem inhield. Ze legde een dodelijke dosis verlangen in haar klank, en terwijl Sándor tremolando een achtergrondgetokkel op zijn cimbaal liet horen, improviseerde ze; haar vingers bewogen razendsnel, de stok trilde, en om hen heen verstomde het gekletter van messen en vorken op duur serviesgoed steeds meer, totdat het stil was. Haar solo was voorbij en moest met het snelle gedeelte van de verbunk worden afgesloten. Het langzame en het snelle gedeelte, zo had István haar geleerd, vertegenwoordigen de twee kanten van het Hongaarse karakter. De dans werd vroeger gespeeld als wervingstruc, om jonge mannen in actie te laten komen en ertoe te bewegen zich te melden voor het leger. De violen speelden luid de melodie, die de mensen er altijd toe bracht op de maat mee te gaan klappen, en om hen heen hing een fosforescerende gloed; er hing elektriciteit in de lucht, als op de poesta voor een onweersbui, zodat Mimi, de aanwijzingen van haar vader volgend, zich kon verbeelden dat de vonken onder het paardenhaar vandaan schoten, en aan het eind was er zo'n applaus dat de eigenaar, die de teugels van hun toekomst in handen hield, naar István toe liep en hem bijna omhelsde. En wat Mimi betrof...

'Mijn kostbaarste bezit,' verklaarde István, met zijn hand om haar schouder geklemd. Aangezien Mimi niet wilde zeggen 'Ik had het je toch gezegd', hield ze zich stil en lachte ze lief.

Ze hadden zo veel succes bij Károlyi dat de familie Rácz in Kistarcsa bleef en naar een goedkope kamer verhuisde. Het was vast het laatste huis dat in de verre omtrek te vinden was, dacht Mimi. Ze zag verderop alleen maar een stenige, kapotte weg, de brokkelige muur van een fabriek die moeren maakte, en een stuk open land dat zelfs zij geen natuur kon noemen.

Op de eerste dag wilde ze de trapleuning vastpakken, maar die raakte los; de hele middag was ze als de dood dat iemand haar de schuld zou geven, maar tegen de avond was ze er achter dat het niemand wat kon schelen, omdat de rest van het huis in dezelfde staat verkeerde. Er was in het bed maar net aan plaats voor hen allemaal, de plas-en-poepemmers stonken, en soms bonkten *gadje*-weldoeners op de deur om te vragen waarom de kinderen niet naar school gingen. De andere Roma-families die geen muzikanten waren, durfden niet met hen te praten, en voor zover Mimi kon waarnemen, wilden haar ouders ook niet met hen praten. 'We zullen geld sparen en weer snel verder trekken,' besloot Mária. 'Dit is beneden onze waardigheid. Zo zouden we niet moeten leven, Mimi. Muzikanten niet.'

Mimi werkte. Iedere minuut die ze niet werkte, was een verspilde minuut. Péter werkte niet zo hard als zij. 'Het is iets natuurlijks, het zit in ons bloed, we hoeven niet te oefenen,' zei hij tegen haar. Maar ze wist zeker dat dat niet waar was, want algauw speelde ze veel beter dan hij. Hij was lui. Hij speelde telkens weer op dezelfde manier. Zij wilde elke dag iets anders proberen, grenzen verleggen – ze hield een noot langer vast, liet het tremolando zich wat langer vermengen, maakte de tonen langer, zodat het publiek de adem bleef inhouden en bijna moest smeken ze los te laten, waarna ze in één grote golf losbarstten, om te eindigen in een wervelende finale.

Wanneer ze 's avonds heel laat van haar werk thuiskwam, vlijde Mimi zich wel eens dicht tegen haar moeder aan en keek ze door een gebarsten raam naar de sterren, met een verlangen in haar dat ze niet kon thuisbrengen. Ze miste de bossen, de beekjes, de wijde, lege vlakte, maar dat wilde ze niet zeggen. 'We zullen gauw iets beters hebben om in te wonen,' zei Mária tegen haar. 'We zullen ons ergens vestigen. Dat is niet meer zo ongewoon. Reizen, zoals ons volk altijd heeft gedaan, is niet meer zo gemakkelijk als toen ik jong was. Bovendien wordt je vader binnenkort beroemd.' Ze streelde Mimi's haar. 'Op een dag gaan we allemaal op tournee in het buitenland, en wanneer we terugkomen, zijn we rijk en kent iedereen de naam Rácz. Wacht maar af.'

St.-Matthew is een verstandige keuze. Het is er niet zoals in Julians tijd. Vijf is te jong; een stevige zeven jaar is iets anders. Terwijl hij over vloeren met visgraatpatroon loopt en sporttrofeeën bewondert en foto's van jongens met voetballen en cricketbats in hun handen bekijkt, doet Julian zijn herinneringen af als niet relevant.

Julian is vijfenveertig; in de vier decennia die verstreken zijn sinds hij naar de particuliere basisschool ging, is alles veranderd. De schoolhoofden zijn bang voor rechtszaken en doen hun uiterste best om goed voor de jongens te zorgen. Slaan met stokken of pantoffels behoort allang tot het verleden. Wanneer een kind nu in bed plast, staan de therapeuten waarschijnlijk in de rij om het te analyseren.

Hij zal nooit de geur in zijn eerste slaapzaal vergeten. Hij was niet de enige; dat was de enige troost toen hij de walging op het gezicht van het internaatshoofd zag en het enige wat hielp tegen de schaamte en de straffen. Waarschijnlijk de helft van de kinderen op zijn zaal plaste in bed.

Hij weet nog dat hij zijn ouders zag wegrijden: de Jag (de Rookfields hebben altijd Jaguars) die naar de poort reed en even stopte toen het hek openging. Het hek ging dicht, de auto nam een bocht, kreeg vaart en verdween. Wanneer je vijf bent stel je geen kritische vragen; je weet niet dat er een alternatief is. De leegte, de ellende. Die bleven. Verlatenheid. Je houdt van iemand, die iemand laat je alleen. Je vertrouwt mensen, ze verraden je.

'sNachts droomde hij dat hij thuis was, maar wanneer hij dan wakker werd, lag hij op een smalle matras, omringd door elf bedden met andere vijfjarigen erin, van wie hij de meesten niet mocht; meestal lag er in het donker wel iemand te snuffen. Dan voelde hij zijn pyjamabroek tegen zijn huid plakken, en wist hij waar de stank vandaan kwam.

Op St.-Matthew slapen de jongens in hun eigen slaapkamertje. Ze mogen elk weekend naar huis. Niemand leest hun brieven – een kind van zeven kan met zijn mobieltje sms'jes sturen. In de douches staan flessen vochtinbrengende douchecrème en in de eetzaal hangt een enorm spandoek, door de leerlingen versierd met plaatjes van boerderijdieren en lachende mensen van allerlei kleur, die verkondigen dat minstens de helft van het eten in iedere maaltijd van regionale herkomst is.

Karina loopt naast Julian en houdt Jamies hand vast.

'Moet je zien, Jimbo!' zegt Julian, terwijl hij door een raam naar buiten wijst. 'Niet veel kostscholen hebben zo goede sportvelden.'

Jamie staart naar de andere jongens, die misschien binnenkort zijn klasgenoten zijn. 'Zijn de leraren aardig, mam?' vraag hij. Het is de verstandigste vraag die de hele dag gesteld is, en het is natuurlijk de enige vraag waarop ze geen antwoord weten.

'We zullen het uitzoeken,' belooft Karina hem.

'Het hoofd vond ik raar,' zegt Jamie. 'Hij deed zo slijmerig tegen jou, pap. Kwam dat doordat hij weet dat opa een lord is?'

'Hij deed niet slijmerig, maar beleefd,' merkt Julian op. 'Hij heeft heus wel eens eerder lords en zo ontmoet.'

'Denk erom, Jamie, het is belangrijk dat je daar op school niet over praat.' Karina praat zachtjes. 'Het klinkt wel prachtig, maar het komt er eigenlijk alleen maar op neer dat je opa een heel groot huis bezit dat hij moeilijk kan onderhouden.'

'Dus iedereen die een groot huis heeft is een lord?' vraagt Jamie uitgekookt.

'Je weet dat dat niet zo is, Jamie,' zegt Julian.

'Word jij ook ooit een lord, pap?'

'Nee, schat,' grijpt Karina in. 'Oom Hilary erft de titel omdat hij ouder is dan papa.'

'Hilary is een meisjesnaam,' zegt Jamie minachtend. 'En het is ook niet eerlijk. Waarom kunnen ze niet allebei een lord zijn?'

'Zo werkt het nu eenmaal,' zegt Julian. 'Dat is altijd zo geweest, en het zal altijd zo zijn. Het enige verschil met vroeger is dat we niet meer mogen meeregeren.'

'Waarom?'

'Omdat meneer Blair de meeste erfadel uit het Hogerhuis heeft gegooid en die vervangen heeft door zijn eigen vriendjes. Het is zoiets als een pestkop die je een oplawaai geeft omdat jouw naam hem niet aanstaat.'

'Als ik een land regeerde,' peinst Jamie, 'dan zou ik ook mijn vriendjes laten meeregeren, in plaats van een stelletje ouwe mensen. Want misschien zaten er mensen bij die me niet aardig vonden.'

'Het gaat er niet om, Jimbo, dat ze je aardig vinden, maar dat ze respect voor je hebben,' wijst Julian hem terecht.

'Maar er is niets mis met aardig gevonden worden,' voegt Karina eraan toe, 'zolang ze je maar mogen om wíé je bent, en niet om wát je bent.'

Ze denkt aan het blozende, vriendelijke gezicht van het schoolhoofd. Hij was inderdaad overdreven beleefd geweest tegen de Hooggeboren Julian Rookfield, natuurlijk wel. Hij was nog niet zo lang hoofd en de kleine jongens van de aristocratie verveelden hem nog niet, hoe dom ze ook waren. Jamie heeft in ieder geval een goed stel hersens. Het hoofd houdt ook van muziek. 'Mimi Rácz?' had hij opgemerkt. 'Mijn vader was een grote fan van haar. Het beste van de klassieke en zigeunertraditie in één persoon verenigd, zei hij altijd. Tja, er is bijzonder veel vraag naar plaatsing op onze school, maar James lijkt me een schitterende knaap. Hij komt uiteraard op onze wachtlijst, en zodra er een plaats vrijkomt...' Engerd, denkt Karina, terwijl ze één arm stevig om haar zoon geslagen houdt.

Later, op het parkeerterrein, treffen ze een jongen van Jamies leeftijd aan die de Jag staat te bewonderen. Jamie lacht naar de jongen, die teruggrijnst. 'Is die van jou?' vraagt hij.

'Ja,' verklaart Jamie trots.

'Cool!'

'Straks eist hij nog dat wij er ook een nemen,' grapt de vader. 'En wat is uw indruk van St.-Matthew? Wel een geschikte school, geloof ik?'

'Ik denk het wel.' Julian maakt een zwierig gebaar met zijn autosleutels. 'We hebben deze school al jaren op het oog.' De Jag piept en knippert met zijn lichten.

'Cool zeg,' fluistert Jamies toekomstige klasgenoot met uitpuilende ogen. 'Tot in september dan?'

'Ja, misschien!' Jamie zwaait en stapt in.

Thuis, wanneer Jamie in bed ligt, gaan de sluizen open.

'Hij is zeven en jij wilt hem van huis sturen!'

'Karina, we hebben dit allemaal al besproken.'

'Nee, dat hebben we niet. We hebben het pas "allemaal besproken" wanneer je naar me luistert!'

'Je zegt alleen maar nee. Ik heb nog niets overtuigends gehoord.'

'Jij bent degene die op zijn vijfde naar kostschool moest. Je hebt het me uitgebreid verteld, weet je nog? We zaten op dat strand en je hebt wel drie uur lang zitten beschrijven hoe ongelukkig je je voelde. En nu wil je Jamie hetzelfde laten doormaken?'

'Ik heb je al honderd keer gezegd dat je anno 2006 nergens in het hele land zo'n school zult vinden.'

'De scholen mogen dan verschillen, maar de kinderen zijn hetzelfde. Kinderen hebben een gezin nodig! Hij krijgt heimwee. En de andere kinderen krijgen ook heimwee, maar zullen doen alsof dat niet zo is, want ze willen niet dat de anderen het weten. En ze zullen later hun hele leven doen alsof ze niet voelen wat ze voelen, omdat ze niet weten dat er ook een andere manier van zijn bestaat.'

Karina heeft een open zenuw geraakt. 'Zullen we Jamie eens vragen of hij het er leuk vond?' is het weerwoord van Julian. 'Ik had namelijk de indruk dat hij het wel zag zitten.'

Karina's opwinding ebt even snel weg als hij is opgelaaid. Ze schudt haar hoofd en steekt haar hand uit om even een kneepje in Julians schouder te geven; automatisch draait hij zijn hoofd om en kust haar hand. 'Kom, lieverd,' zegt ze. 'We zullen ons beter voelen wanneer we wat gegeten hebben. Ik zal iets klaarmaken.'

Julian gaat een fles rode wijn van het rek onder de trap halen. Hij is nooit helemaal gewend geraakt aan Karina's snelle stemmingswisselingen. Hij weet dat ze zich nog steeds hevig zorgen maakt, maar de scherpe kantjes zijn er nu af, althans voorlopig. Dat is haar 'Hongaarse-driejarigetoer' zoals hij het noemt, hoewel een deel van hem wel de voordelen ziet van het zich uiten voor iemand die zo gepassioneerd is als zij. Als ze dat niet deed, zou ze knappen. Het is net of ze een pak met gemoedstoestand neemt, dat helemaal leegdrinkt, dan een nieuw pak neemt en daar weer van gaat drinken.

De volgende ochtend wordt er in stilte ontbeten. Karina heeft niet geslapen. Beelden van Jamie op kostschool hebben stampend rondjes gelopen in haar hoofd, in combinatie met de angst voor wat ze zonder hem zou moeten. Een zelfverzekerde geest: wat een rijk bezit. Zekerheid, geworteld zijn, wat een troost in een wereld vol drijfzand. Als ze moest kiezen of haar zoon overwinnaar of verliezer moest zijn, de lord van het grote huis of de zigeuner met de viool, zou er dan een keuze zijn? Maar zou er dan niet iets anders verloren gaan, als een bloem die geplet wordt onder beton?

'Mag Olly hier komen spelen?' vraagt Jamie, die van niets weet, wanneer hij zijn vlokken eet.

'Natuurlijk, Schnoek,' zegt Karina. 'Maar dan moet het wel vanmorgen, want we gaan vanavond naar het toneelstuk van tante Lindy. De eerste keer dat je naar een toneelstuk gaat!'

'En, want vond je er gisteren van? Hoe vond je de school?' zegt Julian ten slotte. 'Denk je dat je er heen zou willen?'

'Ja hoor. Ik vond het wel leuk.'

'Waarom, Schnoekie?' vraagt Karina. 'Waarom vond je het leuk?'

'Die jongen op de parkeerplaats was aardig. Misschien krijg ik er wel vrienden.'

Julian laat een geluid ontsnappen als van een leeglopende ballon die al zijn zorgen laat verdampen.

'Wil je er niet een beetje langer over nadenken?' spoort Karina hem aan. 'We kunnen ook nog naar andere scholen gaan kijken, misschien scholen waar je niet de hele week hoeft te blijven slapen...'

'Maar, als je deze echt leuk vindt,' komt Julian tussenbeide, 'kan ik het hoofd maandag meteen even bellen.'

'Goed,' zegt Jamie. 'Cool.'

Het Britse spoorwegstelsel is het oudste ter wereld. Logisch dus dat Julian naar zijn werk rijdt.

Treinen, zo peinst hij, dienen mensen snel en veilig van de ene naar de andere plek te vervoeren. In een ideale wereld zou meer dan een eeuw aan activiteit niet onderhevig moeten zijn aan slijtage; je zou een goedkoop kaartje kopen, meteen instappen, een zitplaats vinden en op tijd aankomen, zonder ‘seinstoringen’, ‘bladeren op de rails’ of ‘de verkeerde soort sneeuw’. Julian weet te veel van de spoorwegen.

Ze waren aan een grondige revisie toe toen de Tory’s aan het privatiseren sloegen. Nadat Thatcher de vakbonden om zeep had geholpen, kon je een transportnetwerk toch zeker niet meer voornamelijk runnen ten gunste van degenen die het runden, zoals in het communistische Rusland en Hongarije? Desondanks zou Julian nooit het fuikenweb van complexiteiten hebben aanbevolen dat voortvloeide uit de Spoorwegwet van 1993. In die tijd was hij nog een aankomend jurist geweest die het vak leerde in een glazen torenflat in de City. Ingesloten door de bergrug aan papierstapels waarmee het uiteenvallen van het oude, genationaliseerde British Rail gepaard ging, had hij werkweken van honderd uur gemaakt, vaak tot diep in de nacht. Erger nog: toen hij met zijn vriend Andy Williamson had gepraat, die net als hij advocaat was, maar ook zitting had in zijn gemeenteraad (‘als boetedoening voor mijn zonden’, volgens Andy) in de hoop ooit parlementslid te worden, waren ze het er algauw over eens dat het tamelijk onwaarschijnlijk was dat het nieuwe systeem, waarvan de voorbereidingen hun hun jeugd kostten, ooit goed zou werken, zelfs als alles meezat.

Eén bedrijf is eigenaar van het spoor. Diverse andere bedrijven laten de treinen rijden, op basis van kortdurende concessies. Een handjevol andere bezit het rollende materieel en verhuurt dat aan de bedrijven die de treinen laten rijden. Een treinenbedrijf zonder treinen, dat gaat niet, dus verdienen de ‘rollende figuren’ dik en worden ze binnengehaald door de banken omdat die snelverdiend geld in het verschiet zien. Stations? Die worden gerund door de bedrijven die de treinen laten rijden, die met elkaar moeten concurreren; wanneer er meer dan één in het spel is, ontstaat er een hevige strijd. Ieder onderdeel van dit web moet gereguleerd worden door een juridische overeenkomst. En wie heeft daar baat bij? Nou, denkt Julian, mijn zoon, Jamie. Julian beheert enorme geldbedragen, waarvan een groot deel door de belastingbetaler is opgebracht, en verdient daar zelf ook wat aan. Hij kan er Jamies opleiding op Elthingbourne van bekostigen, en dat is uiteindelijk waar het om gaat.

Nu Julian in een partnerschap zit, wordt de helft van zijn tijd in beslag genomen door marketing, contracten binnenhalen en netwerken. Hij stuurt zichzelf als een schip met volle zeilen door de restaurants, clubs, bedrijfsconferenties en handelsbeurzen waar alle gesprekken plaatsvinden. Op zijn werk weet hij wat hij doet.

Op zijn minder gelukkige momenten thuis, voordat hij Karina ontmoette, had hij zich wel eens afgevraagd of alles anders zou zijn gegaan als Elthingbourne had lesgegeven in Huwelijksbeheer op Topniveau. Hulpmiddelen voor het vermijden van 'akelige scènes'; het verschil kennen tussen een vrouw die ongesteld moet worden en een vrouw die het meent wanneer ze zegt dat ze erover denkt weg te gaan; waarschuwingssignalen herkennen en de lont uit een situatie trekken voordat die explodeert; je verontschuldigingen aanbieden zonder gezichtsverlies te lijden. Iedereen gaat ervan uit dat je al die dingen kunt. Je laat je jarenlang academisch en sportief drillen, ziet nauwelijks een meisje tot je oud genoeg bent om er met een te trouwen, en dan moet je het gewoon maar wéten.

Vrouwen houden van spontaniteit, veronderstelt Julian. Maar het enige spontane dat hij bij zijn weten ooit gedaan heeft, is zo hevig verliefd worden op Karina dat hij haar na een paar weken al een aanzoek deed. Zijn familie dacht dat hij gek geworden was.

Net als een trein zou een relatie gladjes naar een bevredigend einddoel moeten rijden. Maar wanneer Julian ziet hoeveel dingen er in aanleg al verkeerd kunnen gaan tijdens één enkel reisje, en dat vergelijkt met het scala aan misverstanden dat de weg tussen mensen net zo ernstig kan blokkeren als een kapotte rail, overstroming of bevroren wissel, vraagt hij zich wel eens af hoe stellen het überhaupt voor elkaar krijgen om bij elkaar te blijven. En net als bij treinen schuilt het grootste gevaar in het negeren van een rood sein.

De treinen in Europa zijn toegerust met een systeem dat Automatic Train Protection heet en dat de machinist tegenhoudt wanneer hij door een rood licht dreigt te rijden. In het Verenigd Koninkrijk wordt ATP echter te duur gevonden en is het tot dusver alleen op een handjevol lijnen geïnstalleerd. Julian vermoedt dat als het systeem eerder en op grotere schaal was gebruikt, er levens waren gespaard. Hij wordt misselijk als hij hieraan denkt, maar het enige wat hij kan doen is contracten beheren, en niet besluitvormers ertoe overhalen andere beslissingen te nemen, of ze sneller te nemen.

Of hij een rood sein had genegeerd toen hij geen aandacht schonk aan de protesten van Karina met betrekking tot de schoolkeuze voor Jamie, zou hij wel nooit weten.

## HOOFDSTUK 5

Het zigeunerorkest van István Rácz speelde al een halfjaar bij Károlyi toen iemand Mimi opmerkte.

Het was een arts, een Joodse arts – István vertelde Mimi dat alle goede artsen Joods waren – en hij was erg in trek. Zijn zoon was in 1918 in het leger omgekomen, toen ook het Oostenrijks-Hongaarse rijk de dood vond. Muziek, zo vertelde dokter György Frankl István bij Károlyi, had een grotere genezingskracht dan al zijn medicijnen. Hij kocht *spritzers* voor István, Sándor en de andere volwassenen van de band, en vruchtensap voor Péter en Mimi. Toen begon hij István vragen te stellen over zijn dochter. Wat voor plannen had hij voor haar? Was het niet ongewoon dat een meisje op de viool speelde? Zou ze de rest van haar leven in aan restaurantorkest doorbrengen? István haalde zijn schouders op: hij nam aan dat ze door zou gaan totdat ze aan trouwen toe was. Mimi, die tien was, berekende dat ze dan nog ongeveer vier jaar had.

'Mag ik morgenmiddag bij jullie langskomen?' vroeg dokter Frankl. 'Ik zou hier graag nog wat langer met je over willen praten. En zorg er alstublieft voor dat Mimi er is.'

Mimi wist wat erin zat zodra ze de doos zag. Ze kon niet lezen, maar ze herkende het type letter. Gerbeaud. Een groot, wit, paleisachtig koffiehuis op een enorm, met bomen omzoomd plein. Ze waren erlangs gekomen op weg naar hun werk door het centrum van Boedapest. Maar naar binnen gaan konden ze niet.

'Waarom niet?' had ze de eerste keer gevraagd.

'Omdat het niet kan,' had István haar toegesnauwd.

'Maar waaróm dan niet?' Mimi had met open mond voor de etalage gestaan. Kroonluchters sierden als guirlandes het interieur van Gerbeaud; eronder glansden houten tafels. Achter de toonbank stonden taarten, de ene rij na de andere. Aan een tafeltje op het terras begon een goedgeklede jongen van haar leeftijd met smaak te eten van een kunstig gestreepte taartpunt met chocoladeglazuur erop. Toen ze het zag, had ze wel willen huilen.

En nu stond dokter Frankl, als iemand uit een andere wereld, met een doos van Gerbeaud in zijn handen in de deuropening. Mimi staarde hem met open mond aan. Hoe had hij hen weten te vinden? Hoe had hij de moed opgebracht? Hier kwam nooit iemand die geen zigeuner was; de enigen die hier kwamen waren missionarissen en soms de politie. Doorgaans waren de mensen te bang, hoewel ze niet goed wist waar ze bang voor waren: luidruchtige kinderen, stinkende emmers en een beetje modder? Ze zouden gauw verder trekken, zei Mária telkens. Betaalde Károlyi hen maar beter. Maar ze hadden natuurlijk geboft dat ze in deze tijd van grote werkloosheid hoe dan ook werk hadden gevonden.

'István. Mimi,' zei dokter Frankl met zijn blauwe ogen en zijn wijze, accepterende gezicht. Mimi voelde de warmte wanneer hij naar haar lachte. De combinatie van brilletje met ronde glazen, pijp, witte baard en vest stelde haar op haar gemak. Misschien kwam het door het vest.

'Dokter Frankl, komt u binnen,' mompelde István door zijn snor heen. Péter en de neven staarden de bezoeker schuins aan, totdat Mária, die István met één blik begreep, hen allemaal bij zich riep en het huis uit werkte, zodat Mimi en István alleen achterbleven met hun gast.

Dokter Frankl maakte de doos open. Een golf van geuren deed Mimi watertanden: kersenstrudel, notentaart, chocolade. Haar hoofd tolde. Ze aten zelden tussen het ontbijt en het avondeten, en haar maag kneep samen tot een strakke hongerknoop. 'Mimi, kies maar een stuk taart,' zei dokter Frankl.

'Ik heb een zoon gehad,' zei dokter Frankl tegen hen terwijl ze aten. 'Een geweldige jongen, begaafd op het gebied van geneeskunde en muziek. Nu is hij dood, en hoewel ik probeer anderen beter te maken, heb ik zelf weinig om voor te leven. Maar de tijden veranderen, István. Het tijdperk van het imperium is voorgoed voorbij. Het verdrag van Trianon is een schande, maar we zullen ermee leren leven, want we zullen wel moeten, totdat het nietig wordt verklaard.'

'Denkt u dat dat zal gebeuren, dokter?' vroeg István.

'Dat moet wel. Hoe kan een land dat achthonderd jaar zo groot is geweest zich in zo'n kleine ruimte persen? Nou ja, we zullen wel zien. We zijn in ieder geval aan het sovjetcommunisme ontsnapt, in ieder geval voorlopig. Ik hoop dat István Bethlen slaagt met zijn plannen voor nationale eenheid, maar wie weet wat de toekomst ons allen brengen zal? Je moet kansen grijpen wanneer ze zich aandienen, vind je ook niet?'

Mimi zag haar vader voorovergebogen zitten luisteren, met iets meer aandacht leek het haar, iets meer openheid.

'Ik wil je een voorstel doen, István,' zei dokter Frankl. 'Stuur me je dochter. Mijn buurman is vioolleraar aan de Ferenc Liszt Academie. Als je mij je Mimi stuurt, laat ik haar bij hem voorspelen. Ik wil er wat om verwedden dat hij, als hij haar als leerling aanneemt, van haar de beste violiste op aarde zal maken.'

'Mijn dochter is zigeunerin,' bracht István hem in herinnering, zonder hem aan te kijken. 'Dat is probleem nummer één. Probleem nummer twee is dat ze geen muziek kan lezen.'

'Het is een pientere meid. Dat zie je zo,' zei dokter Frankl. 'Dat leert ze wel.'

'Ik kan haar niet bij ons weg laten gaan. Ze is pas tien. Mijn vrouw laat haar niet gaan, onze vrouwen geven hun kinderen nooit aan vreemden mee. En we hebben verder nog maar één kind, onze zoon Péter; we hebben twee kleine kinderen verloren tijdens de tyfusepidemie. Het zou voor mijn vrouw moeilijk zijn haar los te laten.'

'Misschien zal je vrouw blij zijn dat Mimi de kans krijgt om vooruit te komen. Laten we de feiten onder ogen zien, István: ik ben Jood, ik weet alles van vooroordelen. Ik probeer een goede arts te zijn; ik heb een goede opleiding genoten in Berlijn, de mensen hebben me nodig, vraag om mij en betaal me naar verhouding, en ik zal blij zijn dat ik zo fortuinlijk ben. Maar we mogen nooit de lessen vergeten die de geschiedenis ons geleerd heeft. De meerderheid kan te allen tijde zondebokken maken van de rassen die zij als buitenstaanders beschouwt, vooral wanneer er een periode van instabiliteit dreigt aan te breken. Het is een natuurlijke reactie, hoe irrationeel ook, en politici doen er al sinds jaar en dag hun voordeel mee. En degenen die er het meest van te lijden hebben, zijn altijd de kwetsbaren, de hulpelozen. Momenteel heeft Bethlen de goedkeuring van rijke Joden nodig, maar nog maar zes jaar geleden is mijn eigen neef door zware jongens vermoord, met toestemming van de staat, omdat hij een Jood uit de middenklasse was. Ons lot kan op ieder moment, bij iedere gril, omslaan. Dus wat voor toekomst heeft een zigeunermeisje in deze stad? Je dochter heeft de kans te ontsnappen. Met een talent als het hare kan ze, als ze goed opgeleid is, iedereen overtreffen.'

'Wie kan aan zijn afkomst ontsnappen?' zei István schouderophalend. 'Je hebt aan één blik genoeg om te weten dat mijn familie en ik zigeuners zijn. Je kunt zeggen wat je wilt, maar verder komen we nooit.'

'Maar ik weiger dat te accepteren.' Dokter Frankl boog zich voorover en staarde door zijn brillenglazen naar Istváns gezicht, op zo'n manier dat István onrustig werd. Hij had zelden contact met vreemden als het niet iets commercieels betrof, maar de betrokkenheid die dokter Frankl van hem eiste, kon hij niet ontlopen.

'Ik geloof erin,' zei dokter Frankl, 'dat we ons moeten inzetten voor het schéppen van een wereld waarin allen, ongeacht afkomst, in principe als mens kunnen samenleven, waarin onze toekomst wordt bepaald door wat we van onszelf maken, en waarin iedereen, ongeacht zijn achtergrond, het recht heeft zijn mogelijkheden te benutten. Christen, jood, zigeuner, moslim, hindoe, zwart, blank, bruin, geel, wat maakt het uit? We zijn ménsen. Ik ben Jood, maar ik heb geen religie, István. Ik ben humanist en ik geloof in een meritocratie, en die kan alleen tot stand komen als wij ons er allemaal voor inzetten. Het enige wat ik van je vraag is dat je Mimi de kans geeft het te proberen.'

István zweeg. Mimi, die naast hem zat, kon niets zeggen vanwege haar *eszterházy*-taart – haar mond was gevuld met hemelse walnoottaart – maar ze kon aan het gezicht van haar vader zien wat hij dacht. Ze kende zijn gezichtsuitdrukkingen even goed als haar viool. Als ze bij een leraar van de academie studeerde, als ze de beschermeling van een rijke arts werd, zou ze niet alleen maar geen avond meer met haar familie huiswaarts keren, maar zou ze ook niet meer in de band zitten. Dat was het echte probleem. Ze waren op haar gaan steunen. Als de grote István Rácz al wit wegtrok bij het idee haar kwijt te raken...

'Meneer, wat is een merrie tok... Een hoe noemde u dat ook alweer?' vroeg ze met een piepstemmetje.

'Meritocratie,' herhaalde dokter Frankl. 'Dat is een systeem waarin het alle mensen al dan niet goed gaat, afhankelijk van hun persoonlijke verdiensten, wat hun afkomst ook is. Een van jouw verdiensten is bijvoorbeeld dat je talent voor vioolspelen hebt, en dat je bereid bent er hard voor te werken.'

Mimi nam dit in zich op. Als dokter Frankl gelijk had, als de professor haar als leerling aannam, zou het dan zo zijn dat haar kansen veel verder reikten dan de beschaduwde bossen die ze altijd als de begrenzing van haar wereld had gezien?

'Misschien moeten we Mimi laten beslissen,' opperde dokter Frankl. 'Kom naar mijn huis, Mimi. Dan kun je mijn vrouw ontmoeten en kijken of je het leuk zou vinden om bij ons te wonen. Je zou eerst een paar dagen kunnen blijven, gewoon om het eens te proberen. Dan nemen we je mee naar de professor en kijken we hoe het gaat.'

Mimi beet op haar lip. De vriendelijkheid in zijn gezicht beviel haar, en ze vond het erg voor hem dat zijn zoon dood was, maar wat zou haar moeder vinden? Toen ontsnapte ineens een vraag aan haar lippen. 'Krijg ik dan ook taart?'

Bij de ooghoeken van dokter Frankl verschenen rimpeltjes. 'Ja, Mimi,' lachte hij. 'Je krijgt taart wanneer je maar wilt.'

Haar vader zei nog steeds niets.

'Hoe moet ik je overtuigen, István?' vroeg dokter Frankl.

István zei niets.

De dokter knikte. 'We kunnen wel een regeling treffen.' Mimi vroeg zich af waar hij het over had.

Het Church Theatre, dat in een achterafstraatje van Camden Town tussen de huizen in geklemd staat, is ideaal voor een opvoering met één actrice en één pianist: het kost niet al te veel. Het is een omgebouwde victoriaanse kerk; binnen zijn de zitplaatsen, intiem onder het gewelfde dak, rond het podium gegroepeerd. Nicki, de actrice, heeft de directeur van het theater een extra goedkoop tarief afgedwongen voor de eenmalige voorstelling op de zondagavond. Het heeft Lindy en Karina altijd verbaasd hoe Nicki met haar kastanjebruine haar en innerlijke licht van artiestencharisma iedere man met één klap weet te vellen.

Toen ze nog studeerden, en ook een paar jaar daarna, deelden Karina en Lindy een oude, vervallen woning in Willesden Green. Nicki, die samen met Lindy aan de universiteit studeerde, kwam regelmatig bij hen langs om hun 'eeuwige bonenschotel' te eten, waar ze op maandag rijst bij aten, op dinsdag toast, op woensdag roerei en op donderdag tomatensoep in blik. Op vrijdag trakteerden Karina en Lindy zichzelf vaak op pizza of een Indiase maaltijd – meestal zonder Nicki. Maar ze mochten samen graag de bohémienne uithangen: de schrijfster, de muzikante en de actrice. Ze fantaseerden erop los. Lindy droomde ervan voor het National Theatre te schrijven, Karina verlangde ernaar een concert uit te voeren met het London Philharmonic en Nicki was van plan triomfen te vieren in Hollywood en met een multimiljonair te trouwen. Tot nu toe is het niet echt gelopen zoals de bedoeling was.

Op het toneel, dat nog niet verlicht is zolang het publiek binnenloopt, staan een vleugel, een leunstoel, een lamp en een tafel die vol ligt met bladmuziek. Lindy, bleek en nerveus, omhelst Karina. 'Het is bijna uitverkocht,' zegt ze.

'Tante Lindy!' roept Jamie uit. Lindy slaat haar armen om hem heen en tilt hem op. Karina probeert niet naar haar ogen te kijken, die sprankelen door Jamie, maar waarin ook wel eens onbedoeld een verwijtende blik verschijnt wanneer er kinderen in de buurt zijn.

'Ik ben nog nooit, nóóit in een theater geweest!' vertelt Jamie aan zijn peettante.

'Ik weet het, en ik heb de beste plaats speciaal voor jou bewaard.' Lindy geeft aan dat ze mee moeten lopen naar een rij vooraan.

'Lieverd, ik hoop dat je na afloop met ons mee naar huis gaat,' zegt Cynthia. 'Ik heb wijn en kaas. Iedereen komt.' Ze zijn er allemaal: Dénes en Erzsébet, Arthur en Anne. Alleen Julians broer Hilary ontbreekt; hij is niet in het theater.

Lindy manoeuvreert Karina naar de kant. 'Wat moet ik met Charles? Hij zou er moeten zijn, ik heb een kaartje voor hem achtergelaten. Hij is nergens te bekennen. Ik heb hem twee sms'jes gestuurd, maar hij heeft niet gereageerd.'

'Veel meer kun je niet doen,' zegt Karina. Lindy ziet eruit alsof ze twee weken niet heeft geslapen. 'Probeer niet te tobben, goed? Je hebt vanavond belangrijkere dingen aan je hoofd.'

'Waar zitten jullie tweeën over te fluisteren?' vraagt Cynthia net iets te luid. Lindy's blik ontmoet die van haar moeder, ondoorgrondelijk.

Cynthia is het evenbeeld van Lindy, maar dan nerveuzer, grilliger. In de jaren zestig waren de fotografen dol geweest op haar lange benen en zeeblauwe ogen. Ze was destijds fotomodel en had panty's, korte rokken en make-up geshowd; haar beeltenis had posters gesierd in de Londense metro. Daar hadden ze de vrouwbeluste blik van Martin Rookfield gevangen. Toen ze elkaar ontmoet hadden, bleek zijn familie niet erg ingenomen met haar beroep.

Dénes en Erzsébet Veres lijken zoals altijd een beetje verloren naast de Rookfields, die boven hen uittorenen. Erzsébet is in onopvallende tweed gestoken en haar haar zit in de gebruikelijke wrong. Dénes draagt een bruine ribbroek en een dieppaars overhemd dat bij zijn donkere uiterlijk past. Karina vindt het moeilijk haar ouders en die van Julian bij elkaar te zien zonder zich haar ouders voor te stellen als verloren, misplaatste tieners, die op onbekende kusten zijn aangespoeld en hopen iemand aan te treffen die hen vriendelijk zal bejegenen.

‘Heb je zin om het komende weekend bij ons te komen lunchen?’ vraagt Anne aan Julian. ‘Ik geloof dat je vader een paar ideeën heeft die hij met je wil bespreken.’

‘O jee, vader heeft ideeën gekregen. Allemaal dekking zoeken!’

Arthur heeft, zo legt Anne uit, met het oog op de inkomsten besloten een vergunning aan te vragen om op Fairfallows burgerlijke huwelijken te mogen laten sluiten. De ceremonie kan gehouden worden in de entree en de receptie in een feesttent op het gazon met extra tenten voor de catering en mobiele toiletten op veilige afstand om de verstoring zo klein mogelijk te houden. ‘Ik moet je eerlijk bekennen, Jules, dat het me niks lijkt,’ moppert Anne. ‘Hoe kan ik aan mijn boek werken als er overal mensen rondlopen...’

Het is halfacht. Karina neemt plaats tussen Lindy en Jamie in en bidt in stilte dat wat Lindy heeft geschreven, goed zal zijn. De lichten worden gedimd.

Nicki en Vince schrijden het podium op. Vince loopt naar de piano, Nicki naar de leunstoel. Vince begint de dramatische opening van Beethovens laatste sonate te spelen. Nicki, die een Grieks zeegroen gewaad draagt, komt overeind en loopt de spotlight in.

Er is achterin lichte beroering: een man, een vrouw en drie tieners schuifelen naar hun plaats. Karina kijkt om. Ze herkent Charles van een foto in Lindy’s huis. Hij heeft zijn hele gezin meegenomen. Zijn vrouw heeft blond haar en draagt schoenen met hoge hakken. Zijn twee dochters zijn nimfen met strakke spijkerbroeken en gladgemaakt haar; zijn zoon cultiveert een slonzig image. Net wanneer Karina uit alle macht zit te wensen dat Lindy hen niet zal zien, keert ze zich om. Karina voelt hoe de schok een lont ontsteekt.

‘Gij mannen die denkt of zegt dat ik kwaadwillend of koppig ben, of een mensenhater,’ zegt Nicki, de woorden van Beethoven lezend alsof ze erdoor behekst is, ‘hoe groot is het onrecht dat ge mij aandoet...’

Lindy staart afwezig naar de grond. Ze is weg. Haar lichaam is in het theater, maar haar geest is vertrokken.

Het stuk gaat verder. Nicki declameert tekst uit Beethovens liederencyclus *An die ferne Geliebte*. ‘Kan niets u dan meer bereiken? Brengt niemand mij een liefdesboodschap? Ik zal zingen, liederen die u spreken van mijn pijn...’

Karina hoopt, met haar blik half op Lindy gericht, tegen beter weten in dat het zien opvoeren van *De verre geliefde* op zal wegen tegen de effecten van de entourage van Charles. Als dat liefde is, wie heeft er dan behoefte aan? Dan is tevredenheid beter – even zeldzaam als liefde, misschien zeldzamer. Ze is even hopeloos verliefd geweest als Lindy nu, en achteraf bezien beviel het haar niets. Die eerste ochtend wakker worden naast Richard terwijl de bomen straalden, de vogels het uitschreeuwden en er lichtjes voor haar ogen dansten toen ze naar hem keek terwijl hij nog sliep; dan zijn lach toen hij wakker werd en zijn armen naar haar uitstrekte. Later, toen ze vroeg in de avond weer in bed lagen met een halfleeg wijnglas naast hen, hadden ze samen gezongen: 'The Boxer' van Simon en Garfunkel, eerste en tweede stem, zomaar, voor de gein.

Ze voelt een rustige tevredenheid bij Julian, die helemaal niet kan zingen.

Aan het eind is er een donderend applaus. Karina krijgt Alban in de gaten; zijn enorme horloge vangt het licht wanneer hij klapt en roept: 'Auteur! Auteur!' Naast hem maakt de agent die Lindy heeft uitgenodigd een paar aantekeningen in het programma. Nicki en Vince lachen en buigen. Vince zoekt de rijen af naar Lindy, en steekt dan zijn hand uit alsof hij haar wil uitnodigen om bij hen te komen. Lindy staat op en loopt zonder op of om te zien het theater uit.

Achter het toneel laat Karina de gesprekken langs haar heen suizen terwijl ze Lindy zoekt. Anne oreert tegen Vince over haar nieuwe biografie van Ottilie Featherstone, een negentiende-eeuwse romanschrijfster met een turbulent privéleven. Arthur vertelt Nicki over de theaters die hij heeft bezocht toen hij in de jaren negentig in Rusland was: ijskoud, rommelig, tjokvol en heel goedkoop. Charles komt binnen en kijkt om zich heen, maar dat duurt maar even. Zijn vrouw en kinderen wachten op hem in de zaal. Karina loopt op een afstand achter hem aan en ziet hem voordat ze vertrekken een omslagdoek om de schouders van zijn vrouw leggen.

Eindelijk vindt ze Lindy: buiten staat ze tegen de muur geleund te roken. Haar gezicht staat zo uitdrukkingsloos en geschokt alsof haar zojuist de kleren van het lijf zijn gevallen.

'Ik vind dat je mee moet gaan naar Forest Road,' zegt Karina.

Lindy inhaleert en blaast de rook de lucht in. 'Ik zelf vind eigenlijk dat ik met Alban naar de kroeg moet om me vol te laten lopen. Ik kan hem nu eenmaal niet bij ons thuis uitnodigen. Mijn vader zou erin blijven.'

Alban komt met veel poeha aangelopen en tilt Lindy op. 'En ik vind dat

wij heel, heel dronken gaan worden,' zegt hij. 'Lindy, jij bent de ster van de avond. Wanneer ik de klootzak in handen krijg, ik maak hem dood.'
'Mij best,' zegt Lindy. 'Je doet maar.'

Ondanks Albans gefleem oefenen Martin en Cynthia zo veel druk op Lindy uit dat ze ten slotte toch meegaat naar Forest Road. Ze hebben rode en witte wijn, een blad met hartige koekjes, stukken cheddar en brie, en een schaal chips klaarstaan. Erzsébet wenkt Karina en ze steken over om hun bijdrage te gaan halen: een schotel met gevulde paprika's, een schaal met ham en zoetzuur, en een versgebakken kersenstrudel.

'Wanneer er mensen komen ben ik altijd bang dat er niet genoeg te eten is,' merkt Karina op. 'Ik maak altijd te veel.'

'Je hoeft maar naar Cynthia te kijken om te weten hoe ze denkt, Schnoekie. Volgens mij denkt ze: O, help, mensen! Hoe kan ik voorkomen dat ze mijn keuken leegeten?'

'Betsy! Karrie!' Cynthia beent de gang in. 'O, lieverds, dat hadden jullie toch niet hoeven doen!'

'We moeten Lindy vanavond op goed Hongaars eten trakteren,' verkondigt Dénes, hoewel Lindy zelf nergens te bekennen is.

'O, Dennis, wat ben je toch gemeen!' Cynthia kust hem en troont hen dan mee naar de grootste, door de katten meest gesloopte bank in de huiskamer. 'Kom, ga hier zitten... Vertel eens, hoe is het met je moeder? Mijn bridgepartner had het gisteren nog over haar.'

'Ze maakte het niet goed genoeg om vanavond te komen,' zegt Dénes, terwijl hij een glas wijn aanneemt. 'Morgen belt ze op en dan zegt ze: "En, wanneer kan ik Lindy's toneelstuk zien?"'

'Is het waar,' vraagt Cynthia, 'dat ze een viool heeft die echt miljoenen waard is?'

Dénes en Erzsébet kijken elkaar aan. Julian kijkt naar Karina. Karina kijkt naar Jamie, die half slapend in een leunstoel zit.

'Ze heeft ooit een mooi instrument gehad,' zegt Dénes. 'Maar dat heeft ze nu niet meer. Ik weet niet wat ermee is gebeurd. Het is ook nooit miljoenen waard geweest, vergeet dat maar. Cyncyn, deze wijn is goddelijk. Als nectar en ambrozijn!'

'Maar die viool moet toch érgens zijn,' dringt Cynthia aan.

'Er moet documentatie over waardevolle violen zijn,' merkt Anne op. 'Ik neem toch aan dat er ik weet niet hoeveel informatie op het internet te vinden is over welke viool van wie is geweest.'

‘Wat moet een mens met internet? Wat heb je eraan?’ zegt Dénes op zijn bekende wijze, half lachend, half boos kijkend. ‘Een goede viool is een goede viool. Als je hem hebt, mooi. Als je hem niet hebt, heb je iets anders.’

‘Karina had hem kunnen gebruiken,’ merkt Cynthia op. ‘Hij kan toch niet zomaar verdwenen zijn.’

‘Jawel.’ Erzsébet zucht en kijkt even naar Dénes’ gezicht.

‘Betsy, wil je nu echt zeggen dat je familie een Stradivarius is kwijtgeraakt?’ wil Anne weten. ‘En dat we er al die tijd niets van hebben gewéten?’

‘Niet een Stradivarius,’ zeg Erzsébet. ‘We denken dat het een Nicolò Amati kan zijn geweest.’

‘Amati? Wat mooi.’ Anne glimlacht. ‘Dat is Italiaans voor “geliefden”.’

‘Ik dacht dat Stradivarius de belangrijkste was,’ bromt Arthur met een mond vol ham.

‘De leden van de familie Amati waren de eerste vioolbouwers van Cremona,’ vertelt Karina. ‘Er was een Amati-dynastie in de zestiende en zeventiende eeuw. Antonio Stradivari en Andrea Guarneri zijn allebei in de leer geweest bij Nicolò Amati – je zou kunnen zeggen dat hij hun alles geleerd heeft wat hij wist. Nicolò heeft de Amati-violen gebouwd die nu van die geliefde concertinstrumenten zijn, en zijn grootvader was Andrea Amati, die misschien de eerste echte viool ter wereld heeft gebouwd. Amati’s zijn dus ouder dan Strads.’

‘Het lijkt dus een beetje op het verschil tussen een diamant en een robijn?’ oppert Anne. ‘Diamanten vangen alle aandacht, maar soms zijn robijnen mooier en ook karaktervoller.’

‘Ik heb er nooit een bespeeld, maar ik heb wel eens gehoord dat Amati’s niet zo’n krachtige projectie hebben als Strads, maar sommige violisten zijn er dol op.’

‘En jullie hebben er een in de familie? Niet te gelóven.’

‘Luister nu eens góéd.’ De klank van Dénes’ stem doet de kamer stilvallen. ‘Dit verhaal is een verzinsel, niet meer en niet minder. Deze viool is al vijftig jaar lang door niemand meer gezien. Niemand weet of het echt een Amati was. Mijn moeder heeft nu geen behoefte meer aan een dure viool en mijn dochter heeft dat ook niet. Laten we dus nog wat drinken, vrienden. Geniet van het moment, want voor je het weet komt de zwarte soep.’

Cynthia straalt. ‘Ik hou van dat Hongaarse fatalisme van je, Dennis. Het is heel sexy.’

‘Cyncyn, schat, je bent even mooi als de vleugel van een vlinder. Als ik fotograaf was, zou ik eisen dat je geheel naakt meteen model voor me stond.' Dénes pakt haar hand en kust hem. Karina merkt echter dat zijn ogen niet lachen. Ze verontschuldigt zich en loopt naar de trap om Lindy te zoeken.

Lindy's oude zolderkamer was vroeger gevuld met Lindy-achtige dingen: posters van lievelingsacteurs, popsterren, Snoopy-strips; potten met bloemen die dagen stonden te verwelken omdat ze ze niet eerder weg durfde te doen; notitieboekjes op het bureau, waar ze ideeën voor verhalen in opschreef; de zaklantaarn rechtop staand bij het raam, klaar om mee naar Karina te seinen. Nu is de kamer een lege huls met slechts een paar spookvoorwerpen erin die staan of liggen weg te kwijnen.

Lindy zit op het kale bed in haar mobieltje te praten. Karina hoort haar op de overloop. 'Wat moet ik doen? Ik kan er niet meer tegen.'

'Lin?' fluistert Karina.

'Alban, ik moet weg. Langskomen bij de winkel? ... Ik zal er zijn. Althans, mijn lichaam.'

Karina gaat naast haar zitten. Lindy legt haar hoofd op haar schouder en Karina sust haar alsof ze Jamie is.

Sinds ze uit Boedapest ontsnapt zijn, hebben Dénes en Erzsébet niet de spullen verzameld die zich normaal gesproken door de jaren heen ophopen in een gezinshuis. Ze kopen slechts wat ze nodig hebben, niets duurs, modieus of frivools; ze hebben het huis sinds ze erin trokken, nog maar één keer opnieuw geverfd en behangen, en hun sobere meubels met houten leuningen vinden ze nog even goed aan het doel beantwoorden als in 1970. Maar wanneer ze gasten verwachten, staat Erzsébet de hele dag te koken en kiest Dénes met zorg de wijn uit. Het bestgevulde gedeelte van het huis van de familie Veres is altijd de koelkast.

Het huis van de Rookfields puilt uit van de spullen, voornamelijk geërfd, waarvan een gedeelte teruggaat tot de achttiende eeuw. Ze hebben georgiaanse walnotenhouten kasten vol snuisterijen van Saksisch porselein, victoriaanse tafelkleden, wazige foto's van familieleden uit 1860 met hoge hoeden en wijde japonnen, edwardiaans serviesgoed, familiezilver met het familiewapen erop, het Victoriakruis van Martins vader dat hem is toegekend na de slag aan de Somme en een oude merklap die door Cynthia's oma geborduurd is. Cynthia's kat, een reebruine Perzische kat met een plat gezicht die Pom-Pom heet, heeft de antieke banken gemold, maar dat vindt Cynthia niet erg, want, zo beweert ze, Pom-Pom hoort bij de familie. Hun koelkast bevat gewoontegetrouw weinig meer dan boter, wat plakken ham en een paar flessen witte wijn.

'Wat een spúllen,' had Erzsébet thuis na een diner bij de Rookfields opgemerkt toen Karina vijftien was. Ze stond drie plakken van een zelfgemaakte maanzaadcake af te snijden en schonk drie koppen thee in. 'Je laat het achter wanneer je vertrekt.'

Dénes wees haar erop dat ze het daarom juist hadden, omdat het door anderen was achtergelaten.

Zekerheid zat hem niet in spullen. Spullen konden kwijtraken, verbranden, gestolen worden, in beslag genomen, opgeblazen. Liefde, eten, drinken, muziek, zei Dénes, die waren onontbeerlijk; meer had je niet nodig. Soms was je niet zeker van eten en drinken. Dan had je nog altijd de liefde en de muziek. Als er geen liefde was, moest je voor de muziek leven. 'Pap,' had Karina gezegd, 'het is 1985. Word eens wakker!'

'Dat is waar, dat is waar,' had haar vader geknikt. 'De twintigste eeuw is binnenkort voorbij. En dat is maar goed ook.'

Het had een zekerheid moeten zijn dat Lindy vanavond gelukkig was, omdat ze sinds ze haar naam had leren schrijven al zat te wachten op de eerste uitvoering van haar eerste stuk. Karina kust iedereen gedag terwijl Julian hun slapende zoon de auto in draagt. Is er ooit iets zeker? Haar zekerheden bestaan uit haar excentrieke familie, haar kind dat haar al lijkt te willen verlaten, en de grote, blonde, bazige man die haar onwaarschijnlijke levenspartner is geworden.

Terwijl ze onder het rijden naar de slaperige ademhaling van haar zoon luistert, kijkt ze naar een laat vliegtuig dat laag over de snelweg op Gatwick aan vliegt. Omdat ze is opgegroeid in een gezin dat leeft voor muziek, heeft zij ook geleerd voor muziek te leven. Lindy heeft die bijzonder spirituele zekerheid niet; in emotioneel opzicht hangt ze in het luchtledige. Ze moet ervoor zorgen, concludeert Karina, dat ze heel gauw hun uitstapje naar Harvey Nichols kunnen maken. Daar zullen ze allebei van opknappen.

'Mijn lief,' zegt Julian, haar gedachten binnendringend, 'vind je ook niet dat het tijd wordt dat we Jamie een broertje of zusje geven?' Jamies ademhaling achterin is langzaam en regelmatig; hij zal de hele weg naar Lewes vast in slaap zijn.

'Wat heeft dat voor zin als hij toch naar een school gestuurd wordt?' bitst Karina, haar stem dempend.

'Wat heb je, liefje? Waarom ben je boos?'

'Dat ben ik niet. Maar, Jules, ik ben er nog niet aan toe.'

Karina weet niet hoe ze moet uitleggen, ook aan haarzelf niet, waarom ze niet nog een kind wil. Alles in haar krimpt ineen bij de gedachte. Soms is ze bang dat ze zo veel liefde aan Jamie heeft gespendeerd dat er niets meer over is. Op andere momenten vreest ze een herhaling van de eerste schok en van de eenzaamheid en grote vermoeidheid van die eerste maanden. En nu is er een complicatie: kostschool. Woede. Wrok. Soms wordt ze zo door woede overweldigd dat ze bang is dat de buren die als een vuurrood waas om haar oren zien hangen.

'Ik begrijp het niet,' mompelt Julian.

'Ik weet het,' is Karina's antwoord. 'Maar dat is nu juist het probleem.'

Hoe kan ze een tweede kind krijgen van een man die niet wil dat zijn zoon van zeven thuis woont? En als dat de ware reden is, die boven eventuele andere onlustgevoelens uitstijgt, hoe kan ze hem dat dan vertellen?

'De Engelsen weten niet hoe ze van hun kinderen moeten houden,' had Mimi jaren geleden opgemerkt toen Lindy op de drempel van de familie Veres had gestaan, als een kleine vluchteling die ontsnapt was aan de huiselijke scheldpartijen aan de overkant. 'Het is niet de manier waarop zigeuners het doen.'

'Ik weet zeker dat Lindy en Karina niet weer willen horen hoe zigeuners de dingen doen, Mimi,' had Erzsébet sussend gezegd.

'Het gezin, de familie, dat was het kloppende hart van het leven,' mijmerde Mimi. 'We mochten dan niets hebben, maar liefde hadden we wel...'

'En muziek.' Toegeeflijk zuchtend maakte Erzsébet Mimi's zin af.

Later ligt Karina wakker; de gedachten malen door haar hoofd. Dat is het moeilijkste wat er is: proberen te slapen wanneer je boos bent. Waarom bewaakt ze Jamie zo fel en walgt ze van de gedachte dat hij op school in een keurslijf zal worden gestopt, gevangen zal zitten achter een bureautje, vijf dagen per week zijn ouders niet zal kunnen zien? Heeft ze dat hartstochtelijke van Mimi? Of – en dit is een meer verontrustende gedachte – is het niet heel vanzelfsprekend dat een moeder zo voelt?

'Karrie?' Julians hand strijkt langs haar rug.

'Ik slaap.'

De nachtmerries komen. Ze zit in een trein die door Londen rijdt. Ze zit in een trein van de verkeerde lijn. Ze stapt uit en loopt door lege tunnels, zonder reclameborden of andere reizigers. Ze neemt weer een trein in een andere richting, maar die stopt bij het volgende station en gaat niet verder. Ze neemt een andere, stapt weer over, loopt, stapt in, stapt uit, loopt. Ook heeft ze haar viool laten liggen in een van die vreselijke treinen die haar overal en nergens heen brengen. Ze heeft die droom al sinds ze twaalf is; hij komt even vaak terug als de tegenovergestelde droom, die van de voortbewegende wagen en de sterren.

Ze opent haar ogen. Het is donker, te warm; ook kan ze de treinen nog lawaaiig langs horen rijden, de een na de ander. Het duister is de nacht in haar eigen huis en het lawaai is Julian, die snurkt. Ze heeft het gevoel dat ze stikt; haar wereld zal kantelen en ze zal onder het vallende puin verpletterd worden. Ze glijdt het bed uit en gaat naar beneden om een kop kamillethee te drinken.

# HOOFDSTUK 6

Wanneer Karina op een zonnige junimorgen de telefoon aanneemt, herkent ze Lindy's stem niet. Die is verstikt door tranen. 'Heb je veel te doen, Karrie? Ik heb je echt nodig.'

'Wat is er? Wat is er gebeurd?'

'Hij heeft het uitgemaakt. Ik heb de hele nacht liggen huilen... Ik ben... fuck, sorry, ik voel me ellendig. Ik ga niet naar mijn werk.'

'Ik kom eraan,' zegt Karina.

Lindy's woning getuigt van een crisis. In de keuken slingeren gebruikte mokken en wijnglazen rond en op de bank liggen een verkreukelde deken en een warmwaterkruik, hoewel het zomer is. Er ligt een fotoalbum wijd open omgekeerd op de grond, waar Lindy het neergegooid moet hebben. Ze is in pyjama, haar haar is niet gekamd en haar ogen zijn rood en gezwollen. 'Wil je bij ons komen logeren?' stelt Karina voor, terwijl ze haar omhelst.

'Dat is lief van je, maar nee, bedankt. Binnen de kortste keren zou de hele familie het weten, en zie je al voor je wat mijn moeder zou zeggen? Ze weet van niets. Niemand weet het, behalve jij en Alban.'

Karina wantrouwt Alban, maar dat doet er niet toe. 'Wil je dat ik hem bel?'

'Nee, hij is met een klus bezig. Bovendien zou hij misschien zijn vriendjes op Charles afsturen en dat wil ik niet.'

Karina wil gaan lachen, maar merkt dan dat Lindy het meent. 'Ik zet wel even koffie,' zegt ze dus maar, 'en ik zal een warm bad voor je maken. Heb je lavendelolie?'

'Op de plank.' Lindy snuit haar neus en zijgt op de bank neer, terwijl Karina van de badkamer naar de keuken loopt en erachter probeert te komen hoe het koffiezetapparaat werkt.

'Heb je wat gegeten?'

'Nee. Ik ben misselijk.'

'Wat is er gebeurd? Vertel op.'

Lindy's ogen vullen zich met tranen. 'Ik wist dat hij loog. Dat was niets nieuws, maar het werd erger. Over waar hij was, wat hij deed, en dan gebruikte hij de kinderen als een excuus om me te ontlopen... en ik wist dat er iets in zijn houding veranderd was. Gisteren belde hij op en toen zei hij: "Moet je horen, ik ben maar één mens. Ik kan niet mijn vrouw verlaten en ik kan niet iets van mijn huwelijk maken als ik met je blijf omgaan. We moeten er maar mee ophouden." Ik weet niet hoe lang hij dat toespraakje had gerepeteerd, ik weet ook niet eens of het waar is. Hij heeft al zo veel leugens verteld dat ik me afvraag of hij gewoon niet meer van me houdt...'

'Als je weet dat hij liegt, is het dan niet beter dat je van hem af bent?'

'Maar het verandert niets aan mijn gevoelens.'

'Je bad is klaar. Het zal je goeddoen.'

'Kom je met me praten in de badkamer?'

Lindy stapt plonzend in het bad, dat Karina heeft gevuld met badschuim en een beetje kalmerende lavendel. Karina klapt het wc-deksel dicht en gaat erop zitten. Lindy laat zich achterover zakken en glijdt onder water en blijft daar. De belletjes drijven boven haar gezicht en lange, bleke lichaam.

'Lin?' zegt Karina angstig.

Lindy tilt haar hoofd op; in haar haar zitten bergen schuim, als ijsschotsen. 'Wees maar niet bang. Zelfs hij is dat niet waard,' zegt ze.

'We kunnen later misschien nog even weggaan. Naar Harvey Nicks.'

'Ik zie er niet uit. Ik wil mezelf niet in een spiegel zien. Laten we op de uitverkoop wachten.'

'Zou het je niet opvrolijken?'

'Vergeet dat maar. Ik wil mezelf op dit moment niet eens kénnen.'

'Lin, het is niet jouw schuld.'

'Ik weet het niet. Ik weet niets meer. Misschien is het wel mijn schuld. Ik heb het allemaal geslikt en ik begrijp niet waarom ik dat heb gedaan of hoe ik het heb gekund. Misschien ben ik gewoon de eigenaar van Belinda Rookfield Beroepswatjes & Co. Gooi me die handdoek eens toe.'

Wanneer Lindy droog, aangekleed en wat kalmer is, gaan ze samen op de grond zitten met hun rug tegen de bank en bladeren ze Lindy's oude fotoalbums door. Zij tweeën in de Isabella Plantation in Richmond Park, langs de roze en paarse azalea's rennend; Cynthia in mallotige jurkjes met slingerpatroon uit de jaren zeventig en met grote oorringen in. Dan de jaren tachtig: Cynthia met wijduitstaand, opgekamd haar en gigantische schoudervullingen, en Karina en Lindy, hun tienervleugels uitslaand, naast haar;

Erzsébet met haar tweed, zoals ze er ook nu nog uitziet, maar dan met bruin haar in plaats van zilvergrijs. In die tijd was Karina te mager en zag je haar zelden zonder haar vioolkoffer, en was Lindy een beetje mollig.

'Jezus, moet je die mode zien! We vonden het toen te gek,' zegt Lindy met een glimlach op haar gezicht.

'Geen internet,' zegt Karina. 'Geen mobieltjes. Het was een tijd van meer onschuld, ook al haatten we de politiek.'

'Mijn vader zou de laarshielen van Thatcher hebben gelikt, als hij de kans had gekregen, aangenomen dat het vreselijke mens ooit zoiets droeg,' zegt Lindy snuivend. 'En jouw schoonvader ook.'

'Moet je zien.' Karina slaat een bladzijde om. 'Daar heb je Willesden Lane. Maak je onze bonenschotel nog wel eens?'

'Of ik het nog wel eens maak? Ik leef er zo ongeveer op. Charles vond het ook lekker. Vooral met roerei.' Lindy trekt weer een tissue uit een snel leeg rakende doos. 'Sorry. Ik kan er gewoon niks aan doen. Ik... het stomme is, ik wéét waarom ik voor mannen val die niet trouw zijn, maar ik doe het toch.'

'Waarom dan?'

'Ik heb therapie gehad tot ik er scheel van zag, en ze begonnen allemaal met de vraag wat voor vader ik had gehad. Als ik het ze vertelde, knikten ze en probeerden ze slim te kijken. Nou, ik ben dus geconditioneerd door zijn gedrag. Ik kies mannen die op hem lijken, ook al kom ik daar pas later achter. Maar dat ik het weet, wil nog niet zeggen dat ik ermee op kan houden! Daarom heb jij die aardige, betrouwbare Julian die gek op je is en nooit naar een ander zou kijken. Omdat jouw ouders gek zijn op elkaar. Dat is de clou.'

'Kom zeg,' protesteert Karina. 'Je hoeft niet als je ouders te zijn. Mijn moeder heeft haar moeder en vader verloren toen ze nog klein was, hoe kan zij het dan weten?'

'Op dit moment,' zegt Lindy zonder haar aan te kijken, 'zou ik er heel wat voor over hebben om in jouw schoenen te staan.'

Karina kan Lindy in deze toestand natuurlijk niet vertellen dat haar eigen schoenen momenteel knellen. 'Stil maar, Lin. Het is niet zo erg. Echt niet. Over een paar dagen ziet alles er veel beter uit.'

'Het kan me allemaal niks schelen,' zegt Lindy. 'Laten we een fles wijn openmaken.'

'Tamás.' Mimi weet niet goed of de stem in haar hoofd zit of dat ze hem hardop heeft uitgesproken. De laatste tijd maakt ze zich er niet druk meer om. Wat maakt het uit? Het kan haar niet schelen, dus waarom zou het een ander iets kunnen schelen? Tamás waart rond in haar huis; hij wacht totdat haar bezoek is vertrokken en komt dan terug om de lopende discussies en de belevenissen van zijn zoon en kleindochter en de achterkleinzoon die hij nog nooit heeft ontmoet, door te nemen, alhoewel... Jamie mag hem dan nooit hebben ontmoet, Mimi vermoedt dat hij de aanwezigheid van Tamás gevoeld heeft. Soms tilt de jongen, die elke keer dat ze hem ziet in lengte verdubbeld is, zijn hoofd op en kijkt hij om zich heen en luistert.

Luister? zegt Tamás. Natuurlijk luistert hij. Hij is een Rácz. Muziek in het bloed verdwijnt niet zomaar. Een achtste Rácz, antwoordt Mimi. Dat is niet veel. Nog een generatie en de grote traditie is voor altijd verdwenen. Onzin, zegt Tamás. Ik ben teruggegaan, ik heb goed rondgeneusd in al die nieuwe koffietenten en restaurants in Boedapest. Ze zijn er nog steeds, spelen nog steeds tijdens het diner, spelen op het Vörösmartyplein voor Gerbeaud, en voor het winkelende publiek in de Vácistraat. Overal spelen zigeunerviolisten een mager bestaantje bij elkaar; het is zwaar nu omdat iedereen iPods heeft en muziek downloadt. Ja, nou, en? zegt Mimi. Hoe weet je dat het echte *muzsikás cigány* zijn? Het is nu helemaal gericht op toeristen. Amerikanen, Japanners. Hoe moeten die weten of wat ze horen het echte werk is, of gewoon een leerling van het conservatorium met een zigeunervest aan? Niemand weet het verschil.

Dat zinnetje, roept Mimi naar de geest van haar overleden echtgenoot, is de vloek van deze tijd. De mensen nemen niet meer de moeite om iets te doen zoals het hoort, omdat ze denken dat niemand het verschil zal weten. Daarom zal er op een dag ook geen verschil meer zijn. Er zal geen –

'Oma?'

Mimi houdt haar hand boven haar ogen tegen de middagzon. In de deuropening staat een donkere gedaante met lang haar, badend in het licht en met een bos rozen in de hand. De gedaante lijkt op haar moeder, maar dan in moderne kleding. Echt of niet?

'Oma, ik ben het, Karina.'

Mimi's gezicht begint te lachen en ze strekt de armen uit. Karina's lippen beroeren haar wang en haar armen liggen om Mimi's benige gestalte. Echt dus.

'Ik wist niet dat je vandaag zou komen. Erzsi en Dini hebben niets gezegd.'

'Ze weten het niet. Ik ben bij Lindy geweest, en toen wilde ik ook even bij jou langsgaan.'

'Liefje, wat zie je er mooi uit. Ben je gelukkig?'

'Ja, oma, heel gelukkig. Zal ik thee voor je zetten?'

'Ach, Karina, wat een wereld toch. Tamás en ik waren aan het praten. Je mag nooit vergeten dat de mensen het verschil wel weten.'

'Ja, natuurlijk weten ze dat.' Karina, goedmoedig meepratend, loopt naar het keukentje waar ze de bloemen in een vaas zet.

'Een grote traditie. Verdwenen.'

'Dat is niet waar, oma.'

Het dringt vaag tot Mimi door dat Karina de clou niet gesnapt heeft. Mooie meid, Karina, bromt Tamás in zijn hoekje. Net als jij. Ze had nog een kind moeten hebben, of nog twee.

'Meisjes denken zo niet meer,' legt Mimi uit.

'Wat, oma?'

'Je zou meer kinderen moeten hebben, liefje.'

'Oma, begin nou alsjeblieft niet weer,' protesteert Karina.

'Nou ja, misschien niet van die man.'

Ze keert zich met grote ogen om. Mimi tikt zachtjes op haar pols, een gebaar van zelfverwijt. Soms zegt ze niet de dingen die ze zou moeten zeggen, omdat ze niet beseft dat ze ze niet gezegd heeft. Op andere momenten zegt ze dingen die waarschijnlijk niet gezegd hadden moeten worden, maar als ze ze niet zegt, doet niemand anders het, en soms moeten mensen het weten.

'Hou je van hem?'

'Ja, natuurlijk. En ik hou ook van jou, oma, en van Jamie, mijn zoon, en van papa en mama.'

Mimi zucht. Begrijpt het kind het nou nooit? 'Ik hield van hem,' zegt ze.

'Tamás?'

De geest van Tamás zwijgt; hij weet waar ze het over heeft. Waar ik ben, zegt hij, doet het er allemaal niet meer toe. Er is genoeg liefde aan deze zijde voor iedereen.

'Al die prachtige muziek. Weg. Verbrand.'

'Oma, waar heb je het over?' Karina pakt haar hand. Mimi staart naar haar gezicht – zo jong, zo veel zorgen. Ze steekt haar hand uit en strijkt Karina's haar glad.

'Lang geleden, Schnoekie. Je moeder noemt je Schnoekie.'

'Ja, dat vind ik leuk.'

'Wanneer je hem vindt, moet je hem hiernaartoe meenemen,' zegt Mimi. Tamás en de ander, degene die het allemaal begrijpt, zeggen tegen haar dat ze dit moet zeggen.

'Wie meenemen?' vraagt Karina.

Mimi's innerlijke beelden vervagen even; ze zwijgt. Waarom ziet Karina er ineens uit alsof ze wil gaan huilen?

'Oma, ik heb me altijd iets afgevraagd: Waarom ben je nooit hertrouwd? Iedereen hield zo veel van je.'

Mimi glimlacht. 'Misschien juist daarom,' zegt ze. 'Je bent een beste meid, Karina. Kom me gauw weer opzoeken.'

In haar kamer in het huis van de familie Frankl, in een kolossaal, donker huizenblok in Belváros, het centraal gelegen Vijfde District van Boedapest, stond Mimi voor haar hoge raam naar de straat te staren. De ramen waren zo dik dat ze door de twee lagen glas nauwelijks de vogels in de bomen kon horen. De voordeur van het gebouw was zo zwaar dat het een hele worsteling was om hem in beweging te krijgen, en het plafond in haar kamer was bijna zo hoog dat ze zich kon verbeelden dat het de lucht was. Het was hier vreemd, eenzaam een spookachtig stil, ondanks het feit dat ze dicht bij de Donau en de Vácistraat was. Maar het was er wel warm. In de hoek stond een eigenaardig ding: een hoge kachel, met aan de buitenkant groene aardewerken tegels, waar kolen in gestopt werden. De hitte was niet zo fel als van de vuren waar ze ooit aan gewend was, maar ze was constant en betrouwbaar.

Alleen in de kamer zijn voelde raar, en de eerste nacht kon ze niet slapen omdat ze haar moeder miste. 'Tot gauw,' had Mária gefluisterd toen ze afscheid namen, maar haar tranen vertelden Mimi dat ze dat niet moest geloven. De familieleden waren niet blij. De grootouders en tantes gaven Mária ervan langs omdat ze haar kind liet grootbrengen door vreemden, maar Mária hield vol dat, hoewel ze Mimi node afstond, uitzonderlijke behoeften uitzonderlijke strategieën vereisten, en als Mimi's behoefte niet uitzonderlijk was, welke was dat dan wel? Daarom had haar moeder dit voor haar gewild, en daar had ze vast goede redenen voor, ook al deed het pijn alsof ze met hete ijzers gebrandmerkt werd. Mimi smoorde haar gesnik in de deken, zodat de Frankls het niet te weten kwamen. Ze besloot zich te concentreren op de goede redenen die er waren.

Op de eerste dag, toen mevrouw Frankl erop stond dat ze een bad nam, maakte Mimi zich te schande door er een uur in te blijven. Ze had er eerst niet in gewild – de kuip was ontzettend groot en ze was bang dat ze zou verdrinken – maar meneer en mevrouw Frankl schenen het normaal te vinden (een uur was niet nodig, maar tien minuten wel). Mevrouw Frankl hielp haar haar haar te wassen met zeepachtig spul dat naar bloemen rook, en ze zag zichzelf in de spiegel toen het glad en glanzend was opgedroogd. De verwarring bekroop haar. Waarom waren sommige mensen ervan overtuigd dat dagelijkse taken volgens bepaalde regels moesten worden uitgevoerd en andere mensen dat het volgens tegenovergestelde regels moest? Mimi wist dat ze, als ze bij de Frankls wilde wonen, snel hun manier van doen moest leren kennen, zoals haar moeder haar had aangeraden. Op een dag, zo nam ze zich voor, zou ze op papa en mama en Péter en alle anderen indruk maken doordat ze zich zo snel aan haar nieuwe leven had aangepast.

Mevrouw Frankl bracht Mimi een pak waarin kleren voor een schoolmeisje zaten: een witte blouse met kant aan de voorzijde die hoog sloot, een donkerblauwe rok en een paar glanzende nieuwe schoenen. Ze borstelde en vlocht Mimi's haar en toen ze klaar was, zag Mimi eruit als een Hongaars kind dat toevallig donker haar, donkere ogen en een donkere huid had, misschien een overblijfsel van de Turken, net als de Turkse baden in Boedapest. Althans, dat dacht ze. 'Je ziet er mooi uit, Mimi,' had mevrouw Frankl bevestigd. 'Kom nu hier bij me aan tafel zitten. Wil je leren hoe je je naam moet schrijven?'

'Een beetje Indiaas,' schertste professor Gábori toen György Frankl met Mimi aan zijn hand zijn appartement in het huizenblok naast het hunne binnen stapte.

'Een zigeunerin, niet een Indiase, János. Dit is Mimi Rácz, het verbazingwekkende kind over wie ik je vertelde.'

'Ah, het zigeunerwonderkind. Ik moet u wel waarschuwen, dokter, dat er van verarmde wonderkinderen dertien in een dozijn gaan, of liever gezegd: kinderen van wie de ouders zouden willen dat ze wonderkinderen waren.' De professor onderdrukte een geeuw. 'Ze denken dat het de weg naar roem en geluk zal effenen. De werkelijkheid kan echter totaal anders zijn.' Hij staarde Mimi achterdochtig aan, maar ook nieuwsgierig, voelde ze. 'Ik zie dat ze temperament heeft,' zei hij tegen dokter Frankl, alsof ze er niet was. 'Die ogen... Laten we eens kijken wat ze kan. Kom, zigeunerinnetje, pak je viool en speel wat voor me.'

Mimi was er niet aan gewend alleen op te treden. De sfeer was verkeerd. Niemand dronk, at of wilde dat ze een favoriete melodie speelde. Alleen twee oudere heren in een beetje donkere kamer met een houten vloer en een enorme piano, die haar op de vingers keken als uilen die loeren op muizen in de kersenboomgaard. Ze moest zich iemand voorstellen die naast hen stond of zat en voor wie ze kon spelen. Ze begon met een lied van Panna

Czinka. Doordat Panna Czinka als eerste vrouw een beroemd orkest had geleid in de achttiende eeuw was het nu voor Mimi mogelijk viool te spelen. Ze zou voor haar spelen, voor de overgrootmoeder van alle zigeunermuzikanten. Ze sloot haar ogen en probeerde in gedachten de cimbaal en de bas te horen terwijl de vertrouwde melodie opklonk en ze de versieringen improviseerde.

Toen ze klaar was keek ze op. Dokter Frankl veegde met een zakdoek zijn ogen af en professor Gábori, die had gestaan om al haar bewegingen in de gaten te houden, zat onderuitgezakt in een stoel.

'Wonderbaarlijk,' zei hij.

'Dus het is ja?' vroeg dokter Frankl.

'Zou kunnen,' zei de professor. 'Zou kunnen. Luister, Mimi, je zult een aantal studies leren spelen...'

Toen Karina probeerde te improviseren, kon ze dat niet. Gedrild als ze was door boeken met toonladders, oefeningen van Carse en Ševčik, en later door studies van Kreutzer, kon ze alleen maar spelen wanneer ze noten van het blad las. József, haar vaders vriend die haar ergens in het noorden van Londen lesgaf, voedde haar met Bach, Beethoven en trouw aan de partituur.

Mimi luisterde wel naar haar, maar gaf haar geen les; Karina begreep nooit goed waarom. Mimi gaf openbare masterclasses voor gevorderde studenten en vertelde hun vaak hoe Georg Solti haar had geadviseerd een bepaalde passage te fraseren, Leonard Bernstein haar naar huis had gebracht, of Marc Duplessis haar had geraadpleegd over revisies in de vioolpartij van *Dans l'ombre des forêts*. 'Verhalen vertellen,' zei Mimi. 'De zigeunertraditie wordt oraal doorgegeven. Waarom zou je boeken gebruiken als je over de menselijke geest kunt beschikken?'

Daar had Karina op de muziekacademie niets aan. Toen ze eenmaal in de betonnen bunker was toegelaten, kwam ze in aanvaring met een professor die van haar eiste dat ze Bach zonder vibrato speelde, omdat dat 'authentiek' zou zijn. Mimi ontplofte van woede: 'Die klank is belachelijk! Hoe weten ze dat? Hebben ze in de achttiende eeuw geleefd?' Toen Karina de professor weerwoord gaf en zei dat Mimi Rácz iets anders aanraadde, vatte hij het persoonlijk op en zei hij dat ze dan maar bij Mimi Rácz moest gaan studeren. Het hoofd dreigde haar van school te sturen, totdat de kennisgeving dat Mimi haar grootmoeder was – een feit dat ze meestal voor zich hield – haar leraar ertoe bracht te doen alsof het in principe zijn idee was geweest Mimi te consulteren. Karina ging stilletjes terug naar József zonder het op school te zeggen. 'Die professor,' verkondigde Dénes, 'is een ramp!'

Rond het jaar 2000 begon er een toevloed van Roma-vluchtelingen, volgens de geruchten voornamelijk afkomstig uit Roemenië, in de Londense ondergrondse te verschijnen. De vrouwen, met lange, vrolijk gekleurde rokken aan en sjaals om het hoofd, droegen baby's of peuters op hun heup en zwierven door de propvolle rijtuigen; ze lieten de passagiers kaarten zien waarop hun omstandigheden geschreven stonden: ze beschikten niet over de woorden om aan te geven wat ze wilden en vroegen om geld om de kinderen eten te geven. De forensen deinsden terug, maar de Roma begrepen niet wat de Britten met hun negeergedrag bedoelden en bleven staan smeken totdat ze met een rechtstreekse afwijzing weggestuurd werden. Achter hen grepen de zakenlieden, kantoormensen en toeristen naar hun zakken en tassen om te kijken of ze niet bestolen waren. De roddelbladen trokken fel van leer en noemden hen 'nepasielzoekers', en ze beweerden boosaardig dat ze de kinderen drogeerden om ze stil te houden. Karina kookte van woede wanneer ze de kranten las. Het sommetje was simpel: gebronsde huid + sjaaltje + angst = goede verkoopcijfers.

Wanneer Karina in Londen was om familie of Lindy te bezoeken, gaf ze altijd geld aan Roma-bedelaars. Wanneer ze hen in het gezicht keek, zag ze haar grootmoeder. Als Mimi niet de sprong van restaurant naar conservatorium had gemaakt, aan een dunne draad van de ene traditie naar de andere zwaaiend, zou Karina misschien ook met kinderen aan haar rokken door een trein geschuifeld hebben, zou ze ook hebben geprobeerd voor hen te zorgen te midden van een vijandige bevolking die bang was voor alles wat anders was.

Toen ze door een tunnel bij Warren Street reed, gaf ze een briefje van vijf pond aan een Roma-vrouw in een paarse rok met een peuter aan de hand die ongeveer even groot was als Jamie toen. Het kind staarde haar stil en met grote ogen en met de vinger in de mond aan; Karina ving haar ernstige blik op en lachte en zwaaide naar haar. De vrouw bedankte haar en leek haar in haar eigen taal te zegenen alvorens door te lopen.

Een zakenvrouw vlakbij keek Karina over een leren aktetas boos aan. 'Je moet ze niet aanmoedigen,' berispte ze haar. 'Ze komen hierheen om op onze zakken te teren. We laten er te veel binnen. Als mensen als u geen geld gaven, zouden ze hier niet komen.'

'Ze moeten hun kinderen te eten geven,' zei Karina. 'Ze proberen te ontsnappen aan een omgeving waarin ze vervolgd worden. Ik heb genoeg geld. Waarom zou ik hen niet helpen?'

'Dit eiland wordt zo bestormd dat het een keer zinkt,' zei een man links van haar.

'Eilanden zinken niet,' merkte Karina op.

'Ja schat, maar uiteindelijk komt het er toch op neer dat ze hier niet thuishoren, vind je ook niet?'

Karina haalde haar schouders op. Ze had haar mening kracht bijgezet door haar geld te geven. Het ging niemand wat aan. Vandaag zou dat kind in ieder geval eten.

Een paar jaar later waren er geen Roma meer in de ondergrondse. Niemand wist precies wat er met hen gebeurd was. Teruggestuurd, opgeruimd staat netjes, zei Julian. Teruggestuurd, protesteerde Karina, naar een land waar ze gediscrimineerd zouden worden, waar hun kinderen geen onderwijs mochten volgen en nooit een beter bestaan konden opbouwen, alleen maar omdat ze Roma waren. Nog maar zeven jaar geleden was een Roma-nederzetting in een deel van Oostenrijk dat ooit Hongaars was, met bommen aangevallen. Hoewel er in Europa steeds meer immigranten uit probleemlanden kwamen wonen en het continent in de ban was van terrorisme, de georganiseerde misdaad en drugs- en mensensmokkelaars, was de afkeer voor zigeuners, die slechts om geld vroegen om hun kinderen te voeden, toch nog steeds het grootst.

'Karrie, niet zo hoog van de toren blazen,' onderbrak Julian haar. 'Je vertelt niets nieuws. Dat van je oma weten we nu wel. Zij heeft zich opgewerkt door haar talent.'

'Ze heeft zich opgewerkt doordat ze geluk had,' hield Karina vol. 'Ze had talent, ze werkte hard, maar het was puur toeval dat iemand besloot haar te helpen. Als hij dat niet had gedaan, zou ze nog in hetzelfde schuitje zitten. Weet je dat ze elk jaar honderden ponden doneert aan een internationale instelling die Roma in Oost-Europa helpt?'

'Karrie, ze zou niet in hetzelfde schuitje zitten. Ze zou dood zijn. Ze zou vermoord zijn door de Duitsers.'

'Ze had een kans omdat ze geholpen werd. Jules, je vergeet wel eens dat mensen mensen blijven, waar ze ook vandaan komen.'

'En jij vergeet wel eens dat niet alle mensen goed, eerlijk en het vertrouwen waard zijn.'

'Ik trek me hun lot aan.'

'Kijk dan goed uit wiens lot je je aantrekt.'

## HOOFDSTUK 7

'Het stemmen geschiedde door middel van een druk op de knop,' zegt Carsten Schmidt. 'Zou het kunnen dat iemand op de verkeerde knop heeft gedrukt?'

Julian zit in zijn club in de St.-James-buurt te dineren met Andy Williamson van het ministerie voor Transport en een potentiële klant, de directeur van een Duitse treinfirma die Locomotivation heet en die geen indrukwekkende start heeft gemaakt door zijn verbazing te uiten over het feit dat Londen de Olympische Spelen van 2012 organiseert.

'Het is belachelijk,' vervolgt hij. 'Miljoenen extra bezoekers, de wegen zijn in zeer slechte staat en de spoorwegen zijn zwaar verouderd.'

'Wie deze concessie binnenhaalt krijgt het nodige te doen,' merkt Julian op, terwijl hij de wijnlijst even doorkijkt. 'Maar... grote uitdaging, grote beloning. Wat dacht je van een Gewürztraminer? Een goede Duitse wijn voor goed Brits geluk?'

'Er moet iets verkeerd zijn gegaan.' Carsten keurt de wijnkeuze met een plichtmatig knikje goed. 'Waarom Londen en niet Parijs? Er moet een vergissing in het spel zijn.'

'Wees maar niet bang,' stelt Andy hem gerust. 'We hebben er hard voor gewerkt en de passie waarmee het team de...' Andy ratelt maar door, hij is inmiddels helemaal thuis in het regeringstaaltje.

Julian wil Carsten, wiens bedrijf miljoenen waard kan zijn, niet bewust maken van het feit dat hij zelf waarschijnlijk op de verkeerde knop drukt als hij een minister vertelt dat Londen de Olympische Spelen slechts door toeval kan hebben binnengehaald. Hij telt langzaam tot tien: 'De toekomst van het vervoer is het grootste probleem waarvoor deze stad zich gesteld ziet,' zegt hij. 'Ik geloof dat echt, Carsten. Ik denk dat we allemaal de taak hebben om alles goed te laten werken, en hoe eerder hoe beter.' Hij proeft de wijn. Die is lekker, maar hij zal Carsten en Andy er het meeste van laten drinken. Hij wil helder blijven denken.

Julian kan nooit over een tafel naar Andy kijken zonder de eerste indruk die hij van hem kreeg op school te herbeleven. Hij had heel gênant de baard in de keel gehad en had zo onder de acne gezeten dat het niet te geloven was. Sinds die dag hebben ze alles samen beleefd: cricket, Cambridge, de bureaucratische molen, en nu hun vette jaren, waarin ze de vruchten plukken van hun harde werk en proberen goede vaders en echtgenoten te zijn. De vorige zomer hadden ze in Andy's knalrode personenauto Karina, Sarah en alle kinderen een dag mee uit genomen naar het safaripark in Windsor, en toen waren ze midden op het leeuwenterrein zonder benzine komen te zitten. Julian vraagt zich af of Carsten Schmidt om dat verhaal zou moeten lachen, iets wat bijna even moeilijk is als een auto die het niet meer doet in beweging krijgen zonder uit te stappen en te gaan duwen. Toch zou het Andy met zijn neus op het feit drukken dat hij als transportminister niet had geluisterd toen Julian hem vroeg hoeveel benzine er nog in de tank zat. Hij zegt niets.

Lindy zit met Alban in een kroeg in Camden en huilt. Aan de volgende tafel is een verjaarsfeestje aan de gang van iemand die ze niet kennen. Serpentines, feestknallers, liedjes – ze vergroten alleen maar haar ellende. Alban probeert haar op te vrolijken. 'Luister, er is toekomst. We kijken vooruit, niet achterom. Er komen goede dingen. Dat is les voor vandaag.'

'Alban, ik weet dat ik je beloofd heb nooit te vragen wat je precies doet,' zegt Lindy, terwijl ze de tranen wegveegt, 'maar wat doe je nu eigenlijk?'

'Lindy, ooit ik vertel het. Je gaat mij niet meer aardig vinden.'

'Is het legaal?'

'Legaal niet belangrijk. Wij vullen gat in markt. Zonder ons gebeuren veel dingen niet die moeten gebeuren.'

'Ik snap het niet.'

'Denk zo: als een systeem slecht is, en niet eerlijk en niet geschikt, wat doe je? Je maakt een nieuw systeem. Ja? Zo, nu wij gaan nog wat drinken!'

Tegen sluitingstijd zijn ze allebei uiterst vrolijk. Toch is de scheidslijn tussen lachen en huilen zo dun dat Lindy prompt weer aan de verkeerde kant terechtkomt.

'Lieve, mooie Lindy.' Alban omhelst haar. 'Nog steeds de getrouwde klootzak? Ga vanavond met mij mee. Jij moet niet alleen zijn. Niet bang zijn. Ik raak jou niet aan. Beloofd. Ik stop jou in andere kamer. Yuri is klus aan het doen, dus zijn kamer is leeg. Ik geef je thee en medelijden en wanneer jij wilt, jij mag slapen. Goed?' Lindy is te dronken en te ongelukkig om te weigeren.

In Albans huis boven een winkel in Wood Green, een eindje lopen bij het plaatselijke spoorwegstation vandaan, drinken ze sterkedrank – Lindy weet niet goed wat, maar dat kan haar ook niet schelen; misschien een krachtige Balkankruising tussen wodka en spiritus. Uiteindelijk raakt ze bijna bewusteloos aan de keukentafel. Alban helpt haar naar de kamer van de afwezige Yuri en trekt teder een laken over haar heen alvorens weg te sluipen.

'Maak me op tijd wakker,' mompelt Lindy in het kussen wanneer hij wegloopt. 'Ik moet naar mijn werk.'

'Geen zorgen. Ga nu slapen.' Alban doet het licht uit.

De volgende ochtend breekt fraai en zonnig aan. 'Mam,' dient Jamie onderweg naar school een verzoek in, 'zet je alsjeblieft het zwembadje buiten? Alsjeblíéft?'

'Als ik papa's oude fietspomp kan vinden om het op te pompen, dan doe ik het, ja.' Karina zwaait hem uit bij het schoolhek en wandelt dan naar huis via de bakker, waar ze een croissant koopt als brandstof voor haar viooloefeningen.

Ze is net aan het stemmen wanneer de telefoon gaat. 'Karrie?' zegt Julians stem.

'Schat? Wat is er?'

'Met mij niets, maar ik vroeg me af of je iets voor me kunt doen.'

'Wat dan? Is er iets aan de hand?'

'Zet de tv eens aan. Er is een treinongeluk gebeurd, vrees ik. Heel erg.'

Karina scharrelt geschrokken rond, op zoek naar de afstandsbediening. Bij station Wood Green is in een lange stadstunnel op een heuvel een locomotief van een goederentrein frontaal op een passagierstrein gebotst. Een van de twee sporen was afgesloten wegens reparaties. De oorzaak kan een rood sein zijn waarvoor niet gestopt is. Er is hydraulische vloeistof uit de ontspoorde wagons gelekt en die heeft de brand aangewakkerd die nu door de tunnel raast. Er zouden een paar honderd passagiers vastzitten.

'Andy en Sarah namen altijd die lijn wanneer ze naar haar ouders gaan,' legt Julian uit. 'Soms gaat ze er op donderdag heen, ze werkt maar van maandag tot en met woensdag. Ik denk dat ze wel de auto neemt, maar... Andy zal zich moeten bezighouden met de hel die losbarst op het ministerie. Als hij zich zorgen om haar maakt, wil ik het niet erger maken, en ik moet nu naar een vergadering. Kun jij voor me uitzoeken of alles met haar in orde is?'

'Dat zal ik doen. Bel je me straks op?' Ze legt de hoorn neer.

Ze vindt het nummer van de familie Williamson en draait het. Het antwoordapparaat springt meteen aan. Ze probeert Sarah mobiel te bellen, maar krijgt te horen dat het netwerk momenteel niet beschikbaar is. Op de tv is een verslag gaande op de plek van de ramp. Er komt dikke rook uit de tunnel. Karina staart ernaar met een prikkelend gevoel van herkenning. Wood Green? Waarom doet die naam een alarmbel rinkelen? Een gesprek met Lindy, over Alban? Nerveus belt ze naar Lindy's mobieltje, maar dan hoort ze weer dat de netwerken niet beschikbaar zijn. Heel Londen probeert naar dierbaren in het noorden van de stad te bellen. Lindy loopt gelukkig naar haar werk.

Ze kijkt gehypnotiseerd naar het verslag. Het aantal doden en gewonden is nog onbekend, maar het inferno dat door de brand in deze schuin aflopende tunnel is ontstaan, zo luidt het commentaar van een deskundige, moet afgrijselijk zijn: door het zogeheten 'schoorsteeneffect' wordt de lucht uit het lager gelegen gedeelte aangetrokken en wordt de luchtstroom versterkt die de vlammen aanwakkert. De treinen waren vol vanwege het spitsuur en als de rook wel naar binnen kon, maar de passagiers er niet uit, moeten de mensen als ratten in de val hebben gezeten.

Karina voelt hitte op haar huid, en haar keel lijkt wel dichtgesnoerd – tekenen van de claustrofobie die haar ervan weerhield in Camden Town in de bus te stappen. Ze ziet een woordvoerder aankondigen dat er een gymzaal in een school in de buurt zal worden ingericht als medisch centrum voor de lichtgewonden. Op de achtergrond scheuren de ambulances voorbij.

Om vijf over elf wordt er weer gebeld. 'Karrie? Met Cynthia. Heb jij Lindy vandaag nog gesproken? Zeg alsjeblieft dat het zo is. Ze is niet op haar werk gekomen. Ze is niet thuis. Ik kan haar mobiel niet bereiken, je komt er niet doorheen. O, Karrie, ik weet niet wat ik moet doen!'

'Ze gaat lopend naar haar werk. Ze kan helemaal niet in de buurt van de trein zijn geweest.'

'Maar weet je...' Cynthia houdt op en ademt te luid. 'Ik heb met Paul in de winkel gesproken. Ze had niet gezegd dat ze niet zou komen en ze doet dat normaal gesproken altijd. Hij zei ook dat ze gisteravond uit was gegaan met die rare vriend van haar, dat Balkantype, en hij dacht dat ze misschien bij hem overnacht had. In Wood Green.'

'Hè?' zegt Karina. 'Maar Lindy slaapt nooit bij Alban.' Althans, dat deed ze nooit. Zou Lindy, nu Charles er niet meer is, zich hebben laten troosten door Alban?

'Het is bij de tunnel in de buurt,' snikt Cynthia. 'Met de trein is het daarvandaan sneller dan met de ondergrondse. Ik weet niet wat ik moet doen. Ik weet niet hoe ik haar moet vinden. O, Karrie...'

Dit gebeurt niet. Het kan niet. Alles kom zo weer goed. Lindy kan vastzitten in een van de andere treinen die erachter zitten. Ze hebben natuurlijk te horen gekregen dat er een stroomstoring was, of problemen met de seinen, wat dan ook om paniek te voorkomen; uiteindelijk zal iemand de passagiers langs het spoor weggeleid hebben, en dan zal ze geschrokken maar ongedeerd weer opduiken. 'Londen zit vol met mensen die proberen ergens te komen en er vervolgens achter komen dat dat niet lukt,' merkt ze op. 'Misschien zit ze vast en staat ze te wachten op een bus. Gun haar nog wat tijd.'

'Tot wanneer?'

Karina weet daar geen antwoord op. 'Laat het me weten als je iets van haar hoort.'

'Jij ook,' zegt Cynthia. 'O, god, mijn kindje, mijn kleine meid...' De verbinding wordt verbroken.

Karina probeert zich voor te stellen hoe ze zich zou voelen als ze op zo'n dag niet wist waar Jamie was. In een fractie van een seconde kan je kind veranderen in een abstract fenomeen: een persoon op de verkeerde plek op de verkeerde tijd. Ze worstelt met pijn maar weigert in paniek te raken.

De minuten kruipen voorbij; stukjes uur. Julian belt, maar Karina kan hem niets melden: er zijn geen namen vrijgegeven en bij de overlevenden die op de tv hun verhaal doen is geen Sarah Williamson of Lindy Rookfield. Ze belt naar de boekwinkel.

'Ze is hier niet,' zegt Lindy's chef Paul.

'Heeft ze gebeld?'

'Helaas niet, nee. Maar het is nog te vroeg om je zorgen te maken.' Het is na enen. De treinen zijn voor negen uur 's morgens op elkaar gebotst.

Zodra ze ophangt, gaat de telefoon weer.

'Karrie,' zegt Cynthia, 'ik vind het heel vervelend om het je te vragen, ik weet hoe ver weg je woont, maar... ik weet dat er iets met haar gebeurd is. Dat moet wel. Ze zou niet zomaar verdwijnen, ze zou mij altijd bellen.'

'Zal ik proberen haar te vinden?'

'Ik weet niet hoe... maar... Martin is naar een conferentie, hij komt pas vanavond uit Stockholm terug, en ik wil in de buurt van de telefoon blijven, want mobieltjes doen het niet...'

'Ik zal doen wat ik kan,' belooft Karina.

Er is een informatienummer op het televisiescherm verschenen. Ze belt het, maar het is even overbelast als de mobiele netwerken. Ze zet de tv harder. Er zijn lichamen geborgen; ze zijn afschuwelijk verbrand. Er komen er meer. Beide machinisten zijn dood. Ze vindt op het internet de telefoonnummers van de ziekenhuizen in het noorden van Londen, maar ook die zijn onbereikbaar. Ten slotte neemt iemand in de centrale op en vertelt haar dat ze het later nog eens moet proberen. Later, peinst Karina, kan wel eens te laat zijn. Lindy zit misschien in de trein, gewond, doodsbang. Ze slikt de tranen van angst die opwellen weg en belt Gilly Pearson.

'Gilly, met Karina. Ik moet naar Londen. Er wordt iemand vermist. Zou Jamie uit school bij jou mogen blijven? Dan komt Julian of ik hem later ophalen.'

'Natuurlijk, maar pas alsjeblieft goed op,' dringt Gilly aan.

Karina laat de telefoon los en rent het huis uit, naar beneden, richting station. In de trein naar Londen zit ze met slechts een paar geïsoleerde, geschrokken passagiers die her en der verspreid zitten en voor zich uit staren en proberen niet na te denken over de vraag waar ze zouden hebben kunnen zijn als het lot, God of het toeval anders had beslist. Ze zijn kalm, ze praten niet. De passagiers in Wood Green waren hun treinreis precies zo begonnen als zij, in de zomerzon. Alles was normaal geweest, tot het moment waarna nooit meer iets normaal zou zijn.

Ten noordoosten van de Muswell Hill ziet alles er tot haar aanvankelijke verbazing heel gewoon uit in deze voorstad van minirotondes, rijtjeshuizen en gemeenteflats. Het verkeer raast langs, een kerkklok slaat het uur. Ze kijkt op haar kaart. Ze heeft vanaf het Victoria twee bussen genomen – de ondergrondse is even geen optie – maar is te vroeg uitgestapt, bang als ze was haar halte te missen. Ze loopt te snel, buiten adem, en haar keel is rauw van de dorst, maar ze wil niet stilstaan om water te drinken. Haar tenen zitten bekneld in haar schoenen, de wreven van haar voeten doen pijn. In haar hoofd zweeft het beeld van Lindy, maniakaal uitvergroot.

Dichter bij Wood Green zijn de straten afgesloten; politieagenten met fluorescerende hesjes aan staan bij de afzettingen en praten snel en zacht met ongeruste buurtbewoners. Karina staart naar een ambulance met verduisterde ramen en gillende sirene. Ligt Lindy daarin? De lucht boven haar is een lijkwade met de kleur van verkoolde lichamen. De rook smaakt bitter en doet haar ogen tranen.

Eindelijk komt de school in zicht; voor de school blijft ze staan. Ze bevindt zich in een horde van mensen met dezelfde missie, huilend of met strakke, uitdrukkingsloze gezichten, en allemaal stellen ze vragen. Sommigen hebben foto's bij zich: Karina ziet foto's van een vrouw met een bril en een jasje van spijkerstof, een lachende jongeman met een pak aan, een rugzaktoerist op een Australisch strand, een Aziatisch tienermeisje. Iemand pakt haar mouw beet. 'Hebt u mijn dochter gezien? Dit is haar foto.'

Bij de ingang staan hulpverleners telkens weer uit te leggen dat ze niemand binnen kunnen laten, dat de namen zo snel mogelijk bekend zullen worden gemaakt en dat de gewonden weg mogen zodra dat kan, maar dat de medische zorg voorrang heeft. De mensen blokkeren onbedoeld de uitgang; Karina gaat moeizaam opzij staan. Een groep gewonde passagiers, hinkend, verdwaasd, de gezichten besmeurd met roet en bloed, wordt uit een ambulance geholpen. Het heeft uren geduurd voordat ze uit de verongelukte rijtuigen bevrijd zijn. Vreemd is dat: hoe langer je kijkt, hoe moeilijker het wordt je ogen gefocust te houden, maar niemand lijkt op Lindy. Een medewerker roept iets – ze verstaat niet wat, maar meteen is er een drukte van stemmen, bewegende monden, namen die geroepen worden. Karina zegt 'Belinda Rookfield', maar dat heeft geen enkel effect. Ze dwingt zichzelf kalm te blijven.

Via een smalle gang waarvan de muren behangen zijn met tekeningen van kinderen neemt de medewerker een groepje bange familieleden mee naar een klaslokaal waar meer mensen – misschien dertig, misschien vijftig, ze is te murw om het te weten – al zitten te wachten. Er hangen landkaarten aan de muren en in een hoek staat een reusachtige wereldbol. De leerlingen zijn naar huis gestuurd; ze zouden hier aardrijkskunde moeten zitten leren. Iemand maakt zich druk om het schuifje van een raam waar geen beweging in te krijgen is.

'Wie zoekt u?' vraagt Karina aan een jongeman naast haar die een foto vasthoudt.

'Mijn oma.' Hij laat haar de foto zien: een brede lach, een geruite sjaal. 'Ze was op weg naar station King's Cross om de trein naar Edinburgh te nemen. Mijn nicht woont daar, ze heeft net een kind gekregen. Ik zou er vanmiddag heen vliegen...'

'Waarom nu? Waarom vandaag? Waarom hier?' snikt een jonge zwarte vrouw met een van pijn vertrokken gezicht. Aan haar hand glanst een trouwring die er nieuw uitziet.

Nu en dan wordt er een naam geroepen en rent iemand het lokaal uit.

'Is er nieuws uit het ziekenhuis?' vraagt de jonge vrouw aan de medewerker. Hij legt zo tactvol mogelijk uit dat de identificatie van slachtoffers niet gemakkelijk blijkt. Velen zijn buiten bewustzijn, sommigen zijn onherkenbaar verbrand. Documenten die hadden kunnen helpen, hebben in handtassen en aktetassen gezeten en zijn met de eigenaars door het vuur verteerd. Er dansen grijze vlekken voor Karina's ogen. Ze heeft sinds ze van huis ging niets gedronken en haar keel is gortdroog.

Op een gegeven moment verspreidt zich het bericht dat een aantal ernstig gewonde slachtoffers in het ziekenhuis geïdentificeerd is. De medewerker leest een lijst voor. Lindy is er niet bij. Een aantal mensen vliegt naar buiten.

Karina vraagt degene die naast haar zit te wachten en op zoek is naar zijn oma of hij misschien kan luisteren of Lindy's naam wordt omgeroepen terwijl zij een dringend telefoontje pleegt. Ze dwingt haar voeten haar naar buiten te brengen naar iets wat op andere dagen een schoolplein is. Ze belt weer het informatienummer. Nu de netwerken weer actief zijn, meldt een opgenomen boodschap dat ze haar naam en telefoonnummer moet inspreken en de naam van de persoon die ze zoekt, en dan zal iemand haar terugbellen. Ze doet dat niet, maar belt Julian. 'Ik moet eigenlijk naar het ziekenhuis,' zegt ze. 'Het lijkt erop dat ze hier niet is.'

'Ga naar huis, Karrie,' smeekt hij haar. 'Je kunt niet alles doen. Als ze ernstig gewond is, zullen ze jou toch niet bij haar laten. Cynthia had je nooit mogen laten gaan.'

'Is er nog nieuws over Sarah?'

'Er is gelukkig niets met haar aan de hand. Karrie, ga alsjeblieft naar huis.'

Karina hangt op. Ze aarzelt, keert zich om en loopt terug naar de school. Het medische personeel is even te druk bezig om op haar te letten. Ze loopt voorzichtig naar een zijdeur en gaat de gymzaal in.

De geur van desinfecterende middelen dringt door de rokerige geur die in de lucht hangt heen en vermengt zich met iets ijzerachtigs, zuurs en dierlijks; op een geïmproviseerde stellage onder de wandrekken die gemaakt is van banken en matten, zitten of liggen gestalten, terwijl ambulancepersoneel wonden schoonmaakt, ledematen verbindt en pijnstillende en kalmerende middelen inspuit. Karina ziet plastic schaaltjes, spuiten, slangetjes, stapels wattenproppen en mensen die rillen van de shock, gehuld in zilverkleurige folie tegen de onderkoeling. Terwijl ze alles in zich opneemt om te zien of Lindy erbij is, kijkt ze naar beneden. Dicht bij haar ligt een patiënt tegen een muur aan te slapen of te rusten; het bloed sijpelt door een verband om een hoofdwond heen.

'Mevrouw, het spijt me.' Een ambulancemedewerkster komt op haar af; haar ogen zijn roodomrand en staan meelevend. 'Ik moet u vragen buiten te wachten. Het is te lastig wanneer de mensen hier binnenlopen, en als u het doet, gaat iedereen het doen. Het spijt me erg.'

'Ja, natuurlijk,' zegt Karina fluisterend. 'Ik ga al.' Ze had niet beseft dat 'lichtgewond' zo erg kon zijn. Als het bloedende hoofdwonden, gebroken botten of glassplinters inhoudt, welke verwondingen hebben dan degenen die naar het ziekenhuis zijn gebracht? Ze weet nu zeker dat Lindy hier niet is. Dat kan vier dingen betekenen: ze zat niet in de trein, ze ligt zwaargewond in het ziekenhuis, ze wacht op redding in een verongelukt treinstel, of ze leeft niet meer.

Terwijl ze met haar hand steun zoekt tegen de muur baant Karina zich een weg naar de frisse lucht. Bloed heeft haar altijd van streek gemaakt, maar nu is ze zo misselijk dat de grond onder haar voeten wegzakt. Ze weet de hoek halen en een zijstraat in te slaan, maar dan buigt ze zich voorover en braakt. Ze komt op adem en schaamt zich voor haar moment van zwakte; ze vermant zich en begint terug te lopen naar de hoofdweg.

Het is al na negenen wanneer Karina verslagen en afgepeigerd de voordeur opent. Jamie slaapt. Julian leidt haar naar de bank en schenkt een cognacje voor haar in. 'Heb je gegeten?' vraagt hij.

Karina schudt haar hoofd. 'Heeft Cynthia nog gebeld? Of iemand anders?'

'Cynthia zegt dat ze niets heeft gehoord. Ze hebben tien berichten achtergelaten bij dat informatienummer, maar ze zijn nog niet teruggebeld. Ik weet zeker dat ze daar overspoeld worden met telefoontjes, het kan even duren.' Het nieuws heeft bevestigd dat dit de ergste treinramp is sinds het ongeluk bij Hatfield in 2000, waar je helaas ook nog de terroristenbommen in de Londense ondergrondse van 2005 bij kunt tellen. 'Het is vreselijk, Karrie,' zegt Julian, terwijl hij haar hand vasthoudt, 'maar je hebt gedaan wat je kunt. Meer nog, als ik je zo aanzie.' Zijn lichte ogen staan woedend.

'Ik heb niet genoeg gedaan. Ik had het ziekenhuis kunnen proberen, ik ben alleen maar naar de school geweest. En het is maar een veronderstelling dat ze gisteravond bij Alban was – ze kan overal gezeten hebben, ze kan zich verslapen hebben en niet de moeite hebben genomen iemand te vertellen dat ze niet naar haar werk ging...'

'Ik zal wat te eten voor je maken.'

'Ik krijg geen hap door mijn keel.'

Het televisienieuws is de achtergrond van het ongeluk aan het reconstrueren. Er is geen vermoeden van boze opzet; dit, zo meent de verslaggever, kan een geval van incompetentie op ieder niveau zijn. Een geval waarin het moeilijk is de verantwoordelijken te benoemen, omdat er talloze verschillende bedrijven bij betrokken zijn, die ongetwijfeld allemaal een manier zullen vinden om de anderen de schuld in de schoenen te schuiven.

Waarom rijdt een machinist door rood licht? Vermoeidheid? Afleiding? Zou het geholpen hebben als de trein een ATP-beveiliging had gehad? Is dit de fout van de regering, omdat die levens waardeert in geld en nalaat de burger veilig vervoer te bieden? Of van de geprivatiseerde spoorbedrijven, die hetzelfde doen? Er zijn zesenveertig mensen omgekomen, en honderdtwintig gewond; niemand durft toe te geven een fout te hebben gemaakt. Misschien zullen de machinisten uiteindelijk de schuld krijgen, omdat ze niet meer leven en niet meer mee kunnen zwartepieten.

'Wat een klerezooi,' gromt Julian. 'Wat een ongelooflijke, stompzinnige klerezooi.'

Karina legt haar gezicht tegen zijn schouder en staat zichzelf eindelijk toe te huilen.

## HOOFDSTUK 8

Karina wordt nadat Julian naar zijn werk is gegaan, wakker met zware hoofdpijn. Haar zoon moet ontbijten en de leerlingen die ze gisteren in de steek heeft gelaten, moeten opnieuw ingedeeld worden. Hoe kan de zon opkomen en de dagelijkse dingen gewoon doorgaan als Lindy dood is? De normale toestand voelt verrot. Wanneer ze terugwandelt van Jamies school, stelt ze zich het lege Roekennest, de boekwinkel en hun tafel bij Zucchini voor. In de gang pakt ze de telefoon.

Geen nieuws. Erzsébet is bij de radeloze Cynthia. Paul in de winkel heeft niets gehoord. Karina vraagt hem Albans telefoonnummer, maar niemand heeft dat ooit gehad of weet zelfs zijn achternaam, behalve Lindy.

Ze zoekt Charles op op de website van zijn faculteit en belt naar zijn kantoor. Hoewel ze twee jaar lang in principe van hem gewalgd heeft, houdt ze haar stem in bedwang. 'Je kent me niet, maar ik heet Karina en ik ben een vriendin van Lindy Rookfield.'

'Ik ken je heel goed,' is het antwoord. De stem van Charles is een beschaafde bariton, minder zelfingenomen dan ze had verwacht en veel bezorgder ook. Er valt een lange stilte; hij schrikt er zeker van dat ze belt. Waar gaat het om? Chantage, zwangerschap, zelfmoorddreigementen?

'Ik vroeg me af of je haar misschien gezien hebt.' Ze schetst de situatie en kiest daarbij haar woorden zo zorgvuldig mogelijk.

'Jezus, nee. O, wat erg.' Hij klinkt even bang als zij; het is duidelijk dat Lindy belangrijk voor hem is, erg belangrijk zelfs. 'Karina,' zegt hij, 'wil je me alsjeblieft bellen zodra je iets hoort? Alsjeblieft?'

'Dat zal ik doen. En bel jij mij als ze eerst met jou contact opneemt?'

'Natuurlijk... hoewel ik denk dat ze dat niet zal doen. Beloof je alsjeblieft dat je me zult bellen, Karina?'

Ze belooft het, deemoediger nu; haar mening over hem neemt andere vormen aan.

De tijd verstrijkt; ze doet wat ze doen moet. Niemand van de informatielijn belt. Martin en Dénes, die woedend is dat de last van gisteren op

Karina's schouders terecht is gekomen, nemen de zoektocht over en kammen het ziekenhuis, de school en zelfs het station uit. Karina gaat met opgetrokken benen op de bank zitten; haar ogen branden en haar lichaam doet pijn.

Ze dwingt zichzelf geroosterd brood te eten. Ze trekt onkruid uit in de tuin. Ze probeert zichzelf ervan te overtuigen dat er nog tijd en hoop is. Later gaat ze Jamie halen, aan wie nog niets is verteld. Ze wil pas iets zeggen wanneer ze zeker weet wat er met zijn peettante gebeurd is. Haar eerste leerling arriveert. Ze neemt oefeningen met haar door, stukken voor niveau 3, toonladders en een beetje bladmuziek. Het voelt zinloos.

Wanneer ze naar bed moet, heeft ze urenlang aan de telefoon gezeten. Cynthia heeft kalmerende middelen gekregen, vertelt Erzsébet. Martin en Dénes hebben geen spoor van Lindy gevonden. Het identificeren van de doden is moeilijk, bevestigt de televisie, omdat de brand zo hevig was. In sommige gevallen is het onmogelijk vast te stellen of een slachtoffer een man of een vrouw was. 'Als ze maandag nog niet gevonden is,' peinst Julian, 'moeten we waarschijnlijk van het ergste uitgaan.'

Zaterdag. Karina kijkt naar de ronddraaiende wijzers van de keukenklok. Na het middageten wil Jamie ijs. Hij mag van haar een tweede portie nemen, en dan een derde. Later moet hij overgeven. Julian geeft haar op haar kop omdat ze hem verwent. Karina begint te huilen.

Arthur en Anne nodigen hen uit voor het middagmaal op zondag, maar op dat moment wordt het Karina te veel. Ze weigert uit bed te komen. Julian stemt ermee in zonder haar te gaan en Jamie mee te nemen. 'Schat, je moet sterk zijn,' drukt hij haar op het hart, wanneer hij haar een kop thee in de slaapkamer brengt. 'Alles kan nog goed komen. Lindy zou niet willen dat je het zomaar opgeeft.'

'Dat doe ik niet,' protesteert Karina in het donker – ze heeft de gordijnen dicht gelaten. 'Maar ik kan je ouders en Hilary niet onder ogen komen. Het zondagmiddagmaal, op een dag als déze? Waarom moeten we doen alsof er niets gebeurd is?'

Maandag. Het huis is overgoten met zonlicht. De klok tikt. Karina zit onderuitgezakt aan de keukentafel. De stilte is onnatuurlijk. Als Lindy nog leefde en in het ziekenhuis lag, zou dat nu toch wel bekend zijn? In haar hoofd is het beeld van Lindy veranderd in een fotonegatief. Waar ze eerst witte ruimte in beslag nam is nu een zwarte leegte.

Ze slentert verdwaasd naar de dichtstbijzijnde kranten- en tijdschriftenwinkel. De kranten staan vol met foto's en lijsten. Van personen wier dood bevestigd is, van personen die op wonderbaarlijke wijze zijn gered. Sommigen zijn door het oog van de naald gekropen omdat ze normaal gesproken die trein zouden hebben genomen, maar dat nu niet hadden gedaan. De foto van Lindy, met haar wijd uiteen staande, lichte ogen en hoge jukbeenderen staart haar aan.

Jamie staat bij de schoolpoort wanneer ze hem komt afhalen. Hij leunt tegen het hek en staart strak naar de grond.

'Wat is er? Voor de draad ermee, jochie,' zegt ze.

Hij schuifelt met neergeslagen ogen voort. 'Ze zeggen dat tante Lindy dood is,' mompelt hij. 'Sebastian zei dat hij haar foto in de krant heeft gezien. Maar het is niet waar. Ik weet dat het niet waar is.'

Daar heb je het gedonder al, denkt Karina. Die rotkinderen ook. Ze pakt zijn hand. 'Schnoekie, het zit zo: niemand heeft sinds de treinbotsing iets van tante Lindy gehoord, maar dat wil nog niet zeggen dat ze dood is. Wat de krant zegt is dat eigenlijk niemand weet waar ze is. Daarom staat haar foto erin, voor het geval iemand haar heeft gezien.'

Jamie tilt zijn hoofd op en kijkt haar aan, zijn ogen staan vol tranen. Hoe durven die stomme kinderen zo tegen hem te praten? Hoe durft Lindy hem dit te laten ondergaan door zich tot as te laten verbranden? Ze neemt hem in haar armen en terwijl hij het uitgiert tegen haar borstbeen, verwijt ze de regering en de spoorbedrijven en Julian en alle Rookfields en Charles en Alban dat ze hem een pijn bezorgen die een zevenjarige niet zou mogen hoeven voelen.

Jamies schooljaar is bijna afgelopen. Ze zouden met zijn drieën op vakantie naar Portugal gaan. Julian zegt dat het hun goed zal doen; Karina smeekt hem de reis te annuleren. Ze wil niet weg, voor het geval dat, hoewel ze niet goed weet voor welk geval.

Er zijn nog twee verkoolde, ongeïdentificeerde lichamen over. Martin en Cynthia stalen zich en gaan naar het lijkenhuis.

Wanneer later Martin belt neemt Julian de telefoon aan. Martin, vertelt Julian aan Karina, wist het niet zeker, maar Cynthia is ervan overtuigd dat het lichaam Lindy is, of was... Haar overtuiging is gevoed door de aanwezigheid van een vulling in een kies achter in de kaak. Naar het gezicht had ze volgens Martin niet gekeken; hij had het wel gedaan, maar haar aangeraden het niet te doen. Ze hadden ook met de patholoog gepraat die de resten van het gebit onderzocht had. Het andere lichaam is niet opgeëist; misschien is het een dakloze, oppert de politie, iemand die door niemand gemist wordt. De ontzetting is misschien beter dan de onzekerheid. 'Ik vind het heel erg, lieveling,' zei Julian tegen Karina, terwijl hij zijn gezicht afwendt om zijn emotie te verbergen.

Karina gaat naar boven om Jamie naar bed te brengen. Ze voelt zich loodzwaar, alsof ze een gifbeker heeft leeggedronken. Bij het zachte avondlicht staat Jamie voor zijn raam ritmisch iets zacht te mompelen. Hij herhaalt telkens weer een bezwering. Karina hoort de woorden: 'Lindy Rookfield, je komt terug – terug, terug, terug. Lindy Rookfield, je komt terug – terug, terug, terug...'

'Nu stil zijn, Schnoekie. Naar bed.' Ze kust hem en doet het rolgordijn naar beneden.

Na de rustige, besloten crematie gaat de familie Veres met de familie Rookfield terug naar Forest Road. Terwijl de anderen thee en whisky drinken, neemt Cynthia, wier vlindervleugelige iriserende uiterlijk aangetast is door de verwaarlozing, Karina mee naar Lindy's vroegere slaapkamer. Het is een gapende ruimte, waarvan de energie verworden is tot een zwart gat.

'Ik heb een paar spullen van haar,' zegt Cynthia. 'We zijn in haar woning geweest en hebben de waardevolle dingen meegenomen. De gedachte aan die lege woning beviel me niets. Karrie, neem alsjeblieft iets mee als aandenken.'

Cynthia heeft Lindy's snuisterijen op het bureau uitgestald; het woord 'Chris' met een hart eromheen is licht in het houten bureaublad gekrast. Vanaf deze plek flitste Lindy altijd met haar zaklantaarn naar Karina's raam. SOS. Karina gaat met haar hand over Lindy's ketting van maansteen, over de bedelarmband die een cadeau was voor haar dertiende verjaardag, over een horloge van de kunstnijverheidsbeurs in Chelsea dat zij en Lindy samen gekozen hadden. Het is van zilver, een materiaal dat bij Lindy paste. Ze had van lichte, ijsblauwe kleuren gehouden, van wintergrijs en wit. Karina, met haar donkerder huid, geeft de voorkeur aan chocoladebruin, bronskleuren en rood; goud past beter bij haar dan zilver. Met haar vingertopje streelt ze het horloge, maar ze weet dat ze het nooit zou dragen. 'Wat gaat er met het Roekennest gebeuren?' vraagt ze.

'We zijn begonnen het uit te ruimen. Wanneer alles is uitgezocht gaan we het verkopen. Ze heeft namelijk nooit een testament gemaakt. Domme meid! Hoe kun je nu geen testament maken?'

'Stil maar, Cynthia. Rustig maar. Kan ik ergens mee helpen?'

‘Schat, dat is heel lief van je. Het spijt me als ik soms mijn zelfbeheersing verlies, Karrie. Ik doe mijn best, maar het is zo moeilijk. Elke ochtend wanneer ik wakker word is er even één gezegend moment dat ik het vergeten ben. Dan weet ik het weer en is het net of ik weer die allereerste schok beleef.’

‘Ik weet het.’ Karina knijpt in haar hand. Bij haar gaat het net zo. ‘Hoe is Martin eronder?’

‘Je kent hem wel, hij laat niets merken. Hij praat niet met me. Hij is druk in de weer met bellen naar alle overlevenden en families van slachtoffers, want hij wil een organisatie oprichten om een rechtszaak te beginnen. Dat is het enige waar hij interesse voor heeft. Niet voor mij. Dat is altijd zo geweest.’

‘Ik zou denken dat dit jullie nader tot elkaar brengt,’ oppert Karina.

‘Weinig kans op. Hij doet de administratie, de woning, alle praktische dingen. Hij is goed in dóén. Waar hij niet goed in is, is voelen en praten.’

‘Dat zijn de meeste mannen niet.’

‘O, Karrie, moet je al die spullen nou zien! Er moet toch iets bij zitten wat je hebben wilt?’

Karina trekt een bureaula open. De zaklantaarn ligt erin: een lomp oud ding met een rode plastic knop. Haar hand sluit zich erom. ‘Mag ik deze misschien hebben?’

Karina en Gilly Pearson wandelen op een middag over een open gedeelte van South Downs Way samen met Jamie, Olly en de chocoladebruine labrador van de familie Pearson. Krijtachtige steentjes laten stof achter op hun schoenen. In de verte, voorbij de akkers met rijpende tarwe, glinstert de zee kobaltblauw tegen het roodachtige goud. Het uitzicht vanaf de Downs voedt Karina. De liefkozende rondingen van de heuvels, de groepjes bomen in de dalen en de gracieuze wijze waarop het land bij de zee ophoudt, hebben iets hartverscheurends – droevig, ondanks hun schoonheid, of misschien juist wel daarom.

De jongens schreeuwen en rennen, de hond draaft naast hen voort, en Karina, die naar hen kijkt, voelt de tranen weer opwellen. Gilly geeft haar klopjes op de arm, maar weet niet wat ze moet zeggen. Niemand weet wat hij moet zeggen wanneer hij hoort dat je beste vriendin is omgekomen.

Later, nadat ze Jamie, die met de Pearsons meegaat, heeft uitgezwaaid, leest ze als troost de oude e-mails van Lindy, hoewel dat ook een kwelling is. Het is het enige wat ze nog heeft.

Hoi K.,
Sorry dat ik er onlangs zo miserabel aan toe was. Het was lief van je dat je naar me toe kwam. Je had gelijk: we hadden naar Harvey Nicks moeten gaan. Wat ik zou moeten doen is me optutten en een andere vent zoeken. Jezus, het is allemaal ook zo stom. Wat kunnen er toch achterlijke dingen tussen mensen komen! Ik moet ervan overgeven. Doet me denken aan die juridische onzin waar Jules zich mee bezighoudt: het heeft niks met de werkelijkheid te maken, maar iedereen moet meedraaien in het systeem. Er is geen ruimte voor gevoelens, laat staan liefde... Binnenkort zijn die nergens meer te vinden. Dan mag het niet meer. Nu hou ik op. Als je Charles ziet zeg hem dan dat hij kan BASZD MEG.
Lxx

Wat was het toch eigenaardig dat het laatste wat Lindy de cyberspace in had gestuurd de Hongaarse uitdrukking voor 'oprotten' was geweest.

De telefoon gaat. 'Met mevrouw Rookfield?' De stem is die van een onbekende vrouw.

Karina's hart veert haar keel in. De informatielijn? Het ziekenhuis?

'U spreekt met Mary Woodrow. Ik ben de secretaresse van de toelatingsafdeling op St.-Matthew. We hebben elkaar even ontmoet toen u met uw man en Jamie tijdens de open dag hier was. Mevrouw Rookfield, ik heb onlangs een gesprekje met uw man gehad en toen vertelde hij me dat Jamie erg graag naar onze school toe wil, en dat is voor ons geweldig om te horen. Ik beloofde hem dat ik zou kijken wat ik kon doen, en nu is het toevallig zo dat er een kind uitgevallen is. Daarom zijn we nu in staat Jamie in september te plaatsen.'

'U bedoelt met het volgende trimester?' Karina gaat in gedachten als een bezetene op zoek naar een gesprek met Julian over St.-Matthew. Ze heeft zo ongeveer alle ervaringen van de afgelopen weken die niets met Lindy's dood te maken hebben, uit haar geheugen gewist. 'Ik moet eerst met hem praten,' zegt ze. 'Mogen we u terugbellen?'

De school van Karina en Lindy bevond zich op twintig minuten lopen van huis, grotendeels langs de rivier. Toch had ze zich op hun eerste dag als een vis op het droge gevoeld toen ze zich tijdens de ochtendbijeenkomst samen met honderden meisjes, die allemaal de tekst leken te kennen en er misschien zelfs in geloofden, door een kerklied heen moest werken.

Ze was nog nooit naar een dienst van de Church of England geweest. Ze waren een keer met Kerstmis naar de Hongaarse kerk in Hammersmith gegaan, maar haar ouders waren niet in een regelmatige kerkgang geïnteresseerd. Muziek was hun godsdienst; kunst en cultuur maken ons menselijk, hadden ze haar voorgehouden, hoewel Erzsébet wanneer haar vader er niet bij was wel eens grapte dat de god waarin Dénes geloofde zijn moeder was. Omgeven door rijen schoolgenootjes met bleke, pafferige gezichten die vals de melodie inzetten, dacht Karina vol verlangen aan haar oma's expressieve gezicht, haar warmte, haar energie, haar gévende instelling. Ziel, had Mimi tegen haar gezegd, is voor een muzikant alles.

'Karina Veers.' De klassenlerares nam de namen door.

'*Véresj*,' corrigeerde Karina haar. De andere meisjes giechelden. Lindy snoerde hen met haar beste vernietigende blik de mond.

Andere mensen voelden zich prettig in kluitjes. Ze gingen naar dezelfde kerk. Ze aten smakeloos voedsel met namen als cornedbeef en lunchworst. Ze speelden teamspelletjes die ze van hun moeders, oudere zussen of zelfs oma's hadden geleerd. Karina had nog nooit van hockey gehoord. 'Ik zal het je wel laten zien, Karrie,' had Lindy bemoedigend gezegd.

De pestkoppen namen Karina tijdens de lunchpauze onder vuur. Ze was altijd hongerig, verklaarden ze, omdat ze een Hongaar was. Ze kon geen hap eten zonder dat ze probeerden haar ertoe te dwingen haar vork neer te leggen, zodat haar lunch onaangeroerd bleef. Ze kan nog haar hand met het bestek erin over het bord voelen gaan, zich afvragend of ze de gevolgen zou kunnen dragen als ze hem optilde en at; ze konden aan haar haar trekken, haar vingers achteroverbuigen, of 'prikkeldraad' bij haar doen.

Haar vader uitte lofzangen op het Londen dat hem en zijn moeder liefdevol had opgenomen toen ze er als vluchtelingen waren aangekomen: een kosmopolitisch, verwelkomend paradijs voor een goede musicus. Naar school gaan was een heel andere zaak. Karina paste niet eens bij de minderheden: de Aziatische, Joodse en Afro-Caribische kinderen. Ze was de enige Hongaar, zo voelde het, in een omtrek van honderden kilometers, ook al was ze geboren in een ziekenhuis dat vlak bij de Theems stond. Ze begon de eetzaal te mijden en met haar viool naar de muziekvleugel te gaan, en daar zocht ze een lokaal waar ze in haar oefeningen kon vluchten.

Toen Erzsébet merkte dat Karina afviel, kwam het uit. Toen het hoofd van de school van de schrik was bijgekomen na haar confrontatie met twee felle, woedende Hongaarse ouders, kwam ze snel in actie. Karina deed weer aan de lunch mee, maar nu onder toezicht van een lerares. Wanneer iemand haar nu probeerde te beschimpen, vond Karina de moed om de betreffende persoon de Hongaarse scheldwoorden van haar vader toe te voegen en vervolgens te doorboren met een blik waarvan ze deed alsof die het boze oog was, wat ze van haar zigeuneroma had geleerd. Dat gaf bijna evenveel problemen als de 'hongerige Hongaar' had veroorzaakt.

Karina kon geen woorden geven aan haar gevoel van hulpeloosheid te midden van zo veel zelfvertrouwen; ze kon niet zeggen waarom het leven thuis zo anders was – rustiger, eenvoudiger, maar veel warmer; of hoe verpletterd ze zich voelde, wetende dat de anderen haar er nooit bij zouden laten horen, ook al zou ze dat willen, alleen maar omdat ze een rare naam, zwart haar en ouders met een vreemd accent had.

'Je past wel bij mij,' had Lindy verklaard, 'en ik heb de oudste Engelse familie van de hele school. Mijn oom is lord. Dus laat ze de zenuwen krijgen!'

Ze stelt zich Jamie op school voor. Misschien heeft hij de beste eigenschappen van zijn beide ouders: haar honingzoete warmte in combinatie met Julians zelfverzekerdheid die ver teruggaat. Maar hij is zo klein. Hij ziet St.-Matthew als Zweinstein en zichzelf als Harry Potter, en hij denkt alleen maar dat hij er heen wil omdat zijn vader hem dat aangepraat heeft. Is dat al niet verkeerd? Even verkeerd als gewoon doorgaan met leven alsof er niets is gebeurd wanneer iemand van wie je houdt, sterft?

Karina wil dolgraag doen wat juist is. Het lijkt wel alsof ze een groot deel van haar leven al bezig is met doen wat juist is.

'Natuurlijk is het juist,' houdt Julian vol. 'Jij mag je dan afvragen of hij er thuishoort, maar Jamie doet dat niet, en als het aan mij ligt, zal hij dat ook nooit doen.'

Wanneer ze voor een grote beslissing stond, belde Karina vroeger altijd Lindy op. Ze denkt aan het laatste bezoek dat Lindy aan Lewes bracht: haar energie die blauw-zilverig door de zonnige hal scheen, Jamie die zich tegen haar aanwierp voor een omhelzing, de cadeautjes die Lindy in zijn armen legde. Ze kent Lindy's gezicht zo goed: het moedervlekje boven haar linkerooglid, de fijne goudblonde haartjes op haar bovenlip, de grijze vlekjes her en der in haar lichte, heldere irissen. Zal ze zich over één jaar, twee jaar, vijf, tien jaar de details van Lindy's gezicht nog herinneren? Zal Jamie ze zich herinneren?

Karina loopt naar boven. Jamie ligt in bed en is nog wakker; zijn lippen bewegen.

'Ha, Jimbo.'

'... komt terug. Terug, terug, terug,' mompelt Jamie.

'Stil nou maar,' Karina gaat op het bed zitten en streelt zijn haar. 'Het is al heel laat, schat. Probeer te slapen.'

'Ze komt terug. Ze komt terug.'

Karina kust zijn wang en sluipt weg. Beneden ontmoet haar blik verwijtend die van Julian. 'Hij doet het weer,' zegt ze.

'Karrie, begrijp je het dan niet? Wanneer hij eenmaal aan die school begint te wennen en nieuwe vriendjes krijgt, heeft hij geen tijd meer om te tobben.'

'Het zou te veel verandering kunnen zijn in te korte tijd. Al die narigheid thuis, en dan nog eens weggestuurd worden.'

'Lieveling, als we het aanbod niet aannemen, kan het zijn dat er het hele schooljaar geen plaats meer vrijkomt. Het is een nare tijd geweest, maar we moeten verder met ons leven. Het gaat om Jamies toekomst.'

Karina twijfelt aan haar verstand. Ze heeft het gevoel dat er maar iets verkeerd hoeft te gaan, of ze wordt gek. 'Ik weet niet of ik het wel aankan,' weet ze uit te brengen.

'Natuurlijk kun je het aan. Je krijgt meer tijd voor jezelf. Je zult van alles en nog wat kunnen doen: oefenen, kamermuziek spelen, wat je maar wilt. En de meeste weekends komt hij thuis.'

'Tijd voor mezelf?' herhaalt Karina. Zonder Jamie, en zonder Lindy, weet ze niet zo goed wat 'mezelf' nu eigenlijk inhoudt.

## HOOFDSTUK 9

Op de dag van haar debuutrecital, toen ze huiswaarts keerde na de repetitie, keek Mimi achterom. Taxi's ratelden over de weg; de villa's en ambassades langs de Andrássystraat stonden roerloos in de hitte en boven haar hoofd trilden de bladeren in de zon. Ver weg, voorbij de stadsgrenzen, lag Kistarcsa. Mimi had haar familie bijna vier jaar niet gezien.

Dokter Frankl las haar gedachten. 'Heimwee, Mimi?'

'Nee,' zei Mimi, met de vioolkoffer tegen haar borst geklemd.

'Maar?'

'Ik mis ze wel eens.'

'Ik heb een idee. Zou je je vader naar het concert willen meenemen? We hebben tijd genoeg, dus we zouden hem kunnen gaan halen. Als hij vanavond niet zelf speelt, natuurlijk.'

Dokter Frankl boog zich voorover en sprak met de chauffeur, die geschrokken keek – verontwaardigd, leek het Mimi – totdat de dokter hem vrij veel geld aanbood.

Misschien was het haar verbeelding, maar Boedapest leek iets van haar glans verloren te hebben. Op een dag was de dokter gedeprimeerd en ongerust thuisgekomen; Mimi zag hem peinzend met een krant in zijn handen zitten. Er was iets in Amerika gebeurd, in een stad die New York heette, had mevrouw Frankl gezegd, iets wat te maken had met een instorting van een aandelenmarkt, wat problemen zou geven over de hele wereld. 'Boedapest zal het uiteindelijk wel redden,' had ze opgemerkt. 'We hebben heel wat veerkracht, god mag weten waarom.'

Mimi, die alleen in haar kamer aan het oefenen was, vroeg zich af wat een aandelenmarkt was. Ze herinnerde zich van toen ze nog heel klein was de markt in het plaatsje Temesvár, dat nu Timisoara heette, omdat iemand had verklaard dat het in Roemenië en niet in Hongarije lag; István en de band hadden gedurende de zomer in een openluchtcafé gewerkt, en ze hadden zich voorbereid op de viering van Sint-Steven op 20 augustus. Mária had met haar over de markt gelopen en haar de namen van vruchten en groenten geleerd die in de hitte lagen te blakeren. Ze zag nog de houten kratten voor zich met sla, paprika's, meloenen en abrikozen die kriskras door elkaar stonden, en de boeren die ze van hun karren tilden en eruitzagen als wandelende walnoten. Ze stelde zich al die kratten hoog opgestapeld voor, zwaaiend, dan omvallend en de bonte inhoud verspreidend over de goot. New York, zo had dokter Frankl haar verteld, was een gigantische stad vol met enorme nieuwe wolkenkrabbers. Als daar kratten omvielen, nou, dan gaf dat een hels lawaai.

Een paar jaar daarvoor hadden de terrassen, cafés en glanzende winkelpuien van Boedapest haar hoopgevender toegelachen. Vanavond voelde de stad moe, vreemd terneergeslagen. De wind van over de rivier maakte haar angstig. Terwijl de auto hotsend en botsend steeds verder van het stadscentrum vandaan reed, begon Mimi zich af te vragen of het wel zo'n goed idee was.

De wegen werden slechter en door de beweging van de auto werd Mimi met haar viool heen en weer geslingerd. Een paar maal probeerde de chauffeur hen uit te laten stappen en te laten lopen; het was duidelijk dat hij daar niet wilde zijn. Hij was bang. Buiten rook het ranzig – de riolering, of het gebrek daaraan. Veel gebouwen, fabrieken en huizen leken vrijwel verlaten; deuren en ramen waren opgelapt of kapot en verborgen beschaduwde deuropeningen; kinderen speelden zonder toezicht wilde spelletjes. Het was vreemd te bedenken dat zij en haar broer en neefjes vroeger ook zo speelden.

Ze stopten naast een ronde ingang waarin de helft van de deur ontbrak. 'Hier is het,' zei dokter Frankl tegen haar. 'Zal ik met je meegaan?'

'Nee, dank u.'

Mimi stapte uit en probeerde met haar mooie schoenen het stinkende afval langs de weg te vermijden. Ze had wel terug willen lopen naar de taxi om zo snel mogelijk naar het huis van meneer en mevrouw Frankl te rijden, maar ze rechtte haar hoofd en liep door. De kinderen op de binnenplaats hielden even op met spelen en keken toe terwijl ze de trap aan de rechterkant op liep en door de deur gluurde. Dit kon toch niet de juiste plek zijn?

'Ken je István Rácz? De violist, de *primás*?' vroeg ze aan een kind dat er niet ouder dan zes uitzag. De jongen, even donker van uiterlijk als zij, vergaapte zich aan de wonderlijke combinatie van Mimi's gezicht en kleren; toen wees hij naar buiten, naar de overkant van de straat, waar achter een deuropening en donker raam een café school.

Het was er halfdonker en het stonk er naar koffie en sterkedrank. Ze aarzelde toen ze naar binnen was gestapt. Een groep mannen, allemaal Roma, voerden een verhit debat rond de tafel en dronken sterke koffie.

'Papa,' zei Mimi.

Haar vader, die achter in het vertrek een eindje bij de anderen vandaan zat, staarde haar aan alsof hij haar nog nooit gezien had. 'Mimi... Is dat onze Mimi?'

'Papa, ik geef vanavond een concert. Zou je willen komen?' zei Mimi kleintjes. 'Dokter Frankl is buiten. Er staat een taxi...'

'Kleine Mimi!' István sprong op met een gezicht dat in een fractie van een seconde veranderde van donker in licht. Hij pakte Mimi om het middel beet en tilde haar hoog op. 'Moet je zien! Wat een vrouwtje!' De geur van zijn ongewassen pak, een geur die vroeger thuis en vertrouwdheid uitstraalde, kwam Mimi voor het eerst afstotend voor. Haar keel wilde kokhalzen, en de schrik bracht haar evenzeer van haar stuk als de gewaarwording zelf.

Hij zette haar neer en tilde met een vinger onder haar kin haar gezicht op. 'Het was niet meer hetzelfde toen je vertrokken was.'

Nu wist ze hoe het er met de familie Rácz voorstond. 'Waar is mama?' vroeg ze.

István gaf geen antwoord. 'Zo,' zei hij in plaats daarvan, 'je geeft dus een concert. Een echt concert in een echte zaal. Heb je noten van papier leren lezen?'

'O, al heel lang geleden, papa.'

'Je speelt dus klassieke muziek. Er komen rijke mensen naar je luisteren, die in rijen zitten en applaudisseren?'

'Ja, papa.'

István schudde zijn hoofd. Ze zag een vreemde droefheid over zijn gezicht trekken waaraan hij geen uiting gaf. 'Mijn dochter, mijn Mimi, een ster voor bourgeois Boedapest,' mompelde hij, evenzeer tegen zichzelf als tegen haar. 'Wie had dat gedacht? Ben je alles van onze muziek vergeten?'

'Nee, maar professor Gábori wil dat ik een paar concerten leer.'

'Vergeet het niet. Vergeet niet alles wat ik je geleerd heb. Vergeet niet dat ze nooit een violist hebben voortgebracht die aan János Bihari kon tippen.'

'Professor Gábori zegt dat er nooit een beroemde solist is geweest die zigeuner was,' zei Mimi. 'Hij denkt dat er iets aan onze hersens ontbreekt. Hij zei dat we goede violisten kunnen zijn, maar geen grote kunstenaars. En we weten ook niet hoe goed Bihari nu eigenlijk was, omdat we hem nooit gehoord hebben en in die tijd niemand grammofoonplaten maakte.'

Istváns gezicht betrok even abrupt als het een paar minuten eerder was opgeklaard. 'En wat doe jij dan bij zo'n paardendrolprofessor die niet gelooft dat wij grote kunstenaars zijn? Waar leidt hij jou dan voor op?'

Mimi stak haar kin naar voren en deed een stap achteruit. Ze was hier gekomen met een doel en ze zou dat afmaken, wat er ook mocht gebeuren. 'Ik zal de eerste zijn,' zei ze. 'Papa, wil je alsjeblieft komen luisteren wanneer ik vanavond speel?'

'Kleintje, kom hier.' István ging zitten en klopte op de bank naast hem. Mimi, die probeerde de koffie en niets anders te ruiken, zette zich op de rand. Ze stelde zich de concertzaal van de Ferenc Liszt Academie voor, het publiek dat toestroomde, haar klasgenoten en professor Gábori, en haar vader die daar binnen liep. Hij was haar inspiratiebron geweest. Op zijn manier een groot violist. Dat mocht ze niet vergeten. Dat mocht ze nooit vergeten. Maar...

'Als ik nu met je meega,' begon István, 'weet heel Boedapest dat de vader van Mimi Rácz een luidruchtige, stinkende zigeuner is, die aan lager wal is geraakt zonder zijn kleine ster. Is dat wat je wilt?'

'Ik wil dat je trots op me bent, papa,' zei Mimi.

'Trots? Natuurlijk ben ik trots!' Hij liet zijn vuist op de tafel neerkomen; de andere mannen keerden zich om om te zien wat er aan de hand was. 'Luister, vrienden! Mijn dochter de klassieke virtuoso!' riep István uit, met beide vuisten in de lucht boven hem stompend. Er werd gejuicht, zo hard dat Mimi's oren ervan tuitten.

'Ik moet gaan,' zei ze. 'Ik moet me voorbereiden op het optreden. Wil je alsjeblíéft komen, papa?'

'Ga, Mimi Rácz, ga,' zei István. 'Spreid je vleugels en vlieg. En kom niet meer terug. Ik wil je nooit meer zien.'

'Papa...?'

'Kom niet meer terug. Je hebt me gehoord. Toe dan, wegwezen!'

'Maar, papa...'

'Ik ben je vader niet meer. Ik heb je aan die fraaie dochterloze dokter verkocht. Ga naar hem terug voordat ik je eruit gooi.' De handen van István balden zich tot vuisten; Mimi, overweldigd door angst en verwarring, kwam onhandig overeind en begon achteruit te lopen. 'Wil je bij een vader zijn die je verkocht heeft? Ga wég!'

Haar vingers trilden als het oppervlak van de Donau. Als ze niet ophielden met beven, hoe moest ze dan haar viool vasthouden?

'Dag, papa,' zei ze; het kwam als een angstig gekras uit haar keel. Voordat hij haar de rug toekeerde, zag ze in zijn ogen voor de laatste maal dat trotse en uitdagende dat alle generaties die ooit haar familie waren geweest, hadden gehad.

In de auto liet dokter Frankl haar huilen terwijl de keien onder de wielen de ellende haar ziel in schokten. 'Zie je niet wat hij je wil vertellen, Mimi?' zei hij. 'Zie je niet wat hij wil dat je doet?'

'Ik denk dat mijn moeder dood is,' zei Mimi.

Vier uur later stond ze op het houten podium van de Liszt Academie de lentesonate van Beethoven te spelen met de meest meevoelende pianist die de academie voor haar kon vinden, een die het niet erg vond een zigeunerin te begeleiden als die goed speelde. Mimi's haar was in een knot gewonden, haar kleding was eenvoudig, maar van zijde, en toen ze zich overgaf aan de melodieën en haar klanken zoet liet vloeien, was het publiek stil en oplettend. Niemand zou ooit weten wat er die dag gebeurd was. Professor Gábori, die met de armen over elkaar stond te luisteren, wisselde een blik met dokter Frankl en knikte.

Zondag op Fairfallows. Karina is er en doet wat ze doen moet. Ze gaat op haar vaste plaats in de blauwe salon zitten, op de bank onder de grootste icoon, die Arthur in 1992 uit Moskou heeft meegenomen. De Jezusfiguur, tegen een achtergrond van dof hout en glimmend goud, heeft treurige ogen; Karina heeft altijd het gevoel dat ze haar door de kamer volgen. Ze zit met haar rug ernaartoe.

'Hoe gaat het met het boek?' vraagt ze Anne.

'Dat is best boeiend, schat. Ottilie Featherstone had een tamelijk open huwelijk, wat ongewoon is in het Surrey van rond 1860, zelfs voor een schrijfster van liefdesromans, dus nu probeer ik erachter te komen of haar zoon misschien het kind geweest kan zijn van...'

Aan de andere kant van het vertrek zit Hilary met Arthur te praten, die loopt te ijsberen op het kale kleed dat ooit een Perzisch tapijt was. Hilary's haardos is wit; daaronder waterige ogen en forse wenkbrauwen; hij draagt een gestreept overhemd en zijn gebruikelijke rode ribbroek. Hij is twee jaar ouder dan Julian, maar hij ziet eruit alsof hij boven de vijftig is.

Arthur heeft zijn bedenkingen tegen het verhuren van de entree en tuin voor bruiloften. 'Je weet hoe dat gaat wanneer het regent,' zegt hij. 'Ze sjouwen heen en weer tussen de feesttent en de wc's en dan verpesten ze het gazon. Komt nooit meer goed. Het plebs dat we nu hier hebben rondlopen is al erg genoeg.' Fairfallows is als privémuseum op zaterdag- en woensdagmiddag voor het publiek geopend, en een voormalig stalgebouw een eind bij het huis vandaan is tot tearoom omgebouwd.

'Geld,' brengt Hilary hem in herinnering. 'Fijn geld voor fijne verwarming. Hebben we het nodig? Jazeker wel.'

'Het gaat in eerste instantie meer kosten dan het opbrengt,' merkt Julian op. 'Het huis zal aan de veiligheidseisen moeten voldoen. Ik zal zorgen dat de bedrading gecontroleerd wordt.'

Jamie trekt aan Karina's arm. 'Mam, zullen we verstoppertje spelen?' bedelt hij.

Fairfallows bevat meer geheime hoeken en gaten dan zelfs Jamie tot dan toe heeft ontdekt. Het oudste deel van het huis dateert uit de zeventiende eeuw: de kamers hebben ruime ramen, grote open haarden en reusachtige balken. In het midden is een binnenplaats die op een kloosterhof lijkt, met daarin een fraaie verzameling oude rozenrassen. In het moderne gedeelte – 'modern' in de Rookfieldzin van achttiende-eeuws – bevinden zich de centrale hal met marmeren vloer en de blauwe salon. Arthurs iconencollectie overgiet het geheel met een misplaatst exotisch sausje.

Jamie zou zich in een van de slaapkamers boven kunnen verstoppen, in een kast, in de rieten wasmand, of in de droogkast die bij de keuken met plavuisvloer hoort. Het zal Karina vrij veel tijd kosten om hem te vinden, en dat komt haar goed uit.

'De aandrijfriem van de Jag heeft het van de week begeven,' zegt Hilary tegen Julian, terwijl hij heen en weer loopt en zijn verstrengelde vingers in aparte hoeken buigt. 'Ik was op weg naar de golfclub toen ik ffft-klengklang hoorde, en toen was het gepiept. Uiterst ontregelend. Ik heb drie uur op de pechjongens staan wachten. Had het zelf kunnen maken als ik het gereedschap bij de hand had gehad. Moest de auto naar de kant duwen, en de weg liep schuin af, dus ik moest mijn uiterste best doen om de auto er niet af te duwen...'

Karina, die tot honderd telt terwijl Jamie wegrent om zich te verstoppen, kijkt naar Julians gezicht terwijl zijn broer praat. Ze is altijd onder de indruk van het geduld dat hij voor Hilary opbrengt, die in geen honderd jaar een aandrijfriem zou kunnen repareren of een auto van de kant zou kunnen duwen. Hilary woont in een appartement op de bovenste verdieping van Fairfallows. Over zijn zesjarige verblijf in een rustig hospitaal aan een meer in Keswick wordt zelden gesproken.

Anne, peinst Karina, is vijfenzeventig, en heeft haar oudste zoon achter in de veertig zien worden zonder dat deze ooit in staat was een baan of relatie te behouden. Hij zal nooit zelfstandig worden. Het is niet zijn schuld: zijn chemische balans is verstoord. Strikt genomen is er niets wat een bedrijf ervan kan weerhouden hem in dienst te nemen, maar Hilary heeft altijd eerlijk informatie over zijn toestand verstrekt. Hij is geen moordenaar, psychopaat of dief. Hij is een goed opgeleide man die toevallig last heeft van een verstoorde chemische balans, die doorgaans met medicijnen kan worden bijgestuurd. Helaas hebben werkgevers het nooit zo gezien en nemen ze het risico niet.

Het landgoed van de familie, dat uitgebreide landerijen en enige huisjes omvat, wordt beheerd door een agent. Arthur had er de voorkeur aan gegeven een adviesbureau voor het bedrijfsleven te runnen dat zich specialiseerde in strategie en planning, waardoor de kas van de familie jarenlang gespekt was, maar toen hij zijn activiteiten verlegde naar het Rusland van na de perestrojka, was dat niet echt een nuttig strategisch plan voor zijn eigen financiën gebleken, en ook had de familie zwaar ingeteerd op het vermogen door het onderhoud aan het huis en Hilary's verblijf in het ziekenhuis.

Met tijdelijke maatregelen is niets mis, zolang ze tijdelijk zijn. De Rookfields hebben wat land verkocht, een paar waardevolle meubels geveild, het aantal tuinlieden verminderd, en met spijt in het hart de kok weggestuurd. Toch lijken de enige voor de hand liggende oplossingen voor de lange termijn – Fairfallows onderbrengen bij een monumentenstichting of de Gainsborough verkopen – nog steeds niet bespreekbaar, hoezeer de sjofelheid ook oprukt. 'Een hele manier van leven is aan het verdwijnen,' had Arthur geprotesteerd toen hij bij de hervormingen van het Hogerhuis in 1999 zijn zetel kwijtraakte.

Karina complimenteert Arthur in stilte voor het feit dat hij nooit over Hilary klaagt. Ze is zich er echter pijnlijk van bewust dat na Hilary Julian de volgende is die Fairfallows zal erven, en ten slotte Jamie. Een jaar of tien geleden hadden ze nog steeds de hoop dat Hilary misschien zou trouwen en kinderen zou krijgen, maar dat wordt met het jaar minder waarschijnlijk.

'Die vervelende vandalen op het weiland,' moppert Arthur. 'De gemeenteraad zegt dat we niet van ze af kunnen. Vervelende klaplopers.'

Karina blijft in de deuropening staan. 'Woonwagenbewoners?' vraagt ze.

'Zigeuners, althans, dat zeggen ze. Sorry, Karina, het heeft niks te maken met jouw muziekvoorouders, deze zijn anders. Ze hebben honderden kinderen, leven van de bedeling, doen nooit eerlijk werk, komen op je land, wat niet mag, en maken er een rotzooi van, en noemen dat dan hun traditionele levenswijze.'

'Oordeel je niet een beetje te streng?' Karina probeert niet te snauwen. 'Waarom denken mensen nog steeds dat je een hekel aan zigeuners mag hebben gewoon omdat het zigeuners zijn?'

'O, lieve Karina, laat je niet tegen de haren instrijken. Je weet dat het niets te maken heeft met die schattige oma van je,' zegt Hilary. 'Wacht, ik zal nog een G & T voor je maken.' Hilary mixt ongemeen goede gin-tonics. Hij mag ze echter zelf niet drinken.

'Dat is aardig van je, maar ik heb beloofd dat ik voor het eten met Jamie zou spelen.' Karina vlucht weg.

Boven, tussen het openrukken van kasten door, staart ze door het raam in de vroegere slaapkamer van Julian naar het terrein. Prachtige bomen buigen door onder het gewicht van hun eigen takken, en zomerwolken snellen door de lucht. Ze stelt zich voor hoe Julian als kind iedere ochtend wakker werd met dit uitzicht. Ze ziet nergens woonwagens.

Ze hoort een zacht kuchje onder het bed. Karina tilt de afhangende rand op; Jamies ogen sprankelen haar uit het duister tegemoet. 'Je bent erbij!' roept ze. Hij komt lachend tevoorschijn en ze veegt het stof van zijn broek. Het jongste bezuinigingspunt van de familie Rookfield is het schoonmaakbeleid.

'Mam, waarom heeft niemand het over tante Lindy?' wil Jamie weten wanneer ze weer naar beneden gaan.

'Soms vinden de mensen het moeilijk om over zulke dingen te praten.'

'Maar het is net of iedereen doet alsof ze er nooit geweest is.'

'Ik weet het, liefje.'

Karina gaat tijdens het middagmaal in de gelambriseerde eetkamer naast Jamie zitten. De Gainsborough hangt aan de grootste muur, uit de buurt van het zonlicht: een portret van Lord en Lady Rookfield die de entree hebben aangebouwd. Albert, de derde Lord Rookfield – een held van de verlichting en beschermheer van de kunsten, volgens Julian – poseert in een blauwe pandjesjas en zijn vrouw, Frances, in grijs satijn met een witte pruik; er zitten drie honden bij hen, er ligt een geweer op een tafel en het parklandschap achter hen is geschilderd met het detail en de fijnheid van antieke kant.

Karina snijdt het vlees van Jamie klein en houdt zich buiten het gesprek. Anne babbelt over de verderfelijke invloed van kortingen in de boekhandel op het inkomen van biografen. Arthur verklaart dat ze nog Fairfallows-souvenirs zullen moeten gaan maken om de sluipbelastingen van de regering te kunnen betalen. Hilary, die geen moment stilzit, kletst maar door over zijn auto. Jamie, monter en hongerig, denkt alleen aan eten. Karina snapt niet dat hij zo veel kan eten. Waar laat hij het allemaal? Ze wil graag iets vertellen over het onderwerp dat Cynthia onlangs ter sprake bracht: een herdenkingsdienst voor Lindy. Maar het juiste moment vinden om de futiliteiten van het typische Fairfallows-gebabbel te onderbreken is schier onmogelijk. Na bijna tien jaar voelt Julians familie voor haar nog steeds zo ver weg alsof ze van een andere melkweg afkomstig zijn.

Toen Julian haar voor het eerst naar Fairfallows meenam en zijn fait accompli meedeelde – 'Dit is mijn verloofde' – bleef Karina aarzelend, de diamanten glinsterend aan haar hand, in de deuropening staan; ze voelde dat de Rookfields haar opnamen: jong, exotisch, slank in een flatteuze zwarte broek en rode blouse. Ze voelde zich zo 'anders' alsof ze zelf in een woonwagen was geboren. Hoe was het mogelijk dat dit haar schoonfamilie werd, overpeinsde ze, terwijl ze af en toe een slokje sherry nam en probeerde te babbelen over rozen, cricket, landbouwtentoonstellingen en orthodox-katholieke iconen, onderwerpen waar ze geen verstand van had. Toen ze op weg waren naar huis probeerde ze zich voor te stellen wat ze achter haar rug over haar zouden zeggen.

'Het kan me niet schelen,' had Julian gezegd, het gaspedaal indrukkend. 'Je trouwt met mij, niet met hen. Bovendien vonden ze je enig.'

'Ik wil niet dat ze denken dat ik op je geld uit ben.'

'Doe niet zo gek, lieveling. In de eerste plaats weten ze van je bestaan door Forest Road. En verder valt er niet meer zo veel te halen.'

Toen puntje bij paaltje kwam was het Mimi die stond te juichen toen ze hoorde dat haar kleindochter een lord als schoonvader kreeg. Ondanks al haar gemeenplaatsen over meritocratie, zo plaagde Karina haar oma, was Mimi nog steeds verrukt van zoiets als een stap omhoog op de maatschappelijke ladder.

Toen de schrik een beetje was weggeëbd en de trouwplannen gesmeed werden, begon Karina Annes gezelschap, haar toewijding aan haar werk en haar gevoel voor stijl te waarderen. Ze probeerde de manier waarop Anne haar sjaals drapeerde na te doen en haar keuze van discrete, maar volmaakte oorbellen, kettingen en handtassen na te volgen. Arthur was moeilijker – niet dat Karina hem zijn gemopper kwalijk nam. 'Hij was niet zo toen ik nog klein was,' vertelde Julian haar. Ze bekeek de familiefoto's van de vakanties in het zuiden van Frankrijk, de cricketwedstrijden die Julian organiseerde voor zijn schoolvriendjes op het land van Fairfallows, en de familie-uitjes naar testmatches in Lord's, het beroemde cricketstadion, met goedgevulde picknickmanden. Ze begon meer te lezen over rozenvariëteiten. Fairfallows bood al ruim drie eeuwen onderdak aan dezelfde familie; nu zou ook zij deel uit gaan maken van die degelijkheid.

'Ik ben een creatief iemand,' had Richard bij een fles biologische wijn en een macrobiotische maaltijd van bonen, champignons, rijst en broccoli verklaard. 'Kalm aan de oppervlakte, maar vanbinnen een en al vuur.' Karina vraagt zich nog wel eens af hoe het gelopen zou zijn als ze met hem was getrouwd.

Voor Julian is seks een soort eet-zoveel-je-kunt-buffet: je valt erop aan en het schenkt je voldoening, en na afloop moet je lekker slapen. Maar voor Richard was dat niet genoeg: hij wilde haar bezitten, hij wilde haar wórden, en de scheidslijn tussen tederheid en geweld vervaagde niet, maar verdween totaal. Karina had vaak blaasontsteking, maar de intensiteit leek het risico waard. Ze ontmoette Richard tijdens haar laatste studiejaar en wist zich maar net door haar recitaleindexamen heen te slepen, omdat ze kampte met drie maanden slaapgebrek.

Wanneer ze elkaar niet afmatten in bed, huilden ze om dezelfde films; ze lazen dezelfde boeken en praatten er urenlang over; ze kookten macrobiotische maaltijden als eerbetoon aan Richards compositieheld, John Cage, die bij macrobiotisch voedsel had gezworen, vooral bij paddenstoelen. Richard was gefascineerd door haar achtergrond, had zich ermee geïdentificeerd. Ook hij was een buitenstaander, verklaarde hij. Hij had met zijn moeder in een caravan gewoond toen hij nog een kleuter was – uit nood geboren, niet vanwege een traditie – en hij had alleen maar door zijn talent op het conservatorium weten te komen, hoewel hij nooit in het plaatje zou passen, zo hield hij vol. Omdat ze allebei ergens thuis wilden horen, probeerden Karina en Richard bij elkaar te horen.

'Je kunt zo niet leven,' had Lindy verwijtend tegen de dodelijk vermoeide Karina in hun keuken in Willesden Green gezegd. 'Je brandt jezelf op. Er blijft niets van je over. Hoe ga je het tempo in het orkest bijhouden als je omvalt?'

'Ik hou van hem.'

'Maar je wordt verslonden, niet gevoed. Kijk naar jezelf! Je doet alles voor hem. Je schrijft zijn muziek uit, je typt zijn subsidieaanvragen, je bent zo ongeveer zijn secretaresse. Je geeft maar en je geeft maar, maar wil je af en toe ook niet iets terug? Wat heeft hij je te bieden? Hij zal je nooit een thuis geven, hij wil na drie jaar niet eens dat je bij hem intrekt, en ik wed dat hij nog steeds zegt dat hij zich geen andere woning kan veroorloven. Je kunt niet in zijn levensonderhoud voorzien, niet met dat salaris van jou, terwijl hij maar rare geluiden zit op te schrijven die niemand wil horen.'

'Ik kan niet zonder hem.'

'Je weet dat ik hem graag mag. Hij is in vele opzichten een geweldige vent, maar hij neemt alleen maar. Je zou met hem opgescheept zitten, je zou je een slag in de rondte werken om hem en je kinderen, en waarschijnlijk ook nog zijn moeder, te onderhouden. En wat doe je wanneer de seks verdwijnt?'

'Dat zal niet gebeuren.'

'Het gaat gebeuren. Dat gebeurt altijd.' Lindy's langste relatie tot dan toe had acht maanden geduurd.

Karina was de volgende avond naar zijn woning aan de andere kant van Londen gegaan; ze hadden een maaltijd vol paddenstoelen bereid en waren daarna het bed in gedoken. Twee dagen later kreeg ze hevige blaasontsteking. Ze nam antibiotica voor de infectie, plus Paracetamol voor de koorts en de pijn, en dronk liters cranberrysap. Toen ze in de Royal Festival Hall met trekkingen en kramp in haar blaas met het orkest een heel lange symfonie van Mahler zat uit te voeren, bemerkte ze tot haar schrik dat ze zich zat af te vragen of alles tussen Richard en haar wel zo fantastisch was als ze had gedacht. Lindy had haar zekerheden genoeg door elkaar geschud om haar aan het wankelen te brengen en te houden.

Totdat ze de relatie met hem verbrak, had ze niet geweten wat het betekende iemand te missen. Ze huilde tranen met tuiten, ze stopte de telefoon onder een ijzeren braadpan en drie kussens om zichzelf ervan te weerhouden hem te bellen. Lindy, die zichzelf schuldig achtte, maakte bonenschotels voor haar en liet haar rouwen. Wat zou er gebeurd zijn als ze niet al haar wilskracht bij elkaar had geschraapt en bij hem weg was gegaan? Zou ze niet gelukkig zijn geweest, in plaats van kapot? Eerst had ze zich dit eenmaal per uur afgevraagd. Toen eenmaal per week; langzaam maar zeker minder vaak.

Bij Julian is seks even aangenaam als een kop koffie in de ochtend. Ze heeft al jaren geen blaasontsteking meer gehad. Toen ze vrij bleef van de pijn, de onrust en de uitputting die de terugkerende blaasontstekingen met zich brachten, besloot ze dat ze dan misschien wel onvoorstelbare hoogten van hartstocht met één minnaar had bereikt, maar dat ze dat misschien niet nog eens hoefde te doen. Jamie is in ieder geval het bewijs dat ze de juiste keuze heeft gemaakt.

Karina opent vroeg haar ogen in het te heldere zomerochtendlicht. Er schalt muziek door het huis; in de huiskamer trekt een volledig orkest alle registers open.

'Jules? Wat doe je?'

Beneden treft ze hem aan in zijn leunstoel, tegenover en precies halverwege de twee luidsprekers van Bang & Olufsen; zijn ogen zijn gesloten, zijn hoofd is geheven, zijn handen liggen op elkaar. Karina houdt een hand voor haar oor.

'Waarom draai je zo vroeg op de ochtend *Ein Heldenleben*?'

'Lunch met Carsten Schmidt,' zegt Julian, zonder te bewegen. 'Strauss helpt me op dreef. Probeer het gevoel te krijgen dat ik ook een held kan zijn.'

'Het staat wel heel hard.'

'Dat moet ook.'

'Het is zes uur 's morgens.'

'Ik moet om halfzeven weg. Mijn lief, zou je misschien even koffie willen zetten? Ik zweer je,' voegt hij eraan toe, terwijl Karina zich weerspannig afwendt, 'als jij met Carsten Schmidt zou moeten lunchen, zou je precies hetzelfde doen.'

## HOOFDSTUK 10

Julian is gewend aan stress, maar niet van deze soort. Hij raakt doorgaans geen cliënten kwijt. Carsten Schmidt drinkt met een gezicht dat uit steen gehouwen lijkt van zijn rode wijn. Ze hebben het over de botsing bij Wood Green gehad.

'We zullen het kostenplaatje moeten herbezien,' zeg Carsten. 'Ik weet niet of we hier wel mee door moeten gaan als we onze klanten, onze werknemers en ons bedrijf niet méér bescherming kunnen garanderen.' Dat de regering er niet op gebrand lijkt veiligheidssystemen in de treinen te helpen financieren is het grootste struikelblok geworden.

Julian probeert diplomatiek te zijn: natuurlijk zal Locomotivation slechts op de concessie bieden als er winst in zit. Hij heeft de duidelijke voordelen nog eens op een rijtje gezet: internationale expansie, verhoging van het bedrijfsprofiel, het aanzien dat het geeft een van de lijnen te runnen die in 2012 honderdduizenden mensen naar de Olympische Spelen vervoeren. Hij heeft Carsten erop gewezen dat Duitsland ook niet immuun is voor treinbotsingen.

'En de veiligheid?' wil Carsten weten. 'De Olympische Spelen zijn een aantrekkelijk doel voor terroristen. Dat bevalt me niet. Je zult moeten toegeven, beste vriend, dat dit land nu niet bepaald uitblinkt in organisatievermogen.'

'Alles zal bijzonder goed gepland zijn,' zegt Julian zo sussend als hij maar kan. Hij wou dat hij Carsten mocht. Hij probeert de aloude Britse vooroordelen over Duitsers – zoals dat ze altijd de beste ligbedden op de stranden inpikken – niet de kans te geven naar boven te komen. 'Carsten, mijn eigen nicht is omgekomen in Wood Green; ik weet als geen ander hoe belangrijk het is aan veiligheid de hoogste prioriteit te geven. Ik zweer je dat ik zal doen wat ik kan om je te ondersteunen.' Onder tafel drukt hij met zijn rechterhiel op zijn linkerteen in een poging de irritatie weg te houden. Boven zijn oren trekt zich een band van spanning strak. Als hij Carsten niet weet over te halen, als hij er verantwoordelijk voor is dat ze Locomotivation kwijtraken... Het zal geen invloed hebben op zijn positie, er zal geen schade worden aangericht, maar het zal geen goede indruk maken en het zal hem niet op weg helpen naar de doelstelling van dit jaar. Natuurlijk is er geen gevaar dat hij die niet zal halen, maar als er iets is waar Julian een hekel aan heeft, dan is het tijd verspillen.

Nu het september is, moet Jamie voorbereid worden op St.-Matthew. Karina neemt hem mee naar Brighton om zijn uniform, sportlaarzen en nieuwe pyjama's te kopen; ze zit verdoofd een middag naamlabels in sokken en broeken te naaien. Ze neemt de kosten in zich op van de komende schoolreisjes naar Londen, Cornwall (het Eden Project) en Snowdonia (een activiteitenweekend met, tot haar afgrijzen, wildwaterraften). Ze neemt aan dat dergelijke uitstapjes goed voor de jongens zijn, en veilig? Alles verloopt gladjes tot op het laatste moment.

Wanneer het tijd is om te vertrekken, komt Jamie tot de conclusie dat kostschool misschien toch niet zo'n geweldig idee van hem was. Hij wordt steeds stiller als ze naar Chichester rijden en wanneer ze de stenen trap naar de hal op lopen, valt hij helemaal stil. Karina en Julian schudden de leraren die hen verwelkomen de hand en proberen een band te smeden met een paar andere nieuwkomers. In Jamies kamertje rangschikt Karina met een brok in haar keel zo groot als een cricketbal zijn kleren en boeken; ze legt zijn lievelingsspeelgoedhond op het kussen en kijkt nog even of op zijn mobieltje de juiste blokkeringen zijn aangebracht. Maar wanneer ze met hem naar de eetzaal lopen om met de andere jongens thee te gaan drinken, begint Jamies gezicht te vertrekken. Hij werpt zich tegen haar aan en pakt haar middel stevig vast, en snikt het uit als een kind van twee.

'Stil maar, schat.' Ze pakt hem vast en probeert te onthouden hoe zijn omhelzing voelt, zodat die haar in de week die voor haar ligt, overeind kan houden. Ze had zich niet gerealiseerd hoe krachtig zijn greep kan zijn.

'Kom, Jimbo,' zegt Julian. 'Je bent nu een grote jongen.'

'Mámmie!'

Karina heeft zin om met hem mee te janken. Ze wurmt zijn linkerarm los, dan zijn rechterarm. 'Het is maar een paar dagen tot het weekend, Schnoekie,' fluistert ze. 'Voor je het weet ben je weer thuis en dan zul je me over al je nieuwe vrienden kunnen vertellen.'

'Niet weggaan, mama.' Hij ziet er zo klein en bleek uit, zo verloren daar midden in de hal, dat Karina het niet meer houdt.

‘Ik kan dit niet,’ fluistert ze tegen Julian. ‘Ik neem hem mee naar huis.’

‘Doe niet zo dom. Hij is in een halfuurtje gewend.’

‘Kun jij hem zo zien en dan weglopen?’

‘Ik kan het, en jij kunt het ook. Vergooi deze kans niet, Karrie. Laat hem de kans niet vergooien.’

‘Jules, je hebt geen hart.’

‘Karrie, je hebt geen hersens.’

De onderwijzeres van leerjaar 3 doorbreekt de patstelling; ze kijkt van het kind met het betraande gezicht naar de wrokkige moeder en de ongeduldige vader. Ze legt zacht een hand op Jamies schouder.

‘Kom mee, Jamie,’ zegt ze. ‘We gaan nu allemaal theedrinken met een scone erbij. Dan kun je kennismaken met je nieuwe kameraadjes. Meneer Rookfield, mevrouw Rookfield, maak u zich alstublieft niet ongerust. Het is de eerste keer altijd moeilijk de jongens achter te laten, ik weet het, maar we zullen goed voor hem zorgen.’

Karina kan geen woord uitbrengen. Julian schudt de onderwijzeres de hand, slaat een arm om Karina heen en zegt: ‘Tot vrijdagavond, Jimbo.’

‘Tot dan.’ Jamies ogen kijken naar de grond wanneer de onderwijzeres hem wegvoert. Karina, die achter Julian aan loopt, durft niet om te kijken terwijl haar zoon stilletjes om een hoek verdwijnt.

Na vijf ellendige dagen voelt het weekend als een oase. Karina haalt op vrijdagavond Jamie op; ze brengen de zaterdagmiddag en zondag samen gezellig door met een winderige wandeling op de Downs en thee bij de familie Pearson. Jamie kletst en lacht; hij zit vol verhalen over de andere jongens en de leraren, precies zoals ze hem voorspeld had. Ze voelt zich belachelijk teleurgesteld.

‘Wil je niet dat hij snel went?’ wil Julian weten.

‘Natuurlijk wel, maar ik wil ook dat hij thuis is.’

De tweede week begint de werkelijkheid tot haar door te dringen. Dus zo zal het voortaan, waarschijnlijk de komende tien jaar, zijn. Wanneer ze alleen is en geen lesgeeft, dwaalt Karina doelloos door Lewes. Ze ademt de prikkelende herfstgeur van de zee in, verkent heuvelachtige achterafstraatjes, besluit zich erin te oefenen snel te lopen voor haar conditie, maar ook waar te nemen dat de planten in de tuinen van de huizen verkleuren en dat alle huizen van elkaar verschillen. Ze vraagt zich af of ze reclame moet maken om meer leerlingen binnen te halen nu ze te veel tijd heeft.

‘Ik zal je aanbevelen bij het hoofd van de jongerenacademie,’ oppert Dénes via de telefoon. 'Ze mogen zich in de handen knijpen dat ze jou krijgen.'

'Pap, dat gaat niet, de jongerenacademie is op zaterdag en ik moet thuis zijn voor Jamie.'

'We zien elkaar aanstaande maandag wanneer we de herdenkingsdienst met Cynthia gaan bespreken, en dan kunnen we het erover hebben,' stelt Dénes voor. 'Het bevalt me niets dat je eerst je zoon weg moet sturen en dan je leven laat bepalen door een rooster dat het lesgeven geen goed doet. Je werk is toch ook belangrijk?'

'Wat voor keus heb ik?' zegt Karina. Haar vader bromt een geërgerd afscheid.

Op maandagmiddag komt Karina bij Cynthia aan, die loopt te ijsberen in de keuken van de Rookfields, waar ze de herdenkingsdienst voor Lindy aan het plannen is. Haar gewicht lost op in haar verdriet. Ze kwijnt weg als een kiemplantje dat van licht is beroofd. In één grote stortvloed legt ze uit dat ze St.-Mary's Church wil boeken, uitnodigingen wil sturen en Karina en Erzsébet iets wil laten spelen.

Ook Karina is magerder geworden. Er is een knagende leegte in haar, een afvoergat van moeheid dat haar energie opvreet. Zou een herdenkingsdienst enig verschil maken? Lindy blijft weg. 'Misschien kun je het in plaats van herdenkingsdienst, iets als "Dienst voor Lindy" noemen,' oppert ze. 'Er een ode aan haar leven van maken. Ik zou graag willen spelen, als je dat wilt.'

'Als ik Martin ertoe kon overhalen het leven van zijn dochter te huldigen,' zegt Cynthia sarcastisch, 'dan zou dat heel aardig zijn.' Pom-Pom, de kat met het platte gezicht, strijkt rondjes langs Cynthia's benen. Ze pakt hem op en stopt haar gezicht in de lange beige vacht.

Dénes en Erzsébet staan een minuut later op de stoep. Na anderhalf uur de inhoud van de dienst te hebben doorgenomen met Cynthia, die meer hun gezelschap dan hun advies nodig heeft, nemen ze Karina mee naar huis voor een vroeg avondmaal. Ten slotte gaat ze om acht uur doodmoe naar huis. Ze neemt een trein naar Clapham Junction, waar ze via de onderdoorgang naar perron 13 loopt om de trein naar Lewes te nemen.

Op het perron is het overvol. Het elektronische informatiebord, dat met kleine gele lichtjes de volgende trein aankondigt, geeft VERTRAAGD aan. Karina, die met loodzware voeten over het asfalt loopt, passeert groepen ongeruste reizigers die naar vliegveld Gatwick toe moeten. Er wordt een mededeling omgeroepen: 'Wegens problemen met de seinen hebben de treinen naar Eastbourne en Southampton tot onze spijt grote vertraging en rijden er geen treinen van en naar Brighton ten noorden van Haywards Heath. Onze excuses voor het ongemak.'

Na tien minuten waarin niets gebeurt vraagt Karina een stationschef wat er aan de hand is.

'Ik wou dat ik het wist, dame.'

Sinds het ongeluk is Karina totaal van slag wanneer de treinen vertraging hebben. Die woorden kunnen van alles maskeren: iets met veiligheid, een brand of een explosie. Treinen die op het spoor ogenschijnlijk onschuldig stilstaan, zouden erop kunnen duiden dat verderop mensen het leven laten. Misschien is het niet rationeel, maar Karina's maag draait zich om. In ieder geval zit Jamie niet op haar te wachten. Ze belt Julian, in de hoop dat hij haar ergens in Sussex kan komen afhalen, op een plek waar de treinen wel rijden.

'O, Karrie.' Hij klinkt even moe als zij. 'Ik ben net thuis. Mijn lief, ik heb een rotdag gehad. Shitvergadering, Carsten vervelend. Normaal gesproken zou ik wel naar je toe komen... Hou nog even vol, goed? Ze zullen de boel wel snel in beweging krijgen.'

Sinds Jamie weg is, heeft Karina er niet zo veel zin in gehad meer tijd in het gezelschap van Julian door te brengen. Had hij haar nu maar deze ene keer geholpen, dan zou dat voor hen beiden goed zijn geweest. Ze houdt zichzelf voor dat het pech is, meer niet. 'Ik hou je op de hoogte,' zegt ze, en ze beëindigt het gesprek.

Om kwart over negen ziet ze in de verte de koplampen van een trein opdoemen. De frustratie gonst door het station. De reizigers die naar Gatwick moeten stikken van woede; ze kunnen hun vlucht missen. Wanneer de trein stilstaat, haast Karina zich naar het eind van het perron, in de hoop een rijtuig te vinden dat minder vol is dan de andere. De deuren gaan open; er is weinig ruimte om zelfs maar in te stappen, maar terwijl ze zich door het gedrang heen werkt, springt er vlak bij haar een vrouw op die naar buiten rent: ze is tijdens het lange gesukkel vanaf Victoria in slaap gevallen. Haar zitplaats is de laatste die vrijkomt. Niemand neemt hem, dus laat Karina zich er dankbaar op vallen. Ze sluit haar ogen en vecht tegen de claustrofobie.

'Seinstoring, ja hoor,' merkt de man tegenover haar op. Hij heeft een apart accent dat haar bekend voorkomt, maar plaatsen kan ze het niet. 'Dus deze keer geen blaadjes op de rails?'

'Zoiets,' mompelt Karina. Ze vraagt zich af waar hij vandaan komt – zijn stem klinkt aangenaam, wonderlijk warm – maar ze is te moe om de moeite te nemen het te vragen.

Er klinkt een hoog waarschuwingsgeluid, de deuren slaan met een klap dicht en de trein zet zich in beweging. Terwijl ze langzaam richting huis rijdt, neemt de slaap bezit van Karina.

Net voor Haywards Heath is er een geknars van remmen en een schok. De trein staat stil. Rondom haar wordt gekreund. Ze wordt langzaam wakker.

'Ruim twee uur vanaf Victoria,' bromt iemand. In haar achterhoofd zeuren angstgevoelens. Een aankondiging van de conducteur knettert uit de luidspreker: 'Dames en heren, onze excuses voor dit oponthoud, dat veroorzaakt wordt door problemen met de seinen. We hopen zo snel mogelijk onze reis te kunnen voortzetten. Let alstublieft op de omroepberichten.'

Het rijtuig legt zich er misnoegd bij neer. Het wordt nu rustiger. De passagiers die naar Gatwick moeten zijn weg en er zijn maar weinig passagiers voor in de plaats gekomen. Uit de afvalbakken stijgt een geur van hamburgers en patat op. De man met de aparte stem, die donker haar en een lang gezicht heeft, en om zijn nek een groene sjaal draagt, probeert in de krant van zijn buurman te kijken zonder dat het opvalt. Waarom hebben mensen er toch zo'n hekel aan als iemand over hun schouder meeleest? Wat geeft het? Karina wil net weer haar ogen sluiten, als ze iets hoort dat haar wakker schudt. Een viool, notabene.

Ze keert zich om en knippert met haar ogen. Een man met een gebruind gezicht en gekleed in een donker T-shirt en een spijkerbroek loopt door het rijtuig en speelt Monti's *Csardas*. Achter hem loopt een kleine jongen met heldere ogen en een donkere huid, niet veel groter dan Jamie, met een omgekeerde baret in zijn hand om muntjes in te doen. Midden-Oosten? Indiaas? Roma? Terwijl Karina toekijkt laat de violist uit het instrument een stroom trillende, versierende frasen rollen die haar van verbazing doen slikken. Ze droomt vast. Zigeunerviolisten maken geen muziek in treinen in Sussex.

De violist en zijn kind bereiken de ruimte bij de deuren; de vader stemt een snaar en begint aan een nieuw nummer. Het kind loopt van bank naar bank en houdt de pet op: 'Voor de muziek.' De passagiers nieten hun blik aan hun boeken en kranten; het enige wat ze na een lange dag willen is rust.

Karina luistert en voelt haar keel samentrekken. Deze man speelt het verdriet van eeuwen van zich af: een hartverscheurende waarheid in het hart van een trein die stilstaat voor een rood sein. Ze opent haar handtas. Wanneer het kind naar haar toe draaft, steekt ze het een munt van twee pond toe. Tegelijkertijd houdt een hand tegenover haar als in spiegelbeeld net zo'n munt in de lucht. Het kind kijkt van de een naar de ander, grijnst hen blij toe en laat de munten triomfantelijk rammelen.

Karina kijkt even naar het gezicht van de man met de aparte stem. Hij slaat haar gade alsof hij haar kent.

'Dat greep u aan, hè?' zegt hij. Bespeurt ze in zijn ogen, die donker en tamelijk mooi zijn, een spoor van de tranen die ze zelf inhoudt? In haar gedachten verschijnt een vraagteken.

'Ja,' geeft ze toe. 'U ook?'

'Wow.' De onbekende zucht. 'Die kan vioolspelen, zeg.'

'Uw accent komt me bekend voor,' zegt Karina. 'Waar komt u vandaan?'

'Ik wilde u net hetzelfde vragen. Hij houdt zijn hoofd scheef en lacht naar haar. Hij draagt een bruin jasje, een warmgroene trui en daaronder een licht linnen overhemd. Zijn schouders zijn heel breed en zijn handen lijken tweemaal zo groot als die van Karina.

'Ik heb toch geen accent?' vraagt ze.

'Ik wel dan? Dat zou niet moeten. Vertel me waar uw accent vandaan komt, dan vertel ik waar het mijne vandaan komt.'

'Twickenham.'

'Kom op! Iets exotisch. Oost-Europa?'

'Goed dan, professor Higgins.' Terwijl ze deze plotselinge vriend die de muziek van de muzikant even diep voelt als zij, plaagt, voelt Karina zich klaarwakker. 'Ik ben in Twickenham geboren, maar mijn ouders zijn Hongaars.'

'Dus u herkent een zigeunerviolist wanneer u er een hoort.'

Karina aarzelt. Aan een volslagen onbekende in een stilstaande trein zoiets uitleggen...

'Nu is het uw beurt,' oppert ze.

'Zuid-Afrika.' Hij herhaalt het, maar nu met een zwaar aangezet accent. Er verschijnt een brede, zachte glimlach op zijn gezicht nu hij de draak steekt met zijn eigen accent. Karina neemt zijn gezicht in zich op: een lange, puntige neus, hoge jukbeenderen met een zekere verfijning, en een blik die zo direct is dat hij haar bijna van haar stuk brengt. 'Ik kom oorspronkelijk uit Kaapstad,' zegt hij. 'Ik heb mijn hele leven hier gewoond, maar ik heb wat van de stemklank van mijn ouders opgepikt, hoewel het niet meer te horen zou moeten zijn. Alleen iemand met een goed gehoor merkt het.'

'Het klinkt leuk. Muzikaal.'

'En u hebt de neiging de klemtoon op de eerste lettergreep van ieder woord te leggen.'

'Goed,' lacht Karina. 'Heel goed. U bent vast acteur.'

'Nee, hoor. Ik ben musicus.' Hij wijst omhoog naar het bagagerek.

Karina kijkt: boven hen ligt een vioolkoffer. Ze was zo moe dat ze het niet eerder heeft opgemerkt. Haar ademhaling raakt even van slag. 'Maar ik ben ook violist,' zegt ze.

'Nee, echt?' De lach wordt breder en nu valt Karina datgene op wat alle violisten verraadt en wat onder zijn sjaal verborgen bleef: een rode striem in de nek tussen kin en linkeroor. 'En waar speelt u?' vraagt hij.

'Eigenlijk nergens, althans, niet meer. Maar ik heb gespeeld in het British Symphony Orchestra.'

'Wow! En u bent weggegaan?'

'Ja, ik had er een hekel aan,' vertrouwt Karina hem toe. Grappig. Ze had er maanden voor nodig gehad om aan Julian te bekennen hoe groot haar afkeer van het orkest was.

'Waar ken ik dat gevoel van?' zegt de violist. 'Ik werk ook niet meer in orkesten. Ik zit in een strijkkwartet. Het St.-Francis Quartet.'

Karina herkent de naam. 'Dan heb ik jullie op de radio gehoord. Jullie doen het goed, hè?'

'In theorie wel, ja. Je kunt er maar net van leven, maar het is leuk. Ik klus er ook bij wanneer dat kan – soms een concert of een recital. Ik heb volgend voorjaar een debuutrecital in New York. Dat is behoorlijk eng, maar het is wel een grote kans. Speelt u wel eens in kwartetten?'

'Ik geef voornamelijk les, voor het merendeel aan kleine kinderen, bij mij thuis.'

'En waar woont u?'

Karina vertelt het hem en wanneer hij knikt – hij kent Lewes – zit ze ineens de straat en het huis te beschrijven.

Hij woont in Brighton. Hij zit normaal gesproken niet in de trein naar Lewes, maar de lijn naar Brighton is vandaag een puinhoop, net als de rest; hij stapt over in Haywards Heath. 'Ik ben naar Londen geweest voor een repetitie,' legt hij uit. 'En om iets op te halen. We hebben net onze eerste cd gemaakt.' Hij springt op – hij is zeker zo lang als Julian en beweegt met een vloeiende, aantrekkelijke gratie – en ritst de zak van zijn vioolkoffer open om er een cd-doosje uit te halen. Karina pakt het aan: Schubert, gespeeld door het St.-Francis Quartet. Harry Macintosh, tweede viool; Yevgeny Koslovsky, altviool; Malcolm Griffiths, cello. En eerste viool: Rohan Masterson.

'Bent u dat?'

'Schuldig,' zegt Rohan met een lachend gezicht.

'Het klinkt Indiaas.'

'Het komt uit het Sanskriet. Mijn ouders hadden een rare smaak op het gebied van namen.'

'Sanskriet?' Had Mimi haar niet ooit verteld dat de Roma-taal is voortgekomen uit het Sanskriet? Is dit wel het moment om het weinige dat ze van deze historie weet, uit te gaan leggen? Ze werpt een blik op de ruggen van de violist en zijn zoon, die zich via de verbindingsdeur een weg banen naar de volgende wagon.

'Ik hoor vaak dat Hongaarse muzikanten niet echt houden van de manier waarop zigeuners spelen,' merkt Rohan op, die haar blik volgt en misschien niet goed weet hoe hij haar reactie moet plaatsen.

'Ik heb iets van allebei.' Normaliter zou ze dit niet gauw bekennen. 'Kent u Mimi Rácz?'

'Natuurlijk ken ik die! Ze is een van mijn grote voorbeelden.' Rohans gezicht begint te stralen.

Karina verwerkt dit even en zegt dan: 'Ze is mijn oma.'

De mededeling lijkt ongewoon hard een snaar te raken. 'Niet te geloven,' zegt Rohan ten slotte hoofdschuddend. 'Dit is echt niet te geloven. Het is namelijk zo dat Marc Duplessis...'

Hij wordt onderbroken door een aankondiging: 'Dames en heren, we bieden u onze verontschuldigingen aan voor het oponthoud, maar we hebben nu toestemming om verder te reizen. We komen over enkele minuten aan in Haywards Heath. Denk bij het verlaten van deze trein alstublieft aan uw eigendommen.'

'Shit,' zegt Rohan.

Hij en Karina staren elkaar aan en vragen zich allebei af wat hun nu te doen staat. De trein zet zich trillend in beweging. Rohan werpt een blik op Karina's linkerhand, waar diamanten en goud het licht vangen.

'Hoe heet u dan? Bent u ook een Rácz?' vraagt hij.

'Veres. Karina Veres.'

'Aangenaam.' Hij knijpt haar in de hand. Ze heeft even een indruk van warmte, kracht en enthousiasme, en dan beseft ze ineens wat ze gezegd heeft.

'Maar dat is mijn meisjesnaam. Ik heet nu Rookfield,' voegt ze er schuldbewust aan toe.

'Is je man ook musicus?' Zijn gezichtsuitdrukking verandert niet.

'Nee, hij is jurist. Een echte baan!'

'Wat doet hij precies? Mijn zus Liora is advocaat.'

'Hij werkt bij een firma in de city. Hij is gespecialiseerd in alles wat met het spoor te maken heeft.'

De trein begin nu echt vaart te krijgen, terwijl Karina en Rohan samen dubbel liggen van het lachen om deze onbedoelde ironie. En nu ze eenmaal begonnen zijn, kunnen ze niet meer ophouden. Karina klapt in haar handen en gooit haar haar naar achteren. Andere passagiers kijken geamuseerd naar hen.

'God-o-god.' Rohan veegt zijn ogen droog. 'Dat was kostelijk. Karina, moet je horen, ik moet er zo uit. Mag ik alsjeblieft, alsjeblíéft je telefoonnummer? Ik moet je iets vertellen over Marc Duplessis. Het is belangrijk, maar het zou nu te lang duren.'

Karina doet haar tas open en zoekt een pen. Dan verstart ze.

'Stil maar.' Rohan pikt het op. 'Ik weet dat je getrouwd bent. Ik zal je niet lastigvallen, dat beloof ik je.'

Karina zegt niets. Haar geest zendt keihard waarschuwingen uit, luider dan een orkest op volle sterkte. Maar het is een duidelijke keuze tussen een verwante ziel nog eens zien, of nooit meer.

'Toe, Karina,' dringt Rohan aan. 'Zoals ik al zei: het is belangrijk, dat zul jij echt ook vinden, en ik kan het niet in twee minuten proppen.'

Karina denkt aan Jamies gezicht toen ze hem die zondagavond achterliet in de school, en aan Julian, wiens bleke ogen ongeduld verrieden: verspil geen tijd. Ze denkt aan Lindy. En of het nu Rohans woorden zijn die haar overhalen, of de ruzie om Jamie, of de dood van Lindy, of gewoon het feit dat als Julian haar was komen afhalen, ze uren geleden al thuis was geweest, ze weet het niet. De lichten van station Haywards Heath komen al in zicht, een ziekelijk gebroken wit in het donker. Ze kan hem haar nummer geven – ze kan het ook niet doen. Als ze het niet doet, gaat hij weg en ziet ze hem nooit weer, en die gedachte kan ze niet verdragen.

'Weet je wat,' zegt Rohan. 'Sla mijn nummer op. Bel me nu, dan heb ik het jouwe.' Voor ze het weet haalt ze haar mobieltje tevoorschijn en drukt ze het nummer in dat hij opzegt. Zijn telefoon tingelt een stukje Mozart.

‘Mooi. Dat is voor elkaar. Karina, fantastisch kennis met je te hebben gemaakt. Tot gauw, hoop ik.’

Rohan neemt met een zwaai zijn vioolkoffer en kleine rugzak van het rek en loopt naar de deuren. Wanneer ze opengaan, kijkt hij om en lacht naar haar. Ze steekt haar hand op. Even later is Rohan Masterson met zijn viool verdwenen in de nacht.

Karina doet haar ogen dicht en wacht, haar overstroomde geest leeghozend, tot de trein haar naar huis brengt.

## HOOFDSTUK 11

Mimi heeft een goede dag. Ze draait haar oude opnamen en mijmert over het verleden. Karina brengt een maandagmiddag aan het eind van oktober bij haar door en koestert zich in de korte wederopstanding van de tijgerachtige energie die ze ooit zo goed kende.

'Moet je dit horen, Schnoekie.' Mimi wurmt een cd uit een doosje. 'Marc Duplessis.'

Karina luistert.

'Het eerste deel stelt de rondtrekkende minstreel voor, de zigeunerviolist,' zegt Mimi tegen haar. Karina weet het, maar knikt. De viool spreekt: de strijkstok springt en glijdt met grote halen nét niet helemaal zuiver over de snaren en verlokt met de suggestie van exotische oorden. 'Hij vertelt wonderlijke verhalen en het kind luistert en kijkt geboeid. Dat is het kind, die krul omhoog. Een vraagteken.'

'Wat voor man was Duplessis?'

Mimi laat zich tegen de rug van de leunstoel zakken. De kamer weerklinkt van de klank van haar viool, veertig jaar eerder vastgelegd. 'De tijd gaat zo snel, Schnoekie. Gek hè. Van veertig jaar geleden herinner ik me alles, maar van gisteren herinner ik me niets. Marc. Ach, Marc Duplessis.' Mimi schudt haar hoofd en dan geeft ze Karina tot haar verbazing een knipoog.

'Was hij verliefd op je?'

'Zo lang geleden... Zo, liefje. Vertel me nu jouw nieuws.'

'Er is niet veel nieuws. Ik heb Jamie al ruim een week niet gezien. Hij is met de school naar Wales voor een activiteitenweekend. Maar, oma, wat die Duplessis betreft...' Ze is nieuwsgierig geworden en wil wel duizend vragen stellen, maar Mimi wil er niets van weten.

'Hoe voel je je? Vanbínnen?'

'Ik voel me... verloren. Misschien komt het doordat Jamie op die nieuwe school zit, of door Lindy, of allebei. Klinkt dat zinnig?'

'Waarom moet het zinnig zijn, Karina? Dat zijn dingen nooit.'

Dat helpt niet zo veel als haar oma waarschijnlijk bedoelt. 'Het is net of ik met Lindy in die trein heb gezeten. Het is net alsof ik ook ben geëxplodeerd. Ik weet niet meer waar ik thuishoor.'

'Ssst. Luister.' Mimi's viool fluistert de bosscène uit de suite. Voor Duplessis, zo heeft ze Karina ooit verteld, symboliseerde het bos de centrale kracht van de kindertijd, waarin het mysterie school – het symbool van alles wat verleidelijk en verboden is. Karina herinnert zich het touwspringliedje waarmee Lindy haar altijd plaagde toen ze nog klein waren.

*My mother said I never should*
*Play with the gypsies in the wood.*
*(Mijn moeder zei dat ik nooit mocht*
*spelen met de zigeuners in het bos.)*

'Je hoeft niet ergens thuis te horen,' zegt Mimi. 'We hoorden bij onze eigen soort, maar dat was niet plaatsgebonden. Vroeger dan.'

'In het vroegere land,' zegt Karina glimlachend.

'Maar niet óns land. De Roma zijn een volk zonder thuisland. Waarom dacht je dat de mensen ons eeuwenlang tot zondebok hebben gemaakt? Dat is de reden. Muziek is mijn thuisland en mijn taal, en wanneer je muziek maakt, hoor je bij andere muzikanten. De plaats doet er niet toe. Je spreekt door middel van de muziek en dan begrijpen ze je. Ik heb heel hard geprobeerd mijn jeugd te vergeten, liefje, maar die kun je niet vergeten, je kunt je afkomst niet verloochenen. Ik heb dit door bittere ervaring geleerd. Ach, luister toch, dit was mijn lievelingsgedeelte...'

Waar kun je thuishoren als je voorouders nergens thuishoorden? Ook nergens? Of overal? Karina gaat per trein naar huis en zit te mijmeren. Alles verloopt probleemloos. Er komen geen straatmuzikanten. Tegenover haar bladert een verveeld meisje met aan haar vingers nagels als klauwen een tijdschrift door. Er zijn weken verstreken sinds Karina Rohan Masterson ontmoette, maar ondanks al zijn gretigheid heeft hij niet gebeld. Ze heeft niet naar zijn cd geluisterd. Die ligt onder een stapel brieven en tijdschriften op het uit Fairfallows afkomstige bureau dat ze voor haar administratie gebruikt – het enige bewijs dat ze die vreemde reis niet heeft gedroomd.

Wanneer ze de sleutel in het slot van de voordeur steekt, gaat haar mobieltje. 'Schat, er is een ongeluk op de M23. Ik kom laat thuis,' zegt Julian.

'Goed,' zegt Karina. 'Tot straks dan.'

Ze heeft dus in potentie twee uur voor zichzelf. Het is maandag. Geen leerlingen, geen Jamie om te eten te geven, mee te spelen, aan voor te lezen of in bed te stoppen. Niets wat de moeite waard is op de tv. Misschien moet ze op maandag toch maar leerlingen gaan nemen. Ze vist Rohans cd van het bureau en schuift hem in de speler.

Schubert: de zachte opening van het kwartet in a klein. De tweede viool weeft een begeleidende figuur, de cello siddert eronder. De melodie beweegt langzaam over het hoogtepunt heen, een zucht van Rohans viool. Lieflijk; een mooie, intense, scherpe klank; fijne variaties in het vibrato, de nuances worden uitgesponnen; af en toe een glissando tussen de noten – Rohan is een romanticus. Hij speelt bijna zoals hij praat. De weken verdwijnen uit het zicht: ze lijkt weer bij hem te zijn, op haar gemak en op haar hoede tegelijk. Ze drinkt de muziek als een genezende drank in. Wanneer de cd is afgelopen, start ze hem opnieuw.

Ze zoekt hem op op het internet: ROHAN MASTERSON VIOOL. Op de website van het St.-Francis Quartet ziet ze vier mannen van in de dertig en de veertig. De cellist, Malcolm, heeft een waterval van voortijdig zilvergrijs haar. Een jongere man met bril en rossig haar – Harry – houdt ook een viool vast. Violist Yevgeny zit rechts; hij heeft een leren jasje aan en ziet eruit alsof hij persoonlijk de hele groep verhuurt. Rohan staat links; hij draagt een overhemd in aardekleuren waarvan de kraag openstaat; zijn hoofd houdt hij scheef; zijn donkere, suikerzoete ogen staan precies zoals ze zich die herinnert. Ze leest.

> ROHAN MASTERSON **(eerste viool)** Rohan is in 1968 in Kaapstad geboren en verhuisde in 1970 met zijn ouders naar Groot-Brittannië. Hij studeerde aan de Yehudi Menuhin School, daarna aan de Royal Academy of Music in Londen en bij Ernő Nagy in Canada. De prijzen die hij behaalde tijdens de Leopold Auer Competition van 1989 in Philadelphia en het Ravel-Morhange Concours van 1990 in Lyon brachten hem internationaal onder de aandacht. Rohan treedt vaak op als solist in concerten en recitals in heel Europa, en hij geeft les en leidt jeugdprojecten voor aanstormende muziektalenten. Hij componeert ook; tot zijn werk behoren een strijkkwartet en diverse stukken voor viool en piano.

Ernő Nagy was een Hongaar, herinnert Karina zich onevenredig opgewonden. En Rohan componeert? Even komt er een verontrustende gedachte aan Richard, de andere componist in haar leven, bij haar op. Ze hervat haar zoektocht.

> **RECENSIE – St.-Francis Quartet, Wigmore Hall, oktober 2005**
> Het St.-Francis Quartet is een strijkkwartet dat zijn naam ontleent aan de zeer zachtmoedige heilige, Sint-Franciscus, is een dynamische groep waarin spanning even productief is als passie: vier sterke persoonlijkheden die elk een eigen bijdrage leveren, waardoor een zeer bevredigend geheel ontstaat. Het indringende, welluidende timbre van Rohan Mastersons viool luidde een boeiende muziekavond in...

Karina komt foto's tegen, een overzicht van concerten, nog meer recensies. Ze vindt bij toeval een interview in een Amerikaans tijdschrift dat haar nog minder over hem vertelt dan ze tijdens hun gesprek in de trein over hem te weten is gekomen.

De telefoon gaat. 'Schatje, ik ga nu van de M23 af,' zegt Julian. 'Ik ben over ongeveer twintig minuten bij je.'

Karina komt achter de computer vandaan, zet de cd af en pakt haar viool. Ze had deze tijd moeten gebruiken om te oefenen voor Lindy's herdenkingsdienst, niet om in het leven van een volslagen onbekende te snuffelen die even snel is verdwenen als hij is verschenen.

'Karrie? Hallo? Ben je daar?' Julian staart over de eettafel naar de stille Karina. 'Als je niet met me wilt praten,' zegt hij, 'hoe kan ik je dan helpen?'

En als jij me niet wilt laten groeien, antwoordt haar geest, als jij niet met me mee wilt groeien, zal ik zonder jou moeten groeien. Maar hoe kan ik je achterlaten als ik van je hou? Ze kan niets met deze gedachten aanvangen, dus zwijgt ze.

'Lieveling,' zegt Julian, 'wat maakt je zo ongelukkig, behalve dat je Lindy hebt verloren en eraan moet wennen dat Jamie op school is? Wat wil je?'

'Is dat niet genoeg?'

'Wil je weer in het orkest gaan spelen? Wil je terug naar Londen? Wat bezielt je? Ik begrijp het niet.'

De regen roffelt op St.-Mary's Church, terwijl Karina, Julian en Jamie, samengepakt onder twee paraplu's, zich voegen bij de mensen die het pad naar de 'Dienst voor Belinda' op lopen. Binnen staat bij het altaar de vleugel van de kerk, haast alsof het een doodskist is.

Martin, ondoorgrondelijk achter zijn brillenglazen, schudt hen formeel de hand; Cynthia, wier grijs-met-zwarte jurk uit honderd zijden zakdoekjes lijkt samengesteld, zweeft nerveus en beverig naast hem. De ene vriend na de andere begroet hen. Karina omhelst haar ouders en loopt met haar vioolkoffer naar de consistoriekamer.

Tijdens de opwarming slaat ze de gasten die zich verzamelen op veilige afstand gade. Ze ziet Alban in een zwart pak, de kastanjeglans van Nicki's haar, Charles met zijn haviksneus; hij draagt een regenjas en blijft achterin in de schaduw. Tevens is er een toeloop van Rookfield-familieleden, van wie niemand nauw verbonden was met Lindy en van wie de een er nog ruiterachtiger uitziet dan de ander. Karina neemt een pakje bètablokkers uit haar tas en bijt een halve pil af in de hoop dat die snel zal werken.

Ze loopt met haar viool de consistoriekamer uit en voegt zich bij haar familie in een bank vooraan. Bijenwas, bloemen en vocht vermengen zich om haar heen; boven haar hoofd tikken de regenduppels een gedempt contrapunt met de orgelmuziek. In haar mond hangt een bittere smaak, niet alleen van de medicijn. Geleidelijk voelt ze haar hartslag kalmer worden en de trilling in haar handen verdwijnen.

De dominee dreunt woorden en gebeden op; de aanwezigen zingen een lied. Er volgen een lezing en een toespraak, dan een psalm – de Heer is mijn herder. Daarna lopen Karina en Erzsébet naar de piano. Deze muziek zei Lindy niets; Beethoven zou beter zijn geweest. Lindy verdiende iets onstuimigs als de Kreutzersonate, maar de rustige Mozart zou tijd voor overpeinzing kunnen scheppen, gericht op de levenden, niet op de doden. Karina's viool zingt; terwijl ze speelt, is er onder de aanwezigen af en toe gesnuf te horen; er ritselen zakdoekjes, een kind stelt een vraag. Wanneer ze na afloop terugloopt naar haar plaats, kijkt ze op haar horloge. Nog twintig minuten en dan is deze beproeving voorbij.

Wanneer het laatste lied verklonken is en de dominee aankondigt dat er thee zal worden geschonken in het York House, vraagt Karina zich af hoe ze zich in de hand moet houden. Bètablokkers onderdrukken lichamelijke symptomen, maar niet de geestelijke. Woede is niet wat je tijdens de herdenking van een vriendin zou moeten voelen, maar ze kan er niets aan doen. Op deze afschuwelijke middag is er echt niets wat ook maar enigszins recht doet aan Lindy's nagedachtenis. Ze zou Lindy bij de schouders willen grijpen en door elkaar willen schudden: Hoe kon je ons dit aandoen? Haar handen jeuken om Alban bij de politie aan te geven. Waar houdt hij zich mee bezig? Mensenhandel? Drugs? Allebei? Hij is de laatste die Lindy in leven heeft gezien. Waarom heeft hij niet voorkomen dat ze de trein nam? En wat Charles betreft: ze zou hem het liefst bij de enkels willen opknopen en bont en blauw willen slaan. Maar bij de thee, waar ze niet omheen kan, zal iedereen een en al beleefd medeleven zijn, medegedeeld op dezelfde toon als waarmee opmerkingen over het slechte weer worden gemaakt.

'Mam?' Jamie kruipt tegen haar aan en lijkt vervuld van zelfmedelijden. Karina slaat een arm om hem heen en dwingt zich haar woede te smoren, zoals ze altijd doet.

Wanneer de deur opengaat, wordt de kerk overvallen door novemberkilte. Mensen die Karina niet wil ontmoeten, blijven haar wel willen ontmoeten.

'Karrie, lieve schat!' Nicki komt op haar afgestevend en omhelst haar. 'Karrie, wat heb je mooi gespeeld! Je zou meer moeten spelen, het is toch zo jammer dat je het hebt opgegeven. Moet je horen, we moeten absoluut eens bij elkaar komen om even bij te praten.'

'Dat zou leuk zijn,' liegt Karina.

'We voeren ter nagedachtenis van Lindy nog een keer *De verre geliefde* uit,' voegt Nicki eraan toe. 'Het zou enig zijn als je kon komen.'

'Ik zal het proberen.' Karina lacht geforceerd. 'Neem me niet kwalijk, maar ik moet even iemand gedag zeggen.'

Alban kust haar hand. 'Van alle herdenkingen,' zegt hij, 'is muziek mooist. Het is uiting van wat we niet op andere manier kunnen uiten.'

'Alban, wil je me vertellen wat er die laatste avond is gebeurd?' vraagt Karina.

Hij staart haar intens in de ogen en begint te praten. Karina vraagt zich af hoeveel ze ervan moet geloven. Lindy was dronken en heel erg van streek, legt hij uit; hij had haar niet alleen achter willen laten. Ze was met hem mee naar huis gegaan, had zich in de logeerkamer op bed laten vallen, en zoals hij haar had beloofd, wekte hij haar de volgende ochtend voor haar werk. Ze had een gigantische kater, maar ging op een holletje naar de trein met de woorden: 'Tot later.' Hij had haar nooit meer gezien.

De academicus met de grijze regenjas wacht totdat Karina langs hem heen loopt en zegt dan: 'Karina? Bedankt voor je vioolspel. Ik ben Charles.'

Ze weet niet goed hoe ze hem moet begroeten. Ze steekt haar hand uit.

'Geweldig dat ik je nu eindelijk ontmoet,' zegt Charles, de hand aannemend, 'hoewel ik wou dat het onder andere omstandigheden had gekund.'

'Insgelijks.' Karina kijkt hem aan. Zijn ogen zijn poelen van verdriet.

'Ik weet niet wat ik moet zeggen,' voegt hij eraan toe.

Karina evenmin. 'Bedankt voor je komst', is het enige wat ze weet uit te brengen. Julian heeft Jamie naar zijn grootouders meegetroond; ze zijn buiten gehoorsafstand.

Charles dempt zijn stem. 'Ik hield wel van haar. Ze was de bijzonderste vrouw die ik ooit heb ontmoet. Ik had het grootste respect voor haar, en hield veel van haar. Karina, ik weet dat je een hekel aan me moet hebben. Ze zal wel niet veel fraais over me gezegd hebben. Probeer het alsjeblieft te begrijpen. Ik zou alles voor haar over hebben gehad. Het is alleen zo...'

Als je maar niet bij je vrouw weg hoeft, denkt Karina. Als je maar niet de waarheid hoeft te vertellen. Toch herinnert ze zich dat Lindy zei: 'Maar we houden echt van elkaar...'

'Jezus,' zegt Charles. 'Het is nu te laat om het recht te zetten. Ik mis haar heel erg.'

Karina vraagt zich af waarom verdriet je houding tegenover anderen verandert. Ze heeft Nicki, die ooit haar vriendin was, niets te melden, en in plaats van hem bont en blauw te slaan zou ze Charles nu wel willen omhelzen. 'Kom je ook theedrinken?' vraagt ze beleefd.

'Nee, dat kan ik maar beter niet doen, maar bedankt voor de uitnodiging. En Karina... wil je me zo af en toe alsjeblieft wat laten horen? Hier heb je mijn visitekaartje.'

'Charles, het beste.' Karina stopt het kaartje in haar zak en kijkt hoe Lindy's minnaar oplost in de schemering. Zijn woorden klinken nog na in haar hoofd. Misschien had Lindy gelijk. Misschien hielden ze echt van elkaar en ziet hij nu pas in hoe veel. Maar hoe beken je iemand je liefde wanneer alle verstand ertegen in opstand komt?

Ze hangt haar vioolkoffer om haar schouder en roept Jamie. Het wordt tijd dat ze die Rohan uit haar hoofd zet. Hij spookt er nu al een maand in rond. Wat te denken van dat 'belangrijke' dat hij haar te vertellen had? Was het een truc om haar nummer te krijgen? Vanaf vandaag, besluit ze, terwijl ze Jamie in zijn regenjack stopt, gaat ze niet meer aan Rohan denken.

Thee wil zoveel zeggen als wijn en sandwiches met vispasta in een ontvangstkamer die uitziet op de rivier. Nicki en Alban zijn allebei verdwenen. Julian wordt algauw klemgezet door Rookfield-volgelingen met vooruitstekende boventanden die zich beklagen over het verbod op de vossenjacht. Dénes en Erzsébet praten met Arthur en Anne. Dénes zet een charmeoffensief in en begint zijn beste imitaties van beroemde dirigenten en politici ten beste te geven in een poging de boel wat op te vrolijken. 'Ik heet... Tony

Blair, en ik moet... zeggen dat... Gordon en ik... de beste vrienden zijn...' piept hij, terwijl hij zijn stem zo veel mogelijk op die van een parlementariër laat klinken. Maar na een paar minuten vertrekt Cynthia's gezicht en rent ze naar buiten terwijl Anne achter haar aan rent.

'Ik vind vispasta vies,' jammert Jamie. Hij is moe, gespannen en boos over hoe hij zijn zaterdag heeft moeten doorbrengen. Karina leegt te snel een tweede glas rode wijn, en beseft dan dat ze niet in een rechte lijn kan lopen. 'Kom, we gaan,' mompelt Julian.

In de auto begint Jamie zachtjes te herhalen: 'Lindy Rookfield, je komt terug – terug, terug, terug.'

'Jamie,' zegt Julian, 'je moet hiermee ophouden. Ik weet dat je haar mist. We missen haar allemaal. Maar je kunt dit niet blijven doen. Het is nu al vijf maanden geleden. Het is een belangrijke les: we moeten doorgaan.'

Jamie begint te huilen. Karina weet niet wat ze moet zeggen, en zegt dus niets, maar gaat in haar tas op zoek naar een zakdoek voor hem.

Haar mobieltje piept. Op het schermpje staat: *Nieuwe boodschap van ROHAN.* Had iemand hem verteld dat ze juist deze middag had besloten nooit meer aan hem te denken?

**Terug. Lunch? R.**

## HOOFDSTUK 12

Volgens Magda Frankl was de Franse taal de meest elegante, precieze en poëtische taal ter wereld. Mimi worstelde om hem te leren, maar om met Marc te communiceren hoefde je niet veel te praten. Marc met zijn grote, vriendelijke ogen en zachte stem, vrijpostig en verlegen tegelijk: haar vrijer. De Amati-viool in haar armen, haar volmaakte stem. Ze zou hem niet moeten aannemen, maar hoe kon ze weigeren? Wat bezielde een Fransman om een suite te schrijven over een Hongaars zigeunerkind? 'Ik was bezeten van je,' zei Marc. Het was een jaar geleden dat ze hem en Tamás Veres nog geen vier dagen na elkaar ontmoet had.

Tamás zei dat hij met haar wilde trouwen. Marc zat alleen maar tegenover haar en staarde naar haar. Tamás was Hongaar; hij sprak haar taal, hij begreep haar situatie en zocht naar manieren om de barrières tussen hen te omzeilen. Marc zag geen barrières; hij hoorde alleen maar de muziek in haar. Hij keek, luisterde en ging vervolgens weg om te schrijven. Toen ze hem opnieuw ontmoette om zijn compositie te spelen, had Mimi geen idee wat ze kon verwachten.

Misschien is er in ieder leven één onsterfelijke nacht die zich in slow motion ontrolt, het hoogtepunt van alles wat is geweest en het zaad van alles wat zal komen. 'De bruiloft', het laatste deel, wervelt naar een vals einde en komt dan tot rust in een onverwachte coda: de kern van het stuk ligt niet in de kracht van hun liefde, maar in de zachtheid ervan. Die avond, terwijl Le Châtelet de adem inhield, wist Mimi dat Marc die verborgen tederheid in haar had begrepen nog voordat zij die zelf begreep. Hij had zelfs haar ideale viool gevonden; de Amati was sterk maar intiem, een spiegel voor haar innerlijk, verborgen voor iedereen, maar kennelijk niet voor hem. Hoe kan iemand een ander zo goed kennen, alleen op basis van de intuïtie? Ze stond midden op het podium met Marcs hand in de hare: samen hieven ze hun armen naar de menigte. Bloemen, het ene boeket na het andere; gele en witte bloemblaadjes bleven op haar roodzijden japon hangen. Het publiek was gaan staan en gaf luidkeels uiting aan zijn goedkeuring.

Ze liepen het licht uit; Marcs hand lag om de hare. In de schaduwen gleed zijn arm om haar middel. Ze keek op. Eén kus. Ze had Tamás Veres in Boedapest gekust. Ze hadden elkaar in het geheim ontmoet, want zijn familie had een hekel aan zigeuners, en toen hadden ze elkaar gekust. Voordat ze op tournee was gegaan, had hij gezegd dat ze zichzelf als verloofd moest beschouwen; het kon hem niet schelen wat zijn familie dacht. Maar geregeld was er nog niets. Eén kus kon geen kwaad. Ze probeerde het, en het beviel haar best. Het diner in het hotel, kroonluchters, champagne, oesters – dan een commentaar van een journalist aan de andere kant van de tafel, iets over Joden en zigeuners en goten, en Marc sprong op, stak een hand naar Mimi uit en leidde haar weg. Ze had de opmerking niet goed gehoord, maar hij maakte haar hoe dan ook aan het huilen en verpestte haar volmaakte avond, en Marc wilde haar niet alleen laten nu ze moest huilen.

Het was allemaal slow motion, maar in haar herinnering ging het te snel en speelde ze de scène telkens weer af, nu weer snel vooruit, dan weer snel achteruit. Mimi kan nog voelen hoe zijn lichaam het hare smeekte, en terwijl hij haar jurk losmaakte, zei ze: 'Ik ben eigenlijk verloofd', en Marc zei alleen maar: 'Ssst', en toen spraken ze een uur lang niet meer. Eén kus kon geen kwaad.

'En wat gebeurde er toen?' Rohan buigt zich voorover; zijn kin rust op zijn hand, zijn ellebogen steunen op de houten tafel. Boven hun hoofden vliegen engelen en sterren. Het populairste health food-restaurant van Brighton; er klinken kerstliedjes en overal zijn kerstslingers en glimmende kerstvormpjes aangebracht. Karina, die het te warm heeft in haar bronsbruine kasjmieren jumper, schetst waarom ze uit het orkest is gegaan. Geen van beiden is erg opgeschoten met de lunch.

'Mijn strijkstok begon te trillen,' zegt ze, en ze weet dat Rohan met haar meevoelt. 'Als iemand in je sectie tegen je zegt dat jouw manier van spelen niet in het geheel past, krijg je vanaf dat moment het gevoel dat er op je gelet wordt. Ze zeiden almaar dat ik te hard speelde...'

'Te veel Hongaarse kracht?'

'Waarschijnlijk.' Karina glimlacht.

'Heeft József gezegd dat je de strijkstok moet vasthouden alsof het een potlood is?'

'Aldoor! En de klank ontstaat door het gewicht, door de manier waarop je de zwaartekracht manipuleert.' Ze hebben al uitgezocht dat József en Ernő Nagy klasgenoten bij dezelfde professor in Boedapest zijn geweest.

'Nee, maar serieus,' dringt Rohan aan, 'was dat echt de reden waarom je vertrok?'

'Als je bij de lange, rustige noten nauwelijks je strijkstok op de snaar kunt houden omdat je doosbang bent op te vallen en je baan te verliezen, en je op het podium van de Royal Festival Hall zit, geeft dat niet echt een lekker gevoel.'

'Wat vreselijk. Wij bakkeleien wel eens in het kwartet, maar als het op spelen aankomt, vormen we één geheel.'

'Dat deden wij ook. Maar ik kon er gewoon niet tegen. Mijn vader heeft twee manieren om mensen die hij niet mag te omschrijven: het zijn 'stomme klootzakken' of 'rottweilers'. In dit geval was het beide. Maar goed, ik begon bètablokkers te nemen, maar uiteindelijk nam ik er zo veel dat ze niet meer werkten en ik de dosis moest verhogen; en mijn huisarts zei dat ik als ik zo doorging, ernstige spijsverteringsklachten zou krijgen. Sorry, ik wil je niet je eetlust ontnemen!'

'Ga door. Ik wil het weten.'

'En Richard, dat was toen mijn vriend, zei telkens dat ik weg moest gaan, maar ik wilde geen freelancer worden en hij was componist, hij verdiende niet veel, af en toe een subsidie en een beetje lesgeven...'

'Zijn jullie daarom uit elkaar gegaan?'

'Niet echt, nee.' Karina valt stil, want ze herinnert zich dat Rohan ook componeert. 'Er waren allerlei problemen.'

'Daar kan ik me iets bij voorstellen. Mijn vriendin is ervandoor gegaan met de hondentrainer.'

Rohan had vier jaar in het zuiden van Londen samengewoond met een vrouw die dwarsfluit speelde. Ze had kinderen gewild, maar hij had eerst op meer stabiliteit gehoopt, bij voorkeur voldoende solowerk om een gezin te onderhouden. Terwijl zij eenzaam thuis zat wanneer hij op reis was, haalde ze een drukke goldenretrieverpup in huis. 'Ik was de hele tijd weg,' verklaart Rohan, 'dus daarom ging ze met het beestje naar de hondentraining. Toen leek ze erdoor bezeten te raken. Alleen was ze niet bezeten van de hond, maar van de trainer. Toen ik uit Noorwegen terugkwam, was ze vertrokken en had ze de golden retriever meegenomen.' Hij grijnst. 'Ik heb de hond echt gemist!'

Ze lachen samen. Karina klapt in haar handen en gooit haar haar naar achteren. Rohan houdt zijn hoofd scheef en kijkt naar haar.

'En wanneer was dat?' vraagt ze, tot bedaren komend.

'Twee jaar geleden. En jij en die componist?'

'Het leek nergens heen te gaan en uiteindelijk ben ik bij hem weggegaan.

Toen stelde Lindy me voor aan haar neef Julian. Voor ik wist wat er gebeurde waren we getrouwd en was Jamie er...' Ze aarzelt. Hoeveel moet ze hem vertellen? 'Ik wist niet wat me overkwam. Op de zwangerschapscursus waren de andere moeders allemaal ouder dan ik en ze leken zo zelfverzekerd. Ik was uit het orkest gegaan. Toen Julian zag hoe ik leefde, zei hij dat ik gek was, en hij zorgde ervoor dat ik ermee ophield. Maar zo zat ik tweemaal per week in de Royal Festival Hall en ging ik op tournee naar Parijs en Berlijn, en zo zat ik kilometers bij mijn ouders en vrienden vandaan met zo'n... wezentje. Dat mij nodig heeft. Maar ik ben dol op hem, hoor, ik zou mijn leven voor hem geven...'

Hij tikt met een vingertop op de bovenkant van haar pols. 'Ben je gelukkig? Of tevreden?'

'Wat bedoel je?'

'Ik ben gelukkig, maar niet tevreden. Ik krijg de indruk dat jij misschien tevreden bent, maar niet gelukkig.'

'Ik weet het niet.' Het is even stil.

'Zit er blauw bloed in Julians familie?' oppert Rohan. Karina legt haar vork neer en beschrijft Fairfallows.

'...en bij de hervormingen van het Hogerhuis in 1999 verloor Arthur zijn zetel,' voegt ze eraan toe.

'Heeft hij hem in Edinburgh laten liggen?' lacht Rohan, verrukt. Waarom lacht Julian nooit zo? Dan zegt hij: 'Vertel me eens iets over je oma. Het moet een fantastische vrouw geweest zijn.'

'Dat is ze nog steeds, op haar manier. Soms is ze helder, en soms niet. Ze heeft een poosje geleden een beroerte gehad. Op sommige dagen gaat het goed met haar, en op andere... Maar het is inderdaad een geweldige vrouw. Ze is een grote persoonlijkheid – van de oude stempel zoals de mensen van die generatie, vooral op het gebied van muziek. Ik heb heel veel van haar geleerd, alleen al door bij haar te zijn.'

'Karina, ik wil me niet opdringen, vooral niet als het niet zo goed met haar gaat,' begint Rohan, 'maar ik zou haar dolgraag willen ontmoeten. Ik zou haar heel veel willen vragen.'

'Wat dan? Ik kan je niet beloven dat ze je veel zal vertellen.'

'Over haar achtergrond. Waarom ze is opgehouden met spelen. Maar ik zou haar vooral vragen willen stellen over Marc Duplessis.'

'Speel je zijn suite?'

'Het is een van mijn lievelingsstukken. Zeg nou niet dat het ook jouw lievelingsstuk is...'

Karina glimlacht. Zij en Rohan, die elkaar pas voor de tweede keer ontmoeten, kunnen alleen met hun ogen al communiceren.

'Weet je nog dat ik je iets wilde vertellen over Duplessis?' Rohan bevochtigt zijn lippen. 'Het is namelijk zo dat ik eigenlijk dankzij hem zo ver ben gekomen.'

'Wát? Vertel.'

'Hoelang heb je?' Rohans blik boort zich in de hare. Karina staart knockout terug.

'Na de oorlog emigreerde Marc Duplessis naar Zuid-Afrika,' begint Rohan. 'Hij wilde opnieuw beginnen, en een jaar voor de komst van de apartheid kwam hij per boot aan en vestigde hij zich in Kaapstad. Er waren niet veel componisten in Kaapstad, zeker niet echte Europeanen met een Frans accent, en aan de universiteit wisten ze niet hoe gauw ze hem een aanstelling als docent moesten geven. Mijn vader studeerde er destijds medicijnen en hij was dol op muziek. Hij leerde Duplessis kennen door het studentenorkest waarin hij speelde. Duplessis trouwde met een van zijn studenten, een meisje dat Shirley Cohn heette en dat duidelijk veel jonger was dan hij. Ze was bevriend met mijn vader, en daarom zagen ze elkaar allemaal vaak. Toen mijn vader met mijn moeder trouwde, tipte Shirley hen dat er een huisje te koop stond vlak bij het hunne in Stellenbosch, en zo werden ze buren. Toen Duplessis stierf, waren mijn ouders de hele tijd bij Shirley; ze stonden haar bij en hielpen haar met het uitzoeken van de papieren en zo.'

'Dus je hebt hem niet gekend?'

'Nee, hij is aan het begin van de jaren zestig overleden. Ik heb Shirley een paar maal ontmoet wanneer ze in Groot-Brittannië was, maar ze reisde niet veel – ze had een hekel aan vliegen – en mijn ouders vestigden zich hier toen ik twee was. Ze waren namelijk communist, ze zijn verjaagd, en ze wilden of konden pas terug na 1991. Maar toen ik viool ging spelen en het ernaar uitzag dat ik daar misschien goed in was, hebben ze me ontzettend gesteund, voornamelijk omdat Duplessis hen van die idealen op muziekgebied had bijgebracht. Toen ik werd toegelaten tot de Menuhin School was mijn moeder niet zo blij, maar mijn vader zei dat Duplessis er helemaal vóór zou zijn geweest. Dus ging ik, en nu heb ik bijna het gevoel dat ik het aan Duplessis te danken heb dat ik violist kon worden, en ook dat ik componeer, al stellen mijn composities niet zo veel voor. Maar wanneer ik een recital heb, speel ik zijn suite ter nagedachtenis aan hem, zolang de organisatoren me de kans geven.'

'Tjee, zeg. Wat mooi.'

'Hij is tamelijk jong gestorven,' voegt Rohan eraan toe. 'Mijn vader zei dat hij nogal depressief was. Er schijnt iets gebeurd te zijn dat invloed had op zijn geestestoestand. Eerst dacht mijn vader dat het misschien door de apartheid kwam, dat Duplessis had ingezien wat er allemaal gebeurde en dat het na zijn ervaringen in Europa de laatste druppel was. Maar later zei hij dat hij ervan overtuigd was dat het persoonlijker was.'

'Ik weet eigenlijk niet zo veel van hem af,' bekent Karina.

'Hij vertelde me ook dat er werd verteld dat Duplessis een concert voor Mimi Rácz had geschreven, maar dat ze het nooit heeft uitgevoerd. Voor hij stierf verbrandde Duplessis een heleboel manuscripten, en volgens mijn vader moet het concert, als het bestond, daarbij gezeten hebben. Heeft jouw oma ooit...?'

Karina's hoofd begint te tollen. Ze pijnigt haar hersens om erachter te komen of ze iets weet, maar er komt niets boven. 'Een concert? Van zijn hand? Nee, daar heeft ze nooit iets over gezegd.'

'Karina, gaat het?'

'Een beetje van slag.' Karina pakt een zakdoek.

'Ja, ik ook.' Rohan klopt op haar pols. 'Sorry, het was niet mijn bedoeling je van streek te maken.'

'Ik ben gewoon heel erg... ontroerd, denk ik. Vanwege die connectie, of wat het ook is. Dat je enerzijds mijn oma hebt, die op muziekgebied misschien wel de belangrijkste persoon voor mij is, en anderzijds Duplessis, die voor jou hetzelfde is, en dat hij voor haar schreef...'

'Wat het ook is,' zegt Rohan haar na, waarna hij knikt en zijn hoofd afwendt. 'Wacht maar, ik haal nog een koffie.'

Terwijl hij naar het buffet loopt, nemen haar ogen zijn gestalte in zich op. Zijn profiel, alert en met een lange neus, lijkt vreemd misplaatst in Brighton. Ze stelt hem zich voor als een dier uit een Afrikaans landschap: een mannetjesantilope, misschien, met lange, dunne poten en grote donkere ogen, de kop geheven, luisterend en rondspeurend, klaar om ervandoor te gaan.

'Gebak?' roept hij. Ze steekt haar duim op. Hij kiest haar lievelingsgebak, worteltaart, en legt twee lepels naast één stuk, en dat is precies wat ze hem had willen vragen.

'Je leest gedachten,' zegt ze.

'Moet je horen.' Rohan zet een kop koffie voor haar neer en giet er melk in. 'Mag ik met je meegaan naar Mimi? Ik zal je trakteren op een lunch of een diner en een paar drankjes. En misschien wil je dan ook iets voor me spelen?'

'Natuurlijk moet je mee naar Mimi. En jíj moet voor míj spelen.'

'Ik zal je de lijst van onze kwartetconcerten sturen.'

'Concerten? Recitals? En je eigen stukken dan?'

'Er zijn op het moment niet veel concerten en recitals, en die er zijn, daar wil ik je maar liever niet bij hebben. Vooral niet van mijn stukken. Ik zou te nerveus zijn.'

'Maar ik wil ze dolgraag horen,' protesteert ze. 'Weet je wat? We sluiten een deal. Jij speelt al je muziek voor mij en op die voorwaarde neem ik je mee naar Mimi.'

'Goed. Afgesproken.' Rohan tikt met zijn koffiekop tegen de hare. Dan zegt hij: 'Mimi had een heel goeie viool, hè?'

'Mijn vader zegt altijd dat ze "ooit een aardige viool had". Ik denk dat hij Hongarije niet uit gekomen is.'

'Wat is ermee gebeurd? Waarom heeft ze hem achtergelaten?'

'Ik weet het niet.' Karina moet tot haar schande bekennen dat ze helemaal niet weet hoe haar vader en oma tijdens de revolutie van 1956 uit Hongarije vertrokken zijn. Door Mimi's contacten in de muziekwereld waren ze naar Groot-Brittannië gekomen en hadden ze een nieuw leven kunnen beginnen. Meer heeft men haar niet verteld.

'Was er een opa?' vraagt Rohan door.

'Ja. Tamás. Een academicus. Hij is in Hongarije verdwenen. Mijn oma heeft nooit geweten wat er van hem geworden is.'

'Vermoord door de ÁVH?

'De wat?'

'De Staatsveiligheidsdienst. Ik heb erover gehoord van meneer Nagy in Canada.'

'Dan weet je meer dan ik. Mijn ouders praten er nooit over.'

'Wat vreemd.' Rohan roert in zijn koffie. Karina legt haar handen om haar kopje en laat de hitte haar handpalmen schroeien. 'De meeste Hongaren die ik ken,' voegt Rohan eraan toe, 'kunnen er niet over ophouden. Ze voegen er steeds iets aan toe en maken alles ongelooflijk kleurrijk.'

'Misschien willen ze me beschermen.'

'Zou kunnen. Mijn ouders zijn net zo. Ze hebben me nooit veel verteld over de reden waarom ze echt uit Zuid-Afrika moesten vertrekken. Jouw familie verliet het land om aan het communisme te ontsnappen, de mijne waren communist en vertrokken om aan het fascisme te ontkomen. Mijn moeder is onderwijzeres en ze gaf altijd les in Soweto aan vrouwen uit de townships die zo vertrapt waren dat ze niet zagen hoe het systeem hun leven verwoestte. Ze komt er nu nog vaak. Mijn vader is al jaren dood, maar toen hij net arts was geworden, werkte hij altijd in missieziekenhuizen; hij wilde graag de situatie verbeteren voor de vele mensen die arm, onopgeleid en ongezond waren omdat de staat hen in die toestand wilde houden.'

'Wat naar voor je dat je vader dood is,' zegt Karina. 'Wat is er met hem gebeurd?'

'Ik was pas twintig, ik studeerde in Canada, en toen bleek hij kanker te hebben, maar hij wilde niet dat ik me zorgen om hem maakte en heeft het me niet verteld. Ze belden me te laat en ik ben meteen naar huis gegaan, maar toen ik aankwam, was hij al dood. Dat was een hele schok.'

Karina zou wel zijn hand willen pakken. Ze verstrengelt haar vingers om haar kopje om zich in te kunnen houden.

'Het heeft me later wel geleerd om me ergens volledig op te richten,' vervolgt Rohan zijn verhaal. 'Het heeft me nieuwsgieriger gemaakt. Er waren heel veel dingen die ik nooit over zijn achtergrond en zijn familie had gevraagd, en nu is het te laat. Wil jij niet weten waar je vandaan komt? Wil jij niet weten wie je werkelijk bent?'

'Ja,' zegt Karina. 'Ik zou niets liever willen.'

'Neem me dan mee naar Mimi. En we zullen wat research plegen. We zullen samen de muziekdetective uithangen. Als er iemand is die weet hoe het met dat concert zit, is zij het wel; en misschien vinden we de viool. Wat vind je ervan?'

'Alleen als je me je muziek laat horen!' lacht Karina. 'Afgesproken?'

'Ik beloof het.' Er verschijnt een hulpeloze grijns op zijn gezicht, terwijl hij haar gadeslaat. 'Ik heb nog nooit iemand zien lachen zoals jij. Je bent ongelooflijk. Wat geef je veel.'

Rohan en Karina slenteren via de voetpaden de heuvel op naar het station. Ze vangt hun weerspiegeling in een etalage op. Rohan steekt boven haar uit; wanneer hij zich vooroverbuigt om te praten, lijkt zijn gezicht iets beschermends en zachtaardigs te krijgen. Nu ze in de zeelucht lopen, voelt ze zich naast hem minder zeker van zichzelf. Hij is een ongebonden vrijgezel – de weggelopen hondenbezitster heeft geen permanente opvolgster gekregen – en een veel betere violist dan zij ooit zal zijn. Wat ziet hij in haar, een gewezen beroepsmusicus, een getrouwde moeder? Behalve dat ze de kleindochter van Mimi Rácz is?

Bij de ingang van het station verbergt ze haar ongerustheid achter een glimlach. 'En wanneer wil je mee naar Mimi?'

'Bel me. Laat me weten wanneer het je uitkomt.'

'Jij bent degene die reist. Ik ben er altijd.'

Rohan raakt haar schouder aan. 'Karina, luister. Verdwijn niet zomaar. Wat er ook gebeurt, verdwijn niet zomaar.' Hij buigt zich voorover en kust haar op beide wangen.

'Ik moet ervandoor,' zegt ze.

Karina bukt om niet met haar hoofd tegen de dwarsbalken aan te lopen. Ze zet Lindy's zaklantaarn op een wankele stapel dozen; bij het zwakke licht overziet ze de resten van haar familieverleden. De zolder ruikt naar oud papier en stof. De stapels van Erzsébet en Dénes staan rechts; links staan die van Mimi, ouder, afschrikwekkender, verleidelijker. Waar moet ze beginnen? Karina tilt de stoffigste doos van Mimi op en sleept hem de logeerkamer door en de trap af.

'Ah.' Julian kijkt even op van het contract dat hij aan het doornemen is. 'Je gaat opruimen.'

'Niet bepaald, nee.'

'O. Kun je niet tegelijk met wat je dan wel aan het doen bent meteen opruimen?'

'Eigenlijk niet, nee.'

'Wat heeft het dan voor nut?'

'Ik ben naar iets op zoek.'

'Wat dan?'

'Dat weet ik niet.'

Julian zucht en richt zijn aandacht weer op zijn werk.

In de keukenuitbouw zet Karina de doos neer en neemt er een stapel kleinere dozen, koekblikken en schoenendozen uit. Ze maakt een doek vochtig en veegt een laag poezelig vuil weg. Dan haalt ze het deksel van een blik dat in letters uit de jaren vijftig van de vorige eeuw vermeldt dat de inhoud losse Engelse thee is.

De Hongaarse taal voelt algauw als de minste van haar zorgen. Het handschrift dat voor haar uitgespreid ligt, zou even onbegrijpelijk zijn in een passage uit een boek van Jane Austen. Karina tuurt naar een datum boven aan de brief. 1935? Mimi moet dan twintig geweest zijn. Dit schrift lijkt even ongevormd als dat van een kind, maar er is te hard met de pen gedrukt en het ziet er te eigenaardig uit. Grillig, onbeheerst, gekrabbeld op goedkoop papier en bespat met bruine vlekken die ooit van koffie geweest kunnen zijn. Daaronder gelijksoortige brieven met latere datums, maar in hetzelfde handschrift. Ze tilt een velletje op en probeert zich in Mimi te verplaatsen, die deze brieven las toen ze nog nieuw waren. Ze had ze blijkbaar genoeg gekoesterd om ze mee te nemen uit Boedapest; Dénes had vaak verklaard dat ze met niets in Groot-Brittannië waren aangekomen.

Onder de brieven vindt ze concertprogramma's: Liszt Ferenc Academie, 1929; Rácz Mimi, viool; Székely Géza piano. Mimi moet veertien zijn geweest toen ze de Lentesonate speelde. Een groter, mooier uitgevoerd pamflet kondigt het vioolconcert van Tsjaikovski aan, met het orkest van de academie, 1932. De programma's zijn sepiakleurig en aan de randen verkreukeld. De letters en sierranden variëren van art deco tot modernistisch. Beroemde namen, beroemde landen. 1935, Wenen; Wilhelm Furtwängler. Mimi had met die beroemde dirigent gespeeld toen ze nog maar twintig was. Parijs, Marc Duplessis: suite *Dans l'ombre des forêts, création mondiale.* Mimi Rácz, viool; Marc Duplessis, piano.

Julian gluurt over haar schouder mee.

'Hoe heeft ze dit allemaal Boedapest uit gekregen?' zegt Karina.

'Tja, kennelijk is het haar gelukt. Is dat niet wat telt?'

Karina zou willen zeggen dat dat bij lange na niet telt.

'Schat, je oma was een beroemde musicienne. Het is leuk om dat gedoe van dat vertrek uit Hongarije te overdramatiseren, maar ik wed dat ze gewoon de grens is overgestoken met een paar koffers, een viool en een visum.'

'Had ik maar Hongaars geleerd.'

'Je hoeft je tijd niet te verdoen met een onmogelijke taal leren die je nooit zult gebruiken. Vraag het gewoon aan je ouders. Zou je thee willen zetten, liefje? Ik moet nog het een en ander doen voordat ik naar bed ga; we starten morgen de dag met een vergadering met de beruchte Carsten Schmidt en Railbeheer.'

Julians familie spreekt al eeuwenlang dezelfde taal. Er is geen reden waarom hij zou kunnen begrijpen hoe frustrerend het is je grootmoeder niet te kunnen verstaan.

Waarom hadden haar ouders haar niet gestimuleerd om Hongaars te leren? Die eigenaardige, lange frasen, de toegeknepen klinkers, de beklemtoning van de eerste lettergreep, de rest die zich uitstrekte als een snoer rode paprika's – de klank van het geheel is haar vertrouwd wanneer ze erop stuit, maar biedt verder geen enkele houvast.

Ze belt haar ouders.

'Je gaat je grootmoeder toch geen vragen stellen over Hongarije, hè?' gromt Dénes.

'Denk je dat ze niet wil praten?'

'Het is niet dat ze niet wil, Schnoekie. Ze kan het niet. En ze moet het ook niet doen. Het was destijds een groot trauma, weet je. Belast haar er niet mee.'

'Pap, maar wat is er dan gebéúrd? Ik wou dat je het me vertelde. Waarom doen jullie zo geheimzinnig?'

'Het verleden is voorbij. Het leven kan zwaar zijn, dus wanneer alles meezit, moeten we dat optimaal benutten, ja?'

'Ja, maar...'

'Ik zeg je, Karina, we hebben een prachtig leven gehad. Dit land heeft voor ons heel veel mogelijk gemaakt dat in Hongarije nooit had gekund. Een carrière, reizen, Chinees eten, Californische wijn. Waarom wil je al die oude koeien uit de sloot halen?'

'Ik wil alleen maar weten wat er gebeurd is.'

'Je hebt het nooit eerder willen weten.'

'Maar nu wil ik dat wel. Het is nu anders...' Ze aarzelt. Ze heeft hem niets over Rohan verteld.

'Waarom is het nu anders? Waarom plotseling na vijfendertig jaar? Wil je je "roots" vinden? Je hebt het tot nu toe heel aardig zonder gered, kind. Wil je Hongaars leren? Wist je dat je meer dan veertig naamvallen moet begrijpen in die krankzinnige taal? Nee, dat dacht ik al. Ga nu rusten en gun de mannen in je leven ook wat rust, ja?'

'Sorry, pap. Ik besefte niet dat het al zo laat was.'

'Ik zou je je moeder wel even willen geven, maar die ligt al in bed. We bellen je morgen wel, Schnoekie. Ga slapen. Het verleden is voorbij.'

Karina heeft niet eens de kans gekregen om het over de brieven te hebben.

## HOOFDSTUK 13

Rohan mailt niet. Hij stuurt liever sms'jes. Korte. **Mndag ok** leest Karina. **clpm jct #5, 13u R.**

Karina speelt in gedachten met Rohans beeld. Waarom hij, waarom nu, waarom uitgerekend Clapham Junction? Als de treinen die dag goed gewerkt hadden, zou ze hem dan ooit ontmoet hebben? Misschien is hij wel een hersenspinsel van haar, heeft ze hem bedacht toen ze hem nodig had: een vriend nu haar hartsvriendin dood is, een meelevend oor nu haar echtgenoot het minst meelevend is, een toevallige connectie met een verleden dat ze niet begrijpt, een manier om Jamie niet zo te hoeven missen.

Jamies eerste schooltrimester zit er bijna op. Vreemd genoeg verstoort een kostschool het dagelijks leven meer dan een gewone school. Aangezien hij te klein is om alleen per trein te reizen, haalt ze hem op vrijdag op; ze heeft de leerlingen van de vrijdag verzet, waardoor het op andere dagen naar verhouding drukker is, maar ze merkt wel dat ze haar vrije maandagen ijveriger bewaakt dan ze drie maanden geleden misschien zou hebben gedaan. Julian doet zondags meestal de retourrit, maar niet altijd. 'Als hij te klein is om per trein te reizen,' zegt Karina, 'is hij ook te klein om niet thuis te wonen.' Julian, die moe is na de moeilijke onderhandelingen, terwijl het concessiebod van Locomotivation met horten en stoten voortschrijdt, zegt dat ze zich niet zo druk moet maken: Jamie redt het best.

'Wat vind je het leukst aan school?' vraagt Karina zo luchtig als ze kan aan Jamie wanneer ze op een zondag waarop Julian moet werken op terugreis zijn voor de laatste week van het trimester,.

'Nachtfeesten met Calum en Laurence,' zegt hij grijnzend.

'Het is vast niet de bedoeling dat je 's nachts feestjes houdt.' Ze probeert haar gezicht in de plooi te houden.

'Het is cool. We sparen een tijd cake en koekjes op en dan doen we net of we gaan slapen en dan gaan we om middernacht naar iemands kamer om alles op te eten!'

'Maar hoe kom je aan snoep om op te sparen?' Karina herinnert zich het spandoek in de eetzaal en de obsessie van de school met gezond eten dat van regionale herkomst is.

'Ze geven ons de hele tijd slá,' moppert Jamie zonder antwoord te geven. 'En broccoli en zo. Niet te éten. We krijgen maar één keer per week patat, en ze hebben nooit pizza.'

'Sla en groenten zijn goed voor je.'

'Het is viés!'

'Maar wat krijg je thuis dan? Wij eten ook heel veel groenten.'

'Ze zijn lekkerder wanneer jij ze klaarmaakt. Op school is het allemaal zo klef. Bah.'

'Maar hoe kom je aan de cake en de koekjes?'

'O...' Jamie likt zijn lippen af en er komt even een schuldige uitdrukking op zijn gezicht, alsof hem net weer te binnen schiet dat hij dit soort dingen misschien niet aan zijn moeder moet vertellen. 'Eerst was het de moeder van Calum, die geeft hem altijd iets mee, maar Laurence heeft een grote broer, Piers, en die zit op Elthingbourne, en Piers heeft tegen Laurence gezegd dat hij een pakje met koekjes had gekocht die allemaal kapot waren, en toen hadden Piers en zijn vriend naar het bedrijf geschreven om te klagen en toen had de fabriek hun gratis een hele lading nieuwe pakjes gestuurd. Dus toen hebben wij naar andere bedrijven geschreven...'

'Heb jij dat gedaan?'

'Nee, Calum deed het. We hebben naar een bedrijf geschreven dat van die lekkere chocoladebrownies maakt en toen zeiden we dat ze oud waren.'

'En toen?'

'Nou, toen stuurden ze ons vijf pakjes. En die waren superlekker. Je zegt het toch niet tegen de leraren, hè, mam?'

'Maar stel dat je gesnapt wordt?' Misschien ziet Jamie haar als een opstandig kind net als hijzelf, en niet als een volwassene die één lijn zou moeten trekken met de gezagsdragers.

'Maar jij vertelt het toch niet, hè?' smeekt hij, zo terneergeslagen als een tekenfilmhondje met afhangende oren.

'Nee,' belooft Karina, 'maar ik wil wel dat je het niet meer doet.'

'Maar, mam, je mag het echt, echt niet vertellen, want dan moeten we binnenblijven. Dan worden we in een kamer opgesloten en dan moeten we strafregels schrijven. Echt vreselijk. Er is een leraar die heel gemeen is. Hij laat ons altijd nablijven en hij houdt ook toezicht op het huiswerk maken en...'

Karina's humor is abrupt verdwenen. 'Waarom? Wat is er dan?'

'Nou, dat komt doordat... als de rekensommen moeilijk zijn, moeten een paar anderen wel eens... eh, huilen, en wanneer hij dan weet welke jongens dat doen, neemt hij ze steeds te grazen.'

'Hoe neemt hij ze te grazen?

'Hij is gemeen. Hij scheldt ze uit.'

'Leraren zijn helaas wel eens gemeen, schat. Hij heeft jou toch niet uitgescholden, hè?'

'Hij heeft me een "zigeunerjochie" genoemd.'

'Grote goden.' Karina's voet glijdt bijna van het gaspedaal.

'Papa zei dat het beter zou zijn op Elthingbourne, want als je oud genoeg bent om naar een echte school te gaan, zijn de leraren niet meer zo veel groter dan jij.'

'Heb je het aan papa verteld? Wanneer?'

'Gisteren, toen jij lesgaf.'

Waarom had Julian het er niet over gehad? 'Ik zal wel met hem praten,' zegt ze, terwijl haar hoofd bonst van woede.

Op school installeert ze Jamie weer in zijn kamertje. 'Tot vrijdag, Schnoekie, en dan is het Kerstmis!' Jamie draaft weg om Calum en Laurence te zoeken – Calum is de knaap die ze op de open dag op het parkeerterrein hebben ontmoet. Terwijl ze in haar eentje door de gangen loopt, kijkt ze om zich heen; ze slaat de jongens gade en probeert de sfeer te peilen. Regionaal verbouwd voedsel is goed en wel, maar...

Ze herinnert zich wat Julian haar vertelde over zijn eigen kostschooltijd en vraagt zich af of ze nog een oog dicht zal doen totdat Jamie weer thuis is.

'Dat was veertig jaar geleden,' zegt Julian later. 'Alles is nu anders.'

'Maar Jamie zegt dat er een leraar is die de pik op hem heeft en hem uitscheldt. Dat is toch niet te geloven? Hij noemt Jamie een "zigeunerjochie"! Vind jij dat normaal? Stel dat die vent niet alleen een racist is...?'

'Mijn lief, het is een schóól. Het hoort bij het leven dat het niet altijd meezit. Stel je voor wat een schandaal het zou geven als er op St.-Matthew een pedofiel was. Er wordt heel veel gecontroleerd om dat soort dingen te voorkomen. Iedereen is zo paranoïde dat je niet eens een foto kunt nemen van je eigen kind dat met zijn vriendjes speelt, voor het geval hun ouders denken dat het niet door de beugel kan. We zullen het hoofd van de school over het uitschelden schrijven, maar je moet niet zomaar in paniek raken. Dat is belachelijk.'

'Maar op jouw school...'

'Gebeurden rare dingen, maar daar heb ik geen last van gehad.'

'En Hilary dan? Hij heeft er zeker ook geen last van gehad?'

'Hils heeft inderdaad zo zijn problemen, maar er is geen bewijs dat het feit dat hij onzedelijk betast is er ook maar iets mee te maken heeft. Het is een chemische onbalans. Doe me een lol, Karrie, dat soort dingen gebeurt heus niet op St.-Matthew. Kom, mijn lief, laten we vanavond eens vroeg onder de wol gaan.'

Een halfuur later bewijst Julian Karina dat wat hij als jongen op school heeft meegemaakt zijn seksualiteit niet in het minst heeft aangetast.

'Ik hou van je,' mompelt hij in haar nek.

'Ik hou ook van jou,' mompelt ze terug, haar armen om zijn lichaam geslagen – warm, getroost, troostgevend. Haar gedachten zijn elders, maar gelukkig merkt hij dat niet.

Daar is de inmiddels vertrouwde slungelige gestalte, licht voorovergebogen en met brede schouders; de bruinesuikerogen lachen naar haar. Ze heeft zin om het perron af te rennen om sneller bij hem te zijn. Ze houdt zich in. Ze neemt een collega-muzikant mee naar haar oma; daar is niets verkeerd aan.

Rohan geeft haar een kusje op de wang. 'Karina, dit is fantastisch, ik vind het zo spannend! Hoe is het met je? Hoe is het met Jamie?'

Nu hij er is, voelt ze zich zelfverzekerd, even roekeloos als een meisje dat half zo oud is als zij. Heel anders dan ze had verwacht. 'We maken het prima, dank je. Ik hoop dat je onze afspraak niet bent vergeten. Heb je je muziek meegebracht?'

'Hier.' Rohan geeft haar een cd-doosje met een wit, handgeschreven papiertje erin. 'Snel aanpakken, dan kan ik me niet meer bedenken.'

Karina stort zich op de doos. *Rohan Masterson: Strijkkwartet*, staat er op het papiertje. Dan de vioolstukken: *Adagio en rondo, Vocaliseren, Afrikaanse luchten, De schoonheid van Brighton, Dobberen, Vioolvingers.* 'Ze zijn wel nuttig als toegift, zoiets,' mompelt hij in zijn sjaal. 'Ik hoop dat ze misschien een keer gepubliceerd worden. Iemand van Boosey kijkt er momenteel naar.'

'Ik ben heel benieuwd.'

'En hoe is het met Mimi?' Rohan, die verlegen is over zijn composities, doet zo zijn best een manier te vinden om van onderwerp te veranderen dat ze hem zijn gang laat gaan.

'Weet je, ze zal er misschien helemaal niet bij zijn,' zegt ze. 'Ze heeft goede dagen en minder goede dagen.'

'Ik duim wat ik duimen kan voor een goede dag.'

Ze slenteren het perron op en wachten op de trein naar Twickenham. Wanneer hij nadert, legt Rohan een hand op Karina's rug en leidt haar weg van de rand. Ze kijkt hem niet aan.

'Wat wil je aan Mimi vragen?' zegt ze.

'Ik zal het je laten zien,' Rohan pakt een A4'tje uit zijn tas dat vele malen is open- en dichtgevouwen met daarop een lijst met vragen; ze zijn met potlood opgeschreven en zitten vol lussen en onderstrepingen.

'Verwacht niet te veel,' waarschuwt Karina hem.

'Volgens mij hebben ze mijn lepels weggenomen,' zegt Mimi.

Het stel dat een eindje bij elkaar vandaan op de bank zit, staart haar vanuit twee paar even donkere ogen vragend aan.

'Ik had zilveren lepels die ons als huwelijksgeschenk zijn gegeven,' zegt ze tegen hen. 'Ik heb ze al negenenzestig jaar en nu hebben ze ze weggenomen.'

'Wie heeft ze weggenomen, oma?' vraagt Karina.

'De schoonmaakster. Dat meisje dat 's morgens komt. Ze denkt dat ik het niet merk. Karina, wil jij hen voor me schrijven om een klacht in te dienen? Je vader wil het niet doen. Hij gelooft me niet. Aiai, mijn eigen zoon.'

De lange jongeman staart Mimi zo vurig en respectvol aan dat ze als ze zestig jaar jonger was, zou blozen. 'Ik ben al sinds ik een kleine jongen was dol op muziek,' zegt hij. Ze bespeurt een heel licht accent, heel vaag, maar haar oren bedriegen haar nooit. Hij is dus een immigrant, net als Dini. Wat is het? Zuid-Afrika?

'Oma,' zegt Karina. 'Rohan wil u iets vertellen.'

Mimi richt haar doordringende blik op hem. Hij kijkt zonder zijn ogen neer te slaan ook haar aan. Er komt een verbinding tot stand: Zuid-Afrika? Wat is er aan de hand?

'Madame Rácz,' zegt hij, 'u hebt Marc Duplessis gekend.'

'Natuurlijk.' Mimi zegt het wat meer kortaf dan ze bedoelt.

Hij steekt zijn handen uit, buigt zich naar haar toe en neemt haar handen in de zijne – haar gezwollen knokkels verdwijnen erin. 'Mijn vader heeft hem in Kaapstad heel goed gekend.'

Er blijft een pijl in haar keel haken. 'Die naam heb ik al een tijd niet gebruikt, behalve voor het onderwijzen van de suite,' zegt ze door de pijn heen.

'Hij is een soort persoonlijke leermeester voor mijn vader geweest. Door zijn toedoen hebben ze mij een muziekstudie laten doen.'

Ze luistert verbaasd terwijl hij praat. Het huis met het zwembad en de suikerbossies – het was dus allemaal waar; hij was getrouwd, hij kreeg twee kinderen en zo'n negenduizend kilometer verderop leven die nog. Zijn zoon Michael runt een wijngaard in Stellenbosch; zijn dochter, die Annette heet, is mensenrechtenadvocaat. En hij is, te jong, aan kanker gestorven. Dertig jaar lang, of langer nog, heeft niemand meer met haar over Marc Duplessis gesproken, behalve in verband met de suite. De laatste die haar vragen probeerde te stellen was die Franse journalist, die een biografie over hem schreef, en nadat ze één blik op zijn bandrecorder had geworpen, had ze zich afgesloten en hem niets meer verteld.

'Ik zal even thee zetten,' biedt Rohan aan. Zijn oren zijn rood aangelopen – hij is een beetje aangedaan. Hij springt op en loopt naar het keukentje.

'Rohan speelt fantastisch viool,' vertelt Karina aan Mimi. 'Hij leidt een strijkkwartet en hij geeft volgend jaar een recital in New York. Hij componeert ook.'

'Ik knoei maar wat,' mompelt Rohan, terwijl hij de theepot flink schoon schuurt. 'Ik wou dat u niet zo vroeg was opgehouden met spelen, madame Rácz. Ik had u dolgraag willen horen spelen.'

'Wanneer je dat niet meer zo goed kunt, heeft het geen enkele zin. Het is gênant,' zegt Mimi. Deze informatie kan geen kwaad. Misschien zal hij er ooit nog iets aan hebben. Zal hij haar nog meer vertellen? Of zullen er de rest van de dag vragen, vragen, vragen komen?

'Wat voor viool had u?' vraagt Rohan.

Vragen. Mimi zucht. 'Ik had een heel aardige viool,' zegt ze. 'Een Guadagnini, via Goldsmith door mijn sponsor voor me gekocht. Maar toen ik stopte, hebben we hem verkocht. Op een mooie viool moet je spelen. Hij moet niet zomaar ergens liggen.' Ze sluit haar ogen. Gezien de omstandigheden wil ze niet te veel zinnigs zeggen.

'Maar daarvoor.' Rohan schenkt thee in. 'Wat voor viool gebruikte u voor de première van Duplessis?'

'Ah, die. Ja. Een aardige viool. Weg nu. Twee schepjes suiker, graag, jongen. Ik doe niet aan de lijn.'

Hij brengt haar de mok terwijl hij de suiker doorroert. Ze neemt een slokje: het smaakt precies goed. Een nauwgezette knaap, net als Marc.

'Ik heb ooit gehoord dat u een prachtige viool had,' zegt hij. 'Maar dat hij misschien Boedapest niet uit is gekomen...'

Mimi haalt haar schouders op. 'Dat is al zo lang geleden, jongen. Dat weet ik niet meer.'

Karina vangt Rohans blik; hij valt stil. Deze twee, ziet Mimi, kunnen zonder woorden communiceren. Met die andere, die lange blonde die eruitziet als een rugbyspeler, kan Karina helemaal niet communiceren, hoeveel woorden ze ook gebruiken.

Rohan pakt haar hand weer; het is vele jaren geleden dat een vreemde man haar hand vasthield, en ze glimlacht. 'Er is ook een gerucht dat Duplessis een concert voor u zou schrijven, maar dat het nooit werd uitgevoerd,' stoomt Rohan door, kennelijk aangemoedigd door haar glimlach. 'Dus ik vroeg me af... of het waar was?'

'Waarom willen jonge mensen toch altijd terug naar het verleden? Jullie moeten vooruitkijken. Jullie tweeën. Dat is belangrijker.'

'Het interesseert ons,' zegt Rohan eenvoudig. 'We zouden er graag meer over willen weten.'

De jaren stormen op Mimi af. Er dansen beelden door haar herinnering, ze veranderen van plaats, wisselen van partner, snijden een onbewust patroon in de vloeren van de tijd. Waar moet ze beginnen? Niets begint; niets houdt op, zelfs niet bij de dood. Al die uitleg is haar te veel. Al die pijn. Wat moeten de jongelui ermee in hun comfortabele, moderne leven?

'Onze lotsbestemming,' begint ze, 'dreef ons in tegengestelde richtingen. Er was zo veel dat ik niet begreep toen ik hem kende. Het was een fantastische man en dat heb ik nooit echt gewaardeerd, jongen. Weet je, ik heb geprobeerd mezelf te vormen. Een eigen leven op te bouwen, niet gebonden aan wat voor traditie dan ook. Ik had eerst de tradities van mijn zigeunerfamilie, maar toen zeiden de Frankls tegen me dat dat niet meer mijn traditie zou zijn, en vervolgens werd ik door de andere studenten aan de academie geplaagd en aan het haar getrokken omdat ik een zigeunerin was. Ook zei dokter Frankl tegen me dat muziek een meritocratie is. Dat was zijn lievelingswoord. In het Hongaars, natuurlijk. Dat was volgens hem de enige eerlijke manier om de wereld te laten functioneren. Ik maakte de fout te geloven dat andere mensen net zo zouden denken. We krijgen moeilijke lessen te leren, jongen.'

Ze kan zich niet herinneren waarom ze hierover begon; het is niet wat hij vroeg. Hij wilde iets weten over Marc, niet over de meritocratie van dokter Frankl, maar nu zit haar geest gevangen in de jaren voordat ze Marc kende en kan ze niet meer de doorgang naar het juiste deel van haar leven vinden.

Ze wendt zich tot Karina. 'En, *darlink*, die tijd was anders dan nu. Tegenwoordig weten de jonge mensen niet meer wat liefde is.' Ze wuift met haar vrije hand. 'Je vindt iemand aardig, je springt ermee in bed, *vip vip*, klaar. Jullie begrijpen echte liefde niet. Er zijn evenveel soorten liefde als er mensen zijn die van elkaar houden.'

Karina en Rohan mijden elkaars blik in een stilte die, zo voelt Mimi, lastiger is dan hij had moeten zijn. Karina is ongetwijfeld bezig een ander onderwerp te zoeken.

'Oma, ik wilde u ook nog iets anders vragen,' begint ze. 'Ik was op onze zolder en toen vond ik een paar oude brieven die van u waren. Ik vroeg me af van wie ze waren. Hier is er een.' Ze pakt een oud vel papier uit haar tas.

Mimi heeft al zestig jaar het handschrift van haar broer niet meer gezien. Het speeksel verdampt in haar mond.

'Mijn kind, zo lang geleden, hoe moet ik me dat herinneren?'

'Oma, toe.'

Mimi schudt haar hoofd. Ze is ineens de taal niet meer machtig. Ergens tussen het Engels en het Hongaars bestaat een niemandsland waar de woorden sneller uitgebracht moeten worden dan haar lukt. 'Ik weet het niet,' zegt ze ten slotte. 'Je wilt vragen stellen. Vraag iets anders.'

'Dan wil ik iets vragen over 1936,' waagt Rohan. 'Parijs, de première van het stuk van Duplessis. Wat gebeurde er?'

Mimi legt de brief neer. Het wordt tijd dat ze de winkel van de herinnering sluit. Ze hervindt haar stem. 'Wat er gebéúrde? We zijn naar Le Châtelet gegaan, we hebben het stuk uitgevoerd, de mensen applaudisseerden. Wat zou er anders gebeurd moeten zijn?' Ze sluit haar ogen. Ze kan nog de bloemen tegen haar japon voelen, ze hoort nog de waterval van applaus, ze voelt nog de toneellichten in haar ogen, de adrenaline die haar doet beven als een appel die van een boom geschud wordt, zijn tong tegen de hare – vanavond kan één kus geen kwaad. Ze weet niet meer wat ze gisteren gedaan heeft, maar ze denkt wel eens dat ze die nacht al zeventig jaar lang herleeft.

Rohan pakt alle mokken op en geeft met een blik aan dat Karina naar het keukentje moet komen terwijl hij ze opnieuw vult. Mimi hoort hen fluisteren. Kan ze niet praten? Wil ze niet praten? Misschien is er geen verschil. Het vereist zo'n inspanning om al die herinneringen op een rij te zetten, al die woorden. De brief – van haar broer – daar zijn er meer van...

Nee. Niet nu.

'Ik ben heel moe,' verklaart ze. 'Neem me alsjeblieft niet kwalijk, kinderen, maar ik moet gaan rusten.'

Karina en Rohan, geroerd maar gefrustreerd, verkassen naar een koffietentje in de hoofdstraat. Karina verbeeldt zich dat ze in een willekeurig koffietentje in een willekeurig gebied van een willekeurig land zouden kunnen zitten: twee violisten op reis die koffiedrinken.

'Violisten hebben altijd rondgetrokken,' merkt Rohan op, alsof hij haar gedachten leest. 'Je kunt overal heen gaan, zonder enige bagage, en je brood verdienen door te spelen.'

'Dat deed Mimi's familie vroeger ook.'

'Wat is er met hen gebeurd?'

'Haar vader leidde een zigeunerband in een restaurant in Boedapest, maar meer dan dat... maar misschien weet ze het ook niet. Dokter Frankl, over wie ze het steeds had, adopteerde haar en stuurde haar naar de Lisztacademie, en voor zover ik weet heeft ze haar verleden toen achter zich gelaten.'

'En je opa?'

'Hij was taalkundige en filosoof en hij vertaalde Balzac in het Hongaars. Hij komt op me over als een soort verlichte vrijdenker. Een van de weinige mensen, denk ik, die zo onbevooroordeeld was dat hij met een zigeunerin wilde trouwen. Ze praat nog steeds met hem alsof hij er echt is...'

'Je zou naar Hongarije moeten gaan. Je zou een goedkope vlucht kunnen nemen.'

'Zo gemakkelijk is het niet, vanwege mijn ouders. Ik wil hen niet van streek maken.'

'Kom nou, Karina, het is net zo goed jouw verleden als dat van hen. Ik heb een idee.'

'Je kwartet gaat?' Karina weet van de website dat dat zo is.

'In april. Waarom ga je niet met ons mee?'

'Hoe dan?'

'Ik zal er eens naar kijken.'

Ze slaat hem gade. Hij is mijlen ver weg, de ogen half gesloten, wegdromend. Mannen zijn niet vaak dromers, denkt Karina, maar dit is er een. Een zorgvuldige, precieze, sprankelende, lieve dromer die, te oordelen naar de opnamen, in een bezetene verandert zodra hij zijn viool oppakt. Ze vraagt zich af waar hij over mijmert.

Dat ze nu juist hém in een trein moest ontmoeten. Dat de laatste zitplaats voor haar vrijkwam en dat hij tegenover haar zat. Zou er een maf kosmisch plan aan ten grondslag liggen? Of is het chaos, kwantummechanica die de toekomst bij toeval bepaalt? Toevallige mechanismen. Karina neemt een slokje koffie en begint Rohan over Richard te vertellen.

Haar ex-componistenvriend was gefascineerd geweest door muziek die via 'toevallige mechanismen' tot stand kwam – klanken die niet door de wil van de componist gekozen waren, maar door het werpen van een dobbelsteen of de I-tjing. Willekeurige gebeurtenissen, zei hij altijd, lagen dichter bij de levensprocessen dan de beslissing van één persoon om een bepaalde noot, gevolgd door een andere, muziek te noemen. John Cage was in de VS een pionier geweest op het gebied van werken met het toeval; Richard wilde gelijksoortige ideeën, elektronisch vormgegeven, in de nieuwe eeuw inbrengen. Helaas hadden niet veel mensen er zin in muziek te beluisteren die op die manier tot stand was gekomen, maar de theorieën waren wel zo aansprekend dat er geld mee uit de zakken van de fondsen geklopt kon worden, en de klanken hadden wel zo veel onwereldse aantrekkingskracht dat ze Karina fascineerden.

Rohan laat een wrang lachje horen. 'Ik bezondig me helaas aan het schrijven van melodieën. Logisch dat niemand mijn stukken wil spelen!'

'Ze zijn vast prachtig,' werpt Karina tegen.

'Maar trapte je daar nu werkelijk in? Echt waar? Hulde je je in het zwart en at je macrobiotisch? Sorry, ik zou niet mogen lachen, het is vast heel goed, als ik het maar zou begrijpen, maar...'

'We aten heel vaak macrobiotisch,' geeft Karina toe. 'Adukibonen, bruine rijst en heel veel paddenstoelen. Ik was toen magerder! Maar je hebt gelijk, het is nooit echt iets voor mij geweest, hoewel ik me jarenlang heb afgevraagd wat er zou zijn gebeurd als ik mezelf niet had gedwongen hem te verlaten.'

Rohan knikt. 'Ik heb dat ook wel eens gevoeld.'

Karina schept met cacao bespikkeld cappuccinoschuim op haar lepel. Voor haar geestesoog verschijnt even het beeld van met bloed bespatte sneeuw.

'Waar denk je aan?' vraagt Rohan.

'Een heleboel.' Haar fantasie zit vol vragen, te veel om systematisch af te werken. Kon Mimi daarom niet over het verleden praten? Zat er nog te veel van het verleden in haar? 'Toevallige mechanismen, geloof ik. Of de dingen die ons overkomen op de een of andere manier van tevoren zijn bepaald, of gewoon chaos zijn.'

‘Hoe het ook zij, de kunst is er iets moois van te maken,’ oppert Rohan. ‘Ik heb nog een idee. Waarom kom je met je viool niet een keer naar Brighton? Dan kun je bij mij lunchen en zouden we samen wat kunnen spelen. Bijvoorbeeld duo’s van Bartók.’

Het verlangen knaagt aan Karina. Ze heeft al jaren geen duo’s van Bartók meer gespeeld.

‘Na de kerst,’ zegt ze. ‘Wanneer Jamie weer naar school is.’

Zodra ze dat heeft gezegd, heeft ze een hekel aan zichzelf. Het betekent niet alleen dat ze Jamies verbanning naar een kostschool geaccepteerd heeft, maar ook dat ze tot haar ontzetting van plan is er haar voordeel mee te doen.

## HOOFDSTUK 14

'Ik zeg je, het zijn stomme klootzakken,' zegt Dénes. Cynthia en Martin, die Hongaarse vissoep eten, de specialiteit die Erzsébet altijd klaarmaakt op kerstavond, hebben met door de alcohol aangewakkerde gedetailleerdheid de problemen geschetst waarmee de familie Rookfield op dat moment bestookt wordt.

Kerstavond is het belangrijkste feest van het Hongaarse kerstseizoen en Dénes en Erzsébet hebben zoals gewoonlijk geprobeerd er een geschikt feest van te maken met een overvloedig maal, goede rode wijn en heel veel cadeautjes voor Jamie. Lindy's afwezigheid vormt echter een groot gat in de ozonlaag. Julian probeert de vrede tussen zijn oom en tante te bewaren; Karina, die donker oogt in een rode zijden blouse en zwarte broek, helpt rustig haar moeder. Toen Jamie nog wakker was, deed iedereen lollig; om negen uur stopte Karina hem in bed in haar vroegere kamer, en toen ze terugkwam hoorde ze wat er echt gaande was aan Forest Road.

'Ze vragen ons om geld,' legt Martin uit. 'De mensen schrijven ons met de vraag: *Ik heb u op de tv horen praten over de tragische dood van uw dochter. Wilt u overwegen geld te doneren aan x, y of z om te helpen voorkomen dat andere liefhebbende families ook moeten lijden...*'

'Er moeten types zijn,' zegt Cynthia, 'die opzettelijk mensen als wij benaderen. Ik wil best geld geven aan een betrouwbare liefdadige instelling, maar hoe weten we of die echt is?'

'Het barst van de nep. Je zou verwachten dat de mensen zouden schrijven om ons hun medeleven te betuigen, maar in plaats daarvan proberen ze munt uit je situatie te slaan.' Martin schudt zijn hoofd. 'Gelukkig lijken ze niet door te hebben wat mijn beroepsachtergrond is. Meestal druipen ze af wanneer ik hun vertel wat ik heb gedaan en waarom ik hen doorzie.'

'Ik zei het je toch: het zijn gewoon rottweilers,' zegt Dénes.

'Je zou papa erop af moeten sturen om hun een lesje te leren,' zegt Karina, terwijl ze probeert te glimlachen. 'Hij zou ze wel afschrikken.'

'Mijn leerlingen noemen me Dracula,' gromt Dénes. De borstelige wenkbrauwen – misschien een erfenis van de verdwenen István Rácz – zijn wit geworden, maar hebben nog steeds iets imponerends.

'Mijn lieve Dennis, je zou nog geen vlieg kwaad kunnen doen.' Cynthia gaat op zoek naar een papieren zakdoekje.

'Cyncyn, darlink, neem de proef op de som!'

'Het is een schande,' zegt Erzsébet, 'dat mensen zich zo verlagen. Er is nog maar zo weinig waardigheid. Geld komt altijd op de eerste plaats. Zo zou het niet moeten zijn.'

Cynthia snuit haar neus. Martin kijkt de andere kant op.

Karina, die haar moeders vissoep meestal heerlijk vindt, merkt dat haar eetlust haar in de steek laat. De soep is gemaakt van zoetwatervis, tomaten en heel veel paprika; zolang ze zich kan heugen komt hij op kerstavond op tafel. Dit is de eerste keer dat ze niet nog eens opschept.

'We hadden meer kinderen moeten hebben.' Cynthia huilt in haar zakdoek. 'Waarom mogen kinderen sterven? Ik had het moeten zijn, niet zij. Ik had er alles voor over gehad om in haar plaats in die trein te hebben gezeten.'

'Cynthia, toe nou,' protesteert Martin. 'Niet nu.'

'Waarom kwamen er niet meer? Mijn schuld was het niet! Weet je nog?'

'Cynthia, begin nu niet weer. Je hebt te veel op...'

'Ik zei het je,' beschuldigt Cynthia Martin, 'maar luisterde je? Niet één keer! Je hebt nooit iets om haar en mij gegeven, je was altijd met je poezen aan het stoeien. O, denk maar niet dat Lindy het niet wist; ze was niet blind, ze was niet dom, zoals ik. En nu is het te laat...'

Erzsébet legt een geruststellende arm om Cynthia's schouders en brengt haar naar de bank.

Erzsébet was vier en hield zich met haar familie schuil in een kelder in Boedapest terwijl buiten de bommen vielen, en het enige wat ze meer vreesde dan een Duitser was een Rus. Sindsdien draagt ze altijd resten van de duisternis met zich mee, van de verzengende hitte, het verstikkende grijze stof dat een stad die verwoest wordt, verspreidt; dat zijn haar eerste herinneringen, indrukken die sterker zijn dan de gezichten of omhelzingen van haar ouders. Vóór haar achtste was zowel haar moeder als haar vader bezweken aan kwalen die misschien te genezen waren geweest als ze niet zo verzwakt waren door de honger en infecties van de oorlog. Ze ging bij haar pianolerares wonen, die haar toonladders, etudes en de kunst om in het heden te leven leerde. Jaren later informeerde een nuchtere Engelse arts Erzsébet dat de trauma's uit haar jeugd haar hormonen, en dus haar vruchtbaarheid konden hebben beïnvloed. Dat ze één kind kreeg had een wonder geleken.

Haar ervaring is totaal anders dan die van Cynthia. Op een ochtend, toen Lindy en Karina elf waren, had Cynthia iets in High Street in Twickenham gezien waardoor ze Lindy opdracht gaf te verhuizen naar de kamer boven. Ze had Lindy's vroegere slaapkamer geconfisqueerd en een grendel op de deur aangebracht. Erzsébet kon geen tweede kind krijgen, Cynthia zou dat niet, omdat haar man het te druk had met zijn nieuwste maîtresse.

'Ga bij hem weg,' had Erzsébet haar aangespoord.

'Dat kan ik niet. Denk aan de familie. Denk aan de schande. We moeten bij elkaar blijven, omwille van Lindy.'

'Je kunt hem verlaten als je dat wilt,' had Erzsébet haar aangemoedigd. 'Het is jouw beslissing.' Maar Cynthia wilde er niets van weten. Wanneer je vrienden fouten maken, had Erzsébet gedacht, kun je niet veel meer doen dan luisteren en klaarstaan met de zakdoeken. Over haar eigen ervaringen sprak ze nooit.

'Betsy,' huilt Cynthia nu, 'je bent te goed. Wat ben je toch een goed mens.'

'We gaan naar huis,' snauwt Martin. 'Je bent dronken.'

'Ik ben niet dronken! Ik wil alleen maar eens één keer in mijn leven de wáárheid vertellen, verdomme!'

'Mijn lief, we moeten er eens vandoor,' mompelt Julian tegen Karina. 'We moeten morgen bijtijds op Fairfallows zijn.'

Hij gaat naar boven en komt met de slapende Jamie in zijn armen terug. Karina omhelst haar ouders. Cynthia, die door Martin naar buiten wordt gemanoeuvreerd, omhelst haar ook; ze voelt Cynthia's ribbenkast trillen. Ze kan het nauwelijks opbrengen om 'Vrolijk kerstfeest' te zeggen.

'Ik weet niet wat ik moet doen om hen te helpen,' zegt Karina in de auto tegen Julian. 'Ik wist dat er problemen zijn, maar...'

'Er is ook nog zoiets als terughoudendheid uit fatsoen. Ik vind het uiterst gênant dat mijn tante de kerstavond van je ouders verpest. Goddank komt ze morgen niet naar Fairfallows.'

'Ik weet zeker dat mijn vader en moeder het begrijpen. Mijn moeder is eigenlijk Cynthia's beste vriendin. Als er iemand is die de boel op Forest Road draaiend houdt, is zij het wel.'

Er valt een lange stilte, waarin alleen Jamies slaperige ademhaling en de herrie van een passerende motor te horen zijn.

‘Wat is er toch gebeurd?’ vraagt Karina. ‘Weet jij het? Want ik weet het niet.’

‘Het is niet zo fraai. Martin heeft nooit weerstand kunnen bieden aan een secretaresse in een korte rok. Cynthia was boodschappen aan het doen in Twickenham en toen passeerde hij haar op klaarlichte dag in hun eigen auto met een huwbare blondine naast zich.’

‘Wist Lindy het?’

‘Natuurlijk wist ze het. Dat idee dat je bij elkaar moet blijven omwille van de kinderen... uiteindelijk krijg je kinderen die hun ouders erom haten.’

‘Maar Lindy haatte haar ouders niet.’

‘O, nee? Misschien vertelde ze je niet alles zoals je dacht dat ze dat deed, Karrie. Ze wist het heus wel van haar vader, en ik kan je wel zeggen dat ze ervan walgde dat hij met iedereen naar bed ging en met Cynthia ruziemaakte, en ze walgde er ook van dat haar moeder het allemaal pikte. Toen jullie tweeën nog tieners waren en Hils en Chris en ik in de twintig, kwam ze ’s zomers wel eens naar Fairfallows toe en dan gingen we in de wei zitten roken en haalden we alle familieleden door de mangel. Je had haar moeten horen, Karrie. Zoutzuur is er niets bij.’

Karina ziet Lindy weer voor zich in het Roekennest, op de grond zittend bij de rode bank, haar computer op de salontafel, een fles wijn ernaast. Wanneer ze veertig was, had Lindy verklaard, wilde ze gesetteld zijn met een partner en twee kinderen. Ze zou haar werk in de boekwinkel hebben opgegeven en zijn gaan schrijven. Haar stukken zouden veel succes hebben in het West End. Boven alle theateringangen zouden citaten hangen: ‘Geweldig!’ ‘Betoverend mooi!’ ‘Lindy Rookfield, de nieuwe stem van het Britse toneel!’ Daarop vroeg ze Karina wat zij dan zou zijn. ‘Precies wat ik nu ben,’ had Karina geantwoord, ‘maar dan ouder.’

Karina berust in de kerstlunch op Fairfallows morgen. Ze zal zich er zoals gewoonlijk wel doorheen slaan door te doen wat ze altijd doet. Kun je dat leven noemen? Doen wat juist is, maar bewust je ware zelf uitschakelen?

Wanneer Jamie in zijn bed ligt te slapen, haalt ze zijn kerstsok uit haar kast en maakt hem vast aan de schoorsteen. Hij krijgt op kerstavond cadeautjes van de familie Veres, op eerste kerstdag cadeautjes van de familie Rookfield, en daartussenin cadeautjes van zijn ouders. Ze drukt een kus op zijn voorhoofd, loopt op haar tenen terug naar de slaapkamer en laat zich naast de snurkende Julian in bed glijden. Daar ligt ze wakker, wachtend op het ochtendgloren. Rohans muziek, vol harmonieën die haar de adem benemen, klinkt telkens in haar binnenoor, alsof zijn cd in haar hersens is gedownload.

Karina had op de dag voor kerst gladiolen gekocht, die ze zo mee kan nemen naar Fairfallows. Ze legt ze bij Anne in de met water gevulde gootsteen en een stapel cadeautjes op de berg onder de boom in de blauwe salon.

'Het minste wat ze kunnen doen is je met kerst met rust laten.' Hilary drinkt sinaasappelsap en ijsbeert door de kamer.

'Het duurt zo lang voor je iets voor elkáár krijgt,' zegt Anne. 'Er is altijd wel een reden waarom niemand iets kan doen. En dan raken ze ook nog je brieven kwijt.'

'Waar gaat het over?' vraagt Julian.

'Ach, die vervelende woonwagenbewoners,' zegt Arthur verwijtend. 'Ze stoten paren af die hier willen trouwen. We hebben maar een fractie van de boekingen die ik voor de volgende zomer wilde hebben.'

'Maar je kunt ze vanuit het huis niet zien,' werpt Karina tegen. 'Ik heb ze nog nooit gezien.'

'Je zou eens moeten gaan kijken, Karrie,' oppert Hilary. 'Echt geen fraai gezicht.'

Anne zet het kerstoratorium van Bach wat harder. 'Heb je gisteren een fijne Hongaarse kerstavond gehad?' vraagt ze. 'Hoe is het met Cynthia? Houdt ze zich goed? Ik vond het zo jammer dat ze vandaag niet wilden komen.'

'Het verlies heeft haar heel erg aangepakt,' zegt Julian.

'Mam, zullen we verstoppertje gaan spelen?' fluistert Jamie.

'Nu niet, Schnoekie. We zijn er net.'

'Julian, wil je even met me meekomen? Ik wil dat je naar iets kijkt,' zegt Arthur. Ze verdwijnen in de werkkamer. Karina, die haar arm om de ongedurige Jamie heeft geslagen, gaat met haar rug naar de treurige icoon toe zitten en informeert naar Annes boek. Hilary mengt zich in het gesprek en vertelt hun een heleboel dingen over zijn auto die ze niet willen weten. 'En wanneer die rotlui me langs zien rijden gooien ze van alles naar me toe,' voegt hij eraan toe. 'Ik woon hier notabene! Ze zijn in overtreding en ze gooien met dingen.'

'Vind je niet dat er een soort amnestie zou moeten zijn vanwege de kerst?' stelt Karina voor, die voorheen wel met de obsessies van Hilary om kon gaan, maar nu niet meer.

'Vertel dat maar tegen hén.' Hij slaat zijn armen over elkaar. 'Naar mijn bescheiden mening wordt het tijd voor "*Arrivederci* Roma!"' Hij probeert tegelijkertijd een liedje te fluiten en te lachen.

Karina moet denken aan wat Mimi zei over de bittere lessen die je moet leren als je je afkomst verloochent. Ze heeft de hele nacht liggen worstelen met haar gevoel van ontevredenheid, en met haar schuldgevoel omdat ze het had, en nu kan ze niet meer tegen dat gezeur van anderen. Het heeft geen zin Arthur of Hilary, hoe beleefd ook, te vragen positief te zijn; Hilary's kwaal heeft op iedereen hier in huis invloed. Hij heeft in Keswick in ieder geval een computercursus gevolgd en helpt nu Arthur met de administratie van de huwelijksvoltrekkingen op Fairfallows, die ze liever zelf proberen te doen dan het werk, samen met een flinke som, overdragen aan de manager van het landgoed.

Er zijn een uitroep en zware voetstappen te horen. Julian begeeft zich naar het drankkastje en vult zijn sherryglas zo snel bij dat het bijna overstroomt.

'Later,' mimet hij naar Karina.

Wanneer Anne hen voorgaat naar de eetkamer, blijft Julian een beetje achter en loopt Karina naar hem toe. 'Wat is er gebeurd?'

'Het is één grote puinhoop. Cijfers die nergens op slaan. Hij heeft alles verzonnen. Hij doet net of hij helpt. Het is een ramp, en erger nog: het is een illegale ramp. Je bent namelijk wettelijk verplicht nauwkeurig de administratie bij te houden. Er is een stapel kwitanties en een stapel rekeningen. Alles is wel aanwezig, en het zal mogelijk zijn om het te corrigeren, maar de boekhouding is niet alleen een rotzooitje, het is ook nog eens een fictief rotzooitje.'

'Jules, lieverd! Jij bent aan de beurt om de gans aan te snijden!' zingt Anne.

Erzsébet houdt Mimi's hand vast. Nu Karina haar door de familie van haar man is ontfutseld, zijn Erzsébet en Dénes gekomen om Mimi mee te nemen naar Forest Road. Ze was er de dag tevoren niet zo best aan toe en wees de uitnodiging om kerstavond bij hen te komen vieren, af. Erzsébet had gehoopt haar in een betere stemming aan te treffen, maar Mimi gaat in het Hongaars tekeer. 'Nee!... Ik ken hem niet...'

Erzsébet is er na vijftig jaar Londen meer aan gewend Engels dan Hongaars te spreken, maar het komt altijd weer terug, en het lijkt wel alsof ze bij elk woord met duizend naalden wordt gestoken. Dorst. Kanonvuur.

Verdovende angst die nooit wijkt. Vreemd dat die er niet meer is. De kelder zit nog in haar, ergens. Heeft haar dochter daarom last van claustrofobie?

'Wie ken je niet, Mimi?'

'Laat me met rust.'

'Mejuffrouw Rácz, er is hier iemand die u wil spreken.' De conciërge keek boos naar Mimi en haar viool.

'Wie is het?'

Hij gaf haar de naam.

'Ik ken hem niet.'

Hij vertelde haar wie de jongeman zei dat hij was.

'Ik zeg je, ik ken hem niet!' was ze uitgebarsten. 'Stuur hem weg. Ik moet oefenen.'

'Hij ziet eruit als een zigeuner en ruikt ook zo.' De concierge snoof. Mimi keek boos terug. Ja, dacht ze, ik ben een zigeunerin, maar ik kan vioolspelen en jij kunt me niet tegenhouden. Meritocratie.

Ze beklaagde zich tegenover haar manager, Herbert Wilhelm uit Berlijn, die voor het concert naar Boedapest was gekomen, over het feit dat de kleinzielige medewerkers achter het toneel haar uitscholden, haar net zo zwart maakten als bedelaars en schooiers.

Wilhelm haalde zijn schouders op. 'Het spijt me, kind, maar dat kun je nu eenmaal verwachten.'

'Ik wil nooit meer naar dat leven terug.' Mimi trommelde hard met haar vingers op de kaptafel. Zeg alsjeblieft dat dat nooit meer hoeft, had ze er aan willen toevoegen, maar ze mocht Wilhelm haar zwakte niet tonen.

'Mimi, als jij ooit teruggaat, eet ik iedere hoed in Berlijn op,' verzekerde Wilhelm haar. 'Nu stel ik voor dat we na afloop gaan dineren bij Károlyi. Daar schijnt een zigeunerorkest te spelen dat...'

'Nee,' snauwde Mimi. 'Ik heb er een hekel aan. Ik heb een hekel aan Károlyi. Ik wil overal heen behalve naar Károlyi.'

Er werd op de deur geklopt. 'Mejuffrouw Rácz, nog tien minuten.'

Ze pakte haar viool. 'Ik moet oefenen.'

Wilhelm, geconfronteerd als hij was met een twintigjarig meisje wier wilskracht de hele stad kon platbranden, boog welwillend zijn hoofd en ging terug naar zijn zitplaats naast de trotse Frankls.

Weer een triomf. Telkens weer een open doek, de boeketten lagen kniehoog. Later, toen ze de winderige avondlucht in stapte, werd ze bij de toneelingang omstuwd door mensen die een handtekening wilden. Onder hen was een man die misschien tien of vijftien jaar ouder was dan zij, met een boeiend gezicht: alert, scherpe gelaatstrekken, een vrij kleine kin en een ronde bril met daarachter lieve ogen, de liefste en groenste die ze ooit had gezien. Ze wist niet dat er zo groene ogen bestonden. Ze lachte hem rechtstreeks toe: 'Dank voor uw komst. Bent u musicus?'

'Was ik dat maar,' zei hij, terwijl hij haar een visitekaartje in de hand duwde. *Dr. Veres Tamás*, stond erop, en verder een chic adres in Pest, in de buurt van de universiteit. Wat een blik: leergierig, levendig. 'Ik ben doctór, geen doktér. Als u last van rugpijn hebt, kan ik die helaas niet verhelpen.'

'En hartenpijn?' vroeg Mimi.

Tamás, lachend met die ogen van hem, stak haar een programma en een pen toe. Mimi krabbelde: *Met mijn beste wensen, Rácz M.* Toen voegde ze er impulsief haar telefoonnummer bij de Frankls aan toe. Ze wilde tegen hem zeggen dat hij haar moest bellen, maar Wilhelm pakte haar arm en leidde haar naar de taxi en vandaar naar het diner (Gundel, niet Károlyi). Morgen de trein naar Parijs. Tamás zou haar kunnen bellen – maar drie maanden lang was ze niet te bereiken.

Waarom was hij niet sterker geweest? Hij had kunnen zeggen: 'Ga met mij mee dineren, Mimi, niet met hen. Ik wil je beter leren kennen.' Maar dat had hij niet gedaan. Misschien zou hij haar vergeten. Voor het eerst kwam de gedachte bij Mimi op dat ze al een wereld achter zich had gelaten, maar dat ze er misschien weer een achter zou laten. Was dat niet onvoorstelbaar?

Nog één gezicht, achter in de menigte. Weggeduwd door de concertgangers. Vrouwen die met een boog om de menigte heen liepen om hem te mijden. Ze keek de andere kant op. Wilhelm naast haar hield stevig haar vioolkoffer vast en straalde van trots vanwege zijn jonge zigeunervioliste, de eerste klassieke ster die uit een dergelijke achtergrond voortkwam.

'Mimi!'

Hoofden draaiden zich om.

'Mimi! Ken je me niet?'

'Wie is die vent?' siste Herbert Wilhelm.

'Ik heb geen idee.' Mimi hield haar blik gevestigd op de deur van de taxi. Ze moest zich focussen. Snel zijn.

'Mimi! Waarom praat je niet met me?'

Een stelletje dat dichtbij stond mompelde iets over de politie. Wilde deze desperado de soliste vermoorden?

'Kom, Mimi,' fluisterde Wilhelm. 'We gaan.'

Wilhelm wilde haar in ieder geval alleen maar om haar muziek. Haar spel was zo aanstekelijk, zo extreem dat hij het niet over haar achtergrond hoefde te hebben om haar te verkopen, wat nu het racistische nationalisme angstig snel toenam, een geluk was. Mimi Rácz zou met haar viool Europa in één keer inpakken, als ze de kans kreeg.

'Volgens de overlevering kunnen zigeuners niets vieren zonder vuur,' zei hij tegen haar tijdens het diner, terwijl ze haar welverdiende goulashsoep gretig naar binnen zat te werken, 'maar jouw vuur zit in je. Zorg ervoor dat je het nooit kwijtraakt.'

'Misschien wordt het in Parijs opgepord!' lachte Mimi, haar glas heffend. Twaalf mensen om haar tafel proostten op haar met champagne en even later begon Mimi de groene ogen van doctor Tamás Veres te vergeten.

Tweeënzeventig uur later tikte ze een ander glas in een ander restaurant in Parijs aan met Marc Duplessis, een jonge componist van wie ze drie dagen daarvoor nog nooit gehoord had, en staarde ze voor de eerste keer naar zijn notenreeksen op de notenbalken: zijn nieuwe stuk, geïnspireerd op haar spel. De inkt was nog zo vers dat ze hem bijna kon ruiken. 'Ik zie een paar passages waarin je misschien hier en daar een figuratie zou kunnen veranderen,' zei ze. 'We zouden er samen aan kunnen werken. Misschien volgend jaar.'

'Ik ken hem niet,' mompelt Mimi eenenzeventig jaar later.

'O, Mimi,' fluistert Erzsébet. 'Waar heb je het toch over?'

Mimi's onrustige ademhaling begint kalmer te worden. Erzsébet streelt haar haar, zoals ze ook bij Karina deed wanneer die als kind insliep. Straks zal ze de moeder van haar man mee naar huis nemen, weg van die onpeilbare dromen.

Het is één klacht te ver. 'Die stomme EU ook,' zegt Hilary. 'Bemoeizieke klootzakken. We konden het heel goed zonder hen stellen. Ik kon vanwege die stomme bureaucraten niet eens die rottige immigranten terugsturen... De hele zaak zou opgedoekt moeten worden, en wel subiet.'

Karina neemt de grootste slok koffie die ze kan nemen zonder zich te verslikken en staat dan op. 'Sorry, ik ga even weg,' zegt ze, en ze geeft Jamie een wenk.

In de keuken pakt ze de bloemen op die Anne nog niet geschikt heeft en grijpt dan de hand van haar zoon.

'Waar gaan we heen, mam?' vraagt Jamie opgewonden, terwijl ze met hem de hal door loopt en de loodgrijze middag in stapt.

'We gaan een paar mensen een kerstcadeautje brengen.'

Bij de lange oprit aangekomen keert ze de openbare tearoom in de stallen de rug toe en beent ze, terwijl Jamie haar probeert bij te houden, over een verwaarloosd pad dat omzoomd is met de kale torso's van vlierstruiken en meidoorns. Ze zuigt de klamme lucht in alsof het de enige zuurstof is die op Fairfallows beschikbaar is.

Een wittige vlek die ze door de takken heen waarneemt, verandert langzaam in een groep woonwagens die gerangschikt staan op een veld dat nu modder is. Er zijn er zeker wel tien, misschien twaalf. Er hangt was over de lijnen die tussen de woonwagens gespannen zijn. Karina en Jamie krijgen vreemde luchtjes in hun neus. Er is hier niet veel dat aan waterleiding of riolering doet denken, behalve een paar geïmproviseerde toiletten die de milieudienst van de gemeente haastig heeft neergezet, maar er hangt ook een aroma van gebraden vlees. De ramen van de dichtstbijzijnde woonwagen zijn beslagen. Karina hoort de gedempte geluiden van een kerstuitzending op de tv, een speciale kerstaflevering van een soapserie. De mensen vinden het nog steeds leuk tijdens de kerst naar fantasiemensen te kijken die samen kerst vieren. Buiten spelen een paar jongetjes voetbal.

'Moet je horen, Schnoekie,' zegt Karina. 'Ik ken hen niet, dus dit is een experiment, goed? Hou mijn hand vast.' Jamie houdt hem stevig vast en kijkt een paar maal over zijn schouder naar het voetbal. De woonwagenkinderen staren nieuwsgierig terug.

Karina stevent op de deur van de woonwagen af en klopt. Een seconde later staat ze oog in oog met een gezette vrouw die er tien jaar ouder uitziet dan zij, maar dat waarschijnlijk niet is. Haar gezicht is rood en voortijdig gerimpeld; ze kijkt een beetje geërgerd, lijkt het haar, maar ook een beetje bang. Nog drie kinderen van verschillende grootte verschuilen zich achter haar en gluren naar hen.

'Ja, wat kunnen we voor u doen?' wil ze weten.

'Gelukkig kerstfeest,' zegt Karina. 'We hebben bloemen voor u meegebracht.' Ze duwt de gladiolen in de richting van de grote, gekloofde handen van de geschrokken vrouw.

'En wie mag u weze? We gaan vandaag niet weg, het is Kerstmis.'

'Wees maar gerust. Ik kom niet zeggen dat u weg moet.'

'Dat is dan weer eens wat anders. Dave, zet eens wat zachter, ik ken mezelf niet hore denke!'

'Slimme zet, om de vrouw des huizes erop af te sturen om ons met de kerst weg te jagen,' moppert de man op de achtergrond.

'Ze zegt dat dat niet zo is. O, dag, schat.' Ze heeft Jamie in de gaten gekregen, die achter Karina's rug naar haar staat te gluren – een onbewust spiegelbeeld van haar eigen kinderen.

'Ik ben Karina en dit is Jamie,' zegt Karina. Ze ziet gebruikte borden, een kleine, op batterijen werkende televisie, lege bierblikjes op de grond en meer mensen dan er naar haar idee in een woonwagen zouden moeten passen. De condensatie sijpelt aan de binnenkant langs de ramen; de blikken zijn strak op haar gericht. Vijandig, zeker, maar dat is logisch. Ze houdt zich ferm. Na een korte onzekerheid raffelt de vrouw alle namen af van haar drie kinderen, haar zus, de man van haar zus en hun twee kinderen, plus een tante en een oom. Ze hebben kalkoenburgers gegeten die gebakken zijn boven een gasstelletje dat gemonteerd is op een gasfles midden in de woonwagen. 'Dat is Dave,' zegt ze, naar haar echtgenoot wijzend, 'en ik ben Caitlin.'

'We komen u alleen maar even vrolijk kerstfeest wensen en kijken of alles in orde is,' oppert Karina. 'Neemt u de bloemen niet aan? Ze zijn voor u.'

Caitlin kijkt er verbluft naar. 'Dat is aardig van je, schat. Niet dat we ze ergens neer kenne zette, maar het is erg aardig.' Ze gebaart naar Fairfallows. 'Heb je iets met hunnie te make?'

'Mijn man is hun jongste zoon.'

Dave, een potige vent van in de veertig met rode baardstoppels op zijn wangen, sjokt naar de deur en neemt haar van onder tot boven scherp op. 'O ja?' merkt hij op. 'Zeg hun dan maar van mij dat dit altijd Roma-land is geweest. Onze mensen waren hier eeuwen geleden al. Ze weten tegenwoordig niet hoe gauw ze van ons af moeten komen. Vroeger moest de gemeente voor land voor onze woonwagens zorgen, maar een jaar of twaalf geleden maakte de regering een wet waardoor alles anders werd. Ze hebben nou geen enkele verplichting meer en dat kun je goed merken. Tegenwoordig moeten we een aanvraag indienen om land te kopen en aan die verwaande gemeenteraadsleden netjes vragen of het hun goed uitkomt, maar je krijgt het nooit. Er waren hier vorige week ook al van die maatschappelijk werkers die de kinderen wilden meenemen. We hebben ze de laan uitgestuurd. Hoe zou jij het vinden als ze hém van je wilden afpakken?' voegt hij eraan toe, op Jamie wijzend, 'alleen maar omdat je er geen zin in hebt om te leven zoals zij? Onze hele manier van leven is aan het verdwijnen.'

Jamie schuifelt naar Karina toe. 'Deze regering heeft het altijd over diversiteit,' merkt Karina op. Ze voelt zich gespannen en onnatuurlijk en slaat een arm om Jamie heen.

'Jaja, diversiteit, behalve wanneer het om ons gaat. Als het maar niet om zigeuners gaat. Terroristen, drugdealers, mensenhandelaars, geen probleem, welkom in Groot-Brittannië, blij dat u er bent. Maar Roma? Nou, liever niet, nee. Ze hebben het altijd over sterke familiebanden en zo, maar ik kan je wel vertellen: er zijn geen hechtere families dan de onze. Wij zijn hier allemaal familie van elkaar.' Hij duidt het hele veld aan. 'We zorgen voor elkaar. Dat zijn nog eens familiewaarden. Maar wij tellen niet, want wij zijn Roma.'

'Ze dachten dat u Iers was,' zegt Karina tegen hem.

'Dat maakt toch niks uit?' zegt Caitlin snuivend. 'Ook dan wor je als stront behandeld. Hoe komt het dat het jou wel wat ken schele, schat?'

'Dat is een lang verhaal, maar het is zo,' zegt Karina tegen haar.

Wat had ze nu eigenlijk verwacht? Een gevoel van verwantschap met deze rondtrekkende mensen? De geruststellende mededeling dat zij en deze mensen iets gemeen hebben, dat ze beiden afstammen van de rondzwervende stammen die in de veertiende eeuw vanuit de Punjab naar Europa kwamen? De mogelijkheid dat ze bij hen hoort, en niet bij de Rookfields? Ze bedenkt dat de woonwagenfamilie niet zo anders is als de familie Rookfield. De uiterlijkheden – de omgeving, het eten, het accent, de levenshouding – die kun je niet met elkaar vermengen. Maar beide families geloven in hun eigen geschiedenis, beide families hebben hun problemen en hun trots, en beide families proberen een zo aangenaam mogelijke kerst te hebben.

'Moet je horen, schat, ik zou je wel wille vrage binnen te komme, maar er is eigenlijk niet zo veel ruimte,' zegt Caitlin. 'Maar je mag best een koppie thee komme drinke.'

'Bedankt, maar we moeten weer terug. Het beste ermee.'

'Jij ook. Vrolijk kerstfeest.'

'Vrolijk kerstfeest,' zegt Karina, en Jamie zegt haar na.

De kinderen op het modderige veld kijken naar zijn warme, gewatteerde jasje en Timberland-laarzen. Hij staart even verlangend naar hun voetbal. In het grote huis wordt er van hem verwacht dat hij voor de zesde keer naar de dvd *Bedknobs and broomsticks* zal kijken.

'Ik zou het gááf vinden om in een woonwagen te wonen,' zegt hij terwijl ze teruglopen.

'Heel wat dingen lijken gaaf, behalve wanneer je ze doet omdat je geen keus hebt.'

'Maar ze willen het toch wel?'

Karina weet niet goed hoeveel van het leven van deze rondtrekkende mensen nu een keuze is en hoeveel een vicieuze cirkel. 'Dat zou kunnen,' zegt ze.

Na de woonwagen lijkt Fairfallows absurd kolossaal en kouder dan ooit. Binnen stampen ze met hun voeten om warm te worden – de kou is van de vochtige, geniepige soort die je tot op het merg verkilt – en wagen zich dan in de keuken, waar Anne thee aan het zetten is.

'Karrie, lieverd,' zegt ze, 'waar heb je gezeten? Hilary dacht dat je met de bloemen naar de woonwagenbewoners was gegaan.'

'Dat is ook zo. Het is Kerstmis.'

'Maar, Karina... Nou, nou. Je bent een dappere meid.'

'Helemaal niet. Ik heb hun gewoon de bloemen gegeven en toen hebben we even gepraat.'

'En Jamie... o jee... trek alsjeblieft die modderige laarzen uit, schat. Weet je wat, ga lekker boven in de hobbykamer naar *Bedknobs and broomsticks* kijken.'

Als hij had mogen kiezen, had Jamie veel liever in de modder gevoetbald met de woonwagenkinderen. Wanneer hij gehoorzaam de trap op is geklommen, zegt Karina tegen Anne: 'Het leek me een goed idee als hij zag hoe ze leefden.'

'Ach, dat is nog niet zo'n gek idee. Ik ben blij dat je contact hebt gelegd en kerst is daar een goede gelegenheid voor.'

'Vind je het niet erg?' Karina realiseert zich tot haar schande dat ze gehoopt had dat haar schoonfamilie woedend zou zijn.

'Mensen blijven mensen,' merkt Anne op. 'We zijn allemaal verschillend, maar toch zijn we allemaal hetzelfde. Daarom houd ik zo van biografieën – je kunt zien dat de mensen door de jaren heen in wezen niet zo veranderd zijn. Ik heb eigenlijk niet zo veel bezwaar tegen de woonwagenbewoners, maar Hilary is bezeten van de gedachte dat ze weg moeten. En ik denk dat ze voelen dat hij een gemakkelijk doelwit is. Heb je zin in een stuk kersttaart?'

'*She's gone with the raggle-taggle Gypsies-oh!*' zingt Hilary in de verte.

'Het is niet te geloven,' zegt Julian wanneer ze weer thuis zijn.

Karina is haar kerstkleren aan het uittrekken en geeft geen antwoord.

'En dan ook nog Jamie meenemen!'

'Ik wilde niet dat hij zou denken dat er alleen maar huizen als Fairfallows bestaan.'

'Je bent heus geen familie van hen. Roma, nou, het zal wel. Deze woonwagenbewoners komen oorspronkelijk uit Ierland.'

'Daar gaat het niet om,' zegt Karina, hoewel het daar tot op zekere hoogte wel om gaat.

'Je mag van geluk spreken dat je nog leeft. Ze hadden je wel kunnen beroven of verkrachten, of vermoorden.'

'Jezus, Jules, ze zijn niet gevaarlijk. Het zijn gewone mensen, ze wonen alleen maar in woonwagens. Caitlin bood me zelf een kop thee aan. Er was niks mis mee.'

'Er was anders van alles mis mee toen mijn vader vorige week de kinderbescherming belde vanwege de kinderen. Een paar van die gasten bedreigden die lui met een mes.'

'Zou jij iemand die Jamie van je wilde afpakken niet bedreigen met een mes?'

'Moet je horen, we moeten ze van dat weiland af zien te krijgen,' houdt Julian vol, haar opmerking negerend, 'en we moeten dat niet door de politie laten doen. Snap je? We wíllen ze niet criminaliseren, maar ze dwingen ons ertoe. Je begrijpt het niet, mijn lief. Het is een financiële ramp voor Fairfallows en dan ga jij hun bloemen brengen en vrolijk kerstfeest wensen. Dat helpt niet echt.'

'O, Jules, hou toch op. Ik heb er nu echt geen zin in om me de les te laten lezen.'

'Nee, dat zal best. Maar wat moet ik tegen mijn vader zeggen? Dat mijn vrouw meer aandacht heeft voor nietsnutten die in overtreding zijn dan voor onze eigen familie?'

'Ach, waarom ook niet?' snauwt Karina. 'Die zijn veel interessanter.'

Julians gezichtsuitdrukking verandert van ergernis in niet-begrijpen.

'Karina, ben je gek geworden?'

'Misschien.'

Rohan is weg, maar Karina gaat toch maar naar Brighton, terwijl Jamie zijn vriendschap met Olly Pearson nieuw leven inblaast, en Julian, die opgesloten zit in zijn werkkamer, probeert de puzzel die Hilary van de rekeningen van Fairfallows heeft gemaakt, op te lossen. Ze zegt dat ze naar de uitverkoop gaat, maar in plaats daarvan loopt ze over het kiezelstrand en tornt ze tegen de wind op. Ze praat inwendig met Lindy. Ze kan haar stem nog horen. Wat haar bang maakt is de gedachte dat ze die op een dag misschien zal zijn vergeten.

'Het komt niet door jou, maar door hen,' lijkt Lindy tegen haar te zeggen. 'Arthur behoort tot de grootste en stijfste conservatievelingen die er zijn. En wat die arme, vervelende Hilary betreft...'

'Maar Julian is anders,' antwoordt Karina. 'Er zit meer in hem.'

'Nou, als hij de kans krijgt... Kom over vijfentwintig jaar nog maar eens.'

'Lin, hoe is het daar? Aan de andere kant?'

'Ik ben er nog.'

Karina staart naar de zee, die zo grijs is als gesmolten lood.

'Als ik Rohan eerder was tegengekomen...'

'Dat ben je niet. Je hebt gewoon iets met componisten die het moeilijk hebben en een naam hebben die met een R begint. Hou op met je afvragen wat er gebeurd zou zijn als. Het heeft geen zin.'

'Jij hebt mooi praten.' Karina stelt zich voor dat ze haar vriendin plaagt.

'Dat weet ik. Maar je moet er het beste van zien te maken, Karrie. Want voor je het weet is het voorbij.'

'Houdt dat in dat je als je ongelukkig bent niet moet proberen iets te veranderen?'

'Dat niet, nee. Maar denk goed na bij wat je verandert. Je zou voor het oude een nieuw probleem in de plaats kunnen krijgen.'

'Zoals?'

'Daar zullen we het maar niet over hebben.' Karina stelt zich voor dat Lindy haar neus in de lucht steekt, zich hoofdschuddend omdraait en wegloopt.

'Lin, niet weggaan. Ik mis je.'

'Ja. Ik mis jou ook. Maar ik ben hier. We kunnen praten wanneer we maar willen. En onthoud goed: het gaat er niet om wie hij is, het gaat erom wat hij voor je betekent...'

'Volgens mij doet het er wel toe wie hij is, heel veel zelfs...' zegt Karina hardop.

De schim van haar vriendin lost op als zout in de golven. De tranen branden in Karina's ogen. Ze loopt terug naar de promenade en koopt koffie in een plastic bekertje om haar contact met de werkelijkheid terug te krijgen.

# HOOFDSTUK 15

De tijd begint te dansen en stampt met de voeten op het ritme van Bartók. Een paar punten verankeren Karina: haar viool, haar oren, de muziek op de standaard en de andere viool; de twee klanken lijken op elkaar, maar staan los van elkaar; ze vermengen zich, houden schijngevechten, spelen een spel.

'De eerste maat, hè?' zegt Rohan, met vliegensvlugge vingertoppen, de strijkstok zo trefzeker als een laserstraal. 'Altijd die Hongaarse eerste tel. Als een Schotse *snap*.'

'Ja,' zegt Karina terwijl ze doorspeelt. Ze heeft in geen jaren met een andere muzikant gespeeld, behalve met haar ouders. Ze staan naast elkaar, op natuurlijke wijze samen ademend. Had het in het orkest maar zo gevoeld.

Wanneer ze klaar zijn, zegt Rohan: 'Mooi! De volgende.' Hij slaat de bladzijde om.

Rohan woont in het netste woninkje met één slaapkamer dat Karina ooit gezien heeft. Ze is er zonder dat ze het wist de week daarvoor langsgekomen toen ze langs de zee liep. Het appartement bevindt zich in een zijstraat, op de bovenste verdieping van een huis in een rijtje regencyhuizen. Brighton, zo heeft hij haar verteld, is niet goedkoop, maar toch iets goedkoper dan Londen, en dus een betere plek om te wonen voor het geld dat je als freelanceviolist kunt verdienen. De trap op de begane grond voert met een gracieuze bocht naar boven en de hoge ramen van Rohans voorkamer bieden uitzicht op zee als je zo ver mogelijk naar buiten leunt en je nek naar rechts rekt. Op de vensterbanken staan rode aardewerken bakken met geel-witte winterviooltjes. In de keuken, die uitziet op de achtertuin, heeft Rohan een lunch voor haar gemaakt van linzensoep, stokbrood en drie soorten kaas met daarbij tomaten en druiven. Daarna hebben ze hun viool gepakt en zijn ze gaan spelen.

Pas wanneer Karina's schouders zeer beginnen te doen, dringt het tot haar door dat ze al anderhalf uur staan te spelen en stelt ze voor te pauzeren.

Rohan legt zijn viool neer en strekt als een kat zijn arm. 'Mag ik jouw viool even proberen?' vraagt hij. Karina reikt hem aan en hij speelt een paar figuraties. Het instrument schijnt hem even graag te mogen als hij het instrument. 'Niet gek,' zegt hij. 'Lang niet gek. Hij reageert goed, veel beter dan de mijne. Mooi snijwerk ook. Wat is het er voor een?'

'Niets bijzonders. Mijn vader heeft hem voor me gekocht via een deal met een collega op de academie. Hij is geloof ik Pools. Julian noemt hem "het luciferdoosje".'

'Maar het is een heel goed instrument. De mijne is niet verkeerd, maar ik zou er heel wat voor over hebben om een echt fantastische viool te bezitten. Die ik heb was kennelijk foutief geïdentificeerd. De man die hem mij verkocht zei dat hij Italiaans was, uit de achttiende eeuw, maar vorig jaar ben ik ermee naar Jonny Goldsmith gegaan en die zei dat hij niet Italiaans is en bij lange na niet waard is wat ik ervoor betaald heb. Het is belachelijk.'

'Ik ben nog nooit met deze bij Goldsmith geweest. Ik ga gewoon naar iemand bij ons in de buurt als er iets aan gedaan moet worden.' Karina probeert Rohans viool. De hals is nog warm van zijn greep. 'Hij klinkt naar jou,' zegt ze. 'Het is net of ik met jouw stem speel.'

'Karrie, je bent geweldig,' zegt Rohan terwijl hij toekijkt. 'Je moet weer echt gaan spelen.'

'Misschien, als ik iets had om voor te werken.' Ze wrijft met haar rechterhand over haar pijnlijke linkerschouder. Rohan maakt een beweging, maar stopt dan, alsof hij haar graag had willen helpen, maar het niet durft.

'Laten we iets zoeken,' zegt hij. 'Misschien strijkkwintetten van Mozart?'

'Kwintetten? Toch niet met jouw groep? Ik kan geen altviool spelen.'

'Harry wel. Hij kan heel wat, Harry, en hij zegt altijd dat hij vaker altviool zou moeten spelen. We schuiven hem door naar eerste altviool, dan zal Genya lelijk op zijn neus kijken, en dan kun jij tweede viool spelen. Het zal leuk zijn om een vrouw in de groep te hebben.' Rohans ogen plagen haar. 'Kon wel eens goed voor de energie zijn, die kan wel een oppepper gebruiken. O jee, ik zal mijn mond houden. Ik wil je niet afschrikken.'

'Ik weet niet of ik wel mee moet doen. Is het niet een beetje raar om een extra violist erbij te halen in plaats van een altviolist? En op zo korte termijn?'

'Ik haal ze wel over, dat gaat zeker lukken. En er is nog genoeg tijd om het programma voor Boedapest om te gooien. We zouden Mozart doen, dus dan doen we de kwintetten in g klein en in C groot, en we hebben al een try-out geregeld in Beaconsfield. Het is dus helemaal niet eng. Wat vind je ervan?'

Karina aarzelt. 'Ik wil geen nee zeggen, maar ik weet ook niet of ik wel ja moet zeggen.'

'Dan is het dus ja. Wat je wíl, daar gaat het om. Koffie?' Rohan duikt de keuken in. Karina leunt tegen de deurpost.

'Ro, ik weet het niet.'

'Wat weerhoudt je?'

'Alles. Concerten geven, want dat heb ik in geen jaren gedaan. Of ik het wel aankan. En wat de anderen zullen zeggen. Jullie spelen al ik weet niet hoe lang samen, jullie maken cd's, en ik ben niemand.'

'Je zou nog steeds in het beste orkest van het land spelen als je man niet voor jou had besloten dat je eruit moest en een kind moest krijgen. Je bent fantastisch en na de eerste paar keer zul je er weer helemaal in zitten, zonder problemen. En wat de anderen aangaat: die zullen dol op je zijn. Laat mij maar met ze praten.'

'Maar wil je echt dat ik met jullie kwartet speel? Ik bedoel... ik verwacht dit niet, ik heb je niet om zoiets gevraagd... je moet niet het gevoel hebben dat ik alleen maar omdat...'

'Alleen maar omdat wat, Karina?' Rohan keert zich met de koffiepot in zijn hand om. Dan zet hij hem neer. De energieverbinding tussen hen is zo krachtig dat hij gewoon langs de draad naar haar toe loopt en haar voorhoofd tegen zijn schouder legt en met een grote hand door haar haar woelt. Karina voelt zijn trui op haar wang, zijn pols die daaronder klopt. Haar hand pakt zomaar vanzelf de wol beet.

'Ik kan dit niet,' zegt ze.

Ze blijft naar beneden kijken zodat hij haar niet kan kussen, maar hij probeert het ook niet. In plaats daarvan zegt hij: 'Ik kan het ook niet.'

Ze kijkt op.

'Je bent te belangrijk,' zegt hij. 'Ik heb al heel wat affaires achter de rug, maar ik kan ze niet hebben als iemand zo belangrijk voor me is als jij.'

'Ik kan maar beter gaan.'

'Nee, wacht. Kom hier.'

Rohan neemt haar bij de arm en trekt voor haar een stoel onder de tafel vandaan. Karina gaat erop zitten en slaat haar handen voor haar gezicht. Ze voelt zich zeeziek.

'Of dit is te gevaarlijk en we nemen nu afscheid,' zegt Rohan, 'of we accepteren dat dit te bijzonder is om weg te doen en geven er een andere richting aan.'

'Hoe dan?'

'Er is zo veel geschiedenis die ons samenbrengt, dat kunnen we niet zomaar laten varen. Ik weet dat je getrouwd bent. Ik wou dat dat niet zo was, maar je bent het en ik respecteer het. Laten we in plaats daarvan iets doen wat de moeite waard is. Zoals Mozart spelen of je oma's viool zoeken, of allebei. Tenzij je echt afscheid wilt nemen, wat je goed recht is.'

Karina stelt zich voor hoe ze de hele weg naar huis zal huilen en hoe ze dan aan Julian een web van leugens moet vertellen om uit te leggen waarom ze kapot is. Ze zegt niets.

'Kwintetten van Mozart,' dringt Rohan aan. 'Wat vind je ervan?'

'Weet je het zeker?'

'Reken maar. Dus we doen het.' Rohan pakt haar hand, geeft er een kneepje in en laat hem dan los. Een stilzwijgende overeenkomst: ze raken elkaar niet meer aan.

Julians gezicht heeft een bekende, doelbewuste uitdrukking. 'Het kwintet in g klein,' mijmert hij, terwijl hij met een vinger langs zijn cd-plank met kamermuziek van Mozart gaat. Even later heeft hij een stapel cd's voor Karina neergelegd. 'Welke zullen we het eerst proberen?'

Toen ze Julian over het concert in Boedapest vertelde, heeft dat een prompte reactie gegeven die ze, achteraf bezien, had kunnen voorspellen. Ze pakt de bovenste cd op: *Tokyo Quartet and friends*.'

Ze luisteren. Julian let op de speeltijd die naast elk deel in het bijbehorende boekje genoteerd staat, de hoeveelheid vibrato en de balans die de opnametechnicus heeft weten te realiseren. Na drie minuten zet hij de muziek af en stopt hij er een andere schijf in. Karina sluit haar ogen. 'Prachtig.'

'Ouderwets,' is het commentaar van Julian. 'Te veel vibrato.'

'Ik vind het schitterend. Ik vind de toon van de eerste violist mooi.'

'Laten we deze eens proberen.' Hij haalt een cd tevoorschijn waarop het logo van een label prijkt dat zich in vroege muziek specialiseert.

Na een paar seconden krimpt Karina ineen. 'Het is iel. Het is vreselijk, koud, zielloos. Ze doen zo hun best alles goed te doen dat ze zijn vergeten er gevoel in te leggen.'

'Toch is dat wat de mensen tegenwoordig verwachten.'

'Dat kan me niet schelen. Als er geen hart in zit, is het niet de moeite van het aanhoren waard.'

Een poosje later worden ze het eens over een interpretatie van een groep jonge internationale solisten die live tijdens een Duits festival is opgenomen en waar ze allebei van genieten, zij het om verschillende redenen: Julian houdt van het vlotte tempo en Karina van de mooie toon.

'En, zigeunerinnetje, welke lijkt het meest op Rohan?' vraagt Julian.

Karina wijst naar de eerste cd.

'Dat sentimentele?'

'Het is niet sentimenteel, het is hart. Rohan speelt als een violist van vijftig jaar geleden. Hij speelt als mijn oma, althans, dat wil hij.'

'Hij wil als je oma spelen en hij wil je mee naar Boedapest nemen.' Julian trekt zijn wenkbrauwen op. Wat wil hij nog meer, Karrie?'

Een viool van Nicolò Amati, voor het laatst gezien in Boedapest in 1956. 'Niet onmogelijk, maar wel onwaarschijnlijk,' merkt Jonny Goldsmith op, terwijl hij aan zijn oor krabt. 'Eens kijken...'

Karina en Rohan staan achter hem en staren naar het computerscherm in het kantoor van zijn showroom in Soho, waar de planken doorzakken onder de archiefdozen. Het bedrijf van de familie Goldsmith dat snaarinstrumenten verkoopt en repareert stamt uit het midden van de negentiende eeuw. Bijna iedere goede viool, altviool en cello in Londen is hier ooit geweest, en het bedrijf houdt nauwgezet alles bij. Karina en Rohan koesteren de hoop ergens in dat duizelingwekkende archief de waarheid achter de geruchten over Mimi's Amati te ontdekken.

'Ze zegt dat haar Guadagnini voor haar is gekocht via jouw vader,' zegt Karina tegen Jonny.

'Oké, maar niet in ruil voor een Amati. Er staat in de archieven nergens dat Mimi Rácz er een heeft ingebracht, niet voor verkoop en niet voor reparatie. En als het waar is, als ze echt de Amati had die aan Francesco Avignola heeft toebehoord, kan ik me niet voorstellen dat ze hem zou hebben ingeruild voor die Guadagnini.'

'Avignola?' vraagt Rohan verbaasd. 'Weet je het zeker?'

Jonny loopt naar een stel planken bij het raam en pakt er een dik boekwerk af.

'Dit is mijn goeieviolenbijbel,' zegt hij tegen hen. 'In dit boek staat de geschiedenis, voor zover die is achterhaald, van de beste vijfhonderd violen, de violen van wie de locatie bekend is en die welke nooit zijn teruggevonden, gemaakt door Stradivari, Guarneri, Amati en een handjevol anderen. Laten we Rácz eens in het register opzoeken... Ah, hier staat het: een Nicolò

Amati, maar liefst, in 1671 in Cremona gemaakt. Er is dus eerst op gespeeld in Italië, waar is niet zeker, en dan vindt hij zijn weg naar Frankrijk, waar hij prompt gedurende de hele revolutie niet meer wordt waargenomen. Vervolgens duikt hij weer op in Parijs, in 1831. Eénmaal bespeeld door Paganini.'

'Jezus,' mompelt Rohan.

'Het begint echt interessant te worden, en beter gedocumenteerd, in 1865 in Baden-Baden, waar de jonge virtuoos Francesco Avignola, die met zijn "beschermvrouwe" een operette bijwoont in het privétheater van Pauline Viardot, via via hoort dat er een belangrijk instrument in de stad is. In die tijd werd Avignola al de volgende Paganini genoemd, en zijn bereidwillige vriendin, een in ongenade gevallen Habsburgse met een voorliefde voor jonge zuidelijke minnaars, koopt de viool voor hem. Instrumenten kostten toen bij lange na niet zo veel als nu, maar goedkoop waren ze ook niet. Avignola neemt de viool vervolgens mee naar Venetië, Wenen, Berlijn, Boekarest en weer mee terug naar Parijs, maar daar drinkt hij op een dag te veel absint, hij let niet op met oversteken en wordt ten slotte op de Boulevard Montparnasse zo plat als een crêpe gereden door een huurkoets. Zijn ontroostbare prinses krijgt de viool terug en houdt die angstvallig in de gaten. De viool blijft hij bij haar in haar Venetiaanse palazzo en tot 1910 speelt er niemand op. In dat jaar weet ze dat ze stervende is en geeft ze nog één keer een feest, nu het nog kan. De Princesse de Polignac neemt al haar artistieke vrienden mee, inclusief een jonge violist uit Parijs; in een laatste gul gebaar schenkt de beschermvrouwe der kunsten deze Franse kerel de Amati van haar geliefde. Hij bewaakt hem als een tijger totdat hij in de jaren dertig een moeilijke periode doormaakt en hem in Parijs te koop aanbiedt. Dat is het moment waarop hij gekocht wordt door – let op – een anonieme Franse koper, die hem aan Mimi Rácz geeft.'

'Toch niet Marc Duplessis?' zegt Karina.

Jonny haalt zijn schouders op. Hij pakt een ander boek, getiteld *Beroemde violisten uit het verleden en heden*. 'Er staat hier een aardig biografietje van haar in.'

'O ja?' zegt Karina, die het boek nog nooit gezien heeft.

'Hier sta jij: Karina Rookfield. Dit is je oma. Tjonge, wat een schoonheid. Moet je die ogen zien.' Jonny laat hun de foto van Mimi zien, genomen in New York in 1940, die naast haar biografische gegevens staat. Rohan zit op hete kolen, maar wacht af. 'Eens kijken...' Jonny likt aan een vinger en slaat al lezende de bladzijde om. 'Er staat hier dat Mimi Rácz de wereldpremière van de suite *Dans l'ombre des forêts* in 1936 op Avignola's

Amati speelde. Daarna is het weer een sage. Ze gaat op een ongelooflijk slecht moment terug naar Boedapest, trouwt met Tamás Veres en krijgt haar zoon, jouw vader. Net wanneer de Tweede Wereldoorlog op gang is gekomen, nodigt iemand haar uit zes weken naar Amerika te komen. Ze gaat, maar blijft bijna zeven jaar weg, omdat Europa terwijl ze weg is zijn eigen graf begint te graven. Het ergste voor haar is dat in 1944 aan de ene kant de Duitsers Hongarije binnenvallen en aan de andere kant de Russen. Maar wanneer het allemaal voorbij is, heeft ze heimwee, ja echt, héímwee, en gaat ze over het grote water weer terug. Alweer zo'n fantastisch staaltje van Rácz-timing. Ze denkt dat ze haar internationale carrière kan handhaven, maar het communistische regime heeft daar zo zijn eigen ideeën over. Dan in 1956 de revolutie. Pang pang. Russen. Ze weet te ontsnappen, met haar zoon – je vader – maar kennelijk zonder Amati. Sindsdien, noppes.'

'Stik,' zegt Rohan, 'dus ze heeft hem achtergelaten.'

Karina staart naar de brandtrap in de achtertuin. 'Wil je zeggen dat dit allemaal in een bóék staat en dat ik dat nooit gewéten heb?'

'Je vader heeft je dit nooit verteld?' vraagt Jonny.

'Hij zegt altijd dat het verleden voorbij is en dat je vooruit moet kijken en niet achterom. En mijn oma heeft me ook nooit iets verteld. Ze is heel koppig.'

'Maar Duplessis kan die viool voor haar gekocht hebben. Ongelooflijk.' Rohan knijpt even in Karina's schouder.

'We weten dat niet.' Ze schuifelt weg. 'Er staat alleen maar *Franse koper*. Dat zegt niets.'

'De vraag is: Hoe accuraat is dit boek?' zegt Jonny. 'Het is twintig jaar geleden gepubliceerd; er moeten sindsdien nieuwe feiten aan het licht zijn gekomen. Het internet is wat dat betreft één groot kolkend riool, maar je weet nooit welke informatie betrouwbaar is.'

Hoe komt het dat haar oma een viool heeft gehad die aangeraakt is door een paar van de beroemdste figuren uit de muziekgeschiedenis, zonder dat ze daar ooit met één woord over gerept heeft? Als die viool in het bezit van de familie Rookfield was geweest, zouden ze het over niets anders gehad hebben. En haar vader? Die zegt alleen maar: 'Rottweilers.'

Later die avond belt Karina Jamie op school. Terwijl hij jammert over de moeilijke breuken die hij probeert te leren, is zij nog steeds bezig het verleden met het heden te rijmen. 'Trusten, mam,' zegt Jamie met tegenzin wanneer het bijna halfnegen is.

Ze steekt de open haard aan en staart in de vlammen. Om haar heen leidt Lewes een rustig, heuvelachtig bestaan; in de zomer, wanneer het operafestival in landhuis Glyndebourne gehouden wordt, zal het stadje opleven, maar de winter wordt in halfwinterslaap voor het haardvuur doorgebracht. Ook haar leven is rustig en routineus: lesgeven, het huishouden doen, moeder zijn. Althans, dat was zo voordat dit allemaal begon. Ze is een gewone vrouw uit een gewone familie met een gevestigd bestaan, maar is er één facet van de geschiedenis van haar familie dat haar niet raakt? Hebben haar ouders daarom zo veel achtergehouden? Wisten ze dat het haar even onverbiddelijk zou transformeren als vuur hout transformeert?

Ze ziet hoe een brandend houtblok knetterend langs de piramide van stukjes hout en gedraaide kranten tegen het haardrooster zakt. Hout moet groeien, branden of een metamorfose ondergaan. Als boom levert het zuurstof, onderdak of eten. Als je het in brand steekt, geeft het warmte. Maak je er meubels van, dan kan het van alles ondersteunen, van billen tot boeken. Vorm je er een viool van, dan maakt het muziek. Maar omgehakt en verwaarloosd rot het weg.

Karina belt haar ouders. 'Pap? Ik moet je iets vragen over oma's viool,' begint ze nerveus. Doorgaans is ze niet zo nerveus als ze met haar vader praat.

'Wie heeft je nu weer sprookjes verteld?' Dénes klinkt geërgerd.

'Ik ben bij Jonny Goldsmith geweest. Er staat daar een boek met vijfhonderd...'

'O, verdorie.' Dénes kreunt. 'Aiai. Karina, je weet niet hoeveel schade dat boek al heeft aangericht. Sinds het werd gepubliceerd, sinds de informatie op het internet is verschenen' – Dénes haat het internet meer dan iedere andere moderne vinding – 'is dit al honderd keer gebeurd. De mensen bellen me op: "O, meneer Veres, wat enig om met u te praten, de beroemde cello-leraar, de zoon van Mimi Rácz, enne, o ja, wat is er met de Amati gebeurd?" Karina, ik zeg je: pas op je tellen. Iedereen wil die verdomde rotviool hebben. Iedereen die op je afkomt met de mededeling dat-ie iets met jou of mij of mijn arme oude moeder wil, líégt als de pést. Ze willen die viool, want die is inmiddels heel veel geld waard. Of ze willen hem "voor je verkopen", met andere woorden: je afzetten, of er zelf op spelen, voor niks.'

'Ja, ja.' Karina krijgt het onverklaarbaar koud.

'Stomme klootzakken. Zeg maar tegen hen: *baszd meg!* Zo, en hoe doet die zoon van jou het op die dure school?'

Wanneer Karina het gesprek beëindigt, is ze verwarder dan ooit.

Haar mobieltje piept. Op het schermpje ziet ze: 4tet akkoord met 5tet. 1e rep 28 feb. OK? R

Julian, die een halfuur later uit zijn werk komt, treft haar rillend en met opgetrokken benen aan in haar leunstoel bij de haard. ‘Schat, je bent ziek. Heb je koorts?’

‘Nee, nee, met mij is niets aan de hand.’

‘O, mijn lief, wat knaagt er aan je? En dat brengt me bij de vraag: Wat eten we?’

Karina heeft geen eten gemaakt. Ze heeft geen trek.

‘Wat is er aan de hand? Moet ik de dokter bellen?’ Hij wrijft haar kille handen warm.

‘Nee, lief, het gaat best.’

‘Zullen we pizza eten? Zou je daarvan opvrolijken?’

Ze hijst zich overeind. Ze moet hoognodig terug naar de werkelijkheid.

Terwijl ze sla eet, kijkt Karina hoe Julian zijn pizza in symmetrische stukken snijdt. Alles aan zijn manier van eten is netjes en geordend. Ze heeft al eerder pizza gegeten, toen ze met Rohan in Soho lunchte. Hij viel meteen aan op het midden waar de sappigste groenten zitten en de kaas het zachtst is; hij heeft de harde, droge randjes laten liggen. Cultiveert hij hun relatie in de hoop de viool van haar oma in handen te krijgen? Al die meelevendheid – gebruikt hij haar? En nu moet ze notabene in Boedapest kwintetten van Mozart met hem spelen.

‘Wat ís er toch?’ wil Julian weten. ‘Moet je ongesteld worden?’

‘Ik mis Lindy,’ zegt Karina. Het is waar.

‘Ik weet het. Dat doen we allemaal. Maar misschien moet je ook eens je andere vriendinnen opzoeken. Nicki heeft onlangs toch een bericht voor je ingesproken? Waarom ga je niet een keer met haar weg?’

‘Dat wil ik niet. Ze doet me te veel aan vroeger denken. En ik heb geen zin in dat geklaag van ik kan geen man vinden en ik heb geen werk. Ze zou het allebei heel gemakkelijk kunnen vinden als ze dat wilde, maar ze vindt altijd dat ze er recht op heeft en geen moeite hoeft te doen.’

‘Maar wat zou dan wel helpen?’ Julian maakt een geïrriteerde indruk.

Karina vraagt zich af waarom mannen toch altijd dingen willen dóén, in plaats van ze gewoon te beleven, en ook waarom ze verwachten dat ze fundamentele zaken ingrijpend kunnen veranderen met oppervlakkige instantactie. ‘Misschien moet ik naar een rouwconsulent,’ zegt ze.

‘Je hebt geen consulent nodig,’ protesteert Julian. ‘Je hebt mij toch.’

Tijdens het zondagmiddagmaal aan Forest Road legt Karina haar ophanden zijnde reis naar Hongarije uit, terwijl Jamie met de animo van een jongen die zich instelt op de ontberingen van het veldlopen, aanvalt op Erzsébets goulash. 'Ik heb erover gedacht Jamie met me mee te nemen,' voegt ze eraan toe.

'Boedapest?' Jamies vork blijft in zijn mond steken. 'Wanneer, mam?'

'Tijdens je paasvakantie.'

'Wat moet Jamie in Boedapest terwijl jij optreedt?' vraagt Julian zich af.

'Er is niet zo veel aan voor een kind,' merkt Erzsébet vriendelijk op. 'Je zou met hem naar Margaretha-eiland kunnen gaan, wat een heerlijk uitje is, maar...'

Karina had niet genoeg nagedacht over de druk die het geeft wanneer je als uitvoerend artiest naar het buitenland gaat in plaats van als vakantie vierende ouder. 'Hij zou kunnen luisteren,' oppert ze. 'Toch, Schnoek? En we kunnen plekken zoeken waar mijn oma gewoond heeft en waar jouw opa is geboren. Je kunt iets te weten komen over hoe het is Hongaar te zijn.'

'Ik ben geen Hongaar,' zegt Jamie kauwend. 'Ik ben Engelsman, ik bedoel, Brit.'

'Je bent een tweedegeneratie-Brit, van mijn kant,' vertelt Karina hem. 'Weet je wat dat betekent?'

'Jij was de eerste generatie van jouw familie die in dit land geboren is,' gooit Jamie er prompt uit. St.-Matthew heeft zijn jongens gedrild in het immigratiejargon. 'En ik ben de tweede. Maar papa is helemaal Brits, dus ben ik geen tweede iets.'

'Dat ben je wel, een beetje. Zou je niet graag willen zien waar oma en opa vandaan komen?'

'Ze zijn nu toch hier? Oma, mag ik alsjeblieft nog een beetje goulash?'

Dénes vangt over het broodmandje heen Karina's blik op. 'Jij was net zo,' zegt hij tegen haar. 'Je wilde het niet weten toen je jonger was. Eerst had je het te druk met school, vriendinnetjes, vriendjes, je opleiding, het orkest. Toen trouwde je. Toen kreeg je Jamie. Wanneer ging je voor het eerst aan Hongarije denken? En, zoals ik al zei: Waarom zou je? Bovendien zag de wereld er toen anders uit. We hadden nooit gedacht dat het IJzeren Gordijn nog eens zou verdwijnen en ik ben van mening dat je niet in een ander land kunt leven als je je niet aanpast.'

'Ik wil er nu wel heen. Heel graag zelfs. Ik hoop dat je het niet erg vindt,' durft Karina te zeggen.

'Erg vindt? Zou ik het erg moeten vinden? Het is jouw leven, als jij je tijd wilt verdoen met oude verhalen...'

'Pap, ik wil het zien. En ik denk dat je hier misschien Hongaarser bent dan je daar ooit zou zijn geweest,' brengt Karina te berde.

'Je kunt Dénes uit Hongarije halen, maar Hongarije niet uit Dénes,' voegt Julian eraan toe.

'Je hebt gelijk, ik ben nog in een andere wereld.' Dénes, wiens houding doet denken aan een eerste cellist in vervoering, gebaart theatraal. 'En soms wanhoop ik aan deze. Ik zie mensen in de supermarkt als dikke slakken met kinderen die net zo zijn; het kan me niet schelen dat mensen dik zijn, maar dat ze hun kinderen dat voorbeeld geven! Ze stoppen hun lijf vol met junkfood en hun hoofd met junk-tv. Maar die mensen zijn vríj! Ze hebben geen ÁVH, ze worden niet gearresteerd en gemarteld of naar Siberië gestuurd, er rijden geen Russische tanks door de straten, ze hebben iedere luxe die je maar kopen kunt. En wat doen ze met die vrijheid? Die spoelen ze door de plee! Ze hebben de vrijheid om te leren, denken, verkennen, scheppen, maar ze doen geen van die dingen. Terwijl het leven zo'n kans is! Een kunstenaar zijn, scheppen, de mensen verheffen – als je dat doet, ben je volledig mens. Jamie, luister naar je oude grootvader. Je hebt maar één leven, en dat is dit leven. Doe niet als de dieren. Gebruik het goed.'

'Waarom zouden er Russische tanks door de straten rijden, opa?' vraagt Jamie.

'Nog wat goulash, Jamie?' fleemt Erzsébet. 'Moet je zien wat er nog over is. Je moet me helpen.' Ze schept nog drie extra lepels op zijn bord.

'Je hoeft Jamie niet mee naar Hongarije te nemen,' zegt Julian tegen Karina, terwijl hij een hap goulash neemt. 'Hij is er al... Nee, zonder gekheid, ik zal de vrijdag vrij nemen – ik heb al in geen maanden meer een vrije dag gehad – en dan zorg ik ervoor dat ik het hele weekend thuis ben. Dan brengen we jou naar het vliegveld en halen je zondag weer op. Hoe klinkt dat?'

'Karina, het is goed dat je ineens professionele kamermuziek gaat spelen. Waarom doe je het nu?' vraagt Dénes zich af, nu hij is uitgeraasd.

Het is net alsof Karina haar ouders door zacht gaas heen ziet. 'Je kunt het meisje uit de muziek halen, maar je kunt de muziek niet uit het meisje halen,' verklaart ze.

'Het zal je goed doen,' verklaart Erzsébet. 'Je hebt in je leven meer nodig dan het moederschap en lesgeven, Karina.'

Jamie kijkt op en vraagt: 'Waarom?'

# HOOFDSTUK 16

Rohan moet lachen wanneer Karina hem vertelt hoe verontwaardigd Jamie was toen ze zei dat ze vioolspelen misschien wel even bevredigend vond als het moederschap. Terwijl ze op een koude middag met opgetrokken benen in haar leunstoel zit te bellen, ziet Karina hem voor zich in zijn woning: de gebogen balustrade, de vrolijke bloembakken in de vensterbank. Hij heeft een week rondgetoerd met het kwartet.

'Ik vind het vreselijk dat hij niet thuis is,' zegt ze. 'Echt waar.'

'Maar ik zou denken – vergeef me, Karina, maar ik weet niks van het opvoeden van kinderen, al zou ik dat wel graag willen – dat de keuze van een school een gezamenlijke beslissing van jou en Julian zou moeten zijn.'

'Ja, dat zou je wel denken, hè?' Karina's gedachten nemen een onverstandige wending: Wil Rohan kinderen?

'Kinderen hebben is nooit gemakkelijk, denk ik,' merkt hij op.

'Hoe was het vroeger bij jullie thuis?'

'Luidruchtig! We maakten heel lawaaiig ruzie en dan kusten we het weer af en vergaten we het. Ik zou niet graag onze buren hebben willen zijn, want afgezien van het geschreeuw speelde ik viool, en toen werd Liora nog een punker en kocht ze een gitaar en verfde ze haar haar roze. Daar is heel wat trammelant om geweest in Kingsbury! Maar tijdens de schooltrimesters waren ze in ieder geval van me verlost.'

Karina lacht en probeert zich Rohan als tiener voor te stellen. 'Was jij ook rebels?'

'O, nee. Ik wou dat ik het was geweest. Ik oefende alleen maar. Ik was afgrijselijk ijverig en verlegen.'

'Jij? Verlegen?'

'De kinderen op mijn lagere school plaagden me altijd met mijn accent. Ik wist niet dat ik er een had, maar ze lieten met altijd *four* zeggen en dan kwam het er kennelijk uit als *foor*. Ik had dat gewoon van mijn ouders overgenomen.'

Karina vertelt hem over haar ervaringen in de eetzaal van de school.

'Tjee,' zegt Rohan, 'wat kunnen kinderen toch ongelooflijk wreed zijn.'
'Maar toch nemen we ze nog.'
'Of zouden ze willen nemen.'
'Ro, er kan zo een leerling komen. Ik moet ophangen.'
'Karrie, kunnen we maandag samen lunchen? Ik heb je heel veel te vertellen. Om een uur? Bij Lane?'
'Prima. Ik zal er zijn.'
Karina's eerste leerling komt over vijf minuten. Ze doet een paar oefeningen om op te warmen en haalt de kwintetten van Mozart van haar standaard. Ze heeft al zo hard gewerkt dat ze haar aandeel bijna uit haar hoofd kent. Door het raam ziet ze het meisje met haar moeder aan komen lopen. Tijdens het lesgeven kan ze tenminste aan niets anders denken.

'Moet je kijken.' Rohan tilt een papieren tas uit zijn rugzak en geeft die over de houten tafel bij Lane aan Karina. Er zit een oud boek in met een omslag die een beetje gevlekt is en bladzijden die aan het vergelen zijn. *Marc Duplessis: Zijn leven en werken*, van Pierre Vincente. 'Het is al tientallen jaren niet meer in de handel en ik dacht dat je het misschien niet had,' zegt Rohan. 'Ik heb het via het internet tweedehands gekocht. Er staat een fantastische foto van Mimi in.' Hij slaat het boek open en wijst.
Daar is haar oma, zittend in een Parijs koffiehuis, lachend naar de lange, zware Duplessis, met zijn grote voeten en handen en zachte, steile haar. Karina heeft deze foto nog nooit gezien. Ze heeft nog nooit van het boek gehoord. Niet via haar vader, en ook niet via Mimi, zelfs niet toen ze de suite op het conservatorium aan het leren was.
'Pierre Vincente? Wie is dat?'
'Hij was een Parijse criticus, een goede vriend van Duplessis. Het is een heel menselijk boek, en daarom is het waarschijnlijk ook niet meer herdrukt. Kennelijk zijn musicologen wars van alles wat hun eraan herinnert dat muziek in wezen door mensen gemaakt wordt. Kijk er maar even in, dan haal ik ondertussen de lunch.'
'Ro, laat mij nou eens de lunch betalen, wil je?'
'Nee, jij blijft hier zitten lezen. Lasagne?' Het is nu hun routine, wanneer Rohan een maandag vrij heeft. Ze eten lasagne en sla en drinken vers sinaasappelsap; later nemen ze koffie en samen een stuk taart, waarvan ze in het begin altijd nadrukkelijk zeggen dat ze het deze keer niet nemen.
Karina gaat lekker zitten en leest.

*Het was in het Parijse Gare de l'Est dat Duplessis bij toeval voor het eerst de vrouw ontmoette die zijn muze zou worden: de Hongaarse virtuoso Mimi Rácz. Hij was op het station om zijn broer uit te zwaaien die naar Zwitserland reisde, toen hij Rácz met haar koffers en viool in de gaten kreeg. Ze kwam de trein uit waarin ze zojuist vanuit Boedapest was gearriveerd en zou over een paar dagen in Parijs het vioolconcert van Brahms ten gehore brengen. Duplessis had Rácz het jaar daarvoor in de Franse hoofdstad horen spelen toen de jonge violiste, die toen pas negentien maar reeds wereldberoemd was, haar debuutrecital gaf. Hij was intens ontroerd geweest door de vitaliteit van haar spel en de magische variëteit in haar expressieve klank. Toen hij het gerucht hoorde dat ze, een paar generaties terug, afstamde van een lange lijn van Hongaarse zigeunermuzikanten, vergrootte dat alleen maar zijn belangstelling.*

'Een paar generaties terug?' zegt Karina ongelovig.

*Duplessis zocht zich tegen de stroom arriverende reizigers in een weg op het drukke perron en wilde zich op zijn gebruikelijke zachtmoedige wijze net aan Rácz voorstellen als componist en bewonderaar, toen Rácz hem aanzag voor de taxichauffeur die de leiding van het orkest had gestuurd om haar af te halen. Ze overhandigde hem dan ook prompt haar bagage. Duplessis, die diep onder de indruk was van haar schoonheid, voldeed maar al te graag aan dit verzoek. Ze was levendig en babbelde er lustig op los; ze sprak een uiterst gebrekkig, maar enthousiast Frans, en tegen de tijd dat Duplessis met haar bij de taxistandplaats arriveerde, had hij al menig verhaal over haar reis vanuit Boedapest gehoord.*
*Pas toen ze in de rij gingen staan, begreep Mimi Rácz dat Duplessis geen chauffeur was, maar een opportunistisch musicus. Duplessis zette al zijn, niet geringe, charme in en gaf de toevallige misleiding toe, waarna hij haar ertoe overhaalde met hem uit eten te gaan. Hij had met haar in gedachten al iets gecomponeerd.*

'Wat idioot – ik weet helemaal niks van die Duplessis,' merkt Karina op, terwijl ze met moeite terugkeert in de werkelijkheid van Brighton. Rohan heeft bijna zonder dat ze het merkte een bord lasagne voor haar neergezet.

'Heeft ze het niet over hem gehad?'

'Niet vaak. Ze had het te druk met over Tamás praten, mijn opa. Ze hield heel erg veel van hem. Ik denk wel eens dat ze denkt dat hij er nog steeds is, na vijftig jaar.'

'Goh...' zegt Rohan. 'Dat is echte liefde.'

'Ik zal het lezen. Heel hartelijk dank.' Karina slaat het boek dicht en kijkt hem over de tafel heen lachend aan.

'Zo, en volgende week repetitie,' zegt hij. 'Hoe voelt dat?'

'Ik zie een beetje tegen de kennismaking op.'

'Ze willen dolgraag kennis met je maken,' lacht Rohan. 'Arme jongens, ze zullen niet weten wat hen overkomt. Toen Malcolm onze agent in Boedapest een Hongaarse naam als extra speler gaf, was hij daar kennelijk erg mee ingenomen. Je wilt voor dit optreden toch wel Veres zijn? En niet Rookfield?'

'O... ja, dat is best.' Karina is zichzelf altijd als een Veres blijven zien, hoewel het in Sussex gemakkelijker is om als een Rookfield door het leven te gaan.

'Weet je het zeker?' Rohan merkt dat ze aarzelt. 'Ik dacht dat het leuk zou zijn om je muzikale identiteit in je naam te vangen. Er zit veel vast aan die naam. De mensen herinneren zich misschien je vader nog.'

'Ik betwijfel het. Hij was pas achttien toen hij vertrok.'

Rohan en Karina beginnen te eten. De energie hangt trillend als een aangeslagen snaar tussen hen in.

'Ik heb op het internet ook nog een paar interessante dingen gevonden,' zegt Rohan na een paar minuten, terwijl hij weer in zijn rugzak rommelt. Hij reikt Karina een pak geprinte vellen aan; op het bovenste prijkt een foto van een viool. Er volgt een lijst van alle voorwerpen die worden tentoongesteld in een muziekinstrumentenmuseum in Boedapest. Ze leest: *VIOOL – laat zeventiende-eeuws. Heeft een label van Nicolò Amati, maar wordt niet authentiek geacht. Aangekocht in 1958.*

'Waarom denk je dat die van Mimi is?' De vragen schieten door haar heen. Stel dat het de gezochte viool is? Zouden haar vader en oma proberen hem weer in hun bezit te krijgen? Hoe komt hij daar eigenlijk terecht? Waarom wordt hij niet authentiek geacht? Hoe kunnen ze geloven wat Mimi zegt, wanneer haar geest zo vaak ergens tussen Twickenham, Boedapest en de ruimte vertoeft? Zou het waar kunnen zijn dat Rohan alleen maar met haar wil omgaan vanwege Mimi's verdwenen Amati?

Ze slaat de biografie van Duplessis op een willekeurige plek open. De volgende woorden trekken haar aandacht: '*...in 1938 was haar zoon, Dénes, pas geboren.*

'Wat is er?' vraagt Rohan.
'Er staat hier iets over mijn vader.'

*Mimi Rácz en de kleine Dénes kwamen met een entourage van kindermeid, agent en secretaresse in Parijs aan. Wederom haalde Duplessis haar in het Gare de l'Est af. In grofweg tweeënhalf jaar tijd had de carrière van Rácz na de première van* Dans l'ombre des forêts, *geholpen door de goed lopende grammofoonplatenverkoop, een hoge vlucht genomen en was ze een ster geworden. Nu was ze op weg naar Cherbourg om met de* Île de France *naar New York te gaan. Haar echtgenoot, Tamás Veres, was in Boedapest gebleven; of dat was vanwege zijn verplichtingen op de universiteit, de druk van deadlines voor zijn volgende vertaling (Balzacs* Nicht Bette) *of een meningsverschil tussen hem en zijn vrouw zullen we wel nooit weten.*

'Prachtig dat ze ruzie omschrijven als "een meningsverschil",' merkt Karina op.
'Ga door,' zegt Rohan.

*Mimi liet de baby achter onder de hoede van de kindermeid en ging met Duplessis dineren, die haar de herziene versie van* Dans l'ombre des forêts *overhandigde, waarvan hij delen naar aanleiding van haar opmerkingen had veranderd. Mimi las het manuscript aan hun restauranttafeltje door. Toen stelde ze voor, zo verhaalt Duplessis: 'Mijn beste Marc, waarom schrijf je niet een concert voor me? Geef me een zigeunervioolconcert, met een volledig orkest en een cimbaal, en we zullen samen onsterfelijk worden.'*
*Marc legde zo goed en kwaad als hij kon, uit dat het schrijven van zo'n concert in een klimaat van recessie, armoede en opkomend nationalisme zinloos en mogelijk zelfs gevaarlijk was. 'Wie zal het uitvoeren?' vroeg hij.*
*'Ga met me mee naar Amerika,' had Mimi meteen gezegd. 'Daar vinden we wel een publiek.'*
*Marc had gezegd dat dat onmogelijk was. Hij moest lesgeven aan het conservatorium en zij was een getrouwde vrouw met een kind. Maar ze hield vol. Als hij met haar meeging naar de States, kon zij hem voorstellen aan ieder orkest waarmee ze optrad, en samen konden ze hun plannen presenteren voor een concert dat in de Nieuwe Wereld, ver weg van het door*

*strijd verscheurde Europa, misschien met open armen ontvangen zou worden. Het zouden zes goedbestede weken worden. Rácz was overtuigend, en Marc Duplessis ging, naar zijn zeggen tegen beter weten in, in juli 1939 met haar aan boord van de* Île de France.

Ook in de trein terug naar Lewes blijft Karina lezen. Ze leest urenlang voordat Julian thuiskomt; ze leest na hun late avondmaal terwijl Julian, bekaf van de allerlaatste strubbelingen met Carsten Schmidt, dapper wakker probeert te blijven bij het *Law Society Journal.* Hoe is het mogelijk dat Mimi een aantal jaren de belangrijkste persoon in het leven van Marc Duplessis is geweest zonder dat zij daar iets van wist?

'Ik heb je nieuwe kwartet nog niet ontmoet,' merkt Julian geeuwend op.

'Ik ook niet.'

'Maar die knaap, Rowan of hoe hij ook heten mag. Je lijkt op goede voet met hem te staan.'

'Mimi fascineert hem. Hij is ervan overtuigd dat haar Amati nog moet bestaan, maar dan moeten we hem wel eerst vinden. En zijn vader heeft Duplessis gekend.'

'Gebruikt hij Mimi en die verrekte viool niet gewoon om jou te versieren?' oppert Julian. 'Als een kerel een affaire met een getrouwde vrouw wil, zal hij haar daartoe moeten overhalen. En belangstelling tonen voor haar beroemde oma en haar vermiste viool zou een heel goeie manier zijn om dat te doen.'

Karina legt het boek neer. Eerst denkt haar vader dat Rohan haar gebruikt om Mimi's viool te pakken te krijgen, en nu denkt Julian dat Rohan Mimi's viool gebruikt om háár te pakken te krijgen. Beide argumenten zijn plausibel. 'Rohan is een goede vriend,' zegt ze.

'Nodig hem dan eens uit voor het eten. Laten we op 24 maart een fuif geven ter ere van je naamdag.'

'Het zou kunnen wachten tot mijn verjaardag,' zegt Karina aarzelend. Dat is pas in juni.

'Waarom? Je vond dat naamdaggedoe altijd zo leuk. Het heeft iets aardigs, een dag om een naam te vieren, en het is pas over een maand. We zouden Andy en Sarah kunnen uitnodigen, dat hebben ze nog van ons tegoed, en we kunnen Ro-dinges en wie je maar wilt ook uitnodigen.'

'Als jij dat wilt,' zegt Karina, 'dan doen we dat.'

'En, zigeunerinnetje, wat steek je op uit je nieuwe boek?'

‘Heel wat. Wist je dat mijn oma de hele oorlog in Amerika heeft gezeten? En mijn vader ook. En Duplessis ook.’

‘En waar was Tamás?’

‘In Boedapest. Hij was te oud voor militaire dienst. Hij verstopte zich in de kelder van de universiteit terwijl de Russen tegen de Duitsers vochten.’

‘En, heeft ze de Amati meegenomen, of dook die ook onder?’

‘Dat is het eerste probleem: het boek vermeldt dat niet. Het andere probleem is dat iedereen aan de viool denkt. Niet aan de mensen.’

‘Bedoel je... dat Duplessis met haar meeging en Tamás niet?’

Er valt een lange stilte.

‘Mijn opa is altijd zo’n held geweest,’ zegt Karina. ‘Ik weet zeker dat er niets achter stak.’

Omdat Mimi altijd over hem praat – soms tégen hem praat – is Karina’s beeld van Tamás zo ongeveer dat van een heilige. Tamás was de volmaakte man, beweerde Mimi altijd. Knap, intelligent, liefdevol, eerlijk, idealistisch, een goede vader, een sterk mens. Hoe paste Duplessis in het plaatje? Zonder het met zo veel woorden te zeggen, maakt Pierre Vincente volkomen duidelijk dat Duplessis maniakaal, waanzinnig en hopeloos verliefd was op Mimi Rácz.

Haar oma had gezegd: ‘Het is lang geleden.’ Karina had dat opgevat als: ‘Ik kan het me niet herinneren.’ Maar misschien betekende het eigenlijk: ‘Laat die herinneringen maar liever rusten’?

Karina loopt naar haar muziekkast, haalt er de suite uit en gaat met haar vingertoppen langs de noten, alsof ze in braille geschreven zijn. Ze moet ze voelen, met spieren, zenuwen en huid. Als Marc Duplessis haar echte grootvader was...

‘Laten we onder de wol kruipen.’ Julian geeuwt. ‘Ik ben hondsmoe. Je wilt niet weten wat die Schmidt allemaal op ons aan te merken heeft.’

‘Op dit moment zou ik alles geloven.’ De vermoeide Karina weet dat ze niet zal slapen. ‘Ik wil mijn ouders nog even bellen.’

‘Hállo, Schnoekie, ik kan horen dat je vol vragen zit,’ zegt Dénes wanneer Karina hem aan de lijn krijgt. ‘Wat is er gebeurd?’

‘Pap, is het waar dat jij met je moeder naar Amerika bent gegaan toen je een paar maanden oud was? Aan het begin van de oorlog?’

‘Tja, eh, aan het begin van de oorlog was ik dus net geboren. Dus als mijn moeder op tournee naar Amerika ging, zal ik wel meegegaan zijn. Je zult me moeten vergeven als ik me dat niet echt meer herinner.’

‘En is het waar dat Marc Duplessis er ook heen ging, en dat je vader in Boedapest bleef?’

‘Mijn vader had studenten, hij had zijn vertalingen. Dat is niet ongewoon.’

‘Nou, weet je... Ik heb een bock over Duplessis, en oma heeft ooit gezegd...’ Karina stopt. Het zwijgen van haar vader zegt meer dan alles wat ze tot dan toe gehoord heeft.

‘Schnoekie, ga nu niet een en een optellen en er tien van maken,’ zegt hij ten slotte. ‘Zo eenvoudig is het niet. Meer kan ik er niet over zeggen. En nu ga ik naar bed. Met je moeder. Welterusten, Karina.’

‘Mam,’ zegt Jamies verloren stemmetje, ‘mag ik van de week eerder thuiskomen? Op donderdag of zo? Ja, mam?’

‘Wat is er, lieverd?’ Karina staat in High Street in Lewes met twee tassen boodschappen aan haar voeten.

‘Ik kan de rekensommen die we voor huiswerk moeten maken niet. Ik snap ze niet.’

‘Kun je ze niet door iemand laten uitleggen? Een van de anderen?’

‘Nee, dat gaat niet, want dan wordt meneer Whitehouse witheet en dan...’

‘Is meneer Whitehouse degene die je uitscheldt?’

Er valt een stilte. Karina kan Jamie horen ademhalen.

‘Nou ja, als ik moet nablijven ben ik niet de enige,’ zucht Jamie. Een achtjarige die er het beste van probeert te maken.

‘We hebben het hoofd een brief over hem geschreven, schat.’

‘Dat weet ik, en meneer Whitehouse laat het me goed weten ook. Hij scheldt me nu niet meer uit, maar nu neemt hij Calum en Laurence te grazen en hij zorgt ervoor dat een van ons altijd binnen moet blijven wanneer er iets leuks is dat we samen willen doen. Het is afschuwelijk.’

‘Je klinkt moe.’

‘Ja. We hebben... nou ja, je weet wel. We zijn daarna gauw gaan slapen, maar ik kreeg buikpijn en toen werd ik steeds wakker.’

‘O, Schnoekie, je moet daarmee ophouden! Ik wil dat je níét de hele nacht koek en cake zit te eten, doe me een plezier. En luister eens: bij het rekenen doe je gewoon je best, goed? Meer kan een mens niet doen. Het wordt gauw vakantie en dan vragen we Calum en Laurence een weekend hier.’

‘Goed, mam.’ Hij is nog maar acht, maar hij houdt zich kranig.

Op een gewone school zou hij tenminste elke middag aan gemene leraren kunnen ontsnappen. Bovendien, als je zoon in je eigen huis slaapt, weet je dat hij niet om middernacht een hoop suiker naar binnen zit te werken zodat hij de volgende dag te moe is om het rekenen te begrijpen. Ze weet niet of ze moet lachen of huilen. Moet ze er gewoon heen rijden en hem mee naar huis nemen? Het is een verleidelijke gedachte. Er is echter een probleem: morgen heeft ze haar eerste repetitie met Rohans kwartet in Londen.

Nadat ze zich met pijn en moeite door haar lessen heen heeft gewerkt, wacht ze op Julian, maar hij bereidt zich voor op een Europese conferentie over de spoorwegen en belt om halfacht op dat hij nog op kantoor is en aan zijn toespraak werkt.

'Schat, Jamie moet hiermee leren omgaan,' zegt hij wanneer ze hem over het gesprekje van die avond vertelt. 'Je kunt hem bij de eerste hobbel niet meteen weer in de luiers doen.'

In meer richtingen getrokken dan ze voor mogelijk had gehouden, stopt Karina Rohans cd in de cd-speler en gaat dan voor de haard op de grond liggen lezen over Duplessis, waarbij ze helemaal opgaat in haar visioenen van het verleden.

# HOOFDSTUK 17

In de huiskamer met grenenhouten vloer van Harry Macintosh in Camden Town nemen drie paar ogen boven vijf muziekinstrumenten Karina kritisch op.

Harry zit links van haar en speelt altviool in plaats van zijn gebruikelijke viool. Bij een welkomskopje koffie had hij haar ondervraagd met de intensiteit van een presentator van een actualiteitenprogramma. Wie had haar lesgegeven? Hoe lang had ze in het orkest gezeten? Kende ze zijn vriend, de hoofdcellist? Karina dronk haar koffie en probeerde een lachend gezicht te zetten.

Malcolm, de witharige cellist, had haar nog meer van haar stuk gebracht. 'Rohan kan heel goed mensen overtuigen,' had hij op scherpe toon gezegd. 'Je weet natuurlijk dat het St.-Francis míjn kwartet is. Ik ben de oprichter en ík heb de leiding. Als je last van iemand hebt, Karina, kom je meteen bij mij, oké?' Karina probeerde weer te glimlachen.

'Dan is er nog één belangrijk ding: eten.' De violist, Yevgeny, die de anderen Genya noemen, bracht meteen een lach op haar gezicht. 'We spelen. Dan eten we! Karina, neem maar een koekje. Lyuba, mijn vrouw, bakt koekjes voor repetitie.' Hij liet een koelkastdoos rondgaan met koekjes met chocoladestukjes erin die niet smelten in de mond, maar veranderen in één zalige zachte massa.

'Lyuba's kookkunst wordt nog eens onze dood,' merkte Harry op, terwijl hij zijn derde koekje verorberde. 'Als Rohans muziek dat al niet heeft gedaan. Heeft hij je al gedwongen naar zijn zelfgemaakte cd te luisteren, Karina?'

Rohan ving Karina's blik op en knipoogde. Ze knipoogde terug. Harry zag het. Karina had algauw door dat Harry niets ontging. Zijn ogen gingen even naar haar gouden ringen.

'Kom, jongens,' zei Rohan. 'Laten we ertegenaan gaan.'

Karina heeft haar plaats in de open cirkel van het kwintet ingenomen en concentreert zich. Ze stelt haar gehoor in op Harry als de speler met wie ze het vaakst een samenklank moet creëren.

'Wat je moet doen is een beetje harder spelen, Karina,' zegt Harry tegen haar nadat ze het eerste deel hebben doorgenomen. 'Probeer gelijke tred te houden met Ro en mij.'

'Je doet het fantastisch, Karrie,' voegt Rohan eraan toe. 'Je klank is prachtig.'

Malcoms gezicht verraadt ontevredenheid. 'Ik vind het tempo iets te traag,' zegt hij.

Rohan stelt Harry's metronoom af op de aanduiding boven aan de eerste bladzij. Hij klikt met precies de snelheid waarin ze hebben gespeeld.

'De ensembles die met oorspronkelijke instrumenten spelen hebben de tempi van Mozart over het geheel genomen opgevoerd,' legt Malcolm uit. 'De mensen verwachten tegenwoordig iets levendigers.'

'Wil je een andere editie gebruiken?' vraagt Rohan. Zijn partituur is overdekt met uiterst gedetailleerde potloodaantekeningen van vingerzettingen, fraseringen en dynamiek – Karina heeft zoiets nog nooit gezien.

'Nee, ik zeg alleen maar dat we het ietsje sneller moeten proberen.'

'Je moet alles één keer geprobeerd hebben.' Rohan bladert terug naar het begin. Ze beginnen opnieuw; Karina, die probeert het nieuwe tempo bij te houden, zit te zweten en probeert zich nergens zorgen over te maken.

De geprikkelde sfeer trekt bij; ze zijn met hun vijven zo gefocust op hun taak dat er algauw geen ruimte meer is voor stekelige opmerkingen. De verschillen van mening komen en gaan. Malcolm wil een basisconcept veranderen, maar de anderen zijn het er niet mee eens; Harry en Malcolm verkondingen dat Genya te luid klinkt; Malcolm en Rohan maken samen grapjes over altvioolspelers. De twee violen zijn echter als één viool. Terwijl ze samen spelen wordt Karina overweldigd door het gevoel dat ze Rohan al heel lang kent, een gevoel dat ze tot nu toe steeds naar de achtergrond heeft gedrongen.

'Klinkt goed, Karina,' zegt Harry wanneer ze lunchpauze nemen. 'Je maakt me nog werkloos.'

'Natuurlijk niet!' De nieuwkomer. Voelde Jamie zich zo ook op school?

Rohan raakt haar arm aan. 'Woonde Lindy hier ergens in de buurt?'

'Niet ver hiervandaan.'

'Naar voor je dat het uitgerekend hier is.'

'Het geeft niet. Het zal me goed doen te zien dat Camden nog bestaat.'

'Laten we wat rondlopen, dan kun je me het een en ander laten zien. Hé, jongens, om halfdrie terug.'

Het is lang geleden dat Karina door Camden High Street liep. Er zijn toeristen op weg naar de markt, in geringe aantallen omdat het winter is; afval en sigarettenpeuken waaien tegen de stoeprand; het eenrichtingsverkeer baant zich langzaam een weg. Aan de overkant is de halte waar zij en Lindy niet in de overvolle bus stapten om – voor de laatste keer – naar Harvey Nichols te gaan.

'Het is net of ik op iedere straatsteen Lindy zie,' bekent Karina.

'Gaat het wel? Wil je liever ergens anders heen?'

'Nee, ik moest toch een keer terugkomen. Wil je de winkel zien waar ze werkte?'

Ze gaan een Griekse bakkerij binnen waar Karina en Lindy zichzelf vaak trakteerden op olijfbrood en amandelcroissants. Terwijl ze hun brood opeten lopen ze naar de spoorbrug en slaan dan de hoek om naar de boekwinkel; onderweg komen ze langs Zucchini.

'We hebben hier vaak gegeten,' zegt Karina. 'Ik moet eigenlijk even binnenwippen en Pietro gedag zeggen.'

'Laten we hier later met zijn allen gaan eten, als je dat wilt?' stelt Rohan voor. 'Misschien helpt het je haar geest te verdrijven.'

Karina duwt de deur open. Het is vol in het restaurant; Pietro, een statige figuur met een zwart-wit schort voor, serveert een schotel voorgerechten. Hij kijkt even op, kijkt nog eens, zet de voorgerechten neer en loopt met open armen op Karina af. 'Mevrouw Lindy Rookfield van de boekwinkel, ik ben zo verdrietig, ik mis haar!'

'Ik ook, Pietro!' Karina omhelst hem.

'Die arme vrouw. Zo onschuldig. Ze deed haar werk. En niemand geeft iets om veiligheid. Mevrouw Karina, komt u weer eens bij ons?'

'Vanavond kom ik eten, met een paar vrienden, als je nog plaats hebt voor ons vijven. Pietro, dit is Rohan. We maken samen muziek.'

'U maakt mooie muziek! En daarom reserveer ik de beste tafel.'

'Tot straks dan,' zegt Karina glimlachend.

In de boekwinkel is het even kil als altijd. Eerst denkt Karina, terwijl ze aarzelend bij de deur staat, dat er niets is veranderd, maar dan voelt ze algauw dat de doelgroep van de winkel niet meer dezelfde is. Waar vroeger Lindy's handgeschreven kaartjes op de tafels stonden met eigenzinnige tekstjes erop ter aanbeveling van ongewone romans, staan nu voorbedrukte kaartjes met SPECIALE AANBIEDING: 3 VOOR DE PRIJS VAN 2. Op de plank waar Lindy een afdelinkje had gecreëerd met het opschrift ALS U HIERVAN HIELD, MOET U DIT EENS PROBEREN, heeft Paul de mededeling TOP TIEN gezet. Bij de toonbank staart Paul Karina aan alsof hij Lindy's geest ziet. Ze geeft hem een hand en stelt Rohan aan hem voor.

'We doen meer ons best om met de zwaargewichten in de hoofdstraat te concurreren,' vertelt Paul.

Er is in de winkel een tijd niet afgestoft. Lindy deed altijd alles zelf. 'Hoe lopen de zaken?' vraagt Karina.

'Naar verhouding niet slecht. De eigenaar overweegt de winkel helemaal op te knappen of hem te verkopen.'

'Het zou Lindy's hart gebroken hebben als de winkel ten onder ging.' Karina voegt er niet aan toe dat ze het even erg had gevonden dat de persoonlijke touch verdwenen was, het non-conformistische enthousiasme dat haar trouwe klanten zo aantrekkelijk hadden gevonden.

'Je gelooft het niet, maar er was de vorige zomer een soort treinramptoerisme. De mensen kwamen zich hier vergapen omdat ze in de krant iets over Lindy hadden gelezen.'

Karina kijkt naar wat ooit Lindy's bureau was. De foto van Jamie is verdwenen.

'Kom, Karrie, we moeten eens terug.' Rohan merkt dat ze het moeilijk heeft en leidt haar naar de deur.

'Ik wil vanmiddag niet huilen.'

'Het geeft niet. Ze weten van Lindy af. Ze zullen tactvol zijn, dat beloof ik je, zelfs Malcolm.'

'Ro, jij denkt ook overal aan.'

'Ik wil gewoon dat alles probleemloos voor je verloopt.' Rohan slaat een arm om haar middel.

'Mijn man wil je voor het eten uitnodigen bij ons thuis,' zegt Karina.

'Je man?' zegt Rohan haar na, terwijl hij een beetje afstand neemt. 'Wanneer?'

'Op 24 maart. Dat is mijn naamdag. Het is een oude Hongaarse gewoonte: iedere naam heeft een speciale dag waarop feest wordt gevierd. Julian is nieuwsgierig naar je, dus stelde hij voor een etentje te geven.'

'Als ik niet ergens speel, zou ik dat graag willen. Kook je dan Hongaars?'

'Misschien. Ik heb er nog niet over nagedacht. Julian vraagt een vriend van het ministerie van Transport. Het zou niet helemaal zijn wat hij gewend is. Het is zware kost – er wordt veel reuzel in verwerkt!'

'Des te beter!'

Karina laat haar somberheid varen en lacht met hem mee.

Wanneer Harry de deur opendoet, zijn ze nog steeds aan het giechelen.
'Wat hebben jullie?' vraagt Harry.
'Lang verhaal,' zegt Rohan. 'We hebben een fantastisch restaurant gevonden waar Karina altijd heen ging met haar vriendin Lindy.' Hij dempt zijn stem – Karina vraagt zich af waarom. 'We hebben een tafel voor vanavond geboekt, dus als je mee wilt...'
'Klinkt leuk. Alison werkt tot vanavond laat. Natuurlijk goed dat er íémand geld verdient, maar toch. Genya? Ga je mee eten?'
Karina merkt dat haar drie collega's Malcolm niet uitnodigen.

Later begrijpt ze waarom. Het is halfzeven als ze gezamenlijk het restaurant binnen stappen; moe, hongerig en blij na een dag stevig doorwerken. Pietro begroet hen met *prosecco*, voor rekening van de zaak ter ere van Lindy; dan staat hij erop voor hen het voorgerecht te kiezen. De muzikanten proosten. 'Op onze nieuwe violiste!' zegt Harry, terwijl hij Karina opneemt.
'Bedankt dat jullie me in jullie midden hebben opgenomen.' Karina straalt. 'Ik vond het een heerlijke dag.'
'Je past goed bij ons,' verzekert Rohan haar.
'Karina, je bent een fantastische violiste. Je moet meer spelen. Op jou!' Genya heft zijn glas.
'En, kun je tegen onze cellist?' vraagt Harry.
'Hij is een uitstekende cellist.' Karina probeert tactvol te zijn, maar de anderen rollen om van het lachen.
Malcolm, vertellen ze, wil op alles greep houden. Hij is een slavendrijver, een zeurpiet die iedereen die iets met muziek te maken heeft tegen de haren in strijkt. Ze hebben het kwartet nodig en genieten ervan ondanks zijn aanwezigheid, maar ze kunnen hem niet ontslaan omdat hij het St.-Francis Quartet strikt genomen bestiert. De naam, zo leggen ze uit, is voortgekomen uit het feit dat hij hen oorspronkelijk bij elkaar heeft gebracht voor een concertweek die hij in Assisi had georganiseerd; het ensemble liep zo goed dat hij na afloop voorstelde door te gaan.
'Dat was vijf jaar geleden,' zegt Harry. 'De mensen schijnen ons te mogen en we hebben een opnamecontract, wat in deze tijd vrij zeldzaam is. Maar toch...'
'Hij denkt mijn groep, dus ik moet de baas zijn,' merkt Genya op, terwijl hij een stuk ciabatta in de olijfolie doopt. 'Maar wij vinden niet altijd leuk. Ik vind bijvoorbeeld kwartet dat Rohan schreef mooi, maar als ik zeg wij moeten dit spelen, Malcolm zoekt reden om iets anders te doen.'

'We moeten ophouden met mopperen, want anders verlaat Karina ons net nu het goed gaat,' zegt Rohan.

Relaxed door de *prosecco*, genieten van de lang gemiste vertrouwdheid van Zucchini, en met Rohans mouw die langs de hare strijkt en de tevreden pijn in haar armen na een hele dag vioolspelen, begint Karina hun te vertellen over Jamie, het orkest, de verdwenen Amati, Mimi, Duplessis. Ze luisteren geboeid en Rohan tilt een lange arm op en bestelt stilletjes nieuwe wijn. En als Harry en Genya Rohan zouden willen vragen of er iets tussen hen tweeën is, doen ze dat niet. Ze kan zich niet heugen wanneer ze voor het laatst zo veel heeft gepraat. Ze stelt zich Lindy voor die goedkeurend toekijkt: dit is je plek.

'Mama?' zegt Jamie.

Het is halftien; Karina is op weg naar huis. De trein is te laat. Haar vioolkoffer ligt in het bagagerek, waar die van Rohan had gelegen toen ze elkaar voor het eerst ontmoetten. Haar hoofd zit vol muziek, maar daardoorheen klinkt Jamies stem door de telefoon als een ver alarm.

'Wat is er, Schnoekie? Hoe is het met rekenen gegaan?'

'Een ramp.' De trein maakt zo veel lawaai dat Karina niet kan horen of haar zoon huilt of niet.

'Wat is er gebeurd?'

'Hij praat zo naar tegen ons wanneer we ons proberen te concentreren. Hij doet net of we hartstikke debiel zijn. Hij is zo eh... hoe noemde Calum dat ook alweer? Sacrastisch?'

'Sarcástisch, schat.'

'Hij doet het gewoon omdat hij het leuk vindt. Omdat hij het kan doen. En, mama, wil je alsjeblieft niet meer naar het hoofd schrijven, want dan wordt het alleen maar erger!'

Karina doet haar ogen dicht. Ze heeft een mooie dag gehad, maar tegen welke prijs? 'Hij zit toch niet aan jullie, hè?' peilt ze voorzichtig.

'Nee, maar ik haat hem, ik haat hem echt.'

Met al die angst omtrent pedofilie, peinst Karina, is er niet veel aandacht geweest voor het feit dat er nog steeds leraren bestaan die ervan genieten hun kleine pupillen puur psychische pijn te bezorgen. 'Luister, schat, het is heel gauw vrijdag,' bemoedigt ze hem. 'Wat wil je zaterdag doen? We zullen iets leuks doen, wat je maar wilt.'

'Kweenie. Een dvd kijken, misschien. Gewoon thúís zijn.'

Die zaterdag verdwijnt Julian rond theetijd in zijn werkkamer, Karina en Jamie samen op de huiskamervloer bij de open haard achterlatend, waar ze opgaan in een zwart-witoorlogsfilm.

Julians ogen voelen klein van vermoeidheid. Bepaalde cliënten verwachten van hem dat hij volmaakte documenten aflevert, alsof hij kan toveren; hij heeft al wekenlang geen dag vrij gehad en nu hij zijn nieuwe BlackBerry heeft, wat destijds zo'n goed idee leek, is niet-bereikbaar zijn een luxe uit het verleden geworden. Toen Karina terugkwam van haar repetitie had hij nauwelijks opgekeken van zijn werk. Zij en haar nieuwe vrienden waren kennelijk vrolijk uit eten geweest. Maar ze had dat moment gekozen om zijn werkkamer binnen te vallen en te zeggen: 'Julian, we moeten Jamie daar weghalen. Die meneer Whitehouse is een gevaarlijke gek.'

'Doe niet zo raar,' had hij gezegd, terwijl de clausules en subclausules voor zijn ogen dansten.

'Maar we hebben bij het hoofd geklaagd, en nu zegt Jamie dat het er alleen maar erger op is geworden. Dat is niet goed genoeg.'

'Karrie, we hebben het er morgenochtend over.'

Vandaag heeft Jamie, die terwijl hij naar de film zit te kijken een suikerbroodje verslindt, het echter helemaal niet over meneer Whitehouse gehad.

'Kinderen vergeten gauw,' zegt Julian tegen Karina, terwijl hij even pauzeert voor een cafeïneshotje.

'Niet altijd,' is haar weerwoord.

Karina is ontzet over haar schuldgevoel. Wat is erger? Het besef dat ze in Londen fijn kamermuziek had zitten maken en Italiaans had zitten eten terwijl Jamie zich zonder haar, mijlenver weg, door een nachtmerrie had moeten slaan, of het onrustige gevoel dat ze zich meteen al meer had moeten verzetten? Ze had het meer moeten opnemen tegen Julian en zijn familie. Dit had allemaal niet hoeven gebeuren. Jamie had niet op kostschool hoeven zitten en zij had Rohan nooit hoeven ontmoeten.

Ze sluipt met haar mobiele telefoon naar de slaapkamer. 'Ro? Met mij. Moet je horen. Ik kan niet meedoen met Mozart. Jullie zullen iemand anders moeten zoeken.'

'Wat is er, mijn lief?' vraagt Julian later wanneer ze staat te koken.

'Ik ga niet naar Boedapest. Ik kan niet weggaan en Jamie tijdens de vakantie alleen laten. Het is niet eerlijk tegenover hem. We laten zijn vriendjes dat weekend overkomen...'

'Jezus-christus-nog-an-toe! Wat heeft dat nu weer voor nut? Ga je het boetekleed aantrekken? Jezelf kastijden? Denk je nu echt dat Jamie het op school leuker gaat krijgen als jij je dat leuke uitje ontzegt? Hij blijft op die school, zie het nu maar onder ogen en probeer ermee te leven. Of jij een paar dagen naar Hongarije gaat verandert er geen ene moer aan.'

Karina keert hem de rug toe.

*Het lijdt geen twijfel,* zo schrijft Pierre Vincente, *dat Mimi Rácz de meest prikkelende en inspirerende kracht was die Duplessis ooit was tegengekomen. Marc was afkomstig uit de gegoede burgerij en zijn vader was een bankier die de muzikale ambities van de jonge Marc hartgrondig afkeurde, en hierdoor had hij nooit de kans gekregen de meer artistieke kant van het muziekleven in Parijs te ervaren. Toen hij de hypnotiserende jonge violiste hoorde, bracht dat een aardbeving teweeg in de ziel van deze gevoelige jongeman die weinig gewend was, en dat effect zou nooit meer verdwijnen.*

*Hoeveel muziek hij voor haar schreef, is onbekend, want een groot deel ervan vertrouwde hij later in zijn leven op tragische wijze toe aan het vuur, waarmee de componist ervoor zorgde dat zijn verleden na zijn dood vrijwel onbekend zou blijven. Of hij verliefd was op haar, of alleen maar op het beeld dat hij van haar had, staat niet vast: hun verblijf in de* VS *was, zo merkte hij op, afwisselend een sprookje en een gruwelverhaal. Zoals wel vaker gebeurde, wilde hij daar verder niet over uitweiden.*

Wanneer ze alleen in de keukenuitbouw zit terwijl Jamie slaapt en Julian werkt, bekijkt Karina aandachtig de foto's van Duplessis. Fors, voorovergebogen, een beetje onbehouwen – hij doet haar denken aan Gérard Depardieu op een slechte dag. Er is beslist geen gelijkenis met haar vader, wiens stevige, gedrongen lichaamsbouw op die van Mimi lijkt, en naar het schijnt, op die van Mimi's vader István. Maar toch...

's Morgens belt ze haar ouders en herhaalt haar nieuwsgierigheid één keer te veel.

'Luister, Schnoekie.' Dénes klinkt geërgerd. 'Je weet dat je grootmoeder veel verhalen heeft over de levenswijze van de Roma. Voor een meisje dat in die traditie is opgegroeid was loyaliteit heel belangrijk. Je hoort wel eens iets over een 'bohemienachtige' levensstijl, maar dat is flauwekul. Als je oma niet door dokter Frankl was geadopteerd, zou ze getrouwd zijn toen ze eigenlijk nog maar een kind was, met iemand die haar vader voor haar had uitgekozen, en dat zou beslist, absoluut, een Roma zijn geweest. En er zou van haar verwacht worden dat ze op haar trouwdag nog maagd was en dat ze daarna trouw zou blijven. Trouw en familie, dat waren de kernwaarden van hun leven. Ze bewaakten hun vrouwen alsof er geen volgende dag bestond.'

'Maar ze is weggegaan toen ze tien was.'

'Ja, maar dat soort dingen vergeet je niet licht. Wat je erft blijft bij je, ook al weet je dat niet. Besef je wel hoe opmerkelijk het was dat een Romameisje met de zoon van een Hongaarse landeigenaar trouwde? Het was idioot. Het was ongehoord. Het was een heel dom risico. Zijn familie zou hem onterfd hebben als er nog iemand had geleefd die dat had kunnen doen. En wat haar familie betreft: die had hen beiden misschien gedood. Karina, Tamás Veres was mijn vader en je verdoet je tijd als je denkt dat het anders is. Doe dat niet.'

Terwijl Karina met haar vader in gesprek is, wordt er aangebeld. Er wordt iets bezorgd: witte en gele bloemen met een goudkleurig lint eromheen.

'Pap, ik moet ophangen,' zegt ze.

LIEVE KARINA,

WE HEBBEN JE NODIG.

KOM ALSJEBLIEFT TERUG.

*Rohan, Harry, Genya & Malcolm*

'Je hebt nooit weerstand kunnen bieden als de mensen je nodig hadden,' merkt Julian later op, wanneer hij de vaas op tafel in de gaten krijgt en de kaart leest die erbij ligt. 'Het is ook niet erg professioneel om naar één repetitie te gaan en dan van gedachten te veranderen. Je hebt erin toegestemd, dus heb je een verplichting op je genomen. Bel hem op en zeg dat je terugkomt.'

'Jules...'

'En vergeet je feestje voor je naamdag niet. Zorg ervoor dat hij komt.'

Karina, die zich afvraagt of haar man weet wat hij doet, belt de dolblije Rohan.

'Wat kan ik meenemen voor het eten?' vraagt hij.

Karina denkt even na en zegt dan: 'Kersen.'

# HOOFDSTUK 18

Op 24 maart gaat Julian naar kantoor, hoewel het zaterdag is. Karina stopt Jamie, die dolblij is met zijn vrijheid, in haar Golf en samen gaan ze naar de grootste supermarkt in Lewes. Jamie halveert de lengte van haar loopjes: hij weet precies waar alles staat en geniet ervan door de paden te rennen om te pakken waar ze om vraagt. Het karretje vult zich met de meest Hongaarse ingrediënten die ze kan vinden: kool, gehakt, rijst, champignons, uien, appels, paprika's, zure room, paprikapoeder en de onvermijdelijke reuzel. Karina kan haar moeders stem horen die jammert dat het onmogelijk is echte Hongaarse rode paprika's in Groot-Brittannië te vinden.

'Mag ik opblijven, mam?' bedelt Jamie. 'Alsjeblieft?'

'Je hoort dan allang in bed te liggen, Schnoek.'

'Ah, mám...'

'Ze komen pas om acht uur en jij moet dan al gegeten hebben.'

'Maar ik kan toch wel opblijven om gedag te zeggen?'

Op dat moment krijgt ze een sms'je van Julian: **2 flessen nuits-st-georges op dressoir, svp openen om 6u om te laten ademen x**

Dure wijn, een van Julians favorieten. Misschien zou lamsbout, gebraden kip of rosbief er beter bij passen. Maar het is haar naamdag en als Hongaarse gevulde kool niet bij zijn bourgogne past, kan ze er ook niets aan doen.

Om zes uur, wanneer Karina al een uur staat te koken, wordt er aangebeld. Rohan staat op de stoep; zijn groene sjaal is tegen de wind om zijn nek gewonden en in de ene hand heeft hij een uitpuilende plastic tas en in de andere een bos bloemen – gele en witte, ze komen haar bekend voor.

'Gefeliciteerd met je naamdag,' zeg hij, haar drie kussen gevend, terwijl ze probeert te wennen aan zijn aanwezigheid in haar huis. 'Ik heb deze voor je meegenomen, want de andere zijn waarschijnlijk allang dood.'

'Dank je wel, Ro. Ze zijn prachtig.'

'Wat een prachtig huis.' Hij blijft in de hal staan en neemt de lichte overloop, het hoge raam naast de trap en de gladde houten vloeren in zich op.

'Ik heb geprobeerd me voor te stellen hoe je huis eruit zou zien, maar er zit meer van jou in dan ik had verwacht.'

Een beweging bij de keukendeur doet hem omkijken. 'Dag,' zegt hij. 'Jij bent zeker Jamie. Ik ben Rohan.'

'Dag, Rohan.' Jamie loopt naar voren en steekt een hand uit, die Rohan schudt. Karina ziet hoe ze elkaar aankijken. Jamie, met zijn ronde, bruine irissen, lijkt meer op Rohan dan op Julian. Wat gek.

'Je moeder heeft het vaak over je,' zegt Rohan tegen Jamie. 'Vertel me terwijl we koken maar iets over die fantastische school waar je op zit.'

'Terwijl *we* koken?' herhaalt Karina.

'Ik ben vanavond je slaaf. En hier zijn je kersen.' Rohan zet met een plof de tas op de aanrecht.

'Heb je verse kersen weten te vinden?' Karina had morellen in een pot verwacht, die ze normaal gesproken voor dit recept gebruikt.

'Zekers. Ik heb heel Brighton afgestroopt tot ik ze vond. Ik hoop dat het er genoeg zijn. Oké, wat kan ik doen?' Hij rolt zijn mouwen op en gaat in de houding staan.

'Je kunt de kersen ontpitten.' Ze pakt een schort van het haakje achter de deur en legt de lus plechtig om zijn nek. 'Maar eerst zal ik iets te drinken inschenken en je de cd-collectie laten zien.'

Rohan loopt de huiskamer in, waar de planken met Julians cd-verzameling de grootste muur sieren. 'Ongelooflijk! Hoe zijn ze gerangschikt?' vraagt hij.

'Ik zal het je laten zien,' meldt Jamie zich aan. Hij is verrukt van het concept van zijn vaders platenverzameling, zij het niet altijd van de inhoud. Rohan gaat, zijn instructies volgend, op verkenning uit.

'Jee!' zegt hij. 'Je hebt het vioolconcert van Brahms in een uitvoering van Zimbalist!'

De viool zingt algauw tegen een achtergrond die oud is en kraakt het hoogste lied. Karina installeert Rohan met de kersen aan de keukentafel; Jamie, die zijn eigen eten zou moeten eten, huppelt naar hem toe en babbelt over school alsof hij Rohan al zijn hele leven kent. Ze legt de gevulde koolbladeren op een bed van zuurkool om gaar te worden en houdt haar rug naar hen toe gekeerd. Ze wil Rohans blik niet opvangen; ze weet wat ze erin zal zien en de enige manier om het niet te zien is door niet te kijken.

Om halfzeven schieten haar de instructies van Julian te binnen om de wijn om zes uur te openen.

'Wat ga je met die kersen doen?' Rohans vingers zijn karmijnrood van het sap.

'Soep maken. Koude soep.'

Ze laat ze in een pan glijden, perst er een beetje citroen bij uit, schept er wat suiker in, voegt een kaneelstokje en wat kruidnagels toe en giet er water bij. Rohan kijkt geïntrigeerd toe. 'Is dat een traditioneel recept?'

'Het is het recept van mijn moeder, maar ze zegt dat iedere familie zijn eigen versie heeft. Het heet *meggyleves*.' Ze vermengt een lepel bloem met wat zure room en wanneer de kersen zacht geworden zijn, neemt ze ze van het vuur en roert ze alles met een beetje witte wijn erbij goed door elkaar. Er stijgt een koppige, fluwelige geur uit het roze mengsel op. 'Zo is het goed, het bindt al, en dan doen we het nu in een grote schaal om af te laten koelen en zetten het in de koelkast. Ik had het gisteren al moeten doen. Ro, zou jij zo lief willen zijn om de tafel even te dekken? Je kunt alles in het dressoir vinden. We zijn met zijn vijven.'

'Je hebt toch niet een extra meisje voor mij uitgenodigd?' zegt Rohan gekscherend.

Het was niet eens bij Karina opgekomen. Het is idioot, maar ze heeft zichzelf steeds als Rohans meisje gezien.

Op de oprit klinkt het geluid van een automotor. 'Papa is thuis!' Jamie draaft naar de deur.

Julian komt binnen en tilt Jamie hoog in de lucht. Rohan leunt tegen de deurpost van de keuken; hij heeft Karina's schort nog voor.

'En jij bent zeker Rowan.' Julian houdt Jamie op één arm en steekt de gast de andere hand toe. Zijn blik is op het schort gericht.

'Mijn handen zijn een beetje kleverig,' verontschuldigt Rohan zich. 'Ik sta Karina ter beschikking.'

'Ja, ja. Nou, eindelijk zie ik je dan in levenden lijve. Ik hoop dat mijn zigeunerinnetje je niet alleen maar hard heeft laten werken, maar je ook iets te drinken heeft gegeven?'

'Jij helpt meestal niet,' wijst Karina hem terecht. Ze kijkt naar Julians ogen. Er is iets mis, goed mis. 'Wat...?'

'Loop even mee naar boven.'

In zijn werkkamer maakt Julian zijn aktetas leeg. 'Wat is er?' vraagt Karina.

'Heb je al met Cynthia of Martin gesproken?'

'Nee, wat is er dan?'

'Mijn moeder belde me op. Cynthia is onlangs kennelijk helemaal door het lint gegaan en heeft tegen Martin staan schreeuwen dat ze haar leven heeft verknoeid door bij hem te blijven. En nu heeft ze haar biezen gepakt.'

De klap komt bij Karina hard aan. 'Dat komt door Lindy,' zegt ze. 'Dat moet wel.'

Er wordt aangebeld. 'Shit,' zegt Julian. 'Moeten ze uitgerekend nu vroeg zijn. We praten later wel.'

Andy en Sarah, blozend en opgedoft, staan voor de deur, het toonbeeld van een respectabele minister en zijn liefhebbende echtgenote. Karina probeert de rommelige scène door hun ogen te bekijken: Julian die boven rondstommelt, Jamie die in het bad zit te spetteren, zij met verwarde haren en een afwezige uitdrukking op haar gezicht, en een onbekende violist met een schort van de Tate Gallery voor, wiens handen onder het kersensap zitten.

'Gefeliciteerd met je naamdag, Karina.' Sarah buigt zich naar haar toe om haar het obligate kusje te geven.

'Lieve schat, wat een leuk idee. Ik wou dat wij aan naamdagen deden. We hebben iets voor je meegenomen.' Andy overhandigt Karina een lange, smalle doos met een prijzige champagnefles erin. Naast Sarah, die elegant gekleed is in een gaasachtige jurk die haar slanke figuur goed doet uitkomen, voelt Karina, met haar donkere broek, bronsbruine trui en zijden sjaal, zich verlegen en te gewoon gekleed.

'Dit is mijn collega, Rohan Masterson. We spelen volgende maand samen tijdens een concert in Hongarije,' legt ze uit. 'Rohan, dit is Andy en dit is Sarah; Andy is de onderminister van Transport over wie ik het had, en Sarah is jurist, net als Jules.'

Rohan houdt zijn rode handpalmen in de lucht. 'Ik zou jullie wel een hand willen geven, maar...'

Sarah kijkt hem aan en giechelt. 'Hoe komt dat?'

'Aangezien naamdagen iets Hongaars zijn, maak ik Hongaars eten,' zegt Karina. 'Kom binnen, Jules schenkt wel wat voor jullie in.' Julian, die vrolijk de trapt af komt, voorwendend dat er niets aan de hand is, begroet zijn vrienden, haalt een fles champagne uit de koelkast en loopt ermee naar de huiskamer.

Rohan sluipt achter Karina aan naar de keuken. 'Ik ben even de kluts kwijt,' zegt hij. 'Zei je dat hij minister van Transport is?'

'Maak je maar geen zorgen, Andy praat voor tien. Je mag blij zijn als je aan het woord kunt komen.' Karina hoort in de kamer ernaast de kurk ploppen.

Wanneer ze naar de koolbladeren heeft gekeken en wat ijsblokjes in de afkoelende soep heeft gedaan, voegt ze zich bij haar gasten, waar ze tot de ontdekking komt dat de normaal zo spraakzame Andy moeite heeft het gesprek op zichzelf te brengen, omdat Rohan Julian vragen heeft zitten stellen over zijn cd-verzameling. Julian laat vol trots zijn gecomputeriseerde catalogiseringssysteem zien en beklaagt zich over de trend van digitaal downloaden, omdat de geluidskwaliteit vaak inferieur is. Andy en Sarah kijken niet-begrijpend, maar onder de indruk toe.

'Een beroemde dirigent heeft eens gezegd dat de Engelsen niet echt van muziek houden, maar meer van het geluid dat het maakt,' merkt Andy op. 'Zo zitten wij in elkaar!'

'Ik ga graag naar de opera,' zegt Sarah. 'Vooral in Covent Garden. We krijgen soms plaatsen van het bedrijf.'

'Ooo,' zegt Rohan, 'je hebt Toscha Seidel die Korngold speelt!' De ogen van Andy en Sarah worden nog groter wanneer hij uitlegt dat Seidel de violist is in de soundtrack van *Intermezzo*. 'Ik kan er niet met droge ogen naar kijken,' bekent hij. 'Dat gedeelte waarin Leslie Howard naar huis gaat en zijn dochtertje wordt aangereden wanneer ze van de overkant naar hem toe rent...' Rohan legt de cd teder in de speler en even later vult de kamer zich met een warme, extreme vioolklank die Karina hevig aangrijpt, net zoals die van Rohan dat wel eens doet. Andy en Julian wisselen een blik van verstandhouding; ze weet dat ze voor geen miljoen betrapt zouden willen worden op huilen bij sentimentele films uit de jaren dertig, of bij wat dan ook.

'Als boetedoening voor mijn zonden heb ik onderzocht of je met klassieke muziek vandalen kunt weren op stations,' zegt Andy trots. 'Het werkt kennelijk als een zonnetje.'

Jamie, in badjas en frisgewassen, verschijnt met grote ogen in de deuropening en zegt met een hoog stemmetje dat hij even naar beneden is gekomen om welterusten te zeggen. Andy en Sarah begroeten hem met een overdreven glimlach. Hun kinderen, Marsha en Cosmo, worden tijdens etentjes geweerd en zijn vanavond thuis in Pimlico achtergelaten onder de hoede van een capabele Bulgaarse oppas.

'Trusten, Jimbo,' zegt Julian.

'Trusten. Slaap lekker, droom zacht,' zegt Rohan. Jamie geeft hem een stevige knuffel.

Karina gaat naar boven om Jamie in te stoppen. Wanneer ze het licht uitdoet, hoort ze achter haar gefluister. Ze kent het ritme maar al te goed. 'Lindy Rookfield, je komt terug – terug, terug, terug...'

Beneden vergasten Julian en Andy Sarah en Rohan op schoolherinneringen. 'Herinner je je dat ene cricketspel nog?' zegt Julian.

'Cricket spelen met het serviesgoed,' zegt Andy tegen de anderen. 'Wat een dag was dat! Speel jij cricket, Rowan?'

'Ik kijk er graag naar,' bluft Rohan.

'Nou, ik kwam zo van het veld de gemeenschappelijke huiskamer in met mijn bat, enne, daar word je wel eens een beetje los in de pols van,' begint Julian. 'En toen zat Andy daar en die had een blik koekjes geopend, dus toen gooide hij een bord naar me toe. Andy is namelijk heel netjes – je moet je koekjes van een bord eten. Maar ik zag dat schijfje door de lucht vliegen en toen kon ik... de verleiding niet weerstaan...'

'En even later,' voegt Andy eraan toe, 'waren we door alle huiskamerborden heen, er lagen echt o-ve-ral scherven, en die arme *fags* zaten er de heel tijd middenin, weggedoken achter de bank!'

*'Fags?'* zegt Rohan.

'Eerstejaars die duvelstoejager zijn voor de oudere jongens. Je geeft hun opdrachten en die moeten ze uitvoeren.'

Karina ziet voor zich hoe Jamie, wanneer hij een paar jaar ouder is, aan zijn eerste trimester op Elthingbourne begint. Ze voelt Rohans blik, begrippvol, op haar rusten.

'Dus jullie kennen elkaar al heel lang?' vraagt hij Julian.

'Sinds de eerste dag op Elthingbourne. En nu is Andy mijn rijkste bezit. Weet je, Rowan, in mijn werk draait alles om connecties. Er is veel druk: je moet doelen halen, soms heel lastige, en je moet nieuwe klanten binnenhalen. Een bedrijf in de vervoersbranche als het onze heeft er veel aan als de juristen goede contacten bij de regering hebben.'

Sarah wendt zich tot Rohan: 'En jij en Karina kennen elkaar zeker ook al jaren?'

'Nee, dat niet, nee. We hebben elkaar een halfjaar geleden pas leren kennen.'

'Echt waar? Het is net alsof jullie elkaar al eeuwen kennen.'

'Het is gek, maar ik heb bijna het gevoel dat dat zo is.' Rohan legt het verband met Duplessis uit. Sarahs ogen worden groot. Karina glipt weg om voor het eten te zorgen. Terwijl ze haar roze voorgerecht in soepkommen schept, voelt haar mond droog, en niet alleen maar door de champagne. Ze is niet de enige vrouw die Rohan aantrekkelijk vindt, en daar zal ze aan moeten wennen.

Wanneer ze de koude kersensoep eten, die de gasten uiteenlopende reacties ontlokt – Sarah: 'Fascinerend...'; Andy, die het meeste laat staan: 'Apart, heel apart...'; Rohan, die een tweede portie wil: 'Bijzonder lekker...' – spoort Sarah hem aan het hele verhaal te vertellen van hoe hij en Karina elkaar hebben ontmoet.

'Ik denk dus dat we Julian en Andy moeten bedanken voor het feit dat de spoorwegen nog steeds een puinhoop zijn,' zegt Rohan. Karina vraagt zich af hoe hij het voor elkaar krijgt om opvallend en bescheiden, verlegen en op zijn gemak tegelijk te lijken.

'Zigeunermuzikanten in de trein,' voegt ze eraan toe. 'Het was geweldig.'

'Waar kwamen ze vandaan?' wil Sarah weten. 'Uit Roemenië? Ik dacht dat de meeste Roemeense zigeuners teruggestuurd werden.'

'Misschien zijn er een paar door geglipt,' zegt Andy. 'Al zeg ik het zelf: ons immigratiesysteem is een janboel. Het is natuurlijk wel een erfenis van de conservatieven, maar het gaat diep. Endemisch gebrek aan communicatie. De ministeries praten niet met elkaar. Hoe meer manieren er komen om contact met mensen op te nemen, hoe erger het wordt. We hebben telefoons, faxen, mobieltjes, e-mails, onmiddellijke berichtgeving, BlackBerry's, noem maar op, maar niemand communiceert.'

'Seinstoringen,' merkt Rohan op. 'Je ziet ze overal. Berichten die niet doorkomen. Systemen die niet werken. Mensen die niet met elkaar in contact kunnen komen. Maar wat de Roma betreft, wil ik het volgende zeggen, mensen: ik ben in Zuid-Afrika geboren, mijn ouders moesten er weg vanwege hun politieke voorkeur en ik had het geluk hier op te groeien. Het systeem dat hen verjoeg, was een fascistische regering die stoelde op het stomste wat je maar bedenken kunt. Vinden jullie ook niet dat racisme gewoon de ergste vorm van domheid is? Er is toch niks idioters dan dat de ene groep mensen de andere als inferieur beschouwt alleen vanwege hun huidskleur?'

'Bij zigeuners speelt er meer mee,' merkt Julian op. 'Dat gaat over een leefwijze.'

'Maar het is hetzelfde principe. Je hoeft er alleen maar anders uit te zien of anders te leven dan de grote massa. Gelovige moslims, orthodoxe joden... als je ook maar een beetje anders bent, komt meteen die reactie.

Anders staat gelijk aan minderwaardig, slecht of gevaarlijk. Dat was een van de redenen waarom mijn ouders communist werden. Ze dachten dat het iedereen gelijk zou maken, ze hoopten dat het het tegenovergestelde van apartheid zou opleveren.'

Andy en Julian kijken verschrikt. 'Ben jij ook communist, Rohan?' vraagt Sarah, die helemaal in zijn ban is.

'Nee, maar ik geloof wel dat al verschillen we uiterlijk nog zo veel van elkaar, we allemaal hetzelfde zijn. We hebben dezelfde behoeften. Ons lichaam werkt hetzelfde. We hebben als mens dezelfde rechten, of zouden die moeten hebben.'

'Wat vind je dan van de gedachte dat onze kracht schuilt in onze diversiteit?' Sarahs wimpers maken overuren. Zelfs Andy staart Rohan aan alsof hij een beetje verblind is.

'O, ik daar geloof ik wel in,' zegt Rohan, 'maar dan met name vanwege onze eenheid binnen die diversiteit. Vind je ook niet?'

Andy gaat gretig rechtop zitten. 'Ja, een van de problemen waar wij in de regering momenteel tegenaan lopen is dat het van wezenlijk belang is een balans te vinden tussen het respecteren van de burgerlijke vrijheden en het beschermen van...'

'Jemig,' komt Julian tussenbeide, terwijl hij Rohan dreigend aankijkt, 'zullen we meteen ook maar even de Europese grondwet herzien? Kom op, jongens, wat vrolijkers nu!'

Rohan kijkt toe terwijl Karina met het bakblik naar de tafel loopt en het plechtig op onderzetters neerzet. 'Karrie, dat ruikt heerlijk!'

'Gevulde kool. Ook een recept van mijn moeder.'

'Ik begrijp dat Karina erover dacht vanavond zigeunereten te serveren, maar toch maar heeft afgezien van wild konijn en gebakken egel,' zegt Julian.

'Heb je echt Roma-bloed, Karina?' vraagt Sarah. 'Ik had geen idee. Ik dacht dat het maar een gerucht was.'

'Het is ook niet iets wat je rondbazuint in de club,' merkt Andy op, die nog steeds niet al te blij lijkt dat zijn politieke bijdrage terzijde is geschoven. 'Karrie, ga je ons de toekomst voorspellen?'

Karina, die met de opscheplepel in de hand staat, kijkt van de een naar de ander. Ze vraagt zich af waarom ze na zesendertig jaar nog steeds niet weet wat ze moet zeggen wanneer mensen dit soort opmerkingen maken, zelfs wanneer die gemaakt worden door mensen die vrienden heten te zijn en zich alleen schuldig maken aan onnadenkendheid.

Rohan staat op. 'Nou moeten jullie allemaal eens hiernaar luisteren,' zegt hij en hij verdwijnt de huiskamer in. Even later vult de vioolmuziek van Mimi Rácz het huis; ze speelt Ravels *Tzigane*. 'Dat is Karina's zigeuneroma in haar hoogtijdagen,' verkondigt Rohan. 'Ik zou zo zeggen dat dat wél iets is om rond te bazuinen.'

Karina's ogen kijken hem aan en vullen zich met tranen. Mimi's viool betovert hen en ze vallen stil.

'De tragiek van een heel volk,' zegt Rohan rustig wanneer de muziek is afgelopen. 'Je kunt het in iedere noot die ze speelt horen.'

'Bij haar was nauwelijks sprake van een tragedie,' corrigeert Julian hem. 'Ze werd beroemd, verhuisde hierheen, boerde goed en zit nu gezond en wel in Twickenham.'

Rohan kijkt even naar Karina. Ze voelt hem denken: Maar welke prijs heeft ze daarvoor betaald?

'Spreek je de Roma-taal, Karina?' vraagt Sarah haar.

'Geen woord. En mijn oma ook niet. Ze zegt dat de Hongaarse Roma heel erg geassimileerd waren; ze spraken Hongaars en maar een heel klein beetje Romani. Maar ze werd trouwens geadopteerd toen ze tien was.'

'Maar spreek je dan Hongaars?'

'Helaas niet, nee. Mijn ouders wilden dat ik Engelstalig opgroeide.'

'We beginnen het te leren wanneer we in Hongarije zijn,' stelt Rohan voor.

Julian komt in het geweer. 'Mijn schoonvader zegt altijd dat dat je reinste tijdverspilling is.'

Karina verandert het onderwerp door te vragen of iemand nog wat lust.

'Het is heerlijk, maar het is wel stevige kost, hè?' De superslanke Sarah is niet ver gekomen met haar gevulde kool. Karina zegt maar niet dat het gerecht bereid is met reuzel en niet zo lekker zou zijn als je die weglaat. Ze vermoedt dat Sarah al sinds het Atkins-dieet in de mode kwam, weigert koolhydraten te eten, maar zich waarschijnlijk te goed doet aan chocola wanneer niemand kijkt. Als toetje heeft ze gestoofd kruidig fruit, maar allen verklaren dat ze, althans voorlopig, een beetje te vol zitten.

Op dat moment klinkt luid de deurbel, en die blijft klinken, aanhoudend. Julian springt op; de anderen wisselen blikken. Er is opschudding in de gang: Cynthia, drijfnat en bijna onsamenhangend van emotie, komt vanuit de natte lenteavond binnengewaaid.

'Schat,' huilt ze wanneer Karina op haar af rent, 'ik weet niet waar ik heen moet. Die stomme Martin en die vreselijke, bekakte...'

'Cynthia, rustig nu,' beveelt Julian haar.

'Kom, doe die natte spullen uit.' Karina omhelst haar.

'Mag ik bij jullie blijven? Alsjeblieft, Karrie? Ik weet echt niet waar ik anders heen moet. Ik kon niet naar je ouders, want dan zou Martin me meteen gevonden hebben...'

Julians gezicht is als uit steen gehouwen. 'Karina brengt je wel even naar de logeerkamer boven.'

'We hebben een paar vrienden op bezoek.' Karina pakt Lindy's moeder bij de arm. 'Wil je een hapje mee-eten? Ik heb een heleboel gevulde kool gemaakt, het zal je goeddoen.'

'Nee, nee, o jee, het spijt me, ik kom op het verkeerde moment binnenvallen. Ik kan geen hap door mijn keel krijgen. Ik verdwijn gewoon. O, god-o-god.' Ze begint te snuffen en slikt haar tranen weg. 'Ik heb mijn leven verziekt. Ik ben verdorie mijn hele leven bij de foute man gebleven. En nu Lindy dood is, is het te laat. *Te laat.* Vijf-en-zes-tig ben ik. Kun je je dat voorstellen, Karrie? Dat je weet dat je leven voorbij is en dat je het op de verkeerde plaats hebt doorgebracht? En dat het nooit meer terug zal komen?'

'Doe zachtjes, Cynthia, Jamie slaapt.' Karina gaat haar voor naar boven, langs Jamies deur, naar de smalle zoldertrap en de logeerkamer boven in het huis. Daar geeft ze Cynthia een zakdoek, een handdoek en een borstel; ze is zo overhaast vertrokken dat ze alleen maar een stel schone kleren heeft meegenomen.

'Zorg ervoor dat je iets met je leven doet, Karrie.' Cynthia staat bij het raam, met haar rug naar Karina toe. 'Vergooi het niet. Verspil je talent niet. Doe niet als ik. Ik redde me best. De fotografen vochten om me. Ik stond model voor Lord Snowdon, notabene. En toen moest ik zonodig zwanger worden. Daarna wilde niemand meer een foto van me maken. En wat die vreselijke Rookfields betreft: die zeiden dat ze me niet zouden hebben "toegestaan" model te blijven. Het is namelijk niet kies, als de schoondochter van Lord Rookfield van Fairfallows op een groot aanplakbiljet verschijnt. Waar halen ze de móéd vandaan? Niet tóéstaan? O, Karrie, je leven is van jou. Geef ze niet de kans het te ruïneren.'

'Vertel eens wat er gebeurd is. Waarom nu, waarom vandaag?'

'Je zult het niet geloven.' Cynthia gaat op bed zitten en trekt haar natte schoenen uit. 'Dat komt doordat het jouw naamdag is.'

'Maar...?'

'Omdat Lindy er geen had. We hadden eigenlijk haar laatste verjaardag moeten vieren, maar we stelden het uit omdat Martin zei dat hij het te druk had. Ze vierde haar eigen feestje, zonder ons, en toen zeiden we: 'Nou ja, dan maar de volgende keer.' Maar er kwam geen volgende keer. En waar had hij het zo druk mee? Met de bloedmooie meid die hij aan het vertroetelen was. En denk niet dat ik het niet wist, of dat er geen anderen geweest zijn. Ik heb het altijd door de vingers gezien. Hij dreigde niet te vertrekken, ik wist dat het alleen maar om de seks ging, het was vreselijk maar het deed er niet toe. Maar nu kan ik er niet meer tegen. Want als Martin Lindy niet van zich had vervreemd, als hij niet zo koud tegen haar was geweest, zo oordelend... En ik heb mezelf ook voor de gek gehouden, want seks doet er wél toe. Dat is altijd zo geweest, maar ik wilde het gewoon niet geloven. Vandaag zei je moeder dat het je naamdag was en toen... knapte er gewoon iets in me.'

Karina schudt haar hoofd; ze kan niets uitbrengen.

'Hij heeft Lindy nooit ook maar een beetje bemoedigd,' vervolgt Cynthia. 'Ze had een geweldige schrijfster kunnen zijn, Karrie. Ze had de opdracht voor een stuk kunnen krijgen. Maar wat was ze voor hem? Een sta-in-de-weg. Door haar zat hij met mij opgescheept, en hij gaf niets om ons, hij schoof ons de hele tijd aan de kant...'

'Ssst, Cynthia. Stil nu maar.' Karina omhelst haar, terwijl haar eigen hart versplintert.

'Vind je het echt niet erg dat ik hier ben? Je bent zo vriendelijk. Echt waar.' Cynthia snuit haar neus. 'Het was afgrijselijk. Ik heb het bijna veertig jaar uitgehouden. Ik kan niet met hem praten, hij wil niet met mij praten, en als ik het probeer zegt hij alleen maar dat ik mijn mond moet houden. Zonder Lindy heeft het geen zin meer. En nou heb ik ook nog mijn arme kat achtergelaten...'

'Cynthia, probeer je te ontspannen. Neem een lekker warm bad, dan breng ik je een kop thee. Morgenochtend praten we verder.'

Beneden zit Julian te koken van woede vanwege de ongeplande komst van zijn tante. Het echtpaar Williamson voert even overleg en neemt dan afscheid in een drukte van kussen en gemeenplaatsen.

In alle drukte is Rohan verdwenen. Karina treft hem aan in de huiskamer, waar hij in de cd-verzameling snuffelt.

'Hoe is het met haar?' vraagt hij.

'Gaat wel. Ro, het spijt me, maar dit was de bedoeling niet.'

'Het had jouw dag moeten zijn.'

'Maar ik wilde dat je je vermaakte...'

'Niemand kan dit zien aankomen. Nog geen helderziende.' Rohan slaat een arm om haar heen. Karina legt even haar hoofd op zijn schouder. 'Laten we naar iets moois luisteren,' stelt hij voor. Zijn hand gaat naar de T van Tsjaikovski en hij haalt een cd met muziek uit *De notenkraker* van de plank. Even later is de kamer gevuld met de muziek, die een en al sneeuw, lekkernijen en transformaties is.

'Dit stuk is voor mij een herinnering aan mijn jeugd,' merkt Rohan op. 'Kerst met mijn zus en mijn ouders.'

'Voor mij ook. Voor mij is het Kerstmis met Lindy. We zijn heel vaak naar dit ballet geweest.'

'Karina, waarom laat je niet een opname van *De verre geliefde* maken? Het klinkt alsof het heel mooi zou kunnen worden, met een actrice en de pianomuziek, en het zou een goed aandenken aan Lindy zijn.'

Karina denkt na. 'Het is een leuk idee, maar Cynthia moet waarschijnlijk beslissen. Ik zal er morgenochtend over beginnen, als ze tenminste haar zelfbeheersing weer een beetje hervonden heeft.'

'Stel je voor: je dochter verliezen en dan tot de conclusie komen dat je in het verkeerde huwelijk zit.'

'Het is een langer verhaal dan ik me had gerealiseerd. Het is niet gemakkelijk om met een Rookfield getrouwd te zijn.'

'Moeilijker dan met iemand anders?' Rohan trekt een wenkbrauw op.

'Misschien. Je trouwt namelijk met meer dan één persoon. Je krijgt er de hele familie van je partner en alle bagage bij. En die heeft zich in de loop van vele jaren, soms eeuwen, opgehoopt, vooral in families als die van Julian en mij.'

'Het valt je zwaar, hè?'

'Ik weet zeker dat dat voor Jules ook zo is. Mijn familie heeft ook een hoop bagage, maar er wordt zelden over gepraat.'

'Karrie?' Julian staat boos in de deuropening, met een mok in zijn hand. 'Aangezien je het te druk schijnt te hebben, breng ik Cynthia wel even thee. En ik zal mijn best doen haar niet de nek om te draaien.'

De sneeuwvlokken dwarrelen door een excentrische wals. Karina voelt zich weer acht jaar oud; ze zit in het theater met Lindy en een begeleidende ouder en is in de ban van de patronen die de dansers door elkaar heen weven. Eén keer had het toen ze buiten kwamen echt gesneeuwd, een witte laag waardoor Londen er in het licht van de straatlantaarns fonkelend en spookachtig bij had gelegen. Nog een transformatie, een nieuwe wereld. En klein als ze waren, hadden ze lachend in de sneeuw gesprongen, geschopt en gestampt, terwijl het witte pad zich nog maagdelijk voor hen uitstrekte.

Wanneer Karina later in bed ligt, komen er herinneringen boven terwijl de muziek nog naklinkt in haar hoofd. Wie zou die dag gedacht hebben dat na achtentwintig jaar een van hen dood zou zijn, één stel ouders onderuit zou zijn gegaan, er een Jamie zou zijn en Karina bezig zou zijn iedereen overeind te houden terwijl ze zelf bijna gek was van verlangen naar een man met lieve ogen die niet haar echtgenoot was?

'Karrie?' mompelt Julian. 'Kun je niet slapen? Wat is er?'

'Niks.'

'Jij en Rohan...'

'Hè?'

'Jullie zijn me een stel zeg. Net kinderen, die samen spelletjes spelen en van alles verzinnen.' Hij keert zich geeuwend op zijn rug. 'Muzikanten worden ook nooit volwassen. Die orkestleden gedroegen zich ook altijd net als schoolkinderen.'

Waarschijnlijk lijkt het Julian, die een verantwoordelijke baan heeft en met belachelijk grote sommen geld schuift, een tikje kinderachtig om je leven lang viool te spelen. 'Hij is een soort rondtrekkende minstreel,' merkt Karina op. 'Maar dat ben ik ook.'

'Ik maak me geen zorgen om jullie tweeën.'

'En waarom niet?' zegt ze plagend.

'Dat is nu precies de reden. Dat jullie net kleine kinderen zijn. En kleine kinderen doen het goddank niet met elkaar. Welterusten, mijn lief.'

## HOOFDSTUK 19

Het kwintet zit in een halvemaanvorm midden in een koele, donkere kerk in Buckinghamshire. Het publiek zit verspreid over de banken. Naast haar dringt Rohans viool, die het kwintet van Mozart in g klein uitvoert, Karina binnen. Wat Julian ook denkt, hij heeft niet gerekend op het elixer van de klank die haar rechteroor in stroomt.

Zij en de violisten spinnen de hypnotiserende begeleiding bij de introductie van het laatste deel; Malcolms pizzicato plaatst accenten en Rohans lied stijgt erbovenuit, als een jammerklacht. Karina, die zich probeert te concentreren, verliest zich in de klank; zijn unieke vioolstem graaft zich haar bloedbaan in, lokt haar geest uit haar lichaam. Wanneer de muziek weer op aarde terugkeert, is een deel van haar achtergebleven.

Na afloop wordt er gejuicht. In de consistoriekamer, die ook dienst doet als kleedkamer, is ook het St.-Francis Quartet blij.

'Mooi.' Genya drukt een kus op zijn vingertoppen en werpt die Karina toe.

'Dat ging lekker,' stemt Rohan in. 'Het enige wat we hoeven te doen is dit volgende week in Boedapest herhalen. Karrie, hoe voel je je?'

'Goed.' Karina is in de weer met haar vioolkoffer en houdt haar rug naar hem toe gekeerd, zodat hij niet zal zien hoe ontroerd ze is.

'Ik dacht dat misschien het begin van de g klein...' begint Malcolm.

De anderen snoeren hem de mond. 'Hou op met dat gemopper, Malc,' snauwt Harry. 'Het ging prima.'

'Rohan was te luid.'

'Luister, jongens,' komt Rohan tussenbeide, 'dit was Karina's eerste echte concert in acht jaar en we zouden dat moeten vieren, en niet ruzie moeten maken.'

'Laten we gaan eten!' Genya slaat zijn arm om Lyuba, die binnen is gekomen om hem op te zoeken. 'Ik heb restaurant besproken.'

'Karina?' Rohans donkere irissen keren zich naar haar.

Ze kijkt over haar schouder. 'Mag ik over vijf minuutjes komen?'

'Ik wacht op je.'

*'Ik zal eeuwig op je wachten,'* zingt Harry.

'Doe geen moeite, ga maar vast.' Karina pakt haar vioolkoffer en beent de kerk in.

De eerste mensen die ze ziet zijn haar ouders; ze omhelzen en prijzen haar, maar slaan haar uitnodiging om met de groep te gaan eten af. 'Ga maar met je vrienden mee, ja?' moedigt Erzsébet haar aan. 'Waar zijn de anderen?'

'Julian moest overwerken, Jamie is bij de Pearsons en Cynthia zit waarschijnlijk in onze badkamer. Mam, ik bel je morgen even op.'

'Karrie? Wanneer ga je naar Boedapest?' vraagt Dénes, alsof hij nog iets bedenkt.

'Volgende week.'

'Wil je alsjeblieft even ergens langsgaan? De Andrássystraat nummer zestig. Het is een adres. Een museum. Voordat je weggaat schrijf ik het voor je op. Ik zal je een lijst geven. Niet vergeten hoor.'

'Goed.' Karina hoopt dat hij een toelichting zal geven, maar haar vader trekt zijn handschoenen aan en zegt verder niets.

Een man met grijs haar en een regenjas aan staat bij het lamplicht omhoog te staren naar het gewelfde houten dak. Waarom ziet ze Charles altijd achter in kerken rondhangen? Haar woede jegens hem is verdwenen; hij is berouwvol en vormt een levende verbinding met Lindy. Bovendien is hij, met zijn contacten, de ideale persoon om het idee van Rohan voor een cd-opname van *De verre geliefde* mee te bespreken. Ze had hem erover gemaild en het concert van het kwintet vermeld, maar ze had niet verwacht dat hij helemaal naar Beaconsfield zou komen. Ze geeft hem een kus. 'Charles. Fijn dat je kon komen.'

Hij biedt haar een drankje aan, maar Karina legt uit dat ze uit eten gaat. Ze gaan samen in een kerkbank zitten. Het verdriet knaagt aan hem; zijn gezicht heeft iets hols dat er eerst niet was. In tegenstelling tot haar moet hij zijn verdriet voor zijn gezin verbergen.

'Het is niet gemakkelijk geweest,' geeft hij toe. 'Ik denk erover met vervroegd pensioen te gaan. De academische wereld gaat zo snel achteruit dat het geen zin heeft langer dan nodig te blijven. Maar ik heb ook nieuws. Een vriend van me die producer is, is nogal enthousiast over *De verre geliefde*. Hij denkt dat het zou kunnen werken, vooral als er een charitatief element aan zit ter nagedachtenis aan Lindy. Er zou per exemplaar een donatie naar een fonds kunnen gaan voor de families van slachtoffers. Ik heb een voorstel geschreven zodat hij zijn baas kan overhalen. Hier.' Charles geeft haar een geprinte tekst. 'Ik dacht dat je het misschien zou willen zien.'

'Dank je. Dat is fantastisch. Ik ben blij. En ik weet dat zij dat ook zou zijn.' Karina stopt het papier in haar vioolkoffer.

'Karina, dit is bij lange na niet zo veel als ik zou willen doen – maar dat zou toch nooit kunnen. Vind je het goed dat ik ermee aan de slag ga?'

'Meer dan goed. Bedankt dat je helemaal hierheen bent gekomen, Charles.'

'Niets te danken. Jij bedankt voor de muziek. Het was prachtig... heel troostgevend. Er is niets zo zuiverend als muziek. Lindy zou blij geweest zijn dat je weer optreedt. Ze zei altijd dat je nooit op had moeten houden. Moet je horen, ik ga aanstaande zaterdag met Nicki iets drinken – we moeten een paar aanpassingen in het script doornemen voor de opname. Zou je ook willen komen?'

'Bedankt voor de uitnodiging,' zegt Karina, 'maar ik kan niet. Ik zit in Boedapest.'

Ze loopt alleen de kerk uit, denkend aan Martin en Cynthia. Martin was de dag ervoor naar Lewes gekomen. Karina en Julian waren met Jamie ergens pizza gaan eten, maar toen ze terugkeerden was hij weg en had Cynthia weer haar toevlucht genomen tot het bad. Toen ze na een uur nog niet tevoorschijn was gekomen, was Julian in paniek geraakt en had hij de deur geforceerd. Karina had haar versuft aangetroffen in het afkoelende water; ze had een slaappil genomen. Ze hielp haar eruit en stopte haar als een kind in bed, waarbij ze de hele tijd moest denken aan Lindy dertig jaar geleden, die in het park vrolijk tussen de handen van haar ouders had gelopen.

In een Italiaans restaurant in de buurt zitten de anderen het optreden tot in de kleinste details door te nemen. Ze houden op met praten wanneer Karina binnenkomt.

'Zij zal hem niet te luid vinden,' merkt Malcolm zuur op, zodra ze de ober hebben geroepen om haar bestelling op te nemen. 'Rohan kan bij haar geen kwaad doen.'

'Wil je er iets om verwedden?' roept Rohan uit. 'Karrie, speelde ik te hard?'

'Nee,' zegt Karina. Daarop beginnen ze weer. Terwijl ze zo bezig zijn, haalt zij het vel papier van Charles tevoorschijn en leest het voorstel door.

Rohan gluurt over haar schouder mee. 'Waar is dat voor?' vraagt hij.

Karina dempt haar stem en legt het uit.

'Ik heb Lindy niet gekend, maar ik heb het gevoel alsof dat wel zo was,' zegt Rohan. 'Ik wil hieraan meedoen, Karrie.'

'Dat doe je al. Het was toch allemaal jouw idee?'

'Woont Lindy's moeder nog bij jullie?'

'We houden haar bij ons totdat ze naar huis gaat of tot vrijdag; Jules heeft besloten haar dan naar haar zuster in Harpenden te sturen. Wat er gebeurt, hangt dus af van welke situatie zich het eerst voordoet. Zoals het in een contract zou staan.'

'Waarom ging ze eerst naar jou en niet naar haar zus?'

'Ik denk vanwege Lindy, omdat ik zo dicht bij haar stond. Misschien herinner ik haar aan Lindy's jeugd. Ik moet er niet aan denken wat ze allemaal heeft doorgemaakt. Ze heeft meer hulp nodig dan ik haar kan geven. En het enige wat Julian kan zeggen is dat hij zin heeft haar iets aan te doen.'

Rohan knijpt onder tafel in haar hand. Ze laat hem zijn gang gaan; ze heeft meer behoefte aan de troost dan dat ze last heeft van het schuldgevoel.

'Onzin,' zegt Julian om een uur of een. 'Het heeft niets met Lindy te maken. Cynthia weet dat ze over je heen kan lopen.'

'Hoe kun je dat nou zeggen?' Karina probeert wanhopig in slaap te komen. De vingers van haar linkerhand doen pijn van de vioolsnaren, haar triceps vertoont onwillekeurige samentrekkingen en haar geest is verzadigd met Mozart.

'Maar dat ze zich zo opdringt!'

'Ze is kapot. Dat zou jij ook zijn als het om Jamie ging.'

'Dat is een misselijke opmerking, Karina.'

'Je bent harteloos. Je maakt je om niemand druk, behalve om je vriend Andy die je werk bezorgt.'

'Ik maak me druk om ons en onze privacy en ik geloof niet in de vuile was buiten hangen.'

'Maar goed, we brengen haar vrijdag naar Marion. Of jij brengt haar. Ik moet een vliegtuig halen.'

'Ik breng je naar het vliegveld.'

'Je kunt het niet allebei, en ik stel me zo voor dat je haar geen minuut langer dan nodig is hier wilt houden.'

'We brengen eerst haar weg en dan jou. Heathrow ligt aan de terugweg. Ik heb speciaal vrij genomen op een heel slecht moment, Karrie, dus ik kan er net zo goed gebruik van maken.'

'Je wilt dat ik helemaal meega naar Hertfordshire en weer terug op de dag dat ik naar Hongarije moet om een concert te geven?'

'O, wat zijn we toch weer belangrijk en gevoelig!'

'Jezus christus, Jules. Ik rij zelf wel en dan zet ik de auto op het parkeerterrein voor lang parkeren. Of ik neem een trein.'

'Nee, ik breng je. Ik heb het beloofd. Slaap lekker, zigeunerinnetje.'

Mozart schroeit Karina's hoofd als een gril. Ze ligt wakker terwijl Julian begint te snurken.

De *Île de France* gleed westwaarts door kalme wateren en de lucht was zo puur dat Mimi zich voorstelde dat die smaakte naar de parels die zich in de oesters op de oceaanbodem vormden. Ze stond aan de reling en de sterren hingen levensgroot boven haar hoofd; ze kon de kolkingen in de melkweg zien. Ze ademde, zoog het sterrenlicht in zich op, hoorde in gedachten het trillen van de cimbaal die Marc, zo had hij laten doorschemeren, in zijn concert wilde stoppen.

'De maan verbleekt bij jou,' had hij tegen haar gezegd. 'Je hebt mijn creativiteit gekoloniseerd. Van nu af aan is alles voor jou.'

Mimi stak het dek over en ging naar beneden, de gang naar haar kamer door. Een paar minuten later klopte hij aan.

'Marc? Darlink, ik lig al in bed.'

'Het is pas vijf over elf,' riep hij door de gesloten deur heen.

'Ik ben héél moe. Tot morgenochtend. Dini slaapt. Ik moet ook slapen.'

'Mimi!'

De baby lag bij Vali, de kindermeid, in een tweedeklashut. Mimi had geen idee of hij al sliep of niet. Haar handen gingen omhoog, ernaar hunkerend de deur open te maken en Marc haar kamer, haar bed en haar sluimer in te laten, maar het schuldgevoel bestookte haar stampend als de scheepsmotor.

Marc had tegen haar gezegd dat telkens wanneer hij aan Tamás Veres dacht, die hij nog nooit had ontmoet en die was achtergebleven in Hongarije, waar hij nog nooit geweest was, hij uit pure ellende alles wat in zijn handen kwam zou kunnen fijnknijpen. Balzac vertalen in het Hongaars? Wat voor recht had hij, deze academicus met zijn bril, dit groenogige monster, om een wezen te bezitten dat zo onbezitbaar was als Mimi Rácz? Sinds de première en de daaropvolgende nacht was hij niets zonder haar. Een dag zonder haar was een dag niet geleefd. Tijdens die eerste twee jaar na haar terugkeer naar Boedapest, waarin ze getrouwd was met die andere man en een kind had gekregen, was hij iedere avond in slaap gevallen met de hoop te sterven voor het ochtend werd. Mimi luisterde en wenste dat hij haar dat niet allemaal vertelde.

'Mimi!' Het kloppen op de deur hield aan. Ze reageerde niet.

Ze wist dat hij haar een meester in de beheersing achtte. Ze liet hem soms binnen, wanneer ze geen weerstand aan hem kon bieden, wanneer ze te eenzaam was en te veel naar hem verlangde; op andere momenten, wanneer ze overmand werd door schuldgevoel, liet ze hem buiten staan. In Hongarije hield ze van Tamás, maar wanneer ze bij Marc was, hield ze evenveel van hem. Als je je eigen morele universum moet vormen terwijl je door het leven gedwongen wordt moeizaam je weg te vinden tussen twee werelden, bezorgt dat jou, en ook anderen, pijn; Marc behoorde helaas tot die anderen.

Om één uur werd Mimi wakker, zich bewust van geluiden vóór haar kamer. Ze deed de deur op een kier. De eerste stuurman van de *Île de France* stond gebogen over een gestalte op de grond: een lang, vlezig, maar toch robuust lichaam, grote handen, grote voeten, haar dat over gesloten ogen hing. Marc Duplessis lag diep in slaap in de gang; de vulpen stak uit zijn zak. De eerste stuurman schudde zachtjes aan zijn elleboog.

'Monsieur Duplessis,' zei hij, 'ga alstublieft met me mee, ik zal u terugbrengen naar uw kamer. Goedenavond, mejuffrouw Rácz.'

Marc, die zich verhief als een berg die binnenstebuiten wordt gekeerd, worstelde zich beetje bij beetje overeind. Zijn ogen, die de kleur van de zee hadden, keken die van Mimi aan met een blik waarin verwijt, een niet-begrijpen, aanbidding en nog veel meer lagen.

'Goeienavond, Marc,' zei ze; de woorden waren nauwelijks hoorbaar. De eerste stuurman ging een eindje bij hen vandaan staan en keek de andere kant op. Wat zou er de volgende dag allemaal geroddeld worden?

Toen ze weer in bed lag, alleen, stopte ze haar hoofd in haar kussen en balde ze haar handen tot gefrustreerde vuisten. Ze hield van Tamás, maar ze hield ook van Marc. Waarom werd dit onmogelijk geacht? Het was mogelijk; het was waar. Waarom dachten ze beiden dat ze haar bezaten? Liefde moest iets goeds zijn; waarom kon het niet stromen?

Ze stond op en opende de deur. De gang was verlaten.

## HOOFDSTUK 20

Karina heeft haar vioolkoffer op haar rug gedaan en staat klaar om te vertrekken, wanneer Julian zijn keel schraapt en zegt: 'O, Karrie, ik heb Hils beloofd dat we hem bij de garage zouden afzetten om zijn auto op te halen. Ik wilde het niet, maar hij belde op en smeekte me zo ongeveer.'

Karina's vliegtuig vertrekt om vier uur. Ze moet om halfdrie op Heathrow zijn. Cynthia moet naar Hertfortshire worden gebracht, aan de andere kant van Londen.

'Ik wil ook mee,' zeurt Jamie. Hij wordt voor de rest van de dag naar de Pearsons gestuurd, wat minder vanzelfsprekend is dan het vroeger was. Sinds Jamie op St.-Matthew zit, heeft Olly een nieuw groepje vrienden en is hij niet meer geïnteresseerd in rijkeluiszoontjes die naar kostschool gaan.

'Er is geen plaats, knul,' zegt Julian quasi-vrolijk. 'We hebben al oudtante Cynthia en haar koffer, mama en haar koffer en viool en ook oom Hilary...'

Terwijl hij praat, wordt er aangebeld. Op de stoep is Hilary, gekleed in zijn rode broek, aan het ijsberen; hij glimlacht te breed en speelt met de sleutels in zijn zak.

Cynthia is op de trap stil blijven staan. Ze ziet hem en verstart.

'Dag, tante Cyn. Op weg naar Herts?' zegt Hilary. 'Hebt u Pom-Pom bij u?'

Pom-Pom de kat is Cynthia's achilleshiel. Tegen de tijd dat Julian de koffers in de achterbak heeft gelegd, staat Cynthia alweer te snikken in een zakdoek. Hilary, die niets doorheeft, is zijn schimpscheut alweer vergeten en legt uit hoe hij een deskundige garage heeft ontdekt ergens aan een landweggetje achter de M25. Gilly en Olly Pearson staan te zwaaien naar hun huis. Karina omhelst Jamie en met pijn in het hart ziet ze hem naar hen toe slenteren.

Het is druk ter hoogte van Gatwick; het duurt twintig minuten langer dan anders om de kruising met de M25 te bereiken. Daar zegt Hilary, die met zijn vinger de route op de kaart natrekt, tegen Julian dat hij rechtsaf moet slaan. Ze rijden om vier rotondes heen. Hilary kan de weg niet vinden. 'Ik geloof dat het deze is,' zegt hij. Julian zwenkt naar links, een tweebaansweg op. 'Hier rechts.'

'Je kunt daar niet afslaan,' merkt Julian op.

'Er zou een opening moeten zijn.'

De vangrail loopt door. 'Dit klopt niet,' zeg Julian.

'Dat kan niet. Hier ergens. Het kan zo komen...'

Na vijf minuten komen ze bij een nieuwe rotonde. Julian rijdt twee rondjes terwijl Hilary ingespannen naar de kaart tuurt en mompelt: 'Ik snap het niet.'

Julian keert terug over de oorspronkelijke weg. Karina sluit haar ogen.

'Wanneer ik hier kom is er altijd een opening,' zegt Hilary.

'Kom je altijd uit het westen?'

'Natuurlijk. Hoe ontregelend.'

Na nog eens tien minuten wordt het duidelijk dat Hilary meestal uit het oosten komt aanrijden. Noch Julian, noch Karina kan erachter komen hoe of waarom.

'Ik ben misselijk,' zegt Cynthia. 'Jules, zet de auto alsjeblieft even stil.'

'Dat kan niet, er is hier geen vluchtstrook.'

Uit de middenberm doemt ineens een snelheidscamera op en ze krijgen een fel licht in hun gezicht. 'Fuck!' schreeuwt Julian.

'Daar is het. Dat weggetje aan de rechterkant,' wijst Hilary. 'Hier keren.' Julian kan niet keren; er is geen afrit.

'Jules, ik moet nu overgeven,' zegt Cynthia; haar borst gaat hevig op en neer.

Julian neemt nog een rotonde en keert weer. Deze keer zit hij aan de juiste kant van de weg en hij slaat het weggetje in, waar een paar verspreid staande bomen spoedig plaatsmaken voor een verlopen verzameling losse bedrijfjes en loodsen van golfplaat. In de buurt staat een bemodderde auto van ongeveer twintig jaar oud met een deuk in de deur. 'Daar staat-ie!' roept Hilary. 'Dat is mijn schoonheid.'

Julian trapt op de rem. De Jag komt gierend tot stilstand. Cynthia struikelt naar buiten en loopt naar de bomen.

'Sjonge. Reisziekte,' merkt Hilary op.

'Hils, we zijn aan de late kant. We moeten weg,' zegt Julian. 'Rij voorzichtig, ja?'

'Bedankt, broertje, ik waardeer je hulp. Tot kijk.' Hilary beent naar zijn auto.

'Oldtimer-Jag, jaja,' mompelt Julian. 'Rijp voor de sloop.'

Karina stapt uit. 'Cynthia?' zegt ze. 'Hoe voel je je?' Cynthia loopt langzaam op haar toe; ze ziet lijkbleek. In de vlekkerige schaduw lijkt ze meer op Lindy dan ooit.

'Bedankt, schat,' zegt ze. 'Het gaat nu wel. Echt. Het spijt me. Het spijt me erg.'

'Ben je nog misselijk?'

'Het trekt al weg. Echt.' Cynthia glimlacht flauwtjes; Karina houdt de achterdeur voor haar open.

Julian voert de snelste U-bocht uit die Karina ooit heeft meegemaakt. Haar vioolkoffer, die voor de achterruit ligt, schuift heen en weer. Lindy zou hier allemaal om gelachen hebben, bedenkt ze.

Cynthia laat zich op de achterbank zakken en valt in slaap. Karina en Julian rijden een uur lang in stilte, totdat ze Harpenden bereiken en hun passagier moeten wekken om te vragen waar het huis is. Gelukkig is het gemakkelijker te vinden dan Hilary's garage. In de doodlopende straat met huizen van rode baksteen loopt Marion druk om haar zus heen terwijl een grote bruine hond enthousiast aan hen allen likt. Het is halfeen geweest. 'Kom even binnen, dan zet ik thee!' roept Marion uit.

Ten slotte weten ze uit Harpenden te ontsnappen en rijdt Julian, de snelheidscamera's ontwijkend, terug naar de M25. Karina's telefoon gaat. 'Waar ben je?' vraagt Rohan.

'Ik ben er bijna. We rijden nu de M4 op.'

'Alles in orde?'

Julian haalt een Mini in; een vrachtwagen die ineens achter hen opduikt terwijl er eerst helemaal geen vrachtwagen was, toetert kwaad. Ten slotte stopt de auto voor terminal 1 van Heathrow. Karina pakt haar viool, die de rit beter heeft doorstaan dan zij.

'Mijn lief, pas goed op. Ik verwacht van je dat je vloeiend Magyar spreekt wanneer je thuiskomt.' Julian omhelst haar.

'Geef Jamie een knuffel. Tot zondag, schat.'

Ze staat op het trottoir midden in de stroom arriverende passagiers en kijkt hem na. Dan loopt ze naar binnen. In de mensenmassa kan ze nergens het kwartet ontwaren; ze wil zich net in haar eentje naar de incheckbalie begeven in de veronderstelling dat ze al door de beveiliging heen zijn, wanneer ze een warme arm om zich heen voelt. Ze keert zich om en omhelst Rohan alsof hij haar leven gaat redden.

In het vliegtuig zit Karina, die de kleinste van het kwintet is, tussen Harry aan het raam en de langbenige Rohan aan het gangpad in. Achter hen zitten Genya en Malcolm, die allebei een plaats aan het gangpad hebben geëist, tegenover elkaar, zonder te praten. Genya haalt een koelkastdoos met door Lubya gebakken koekjes tevoorschijn. Malcolm verdwijnt achter de *Telegraph*. De naast Karina gezeten Harry doet een enorme koptelefoon op zijn hoofd en zet zijn iPod aan. Zij en Rohan kunnen vrijelijk met elkaar praten.

'Hij is geschift,' zegt Karina. 'Het is mijn zwager, maar hij is echt kierewiet! Ze maken me stapeldol. Ik zit met ze opgescheept en ik weet niet wat ik moet doen.'

'Sterk blijven,' zegt Rohan. 'Niet over je heen laten lopen.'

'Ik wil niet mopperen, Ro, ik weet dat ik bof. Maar dit reisje is het belangrijkste dat me in jaren is overkomen; ik vind het best eng om naar Hongarije te gaan en met het kwartet te spelen, en het zegt hun helemaal niets. Misschien zou dat ook niet hoeven, ik weet het niet, maar ik heb gewoon het gevoel dat als ik iets anders doe, ik niet tel. Het lijkt wel of ik met een familie van molochs getrouwd ben. Ik zou er inmiddels aan gewend moeten zijn, maar ik heb er steeds meer last van, in plaats van minder.'

'Logisch, want nu doe je iets zinvols voor jezelf en dat heb je jarenlang niet gedaan. Dat is ook een van de redenen waarom ik je mee wilde hebben. Je hebt heel veel te geven, Karrie, en je bent vermangeld geraakt. Ik weet niet of dit ergens op slaat, maar ik wil...' Hij kijkt naar de stewardess, die met een geel zuurstofmasker veiligheidsinstructies mimet. Het zonlicht valt schuin het vliegtuig in en verlicht de zijkant van zijn gezicht. 'Ik wil je jezelf laten hervinden,' zegt hij. 'Ik weet niet waar je jezelf hebt achtergelaten, maar als ik je gevonden heb, kun jij het ook.'

Het vliegtuig taxiet en stijgt op. Malcolm, die een hekel aan vliegen heeft, sluit zijn ogen. Genya heeft een gesprek aangeknoopt met de vrachtwagenchauffeur naast hem over Malcolms cellokoffer, die een stoel bezet houdt. 'Hij moet altijd ticket voor kopen,' legt hij uit, 'maar wanneer ik voor zijn eten wil zorgen, wat bij ticket hoort, geven ze het nooit!'

'Dat is klote, maat,' zegt de vrachtwagenchauffeur, die met een clubje getatoeëerde vrienden een plezierreisje maakt. 'Neem liever een pilsje. Spotgoedkoop in Boedapest.'

'Laten we wat drinken,' zegt Rohan tegen Karina. 'Dat heb je wel verdiend.'

In het geroezemoes op de luchthaven van Boedapest hoort Karina een klank die ze goed kent: die ketens van samengeknepen Hongaarse lettergrepen. Ze verwacht half-en-half haar ouders tegen te komen. In haar zak zit de lijst met adressen die Dénes haar gegeven heeft. Na enige verwarring en onenigheid komt Harry tot de conclusie dat de beste manier om de stad in te gaan, en de goedkoopste voor vijf mensen en vijf instrumenten, een busje is.

Karina staart met bonzend hart naar buiten; een deel van haar vraagt zich af of ze thuis had moeten blijven. Ze had niet zo veel grijs verwacht. De stad is tijdens de revolutie hevig beschoten, en tijdens de oorlog gebombardeerd, en het sovjetbeton dat op de kraters werd opgetrokken, heeft de tand des tijds niet goed doorstaan.

Ze probeert het zich voor te stellen. Vijftig jaar geleden; zestig jaar. Wat weet haar vader nog? Haar moeder? En Mimi? Ze neemt de brede, met bomen omzoomde straten in zich op. Grote, robuuste woonblokken, bepleisterd met donkerrood, bruin en wat onder het vuil ooit terracotta moet zijn geweest; sommige hebben smeedijzeren balkons die haar vreemd genoeg aan Parijs doen denken. Een warmte in de lucht wijst erop dat de lente hier eerder is aangebroken dan in Sussex.

'Het is Wenen plus communisme,' merkt Harry op.

'Of niet,' mompelt Rohan tegen Karina, terwijl hij naar pokdalige gedeelten hoog in het flatgebouw wijst, waar granaten moeten zijn ingeslagen.

De Donau ligt nu voor hen; hij slingert zich groen en grijs in zijn brede bedding door de stad. Aan de overkant staan op de heuvel de burcht en het Vissersbastion, alsof ze uit het parklandschap eronder opgehesen zijn. Het busje passeert de Erzsébetbrug. 'Zo heet mijn moeder,' zegt Karina.

'Wie is die Erzsébet Brug?' grapt Harry. 'Een naaste bloedverwant van de Albert Hall?'

'En de Victoria Line,' zegt Rohan gevat. 'We zijn er, jongens.' Het busje stopt voor een betonnen toren die tussen twee elegante oude woonblokken in een drukke straat staat ingeklemd.

In de hal kondigen posters het Lentefestival van Boedapest aan, met daarbij, in Britse ogen, de namen van de Hongaarse musici achterstevoren genoteerd: Schiff András, Kocsis Zoltán. De namen van buitenlandse musici zijn echter op westerse wijze geschreven: Alfred Brendel, het St.-Francis Quartet. Maar... Veres Karina? Ze zijn tot de slotsom gekomen dat ze eigenlijk Hongaars is.

De hotelreceptioniste spreekt volmaakt Engels en raffelt een welkom af dat Amerikaans aandoet.

'Het is fantastisch om hier te zijn,' zegt Rohan tegen haar. 'Onze gastvioliste, Karina, is een Hongaarse.'

'Niet helemaal, mijn ouders zijn hier geboren,' legt Karina uit.

De receptioniste pakt haar hand en spreekt woorden die ze niet kan begrijpen. *'Isten hozta itthon!'*

'Sorry, wat is dat in het Engels?'

'Dat betekent: welkom thuis,' zegt de receptioniste stralend. 'Ik wens u een prettige dag.'

De plaatselijke agent van het kwartet heeft hun over hun programma gefaxt. Op zaterdag is er 's morgens een repetitie in de zaal van het Ferenc Liszt Conservatorium, dan een rustige middag, en daarna om halfacht het concert. De dag daarna vliegen ze om tien uur 's morgens naar huis. Er is niet veel tijd om de stad te bekijken.

De lucht boven de Donau is donker en Genya's vermoeide ogen lichten op bij het vooruitzicht van het avondeten. Rohan wiebelt van de ene voet op de andere en Karina vraagt hem stilletjes, met een blik, wat er is. 'Ik moet oefenen,' zegt hij tegen haar. 'Zou je het heel erg vinden als ik nu niet met je meega? Er is een stukje in dat C groot wat me niet lekker zit. De vingerzetting moet anders.'

Karina is verbaasd, maar weet dat je een musicus nooit van het oefenen moet afhouden. Waarschijnlijk zou ze zijn voorbeeld moeten volgen, maar nu ze hier is, verlangt ze ernaar de stad van haar voorouders te zien. Malcolm gaat dineren met de Hongaarse agent – hij zegt met klem, tot ergernis van de anderen, dat ze niet mee hoeven te gaan. Terwijl Rohan naar boven verdwijnt en Malcolm in een taxi vertrekt, blijft Karina met Harry, Genya en haar vaders adressenlijst op de stoep voor het hotel achter.

'Karina, waar gaan we eten?' vraagt Genya. 'Misschien bij de rivier, of op de heuvel of bij kasteel?'

'Laten we eerst gaan wandelen en kijken wat er gebeurt,' stelt Karina voor.

Ze lopen de Váci utca in, de belangrijkste winkelstraat die voetgangersgebied is. Karina merkt schoongeboende gevels op waarop designerlogo's prijken van bedrijven die dolgraag Oost-Europa willen veroveren. Uiteindelijk lopen ze in de richting van de rivier; vóór hen glinstert de Donau in het weerkaatste lamplicht, en de burcht staat, belicht door schijnwerpers, op een heuvel op de tegenoverliggende oever. Een eindje verder verrijst het sierlijke verschoten parlementsgebouw, dat wordt schoongemaakt. Karina kijkt op haar lijst. 'Een van de plekken waar ik van mijn vader moest langsgaan is hier vlakbij.'

Harry, die van navigeren houdt, raadpleegt de kaart die hij uit het hotel heeft meegenomen en vindt de weg naar de andere kant van het parlement en het eerste adres op de lijst van Dénes. Het is een naoorlogse betonnen monoliet, waarin, zo leiden ze af, een openbaar zwembad gehuisvest is. Het woonblok waarin de overgrootouders van Karina hebben gewoond, is voorgoed verdwenen.

'Dit kan niet goed zijn?' zegt Genya.

'Ik denk dat er iets mee gebeurd is,' merkt Harry op.

'Een voltreffer,' zegt Karina. Ze ziet het voor zich: puin, chaos, plundering. Terwijl de auto's en bussen, met de hand op de claxon, af en aan rijden, en de bomen boven haar hoofd jonge blaadjes krijgen, kan ze zich moeilijk voorstellen dat het ooit anders is geweest. Toch is het nog niet zo lang geleden, denkt ze; wij hadden het kunnen zijn.

Drie mannen van twee generaties zitten op een laag betonnen muurtje tussen twee gebouwen met een plastic bekertje in hun hand een verhitte discussie te voeren. Vlakbij houdt een bejaarde vrouw met een sjaaltje om en een lange, bonte rok aan, twee kleine meisjes bij de hand, terwijl hun moeder, die uitstekende jukbeenderen en benige handen heeft, bij een parkeermeter tussen de geparkeerde auto's staat en telkens op de knop voor geldteruggaaf drukt. Een Roma-familie. Karina ziet hoe de voorbijgangers hen mijden.

Ze neemt een paar forinten uit haar portemonnee en loopt naar de jonge moeder bij de parkeermeter. 'Hier,' zegt ze, haar het geld toestekend. De vrouw zet een stap achteruit en staart haar verbaasd aan, maar neemt het geld dan *'Köszönöm'* mompelend aan. Karina loopt terug naar Genya en Harry en negeert hun opgetrokken wenkbrauwen.

Genya tuurt op Harry's kaart. 'Misschien bij rivier wij kunnen eten,' zegt hij. 'Laten we over de brug lopen. Karina, wat eten we in Hongarije?'

Karina kijkt om zich heen naar de mengeling van gebouwen, waarvan onder de beroete, afbrokkelende pleisterlaag de bakstenen zichtbaar zijn; er zijn art-decojuweeltjes bij, die het eerst in aanmerking komen voor een schoonmaakbeurt. Langs hoge bogen en afgeronde hoeken lopen friezen met versteende, gebeeldhouwde figuren; glinsterende glas-in-loodramen en mozaïeken blikkeren als hallucinaties hoog boven de straat. Monsterlijke bouwsels uit het communistische tijdperk vallen volledig uit de toon, maar het totaal vermengt zich tot een visuele melodie met een eigen karakter, met een polsslag die zacht en lijdzaam is, maar doortrokken van iets wat Karina doet huiveren. Is het de geest van hen die niet ontsnapten? Of zijn het de sporen van jaren van bezetting en angst die er nog hangen? Ze heeft eens ergens gelezen dat stenen energie vasthouden. Geheugen? Het collectieve onderbewuste? Verbeelding?

Maar als ze eerlijk is, is ze in deze straat van Boedapest niet op zoek naar het verleden van haar familie. Ze is op zoek naar Rohan, en hij is er niet.

Ze nemen de volgende brug naar Boeda. Halverwege blijft Karina staan; ze steunt met haar handen op de brugleuning en staart naar het lommerrijke bosgebied op Margaretha-eiland, en naar de goudverlichte burcht daarachter, met de heuvel vol lichten en de wirwar van straten eronder.

'Fuck,' zegt Harry. 'Het is prachtig.'

'Het is vreemde stad,' is Genya's commentaar.

'Hij is mooier dan Wenen,' zegt Karina.

'Het hart is eruit geslagen,' is Harry's mening. 'Al die invasies en revoluties. Je kunt zien dat het een geweldige stad moet zijn geweest, maar hij is zo geteisterd dat het allemaal vergane glorie is.'

'Mijn vader zegt wel eens dat een goede Hongaarse musicus geen internationale carrière zou hebben gehad als hij in Hongarije was gebleven,' vertelt Karina hem. 'De beroemdste namen zijn allemaal mensen die vertrokken zijn. Het is te afgelegen.'

'Maar het ligt midden in Europa! Het raakt eigenlijk kant noch wal. Klotenazi's. Klote – sorry, Genya – Russen.'

'Ik ben niet Rus. Ik ben Oekraïense Jood.' Genya glimlacht. 'Laten we lopen. We hebben eten nodig.'

Ze nemen een houten kabeltreintje heuvelopwaarts naar de oude stad. Naast het burchtplein slenteren ze over een straat met kinderkopjes waar lage rijtjeshuizen zwoel oker, terracotta en dieproze geverfd zijn. Antiekwinkels, winkels met handnijverheidsproducten en restaurants liggen dicht bij elkaar en trekken toeristen. Het is net warm genoeg om buiten te zitten. Naast een restaurant in een gebouw dat zegt zeshonderd jaar oud te zijn, trekken vage muziekklanken hun aandacht: twee violisten en een contrabassist spelen voor de mensen die aan de tafeltjes buiten zitten te eten.

'Te toeristisch,' is Harry's commentaar. 'We moeten naar een wat minder opvallende plek gaan.'

'Wéét je een minder opvallende plek, Harry?' vraagt Genya.

'Hoeveel trek heb jij?' Harry, die zijn neus ophaalt voor het vertaalde menu, hoewel hij zonder die vertaling niet zou weten waar het over ging, wil blijven verkennen.

'Hoeveel trek?' zegt Genya hem na. 'Heel veel trek! De lunch is lang geleden.'

'En Lyuba's koekjes dan? Je hebt ze allemaal opgegeten!'

'Karina moet eten.'

Als dit de manier is waarop in het St.-Francis Quartet de beslissingen worden genomen, is het niet zo vreemd dat er strijd is. 'Waarom houden we het voor vanavond niet hierop?' stelt Karina voor, als arbiter optredend nu de gebruikelijke vredestichter, Rohan, er niet is. 'Dan kan jullie agent morgen na het concert misschien een radicaler voorstel doen.'

De soloviolist lijkt veertig, maar ze vermoedt dat hij jonger is, maar ouder lijkt door zijn toenemende omvang, zijn kortgeknipte haar, zijn formele zwarte broek en vest, wit overhemd en das. De tweede violist begeleidt, samen met de bas; hij zal zo'n twintig jaar ouder zijn en is navenant gezetter. Beide gezichten hebben brede jukbeenderen; de donkere ogen hebben zware oogleden die diep in een gebronsde huid liggen; ze zijn kennelijk vader en zoon. De lieflijke toon van de leidende viool spreekt Karina aan: intiem, flemend, zwierig, een beetje als Stéphane Grappelli.

'Dertien in een dozijn hier, die zigeunerviolisten,' merkt Harry op. 'Ik heb ergens gehoord dat ze een opleiding aan een speciale school krijgen waar ze het restaurantrepertoire leren, en dat echte volksviolisten een heel andere techniek gebruiken. Ik heb eens een paar Hongaarse violisten muziek zien maken tijdens een schnabbel in Londen; ze houden de arm waarmee ze strijken heel dicht bij het lichaam. Laten we die tafel onder de pergola nemen.'

Karina laat hen naar het beschutte terras naast het restaurant lopen; zij blijft nog even staan kijken naar de muzikanten. Het kan haar niet schelen waar ze zijn opgeleid of welke techniek ze gebruiken; ze houdt van de warmte van de klank. De soloviolist doet haar intens aan de violist in de trein denken.

De pergola omringt de tafels met een hekwerk waarover een druivenrank vol groene scheuten hangt. Genya en Harry zijn aan het kibbelen boven het menu wanneer Karina bij hen komt zitten. Ze kan zich haar moeders stem voorstellen die de namen van bijna ieder gerecht zegt, hoewel het restaurant voor de minder avontuurlijken ook hamburgers heeft. Ze bestellen een fles Bikavér, stierenbloedwijn; voor Karina goulash, voor Genya gevulde kool en Harry kiest een wienerschnitzel.

Karina staart naar een kerktoren in de buurt, naar de met keitjes beklede straat, naar de lichten van Pest beneden in de verte. 'Het is niet te geloven dat ik eindelijk hier ben,' zegt ze.

Harry neemt een slok van zijn Bikavér. 'Wanneer zijn je ouders weggegaan? Tijdens de oorlog?'

'Nee, in 1956.'

'De revolutie.' Genya knikt.

'En jouw ouders zijn uit Kiev weggegaan?' vraag Karina hem.

'Zij zijn naar Israël gegaan, ik naar Londen. Karina, luister, ik had niets. Ik had de altviool, ik had een sovjetprijs voor bespelen van mijn altviool; ik had één koffer. Nu heb ik een huis, ik heb mijn Lyuba als vrouw, we verhuren kamers, onze kinderen zijn Brits en ik kan kamermuziek spelen in Boedapest! Het leven is fantastisch, ik ben heel gelukkig.'

Vooraan is de band een csardas begonnen. Karina luistert: hij klinkt bekend. Is het niet iets wat haar oma altijd voor haar speelde toen ze nog klein was?

'Weet u hoe dit stuk heet?' vraagt ze aan de ober. Hij schudt zijn hoofd, maar belooft de band naar hen toe te sturen.

Was Rohan maar hier om dit spel te horen. 'Blijft Rohan altijd binnen om te oefenen?' vraagt ze aan Harry.

'Rohan is een echt oefenbeest.' Harry draait zijn wijn rond in het glas. 'Maar het is een goeie vorm van escapisme. Als hij oefent kan hij geen ruzie met Malcolm maken. Zijn strategie is dat wat er ook om hem heen gebeurt, vioolspelen gaat voor. Het is de oplossing voor al zijn problemen.'

'Je hoopte dat hij met ons mee zou gaan?' vraagt Genya nadrukkelijk.

'Het zou leuk geweest zijn om iets met zijn allen te doen.'

'Je man, wat is hij voor iemand?'

'Julian is een goeie vent. Heel betrouwbaar. Verantwoordelijk. Maar hij wilde wel per se onze zoon naar kostschool sturen, en daar ben ik niet zo blij mee.'

Genya houdt zijn adem in. 'Kostschool, ik houd niet van,' zegt hij. 'Ik zou mijn zoon nooit wegsturen. Een kind heeft gezin nodig. Je zoon is hoe oud?'

'Hij is acht.'

'Maar dat is nog klein! Hoe is mogelijk dat je hem laat weggaan?'

'In Julians familie zijn de jongens altijd naar kostschool gegaan. Het maakt niet uit hoe ongelukkig ze er geweest zijn, ze blijven hun kinderen erheen sturen.'

'Engelsen kunnen verrekte koppig zijn,' zegt Harry.

'Jij bent Engels,' protesteert Genya.

'Schots. We zijn zelfs nog koppiger dan de Engelsen. Maar ik kan je wel vertellen, als Alison en ik ooit kinderen krijgen, weet ik niet hoe we ze een goede opleiding moeten geven. Zij verdient goed, maar ik niet, en met de hypotheek die we hebben, zouden we ons geen particuliere school kunnen veroorloven. Ik weet niet wat Groot-Brittannië bezielt. Alles is gepolariseerd rond de vraag of je geld hebt of niet, en als je musicus bent, heb je dus geen geld. Gek is dat, maar zodra je in Frankrijk of Duitsland of Scandinavië bent, voelt alles normaal. Alison zegt dat Groot-Brittannië onredelijk is geworden.'

Karina kijkt de straat in. Vergeleken bij wat Boedapest heeft meegemaakt lijken de problemen thuis een beetje onnozel. Ze begint haar vaders frustratie over het verspillen van de westerse vrijheid te begrijpen. Maar ze wil niet met haar nieuwe collega's in debat gaan en Rohan is er niet om haar te steunen.

'Als je je afvraagt hoe dat met Ro zit,' zegt Harry, 'dan gaat dat zo: hij zal via de roomservice iets bestellen en iedere vingerzetting van iedere maat van beide kwintetten doornemen. Dan komt hij rond middernacht tevoorschijn, beseft hoe laat het is en vraagt of er iemand zin heeft om iets te gaan drinken, en net als je naar bed wilt gaan, zal hij zeggen: "O, Karina, weet je die-en-die passage? Volgens mij moeten we de stokvoering veranderen." En dan moet je oppassen dat je vervolgens niet de hele nacht ligt te tobben.'

Karina proeft het stoofgerecht: een aangename berg vlees, paprika's, knoflook en uien, bestrooid met stukjes pasta die het Engelse menu *nipped paste*, oftewel pastastukjes, noemt. Het smaakt naar thuis. Ze is weer tien en zit in Twickenham aan tafel met Lindy. Ze heeft zin om te huilen.

Er is een beweging bij de deur; ze vangt een glimp op van een wit overhemd en dan staat de leidende violist naast hen met zijn strijkstok in zijn hand. Hij maakt even een formele buiging; Karina merkt dat zijn glimlach niet echt contact met hen maakt. 'Goedenavond, u hebt vraag?' zegt hij.

'Ik vroeg me af,' zegt ze, 'wat dat laatste liedje was? Het klinkt heel bekend.'

'Dat? Is lied van Panna Czinka. Panna Czinka was beroemde dame, *cigány*-violiste. *Cigány*-muzikanten zijn beroemde traditie. Deze band is mijn familie. Mijn vader, mijn neef. Onze opa heel beroemd.' Hij wijst op een foto aan de muur binnen. 'Wij lang hier spelen.'

Karina gaat binnen op verkenning uit. De muren van het restaurant zijn bezaaid met historische foto's. Eind negentiende eeuw, begin twintigste; voor de oorlog en, enigszins uit het zicht, na de oorlog. Ooit was dit een elegant restaurant. Om iedere tafel was wat meer ruimte, om de muzikanten veel meer. Ze traden op op een verhoging, uit de buurt van de bar. Op een van de foto's staat een violist met borstelige wenkbrauwen, een cimbaalspeler met een enorme snor en een jongen in de tienerleeftijd die ook viool speelt.

'Ik speel viool,' zegt Karina tegen de violist. 'Mag ik uw viool proberen?'

Hij steekt haar met een knikje het instrument toe; Karina neemt hem aan en voert een paar loopjes uit. Op de toets onder de snaren zitten bankbiljetten gestopt die hij als fooi van de klanten heeft gekregen.

'De band op die foto, dat is niet uw familie?' vraagt ze. Hij schudt zijn hoofd. 'Maar al weten we niet wie ze zijn, wat zal er met hen gebeurd zijn?'

Hij kijkt haar wezenloos aan. De ober komt naar hen toe om te vertalen, en dan begrijpt de violist het. Hij haalt zijn schouders op en haalt dan een vinger langs zijn keel. 'Hitler.'

Geschokt bedankt Karina hem. Hij werpt een korte, stekelige blik op haar handtas; ze neemt een bankbiljet uit haar portemonnee en stopt het bij de andere. Dan ziet ze hoe hij zich omdraait en de volgende tafel een serenade gaat brengen. Zo moest haar overgrootvader de kost hebben verdiend, toen hij dat nog kon.

Wanneer ze weer bij hun tafel is, heeft Genya zijn eten al op en is de saus met wat brood opgeveegd; nu neemt hij hoopvol af en toe een hapje van de rand van haar goulash. Ze geeft hem de helft. Ze wil niet dat haar maag zo overvol voelt als haar geest.

Na elven dwalen ze de steile heuvel af naar de Kettingbrug en steken ze de rivier over naar hun hotel in Pest. Het is een frisse nacht; Karina huivert.

'Je hebt het koud,' zegt Genya. 'Neem mijn jas, Karina.'

'Nee, dank je, het gaat wel. Ik heb het niet koud. Er spookt van alles door mijn hoofd. Ik zie steeds mijn ouders voor me en ik moet steeds aan mijn oma denken. Ze leek nooit te hebben geweten wat er met haar familie was gebeurd en de violist in het restaurant zei...'

'Kende hij hen dan?'

'Ik keek naar een foto van een zigeunerband, maar toen ik vroeg wat er met hen gebeurd was, zij hij alleen maar "Hitler". Nu we hier zijn voelt het veel werkelijker...'

'O, Hitler haatte de zigeuners even erg als de Joden,' merkt Harry op. 'Dat weet iedereen. Hij heeft er wel een half miljoen vermoord, niemand weet het precieze aantal. Na de Joden zijn daar de meesten van vermoord. Er was een hele afdeling van in Auschwitz.'

'Stalin was grootste moordenaar,' merkt Genya op. 'Zestig miljoen doden tijdens Stalin. Maar, Karina, wij zijn hier. Wij zijn bewijs. Wij leven.'

'Karina, dit moet je gaan zien.' Harry kijkt op de kaart en wijst naar een tekentje. 'Een terreurmuseum. Er staat hier dat het gebouw het hoofdkwartier van de Hongaarse geheime dienst was. Het staat aan de Andrássystraat nummer 60.'

Dit adres staat op haar papiertje, in haar vaders handschrift. Het is het gebouw waarover hij had gezegd dat ze er langs moest gaan. 'Het is de bedoeling dat ik erheen ga,' zegt ze.

'Wat staat er nog meer op de lijst?' vraagt Genya.

'Er is een muziekinstrumentenmuseum waar ik heen wil. Ze hebben daar een viool die-eh... die misschien van mijn oma is geweest. Rohan zei dat hij zo'n gevoel had.'

'Een goede viool?'

'Van Nicolò Amati.'

'Sodeju,' zegt Harry, 'logisch dat Ro zo'n gevoel heeft. Hij zou een moord doen voor een Italiaans instrument.'

'O ja?' zegt Karina.

'Nou, hij kan uit een stuk brandhout nog een prachtig geluid halen, dus stel je maar voor wat hij met een echt goeie viool zou kunnen.'

Terwijl ze om tien voor twaalf in de lobby van het hotel op de lift staan te wachten, gaat haar mobieltje. 'Karrie?' zegt Rohans stem. 'Sorry dat het zo laat is, dat had ik niet in de gaten. Je slaapt toch nog niet? Wil je wat gaan drinken met me?'

Harry kijkt naar Karina's gezicht en grijnst.

'Het is al laat,' zegt ze weifelend.

'Blijf dan nog heel even beneden, dan kom ik je welterusten zeggen.'

Harry en Genya slaan hun blik ten hemel, geven Karina elk drie kussen en stappen de lift in. Karina speelt met haar telefoon. Haar hoofd doet pijn van vermoeidheid, maar wanneer de liftdeuren opengaan en Rohan op haar af loopt, hoeft ze maar één keer naar hem te kijken om te weten dat ze toch iets met hem gaat drinken.

'Het spijt me,' zegt hij. 'Het spijt me echt. Ben je helemaal hierheen gekomen en moet ik zonodig oefenen. Maar ik zou gewoon niet morgen die zaal in kunnen lopen als ik niet...'

'Maak je geen zorgen. Ik ken het gevoel.'

'Ik heb om de hoek een café gezien. We zouden daarheen kunnen gaan?'

Ze slenteren de blauwe en bruine schaduwen van de nacht in. Het café is een paar huizenblokken verder en ze moeten een stenen trap af. Het is een kelder met gewelfde plafonds en op de muren zijn schilderingen aangebracht van druivenranken en graanvelden. Het licht wordt in ondoorzichtige spiralen van sigarettenrook gevangen. Rohan bestelt een biertje, Karina vraagt om abrikozenpalinka, haar vaders favoriete Hongaarse vruchtenbrandenwijn.

'Karrie,' zegt Rohan, 'je kent dat stukje van het C groot waar we unisono spelen?' Hij zingt het, ze knikt. 'Ik denk dat ik een betere strijkstokvoering heb gevonden.' Hij doet het voor. De drankjes komen en Karina probeert het hare niet in één keer leeg te drinken.

Hij neemt al pratend met haar de nieuwe strijkstokvoeringen door, die heel wat verdergaan dan deze ene passage. Uiteindelijk vraagt ze of ze de partituur kan lenen zodat ze die nacht alles nog kan overnemen. Aangezien ze de oorspronkelijke patronen een maand lang obsessief geoefend heeft, zal het niet gemakkelijk zijn ze op de dag van het concert te veranderen.

'Sorry,' zegt Rohan weer. 'Ik doe dit vaak, moet ik bekennen, vlak voor een optreden van alles veranderen. Harry zal je er alles over kunnen vertellen.'

'Dat heeft hij al gedaan.'

'En het spijt me dat ik niet mee ben gaan eten, maar... weet je... zullen we morgenmiddag een wandeling gaan maken of zo?'

'Wil je meegaan naar het terreurmuseum?'

'Wat is dat? Dracula?'

'Het is het voormalige hoofdkwartier van de geheime politie. Mijn vader zei dat ik erheen moest gaan.'

'Waarom?'

'Dat weet ik niet.'

'Hangt er een sfeer van dreiging in deze stad? Of verbeeld ik me dat maar? Neem deze kelder. Ik denk steeds maar: Wat is hier zestig jaar geleden gebeurd? Of vijftig? Hoeveel mensen hebben zich hier verstopt? Wat is er van hen geworden?'

'Ik dacht dat ik dat alleen maar zo voelde vanwege mijn familie. Er is hier een bijzondere ziel, en het is dezelfde ziel als die in het huis van mijn ouders. Het is iets zachtaardigs en positiefs en tegelijkertijd heeft het iets triests.'

'Net als ik en Zuid-Afrika.' Rohan neemt een slok bier. 'Het heeft alles met mij te maken en toch ook weer niets. Soms hou ik ervan, maar vaak haat ik het. Ik ben er trots op dat mijn ouders destijds vertrokken zijn. Het doet pijn om er te zijn, maar ik weet nauwelijks waarom.'

De aderen op de rug van Rohans linkerhand zijn opgezet; op zijn vingertoppen zit eelt, net als op die van haar. Het zou zo gemakkelijk zijn om haar hand uit te steken en hem aan te raken dat ze door die gedachte van slag raakt.

'Hoe smaakt het?' vraagt hij, naar haar palinka kijkend.

'Proef maar.'

Rohan pakt haar glas en draait het dan zo dat de vlek van haar lippenstift naar zijn mond gekeerd is. Hij tilt het op en neemt een slokje. 'Goddelijk.'

'We moeten gaan,' zegt Karina. 'Ik moet je wijzigingen nog noteren.'

In het hotel staan ze heel even aarzelend in de lobby. 'Ik loop even mee om de muziek te halen,' stelt Karina voor terwijl ze op de lift wachten.

Rohans kamer ligt op de zesde verdieping. Hij schiet naar binnen zonder haar binnen te vragen. In de deuropening overhandigt hij haar twee dunne gevouwen vellen. Het zou toch zo simpel zijn om naar binnen te lopen en de deur achter haar dicht te trekken – hij wil het ook.

'Tot morgenochtend,' zegt Rohan.

'Welterusten,' zegt Karina.

# HOOFDSTUK 21

Marc en Mimi liepen door Manhattan, terwijl Vali, het kindermeisje, Dénes in zijn kinderwagen voortduwde, en deden alsof ze een Amerikaans gezin waren. In New York was het heel gemakkelijk om te doen alsof. Tot op zekere hoogte, zo vermoedde Mimi, deed iedereen alsof. Zij en Marc waren er allebei van overtuigd dat de grote brand in Europa in een ramp moest eindigen als Amerika niet ingreep, maar afgezien van de toevloed van Joodse vluchtelingen in de Lower East Side was er om hen heen weinig dat erop duidde dat de mensen beseften hoe hachelijk de toestand in de wereld was. Eén ding was zeker: naar huis gaan was geen optie.

Marc huurde een appartement dicht bij de muziekacademie in de Upper West Side waar hij lesgaf, maar dat was voornamelijk voor de show: hij bracht bijna al zijn tijd door in Mimi's appartement in het Dakotagebouw. Wanneer hij daar niet zat te componeren, was hij op de academie, waar hij les gaf in orkestratie, harmonie en contrapunt. Mimi stond iedere ochtend vroeg op om haar administratie te doen, Tamás te schrijven en te oefenen; Vali voedde Dénes en ging met hem naar Central Park. Marc luisterde naar de radio en las obsessief ieder woord van de *New York Times*, die Mimi verhongaarste tot 'Timesh'.

Saul, de New Yorkse impresario die zoveel als haar werkgever, raadsman en reddingslijn was, had de huur van haar appartement geregeld, op de negende verdieping van de kolossale flat aan het park; een enorme huiskamer die doordrenkt was van licht, een grote slaapkamer voor Mimi, een kleine voor Dénes en een veredeld slaaphok voor Vali. Alles was zwart en crèmekleurig, zelfs de koffiekopjes. En Mimi deed zoals gewoonlijk alles op haar manier. 'Maar toch,' peinsde Marc plagend, 'zou je niet een gewoon mens zijn als dit alles je niet naar het hoofd steeg.'

'Dit alles' bestond uit concerten, geld en roem. Soms moest ze in haar arm knijpen om zich ervan te vergewissen dat ze niet wakker zou worden in Kistarcsa. Ze was uit een zigeunerfamilie geplukt omdat ze viool kon spelen, en was helemaal aan de andere kant van de wereld terechtgekomen bij een van de machtigste New Yorkse theatermakers, die haar voor uitverkochte zalen liet spelen en op de chicste feestjes bracht die ze ooit had meegemaakt, en ze had er al heel wat meegemaakt. Mimi leefde in een sprookje. Ze kreeg uitnodigingen om mecenassen in hun luxueuze huis te ontmoeten. Bewonderaars gaven haar diamanten, erfgenamen in het bezit van Renoirs stonden kirrend bij de kleine Dénes. Niemand kon het iets schelen dat ze een zigeunerin was; misschien wist niemand het. Ze zag er exotisch uit en sprak met een zwaar, Midden-Europees accent, en dat was voor hen genoeg om hevig gecharmeerd te zijn.

Hier kon ze zich ook mengen onder de beste collega-muzikanten, zoals ze dat zelden kon in Hongarije. Een keer kwam een zwaar sombere Rus naar haar kleedkamer, begeleid door Saul. 'Dit is Sergei Rachmaninov,' verklaarde Saul. Mimi bloosde van haar neus tot haar vingertoppen toen de componist zich vooroverboog, haar hand optilde en die kuste. Op een andere avond, bij een ander concert, klopte er een heer met een snor en grijzend haar en een betoverende, smeltende blik in zijn ogen op haar deur en sprak haar in zacht Weens-Duits aan. Haar Duits was niet goed, maar ze had het niet nodig om Fritz Kreisler te herkennen, die ze als de grootste van alle violisten beschouwde. Kreisler stelde haar op zijn beurt voor aan een pianovirtuoos met kraaloogjes die de wereld stormenderhand veroverde: Vladimir Horowitz. Beiden hadden zich in New York gevestigd. Mimi, die lachte en straalde, maar zich desondanks overweldigd voelde door dit gezelschap, had wel door dat deze beroemde musici Europa niet door een gelukkig toeval waren ontvlucht, zoals zij en Marc, maar met opzet en omdat ze voor hun leven vreesden.

Op een warme lenteavond werd er even na zessen in het Dakotagebouw aangebeld. Vali was Dénes zijn avondeten aan het geven. Marc had sinds het lesgeven in de middag zich beurtelings beziggehouden met een schets maken voor het tweede deel van het concert, de *Timesh* lezen en naar de radio luisteren. Mimi had haar post doorgenomen en de laatste berichten van Tamás en de Frankls driemaal gelezen. Nu lag ze op de sofa, waar ze genoot van een martini die ze verdiend achtte na een afschuwelijke repetitie die ochtend. Vali ging opendoen en Mimi hoorde haar een gesmoorde kreet van verbazing slaken: de onverwachte gast sprak Hongaars. Vali haastte zich terug naar de huiskamer en overhandigde Mimi het zilveren bladje met een kaartje erop. Mimi staarde er ongelovig naar en kon even niets uitbrengen.

'Wat is er?' riep Marc uit toen ze haastig overeind kwam. Ze liep snel weg om haar haar goed te doen en begroette met een stroom Hongaars de onbekende in de deuropening alsof het haar vader was, ook al zag die er niet helemaal uit zoals zij hem zich had voorgesteld. Het was een nietige man met een gekwelde uitstraling, bescheiden gekleed, en met een ziekelijke, gelige huid en zwarte ogen die enorm groot waren en een blik hadden waar een onuitsprekelijke angst uit sprak. Doodsangst, ze zag het meteen.

'Mijn vriend, Marc Duplessis,' stelde Mimi hem voor. 'Marc, kijk eens wie er is!'

Ze zag herkenning, en ook ontzetting, over Marcs gezicht trekken, want hun gast was Béla Bartók, en diens blik ging instinctief naar de muzieknoten die Marc op papier had gezet. Met één snelle beweging van de krant onttrok deze zijn compositie aan het oog. Bartók stak hem de hand toe en Marc schudde die sprakeloos, waarbij de vingers van de beroemde componist verdwenen in zijn vlezige handpalmen.

'Professor Bartók, u moet met ons mee-eten!' riep Mimi uit. 'Lieve Vali, wat hebben we in huis?'

'U hier? In Amerika?' stamelde Marc. 'Dat wist ik niet.'

'Het is een tournee,' legde Bartók uit, 'maar ik weet niet of de tournee ooit ophoudt. Misschien blijf ik. Bent u in Hongarije geweest, monsieur Duplessis?'

Marc schudde zijn hoofd.

'Dan moet u wegblijven,' zei Bartók. 'Ik wanhoop over het lot van mijn land. Zij vallen me aan vanwege mijn werk en elke dag brengt de slechtheid minder stabiliteit; hoe onze regering zich kan aansluiten bij dat gehate Duitsland begrijp ik niet. Wij hebben dan misschien nog wel ons land, maar geen thuis meer...'

Mimi vroeg zich af hoe ze Marcs aanwezigheid moest verklaren. Hun situatie was nu niet bepaald conventioneel: een componist die min of meer samenwoonde met een violiste die getrouwd was met iemand anders, maar geen neiging vertoonde naar huis te gaan of een scheiding aan te vragen. Mimi had voor Marc een masker gecultiveerd als een familievriend, een beschermend, waakzaam oog en 'oom' voor Dénes; soms dacht ze zelfs dat de mensen het geloofden. Ze besloot dat het het gemakkelijkst was helemaal niets uit te leggen.

Als het Bartók al stoorde, liet hij daar niets van merken. Tijdens de maaltijd stuurde hij het gesprek steeds zorgvuldig in Marcs richting en sprak hij Frans of Engels, zodat Marc kon meedoen. Hij vroeg Marc wat hij aan het schrijven was, aan welke stijl hij de voorkeur gaf, wat hij van diverse collega's vond. Marc staarde Bartók aan alsof het een god was, wat, zo moest Mimi toegeven, hij ook min of meer was. Ze dacht aan de concerten van Bartók, de opera's, meesterlijke mengelingen van visionaire poëzie, volksidioom en modernistische teksten. Marc aanbad Bartók en klaagde vaak dat zijn muziek nooit zou kunnen tippen aan die van de Hongaarse reus. Vele malen had Mimi hem verteld dat hij daar ook niet naar moest streven; hij hoefde alleen maar zichzelf te zijn.

De conversatie kwam algauw op Marcs opinie dat de muziek in Frankrijk naar de haaien ging. Ravel was dood, Poulenc was veel te clever, en Messiaen, het jonge grote talent, was te religieus en had een vreemd enthousiasme voor het transcriberen van geluiden van vogels, in plaats van die van mensen. Marc leek de enige die geïntrigeerd was door de mogelijkheden die scholen in de invloeden van volksmuziek zoals Bartók dat deed. Niet dat hij de Franse volkswijsjes als een vruchtbare inspiratiebron beschouwde, nu Canteloube een monopolie had verworven met de *Chants d'Auvergne*, voor Marc de muziektegenhanger van *crème pâtissière.* Hij wilde, zo zei hij tegen Bartók, net als hij en Kodály de poesta in om volkswijsjes te horen die voortkwamen uit het samengaan van natuur en mens.

'Wij zouden u ook verwelkomen,' zei Bartók tegen hem. 'De verbroedering van alle volkeren is mijn ideaal. Ik weer geen enkele invloed uit mijn muziek, zolang het maar een kracht ten goede is.'

'En zou ik niet putten uit klanken uit Hongarije, Roemenië of waar dan ook, alleen omdat ik Fransman ben?' stemde Marc met hem in. 'Maar ik voel me niet thuis in deze tijd, in mijn eigen land, en om u de waarheid te zeggen, bij de meeste andere dingen ook niet.'

'Dat is voor mij wel duidelijk,' stelde Bartók hem gerust. Mimi zag Marc glimmen.

Toen ze twee flessen wijn en Vali's Hongaarse maaltijd hadden weggewerkt, pakte Mimi haar viool en begon ze voor Bartók de zigeunerliedjes te spelen die ze zich uit haar jeugd herinnerde. Ze had iedere seconde van deze avond wel willen bewaren: de meilucht die ze door het raam steeds donkerder zag worden, de gelig roze glans van Bartóks kale kruin en de fijne zilverkleurige haren eromheen, de plooien van Marcs witte overhemd die af en toe bewogen terwijl hij haar gadesloeg, en de zijdeachtige gladheid van de houten kinsteun van de Amati tegen haar wang.

Maar toen ze even naar Marcs gezicht keek, zag ze dat hij wel op zou willen staan en gillen. Als Bartók voor haar viel – het was bekend dat hij een zwak had voor jonge violistes – zou hij werken voor haar schrijven. En als hij iets schreef, misschien een concert – o, deed hij het maar – dan zou Marc daar aanstoot aan nemen; hij zou willen weten waarom ze er ook zelfs maar over dácht het zijne te spelen, alleen maar omdat hij haar minnaar was. Waarom zou ze genoegen nemen met tweederangs, zou hij zeggen, als ze het grootste genie kon hebben dat er op aarde rondliep? Het zou vergeefse moeite zijn om te trachten hem gerust te stellen en hem te vertellen dat zijn werk niet tweederangs was. Marc was te gevoelig, te lichtgeraakt, te veel met zichzelf bezig. Als ze dat tegen hem zei, antwoordde hij alleen maar vinnig dat dat ook voor haar gold.

Toen Mimi ophield met spelen, liep Bartók naar de piano en gaf aan dat ze naar hem toe moest komen; hij vroeg haar of ze hem een paar van haar favoriete kneepjes wilde laten zien op het gebied van intonatie en kleur. Terwijl ze praatte en dingen voordeed, was ze zich er vaag van bewust dat Vali op haar tenen binnen was gekomen, Marcs mouw had aangeraakt en iets in zijn oor had gefluisterd. Hij liep achter haar aan naar de keuken, waar de radio stond.

Mimi vond de bladmuziek van Bartóks *Roemeense dansen*, en de componist zette de pianopartij voor zich neer. ‘Zullen we?’ vroeg hij. Mimi ging naast hem staan en begon. Toen Marc weer de kamer binnen kwam, met een tred zo onvast als die van een slaapwandelaar, waren ze halverwege de derde dans en wilde ze zeker niet stoppen, niet nu Bartók haar in zijn eigen muziek begeleidde. Toen het afgelopen was, legde ze de Amati op de piano en keek ze Marc boos aan. ‘Wat mankeert jóú?’

‘Duitsland en Italië zijn Frankrijk binnengevallen,’ zei Marc. ‘Het verslag zegt dat Parijs in gevaar is.’

Mimi, met stomheid geslagen, stak haar hand uit naar een stoel. Ze hoorde Vali in de keuken snikken. Vali, het arme kind, was dol op Marc.

‘Het kan niet waar zijn,’ voegde Marc eraan toe. ‘Ze verzinnen het. Of anders droom ik het. Of het is allemaal een vreselijke vergissing, misschien klopt er niks van – een verkeerd geïnterpreteerd signaal. Of...’

‘Wat erg, monsieur Duplessis,’ zei Bartók rustig. ‘Waar bevindt uw familie zich?’

Later, toen Bartók weg was en Dénes lag te slapen en Vali ook, gleed Marc Mimi’s bed in. Ze hield hem vast en liet hem schokkend huilen. Na een poosje vrijden ze op een stille, wanhopige manier, en dat, zo had Marc wel eens gezegd, was erger dan helemaal niet vrijen, omdat hij nooit wist wanneer hij opnieuw mocht.

‘Het zal gauw voorbij zijn,’ fluisterde Mimi rond een uur of twee. ‘Het kan niet doorgaan. Iemand zal een aanslag op Hitler plegen en dan is het afgelopen.’

‘En Tamás?’ zei Marc.

‘Waarom vraag je naar Tamás? Hongarije is hier niet bij betrokken, wat professor Bartók ook zegt.’

‘Omdat hij nog steeds je echtgenoot is, Mimi. Omdat je hem elke dag schrijft en hij terugschrijft. Omdat hij verwacht dat je ooit bij hem terugkomt, en omdat je dat ook wilt. Omdat je nog steeds van hem houdt.’

‘Misschien is dat zo,’ zei Mimi. Ze wist dat dat niet het antwoord was waarop Marc had gehoopt.

‘En ik dan? Hou je dan niet van mij, al is het maar een beetje?’ Zijn ogen, zo blauw als het Balatonmeer, stonden verwijtend, maar toch had ze nog nergens zo veel tederheid gezien als in die ogen.

‘Ja, lieve schat, ik hou van je met heel mijn hart.’

‘Maar dan...’

‘Ik hou van Tamás, die mijn man is, en ik hou van jou, die mijn zielsverwant is. Het is niet hetzelfde. Er is in mijn hart ruimte voor jullie beiden.’

‘Geloof je dat echt, Mimi?’

Marc wachtte, maar Mimi was, met haar wang op zijn borst, in slaap aan het vallen.

‘Kunnen we niet iets gaan doen, papa?’ Het is bijna lunchtijd en Jamie staat bij de trap Julian met grote, smekende ogen aan te kijken.

‘Oké, maatje.’ Julian probeert joviaal te klinken. Hij zit tot over zijn oren in het werk en maakt zich ernstig zorgen over de beslissing aangaande de concessie, die al over een paar weken moet vallen, en hij is nog steeds goed kwaad om het gedrag van bepaalde leden van zijn familie. Hij is blij voor Karina dat ze een paar dagen weg kan. ‘Wat wil je doen, Jimbo?’ vraagt hij. Ondertussen is hij in de weer met zijn BlackBerry om te kijken of Carsten misschien weer een mailtje heeft gestuurd, na zijn tien eerdere, hoewel het zaterdag is.

‘Kunnen we naar Brighton gaan?’ bedelt Jamie. ‘Gewoon winkels kijken en naar de zee gaan?’

‘Zullen we naar het paviljoen gaan? We zeggen al tijden dat we je eens mee moeten nemen naar het paviljoen.’

‘Is dat dat grote gebouw met die koepels?’ Jamie lijkt te twijfelen. Vermoedelijk wil hij liever naar de grootste speelgoedwinkel in Brighton toe dan naar iets wat wel eens educatief zou kunnen blijken te zijn.

Julian zet zijn BlackBerry uit. Hij besluit een huismanmiddag te nemen. Hij gaat met zijn zoon naar Brighton, laat hem het paviljoen zien en legt hem uit wat de regencyperiode inhoudt. Later zal hij zich op de troep storten die zijn huis in beslag neemt. Er staat te veel Veres-rommel op zolder. Karina lijkt niet van zins die ook maar enigszins te verminderen, laat staan kwijt te raken. Misschien kan hij hem reduceren tot een stapel 'bewaren' en een stapel 'weggooien'.

Terwijl ze hun jas aantrekken, belt Karina uit Boedapest. Hij is vergeten hoe ze altijd klonk wanneer ze op tournee was met het orkest: zo uitgeknepen als een natte theedoek.

'Is je kamer lawaaiig?' vraagt hij. 'Heb je niet kunnen slapen?'

'De kamer was in orde, maar ik heb de halve nacht nieuwe strijkstokvoeringen zitten opschrijven en zitten controleren of ik dat goed had gedaan, en toen was ik weer bang dat ik ze niet snel genoeg onder de knie zou krijgen, en onze repetitie begon vroeg.'

'Hoe is je geboortestad? Is hij mooi?'

'Het is niet mijn geboortestad, maar hij is prachtig.'

'Hier komt Jamie,' zegt Julian, en hij overhandigt de telefoon.

Karina staat voor het museum, met Rohan, die met zijn handen in zijn zakken loopt te ijsberen. Ze smelt wanneer ze de stem van haar zoon hoort. 'Schnoekie, ik mis je!'

'Papa gaat met me naar Brighton. We gaan naar het paviljoen, maar hij zei dat we ook naar een speelgoedwinkel kunnen gaan.'

'Dat is leuk, lieverd. Ik kom morgen thuis.'

'Hoe is het eten in Hongarije?'

'Als dat van oma.'

'Mam, bel je nog een keer op?'

'Natuurlijk, schat. Veel plezier in Brighton.'

Karina verbreekt de verbinding. Ze is zo moe dat de ingang van het museum lijkt te trillen. Ze zijn vanuit de repetitie meteen hierheen gegaan om de viool te bekijken die Rohan op de website had gevonden. Rohan wil hem niet alleen bekijken, hij wil ook kijken of het lukt erop te spelen, wat erop neerkomt dat ze een conservator om moeten praten. 'Laten we maar kijken hoe ver we komen met een beetje bluf,' zegt hij, terwijl hij op de deur af loopt.

Het geeft wat gedoe. Er is een taalprobleem en nog een restje, suggereert Rohan later, communistische recalcitrantie wanneer de museummedewerkers vraagtekens plaatsen bij hun gebrek aan planning. Uiteindelijk is iemand van de beveiliging zo vriendelijk even te bellen, en even later verschijnt er een energieke vrouw in een mantelpakje die vraagt waarmee ze hen kan helpen.

De viool hangt in een glazen vitrine met nog vijf andere instrumenten. In het hout zitten strepen met een warme gloed. Het instrument is besnaard, je kunt er zo op spelen, zodat het eruitziet als een viool, en niet als een relikwie. Rohan staart ernaar en uit zijn verzoek.

'Hem uit de vitrine halen?' De conservator is ontzet. 'Nee, meneer, het spijt me, maar we halen hem er nooit uit.'

'Kunnen we op de een of andere manier achterhalen hoe hij in het museum terecht is gekomen?'

Ze haalt haar schouders op. 'Als u een afspraak maakt, kunnen we in het archief zoeken. Vandaag, nu, hebben we het druk; we hebben tijd nodig om het voor u op te zoeken. De archivaris is morgen niet hier. Maandag is het museum gesloten.'

'Ik leid een strijkkwartet en we spelen tijdens het Lentefestival,' probeert Rohan, 'en als dit de Amati is die we denken dat het is...'

'Hij heeft een Amati-label, maar men denkt dat hij niet authentiek is.' De conservator wijst en leest hardop de beschrijving bij de viool voor.

Waarom zou een museum een muziekinstrument in zijn collectie hebben als dat niets waard was? Een oude viool in een glazen vitrine is niet iets om een pelgrimstocht voor te maken. Wanneer de conservator de andere kant op kijkt, haalt Karina snel haar mobieltje tevoorschijn en neemt een foto.

'Dus u maakt een afspraak en komt terug,' zegt de conservator, 'of u schrijft uw vraag op en wij sturen u een antwoord.'

Karina drukt, uit het zicht, op knopjes op haar telefoon en stuurt het plaatje naar haar vader met de opmerking: **Laat svp aan oma zien. Van haar?**

Terwijl ze voor het museum staan en bespreken wat ze nu gaan doen, komt het antwoord van Dénes: **Rottweilers**.

**Wat betekent?** vraagt Karina.

**Niet van haar**, sms't Dénes.

'Waar hij ook vandaan komt, iemand zou erop moeten spelen,' zegt Rohan. 'Hij zou niet daar maar wat moeten staan.'

'Hoopte je dat je hem misschien zou kunnen gebruiken, te leen zou mogen hebben?' peilt Karina.

'Ik mag toch zeker dromen?' Rohan keert het museum de rug toe en begint te lopen. Karina loopt snel achter hem aan.

'Wees niet zo boos,' verzoekt ze hem. Haar vader had nooit iets gezegd of gedaan dat erop wees dat hoop gerechtvaardigd was – integendeel. En hoewel ze weet dat Dénes haar niet alles vertelt, heeft hij haar nog nooit misleid.

'Het is ook zo stom,' zegt Rohan terwijl ze op de Donau afstevenen. 'Al die schitterende violen in museumvitrines en in bankkluizen en niemand die erop speelt, terwijl zovelen van ons er een nodig hebben – en niemand mag ze aanraken omdat ze zo duur zijn. Het is doodzonde.'

Ze heeft hem zich nog nooit zo zien ergeren, zelfs niet aan Malcolm. 'Je wilt er heel graag een, hè?'

'Dat zou jij in mijn positie ook. Ach, Karrie, je hebt gelijk, ik wind me te veel op. Maar het lijkt zo op... het doet me zo denken aan... O, shit, laten we maar even iets eten en dan dat museum van jou gaan zoeken.'

Onder het lopen eten ze *lángos*, die Erzsébet altijd maakte voordat Dénes te horen kreeg dat hij een beetje op zijn cholesterol moest letten. Het is gefrituurd brooddeeg, dik belegd met knoflook en kaas. In de Andrássystraat, de Champs Elysées van Boedapest, doemt tussen intensieve bouwwerkzaamheden grijs en met vele bogen het operagebouw op. Aan de overkant gonst een laag steigers van de restauratieactiviteiten. In de verte rijzen kranen op. Karina en Rohan steken een weg over die overdekt is met een web van trolleybusdraden, en passeren drukbezochte winkels en een grote Burger King. De lucht ruikt lenteachtig, maar bij de afvoerputten stinkt het een beetje. Op een bank onder de essen ligt een man met donkere huid te slapen; hij is gehuld in een parka en heeft een nog gloeiende sigaret tussen zijn lippen. Een stel in een Saab met open dak rijdt snel een hoek om zonder voor het rode licht te stoppen. Vlakbij staat een vijfenveertig jaar oude Trabant geparkeerd.

'Hier is het,' zegt Rohan.

Voor het museum staan ze stil en hun blik gaat omhoog. Nummer 60 in de Andrássystraat is een gebouw op de hoek met de grijze kleur van een slagschip. Eerst huurde de ultrarechtse partij van het pijlkruis er in 1937 ruimte; drie jaar later vestigden ze er hun hoofdkwartier en toen ze in 1944 aan de macht kwamen, werd het souterrain verbouwd tot gevangenis. Later, toen de communistische partij na de naoorlogse coalitie de macht overnam, trok de Staatsveiligheidsdienst erin, die eerst overging in de ÁVO en daarna in de ÁVH. Nu is er rondom de hele bovenkant van het gebouw een uitstekende ijzeren rand aangebracht waarin de naam van het museum in reusachtige letters is uitgespaard. 'Ben je er klaar voor?' vraagt Rohan.

Ze lopen door de entree met marmeren vloer, kopen twee kaartjes en wanneer ze zich omkeren, staan ze tegenover een overdekte binnenplaats. In het midden staat een tank. Erachter bevindt zich een vijf verdiepingen hoge muur met foto's. Ontelbare gezichten in zilverkleur en zwart en wit, allemaal, en nog duizenden meer als deze, verloren gegaan in de verwoesting die Hongarije in de twintigste eeuw getroffen heeft.

Nadat hij de dozen uit de zolder heeft gesjouwd, zet Julian ze in een halve cirkel neer op de vloer van de logeerkamer. Jamie, die vol zit met vis en patat, zit beneden zoet voor de tv. Wat een hoop spullen. Wat een zóói. Julian ziet al voor zich hoe Karina waarschijnlijk zal reageren wanneer ze terugkomt, maar hij heeft verbouwingsplannen voor de zolder, die een veel betere werkruimte zou opleveren dan zijn kamertje aan de overloop. Zoals het nu is, is het een verspilling van ruimte.

Wat zit hier in godsnaam in? Karina was begonnen, maar kreeg zo weinig hulp van haar ouders om te begrijpen wat ze gevonden had dat ze het zo'n beetje had opgegeven, en inmiddels heeft ze het te druk met haar viool. Julian besluit het machiavellistisch aan te pakken. Wat ze niet gezien heeft, zal ze ook niet missen.

Hij veegt de bovenkant van een doos schoon en neemt er een groot blik uit waar ooit losse thee in heeft gezeten en waarvan de deksel versierd is met letters in de stijl van de jaren vijftig. Er zit een bundel papieren in. Brieven. Wat een eigenaardig handschrift. Kinderlijk, alhoewel... De zwarte inkt heeft iets grimmig, iets wilds; er zijn veel onderstrepingen en uitroeptekens. Hij ontcijfert een datum: 1944.

Julian stuit bij de uitoefening van zijn beroep regelmatig op menselijke ellende, maar toch voelt hij een koude rilling. In 1944 was Hongarije bezet door de nazi's. Mimi? Tamás? Toch niet in dit soort handschrift?

Twickenham ligt een eind bij Lewes vandaan – hij kan niet zomaar even met de brieven bij zijn schoonfamilie langsgaan; bovendien is er geen enkele reden waarom Erzsébet en Dénes bij hem minder terughoudend zouden zijn dan bij Karina. Julian is echter goed in het oplossen van problemen. Het land stikt van de mensen uit Oost-Europa. Er heeft in de Londense bouw-, schoonmaak- en dienstensector een revolutie plaatsgevonden, tot grote vreugde van de Williamsons ('zo goedkoop en zó efficiënt', aldus een enthousiaste Sarah). Hij is onlangs in minstens drie restaurants geweest waar de obers respectievelijk uit Kosovo, Kroatië en Slowakije kwamen. Hij heeft hier en daar in Lewes zelfs reclame zien hangen voor bijeenkomsten van een Hongaarse vereniging. Er zitten dus Hongaren in Lewes. Het enige wat hij hoeft te doen is hen vinden.

'Jimbo,' zegt hij tegen zijn zoon, terwijl hij met een paar treden tegelijk de trap af springt, 'we gaan een wandelingetje maken.'

'Ik zit hiernaar te kijken.' Jamie wendt zijn blik niet af.

'Ik moet iemand vinden die Hongaars kan lezen. Jij kunt me helpen.'

'Wil ik niet.'

'Wat heb je vandaag toch, Jimbo? Met het verkeerde been uit bed gestapt?'

'Waarom moest mama nou ook in het wéékend naar Hongarije gaan?' moppert Jamie.

'Vraag haar dat morgen maar wanneer ze terug is. Kom, hup-hup.' Hij klapt in zijn handen en houdt Jamies jas in de lucht.

Julian en Jamie gaan voortvarend te werk en lopen binnen bij de pizzeria (serveersters uit Tsjechië en Nederland), de bakkerij (Schots, Iers en Surrey) en een tijdschriften- en snoepwinkel (Pakistaans). Ze proberen het bij een hoekwinkel (Indiaas) en het beste plaatselijke hotel ('Acht nationaliteiten, maar geen Hongaren,' zegt de receptioniste verontschuldigend).

'Nu is het jouw beurt, Jamie,' zegt Julian wanneer ze weer in High Street staan. 'Jij mag kiezen waar we het nu gaan proberen.'

Jamie ziet een wit busje naderen met op de zijkant in dikke groene hoofdletters: GLYNDEBOURNE. 'Zullen we die proberen?' zegt hij. 'Ze voeren opera's uit. Misschien zijn het buitenlanders.'

'Jimbo, je bent een genie.' Ieder jaar zijn er weer ontelbaar veel zangers en musici uit allerlei landen die in het regionale operagebouw optreden. Het is dus de moeite van het proberen waard. Alsof het busje, dat personeel van Glyndebourne van en naar Lewes en het station rijdt, het weet, stopt het bij een halte op slechts een paar meter afstand. Ze komen net aangelopen wanneer er diverse leden van een rondtrekkend operagezelschap uit het busje stappen. Zij vormen de cast van de voorjaarsuitvoering van *Cosi fan tutte*. De achtergebleven passagiers kijken nieuwsgierig naar de grote, nieuwsgierige man en het kind met de ernstige ogen.

'Neem me niet kwalijk,' begint Julian in zijn beste Elthingbourne-Engels, 'sorry dat ik jullie lastigval, maar zijn er op het moment ook toevallig Hongaren in Glyndebourne?'

Een meisje dat een vioolkoffer tegen haar knieën geklemd houdt, kijkt op. ‘Er is een violiste die momenteel met ons meespeelt,’ zegt ze. ‘Waarom zoekt u een Hongaar?’

‘Er is iets wat ik vertaald wil hebben, een paar oude familiebrieven. Het hoeft niet heel precies, alleen maar om een idee te krijgen wat erin staat.’ Hij grijnst. ‘Mijn Hongaars is niet meer wat het was.’

‘O, dat doet ze vast wel, ze zal het waarschijnlijk heel interessant vinden. Ze heeft geschiedenis gestudeerd. Ik zal haar bellen, volgens mij is ze nog niet weg...’ Het meisje zoekt in haar telefoonlijst en drukt op een knop. ‘Éva? Met Mel. Zeg, er is hier een man die een paar historische brieven in het Hongaars heeft en die naarstig op zoek is naar iemand... o ja? Weet je het zeker? Ja, hij is hier...’ Ze steekt Julian de telefoon toe.

‘Hállo,’ zegt Éva’s stem. Ze klinkt als een jongere versie van zijn schoonmoeder. Hij schrikt; hij is zo aan het accent gewend dat hij het haast niet meer merkt, behalve wanneer de context wegvalt, zoals nu. Hij legt de situatie uit en is stomverbaasd wanneer ze zegt dat ze het volgende busje neemt en hem over twintig minuten in een koffietentje in de buurt zou kunnen ontmoeten. Julian bedankt Mel uitbundig en loopt dan met de opgewonden Jamie naar de afgesproken horecagelegenheid om te wachten.

‘Het is net een detectiveverhaal,’ zegt Jamie enthousiast. ‘En dan ben ik Morse en jij Lewis.’

‘Het was helemaal jouw idee,’ gunt Julian hem trots de eer.

‘Mag ik ze zien?’

Jamie staart naar de brieven: moeizaam, ongeletterd schrift met wilde, rondvliegende accenttekens en een flinke dosis uitroeptekens. Julian kijkt naar zijn ingespannen gezichtje en vraagt zich af wie die woorden geschreven heeft. Jamies overgrootmoeder? Of iemand daar nog voor?

‘Denk je dat ze van een kind zijn?’ vraagt Julian hem.

‘Ik denk van een volwassene,’ merkt Jamie op, ‘maar dan een volwassene die niet zo goed kan schrijven.’

‘Jimbo,’ zegt Julian de tweede keer die dag, ‘je bent een genie.’

Éva, die een vioolkoffer draagt, heeft een roze jas, valse wimpers en een hanger van ruwe rozenkwarts om haar hals. Haar waterval van blond haar doet iedere man in de koffieshop naar haar kijken. Wanneer ze tegenover Julian en Jamie aan een tafeltje bij het raam zit, duwt ze haar zonnebril omhoog, vraagt om een espresso en begint vragen op Julian af te vuren. Hij legt uit hoe het met zijn vrouw zit; dit is van cruciaal belang, voelt hij, om redenen die niets met nationaliteit te maken hebben. Dan heeft hij het over haar ouders en ten slotte over haar oma. Éva's ogen worden grote blauwe poelen wanneer ze Mimi's naam hoort.

'Wat ongelóóflijk!' roept ze uit. 'Ik kan het niet gelóven! En deze zijn misschien van haar?'

'Of aan haar. Ik weet het niet.'

Jamie, die even verrukt is van Éva als zijn vader, doet een duit in het zakje met zijn eigen theorie. Éva luistert en knikt ernstig. Ze begint te lezen. 'Aiai,' lacht ze, 'wat een handschrift! Ik begrijp jullie probleem...'

Ze buigt zich met haar kin rustend op haar hand over de papieren en wanneer ze zich op het gekrabbel heeft ingesteld, leest ze sneller. Even later valt ze stil; dan haalt ze diep adem.

'Wat is er?' vraagt Julian verontrust.

'Het is heel pijnlijk, als het is wat ik denk dat het is. Deze brieven zaten bij Mimi's spullen, en het is dus waarschijnlijk een naaste bloedverwant die haar schreef. Had ze familieleden die zigeuners waren?'

'Mogelijk.'

'Daarom heb je misschien gelijk, Jamie, en kon deze persoon niet goed schrijven; het kan iemand zijn die het als volwassene heeft geleerd, en niet als kind. We hebben het nu over 1944, wanneer de nazi's Hongarije zijn binnen gevallen. Ik denk dat dit familie van Mimi is; ze vragen haar om hun geld of papieren te sturen, alles wat hen kan helpen het land uit te komen.'

'O, mijn god.' Julian herinnert zich zijn eerdere gedachten. Rommel. Relikwieën. Zooi. Machiavelli. Hij kan zichzelf wel wat doen.

'Luister,' zegt Éva. 'Hier schrijft hij of zij: *Waar hebben we dit aan verdiend? Waarom schrijf je me niet terug? We zijn je familie, maar jij vergeet ons! Voor ons heil, voor je eigen heil, vragen we je ons te helpen. Help ons alsjeblieft, alsjeblieft, alsjeblieft!* De brief is gedateerd maart 1944. Dat was de maand waarin de Duitsers het land binnen trokken. In dat jaar gebeurden er vreselijke dingen met de zigeuners die gevangen waren genomen.'

'Wat dan?' vraagt Julian. Hij is zo ondersteboven van Éva's verhaal dat hij vergeet zich zorgen te maken om het effect dat het op Jamie kan hebben.

'Nou,' zegt Éva, 'lange tijd leek er in Hongarije niets te zullen gebeuren, en zelfs de meeste Joden leken veilig, maar in 1944 liep het op een vreselijke manier uit de hand. Aanvankelijk trapten de Duitsers Miklós Horthy nog niet uit de regering, maar in de loop van de zomer gaf Hitler te kennen dat hij vond dat de Hongaren niet genoeg Joden deporteerden, hoewel er al meer dan genoeg opgepakt waren, maar voor hem was het gewoon niet genoeg. Ze hielden dus razzia's onder de Joden en lieten hen verschrikkelijke dingen doen, zoals door mijnenvelden lopen om de mijnen op te ruimen, maar velen overleefden dat. Uiteindelijk keerden de nazi's zich tegen Horthy, en ze kidnapten zijn zoon en dwongen hem af te treden. Dus toen werkten de Hongaren mee en deporteerden ze duizenden Joden uit het gebied rond Pécs in het zuiden van Hongarije.

Nu bestond er misschien al twee jaar, een zigeunerafdeling in Auschwitz. Ze haalden de zigeuners uit de bezette landen en interneerden hen daar, en omdat de Hongaarse regering vanaf 1940 in principe al op één lijn met Duitsland en de Duitse politiek zat, deporteerden ze er in 1943 ook zigeuners uit Hongarije heen. Maar in Auschwitz moesten de nazi's ruimte maken voor de Joden uit Pécs. Dus toen vermoordden ze de zigeuners. Duizenden, in één nacht. Dat was op 2 augustus 1944. En weet je, de mensen zeiden dat de Joden hun lot gelaten ondergingen, maar de zigeuners niet. Er wordt wel beweerd dat je hen kilometers ver kon horen schreeuwen, de hele nacht. En nu noemen de Roma hun holocaust *Porrajmos*, en dat betekent "de grote verslinding".'

'Godallemachtig... En de brieven?'

Ze wijst op de datum boven aan de laatste brief. 'Maart 1944. Voor zover ik er iets van weet is het al heel bijzonder dat ze tot die tijd hun vrijheid hebben weten te behouden.'

'Denk je dat ze...?'

'Wie zal het zeggen? Als er niet meer brieven zijn, dan denk ik van wel, ja. Dan is het volgens mij waarschijnlijk dat ze in de nacht van 2 augustus zijn omgekomen.'

Er valt een lange stilte terwijl ze allebei diepgeschokt de andere papieren in het blik doornemen. Julian is er niet aan gewend niet te weten wat hij zeggen moet. Wie heeft die brieven geschreven? Jamies overovergrootvader?' Julian probeert te wennen aan de gewaarwording – een duizeligmakende, misselijkmakende gewaarwording – dat deze lang geleden overleden persoon niet slechts een onfortuinlijk statistisch gegeven is, maar de voorouder van zijn eigen zoon, die naast hem het schuim van zijn tweede beker warme chocola zit te slurpen, gefascineerd, maar zich er nog niet van bewust dat het verhaal iets met zijn eigen leven te maken heeft.

'Op school hebben wij van alles geleerd over hoe de Britten de nazi's versloegen en zo, maar ik kan me niet herinneren dat iemand ooit iets gezegd heeft over Hongarije, laat staan over de Roma,' merkt Julian ten slotte op.

'Je wilt niet weten wat wij op school hebben geleerd,' zegt Éva. 'Hoewel onze scholen over het algemeen heel goed waren, vergeleken bij... Hé, wat is dit?' Ze heeft een vel papier met een ander handschrift gevonden, zwaar papier van goede kwaliteit. Een zwierig, verfijnd handschrift, vol lussen. 'Frans. Ik ken niet veel Frans.'

Julian is nooit goed in talen geweest. Hij kan één regel ontcijferen en begrijpen: *Elle est le trésor de ma vie.*

Zij is het kostbaarste wat ik bezit. Er is geen handtekening. Alleen maar een letter: M.

Karina houdt Rohans arm vast. Ze zijn in het souterrain van het terreurmuseum, waar de gevangeniscellen van de ÁVH zijn gereconstrueerd. Bakstenen muren, gewit en groezelig, gebogen en laag, beklemmen haar; het gebouw zal hen verpletteren en zijn geesten prijsgeven. Haar handen zijn koud en klam. Zij en Rohan zijn stil en lezen de informatie vóór hen.

Dit was niet alleen een gevangenis, maar ook een martelkamer. Er werden elektrische schokken toegediend, er werd geslagen, er werd uitgehongerd. In sommige cellen moest de gevangene in water zitten. In andere was hij geketend. Omdat de kelder twee verdiepingen onder straatniveau lag, was men er afhankelijk van een ventilatiesysteem; een van de foltermethoden was dat afzetten. In een afdeling met het opschrift DODENCELLEN wachtten de gevangenen op hun ophanging. 'Als ze al zover kwamen,' zegt Rohan.

Karina herinnert zich de gemakkelijke woorden die gewoontegetrouw uit haar mond komen wanneer de mensen vragen wat er van haar opa is geworden. 'Hij verdween. Niemand wist wat er met hem gebeurd was.' Dit is het dus, hier verdween hij, in dit gebouw met die grauwe bakstenen. Hij was een academicus, een intellectueel die veel boeken las, een filosoof – alles wat het regime verfoeide. Hij leefde voor en in de geest; hoe zou zijn lichaam, verzwakt als het was door de oorlogsjaren, hebben kunnen weerstaan wat het hier werd aangedaan?

Een groep cellen, nauwelijks twee bij één meter groot, laat zien hoe hij gevangen moet hebben gezeten. Planken die als bedden dienden. Aan de muren foto's van slachtoffers. De foto van Tamás is er niet bij; er zijn hier meer slachtoffers geweest dan ooit tentoon te stellen is.

'Ik voel me niet goed.' Karina laat zich op een brits neervallen; Rohan komt met een bezorgd gezicht op zijn hurken naast haar zitten. 'Mijn opa heeft hier gezeten,' zegt ze.

'Weet je het zeker?'

'Er moet een reden zijn geweest waarom mijn vader wilde dat ik hierheen ging. Maar ik voel hem ook. Ik weet het gewoon.'

Als ze zoiets tegen Julian had gezegd, zou hij ten minste vijf minuten op haar ingepraat hebben. Hij zou gezegd hebben dat dat kwam doordat haar vader haar erheen had gestuurd; dat zoiets als een zesde zintuig niet bestond. Rohan zegt niets.

In plaats daarvan houdt hij haar hand vast terwijl ze diep vooroverbuigt om het bloed naar haar hoofd te laten lopen. Ze heeft het steenkoud en is misselijk. Ze kan haar schuldgevoelens niet rationaliseren. 'Waarom zij en niet ik? Waarom moesten ze lijden? Waarom leef ik nu, en niet toen, bij hen? Ik kan de gedachte dat ze deze hel hebben meegemaakt niet verdragen.'

'Karrie,' zegt Rohan sussend. 'Laten we weggaan.'

Ze lopen via wat rooskleuriger informatie over het herstel van Hongarije na 1956 het museum uit en staan dan in de lentelucht – een tocht vanuit het duister naar het licht die Tamás Veres misschien nooit heeft gemaakt.

'Ik moet een beetje water drinken,' zegt Karina.

De gigantische Burger King is dichtbij. 'Laten we hier naar binnen gaan,' stelt Rohan voor. Nadat hij Karina op een stoel aan een formicatafel heeft geplant, brengt hij haar een cola. 'Water, suiker en cafeïne. Daar zul je van opknappen.'

'Bedankt,' zegt Karina. Ze kan geen woorden meer vinden.

Hij zit tegenover haar terwijl zij slokjes cola neemt. 'Ik kan niet veel zeggen waardoor je je beter zult gaan voelen,' zegt hij tegen haar. 'Maar weet je, mijn vader en moeder hebben heel goede vrienden in Johannesburg verloren. Ze hielpen mensen van wie de autoriteiten niet wilden dat ze die hielpen. De beste vriend van mijn vader stierf in de gevangenis. De politie zei dat hij van de trap was gevallen. Maar een paar van de mensen met wie hij goed omging, zitten nu in de regering. Dus ik begrijp het wel. Het gaat niet om jou, het is niet jouw leven, maar toch hoort het bij je.' Hij strekt over de tafel heen zijn handen uit. Zijn handpalmen liggen warm tegen haar schouders, zo troostgevend dat ze haar stoel naar hem toe schuift tot ze zijn wang op haar hoofd voelt rusten.

'Ro, het spijt me. Dit is vreselijk, en we moeten vanavond optreden. Ik had je niet hier mee naartoe moeten nemen.'

'Ik zou je daar niet alleen naar binnen hebben laten gaan, zeker niet toen ik besefte wat het was. Luister, Karrie, het waren afschuwelijke, lage figuren zonder enige medemenselijkheid. Ze bestaan nog steeds, omdat ze altijd hebben bestaan, en altijd zullen blijven bestaan, en we dat niet kunnen voorkomen. Maar hier zijn ze weg. Je opa heeft geleden, maar jij bent teruggekomen en vanavond zul je op het podium van de Liszt Academie vioolspelen, net als je oma heeft gedaan. Ze zouden heel trots op je zijn. Jij bent het bewijs dat ze hebben gewonnen.'

Karina beweegt niet. Hij draait zich om, kust haar voorhoofd, haar oogleden, dan haar mond. Er lopen af en toe toeristen langs; ergens in de stenen muren lijken de kreten van de gevangenen van nummer 60 bevroren, lijkt hun nalatenschap de lucht om te keren. Voor Karina en Rohan is het alsof alles in hun leven hierheen heeft geleid, naar dit begrip dat zich wil uiten, net zo simpel als een plant wil groeien, daar midden in de Burger King in Boedapest.

Wanneer ze terugwandelen naar het hotel knipperen ze met hun ogen tegen het daglicht, een beetje verbouwereerd dat Boedapest er onder de bouwkranen nog even kalm, geldbelust en hoopvol bij ligt als eerder die dag. Bij de lift blijven ze staan, de handen ineen, om zich heen kijkend om er zeker van te zijn dat niemand hen ziet. Het is vier uur. Hun concert begint om halfacht.

'Karrie,' zegt Rohan.

'We moeten vanavond spelen.'

'Oefenen. Rusten. Ja?'

'Ja.'

'Later...'

'Ro...'

'Ik weet het. Maar hoe kon het anders?'

Wanneer ze alleen op haar kamer is, ligt Karina een halfuur languit op bed in een poging weer kalm te worden. Het tollende hoofd, het gevoel binnenstebuiten te worden gekeerd, het straktrekken van energie in haar hart en dijen, ze herkent die dingen. Ze heeft al een rood sein genegeerd toen ze in de trein tegenover Rohan ging zittten.

Ze pakt haar viool en begint een paar oefeningen te doen om op te warmen. Ze heeft niet geslapen. Het museum heeft haar van streek gemaakt en Rohan hangt in haar bewustzijn als een explosie die je in slow motion filmt; maar ze moet zich concentreren op zijn nieuwe strijkstokvoeringen, want anders lopen ze het risico de Mozart-kwintetten tijdens het concert te verknallen. Ze had thuis kunnen blijven. Op dit moment zou ze met Jamie bij de Pearsons hebben gezeten, of met Julian in de supermarkt zijn geweest, of een zevenjarige stukjes voor beginners hebben geleerd. Ze voelt zich in twee helften verdeeld die niet bij elkaar passen.

Wanneer er om kwart voor zes op haar deur wordt geklopt, blijkt het Genya te zijn, die haar tot haar verrassing een plastic tas met een broodje, een banaan en wat chocola aanreikt. 'Mijn taak onderweg,' verklaart hij. 'Ik zorg ervoor dat iedereen iets eet voor een concert. Onze kwartettraditie, heel belangrijk. We hebben energie nodig.' Hij ziet haar roodomrande ogen. 'Karina, is er iets?'

'Ik ben een beetje van slag geraakt door het museum, maar nu gaat het wel weer,' verzekert ze hem. 'Bedankt voor het eten. Tot over een halfuur.'

Karina ritst haar concertjapon in de kledingzak. Ze controleert haar benodigdheden: viool, muziek, make-up, haarborstel, panty, bètablokkers, telefoon, portemonnee, water, de chocola en banaan waar ze na het broodje geen trek meer in had. Ze trekt haar jas aan en gaat naar beneden.

De anderen staan te wachten in de hal; bij hen is hun agent, Miklós Hauser, wiens alerte, slimme gezicht Karina doet denken aan de vossen die soms in haar tuin komen zonnen. Hij geeft haar een hand en ze doet haar best hem in het Hongaars te begroeten: '*Jó estét, Miklós?*'

'Het is prettig jullie eindelijk allemaal te ontmoeten,' verkondigt Miklós met een trans-Atlantische klank in zijn Engels. Hij is niet ouder dan dertig, merkt Karina; hij heeft zijn Engels na de val van het IJzeren Gordijn geleerd, in een tijd waarin het Engels in Europa Amerikaans is. 'Wat een geweldig idee om de kwintetten te spelen. De zaal is uitverkocht. De volgende keer stoppen we jullie in een grotere zaal! Er wordt een nieuwe gebouwd, vlak bij de rivier – hij is heel mooi. En een Hongaarse naam, Veres Karina! Bent u hier geboren?'

'Nee, het is mijn eerste bezoek.'

'We moeten u deze prachtige stad laten zien. Na het concert gaan wij dineren in een fantastisch restaurant. Waar hebt u gisteren gegeten?'

'Een groot, oud restaurant in Boeda. Het was goed. Het heette geloof ik Károlyi.'

'Ah, heel aardig. Het was er vroeger nog aardiger, voor de Tweede Wereldoorlog was het beroemd – en ze hebben er zigeunermuziek. Maar vanavond zullen we heel, héél goede zigeunermuziek horen in dit restaurant. De beste. Ik denk dat u ervan zult genieten.'

'O, jezus, Miki, ik word gek van dat zigeunergedoe,' protesteert Malcolm.

'Als het je niet bevalt, moet je niet komen,' reageert Harry. 'Die band van gisteren was zo slecht nog niet.'

Ze lopen *en groupe* naar de academie. Een stenen Liszt houdt een toeziend oog op de hoofdingang; de foyer binnen is rijkversierd met artdecopilaren, marmer, donker hout en druk tegelwerk; het gebouw met al zijn tierelantijnen is één groot kunstfeest en vertoont geen enkele overeenkomst met het gebouw waarin Karina haar opleiding heeft genoten. Miklós gaat hen door de gangen voor naar de kleedkamers, waar hij hun elk een fles mineraalwater geeft en een programma.

Karina zet haar spullen neer in de kamer die ze, zijnde de enige vrouw, voor zichzelf heeft, en gaat op zoek naar het toilet. Voordat ze uit het orkest ging, maakte Julian altijd het grapje dat optreden een goedkoop alternatief was voor een darmreiniging. Zenuwen, zware kost, emoties, misschien alles tegelijk. Ze zou een bètablokker moeten nemen om er zeker van te zijn dat haar strijkstok niet gaat trillen. Maar bètablokkers drukken alles weg. Niets is te beangstigend, maar ook is niets bijster opwindend, Als ze er niet een neemt, houdt dat een risico in. Het is lang geleden dat ze zonder chemische hulp heeft opgetreden.

Rohan is zijn strijkstok aan het harsen wanneer ze op de kleedkamerdeur klopt; ze gebaart dat hij even moet komen en legt uit hoe ze zich voelt. 'Doe het alsjeblieft niet,' zegt hij. 'Je moet soms risico's nemen, Karrie.'

'Het kan helemaal fout gaan.'

'Als je zo'n ding neemt, raak je je scherpte kwijt. Dan tril je misschien wel niet, maar dan verdoof je jezelf. Je wilt vanavond toch wel iets voelen?'

Karina stopt de zilverkleurige strip met tabletten weer in haar portemonnee. Ze loopt naar het podium, onzichtbaar voor het toestromende publiek. De zaal is opnieuw ingericht; vanaf de zijkant ziet ze glanzende orgelpijpen oprijzen, ze ziet houten vloeren en een hoog plafond. Haar oma begon haar carrière op dit podium. In 1929, toen er nog geen bètablokkers waren.

Het is halfacht. De mannen kloppen elkaar op de rug en Rohan knijpt even in Karina's hand wanneer de anderen niet kijken. Ze vormen een rij en lopen het podium op, naar de plek waar Mimi als meisje moet hebben gestaan, trots, vrij en onwankelbaar, bevrijd door haar viool. Karina ziet verwelkomende ogen onder het publiek. Ze kruipt in Mimi's huid. Ze zal vanavond niet trillen.

## HOOFDSTUK 22

Karina is zo moe dat ze even haar viool nauwelijks kan optillen. Maar wanneer ze twee frasen in het g klein kwintet gevorderd zijn, wordt ze door de elektriciteit gegrepen. Een stroom die hen verbindt slaat door hen heen; terwijl de muziek voortstroomt kan er geen ongelijkheid zijn. Ze wordt uit zichzelf getild en haar strijkstok maakt innig contact met de snaren; ze is opgetogen, ze zweeft. Nu en dan hing er dezelfde energie wanneer ze met het orkest een uitvoering gaf: de Royal Festival Hall, het Châtelet in Parijs, een staande ovatie tijdens de Salzburger Festspiele waar 97 musici in de glorie deelden. Waarom was ze het vergeten? Hoe kan het dat ze door één boosaardige opmerking haar zelfvertrouwen naar de knoppen liet helpen?

Na al hun harde werk vliegt het concert in schijnbaar een paar minuten om. Achter het toneel, wanneer het laatste applaus is weggestorven, is ze zo overweldigd dat ze het hele St.-Francis Quartet in één keer wil omhelzen.

'Zíe je nu wel?' zegt Rohan. 'Je was fantastisch.'

'Jij ook. Jullie allemaal.'

'Je hebt geen pillen nodig, Karrie, je hebt óns nodig. Laten we maken dat we hier wegkomen en een hapje gaan eten.'

Miklós loopt druk met een paar gasten door de gang bij de kleedkamers. Hongaarse namen vliegen haar om de oren; ze schudt handen, lacht tegen gezichten wier schalkse mildheid haar aan haar leraar, József, doet denken. Ze heeft meer Hongaars onthouden dan ze dacht. Ze zegt goedenavond, dank u wel, hoe maakt u het, nogmaals bedankt; de avond tilt haar op en draagt haar.

Er staan twee taxi's te wachten bij de artiesteningang in de Királystraat om hen naar het restaurant te brengen. Terwijl ze instapt, stelt ze zich hier Mimi voor, gekleed in een zijden japon en een bontjas, niet in antracietkleurig linnen van Marks & Spencer; ze ziet de bewonderaars die Mimi's aandacht willen trekken – de vooroordelen en bedreigingen zijn naar de schaduw verbannen. Zij en Rohan praten met iedereen behalve met elkaar; ze maken grappen en vergelijken de Hongaarse woorden en uitdrukkingen die ze geleerd hebben. De Andrássystraat ligt breed en uitnodigend voor hen, terwijl de taxi naar het Heldenplein, de dierentuin en het park rijdt.

Voor het restaurant treffen ze een enorm terras aan met tafeltjes die goudgeel verlicht onder de bomen staan; het art-decogebouw zelf is gevuld met geuren en muziek. Er snijdt een viool, lieflijk en zwierig, door de omgevingsgeluiden heen. Miki gaat hen voor en baant een weg tussen de tafels door. De clientèle is naar Karina's idee een mengeling van toeristen, zakenlui en de nieuwe Hongaren van het nieuwe Europa die ondernemingszin en kapitalisme hoog in het vaandel hebben staan. Hij heeft voor hen zessen een van de beste plekken gereserveerd in een nis waar ze goed zicht op de band hebben.

'Mijn god.' Rohan staart naar de violist. Het ensemble speelt Brahms: een van de Hongaarse dansen, maar dan op een wijze zoals het St.-Francis Quartet en hun gastspeelster die nog nooit hebben gehoord. Aan de zijkant staat een cimbaal te schitteren, een taragot wijst als een klarinet de lucht in en de leider van de band, met een blauw vest aan, staat met zijn viool in het midden en strooit met een onbewogen gezicht noten om zich heen. Karina heeft nog nooit een strijkstok zo zien bewegen: een waas van wit paardenhaar en bruin hout, die door de mollige hand van de eigenaar wordt bewogen met de zekerheid van een pointillist die een penseel hanteert, terwijl hij geïmproviseerde figuraties tevoorschijn tovert die niemand ooit meer zal horen.

'Fuck,' zelfs Malcolm weet niet wat hij hoort.

'Deze violist, Zoltán Roth, is een van de beste zigeunerviolisten in Boedapest,' verklaart Miki.

'Die man zou in de Carnegie Hall moeten staan,' zegt Malcolm, 'ik meen het.'

'Er is concurrentie,' zegt Miki schouderophalend. 'Het barst van de zigeunerviolisten in Boedapest, en daar zijn veel goede bij. Maar dit is niet echte Hongaarse volksmuziek, begrijp je. Het is zelfs geen echte zigeunermuziek.'

'Natuurlijk niet. Het is Brahms,' stelt Harry.

'Zigeunermuziek is totaal anders dan Hongaarse volksmuziek,' gaat Miki verder. 'Echt Hongaarse volksmuziek komt uit het Verre Oosten, uit China en Midden-Azië. Deze restaurantbands zijn weer een heel ander verhaal. Ze nemen bestaande Hongaarse of quasi-Hongaarse melodieën, zoals deze van Brahms, verfraaien die en pronken met hun techniek. Het is niet hun echte stem die je hoort. De zigeuners nemen altijd het karakter over van de nationale muziek van de landen waarin ze leven, maar ze gaan er heel vrij mee om en halen er virtuoze trucs mee uit die de mensen imponeren.'

'Maar, Miki,' protesteert Rohan, 'ik heb in mijn hele leven nog nooit iemand zo zien spelen. Ik vind niet dat je moet doen alsof het niets voorstelt. Het is dynamiet. Ik snap niet dat de mensen hier zigeunermuzikanten niet hoger aanslaan. We zouden heel veel van hen kunnen leren, vooral van hun gevoel voor kleur en ritme.'

'Zeker. Moet je horen, Zoltán Roth is een goede muzikant, ik mag hem graag, ik hou van zijn muziek, maar hij haalt het niet bij jouw spel, Rohan, bij lange na niet!' Mimi zwaait naar de kelner om wat Bikavér te bestellen.

'Mogen we met hem praten?' vraagt Rohan. Zoltán Roth heeft de muziekinstrumenten naast hun tafel echter al in de gaten, en in plaats van bij de tafeltjes te spelen, loopt hij recht op hen af. Hij speelt de alomtegenwoordige csardas van Monti, maar behandelt hem als een springplank naar een fantastiewereld die onmogelijk zou lijken als hij het niet zo gemakkelijk deed voorkomen. Terwijl hij naar hen toekomt, kijkt hij Karina strak aan met een soort blik die ze verder alleen maar van haar oma kent.

Ze buigt zich als betoverd voorover. Hoewel Harry hint dat Zoltán Roth op een grote fooi van buitenlandse bezoekers uit is, kan het haar niet schelen. Wat stellen het intellect van een Beethoven, de zachte liederen van een Schumann of de koele uitstapjes van een Ravel voor als dit vuur er niet in zit, deze communicatie? Dit is de manier waarop muziek de mensen met elkaar verbindt, het lied van de viool is een draad die hun zielen samenbindt. Zoltán glijdt met de precisie van een neurochirurg naar een astrale harmonische; de klank komt vol in Karina's onderbewuste binnen. Ze staat op.

'Karina, wat doe je?' wil Malcolm weten.

Zoltán steekt zijn hand naar haar uit. 'U bent beroepsmuzikant, dat zie ik aan de manier waarop u naar me kijkt,' zegt hij. 'Kom, speel met ons mee.' Alle ogen in het restaurant zijn op hen gericht.

Karina opent haar vioolkoffer.

Malcolm is hevig verontwaardigd. 'Hij haalt waarschijnlijk iedere avond wel een klassiek geschoold musicus uit het publiek. Dit kun je niet doen, Karina. Dat gaat je niet lukken.'

'Natuurlijk lukt het haar.' Rohan springt overeind, en met een zwiep van zijn strijkstok nodigt Zoltán ook hem uit om in actie te komen.

'Ro, Karrie, wat moeten we voor jullie bestellen?' roept Genya vanaf de andere kant van de tafel. Hij heeft nauwelijks opgekeken van het menu.

'Vissoep!' roept Karina terug. Zoltán neemt hen mee naar de band en ze weet niet wat ze doet, maar doen zal ze het. Vandaag neemt ze risico's.

Zoltán begint weer de csardas te spelen; Karina en Rohan voegen zich bij de begeleiding, zoeken een plek in de harmonieën, spelen in op effecten met behulp van de aanwijzingen die de andere spelers hun geven. Het is gemakkelijker dan ze had verwacht, misschien omdat ze het stuk zo goed kent, of wellicht komt het doordat ze zo uitbundig geniet van haar vrije tijd op deze avond. Zoltán speelt een korte solo vol ingewikkelde figuraties en geeft dan aan dat Rohan aan de beurt is. Rohan probeert het, maar concentreert zich uiteindelijk op een lieflijke toon en zachte, rijkgeschakeerde klanken, in plaats van op de virtuoze versieringen die voor Zoltán een tweede natuur zijn. Karina is de volgende die het probeert, maar verlegen als ze is, neemt ze haar toevlucht tot patronen uit etudes die haar zijn bijgebleven. Ze ziet Harry en Malcolm aan de tafel zitten gnuiven, terwijl Genya brood zit te eten. Normaal gesproken zou ze zich gekwetst voelen, maar vanavond kan het haar niet schelen.

Dan versnelt Zoltán naar de afsluiting en het is alsof het gaspedaal van een Ferrari wordt ingedrukt. Zij en Rohan worden door de klank verzwolgen, het krankzinnige tempo sleept hen mee, of ze willen of niet, en ze racen op de laatste cadens af alsof ze van plan zijn door de vangrail heen te breken en onbeschadigd lucht en land in te gaan. Haar armen bewegen vanzelf; door het zweet plakt haar haar op haar voorhoofd. Het enige wat je kunt doen is niet denken. Als je begint te denken, kun je het niet, maar als je je eraan overgeeft en je gedachten loslaat, kun je vliegen. Het restaurant houdt de adem in, en wanneer het laatste akkoord, omgeven door een heleboel cimbaalnoten, aanbreekt, klinkt er een schreeuw die hen bijna omverduwt. Karina is even buiten adem alsof ze een marathon gelopen heeft, en evenzeer in hoger sferen. Is dit wat Mimi heeft moeten achterlaten om het conservatorium te doen en al die vreugde weg te verfijnen?

Zoltán bedankt hen beiden met een snel, formeel knikje. Karina's linnen pak is klam onder haar armen en Rohan kan niet ophouden met lachen. 'Ik zou zo'n vent nooit bij kunnen houden, nooit!' zegt hij, een glas wijn pakkend.

'Maar, Rohan, je bent een veel betere violist,' zegt Miki. 'Als je Zoltán het concert van Mendelssohn geeft of hem vraagt in een strijkkwartet te spelen, komt hij in de problemen.'

'Daardoor ben je nog geen betere violist,' houdt Rohan vol. 'Alleen maar een ander soort violist.'

'Waar zijn we dit kwijtgeraakt?' denkt Harry hardop. 'Waar zijn wij die spontaniteit kwijtgeraakt?'

'Spontaniteit is aardig, maar het is niet alles,' oppert Genya. 'We hebben andere dingen, die op hun manier even goed zijn. Het is zoals Ro zegt. Niet beter, niet slechter. Alleen maar anders.'

Karina drinkt een half glas wijn in één teug leeg. Ze heeft zojuist met zigeunermuzikanten geïmproviseerd en iedere remming die haar opleiding er bij haar ingestampt heeft, overboord gezet, en ze voelt zich zo levend dat ze bijna de zenuwuiteinden in haar vingers kan zien gloeien. Er wordt geklonken, het eten komt en de band begint 'Deux guitarres' te spelen. De wijn spurt haar hersens in alsof ze hem geïnjecteerd heeft en er is een moment waarop Rohan een arm om haar schouders slaat; ze houdt hem niet tegen en het kan haar niet schelen als de anderen het zien, wat natuurlijk het geval is, en ze blijft stil zitten en laat hen praten omdat het enige wat ze wil voelen is.

'Hij heeft je achtergrond niet in de gaten gehad,' merkt Rohan op, terwijl hij een blik op Zoltán werpt; de band pauzeert en drinkt een biertje.

'Dat hoeft ook niet.'

'Maar voor jou betekent het meer dan voor ons. Of verbeeld ik me dat maar? Ben ik maar een dwaze romanticus, Karrie?'

'Ik ben dol op dwaze romantici.'

'Ben je dronken?'

'Ja. Vind je het erg?'

Miki beveelt hun *palacsinta* aan als dessert: flensjes met gemalen walnoten en chocoladesaus. In een hoek begint een houten, met snijwerk versierde klok te slaan. Rohan raakt Karina's hand aan. De avond is bijna om. Beiden slaan het dessert af en bestellen een dubbele espresso.

'Ro, ben je wel in orde?' vraagt Harry. 'Je neemt anders nooit 's avonds koffie.'

'Ik vind Hongaarse koffie lekker,' verklaart Rohan.

Karina kijkt even naar de telefoon in haar tas: drie oproepen van thuis gemist. Ze zet haar mobieltje uit.

Malcolm heeft bij Miki aangedrongen op de mogelijkheid van een volgend bezoek of zelfs een verblijf tijdens het Lentefestival. Karina herinnert zich wat haar vader heeft gezegd over de moeite die het kost om vanuit Hongarije een internationale carrière op te bouwen. 'Denk je dat dat waar is?' vraagt ze Miki.

'Het is een klein land,' antwoordt hij. 'We zijn altijd buitenstaanders geweest. We zaten met onze rare Fins-Oegrische taal die in wezen nergens aan verwant is, midden tussen de Slavische volkeren. En er was altijd wel iemand die ons land wilde binnenvallen en de boel overnemen. We zijn altijd het buitenbeentje geweest en ook wel eens zielig. Bij het Trianonverdrag in 1920 raakten we twee derde van ons gebied kwijt. Twee derde! We hebben dat laten gebeuren, we werden gestraft. Weet je hoe lang de vlaggen halfstok hebben gehangen? Achttien jaar! En het enige wat we kunnen is het onszelf zwaar kwalijk nemen. Er waren mensen die er zelfmoord om pleegden. Ze komen niet voor zichzelf op, de leiders komen niet voor hen op, en daarom zouten ze het maar op. Misschien is het beter het niet op anderen af te reageren, maar het heeft toch iets zieligs. Er werd Hongaars gebied gegeven aan Oostenrijk, Roemenië en aan wat nu de republiek Tsjechië en Slowakije is, en het is een menselijke ramp, een tragedie. Karina, mijn familie kwam uit een dorpje in Transsylvanië, waar ze al honderden jaren woonden, en na het verdrag lag het plotseling niet meer in Hongarije, maar in Roemenië, en de Roemenen hadden een hekel aan de Hongaren, dus werd mijn familie vervolgd. Toen kwam de Tweede Wereldoorlog, daar weet je alles van. En nu, na zestig jaar communisme... Je kunt wel een muur neerhalen, maar je kunt de manier waarop de mensen denken niet zo gauw veranderen. Er heerst hier defaitisme. Ik voel het, het kost ons moeite het los te laten. Mijn generatie moet dit idiote patroon zien te doorbreken.'

'Maar hoe doorbreek je dat, Miki?' vraagt Genya, terwijl hij het laatste restje chocoladesaus van zijn bord schraapt.

'O, ik ben van plan mijn bureau tot een succes te maken en heel rijk te worden voor mijn vijfenveertigste. Dat is plan A.'

'En plan B?' moedigt Karina hem aan.

'Plan B is ooit in New York gaan werken. Karina, alsjeblieft, hier is een laatste glas wijn, dat is voor jou. En misschien moesten we dan maar afronden, jongens. Jullie zijn vast moe.'

De minuten tikken weg terwijl Miki om de rekening vraagt en twee taxi's belt. Malcolm geeuwt; Genya vraagt Rohan of hij het chocolaatje wil dat bij zijn koffie zit; Harry rekent uit hoe laat ze de volgende ochtend moeten vertrekken. Karina en Rohan kunnen niet naar elkaar kijken. Ze delen de tweede taxi met Malcolm en zijn cello. Karina doet alsof ze in slaap valt.

In de lobby staan de anderen op de lift te wachten. Rohan komt naast Karina staan. 'Ik hou het niet meer uit,' mompelt hij. 'Laten we de trap nemen.'

Mimi was thuisgekomen van een feestje in een groot herenhuis aan Fifth Avenue en lag in haar ondergoed naast Marc. Dénes was nu bijna zeven en sprak met haar en Vali Hongaars en op school en met oom Marc Engels. Ani lag in haar bedje te slapen. Vali zou hen spoedig verlaten om met haar Amerikaanse vrijer te trouwen, die hun levensstijl maar niets vond. Marc had zijn eigen appartement opgegeven toen Ani kwam. Bartók was dood, gestorven aan leukemie – haar intuïtie had haar niet bedrogen.

'Vertel me iets over toen je nog klein was,' vroeg Mimi, haar sigaret met Marc delend.

Hij nam een trek en ging op zijn rug liggen. 'Weet je wat ik mis? De zonsondergangen.'

Zonsondergangen waren, zo zei hij, voor hem wat het magdalenakoekje voor Proust was geweest. Wanneer de lucht van blauw in jadegroen veranderde was hij weer een kind dat de twintigste eeuw maagdelijk voor zich zag uitstrekken. Hij zag de zonsondergang altijd door zijn slaapkamerraam. Hij was zeven en had nog steeds zijn houten hobbelpaard – zijn moeder dreigde af en toe het weg te zullen geven aan een arme jongen die het zou waarderen – en het slaghout en de bal waarmee hij en zijn broer in de tuin speelden. Soms zat hij op zijn hobbelpaard en liet hij de bal zachtjes van de ene in de andere hand vallen, en dan voelde hij de twee pulsen: het wiegen en de bal, botsen en langzaam elkaar naderen en weer uiteengaan. Hij kon de in elkaar grijpende ritmes niet uit zijn hoofd zetten.

'Ik wil muzikant worden,' zei hij tegen zijn ouders.

'Daar groei je wel overheen, jongen,' zei zijn vader zonder zijn sigaar uit zijn mond te nemen en zonder op te kijken van *Le Figaro*.

De rechtenstudie werd niet afgemaakt. Zijn oma kreeg flauwtes en zijn vader onderhield hem over het feit dat hij zijn familie diep teleurgesteld had. Hij was nooit iemand tegengekomen met een even grote passie voor muziek als de zijne totdat hij Mimi hoorde spelen. Na haar recital was hij de hele nacht opgebleven en had hij een opzet geschreven voor een paar fantasiestukken over een zigeunerjeugd, een poging om zich haar dromen in te dromen. Lucht. Beweging. Vrijheid. De wiegende wagen. En – hoe heerlijk – geen school.

Mimi moest ontzettend lachen. 'Lieverd, zo was het helemaal niet.'

'Hoe was het dan?'

'Totaal anders. Dat wil je niet weten. Bedrijf de liefde met me.' Ze ontdeed zich van haar zijden ondergoed; hij drukte zijn peuk uit en liet zich op haar vallen. De oorlog was voorbij, de vlaggen wapperden, de stad juichte en jubelde. Terwijl ze helemaal in elkaar opgingen, weigerden ze verder vooruit te denken dan die avond.

Mimi zat aan tafel en sloeg haar handen voor haar gezicht. De eerste beelden van Bergen-Belsen hadden Amerika bereikt. Nu de waarheid aan het licht was gekomen, verspreidden de geruchten zich ongebreideld. Miljoenen Joden, maar niet alleen Joden, ook homoseksuelen, invaliden, geesteszieken – en de Roma. Massamoord. Een Pools-Joodse wetgeleerde had een nieuw woord bedacht: 'genocide'. Aan de brieven van de Frankls en het wilde gekrabbel van haar broer was lang geleden een eind gekomen.

'Wat had ik kunnen doen? Had ik hen kunnen redden als ik terug was gegaan?'

'Je zou zelf gevaar hebben gelopen,' zei Marc tegen haar. 'Tamás had je niet kunnen beschermen. Je had vermoord kunnen worden.'

'Maar ik bleef weg. Ik had terug moeten gaan. Ze zijn dood.'

'Misschien niet. Misschien zijn de brieven niet aangekomen.'

'Hou me niet voor de gek, ik kan het voelen. Er is iets verdwenen. Zij zijn verdwenen. Hij vroeg me om hulp en ik heb niet geholpen, en nu is het te laat.'

Ze wilde hem nooit vertellen wat er in de brieven stond. 'Waarom heb je dat niet gedaan?' vroeg Marc.

'Omdat mijn vader me verkocht. Omdat hij zei dat hij me nooit meer wilde zien. Omdat mijn moeder was gestorven en niemand me dat had verteld. Zo, nu weet je het.'

In al die jaren in New York had Mimi nooit voorgesteld naar huis te gaan. Waarom zou ze ook? Iedereen zou hetzelfde hebben gedaan als hij de kans had gehad te kiezen tussen vrijheid en gevaar, roem en vervolging, concerten geven in de prachtigste zalen van Amerika en je schuilhouden in kelders uit angst je leven te verliezen. Bovendien had men de schepen gevorderd om troepen te vervoeren. Ze had de brieven van de Frankls gekoesterd – ze kwamen tot 1944 iedere week – maar ze had nooit een traan gelaten om de gekrabbelde berichten van haar broer. Ze had hem sinds haar tiende niet meer gezien, vertelde ze aan Marc. Toen ze nog kinderen waren, had hij niet kunnen schrijven. Hij had het geleerd zodat hij haar lastig kon vallen.

'Die suite van jou, "De minstreel".' Mimi keek met rode, gezwollen ogen op. 'Minstreel, ja, wat konden ze anders? Niets! "Het bos"? Waar konden ze anders heen? Nergens! Ze werden ieder dorp uit gejaagd. Improviseren? Ja, natuurlijk. Ze konden geen noten lezen! Je kunt niet lezen of schrijven, je hebt geen vast land, je hebt geen onderwijs genoten, de mensen spugen naar je op straat, je weet niet wanneer je weer zult eten – wat is daar zo romantisch aan? Toen de Frankls me in huis namen, zat ik een uur in het bad. Mijn voeten waren warm. Het was winter en mijn voeten waren warm. O, als ik aan die winters denk... Ik zal nooit de kou vergeten; die zit nog in mijn botten. Daar zal ik op een dag voor moeten boeten, jongen.'

'En de Frankls?' Marc drukte haar hand tegen zijn wang, kuste de palm. Ze trok hem weg. Hij kende de zachtheid in haar en de moeite die ze deed om die te verbergen.

'Ik kan het niet verdragen. Oude mensen, goede mensen, Marc, duizenden en duizenden, afgeslacht. En de Frankls hebben nooit één klacht geuit. "Het leven is zwaar, maar we redden ons." "We moeten verhuizen, hier is ons nieuwe adres." Dat was alles. Ik had nooit gedacht...'

'Had Tamás niet iets kunnen doen om hen te helpen?'

'Ze zouden het hem nooit gevraagd hebben. Ze waren te trots.'

'Maar het is – was – je man,' stamelde Marc, 'en jij was zo ongeveer hun dochter...'

'Zo waren ze, ze wilden nooit iemand lastigvallen. Ik weet het niet, misschien hadden ze het gevoel dat ze te oud waren om zich te verzetten of hun trots op te geven, of om te hopen.'

Ze liep naar het raam en leunde met haar voorhoofd tegen het glas. Hoe konden ze op dezelfde voet voortleven nu ze dit wisten? Het New York buiten hun raam was bruin, grijs en lichtblauw; het leven ging maar voorwaarts, terwijl zij er juist naar verlangde de klok terug te zetten en de jaren opnieuw te laten passeren en alles wat gebeurd was, ongedaan te maken.

Ze keerde zich om. 'Marc?'

'Lief?'

'Ik wil naar huis. Ik wil met mijn kinderen terug naar Boedapest.'

'Mimi! Ben je gek?'

'Misschien. Maar ik wil naar huis. Ik hoor daar en ik had terug moeten gaan, voor hen, al was het ook mijn dood geworden. Wil jij Saul bellen en vragen of hij kan uitzoeken wanneer er een schip gaat?'

Ze wist dat hij niet tegen haar wens in zou gaan of haar zou vragen wat meer bedenktijd te nemen; hij kende haar te goed. Wanneer ze een besluit had genomen, hield ze zich er ook aan. Ze zag hem zonder één klacht te uiten Sauls kantoor bellen. Wie had gedacht dat hun reis van zes weken ruim zes jaar zou duren?'

Ze diepte de brief van Tamás op die hij had gestuurd toen Duitsland

Polen binnen viel, een maand nadat zij en Marc in New York waren aangekomen, en las hem opnieuw. 'Geloof me, je moet daar blijven,' had Tamás geschreven. Een wijs man, met een vooruitziende blik, die Tamás van haar. En vriendelijk ook. Hij geloofde, althans dat beweerde hij, dat Marc voor haar niet meer was dan een vriend, vertrouweling en collega. Een goede man, een prima mens, en ze had hem bedrogen. 'Je hoeft er niet eens over te dénken terug te komen voordat Hitler dood is,' had hij geschreven. 'De mensen zeggen dat Hongarije ongemoeid zal blijven, maar je hoeft alleen maar naar het gezicht van dat monster te kijken om te weten dat deze plaag niet alleen Polen, niet alleen Hongarije, maar de hele beschaafde wereld zal bereiken. Maak je om mij geen zorgen. Het enige wat voor mij telt is jouw veiligheid, en die van Dini. Beloof me dat je in de vs zult blijven totdat Hitler voorgoed van deze zieke planeet is weggevaagd.'

Ze waren nu vijftien gepubliceerde composities, vierhonderd concerten, zeventig concertjaponnen, twintig leerlingen per jaar, duizend feestjes en één baby verder, en ze voelde dat het einde van haar verblijf in New York in zicht kwam. Het werd tijd dat ze naar huis ging om de scherven van haar oude leven op te rapen en aan elkaar te lijmen. Maar Marcs concert, het voorwendsel voor dit hele krankzinnige avontuur, lag onuitgevoerd in een la.

Karina droomt. Ze vliegt; de muziek tilt haar op. Ze houdt haar viool vast en met de punt van haar strijkstok ontsteekt ze een voor een de lege sterren. Ze stralen om haar heen terwijl ze, gewichtloos, steeds hoger stijgt. Een zuigend gevoel, een val, een schok. Ze wordt wakker in de beschuttende warmte van Rohans boomstronklichaam; ze weet niet of ze in haar droom de muziek van Mozart hoorde of de improvisaties van Zoltán Roth, haar lokkend als de minstreel van Duplessis.

Zeven uur. Een koele ochtend, buiten grauw. Ze liggen dicht tegen elkaar aan, hun voeten raken elkaar.

'Wat moeten we doen?' fluistert Rohan.

'Ik weet het niet.'

'Hoe voel je je, Karrie?'

'Goed.'

'Is dat alles?'

'Ik voel me alsof ik tien jaar geslapen heb.'

'Ik voel me alsof ik mijn hele leven geslapen heb. Karrie, ik hou van je.'

'Ik hou ook van jou.'

'En je moet terug naar je gezin. Ik improviseer nu, ik weet niet wat ons verder te doen staat.'

'Ik ook niet. Ro, ik...'

'Kom hier, Karrie. Als je dit bed uit durft te gaan...' Hij streelt met een vingertop haar ooglid en haar neus. 'Heb je gedroomd? Waar droomde je over?'

Karina lacht hem toe. 'Ik heb van die dromen waarin ik vlieg. Het is bijna alsof... ik weet het niet, alsof ik astraal reis. Soms ben ik tussen de sterren. Of soms is het net of ik in een wagen zit. Een wagen die door een paard wordt getrokken, het soort wagen waarin Mimi als kind geleefd kan hebben. Ik kan hem voelen bewegen. Denk je dat het mogelijk is iemands dromen te erven?'

'Natuurlijk. Waarom niet?' Rohan kust haar sleutelbeen. 'Er is hier een moedervlek, precies waar je viool ligt.'

'Julian raakt heel geïrriteerd wanneer ik suggereer dat ik toegang heb tot het familiegeheugen, of als ik iets zeg dat ook maar iets met het paranormale te maken heeft.'

'Misschien denkt hij dat je Andy en Sarah nog eens echt de toekomst gaat voorspellen. Hij is bang! Het vormt een bedreiging, want hij kan het in geen enkel kader plaatsen.'

'Voel jij je niet bedreigd?'

'Nee, hoor. Het hoort bij jou, ik hou van je, en ik hou van alles wat jou tot jou maakt. En als die dingen bestaan, dan denk ik dat ze mysterieus, prachtig en even echt zijn als wij.'

'Wat hou ik toch veel van je,' zegt Karina.

'Zal ik je eens wat vertellen?' Rohan legt haar dicht tegen zich aan. 'Jij bént Hongarije. Het is net als jij, warm en mooi en verdrietig. Ze hebben je gekoloniseerd, overgenomen. Je bent twee derde van je territorium kwijtgeraakt. En je bent net als die Amati in de vitrine. Een wonder, zo volmaakt dat hij niet mag zingen zoals hij zou moeten. Ik heb je niet verteld waar die viool me aan deed denken. Aan jou.'

Karina weet dat wat er ook gebeurt wanneer ze naar huis gaan, waar ze nog even niet aan moet denken, ze zijn woorden nooit zal vergeten.

# HOOFDSTUK 23

Op de bank met houten leuningen van Dénes en Erzsébet ligt iets wat Karina eerst voor een beige kussen aanziet. Bij nadere inspectie ontrolt het zich en slaakt een miauw.

'Pom-Pom is bescheidener gaan wonen,' legt Erzsébet uit, terwijl ze theezet. 'Ze is nu onze kat. Achtennegentig procent pluis.' Het dier springt van de bank en windt zich om Erzsébets enkels. 'Arme poes, alweer trek.' Ze vult een bakje tot de rand met kattenvoer. Pom-Pom is sinds haar verhuizing aangekomen. In het georgiaanse huis aan de overkant is het donker. Een makelaar heeft een opzichtig bord op het hek gespijkerd.

'Waar is Martin?' vraagt Karina, terwijl ze de kat aait. Haar handen verlangen ernaar zachte dingen te strelen. Ze is nu vier dagen terug uit Boedapest en ze heeft de blik van haar moeder tot nu tot weten te mijden.

'Hij heeft Pom-Pom meegebracht in een mandje en gezegd dat hij in de stad zou verblijven. Met een vriendin, stel ik mij zo voor. Ik heb hem al twee weken niet meer gezien, behalve op de televisie.'

'Hij leidt de vereniging van slachtoffers, hè?'

'Hij wil geloof ik de regering gaan aanklagen. We kunnen het hem niet echt kwalijk nemen.'

'En Cynthia? Nog iets van haar gehoord?'

'Ze belde me vanuit Marions huis om te zeggen dat ze jouw voorstel om Lindy's toneelstuk voor het goede doel op cd te zetten een prima idee vindt. En ze wil haar memoires gaan schrijven. Dat lijkt me een goed idee, hoeveel opschudding ze er ook mee veroorzaakt. Schrijven werkt reinigend. Net als muziek maken. Misschien nog wel beter. Kom, Karrie, hier is je thee. Vertel eens wat. Hoe was het in Boedapest?'

In de voorkamer van haar ouders gaat Karina in gedachten terug naar hoe het was toen het vorige jaar nog niet was begonnen. Een wereld waarin Jamie nog thuis was, Lindy nog leefde en Rohan er nog niet was.

'Heeft het indruk gemaakt?' moedigt Erzsébet haar aan.

'Het was heel vertrouwd en toch heel vreemd. Een en al paradox. Warm en droevig, trots en desastreus, centraal gelegen en geïsoleerd, open en gesloten tegelijk. Alsof het zijn ogen half gesloten heeft.' Rohans aanraking lijkt tot in haar botten te zijn doorgedrongen. 'Mam, wil je iets voor me spelen?'

'Hoezo?' vraagt Erzsébet verbaasd.

'Ik heb last van afkickverschijnselen omdat ik geen livemuziek meer hoor. Julian had het gisteren zo druk met stukjes van zijn nieuwste cd's beluisteren dat we niets echt goed hebben gehoord.'

'Nou, als je dat wilt.' Erzsébet gaat voor de piano zitten en begint een mazurka van Chopin te spelen. Terwijl ze Pom-Pom knuffelt, slaat Karina haar gade. Wanneer ze piano speelt, verandert Erzsébet van huisvrouw in de artieste die ze had kunnen worden als de omstandigheden anders waren geweest. Haar rug recht zich, haar ogen staan geconcentreerd en haar evenwichtige kalmte, ingesleten sinds de eerste lessen, neemt het over. Kunst is een ernstige aangelegenheid in de familie Veres. Kunst, muziek, literatuur, cultuur, dat zijn de dingen die je mens maken, hebben ze Karina geleerd, en die avond in Boedapest voelde ze hoe waar dat was. Toch moet ze steeds weer denken aan de gezichten van Harry, Genya en Malcolm toen ze voor het ontbijt beneden kwamen en met één blik precies begrepen wat er die nacht gebeurd was.

Toen ze op Heathrow met hun koffers de aankomstroute voor passagiers uit de EU volgden, had Rohan haar hand aangeraakt en gezegd: 'We hebben nog een paar minuten.' Maar vijf seconden later waren de deuren opengegaan en had Karina haar man en zoon zien staan. Julian had bloemen bij zich en Jamie gaf een gil en rende op haar af en ze had hem opgetild en omhelsd totdat hij bijna blauw zag, en toen ze zich omkeerde zag ze nog net Rohan en de andere drie haar gedag zwaaien alsof de aarde niet van richting was veranderd, alsof de nacht niet dag was geworden, en de dag nacht, en er was niets, helemaal niets, wat ze eraan kon doen.

Erzsébet slaat de laatste noten van de mazurka aan. 'Karrie, wat is er? Vertel het me.'

'Er valt niets te vertellen.'

'Weet je het zeker?'

'Ja, mam. Ik verzeker het je.'

Karina wist met geen mogelijkheid hoe ze haar moeder moest vertellen wat Julian had ontdekt terwijl ze weg was.

'Schat, sorry,' had hij gezegd, 'maar ik wilde wat ruimte maken op zolder, en toen wilde ik niets weggooien zonder zeker te weten wat het was. 'Hij legde alles uit over Glyndebourne, Éva en de brieven. De ontzetting was meer dan Karina, die toch al emotioneel overbelast was, aankon.

'Ik moet dit op gaan zoeken.' Ze had het als excuus gebruikt om te ontsnappen; ze rende naar boven om haar boek over Duplessis op te diepen en sloot zich er toen mee op in de badkamer.

De brief die in het Frans was geschreven – was die van Duplessis? Was Mimi *'le trésor de ma vie*? Sprak hij tegen iemand anders over Mimi? Als dat zo was, waarom had Mimi dan de brief in haar bezit? Hij was eenvoudig gericht aan: *Mon amie*.

Karina begint in het bad te lezen.

*Marc Duplessis en Mimi Rácz keerden met de pas opnieuw ingerichte* Queen Elizabeth *vanuit New York terug naar Europa,* schreef Pierre Vincente. *Misschien was het een vreemde beslissing van Rácz om haar zoon niet in de Verenigde Staten, maar in het door oorlog verscheurde hart van Europa groot te brengen, maar wanneer ze eenmaal iets besloten had, was ze niet tegen te houden, aldus Duplessis. Hij zei nadrukkelijk dat het voor hem geen optie was om zonder haar in New York te blijven.*

*Vanuit Parijs reisde Rácz per trein naar Boedapest, waar ze zich bij haar man, Tamás Veres, voegde, die zijn zoon niet meer gezien had sinds hij acht weken oud was. Duplessis vertelde dat de kleine Dénes hem als zijn vader was gaan beschouwen, hoewel Rácz altijd over hem gesproken had als "oom Marc". Hij vermoedde dat de scheiding die volgde, de jongen waarschijnlijk harder had geraakt dan die zijn moeder geraakt leek te hebben.*

*In New York had Duplessis gemerkt dat de keren dat Dénes even zijn moeders kostbare Italiaanse viool mocht vasthouden, hij een natuurlijke neiging had vertoond die als een cello vast te houden. Omdat hij vermoedde dat de jongen misschien cellist zou worden, huurde Duplessis een klein appartement in de rustigste buurt van Neuilly-sur-Seine, componeerde een kort cellostuk voor beginners en stuurde dat naar zijn 'neefje' in Boedapest. Dit was waarschijnlijk een stilzwijgende manier om de knaap te laten weten dat hij er nog was, nog om hem gaf en hem heel erg miste. Of het stuk ooit op zijn bestemming is aangekomen, of het de latere trauma's die de roemrijke stad aan de Donau troffen, heeft overleefd, zullen we wel nooit weten.*

*Nadat hij de buitenlandse fascistische en communistische machten in de straten van Boedapest in een dodelijke strijd gewikkeld had gezien terwijl hij zich schuilhield in de kelders van de universiteit, moet Tamás Veres zo blij zijn geweest dat hij nog leefde, dat het weerzien met zijn vrouw waarschijnlijk alle angst over hoe ze die jaren van gedwongen scheiding had doorgebracht, in de schaduw stelde.*

'Karrie?' zegt Rohan vanuit Brighton in Karina's mobieltje.

'Ik kan niet praten.' Karina zit nog in het bad.

'Toe, Karrie. We kunnen het niet gewoon maar hierbij laten. Laat me je deze week alsjeblieft mogen ontmoeten. Ik moet aanstaande donderdag naar Duitsland.'

'Ik weet niet wat ik moet zeggen.'

'Ik ook niet. Wanneer kun je komen?'

'Ik kan niet. Jamie is tot het weekend thuis...'

'Maandag dan? Karrie, alsjeblieft. Ik moet je zien, al is het maar vijf minuutjes. Anders word ik gek.'

'Ik ook.'

'Ik hou van je.'

'Ik moet nu weg.'

Boedapest voelt als een droom waaruit Karina is ontwaakt en dan tot de ontdekking komt dat haar vitale organen zijn gestolen. Ze vermant zich, trekt haar peignoir aan en belt haar oma.

'Hállo, kind!' Mimi heeft een goede dag gehad. 'Luister eens.' Door de telefoon is de klank van een viool van lang geleden te horen: de suite van Duplessis.

'Ik ben net terug uit Boedapest,' zegt Karina. 'We hebben een concert in de Liszt Academie gegeven. Waar jij je debuut hebt gemaakt.'

Ze hoort een blij gegrinnik. 'Zo! Het cirkeltje is dus nu rond.'

'Oma, ben je nog wel eens teruggegaan?'

'Naar Boedapest? O, ja. Voordat... nou ja, je weet wel. Die stomme ziekte.'

'Hoe was het? Om terug te gaan?'

'O, nee, Karina. Het beviel me niet, helemaal niet.'

'Het was natuurlijk erg veranderd.'

'Nee, nee, nee, dat was niet het probleem. Het was nog precies hetzelfde.'

'Oma, we hebben een brief in een van je dozen gevonden... Het is een Franse brief en er staat iets in in de trant van: *Elle est le trésor...*'

'Karina, darlink, mijn soep begint te koken. Je moet me verontschuldigen, we praten gauw. Goeienavond, kind.' Ze hoort een klik; stilte, dan gezoem. Mimi heeft de verbinding verbroken.

'Mama,' zegt Jamie in de auto wanneer ze op weg zijn naar school met een koffer vol zomersportkleding, 'moet ik terug?'

'Ja, Schnoek, dat moet.'

'Maar waarom dan?' begint Jamie te jammeren. 'Ik leer er toch niks. Het eten is afschuwelijk, de leraren zijn afschuwelijk, alles is afschuwelijk. Ik haat het.'

'Jimbo, zo is het wel genoeg.' Julian is aan het rijden en kijkt in de achteruitkijkspiegel even naar zijn zoon op de achterbank.

'Ik weet dat je liever thuis zou willen zijn,' zegt Karina, 'maar als je vanavond niet teruggaat, raak je achter met de lesstof.'

'Ik haat examens. Het is afschuwelijk.'

Jamie is acht en zou geen examen moeten hoeven doen. De wrok slaat als een rookwolk door Karina heen. Julian voelt het en prikt hard met één vinger in haar knieschijf om haar rustig te houden.

'Je moet leren hoe je die moet afleggen,' zegt hij tegen Jamie. 'Dat is belangrijk. Je kunt niet óm het probleem heen, je moet erdoorhéén. Leer het op te lossen.'

Jamies gejammer zwelt aan tot een gebrul.

Op school moet Karina zijn armen weer van haar middel loswurmen. Het zou steeds beter moeten gaan, maar het wordt juist erger.

'Dat komt alleen maar doordat hij vakantie heeft gehad,' zegt Julian onverstoord, terwijl ze naar het parkeerterrein lopen.

Karina vaart tegen hem uit. 'Ik begrijp je niet. Hij is verdorie je zóón! Ik snap niet hoe je het uithoudt.'

'Hij moet het leren, en dat moet jij ook. Hij moet harder worden. Kom, vitamine K, laten we naar huis gaan. Waar zullen we eens naar luisteren? Kies jij eens een mooie cd uit.'

'Fuck,' zegt Karina, op haar lip bijtend om haar tranen in te houden. Julian open het autoportier, stapt in en slaat het dicht.

Ze rijden onder de klanken van een symfonie van Schumann naar huis. Karina huilt stilletjes bij het langzame gedeelte. Julian houdt zijn blik strak op de weg gericht.

Ze had gedacht dat ze Rohan maandag bij Lane kon ontmoeten en dan bij de lunch alles met hem kon doorpraten en oplossen. Er moet een einde aan komen. Als haar huwelijk op de klippen loopt, hoe moet Jamie zich dan redden?

Ze zitten met ineengestrengelde handen bij hun lasagne en sla en kunnen nauwelijks een woord zeggen, laat staan iets eten. De pasta voelt als schuurpapier in haar mond, het sinaasappelsap verandert in citroen.

'Wat heb je zoal gedaan?' vraagt Rohan halfslachtig.

'De gewone dingen. Lesgeven. Koorddansen tussen Julian en Jamie. En jij?'

'Jou missen.'

'En verder?'

'Is er een verder?'

'Moet je niet oefenen?'

'Ja. Maar ik ben er niet bij met mijn gedachten. Ik ben bij jou.'

'Ro, dit kan niet. Je kunt je leven niet door mij laten overnemen.'

'Kun je hier na Boedapest zitten en zeggen dat je niets voelt?'

'Hoe ik me voel is niet waar het om gaat.' Karina's stem begeeft het. En even later buigt hij zich over de tafel heen en kust haar. Ze had alles gepland wat ze moest zeggen, zin voor zin. Niets daarvan is gezegd; niets daarvan zal worden gezegd. Ze laten hun lunch half opgegeten staan.

In zijn bed, terwijl de zee in de verte glinstert, duwt Rohan haar haar van haar voorhoofd. 'Ga bij hem weg, Karrie. Kom bij mij wonen.'

'Dat kan ik niet. Wat moet er dan met Jamie gebeuren?'

'Neem hem mee. Haal hem van die stomme school af. Laat hem bij ons wonen.'

'Denk je echt dat de familie Rookfield dat zal toestaan?'

'Hij is ook jóúw zoon. En trouwens, of zij het zullen "toestaan" is niet waar het om gaat. Het gaat erom dat je kiest. Je bent impulsief met Julian getrouwd, veel te snel.'

'Dat is niet waar!'

'Natuurlijk wel. Je kunt het niet zo goed toegeven, maar het is voor iedereen zo duidelijk als wat.'

'Ro, ik kan het Jamie niet aandoen.'

'Duizenden kinderen maken elke dag veel ergere dingen mee,' merkt Rohan op. 'We leven in 2007.'

'Ik zou het mezelf nooit vergeven als hem pijn werd aangedaan.' Karina slaat het dekbed weg.

'Hé, kom terug. Je gaat niet het bed uit. Niet nu.' Hij trekt het dek weer om hen heen. 'Toe, Karrie, laat al die flauwekul niet tussen ons in komen. Dat we elkaar op een rotmoment ontmoet hebben, wil nog niet zeggen dat we niet samen kunnen zijn. Kom terug...'

Ze had willen vertrekken, weg willen lopen, maar ze kan het niet. Het lukt haar eenvoudig niet om Rohan en de diepste, zachtmoedigste communicatie die ze ooit gekend heeft, zomaar achter te laten. Hoe is het mogelijk dat lichamen sterker tot elkaar spreken dan geesten? Ze had gedacht dat hun verbintenis er een van de geest kon zijn, met het lichaam als een ongelukkige belemmering. Maar nu begrijpt ze dat dit veel erotischer is dan een gewone lichamelijke aantrekkingskracht. Hij pakt haar vast en gaat bij haar naar binnen terwijl ze zacht en nat is door haar behoefte aan hem, en al improviserend trekt ze haar rug hol en laat ze zich gaan en stroomt haar liefde als zoete stroop naar hem toe totdat er niets van haarzelf over is.

De rijen sporen strekten zich voor Mimi uit, als een beeld dat telkens weer opdoemt in een zich herhalende nachtmerrie. De poorten waren donker van het roet; de stad was met dikke lagen bedekt. Ze moest denken aan de koele, moderne kleuren van New York. Boedapest was oud, donker, en werd steeds donkerder. Voor het station deelden jongeren met vingers die bleek waren van de kou pamfletten uit die vol stonden met communistische kreten. Mimi staarde naar de rails en luisterde naar het rammelen, kletteren en fluiten van arriverende en vertrekkende treinen.

Op dit station moest haar familie, samen met honderdduizenden zigeuners en Joden, voor het laatst Boedapest hebben gezien. Péter, haar broer, zou nu zesendertig zijn geweest. Ze haalde zich hem voor de geest zoals hij was op de avond dat hij haar bij de artiesteningang van de Liszt Academie aanklampte, een zigeuner in zigeunerkleren met een zigeunergezicht. De mensen waren teruggedeinsd en Herbert Wilhelm had haar weggevoerd. Ze stelde zich hem voor met een schimmige vrouw, meevoelend, liefdevol, en met twee of drie kinderen die aan haar lange rokken hingen, en hun vader, ouder lijkend dan hij was, afgemat door ontberingen en honger, verlies en angst.

Misschien had ook hier een bejaard Joods echtpaar afscheid genomen van hun stad, terwijl ze probeerden hun hachelijke situatie waardig onder ogen te zien. De Frankls hadden tegen Mimi met geen woord gerept over hun steeds groter wordende moeilijkheden. 'We moeten verhuizen. Hier is ons nieuwe adres.' Dat was alles wat er in de brief had gestaan toen ze werden gedwongen in het getto te wonen. Ze had haar ogen niet geopend, had niets geraden, had geen idee gehad. Een verspringend sein. Wolken stoom, de trein die noordwaarts kroop. Nu wist ze waar ze misschien heen waren gebracht als pleisterplaats voor hun laatste reis naar Polen: er was een interneringskamp in, God betere 't, Kistarcsa. Was ze door zich af te sluiten voor haar familie niet even slecht geweest als een nazi?

'Mevrouw, kan ik u helpen?' hoorde ze iemand naast haar vragen. Een stationschef, attent vanwege Mimi's bontstola, had gemerkt dat ze het moeilijk had. Ze had zich niet gerealiseerd dat haar wangen nat waren van de tranen. Misschien had ik hen kunnen helpen. Misschien had ik hen kunnen redden. Hardop zei ze alleen maar: 'Nee, dank u wel.'

Terwijl ze probeerde haar evenwicht te hervinden liep ze het station uit. Thuis moest ze haar twee opgroeiende kinderen en haar man, die ziek en uitgeteerd was, te eten geven. Ze moest aan de toekomst denken. Ze moest Herbert Wilhelm bellen om hem te vertellen dat ze werk moest vinden. En dat er haast bij was.

'Oma?' Karina is bij haar op bezoek. Mimi doet haar ogen open. Ze wou dat het verleden in het verleden bleef en niet steeds het heden wilde koloniseren.

'Darlink, hoe vond je mijn stad?' vraagt ze.

'Geweldig.' Karina kust Mimi en neemt haar hand in de hare. Mimi straalt en koestert zich in haar warmte. Wat een schat van een meid; wat een voorrecht om de oma van zo'n vrouw te zijn. Ze merkt een trilling in Karina's vingers op, een ongewone klamheid in de handpalm. Ziek? Bezorgd? Verliefd? Alle drie? Ze hoort haar praten over de schoonheid van het oude Boeda, over hoe trots ze was in de Liszt Academie te spelen, over hoe gastvrij, vriendelijk en open de mensen waren, kortom: nergens over.

'Ah, je was er te gast,' onderbreekt Mimi haar. 'Je hebt niet gezien wat ze je niet willen laten zien. Of je hebt het te druk gehad om te kijken. Vaak kijken we niet verder dan onze instrumenten. Onze werelden worden gekleurd door de klank van wenende violen – dat houdt ons menselijk. Het gevaar is dat we vergeten dat anderen dat soms niet zijn. Dat sommigen niet verder kijken dan hun instinct voor haat. Het is de angst voor alles wat anders is.'

'Dat is veranderd, oma. Hongarije is nu als ieder ander land lid van de EU,' brengt Karina haar in herinnering.

'Onmogelijk. Iedere plek is altijd anders, Hongarije zal altijd Hongarije zijn. Ik heb op de televisie de rellen van het afgelopen najaar in Boedapest gezien, en het was toen vijftig jaar geleden dat de opstand had plaatsgevonden... Mijn god... onbetrouwbare politici, onbetrouwbare relschoppers, uiterst rechts en uiterst links en uiteindelijk allemaal hetzelfde, aiaiai. Je kunt in één klap een systeem veranderen, maar niet de mensen. En wat de Roma betreft: in heel Oost-Europa is het nu erger dan ooit.'

Mimi is zo helder dat Karina zich afvraagt of ze er niet haar voordeel mee moet doen en vragen moet stellen. Als ze dat doet, is het echter goed mogelijk dat Mimi zich weer in haar geliefde geestelijke mist terugtrekt. Toch is de gedachte bij haar opgekomen dat er een verklaring zou kunnen zijn voor Mimi's mist waar nog niemand aan gedacht heeft, en die niet medisch van aard is, namelijk dat hij opzettelijk is.

'Oma, mijn vriend Rohan – je hebt hem ontmoet – heeft me een boek over Marc Duplessis geleend, en daar kom jij in voor.'

'Heel veel, denk ik zo.' Mimi's wenkbrauwen gaan richting plafond.

'Er staat iets in dat me in de war brengt. Er staat ergens dat je afstamt van wat hij een lange lijn van zigeuners noemt, maar dan een paar generaties terug. Waarom "een paar generaties terug"?'

'Lieve kind, je moet voorzichtig zijn met wat je de mensen vertelt en wanneer. Dacht je dat ook maar iemand in Europa enige aandacht aan me had besteed als ze hadden gedacht dat ik echt een zigeunerin was? Marc Duplessis stelde zich loyaal op en zou het nooit aan deze man, Pierre Vincente, of aan wie dan ook verteld hebben. Maar goed, ik werd geadopteerd. Ik werd bij hen weggehaald, dat moge duidelijk zijn.'

Karina staart haar oma, die zoals gewoonlijk half zit, half ligt in haar leunstoel bij het raam dat uitziet op de binnentuin, aan.

'Je hebt het voor mij nooit verborgen gehouden.'

'Waarom zou ik? Jij bent mijn kleindochter.'

'Maar als je alles wilde verwerpen, alles achter je wilde laten...'

'Dat kun je wel doen, maar slechts tot op zekere hoogte. Er kwam een moment waarop... ik besloot dat...' Ze gaapt en strekt haar dunne armen.

'Oma, toe nou, ik wil dit dolgraag weten.'

'Lieve kind, genoeg over het verleden. Ik wil ook het een en ander weten. Die nieuwe jongeman van je, hoe is hij?'

Karina wil zeggen dat Rohan niet haar nieuwe jongeman is, maar de woorden willen niet haar mond uit komen. Ze wrijft met beide handen over haar voorhoofd.

'Het is moeilijk,' zegt Mimi, die haar doorheeft. 'Ik weet het, kind. Hou je van hem?'

Karina hoort in gedachten wat haar vader heeft gezegd over de kracht van de Roma-familie, het belang van trouw, en hoe diep die erfenis zit. Wat zou haar oma nu van haar denken?'

'Oma, ik weet niet wat ik moet doen,' zegt ze ten slotte. Wat heeft het voor zin het verborgen te houden? 'Hij wil dat ik bij Julian wegga en bij hem ga wonen.'

'En wat wil jij?'

'Ik weet het niet.'

'Probeer er dan achter te komen wat je wilt, en doe dat dan. Karina, ik was de eerste in mijn familie die helemaal zichzelf werd. Mijn nieuwe "ouders", de Frankls, leerden me hoe belangrijk zoiets is. Hoe belangrijk het is je niet te laten inperken door tradities, niets klakkeloos aan te nemen, een weg te vinden die je innerlijk recht doet.'

'Dus u vond trouw niet...?'

'O, trouw is van wezenlijk belang. Maar je moet oppassen aan wie je trouw bent, en hoe, en waarom, en wanneer. Want de eerste aan wie je trouw moet zijn, dat ben jijzelf.'

Was wat haar vader over Marc Duplessis zei een rookgordijn? Ze durft het niet te vragen, nog niet. 'En de viool, oma? De Amati? Ben je die kwijtgeraakt in de oorlog?'

'Nee. In 1956.'

'Maar ben je hem toen kwijtgeraakt?'

Mimi zucht. 'Al die vragen. Zoals ik al zei, je moet opletten wat je aan andere mensen vertelt, en wanneer. En nu, liefje, moet je me laten rusten...'

## HOOFDSTUK 24

Op een vrijdagmiddag, een week voordat officieel bekend wordt gemaakt wie de concessie krijgt, gaat in Julians kantoor de telefoon. 'Andrew Williamson voor u,' zegt zijn persoonlijke assistent.

'Hoi, Andy.' Julians zenuwen komen meteen in actie.

'Hallo, beste kerel,' zegt Andy lijzig. 'Ik bel je niet met nieuws. Ik bel je niet om je te vertellen dat de concessie naar jouw Duitse mannetje gaat. Ik bel je niet om je wat dan ook te vertellen, oké? Je hoort van mij nooit iets, toch?'

'Natuurlijk niet.' Julian leunt achterover in zijn leren stoel en legt zijn voeten op zijn bureau. Hij heeft zin om een triomfantelijk krijgsdansje door de kamer te doen.

'Dus misschien moeten we een etentje organiseren met Karrie en Sarah erbij, niet om iets te vieren natuurlijk, zo rond het eind van de volgende week? Herr Schmidt zal vast wel een excuus kunnen vinden om Londen te bezoeken.'

'Ik reserveer wel iets. Wat vind je van Le Gavroche?'

'Lijkt mij een goed idee. Tot later. Groeten aan Karrie.'

'En jij aan Sarah. Bedankt voor je telefoontje.' Julian legt de telefoon neer, lacht dan hardop en klapt in zijn handen, zoals Karina zou doen. Weer een cliënt erbij, weer bingo. Dan zouden ze nu de zolder moeten kunnen verbouwen, een goede, luxe vakantie nemen en zelfs...

Julian heeft een geheim plan. Hij wil voor Karina een viool kopen. Een échte viool – Italiaans, bij voorkeur achttiende-eeuws, met een naam. Een Stradivarius zou iets te veel gevraagd zijn, maar er zijn andere: Gagliano, Ruggieri, Maggini en nog meer. Karina's viool is een gehavend oud ding, wel mooi en met een aardige klank, maar al zo vaak aan elkaar gelijmd dat Julian ermee te doen heeft. Het moet voor haar een hele toer geweest zijn om op dat ding haar mannetje te staan in het St.-Francis Quartet. Als ze haar carrière wil hervatten, heeft ze een fatsoenlijk instrument nodig. Hij wou dat die maffe familie niet die stomme Amati in dat stomme Boedapest was kwijtgeraakt.

Dénes had Karina toen ze achttien werd het 'luciferdoosje' cadeau gedaan, toen het duidelijk was dat ze beroepsvioliste zou worden; hij had hem met wat handigheid en slimheid via een vriend op de academie weten te kopen. Een beetje schimmig gedoe, maar Julian weet dat hij zijn neus maar beter niet te diep in de vioolzaken kan steken. Hij is ervan overtuigd dat er in die branche flink gesjoemeld wordt; het is een en al valse certificaten, valse labels, valse identificaties en regelrechte namaak.

Julian heeft het tegen Karina nooit over zijn idee gehad; hij wil haar niet teleurstellen als het om de een of andere reden niet lukt. Ze is de minst materialistische vrouw die hij ooit ontmoet heeft; voor zover hij weet besteedt ze alleen geld aan Jamie. Zij heeft niet de rekken vol schoenen en designlabels waarmee Sarah haar muurbrede kledingkast in Pimlico vult. Karina's kleren komen voornamelijk bij Marks & Spencer vandaan en ze draagt meestal hetzelfde paar schoenen totdat ze op zijn. Ze is niet gierig; ze is gewoon niet geïnteresseerd in bezit. Het wordt tijd dat hij voor haar iets goeds koopt waar alleen zij profijt van heeft. Als hij het haar zou vragen, zou ze zeggen dat ze geen chique viool nodig heeft. Maar daar gaat het niet om. Ze heeft er recht op.

Terwijl hij naar huis rijdt, gaat zijn telefoon over. Hij neemt handsfree op. 'Jules, schat,' begint zijn moeder, 'zou je wanneer je naar huis rijdt even bij ons langs kunnen komen om wat te drinken? We willen graag even met je praten.'

'O, moeder, kan dat niet wachten? Karina is de laatste tijd nogal down en ik laat haar liever niet meer alleen dan nodig is.'

'Lieverd, dit gaat over iets wat haar helaas niet vrolijker zal maken, maar het is wel heel urgent.'

Julians hoofd vult zich met vraagtekens. Hij stemt toe en belt dan naar huis om het aan Karina te vertellen. Ze neemt niet op. Ze is zeker Jamie aan het halen. Hij dacht dat ze inmiddels wel terug zou zijn.

Julian parkeert op de oprit en stevent op de zijdeur af die de familie altijd gebruikt. Er is op het achtergazon een feesttent opgericht voor een bruiloft die de volgende dag moet plaatsvinden. Julian moet even slikken: de roze sierrandjes zijn een smakeloze smet op wat een volmaakt uitzicht zou moeten zijn. Een lamp in Hilary's appartement schijnt de blauwe schemering in. Julian ziet de gebogen gestalte van zijn broer boven zijn bureau; hij lijkt te werken, maar waaraan kan Julian niet bedenken.

'Moeder?' roept hij wanneer hij binnen is.

'Hier, Jules,' hoort hij Annes zangerige stem. Hij beent de huiskamer in en weet meteen dat het mis is.

'Het gaat over Hilary,' zegt Arthur tegen hem.

'Wat is er gebeurd?'

'O, Jules,' begint Anne, maar dan wendt ze haar hoofd af. 'Het spijt me.'

Julian voelt de behoefte aan een borrel opkomen. Hij loopt op het buffet af en schenkt een whisky uit de karaf.

'Ik geef me niet gewonnen,' zegt Anne. 'Ik laat me er niet onder krijgen.'

'Vader, wil je me alsjeblieft vertellen wat er is?' zegt Julian.

'Zoals je kunt zien, is er morgen een bruiloft,' begint Arthur. 'Dat is best. Ze vormen geen grote inbreuk op ons privéleven, behalve de entree gebruiken ze het huis niet, maar het is van essentieel belang dat we ons nergens in mengen. Om maar eens een nieuwe uitdrukking te gebruiken: we pakken de poet en maken dat we wegkomen. Maar Hils heeft zich hinderlijk gedragen. Hij zet mensen klem en begint over zijn auto te praten. Sommigen zijn uiterst tolerant geweest, maar vorig weekend arriveerde de bruid in een oude Bentley, en Hils zag hem voorrijden. Hij kwam met grote sprongen de trap af en terwijl ze bezig waren de bruid inclusief de hele schuimtaart in de hal te krijgen voordat het ging regenen, begon hij met de chauffeur te kletsen en probeerde hij ook de vader van de bruid erbij te betrekken. Twee dagen later kreeg ik een vormelijke brief van de vader waarin hij verklaarde dat de trouwerij ernstig verstoord was door "een van de bewoners" en zijn geld terugeiste.'

'Hij probeert het gewoon, vader.'

'Dat dacht ik eerst ook, maar de man meent het. En het vervelende is dat Hils sinds ik hem erover onderhanden heb genomen, niet meer dezelfde is...'

'O, shit.'

'Ik wist dat het een teken was,' zegt Anne met afgewend gezicht. 'Het zat er al een tijdje aan te komen. We waren zo van slag door Lindy's dood. Hij heeft niet de middelen om met dat soort dingen om te gaan... hij trekt zich gewoon terug in zijn eigen wereld. Hij zegt dat hij zit te werken, maar toen ik naar boven ging, lagen er overal op zijn bureau van die rare tekeningen. Ik weet niet wat hij denkt dat het zijn.'

'Hebben jullie met zijn arts gesproken?'

'Hij heeft de medicatie aangepast, maar volgens mij maakt het niet veel uit. Jules, als het erger wordt, moeten we denk ik Keswick bellen.'

'O, moeder, wat erg.' Julian loopt naar haar toe en klopt haar op de schouder.

'Ik geef me niet gewonnen,' zegt ze met opeengeklemde kaken. 'Ik laat me niet klein krijgen.'

'Denk je echt dat Lindy...? Ze waren niet echt dikke vrienden.'

'Hij is gevoelig, weet je. Hij pakt een sfeer op en hij wordt erdoor beïnvloed. Toen hij meemaakte dat zijn nicht omkwam, en dat dat hele gezin de vernieling in ging...'

Julian bedenkt dat werk meer helpt dan men over het algemeen inziet. Als Hilary een baan had gehad, al was het maar iets heel gewoons, dan zou hem dat vast hebben geholpen gefocust te blijven... Hemzelf had de dood van zijn nicht ook aangegrepen, maar zolang hij zijn werk had, en zijn vrouw, kon hem op mentaal gebied niets gebeuren.

'Jules,' zegt Arthur, 'vanwege dit alles heb ik een beslissing genomen. Ik wil je laten weten dat we Fairfallows aan jou nalaten.'

Julian wil 'alsjeblieft niet' zeggen, maar in plaats daarvan zegt hij niets.

'Hilary kan het huis onmogelijk erven,' gaat Arthur verder. 'Hij kan die verantwoordelijkheid niet aan. Ik weet dat het moeilijk voor hem zal zijn, maar ik geloof dat dit de enige optie is.'

Julian neemt een slok whisky. Hoe moet hij dit aan Karina vertellen? Hij weet hoe ze over Fairfallows denkt. En Jamie...

'Jamie zal het leuk vinden.'

Anne lacht hem eindeloos triest toe. Hij vraagt zich af hoe het moet voelen als je je oudste zoon met de jaren geestelijk steeds meer achteruit ziet gaan. 'Ik zal ervoor zorgen dat jullie er geen spijt van krijgen, moeder,' belooft hij. 'Ik zal proberen het goed te doen, voor ons allemaal.'

'Jules,' zegt Anne, 'je moet ook weten dat je vader een clausule in zijn testament heeft opgenomen met de voorwaarde dat het huis in de familie moet blijven. Hij is daar erg op gebrand. In zekere zin is het het enige wat hij nog heeft.'

Julian moet dit even verwerken. Dus geen National Trust, geen English Heritage. Hij komt overeind en zegt: 'Ik wil nu even naar Hilary toe, als jullie het goed vinden.'

Gesterkt door de whisky loopt Julian de trap op en klopt hij bij zijn broer op de deur.

'Kom maar,' roept Hilary's stem. Zoals hij daar aan zijn bureau zit, komt hij niet anders over dan anders, maar wanneer hij zich omkeert, is zijn blik misschien een beetje wazig. Het is bij het schijnsel van de lamp moeilijk te zien. 'Jules, ouwe jongen! Hoe is het met de Jag?'

'O, best. Wat ben je aan het doen?'

'Moet je zien.' Hilary tilt een vel papier op. Hij heeft het hele vlak gevuld met patronen van dicht op elkaar getekende, fijne lijntjes, waarvan sommige lang en andere heel priegelig zijn. Terwijl hij ernaar staart, heeft Julian het gevoel dat hij scheel begint te kijken.

'Dat is nog maar het begin. Moet je nu kijken.' Hilary schroeft de gloeilamp uit de lamp en vervangt hem door een rood getinte lamp. Het licht maakt zijn haar zalmroze; op het papier veroorzaakt het in de lijnen een onverklaarbare vertekening. 'Voilà! Je kunt er van alles in zien. Eén plaatje creëert vele plaatjes! Het is de toekomst van moderne kunst. Let nu op.' Hilary vervangt de rode lamp door een groene; het licht is minder sinister maar even onaangenaam. 'Dit is totaal anders. Ik ga hierna experimenteren met doek en olieverf, en wanneer de stijl echt gevormd is, komt er een expositie. Dan nodig ik de jongens van de Saatchi Gallery uit, en dan kunnen we kijken en vergelijken. Je zou er een in je kantoor kunnen hangen en dan zullen je klanten er een willen kopen en dan...'

Julian luistert, inwendig van slag. Hoe kun je greep krijgen op een aandoening die alleen bekend staat onder zo'n frustrerende medische term die met de 'a' voor 'aspecifiek' begint? Het is te gemakkelijk om te denken dat zijn broer toch niet zó van de wereld kan zijn, of dat het aan hemzelf ligt omdat hij niet begrijpt... 'Hils, ik moet ervandoor,' zegt hij. 'Karrie zal zich afvragen waar ik blijf en Jamie komt vanavond thuis. Tot gauw.'

'Ja, okidoki. Dag broertje.' Hilary draait de gewone lamp er weer in en neemt weer exact dezelfde houding aan als toen Julian binnenkwam.

Wanneer hij het huis in loopt, staat Karina in iets op het fornuis te roeren: kip met paprika, Jamies lievelingsgerecht.

'Pap!' schreeuwt Jamie, terwijl hij van de bank, waar hij naar *De Simpsons* heeft zitten kijken, opspringt en als een speer op hem af rent.

Julian tilt hem op. Het huis is niet hetzelfde zonder hem, maar ja, dat zat er dik in, natuurlijk. 'Karrie, schat, hoe is het met mijn vitamine K? Het is een lange dag geweest...'

Ze kijkt even op, maar gaat door met roeren.

'Wat is er, lief?' Hij zet Jamie neer en loopt dan op haar af en kust haar. 'Sorry dat ik zo laat ben,' voegt hij er snel aan toe, voor het geval het probleem van dat niveau is. 'Moeder vroeg me langs te komen – ze hadden iets te vertellen – in feite diverse dingen te vertellen...'

Karina, donker in haar bruine katoenen trui, staart hem aan. Een chocoladekleurige paradijsvogel. Met danig verfomfaaide veren. Hij zou haar willen optillen en helen met een knuffel, zoals Jamie, maar hij doet het uiteraard niet. Ze zwijgt zo lang dat hij begint te vermoeden dat wat er aan de hand is, erger is dan hij dacht. Hij wil net vragen waar ze zat toen hij belde, wanneer ze begint te spreken.

'Wat is er gebeurd? Vertel.'

*'Pas devant l'enfant.'*

*'Papa, je parle très bien le français!'* kom Jamie lachend tussenbeide. *'C'est mon sujet préféré à l'école!'*

'Ik meen het, Jimbo. Terug naar je tv. Wegwezen! Karrie, ga je even mee naar boven?'

Karina draait het gas laag en loopt achter hem aan. Wanneer hij langs de badkamer loopt, merkt hij dat de badkuip nat is en de spiegel beslagen. Sinds wanneer is ze zo gefixeerd op warme baden?

Karina is in Brighton geweest. De muziek op Rohans standaard, inclusief de suite van Duplessis, was zo intens volgekrabbeld met potloodaantekeningen dat de afdrukken op de volgende drie pagina's nog te zien waren: metronoomaanduidingen en strijkaanwijzingen, vele malen uitgegumd en vervangen. Van vitaal belang, had hij gezegd. Hij moet over drie weken in New York zijn eerste solorecital geven.

'Ik wou dat ik met je mee kon,' zei Karina.

'Kun je weg dan?'

'Nee, het is onmogelijk.'

'Karrie, je moet het hem vandaag vertellen. Beloof je dat?' En even later kon Karina, toen ze haar trui naast zijn overhemd gooide, niet anders dan het hem beloven. Ze wist dat ze naar Chichester moest rijden, maar toen haar lichaam contact maakte met dat van Rohan, kwam haar lijf in opstand tegen alles wat niets met instinct te maken had, zoals gezond verstand.

Daardoor arriveerde ze te laat bij Jamies school.

Ze was de laatste moeder geweest die aankwam en trof hem aan in de entreehal, met zijn tas, snuffend in drie tissues. Toen waren er nog wegwerkzaamheden geweest op de A27 en was Julian ontboden door zijn pa. Vandaag was niets goed gegaan, maar ze had het Rohan beloofd. Waarom zou ze het uitstellen? Er zal niets aan veranderen, en gemakkelijker wordt het er ook niet op. Ze moet haar echtgenoot vertellen dat ze van een andere man houdt.

Ze heeft het helemaal uitgedacht, althans, dat heeft ze geprobeerd; ze moet het vriendelijk maar duidelijk uitleggen, zijn woede in goede banen leiden en Jamies aanwezigheid als een schild gebruiken als dat nodig mocht blijken. Als ze onmiddellijk weg moet gaan, zal ze naar Forest Road rijden en bidden dat haar ouders bereid zullen zijn de schok te doorstaan. Maar als hij haar niet weg laat gaan, moet ze hem overhalen tot een proefscheiding. Waar ze helemaal niet uitkomt, is hoe ze het aan Jamie moet uitleggen.

'Moet je horen, Karrie. Ik weet dat dit nogal een schok voor je zal zijn,' zegt Julian in de werkkamer, 'maar Hils heeft een soort terugval en vader vertelde me vanavond dat ze hebben besloten Fairfallows aan ons na te laten.'

'Shit.' Karina's problemen komen onder de stoomwals van de familie Rookfield terecht.

'Weet je, het zal nog jaren, misschien wel tientallen jaren, duren voordat het gebeurt. Ik wil me er nu niet druk om maken, en ik wil ook niet dat jij je er druk om maakt. We laten het geen probleem worden.'

'Jules, ik kan daar niet wonen.'

'Kom hier, mijn lief.' Hij klopt op zijn knie. 'Wat ik je kan zeggen is dat het minder een probleem is als wij het huis bezitten dan wanneer het van Hils is. We vinden er wel iets op.'

'Ze zouden het aan de National Trust moeten overdragen.' Karina loopt naar het raam en gaat met haar hand over het hout van het schuifraam alsof het het traliewerk van een gevangenis is. 'Of wij zouden dat moeten doen wanneer het zover is.'

'Karrie... Moeder heeft me net verteld dat er een clausule in het testament is opgenomen die dat verbiedt.'

'Dat meen je niet.'

Julian stokt wanneer hij de uitdrukking op haar gezicht ziet. 'Ik wou dat het zo was.'

'O, stik.' Karina draait zich om en vlucht de kamer uit. Even later hoort Julian de voordeur achter haar dichtslaan.

Even staat Julian aan de grond genageld van ongeloof. Maar dan herinnert hij zich dat hij Jamie niet aan zijn lot kan overlaten en hij rukt het geschrokken kind van de bank, duwt hem de auto in en rijdt achter Karina aan.

Ze loopt de heuvel meer op dan dat ze rent; hij is steil en ze is buiten adem. Boven hen staat het door schijnwerpers belichte kasteel van Lewes, een sprookjesplaatje dat in het verkeerde boek is geplakt. Julian toetert. Ze blijft niet staan.

'Schat, kalmeer nou,' draagt hij haar door het open raam op. 'Doe nou niet zo Hongaars en hysterisch. Dat is nu wel het laatste wat we kunnen hebben.'

'Die klotefamilie van jou,' is Karina's reactie. 'Ze verwachten van jou dat je alles op hun manier doet, en dat verwacht je van mij ook. En stel dat ik het niet wil? Wat denken ze wel? Dat ze me kunnen voorschrijven hoe ik moet leven?'

'Karina, doe niet zo belachelijk. Je klinkt als een verwend nest.'

'En jij klinkt als een commanderende snob.'

'Weet je wel hoeveel mensen er ik weet niet wat voor over zouden hebben om één zo'n kamer hun huis te kunnen noemen? En jij reageert op het vooruitzicht een landhuis te erven alsof je tot levenslange gevangenisstraf bent veroordeeld.'

'O, dat ben ik ook, Jules. Dat ben ik ook. Ze zijn zo dom. Als ze de Gainsborough zouden verkopen, was alles opgelost. Maar ze zijn te halsstarrig om er iets aan te doen; het enige wat ze kunnen is de problemen op ons afschuiven en het ons tegelijkertijd onmogelijk maken ze op te lossen. Ze zullen ons leven verpesten, en dat van Jamie ook.'

'Karrie, stap in de auto, nú.'

'Mam,' klaagt Jamie in de auto. 'Waarom ben je zo boos? Ik heb trek!'

Julian, die de auto stapvoets laat rijden, neemt zijn vrouw op. In zijn hoofd gaat een licht op dat meer sinister is dan Hilary's gekleurde lampen. Hij zet zijn eigen inzicht even in de wacht en gooit het over een andere boeg: 'Mijn lief, er is ook goed nieuws,' zegt hij bemoedigend. 'Schmidt heeft de concessie gekregen. We zouden het moeten vieren, eens lekker op vakantie gaan. Misschien naar Barbados...'

'Je luistert niet naar me, hè?'

'Waarnaar moet ik dan luisteren? Je hebt me uitgekafferd! Fairfallows is niet mijn schuld, maar het is gebeurd en we zullen er het beste van moeten maken. Kun je alleen maar aan jezelf denken?'

'En kun jij misschien eens een keer aan mij denken?'

'Papa, ik heb honger!' brult Jamie.

'Karina, het is bijna negen uur en Jimbo moet eten hebben. Laten we alsjeblíéft naar huis gaan.'

Karina stapt in en slaat de deur dicht.

Om halfelf gaat haar mobieltje.

'En?' zegt Rohan.

'Ik kan niet praten. Ik bel je morgen.'

'Karrie...'

'Morgen.' Ze verbreekt de verbinding.

Wanneer Julian, Karina en Jamie voor het zondagmiddagmaal op Fairfallows aankomen, heeft Anne met de directeur van Keswick over Hilary gesproken. Hij moet er een week heen, waarna ze advies zullen uitbrengen over de te volgen koers. Arthur schuifelt op zijn pantoffels zijn werkkamer uit, waar hij de administratieve kant ervan heeft bestudeerd, en zijn gezicht ziet grauw na het zien van de kosten.

'Ik wil niet dat Jamie hem hoeft te zien,' bromt Julian. Het is niet eerlijk tegenover een achtjarige, vooral niet als die onvoorwaardelijk en instinctief van zijn enige oom houdt.

'Hilary,' vertelt Arthur hun, terwijl hij sherry inschenkt, 'had nog één verrassing voor ons in petto. Hij heeft een overeenkomst tot stand gebracht om de woonwagenbewoners weg te krijgen. God mag weten hoe hem dat gelukt is. Dat is zeker de keerzijde van obsessief zijn.'

Karina weigert de sherry. 'Wat gebeurt er met hen?' wil ze weten.

'Liefje, ik heb geen idee. Ze gaan vermoedelijk een andere onschuldige gemeenschap een tijdje lastigvallen. Of anders misschien de gevangenis in. Ik heb begrepen dat de kinderen waarschijnlijk aan het ouderlijk gezag worden onttrokken.'

'Maar ze deden niemand kwaad.'

'Dat willen ze de mensen graag laten geloven. In de hele graafschap doen verhalen de ronde over overvallen, berovingen...'

'Maar ik heb ze gesproken! Het waren vriendelijke, normale mensen die probeerden...'

'Normale?' valt Arthur haar in de rede. 'Noem je dat normáál? In een caravan wonen, op de staat teren, geen dag in je leven eerlijk werken?'

'Hoe durf je?' Karina's ogen schieten vuur. 'Hoe kun je werkeloos toezien terwijl er kinderen bij hun ouders worden weggehaald, alleen maar omdat ze in woonwagens wonen? Alleen maar omdat ze anders leven dan jij?'

'Schat,' zegt Anne, kalm blijvend, 'het was niet alleen om de woonwagens. Ze waren in overtreding. De mannen waren om halfelf 's morgens al stomdronken. De moeders lieten de kinderen verwilderen. Ze gingen niet naar school. Ze konden niet lezen en schrijven. Ze...'

'Dat kan me niet schelen! Wanneer ik eraan denk wat mijn oma heeft doorgemaakt, wat mijn ouders hebben doorgemaakt en hoe Lindy is gestorven... En jullie zitten hier maar vrolijk het leven van een hele familie te ruïneren, alleen maar omdat dat veld "van jullie" is...'

Julian pakt haar bij de arm en manoeuvreert haar de kamer uit. Jamie zit roerloos naast zijn oma.

'Karrie,' zegt Julian in de hal, 'hoewel je op de Hongaarse-driejarigetoer bent, moet ik je toch vragen of je een affaire met Rohan hebt.'

'Dat is dus niet zo moeilijk te raden.'

'Ben je verliefd op hem?'

'Ja, natuurlijk. Waarom zou ik anders een affaire met hem hebben?'

'Waar heb ik dit aan verdiend, Karina?'

'Dat heb je niet.'

'We kunnen er hier niet over praten. Haal Jamie. Ik zal ons verontschuldigen.'

Mimi, die na haar jaren in Amerika blaakte van gezondheid, zat op haar hurken naast Tamás en streelde zijn hand. De kleine meid die in het ledikantje lag te slapen, had lange armen en benen, grote voeten en blauwe ogen.

'Je vraagt me haar groot te brengen als mijn kind?' vroeg Tamás.

De oorlogsjaren hadden hem even zwaar gehavend als hun woonblok, dicht bij de Liszt Academie. Zijn gezicht leek wel een doodshoofd, zijn huid was zo gerimpeld als die van een tien jaar oudere man; Mimi was er ook van overtuigd dat zijn aanhoudende gehoest op meer duidde dan de lichte irritatie die het volgens hem was.

'Ik vraag je nogal wat,' zei ze. 'Maar ik vraag het toch, omdat ik geen keus heb.'

'Maar waarom ben je dan niet naar Frankrijk gegaan om met hem samen te wonen?'

'Omdat ik hier hoor, bij jou.'

'Waarom was dat dan eerder niet zo?'

'Dat is altijd zo geweest. Maar je zei dat ik niet terug moest komen. Weet je nog?'

'Mimi, hoe kon je me dit aandoen?'

'Het leven heeft ons dit aangedaan. We moeten ons erdoorheen slaan.'

'Als je van mij houdt, hoe kun je dan van hem een kind hebben?'

'Ik hou van jou,' zei Mimi, 'maar een tijdlang hield ik ook van hem. Niet in plaats van jou, maar ook. Ik hield oprecht van jullie beiden. Begrijp je dat? Ik namelijk niet. Ik heb heel vaak geprobeerd het te begrijpen, maar het lukt me nog steeds niet.'

'Waarom stond je erop dat hij met je mee naar Amerika ging?'

'Het was voor een concerttournee en de kans contacten te leggen. Het zou voor een paar weken zijn. We hadden niet verwacht dat er oorlog zou komen. En jij, Tamás? Heb jij in die zes jaar nooit van iemand anders gehouden?'

Tamás viel stil. Zijn schouders straalden verzet uit. Mimi kuste zijn wangen, zijn oogleden en zijn mond. Hij week hoestend achteruit, zijn gezicht in zijn mouw verbergend. 'Van iemand houden? In deze hel?' zei hij. 'Wat de Russen deden, Mimi... Ik kan je niet zeggen wat ze met de vrouwen deden... niemand kan erover spreken, er zijn geen woorden voor... Ik dankte God ieder uur dat ik je weggehouden had.'

'Als je mij met Ani niet kan accepteren,' zei Mimi, 'als het te veel gevraagd is, als je nooit van haar zult kunnen houden... Dan begrijp ik dat. Het is mijn schuld. Dan draag ik de gevolgen.'

Hij hief zijn hoofd op en ze besefte, ongelovig, dat zijn lach zacht was van hartzeer. 'Mimi, ze is de dochter die ik me gewenst had. Het is een lief, heerlijk kind, en ze is van jou; ik moet wel van haar houden. Dit onschuldige wezentje – ze kan er niets aan doen. Daarom is het zo moeilijk... Mimi blijf bij me. Ik hou nog steeds van je. We slaan ons er wel doorheen.

Mimi legde haar hoofd in zijn schoot en kuste zijn hand. 'We slaan ons er wel doorheen,' zei ze hem na.

Toen ze door Boedapest liep en de verwoesting in zich opnam, schokte Mimi van de tranen, waarbij de niet geplengde het pijnlijkst waren. Het Joodse getto was geconcentreerd geweest in een claustrofobisch complex van in elkaar overlopende binnenpleinen in het Zevende District. Leeg, spookachtig. Ze kon er niet naar kijken zonder zich de Frankls voor te stellen als mensen die, zelfs toen ze hun ondergang tegemoet gingen, bleven geloven in een wereld waarin dit nooit meer zou kunnen gebeuren. Het getto was een vacuüm dat de stemmen van zijn eigen spookkinderen verzwolg.

Op een andere dag vond ze haar weg naar de verre zigeunerwijk, voorbij de stadsgrens waar ze haar vader voor het laatst gezien had. Ze staarde door poorten naar binnenplaatsen waar vroeger kinderen speelden, naar goten die vroeger vol lagen met rottende koolbladeren, weggegooide flessen en andere stinkende, gezonde tekenen van vitaliteit, en naar verlopen cafés waar

István, koffie of spritzers drinkend, kon hebben rondgehangen met zijn vrienden. Het mocht er dan arm, rommelig en ellendig zijn geweest, maar geleefd had het wel. De oorlog had de ziel uit Boedapest gehaald, terwijl zij in New York een leven van luxe leidde. Op een hoek zag ze een eenzame zigeunerviolist voor een paar forinten spelen; de voorbijgangers bogen hun hoofd, zich verstoppend onder hun hoed, en liepen door. Het schuldgevoel hakte op haar in als een houweel. In ieder geval hadden Dénes en Ani zich niet in kelders schuil hoeven houden. Zij waren in ieder geval veilig en gezond.

Marc had haar een vreemde, formele brief geschreven, waarin hij stelde dat als ze besloot Ani naar hem in Parijs te sturen, hij haar groot zou brengen. Parijs was beschadigd, maar het was nog steeds Parijs; en zij wist met hoeveel toewijding Marc voor Ani zou zorgen. Maar hoe kon ze haar kleine meid wegsturen? Ani was nog maar een baby; Dini was gek op haar; ze hielden van elkaar en steunden op elkaar. Hier in Boedapest was er een gezin, en niet enkel een eigenaardige componist zonder bezittingen die in zijn eentje van de hand in de tand leefde terwijl niemand veel belangstelling voor zijn muziek toonde. Het leven zou in Boedapest ongetwijfeld moeilijker zijn, maar niemand had ooit gezegd dat het gemakkelijk zou moeten zijn. Bovendien, als Ani naar Parijs ging, zouden de mensen algauw weten waar ze heen was gegaan, en waarom; daar zou geen van hen baat bij hebben. Als Tamás haar een ander antwoord had gegeven, zou ze Marc misschien ook een ander antwoord hebben gegeven. Maar zoals het nu was, bleef Ani.

Het was begin 1950 dat Dénes uit school kwam met een pamflet dat Mimi haar viool deed neerleggen. Er stond een foto van Stalin op.

'Wat is dat?' vroeg ze haar zoon.

'Meneer Nemeth, onze wiskundeleraar, zegt dat ik de beste van de klas ben,' verklaarde Dénes. 'Hij zegt dat we er trots op moeten zijn dat we zigeuners zijn omdat wij het volk zijn dat dicht bij de aarde en het land staat en bij het werk van...'

'Dini,' zei Tamás, 'wind je er alsjeblieft niet te veel over op.'

De familie van Tamás bezat land ergens in de buurt van Szeged. Er was een landgoed geweest – Mimi had het nooit gezien – waar de familie Veres eeuwenlang had gewoond. Nu was de nieuwe communistische regering, die vorig jaar de macht van de naoorlogse coalitie had overgenomen, Hongarije langzaam in de richting van het regime in Moskou aan het trekken. Tamás vertelde Mimi dat ze de hoeveelheid land die de mensen mochten bezitten hadden teruggebracht, wat een vermindering op een eerdere vermindering was. Tamás was niet geïnteresseerd in land op zich; het enige waar hij om gaf was zijn boeken.

Hij was de enige telg van de familie Veres die er nog over was. Zijn broer was in de strijd gesneuveld, zijn zus was toen de oorlog voorbij was, gestorven aan een geperforeerde maagzweer. Mimi had een hekel aan haar gehad. Ze had een hekel aan hen allemaal gehad, aangezien ze Tamás in de ban hadden gedaan omdat hij met een zigeunerin was getrouwd, of dat nu een beroemde klassiek violiste was of niet. Daar ging dokter Frankls meritocratie. Tamás had dapper standgehouden, maar de herinneringen bleven lang nadat de mensen die ze hadden veroorzaakt overleden waren, voortbestaan. De stampij die ze hadden gemaakt! En waarvoor? Nu waren ze dood.

En wat Stalin betrof: ze wist niet wat ze ervan moest denken. Voor zover ze het begreep, was de clou dat zigeuners niet meer behandeld moesten worden als tweederangs burgers, dat communisme iedereen gelijk ging maken. Haar zoon was de beste van de klas, maar zo'n tien, twintig jaar terug zou hij helemaal geen onderwijs hebben gehad. Het klonk haar goed in de oren.

Maar Tamás was niet zo blij als zij met het vooruitzicht. 'Ik vind het niet erg om mijn land op te geven, maar het principe bevalt me niet,' zei hij een keer laat op de avond tegen Mimi, toen hij terugkwam uit het koffiehuis in de Andrássystraat waar hij en zijn collega's bij elkaar kwamen om over boeken, het universiteitsbeleid en filosofie te praten. 'Als het een op zichzelf staand geval was... maar wat gaan ze hierna doen? Er wordt gezegd dat ze ouderen naar collectieven op het platteland willen verhuizen – dat is toch niet te geloven? Dat ze hen zouden willen dwingen hun thuis en familie te verlaten, zodat de jongere arbeiders hun appartementen kunnen overnemen? Het is monsterlijk. Onmenselijk.'

Mimi was thuisgebleven om op de kinderen te passen, te oefenen en een paar wanhopige brieven te schrijven om aan concerten te komen. Terwijl ze naar hem luisterde, werd ze belaagd door twijfel. 'Ze kunnen mensen toch niet dwingen om dat te doen?'

'Dat kunnen ze en dat zullen ze. Ik weet niet of er wel verschil is tussen communisme en fascisme, Mimi. We hebben het er de hele avond over gehad, maar weet je, toen ik na die discussie, die behoorlijk verhit was geweest, wegging, kreeg ik het gevoel dat we misschien niet over dergelijke zaken in het openbaar hadden moeten praten. Je begint je af te vragen wie daarbinnen gezeten heeft. Wie je gehoord kan hebben. Als je weet waar mensen die een beetje macht hebben, toe in staat zijn...'

'Het zal niet gebeuren,' zei Mimi.

Wanneer de vloer instort, kun je dat zien. Je kunt om het gat heen lopen, een aannemer bellen of wat hout kopen om het zelf te repareren. Het probleem in het huis van Karina en Julian is dat alles wat gezien, aangeraakt of fysiek gemeden kan worden, intact is.

Ze liggen in bed met de ruggen naar elkaar toe en de stilte is verstikkend.

'Waarom?' vraagt Julian. 'Wat heeft hij dat ik niet heb?'

'Als je het niet weet, kan ik het niet uitleggen.'

'Probeer eens rationeel te zijn.'

'Maar als ik dat nu ben?'

'Vind jij het rationeel om de vader van je kind te verlaten voor een relatieloze muzikant die van A naar B scharrelt en zich niet wil binden?'

'Hij wil dat ik bij hem kom wonen.'

'Wat hebben jullie met elkaar gemeen? Jullie spelen viool. Zijn vader kende de Franse vriend van je oma. En verder?'

'Dacht je dat jij en ik iets gemeen hadden?'

'Wat dacht je van onze zoon?'

'Rohan en ik komen allebei uit een immigrantengezin, we zijn allebei musicus en we begrijpen elkaar.'

'O, jezus christus, je bedoelt dat je het lekker vindt om met hem te neuken. Meer is het niet, Karrie. Een lekkere wip.'

*'Baszd meg!'*

'Als je wilt zeggen dat ik moet opsodemieteren, doe dat dan in gewoon Engels.'

'Nou in dat geval: Sodemieter op. Wat ben ik? Iemand om voor je kind te zorgen wanneer jij niet de moeite wilt nemen hem thuis te hebben? Iemand die kookt en schoonmaakt en er leuk uitziet aan je arm wanneer je naar een duur diner gaat? Een exotisch ogende vrouw met slanke benen en grote tieten en een artistiek tijdverdrijf dat niet goed genoeg is om een beroep te noemen, die het fantastische succes van jouw fantastische firma en familie nog beter laat uitkomen?'

'Karrie, hou je mond.'

Karina stopt haar gezicht in het kussen. Misschien heeft ze dit verdiend.

Misschien is het allemaal haar schuld. Karina Veres, beroepswatje. De buitenstaander, die in haar behaagzucht veel te veel compromissen heeft gesloten. Wat haar moeilijkheden in het orkest ook mogen zijn geweest, haar plek in dat grote muziekmechanisme en de staande ovatie op de Salzburger Festspiele, waren wel dingen die ze verdiend had, maar toen Julian met zijn vingers knipte, had ze alles laten gaan. Naar Lewes verhuizen? Ze had hem laten kiezen. En wat Jamies kostschool betrof: Is het allemaal Julians schuld, omdat hij haar heeft gecommandeerd, of de hare, omdat ze hem zijn gang heeft laten gaan?

'Jules, ik kan niet plichtmatig leven. Sinds de geboorte van Jamie heb ik alleen maar plichtmatig geleefd.'

'Hè? Dus al dat gedoe van pak me mijn kind niet af was maar schijn?'

'Nee! Ik zou mijn leven voor Jamie geven. Maar ik mis de persoon die ik vroeger was. Enfin, ik wilde niet op iemand anders verliefd worden. Soms gebeurt dat gewoon. En dan gaat het zo snel dat je er niets aan kunt doen.'

'Ik zal je precies vertellen wat je eraan kunt doen. Hem niet zien, geen contact met hem opnemen en dan ebt het vroeg of laat vanzelf weg. Dat moet.'

'Heb jij het geprobeerd?'

'Nee, natuurlijk niet.'

'Lees me dan niet de les. Toen we elkaar pas kenden, vond je het leuk dat ik zo vreemd en exotisch en artistiek leek, maar het enige wat je sinds die tijd hebt geprobeerd, is me dwingen in jouw familie te passen. Ik heb het gevoel dat je alles uit me wilt persen dat me maakt tot wie ik ben. Ik kan niet langer doen alsof ik de volmaakte vrouw van de volmaakte zoon van de familie Rookfield ben.'

'Je zou er heel wat erger aan toe kunnen zijn.' Julian is zijn bed uit en tast rond naar zijn slippers. 'Je zou van de honger kunnen sterven in Afrika of aan aids kunnen sterven. Je zou in 1956 kunnen proberen weg te komen uit Hongarije. Je zou met Lindy in die trein hebben kunnen zitten. Waarom tel je voor de verandering niet eens je zegeningen?'

'Ik moet groeien, Jules. En als je me niet de kans geeft, als je niet met me mee wilt groeien, zal ik het zonder je moeten doen.'

'Er is nog iets wat je zou kunnen zijn.' Hij keert zich naar haar toe. 'Je zou de vrouw van de leider van een strijkkwartet kunnen zijn, die gehinderd wordt door haar zoon. Je violist zal ambitieus zijn, en, Karina, als je mij over je heen laat lopen, wat zul je hem laten doen, denk je? Hij zal over je heen lopen, en dat zul je nog toelaten ook. Hij zal op tournee gaan terwijl jij voldoende leerlingen moet zien te krijgen om de rekeningen te betalen, en hij zal alleen maar wachten tot die viool van je oma weer opduikt, zodat hij hem voor een astronomisch bedrag kan verkopen of hem kan gebruiken om zelf vooruit te komen in het leven. En hij zal het zo druk hebben met zijn viool dat hij je geen moment meer binnenlaat wanneer het nieuwe er eenmaal af is. Je zult nooit weten wat hij uitvoert. Hij zal iedere week in een ander land zitten en van de plaatselijke heerlijkheden genieten voordat jij Amo, Amas, Amati kunt zeggen.'

'Hou op, Jules. Je zou jezelf eens moeten horen.'

'Krijg de klere.' Jules stampt weg; ze hoort hem de achtertrap naar de logeerkamer op stommelen. Ze is er dankbaar voor dat hij de eerste is die het te veel wordt.

Op de een of andere manier valt ze in slaap. Wanneer ze voor zessen wakker wordt, komt dat door de klanken van *Der Rosenkavalier* van Richard Strauss die uit de huiskamer opstijgen: het afsluitende trio, die engelachtige, stralende stemmen. De heldin van de opera, herinnert Karina zich vaag, geeft de jongere man van wie ze houdt, op, zodat hij zich aan een jonger meisje kan binden.

De slaap uit haar ogen wrijvend loopt ze naar beneden. Julian zit in haar leunstoel bij de kachel. De lucht hangt lavendelkleurig boven de lentetuin, die vol tulpen staat die ze vorig jaar heeft geplant; de bollen weerstaan de tand des tijds beter dan zij. Julian is stil, zijn ogen zijn vochtig. Hij wrijft ze af en toe droog met zijn mouw. In tien jaar tijd heeft Karina hem nog nooit zien huilen.

Ze gaat op de grond zitten en legt haar hoofd tegen zijn knie. Ze luisteren samen tot de muziek is afgelopen.

'Oké,' zegt hij. 'Probeer het. Ga met hem mee. Kijk of je zo gelukkig zult zijn als je had verwacht. Kijk of je vindt wat je zoekt. Wanneer je beseft dat je je heel erg vergist hebt, kom dan terug bij mij.'

'Ik zal koffie zetten,' zegt Karina.

## HOOFDSTUK 25

Erzsébet en Dénes luisteren ernstig en zonder veel te zeggen naar Karina. Karina heeft al genoeg te zeggen. Ze heeft haar koffer bij zich; Rohan is les aan het geven op de Menuhin School, en ze kan niet rechtstreeks naar hem toe.

'Maar wat ga je doen?' dringt Erzsébet aan.

'Meer lessen proberen te krijgen. Weer gaan spelen.'

'Dat is het kleinste probleem,' zegt Dénes met klem. 'Wat ga je aan Jamie vertellen?'

'De waarheid. Zijn vader en ik gaan op proef uit elkaar.'

'Aiai.' Erzsébet schudt haar hoofd.

'Mam, ik moet dit risico nemen. We namen nooit risico's toen ik nog klein was, toch? Je hebt zelfs nooit het risico genomen om nieuwe meubels te kopen.'

'We namen allebei een groot risico door uit Hongarije te vluchten en hierheen te gaan,' merkt Dénes op. 'En toen hebben we nog een groot risico genomen door met elkaar te trouwen. Dat is voor één leven wel genoeg risico.'

Karina pakt Pom-Pom op, die bij haar enkels staat te spinnen. Het huis van de Rookfields is verkocht. Het platte gezicht van de kat lijkt permanent een verontwaardigde uitdrukking te hebben, alsof ze niet kan geloven dat mensen zo ver van de natuurlijke kattenstaat van genade zijn afgeraakt.

Karina heeft voorlopig haar oude slaapkamer weer ingenomen. Ze is nog steeds slap van de emoties en kan de aanblik van eten niet verdragen. Ze staart naar het donkere raam dat ooit van Lindy was. Wat zou Lindy hier wel niet van gezegd hebben? Karina vermoedt dat ze het zou hebben begrepen.

Haar telefoon piept. Een sms'je van Rohan: `Mrg 5u terug, xje je bmt, ihvj x.`

Ze sms't terug: `Mt lesgeven, xje daarna. xxx.` Ze heeft een andere plek dan haar huis nodig om les te geven. Ze belt het hoofd van Jamies oude basisschool en smeekt om speciale toestemming voor het gebruik van een lokaal na schooltijd; alle kinderen op school die vioolles hebben, zijn bij haar, dus het snijdt hout. De logistiek van uit een huwelijk stappen, komt ze tot de ontdekking, is bijna even lastig als de emoties, maar de praktische punten kan ze in ieder geval stuk voor stuk afhandelen.

Later, nadat haar moeder haar gedwongen heeft wat soep te eten, gaat Karina met haar mobieltje naar boven om Rohan te bellen. Ze praten twintig minuten, maar voornamelijk over vluchten naar New York. Rohan surft terwijl ze praten op het internet om de beste prijzen te zoeken. Logistiek. Wanneer ze de verbinding verbreekt, piept haar telefoon opnieuw: een sms'je van Jamie. **Trusten, mam**. Ze sms't terug: **Trusten, Schnoekie**. Hoewel ze niet gelooft in tegen kinderen liegen, heeft ze hem nog niet de waarheid verteld.

Drie uur 's nachts. Lichten in de straat, een zwarte auto, zware laarzen op houten treden, een klop op de deur. Een paar vragen wilden ze stellen. Tamás mocht zich aankleden. Mimi wilde hen aanvliegen, wilde schreeuwen en slaan en zich verzetten, maar hij duwde haar terug in de slaapkamer en fluisterde: 'Doe de deur op slot, schat.'

Voetstappen. Stilte. Buiten het geronk van die afgrijselijke auto dat in de verte wegstierf, richting Stalinlaan, voorheen de Andrássystraat. Ze voelde zich als verdoofd. Pas toen ze haar zoon zich in zijn ogen wrijvend in de deuropening zag staan, werd ze overvallen door hevige angst.

'Waar is papa?' vroeg hij.

'Ssst, schat. Ga weer slapen.'

'Wat is er aan de hand?'

'Maak Ani niet wakker.'

'Ani wordt toch nóóit wakker. Mama, je moet me vertellen wat er aan de hand is. Ik ben geen kind.' Dénes was dertien; niet de gemakkelijkste leeftijd voor een jongen. Ze gaf aan dat hij bij haar moest komen en omhelsde hem heel, heel lang.

'Je moet dapper zijn,' fluisterde ze. 'Ben je dat?'

Hij knikte en wachtte af.

Ze vertelde het hem. 'We weten niet waar ze hem naartoe hebben gebracht en voor hoe lang. Maar je vader is een sterke man en ik weet, en jij weet dat ook, dat hij bij ons terug zal komen. Zul je net zo sterk zijn als hij en me helpen op je zusje te passen terwijl hij er niet is?'

'Natuurlijk.' Dénes stak zijn kin in de lucht. Bang, maar dapperder dan zij. 'Ik zal altijd op Ani passen, dat beloof ik.' Ze bespeurde iets krakerigs in zijn stem. Misschien was het emotie, of misschien de eerste verandering in zijn stem voordat hij de baard in zijn keel kreeg.

Ze haalde hem ertoe over weer naar bed te gaan en het licht uit te doen. In haar slaapkamer rolde ze op het stukje matras dat nog warm was van Tamás' lichaam en de geur van zijn zweet ademde, en toen gaf ze zich over aan haar verdriet.

Na een paar weken vroegen de kinderen niet meer waar hij was. Mimi had werk te doen – het staatsagentschap wees haar veel slecht betaalde en zwaar belaste concerten in het Oostblok toe, maar die hielden haar bezig – en ze nam de kinderen mee wanneer ze maar kon. Sporen van haar twee liefdes: van Tamás in Dénes, van Marc in de onhandige kleine Ani, wier eerste pogingen om viool te spelen niet zo best verliepen. Ze leek haar handen niet te kunnen coördineren, maar haar gegiechel wanneer het helemaal fout ging, gaf aan dat ze daar nooit zo mee zat.

Marc had geen contact meer met haar opgenomen sinds ze had geweigerd Ani naar Parijs te sturen. Wanneer ze de duisternis voelde neerdalen, de lucht grijs voelde worden en de mensen met neergeslagen blik op straat zag lopen, vroeg ze zich wel eens af of ze de juiste keuze voor haar dochter had gemaakt.

Ze schreef hem om hem te vragen hoe het met hem ging. De brief kwam ongeopend terug: hij was onbestelbaar. Ze zat op bed met de envelop in haar handen en voelde dat de poorten zich sloten. Hadden ze het maar geweten, dan zouden ze nooit uit New York zijn weggegaan. Of toch wel? Ze zou daar gebleven zijn, vrij maar gevangen in haar schuldbesef, haar leven lang.

Ze pakte de Amati; de snaren lieten onder haar vingers een zacht gemurmel horen. Het was een vrij kleine viool, meer donkerbruin dan rood of goudgeel, en hij moest nodig gereviseerd worden, maar er was niemand in Boedapest aan wie ze hem kon toevertrouwen. Niemand zou aan het uiterlijk zien hoe kostbaar hij was, maar als hij vrij spel kreeg in de handen van zijn bespeler, kon zijn lied ieder hart in de hemel breken.

'Die is voor jou,' had Marc gezegd, terwijl hij de foedraal in haar armen legde.

Mimi had niet geweten hoe ze moest reageren. Een meisje van eenentwintig, zo uit Hongarije, diep onder de indruk van de Nôtre Dame, de Parijse mode en de Franse keuken. 'Dat kan ik echt niet aannemen.'

'Hij is van jou. Hij moet van jou zijn.'

Marc had haar zogenaamd toevallig naar de kijkdag in de veilinghal geloodst en voorgesteld even 'binnen te wippen' om een paar instrumenten te proberen. Ze pakte de Amati op en begon Ravels *Tzigane* te spelen, en in het vertrek, dat vol bezoekers en potentiële kopers was, werd het ineens doodstil.

'Hij is voor jou gemaakt. Je móét hem gewoon hebben,' zei Marc.

'Doe niet zo gek,' zei Mimi.

Toch had hij hem gekocht. Voor de première had ze ook een viool nodig gehad die zijn klanken beter door het vrij grote Châtelet kon verspreiden dan haar eigen goedkope Hongaarse viool. Ze nam het geschenk van Marc aan en toen ze meer inzicht had in wat het instrument allemaal kon, begonnen de grenzen van haar muzikale wereld open te barsten. Toen begreep ze dat Marc Duplessis haar beter kende dan zij zichzelf kende.

Het wordt nacht; de ramen zijn verlicht. Er pruttelen auto's langs alsof dit een dag als iedere andere is. In de verte hoort Karina de fluistering van de zee; boven haar hoofd het klaaglijke geluid van zeemeeuwen. Ze staat met haar koffer in de hand bij Rohan op de stoep en drukt op de bel waar MASTERSON bij staat. Er klinkt een zoemer en ze wordt toegelaten. Ze gaat de gebogen trap op naar de bovenste verdieping, waar Rohans geopende deur op haar wacht.

'Dat kun je niet menen,' zegt Andy, bij een pastamaaltijd. Julian had, geheel tegen zijn gewoonte in, op het laatste nippertje opgebeld om te vragen of hij tijd had om met hem te lunchen. 'Waar is ze mee bézig? Zichzelf zoeken, of dat soort onzin?'

'Wie zal het zeggen?' Julian besluit het niet over Rohan te hebben. Na Karina's naamdagdiner had Andy opgemerkt: 'Knappe vent, die Zuid-Afrikaanse violist, maar een beetje zonderling.'

'Wat ga je doen?'

'Doorgaan met waar ik mee bezig was. Wat kan ik anders doen? En weet je wat wel het allerstomste is? Ze is woest op me omdat ik Jamie naar St.-Matthew heb gestuurd, want ze denkt dat kostschool slecht voor hem is. Dit is honderd keer erger, maar ik heb niet de indruk dat dat haar tegenhoudt.'

Andy knikt zonder Julian aan te kijken. Julian vraagt zich af of er problemen zijn tussen hem en Sarah, een meisje wier uiterlijk naar een volmaakt voorbeeld gebeiteld lijkt, maar waarachter neurosen zouden kunnen schuilen waar je na een lange dag op het ministerie van Transport niet op zit te wachten.

'Je moet proberen het niet te veel vat op je te laten krijgen,' zegt Andy. 'Niet op je werk. Dat heb je tenminste nog; het is van jou en dat kan ze je niet afpakken. Het is de beste remedie.'

'Ik doe mijn best.' Julian heeft niets over Hilary gezegd, die hij over twee dagen met de auto naar Keswick moet brengen. Andy ziet er moe uit, even uitgeput als Julian zich voelt. Ambitie kan slopend werken, vooral wanneer je de inwonende Sysifus van het ministerie van Transport bent.

'Het is goed om met iets bezig te zijn dat groter is dan jijzelf,' stelt Andy. 'Het houdt je op het goede spoor, vergeef me de analogie. Nog een pilsje?'

De aankondiging van de concessie is onopgemerkt voorbijgegaan. Het lege huis, Karina's gedecimeerde garderobe en de afwezigheid van haar vioolkoffer hebben Julian hevig aangepakt, en het is nauwelijks tot hem doorgedrongen. Carsten Schmidt, die onderhandelt over een concessie in Kraków, had het nieuws zonder enige verbazing of dankbaarheid, laat staan plezier te tonen, aangehoord. Goddank kan hij beslist geen tijd vrijmaken om naar hem toe te vliegen voor een feestelijk diner.

Julian is genadig laat thuis en vlucht in zijn cd-verzameling. Hij pakt een paar verschillende uitvoeringen van Beethovens strijkkwartetten om ze te vergelijken, maar kiest dan toch voor pianomuziek. De klank van violen zou nu te veel voor hem zijn.

Rohan gaat naar de slaapkamer om te oefenen. Hij werkt aan de suite van Duplessis voor New York. Karina heeft haar kleren naast de zijne in de kast gepropt; nu hij werkt hangt ze wat rond in zijn keuken en neemt indrukken in zich op. Ze hoort het geluid van een televisie in de woning onder hen, er gonzen brommers langs en af en toe krijgt een lentebries vat op de bomen. In de bakken op de vensterbank staan versgeplante bloemen. Op het bureau in de huiskamer ligt een stapel muziekpapier, overdekt met aantekeningen in Rohans kleine, intense, precieze handschrift; hij heeft er een paar boeken overheen geschoven, kennelijk om snel zijn componeerpogingen voor haar te verbergen. Haar neus vertelt haar dat er in de ijskast iets aan het bederven is. Ze vindt een komkommer die aan het ontbinden is tot een groenig-grijze vloeistof, een pakje boter waarop een houdbaarheidsdatum van 31 januari 2007 staat, en twee uien die duidelijk de ambitie vertonen plant te worden. Ze gooit het hele zaakje in de afvalbak en neemt de planken af. Wanneer de koelkast smetteloos is, begint ze aan de oven.

Rohan gluurt om de hoek van de slaapkamerdeur. 'Nog een halfuurtje, lief,' zegt hij. Het beddengoed is nog een rommelige hoop na het welkom dat hij haar heeft gegeven.

Karina gaat met opgetrokken benen op de bank zitten en opent haar laptop. Het apparaat lijkt in de war te raken wanneer ze verbinding met het internet wil maken; normaal logt ze in via Julians draadloze netwerk bij hen thuis. Ze moet er gauw een hier aanleggen, alhoewel ze geen flauw idee heeft hoe dat moet. Ze gebruikt dus maar Rohans computer en zoekt een paar nieuwe sites op om zich ervan te vergewissen dat ze nog steeds in de wereld is die ze verlaten lijkt te hebben.

Een zwierige haal op de viool, een ploink van een snaar, stilte en dan is Rohan bij haar. 'Thee?' biedt hij aan. 'Wat lees je?'

Ze laat het hem zien; hij kijkt even naar het scherm en knikt. Ze denkt dat hij weer zal vragen hoe ze Julian heeft achtergelaten of wat ze tegen Jamie heeft gezegd, maar hij is met zijn gedachten ergens anders.

'Karrie, je kent toch de bosscène in Duplessis wel? Heeft Mimi je er wel eens iets over verteld?'

'O...' Ze probeert haar hoofd naar muziek te zetten. 'Ooit heeft ze gezegd dat het bos voor Duplessis symbolisch was. Het stelde het onderbewuste voor, de bron van alles wat verboden en verleidelijk is. Het soort duister waar je bang voor bent, maar dat je niet kunt missen. Zo formuleerde ze het.'

'Ik dacht meer aan de strijkstokvoering. In dat stukje waar...'

'Ro,' zegt Karina, 'ik moet even Jamie bellen. Dan kunnen we het over Duplessis hebben.'

Rohan knikt en verdwijnt tactvol in de slaapkamer, terwijl Karina probeert zo normaal mogelijk te klinken als ze haar zoon opbelt om hem goedenacht te wensen en hem te vertellen dat ze hem morgen komt bezoeken.

'Cool,' zegt Jamies kinderstemmetje in de verte. 'Mag ik papa even welterusten zeggen?'

Karina krimpt ineen. 'Die is er niet, schat,' zegt ze tegen hem. 'Tot morgen.'

Er stond een man van de ÁVH voor Mimi's deur; hij nam af en toe een trek van zijn sigaret en keek intens verveeld. Gebiologeerd door het wapen bij zijn heup staarde ze hem aan en wachtte af.

'Mevrouw Veres? U moet meekomen. U gaat op bezoek bij uw man.' Hij nam haar onbewogen van top tot teen op. 'Neem wat eten voor hem mee als u dat wilt.'

Haar lichaam werd vloeibaar. Ze gooide in haar boodschappenmand alles wat ze in de keuken had: wat brood, een stuk gerookte worst, twee appels en een stuk appeltaart dat ze voor de kinderen had bewaard. Ze bond een sjaaltje om en griste haar jas van de kapstok – nog een uit New York, waarvan de ellebogen bijna door waren. 'Ik ben zover,' wist ze uit te brengen. Even later stapte ze, vrijwillig, in de zwarte auto die op straat stond te wachten, terwijl verschillende buren deden alsof ze haar niet kenden.

Ze liep de met tapijt belegde trap voorbij het centrale binnenplein op, onder de grootste kroonluchter door die ze gezien had sinds ze uit Amerika vertrok. Het was er licht en rustig; wat hier dagelijks gebeurde, speelde zich goed uit het zicht af. Boven ging een deur open; haar begeleider wees. Ze deed een stap naar voren. Zware gordijnen onttrokken zeven achtste van het raam aan het oog; een dikke, besnorde man in hemdsmouwen zat verscholen achter een lamp aan een bureau met leren bovenblad; dichtbij, op een houten stoel, zat ineengedoken een andere figuur, die met een magere hand zijn ogen tegen het schaarse zonlicht afschermde.

'Tamás!' riep Mimi uit. Ze rende op hem af; niemand hield haar tegen.

'Dit is je vrouw?' De officier achter het bureau richtte zich tot Tamás.

Tamás stak zijn handen naar Mimi uit en ze hielden elkaar vijf lange seconden vast. Ze voelde alleen maar botten. 'Ik heb eten voor je meegebracht,' zei ze haastig. 'De kinderen maken het goed. Ze zullen heel blij zijn. Lieveling, ik heb je heel veel te vertellen.'

'Dit is je vrouw?' herhaalde de officier: het was een bevel. Tamás en Mimi keerden zich, elkaar nog omklemmend, om en verstarden.

'Ja,' zei Tamás.

'Je tekent nu deze verklaring, anders verkrachten we haar. Ze is een zigeunerhoer.'

Waarom waren de gordijnen bijna dicht? Omdat Tamás al anderhalf jaar geen daglicht had gezien? Omdat ze niet wilden dat ze de littekens op zijn benen en polsen zou zien? Of zodat niemand getuige zou zijn van wat er zich in dit vertrek afspeelde? Ze wilde haar mond opendoen om te zeggen dat hij het niet moest doen, niet moest tekenen, maar één blik uit zijn ogen – de prachtige groene kracht was er allang uitgeslagen – volstond om haar te vertellen wat ze weten moest.

'Je hebt jezelf al verlaagd, professor, door met een zigeunerhoer te trouwen.' De officier geeuwde. 'Tekenen is toch leuk? Intellectuelen hebben het altijd leuk gevonden om hun handtekening te zetten.' De verklaring leek voor hem even gewoon als een opmerking over het tekort aan bepaalde soorten ham.

'Ik teken niets, en jullie raken mijn vrouw niet aan,' zei Tamás.

'Neem haar.'

Vier handen, sterker dan zij was, pakten haar van achteren vast – ze had geen idee waar ze vandaan kwamen, al die mensen, ze had alleen maar Tamás gezien. Stinkende mannenadem in haar gezicht; alcoholdampen, bitter zweet. Tamás probeerde overeind te komen; ze hoorde gekraak toen iemand uithaalde. Ze kwam uit haar verstarring. Ze was weer een kind in het bos dat goed kon schreeuwen. Het geluid sprong van de muren en het plafond af. De officier maakte met een hand over één oor een paar aantekeningen. Mimi herinnerde zich ook hoe je in ogen moest spugen en vloeken moest uiten, en toen dat niet werkte, vond ze een manier om te bijten, vloeken en schreeuwen tegelijk. Ze konden haar met een kogel het zwijgen opleggen, maar dat zou misschien te aardig zijn. Haar tanden vonden een pols en ze voelde het vlees meegeven als brood.

'Klereduivelin!' gilde de eigenaar van de pols. 'Helleveeg!'

'Wil je haar niet? Laat daar dan los. Ga maar door, stom mens.'

De officier had de houding van een verveelde marionettenspeler. 'En dan te bedenken, zigeuner-Mimi, dat je in Amerika had kunnen blijven. Je kwam terug.' De handen vielen weg. Bij het schemerige licht kon ze Tamás op de grond nauwelijks zien; er stond een gedaante over hem gebogen die hem met vuisten en voeten bewerkte. Er werd iets verbrijzeld.

'Maak dat je wegkomt, vuile zigeunerhoer,' jouwden de anderen. Ze wilde niet in beweging komen. Haar hele lichaam had er behoefte aan, voelde zich absoluut genoodzaakt, iedere ÁVH-man in het vertrek te doden, de keel uit te scheuren en Tamás naar huis te dragen om hem te verzorgen. Maar als ze één stap in zijn richting zou zetten, waren ze er allebei geweest.

De man achter het bureau geeuwde nogmaals. 'Ga weg. Ga maar op die kloteviool van je spelen.'

Ze liep door de open deur, wetende dat de wapens op haar rug gericht waren. Ze hadden hun lol gehad; als Tamás bewusteloos was geweest, zou hij niet gezien hebben dat ze haar verkrachtten, en dat was waar het om ging. Met opgeheven hoofd en haar concertpodiumwaardigheid ophoudend, hoezeer haar voeten ook in haar oude schoenen beefden, liep ze weg en wachtte ze tot er weer een ÁVH-hielenlikker verscheen om haar naar een cel te sleuren en haar van kant te maken, maar het tapijt strekte zich voor haar uit en ze kon de deur zien. Niet rennen, zei haar instinct. Als je rent, schieten ze je neer. Waarom hadden ze haar niet neergeschoten toen ze gilde? Dat hadden ze wel moeten doen. Haar enige hoop was dat Tamás lang genoeg bewusteloos zou blijven om niet te weten wat er met hem gebeurde.

Ze wist later niet meer hoe ze thuisgekomen was die dag, maar toen ze thuiskwam, voelde de trap anders aan. Ze knipperde met haar ogen; het was net of iemand hem vijfenveertig graden had gedraaid. Ze hield de trapleuning stevig vast en nam stap na stap, erom denkend dat ze moest ademhalen.

De kinderen mochten het niet weten. Uiteindelijk stond ze voor de deur; ze ging naar binnen en toen begaven haar benen het.

Later kwamen Dénes en Ani uit school; Ani, lachend met grote blauwe ogen als die van Marc, zong een liedje in het Russisch. Mimi greep hen vast, hield hen tegen zich aan zodat ze haar gezicht niet zouden zien en zei: 'Lieverds, het spijt me maar er is geen appeltaart vandaag.'

Ze had haar moeder kwalijk genomen dat ze haar had verstoten en haar vader dat hij haar had verkocht. Nu begreep ze het. Als ze de kans had gekregen haar kinderen uit deze gekooide stad te sturen, zou ze hetzelfde hebben gedaan. Ze had haar familie en haar erfgoed ontkend; ze had hen in de steek gelaten toen ze haar nodig hadden. Mimi Rácz was, met dokter Frankl als haar mentor, opgegroeid met het geloof in zelfbeschikking en meritocratie: niet in het lot, niet in de hemel of de hel, en zeker niet in goddelijke vergelding. Godallemachtig, was dit haar straf?

'Mama,' zei Dénes, 'wat is er?' Hij had de intelligentie van zijn vader en de halsstarrigheid van zijn grootvader; een gevaarlijke combinatie, maar wel een prikkelende.

'Niets, Dini. Pak je cello, dan gaan we aan het werk,' zei Mimi.

'Je ziet er zo vreemd uit. Je ziet bleek. Je ziet eruit alsof... alsof je al je kracht hebt weggegeven.'

Mimi installeerde Ani met wat boeken in de slaapkamer en sloot toen de deur. 'Dini, kom eens hier. Luister.' Hij ging tegenover haar aan de keukentafel zitten en liet zijn kin op zijn handen rusten; zijn blik was strak op haar gezicht gericht. Mimi haalde diep adem. 'Je vader leeft,' zei ze. 'Ik weet niet wanneer hij thuiskomt, maar vanmorgen leefde hij.'

Aan Dénes' gezicht veranderde uiterlijk niets, maar zijn ogen begonnen te stralen. Het kon Mimi niet langer schelen als hij voelde hoe ontredderd en zwak ze zich voelde. Hij wilde het weten omdat hij nu de sterkste van hen tweeën was. 'Kom, jongen,' zei ze. 'Laten we wat gaan doen.'

## HOOFDSTUK 26

Jamie en Karina slenteren langs het voetbalveld over het schoolterrein. Karina heeft meer moeite haar tranen te bedwingen dan haar kind wanneer ze probeert uit te leggen dat zij en zijn vader niet meer in hetzelfde huis zullen wonen. 'Het maakt geen verschil,' zegt ze nadrukkelijk. 'We zullen elkaar elk weekend blijven zien.'

'Heb ik iets verkeerd gedaan?' Jamie wendt zijn blik af en kijkt naar het gras.

'Hemeltje, nee, Schnoek. Dat mag je nooit denken. Wij zijn het probleem. Niet jij.'

'Wilden jullie daarom dat ik naar kostschool ging? Zodat jij weg kon gaan en ik er niet was? Jullie wilden van me af, hè?'

'Néé, schat.' Karina pakt zijn hand stevig beet. Hij trekt hem weg en legt zijn armen op zijn rug terwijl hij loopt, zoals Arthur vaak doet.

'Waar ben je heen gegaan?' wil hij weten.

'Brighton.'

'Waarom?'

'Ik logeer bij een vriend, Rohan. Herinner je je hem nog? Hij kwam bij ons eten.'

'O, die.'

'Je vond hem toch aardig?'

'Ik wil mijn papa.'

'Jamie, liefje.' Ze wil een arm om hem heen slaan.

'Ga weg,' mompelt Jamie.

'Kom, Schnoekie. Doe nou niet zo, daar wordt het niet beter van.'

'En noem me geen Schnoekie. Dat is stom.'

'Mijn vader en moeder noemen me nog steeds Schnoekie.'

'Kan me niet schelen. Ik haat het. Ik haat jou. Ik haat alles.'

Karina probeert hem vast te houden, maar hij is al weg, een kleine gestalte in een grijs uniform die over het modderige sportveld naar de deur van de kleedkamer rent.

'Het is te snel,' waarschuwt Erzsébet haar door de telefoon. Karina praat zo zacht mogelijk in de voorkamer om Rohan niet te storen die achter oefent. 'Je trekt meteen bij hem in?'

'Waarom zou ik het niet doen, mam? Waarom zou ik wachten? Ik moest eerlijk zijn tegenover hen allemaal.'

'En, ben je gelukkig?'

'Nee, maar ik moet bij Rohan zijn.'

'Ik wil niet lijdzaam toezien terwijl jij je leven verknoeit. Je hebt maar één leven.'

'Daarom ben ik weggegaan.'

'Karina, luister. Dacht je dat je vader en ik een gemakkelijk huwelijk hebben gehad? We hebben heel moeilijke tijden gehad. Je vader kan een moeilijke man zijn, en je oma heeft het er voor mij ook niet altijd aangenamer op gemaakt. Ik wilde niet dat je het zag, en als je het niet gezien hebt, ben ik blij. Maar als je niet aan je relaties werkt, zal niets ooit echt goed zijn, met geen van beide mannen.'

Even later is het stil, op Rohans vioolspel na. Karina luistert. Alles wat ze altijd vanzelfsprekend heeft gevonden, lijkt na Lindy's dood ineengestort te zijn. Er blijft één constante over: de klank van de viool.

'Tjee,' zegt Rohan, wanneer hij weer tevoorschijn komt en naar haar grijnst. 'Duplessis moet een sadist geweest zijn. Hoe meer ik dat stuk speel, hoe meer ik besef hoe verdomde moeilijk het is. Met wie belde je?'

'Mijn moeder. Ze vindt dat ik te snel bij je ingetrokken ben.'

'En is dat zo, lief?' Rohan omhelst haar.

'Nee,' zegt Karina. 'Maar ik moet nu nog sneller weer bij je weg, want ik moet naar de school.'

'Karrie, er is nog één ding dat ik je even heel snel wil laten zien...' Rohan neemt een duik naar de computer en beweegt de muis.

Er verschijnt een viool op het scherm. Een Nicolò Amati, 1671, te koop in een veilinghal in New York. In de geschiedenis van het instrument, die kort onder de foto wordt geschetst, springt het woord 'Boedapest', als een flitslicht in het oog.

Karina staart. 'Nee toch?'

'Zelfs als het die niet is, hebben ze misschien informatie of aanknopingspunten of contacten. Karrie, er zijn kijkdagen wanneer wij daar zijn voor het recital. We moeten hem gaan bekijken.'

'Ro, stel dat de viool letterlijk niet bestaat? Stel dat hij vernield werd?'

'Dan zouden ze ons dat toch vertellen?'

'Je kent mijn vader niet. Hij kan nogal... dwars zijn, hoewel hij een hart van goud heeft. Ik moet er gauw vandoor. Anders kom ik te laat.' Karina kust het puntje van Rohans lange neus, pakt haar vioolkoffer en loopt naar de deur. Een deel van haar vraagt zich af waarom Rohan zo gefixeerd is op Mimi's Amati, terwijl er op de wereld meer dan genoeg andere goede violen zijn.

Wanneer ze zes leerlingen later moe en enigszins lusteloos terugkomt, is Rohan nog steeds aan het oefenen. Hij heeft een pan soep op het fornuis gezet om warm te worden voor het avondeten, maar hij is overgekookt. Hij gaat zo op in Duplessis' lied over de minstreel en het donkere bos dat hij hem helemaal is vergeten.

*Marc Duplessis,* schreef Pierre Vincente, *voelde dat de door de oorlog ontredderde wereld begon op te krabbelen. Het Parijse zonlicht hield een nieuwe belofte in, de bomen voor zijn woning in Neuilly-sur-Seine begonnen jadegroen te worden. Overal hoorde je het oorverdovende lawaai van bouwwerkzaamheden, wegwerkzaamheden, een retorische roep om verandering.*

*Na zesenhalf jaar in New York te hebben samengewoond leefden hij en Mimi Rácz voor eens en voor altijd gescheiden van elkaar; zijn concert was nooit gespeeld. Nu werd zijn werk regelmatig gekraakt omdat het ouderwets was, en hij vreesde dat hij zijn composities misschien nooit meer uitgevoerd zou zien worden. Zijn ouders waren dood; zijn broer had aanstoot genomen aan het feit dat Duplessis met een getrouwde vrouw naar Amerika was gegaan. De nieuwe wereld, zo merkte Duplessis later op, had even blanco geleken als muziekpapier, en hij had noten op de notenbalken moeten zetten. Hij moest opnieuw beginnen. Waarom in Frankrijk? Waarom niet ergens anders? Op een nieuwe plek, een hoopgevende plek, die nog niet was beroerd door de demonen van fascisme en communisme.*

*Een halfjaar later stond Duplessis op het dek van een stoomschip van de Union-Castle Line, leunend op de reling terwijl de oceaan onder zijn voeten pulseerde, de felle witte zon van Afrika en een ongewoon beeld in zich opnemend: dat van een berg die uit de zee oprees, de platte top scalpelscherp afgetekend tegen de lucht. In zijn hut lagen onder in een hutkoffer, tussen een pyjama gestopt, de bladzijden van zijn zigeunervioolconcert. Pas wanneer hij het geprobeerd had, zou hij weten of er in Zuid-Afrika mensen woonden die meer openstonden voor zijn muziek dan de concertpromotors in Europa en Amerika. Hij koos Kaap de Goede Hoop om de naam.*

Een rapport zo groot als de Big Ben over de ramp bij Wood Green is op het bureau van Andy Williamson beland. De Vereniging van Slachtoffers onder leiding van Martin Rookfield wil een rechtszaak tegen het spoorbedrijf aanspannen wegens doodslag en strafbare nalatigheid. Andy weet, niet in het minst via Julian, dat als dit niets oplevert, Rookfield van plan is de regering aan te klagen. Andy heeft tussen de koppen sterke koffie door tegen zijn persoonlijke assistent Pippa gezegd dat ongelukken niet meer bestaan. Wanneer er iets fout gaat, wordt dat iemands schuld geacht en zal iemand anders geld eisen. Alsof dat de dochter van Rookfield en de andere arme drommels die op die dag zijn omgekomen, weer tot leven kan wekken. Zelfs hij die van beroep jurist is, voelt een zekere afkeer van de ontluikende procedeercultuur, die naar zijn idee slecht is voor alle betrokkenen en voor de wet zelf. Maar nu moet hij, als boetedoening voor zijn zonden, doen wat hij kan om te begrijpen hoe en waarom het ongeluk heeft plaatsgevonden, en wie de zwarte piet aan wie toespeelt.

'Werk niet te hard, meneer Williamson,' merkt Pippa op. Ze is uitzendkracht en valt in voor Andy's secretaresse die in een jury heeft moeten plaatsnemen, en ze vindt het leuk om wat extra te werken en zo haar bereidwilligheid te tonen.

'Let maar niet op mij, Pippa, ik zit hier nog wel even,' zegt Andy. 'Je gaat vanavond zeker uit?'

'Ja, dat is wel het plan. Als u het niet erg vindt, moet ik er nu echt vandoor, meneer W. Maar ik vind het vreselijk dat ik u hier tot over uw oren in het werk achter moet laten.' Ze hijst zich in een denim jasje.

'Ga je naar een leuke tent?' Andy slaat een bladzijde om.

'Eerst met de meiden wat drinken en misschien later naar een club.'

'Vrijdagavond in Londen en je bent jong en ongebonden.' Andy leunt achterover en kijkt naar haar terwijl hij overspoeld wordt door gevoelens, die, zo beseft hij gealarmeerd, als melancholisch kunnen worden bestempeld. Hij ziet zichzelf niet als het melancholische type man.

'Gaat u dit weekend iets met de kinderen doen?' vraagt Pippa vriendelijk.

'Het gewone werk. Balletles voor Marsha, voetbaltraining voor Cos. Huiswerk, feestjes, Marsha blijft bij iemand in Notting Hill slapen en Sarah bereidt een maaltijd zonder tarwe. Tarwe schijnt slecht voor een mens te zijn, wist je dat? Het probleem is alleen dat ik op dat rotspul leef.'

'O, meneer W, waarom gaat u niet met ons mee wat drinken?' zegt Pippa. Uit de verbazing op haar gezicht leidt hij af dat ze niet van plan was dat te zeggen, maar dat ze zo met hem, twintig jaar ouder en triester dan zij, te doen heeft, dat de woorden min of meer vanzelf uit haar mond floepten.

'Je wilt toch geen saaie ouwe kerel als blok aan je been wanneer je met je vriendinnen uitgaat.'

'U bent niet saai, u bent geen blok aan ons been en u bent ook niet echt oud. Gewoon ouder dan wij.' Pippa grijnst. 'Kom, meneer W. Laat u eens een keertje gaan.'

Tien minuten later loopt Andy tot zijn eigen verbazing naast Pippa het gebouw uit, langs het Victoria Station naar de rivier de Theems, de vrijheid tegemoet die aan de andere oever lonkt.

Andy weet niet hoe het komt dat jonge Britse vrouwen zo veel alcohol kunnen drinken. Wanneer ze Pippa's vriendinnen Kirsty en Lavenda treffen in een lawaaiige bar dicht bij de County Hall, hebben de meisjes zich al aardig ingedronken. Met wodka, die naar ze beweren minder calorieën bevat dan andere drank. Ze bestellen twee flessen wijn, plus een schaal groentechips en wat olijven. 'Verspilling van calorieën, eten,' stelt Lavenda. Zij en Kirsty, de een van Caribische, de andere van Schotse oorsprong, zijn verbaasd dat Pippa haar baas heeft meegebracht, maar ze zijn aardig, zij het dronken, en door de drank op een lege maag worden ze allemaal zo snel naar een parallel universum gelanceerd dat zelfs niemand Andy vraagt wat voor werk hij eigenlijk op het ministerie doet.

De avond vliegt om met nog een paar flessen, en wanneer de Big Ben elf uur slaat, bevindt Lavenda's warme achterste zich op Andy's schoot en hangt Kirsty, die een truitje met een hals aan heeft dat niets met haar hals te maken heeft, zo ver naar voren dat hij wel in haar boezem móét kijken. Hij wendt zijn blik af. Pippa stelt voor naar een club in een kelder te gaan in de buurt van Trafalgar Square. Andy is te bezopen en te zeer in de ban van het leven buiten kantoor en huis om weerstand te bieden. Hij sms't naar Sarah: **Werk lang door, ga maar slapen.**

Om één uur navigeert Andy met een hoofd dat zwaar te lijden heeft van de cocktail van drankjes, de enorme herrie en de vage wanhoop omdat hij de oudste man in de club is, op wankele benen de frisse lucht in. De meisjes zitten nog beneden, hun slanke lichaam om onbekende jongens wikkelend, en Andy heeft een biertje te veel op en is misselijk. De uitsmijters, twee enorme, in leer geklede kerels, staren vanuit de verre hoogte op hem neer. Eén neemt hem met een zo opmerkzame blik op dat hij zich er niet lekker bij voelt. Andy vraagt zich af of hij herkend is. Hij kijkt om zich heen of er een taxi in de buurt is. Anders moet hij de nachtbus naar Pimlico nemen, of met de benenwagen gaan.

'Hoor eens, maat,' zegt de uitsmijter, 'ik weet een club die beter bij je past dan deze.'

'Huh?' mompelt Andy.

De uitsmijter zegt waar hij af moet slaan. 'Op een hoek. Je kunt het niet missen, snap je wat ik bedoel? Als iemand wat vraagt, dan, eh, zeg je maar dat Wayne je gestuurd heeft.'

'Um... ja... goed,' stamelt Andy. En misschien omdat Wayne hem in de gaten houdt, loopt hij gehoorzaam in de gewezen richting. Wanneer hij Soho nadert, zien de straten er op dit uur van de nacht anders uit, met sepiakleurige vlakken onder de hoge lampen, en bevolkt door nachtelijke types die niet voldoen aan enige sociale norm die Andy bekend is. Wezens uit een andere wereld, denkt hij, die leven van wit poeder en gevaarlijke drankjes, en de andere club, die hij op de volgende hoek ziet schemeren, zal er vol mee zitten. Er rijden taxi's langs; ze zijn allemaal bezet. Hij aarzelt; vlakbij ziet hij een bushalte.

'Ga je daarheen waar ik ook heen ga?'

Hij keert zich om. Naast hem staat een jonge knul, half zo oud als hij, met een zwart T-shirt, stekeltjeshaar met gel erin en de grootste, blauwste ogen in heel Londen, mogelijk vergroot door de drugs. Andy merkt dat hij mascara op heeft. 'Je komt niet uit deze buurt?' houdt de jongen aan. 'Kom maar mee, ik zal je wegwijs maken.'

En waarom Andy zich van de bushalte afwendt en met hem langs het karmozijnrode glas en nog meer uitsmijters die bonkende ruimte in loopt, is hem terwijl hij het doet nog een raadsel.

Mimi boog het hoofd, werkte hard en gaf concerten in scholen en fabrieken op het platteland wanneer het staatsconcertbureau dat verlangde. Ze had geen keus en moest zich wel door hen laten managen; nu Tamás als dissident in de gevangenis zat, mocht ze blij zijn dat ze nog werk had. Wanneer ze onderweg was en in treinen en bussen naar de verste uithoeken van het land zat, hulde ze zich tegen de kou in een omslagdoek en meteen was ze voor andere reizigers slechts een zigeunerin met een viool, maar dan wel een ongewone, omdat ze een vrouw was. Ze vroeg zich af waarom ze, in een systeem dat de inwoners van het land aan elkaar gelijk beweerde te maken, nog steeds dezelfde vuile blikken en gemompelde beledigingen te horen kreeg waarmee haar vaders familie altijd was achtervolgd wanneer ze geen muziek maakten.

In 1956, terwijl de vroege zomerzon de keuken in stroomde, las Mimi een brief van een celliste uit Londen, een zekere Ursula Pollens, die ze tien jaar eerder op tournee had ontmoet. Ze kwam naar Boedapest om een concert met een Brits kamerorkest te geven; een klein en uiterst zeldzaam uitwisselingsgebaar – althans, dat dacht ze – nadat het Hongaarse staatsvolksdansensemble in Londen een uitvoering had gegeven. Wat kon ze voor Mimi meebrengen? 'Medicijnen,' schreef Mimi terug. 'Tampons. Wc-papier.'

Toen Ursula, lang, blond en blozend, een clandestien bezoek kwam brengen, gaf ze hun een enorm blik losse thee en een grote pot marmelade. 'Nectar en ambrozijn!' riep Dénes uit. Hij klakte zijn hielen tegen elkaar en kuste haar hand om haar aan het lachen te maken. Ursula moest inderdaad lachen en straalde de jonge man een gecharmeerde Engelse glimlach toe. Mimi wist niet dat Dénes die drie woorden op een dag nog eens als de belangrijkste zou beschouwen die hij ooit gesproken had.

Toen ze de thee zag, kon ze wel huilen. Ze was natuurlijk wel dankbaar, en Dénes en Ani vielen in extase op de marmelade aan, maar toen ze had gezegd: medicijnen, tampons en toiletpapier, had ze het gemeend, en Ursula had haar niet geloofd.

Dénes, verzadigd met brood dat had gedropen van de marmelade, vroeg Ursula verlegen of hij iets voor haar mocht spelen. Terwijl de celliste naar zijn sonate van Beethoven luisterde, merkte Mimi dat haar blik af en toe afdwaalde naar het giechelende, slecht geproportioneerde meisje dat zo weinig op haar broer leek.

'Je zou naar Engeland moeten komen om bij mij te studeren,' zei Ursula tegen Dénes. Zijn gezicht kreeg een verlangende uitdrukking, maar hij wees de uitnodiging beleefd af met woorden waar geen sprankje hoop in lag. Toen het tijd werd om te gaan en Ursula haar cellokoffer oppakte, omhelsde Mimi haar zo lang dat ze er een beetje verlegen onder was.

'Het kan niet zo doorgaan,' bemoedigde ze Mimi fluisterend. 'Er moet iets gebeuren. Nu Chroesjtsjov zich zo kritisch over Stalin heeft uitgelaten, zegt iedereen dat er wel iets móét veranderen. En dan komt Tamás terug.'

'Hoe kan er ooit iets veranderen?' vroeg Mimi. 'Je kunt net zo goed proberen een dinosaurus te keren. En dan nog wel een heel grote en heel domme.' Ze had alleen maar iets gehoord over de toespraak van de Russische premier, die hij in februari had gehouden, toen de Hongaarse communistische partij er twee weken geleden eindelijk toe was gekomen te reageren. Optimisme was voor haar niet meer zoiets vanzelfsprekends als vroeger.

'Blijf hopen, Mimi,' had Ursula volgehouden. 'Geef het niet op. Beloof je dat?'

Mimi beloofde het.

Rohan is stipt elf uur bij Harry voor een kwartetrepetitie en treft tot zijn verbazing zijn collega's aan de keukentafel aan, met de resten van een doos koekjes van Lyuba en drie vrijwel lege koffiekopjes voor zich. Ze zitten er kennelijk al een poos.

'Rohan,' zegt Harry met een onbewogen gezicht, terwijl hij hem zijn jas op de bank laat neergooien. 'Hoe is het met Karina? Kan ze haar draai al vinden?'

'O, dat gaat best, ja. Ze gaat met me mee naar New York, en... Wat is er, jongens? Wat is er aan de hand?'

'We moeten even met elkaar praten,' verklaart Malcolm. 'Kom, ga zitten.'

Twee dagen later verlaten Karina en Rohan met hun koffers op wieltjes hun woning en gaan ze op weg naar New York. Terwijl ze naar het station van Brighton lopen, vertelt Karina Rohan over Jamies verzet en de harde, boze uitdrukking op zijn gezicht toen ze hem uitlegde dat ze vijf dagen naar Amerika ging; ze is ervan overtuigd dat Julian het beeld dat hij van haar heeft, vergiftigt. Rohan vertelt Karina over zijn plannen om een masterclass kamermuziek te organiseren in het Southbank Centre. Hij heeft iets tobberigs, maar dat schrijft ze toe aan zenuwen om het recital in New York, in combinatie met een paar kwartetrepetities waar de gebruikelijke vonken van af hadden gespat.

Wanneer ze op Gatwick ingecheckt zijn en Rohans viool door de bewaking heen hebben geloodst, stelt hij voor koffie te drinken.

'Ro,' zegt Karina, terwijl ze naar zijn lichaamshouding en uitdrukking kijkt, 'wat is er met je?'

Ze zitten in de Starbucks-vestiging op het vliegveld onder de vertrekschermen, en terwijl hij een slokje van zijn latte neemt, slaakt hij een lange zucht. 'Het heeft niets met ons te maken,' verzekert hij haar. 'Ik wil niet dat je je zorgen maakt. Hopelijk is het een storm in een glas water. De jongens zijn boos op me. Het zou grappig moeten zijn, maar zoals je weet heeft Malcolm geen gevoel voor humor en maken Harry en Genya zich zorgen om geld. Dus...'

'Ik snap het niet.'

Rohan houdt haar hand vast en kijkt naar de grond. 'Boedapest.'

'Boedapest? Maar... gaat het om mij? Maar ze waren het ermee eens!'

'Ja, dat was ook zo, maar onlangs gingen ze tegen me tekeer. Wees maar niet bang, het heeft niets met jou of je spel te maken. Weet je, het hield in dat iedereen minder heeft verdiend – hetzelfde geld, wat al niet veel was, maar dan verdeeld over vijf mensen in plaats van vier. Ja, ze vonden het destijds een goed idee, maar nu hebben ze bedacht dat het mijn manier was om jou bij je man weg te krijgen, en aangezien je bij me bent ingetrokken... tja, ik hoef je niet te vertellen wat ze denken.'

'Waarom heb je dat niet eerder gezegd?' protesteert Karina.

'Ik wilde niet dat je je zorgen maakte, je hebt al genoeg op je bordje. Het was gewoon een ongelukkig moment. Ik vermoed dat Malcolm onrust heeft gezaaid en bij Harry en Genya de gebruikelijke gevoelige snaren heeft geraakt. Hij heeft hun wijsgemaakt dat ze een deel van hun verdiende loon zijn kwijtgeraakt alleen maar omdat ik er met jou vandoor wilde gaan.'

'Maar wat jij en ik doen gaat hun helemaal niets aan!'

'Natuurlijk niet, maar Malcolm heeft een agenda, en wanneer hem dat zo uitkomt, zal hij alles zo'n draai geven dat het in zijn agenda past. Het is niets nieuws. We mopperen over hem, maar hij runt het kwartet, en wanneer het erop aankomt, krijgt hij zijn zin. Harry en Genya zijn beste kerels, maar ze capituleren altijd en doen braaf wat hij wil. Het is een etterbak, en ik kan er verdomme niks tegen doen.'

'Ik zal de anderen terugbetalen wat ze erbij zijn ingeschoten. Ik heb dat concert niet voor het geld gedaan.'

'Daar komt niets van in. Je hebt harder gewerkt dan die drie bij elkaar. En bovendien zou het geen enkel verschil maken.'

'Ro, wat gaat er nu gebeuren?'

'Ik weet het niet. Ze hebben me nodig, we hebben concerten. Maar de sfeer... tja, daar kun je je wel iets bij voorstellen. Het komt erop neer dat ze me eruit willen hebben, en dat ik graag weg wil. Ik zou geen van hen ooit nog willen zien. Maar zo gemakkelijk gaat dat niet.'

'Je kunt je hierdoor toch niet eruit laten werken! Het is te zot voor woorden.'

'Karrie, het is niet alleen hierdoor. Dit is de laatste druppel. Ze vinden me streberig, arrogant, egoïstisch, noem maar op. Het is natuurlijk jaloezie, omdat ik een recital in New York heb. Ze hadden graag gewild dat ik zou zeggen: "Nee hoor, ik wil geen solorecital, ik wil mijn strijkkwartet meenemen." Zie je een van hen dat doen wanneer ze dezelfde kans zouden krijgen?'

'Ro, je moet je geen zorgen maken. Als jij weggaat, is dat voor hen een verlies.'

'Ja, maar we moeten ook eten.'

'We redden ons wel. Je moet het me vertellen wanneer er zoiets gebeurt. Ga niet nobel zitten doen om mij te sparen. Ik moet het weten. Beloof je dat?'

Er is een omroepbericht: de passagiers voor de vlucht naar New York gaan nu aan boord. 'Dat zijn wij,' zegt ze. 'Ik ren even naar de boekwinkel om wat te lezen te halen.'

Wanneer ze met de krant in de hand terugkomt, kijkt ze even naar de voorpagina en blijft dan stokstijf staan.

**'DWALING' IN POEL DES VERDERFS**

Transportminister 'treedt niet af'

Huisvader brassend te zien op camerabeelden van beruchte homonachtclub in het Londense West End...

Daaronder een foto van een menigte schreeuwende verslaggevers en, daarin gevangen, Andy Williamson die één arm opheft om zijn gezicht te verbergen.

## HOOFDSTUK 27

Auto's, claxons en herrie begroeten Karina en Rohan wanneer ze per gele taxi naar de Upper West Side reizen. Het is bijna middernacht, maar er lijkt hier geen verschil te bestaan tussen het spitsuur en andere tijden van de dag. Op een vrijer stuk weg worden ze met gierende banden ingehaald door een aftandse Ford die de zijspiegel op een haar na mist. Hun taxichauffeur ontploft van woede. De auto schiet naar voren terwijl hij uit het raam hangend, gebarend en 'Fucking taliban!' roepend het gaspedaal indrukt. Op de achterbank krimpen Karina en Rohan ineen. Boven hen torenen de flats de nachthemel in, waarvan het duister wegvloeit door de stadsverlichting. De geluiden weerkaatsen tegen de wolkenkrabbers, waarvan de muren als natuurlijke versterkers werken. Karina voelt zich verloren in een tunnel van geluid.

De taxichauffeur zwenkt naar opzij en raast voort naast de Ford. De Ford toetert. Uit de krochten van het voertuig komt geschreeuw. Karina hoort: 'Als je dat nog eens doet, schieten we je kop van je romp!' In de stortvloed van licht en metaal en vertekende weerspiegelingen meent ze de doffe glans van een vuurwapen te zien.

'Rustig maar, maat,' zegt Rohan tegen de chauffeur. 'Relax. Rustig aan, we hebben geen behoefte aan een probleem.'

'Hé, zeg, doe zelf rustig aan. Rij jij of rij ik.'

'Nou ja, als we gaan, gaan we samen,' mompelt Rohan tegen Karina.

Het voelt als een jaar, maar het is in werkelijkheid slechts een paar minuten, totdat de taxi de Ford kwijtraakt, een paar hoeken omslaat en vervolgens op de Riverside Drive vaart mindert. 'Hier,' zegt Rohan bij een zijstraat. Met een vriendin van hem heeft hij afgesproken dat ze terwijl zij weg is haar studio mogen gebruiken. De taxi komt voor een huis van bruinrode zandsteen tot stilstand; Karina stapt met knikkende knieën uit.

'We hebben het gered,' zegt Rohan glimlachend, terwijl hij de bagage pakt. 'Gaat het, lief?'

Karina is lang niet in New York geweest. Ze waren er een weekend heen geweest toen Julian veertig werd; ze verbleven toen in het Park Plaza, terwijl de kleine Jamie bij zijn grootouders aan Forest Road was. Karina had haar uiterste best gedaan om van het Metropolitan Museum en warenhuis Bloomingdale te genieten, maar had de hele tijd over hem lopen tobben en bijna ieder uur naar huis gebeld, totdat haar moeder haar flink de les had gelezen en erop had gestaan dat ze daarmee ophield.

Ze loopt met zijn viool in haar hand achter Rohan aan de trap naar de voordeur op. Ze is geschrokken van de beelden die haar door het hoofd schoten toen ze het wapen zag: hoe het nieuws thuis aankwam, hoe Julian het aan Jamie vertelde, hoe Jamie als volwassene probeerde zich haar te herinneren. De gedachte dat ze misschien dood zou gaan deed haar niet zoveel, beseft ze – met een beetje geluk weten we er niets van wanneer het gebeurd is. Het is de gedachte aan degenen die achterblijven. Wat het met hen doet. Vooral met een kind.

Een praatzieke buurvrouw laat hen binnen. De studio, op de bovenste verdieping, is warm en benauwd, maar Rohan – die schijnt te weten waar alles staat – rent rond. Hij zet de airco aan en zet een pan water voor thee op het fornuis (New Yorkers, zo merkt hij op, lijken niet zo dol op ketels). Karina vindt ergens een plek om hun kleren op te hangen en staart door het raam naar het lichtlandschap buiten. In de straat is het rustig, maar ze kan nog het gesnor van het New Yorkse verkeer horen – net zo'n achtergrondgeluid als de zee in Brighton, maar dan opdringeriger.

'Ik woon al zo lang in Lewes dat ik vergeten ben hoe het is om midden in een grote stad te zijn,' zegt ze tegen Rohan.

'New York is uniek. Ik voel me telkens wanneer ik hier kom hetzelfde. Opgewonden en doodsbang. Maar het schijnt er veiliger te zijn dan vroeger.'

De studio is van een freelance violiste die Sophia heet en die, zo legt Rohan uit, voortdurend op reis is: ze speelt in sessies, ensembles die op authentieke instrumenten spelen en af en toe in een symfonieorkest. Wanneer ze naar Groot-Brittannië komt, woont ze in zijn huis; wanneer hij naar New York gaat, verleent ze hem dezelfde dienst. Karina probeert haar persoonlijkheid in te schatten. Afrikaanse wanddoeken. Een patchworksprei. Een plank die vol staat met dozen biologische kruidenthee; een goedgevulde boekenkast; een kledingkast die lange rokken, spijkerbroeken en loshangende batikblouses bevat. 'Ze is fantastisch,' verzekert Rohan Karina. 'Een goede geest. Je zou haar mogen.'

'Vroegere vriendin?'

'Zoiets.' Hij wrijft over haar rug. 'Het grijze verleden. Voor het geval je het je afvraagt: ja, de wanddoeken zijn Zuid-Afrikaans; we zijn er een keer samen heen geweest. Jaren geleden. Kom, Karrie, laten we wat etenswaar gaan kopen. Er is om de hoek een goede winkel.'

Karina herinnert zich dat Rohan heeft opgemerkt dat hij 'heel wat affaires' heeft gehad. In de muziekwereld, zo heeft ze in haar orkesttijd ontdekt, wemelt het van de tijdelijke, los-vaste relaties die in wisselend tempo komen en gaan, terwijl de hoofdrolspelers over de wereld trekken. Ze is zo druk bezig geweest met haar eigen verleden dat ze – nog – niet veel tijd heeft gehad om over het zijne na te denken.

Op Broadway vinden ze een levensmiddelenzaak die de hele nacht open is; ze kopen er bagels, humus, salade, fruit, melk, ontbijtgranen en koffie (Sophia's kast bevat slechts cafeïnevrije). Op straat lopen vrij veel mensen die laat op de avond hun hond uitlaten. Karina kijkt naar links en naar rechts naar het lange perspectief van verkeerslichten op iedere hoek dat eensgezind van rood op oranje op groen springt. Broadway is hard, felverlicht en donker tegelijk, een bijenkorf die zijn eigen bijen overweldigt. Thuis is het vier uur in de ochtend. Ze stelt zich voor hoe Jamie ligt te slapen in zijn kamertje op school, en behalve de naweeën van de taxirit voelt ze diep in haar een pijnlijk verlangen naar hem.

Rohan, die te gespannen is om zich druk te maken om een jetlag, springt de volgende morgen zijn bed uit om te repeteren met zijn pianist, die vijftien blokken verderop woont, aan West End Avenue. 'Je kunt in New York niet verdwalen,' verzekert hij haar. Karina is daar nog niet zo zeker van. Ze gaat, onzeker en gedesoriënteerd, buiten een eindje wandelen in de zon.

Ze loopt langs de beroemde gotische flats aan de Riverside Drive en loopt het park in. Rolschaatsers razen langs haar heen, honden aan riemen besnuffelen elkaar en onder aan een met gras begroeide wal zijn enorme knaagdieren aan het rondwroeten: ratten. Karina merkt dat haar voeten niet dichter bij willen gaan. Ze besluit om het park heen te lopen in plaats van erdoor.

Ze loopt doelloos rond. New York ligt voor haar open. Ze kan naar de winkels gaan en haar voordeel doen met de gunstige stand van het pond ten opzichte van de dollar; ze kan kunst gaan bekijken, of door de straten zwerven en zich opladen met de meedogenloze energie van de stad. Verpletterd door al die keuzes gaat ze een lunchroom in, waar ze koffie en een muffin bestelt, die tweemaal zo groot blijkt als de muffins waaraan ze gewend is. Op de een of andere manier gaat de ochtend voorbij.

Om twee uur, wanneer ze na wat vruchteloos etalages te hebben gekeken, in het volgende tentje zit, belt ze haar moeder om haar te laten weten dat ze veilig is aangekomen. Op de achtergrond hoort ze, bijna vijfduizend kilometer verderop, twee cello's: haar vader is les aan het geven.

'Wacht,' zegt Erzsébet, 'hij wil met je praten.'

'Stoor hem maar niet.' Dénes heeft er een hekel aan in zijn muziekkamer gestoord te worden.

'Nee, dit is belangrijk. Ogenblik, Schnoekie.'

De cellomuziek stopt; Karina hoort haar vaders voetstappen. 'Karina, weet je hoe je in de Carnegie Hall komt? Door te oefenen en nog eens te oefenen. Luister, kind, je bent in New York, heb je wat tijd?'

'Ja. Rohan is aan het werk.'

'Rohan. Wat een rare naam. Oké, Karina, wil je iets voor mij, en ook voor jou denk ik, doen? Kun je iemand opzoeken?'

'Natuurlijk. Zeg maar wie.'

'Ze heet Vali Shapiro. Ze zal inmiddels aardig op leeftijd zijn. Ouder dan ik, jonger dan je oma.'

'Een vriendin uit Hongarije?'

'Ooit was Vali mijn kinderjuf. Kindermeisje zou je nu zeggen. Ze trouwde met een New Yorker en bleef daar toen wij teruggingen naar Boedapest. Ze schrijft me iedere kerst en soms schrijf ik terug. Luister, noteer dit even.' Hij dreunt een adres op in Brooklyn. 'Niet vergeten wanneer je druk bezig bent met voor je vriend te zorgen.'

Karina had haar ouders iets willen vertellen over de enge taxirit, haar ongerustheid vanwege het feit dat ze zo weinig van Rohans verleden weet, en over het feit dat ze Jamie zo erg mist dat ze het wel uit zou kunnen schreeuwen. Ze zegt niets. Ze schrijft Vali Shapiro's adres op, belooft haar vader dat ze op onderzoek uit zal gaan en verbreekt de verbinding. Uit luidsprekers boven haar hoofd komt luid Britney Spears. Twee vrouwen met een enorme omvang aan het tafeltje naast haar zitten gulzig taart te eten. Karina zoekt haar spullen bij elkaar en maakt zich op voor haar vertrek. Nu heeft ze in ieder geval een opdracht uit te voeren.

Wanneer ze weer in de woning is, haalt ze Pierre Vincentes biografie van Duplessis tevoorschijn, die ze overal mee naartoe neemt, om te kijken of Vali Shapiro erin voorkomt. Eén passage beschrijft hoe Mimi in Parijs aankomt met een 'entourage' onder wie een kindermeid voor de baby. Verder niets.

Ze pakt Sophia's telefoonboek. Ze voelt een lichte afkeer bij de gedachte dat ze met Rohan in de woning logeert waarin hij duidelijk in dezelfde capaciteit met de eigenaresse had verbleven. Ze stelt zich Sophia voor – blond, elegant, maar toch onconventioneel genoeg om charmant te zijn – terwijl ze het boek doorbladert. Shapiro... er moeten miljoenen Shapiro's in New York zijn.

Vali vinden is echter gemakkelijker dan ze had verwacht: het adres dat haar vader haar heeft gegeven, klopt nog. De moed vinden om haar te bellen is een ander verhaal. Karina haalt diep adem en zet zich ertoe.

De telefoon is nog geen twee keer overgegaan, of ze hoort: 'Ja?'

'Met mevrouw Shapiro?'

'Ja? Waarvoor belt u?' Volgens Dénes moet Vali al zo'n zestig jaar in New York wonen – ze is vermoedelijk rond de vijfentachtig – maar haar accent is bijna even zwaar als dat van Mimi.

'U spreekt met Karina Veres. Ik ben de dochter van Dénes Veres.'

Stilte. Schrik? Ongeloof? 'O, ja?' zegt Vali Shapiro. 'Echt waar? En u bent in New York?'

'Ja, een paar dagen maar. Mijn vader vroeg me u op te zoeken en u de hartelijke groeten te doen.'

Er klinkt een vrolijke lach; Vali's stem is plotseling diep en warm. 'De kleine Dini! Wat fijn iets van hem te horen. We hebben elkaar lang niet gesproken. En u, met u heb ik nooit gesproken. Hoe oud bent u?'

'Zesendertig.'

'Zesendertig! Hemeltjelief, wat jong, en toch is er al zo veel tijd verstreken. Ik ben altijd zo bedroefd geweest om Ani, weet u.'

Verbaasd denkt Karina: Annie? De enige Annie die ze kan bedenken is de dochter van Marc Duplessis, Annette.

'Ik heb haar nooit ontmoet, maar ik denk dat ze in Zuid-Afrika is,' zegt ze voorzichtig.

'Nee, nee,' zegt Vali, 'ik heb het over *Ani*.'

Is er iemand die ze zou moeten kennen of zich herinneren? Ze is zeker in de war. Ze vraagt zich af wat ze moet zeggen; er komt niets bovendrijven. 'Mevrouw Shapiro, als u de komende dagen tijd heeft, zou ik u dan misschien kunnen komen opzoeken?' stelt ze voor. 'We zijn hier tot maandag.'

'Dat zal me een genoegen zijn. Kom maar naar mijn huis. Wat vindt u van morgen halfvier? Schikt dat?'

'Dat is prima. Dank u wel.' Karina schrijft gauw de aanwijzingen op die Vali haar geeft. Wie is Annie?

Rohan komt om halfzes binnenvallen, zet met een klap zijn vioolkoffer neer en omarmt Karina. 'Ik heb je de hele dag gemist,' zegt hij. 'Schat, ik kan het nog steeds niet geloven, dat ik wanneer ik thuiskom jou aantref! Doe dat ding eens af.' Hij begint Karina's riem los te maken.

'Ro, er is toch zoiets...'

'Schat, lieveling, ik wil je nú hebben. Doe die stomme kleren uit! Niemand zou je kleren moeten laten dragen, je bent zo mooi zonder dat ik het niet kan verdragen... Kom hier...'

Ze blijven tot bijna zeven uur in Sophia's bed, waarna Rohan zich tot in het keukentje waagt om een fles wijn te openen die hij heeft meegenomen. Ze gaan met de kussens in hun rug wijn zitten drinken. Er komt een beeld bij Karina boven: Richard, wijn in bed, zingen. Ze begint zachtjes te neuriën, Simon en Garfunkel.

'Het stuk van Franck was een ramp,' zegt Rohan, het neuriën negerend. 'Hoe zorg je ervoor dat 's werelds meest ongevoelige pianist wat rustiger gaat spelen?' Hij pakt geen toets verkeerd, maar hij ramt, en als ik hem vraag iets te veranderen, wordt hij hysterisch.'

'Waarom speel je eigenlijk met hem?'

Rohan legt uit dat ze dezelfde agent hebben en dat die probeert muzikanten aan elkaar te koppelen. Maar Karina is met haar gedachten elders. Ze kan maar niet begrijpen waarom de mysterieuze Annie haar zo veel onrust bezorgt. Misschien gaat het om iemand anders; misschien heeft Vali Shapiro ze niet helemaal meer op een rijtje, net als Mimi soms?

'Weet jij iets over ene Vali Shapiro?' vraagt ze. 'Ze was mijn vaders kindermeisje. Ik heb morgen aan afspraak met haar.'

'Nee, ik heb die naam nog nooit gehoord. Wanneer ga je naar haar toe? Morgen zouden we namelijk naar die viool kunnen gaan kijken. Het is de laatste kijkdag voor de veiling. Shit, mijn pols doet zeer.'

'Gun hem wat rust,' dringt Karina aan, terwijl ze over zijn arm wrijft. 'Je moet in vorm zijn.'

'Aardig idee. Ik zal uitrusten wanneer ik dood ben. Heb je trek, lief?'

'Ja, gaat wel.'

'Ik moet nog een paar dingetjes doen. Nog een paar vingerzettingen doornemen, ervoor zorgen dat ik tevreden ben met wat we vandaag hebben gedaan, en we zijn nog niet aan Duplessis toe gekomen... We zouden straks weg kunnen gaan.'

De lange en stakige Rohan kijkt om zich heen om zijn onderbroek te zoeken. Hoe lang is hij hier met Sophia geweest? Waarschijnlijk niet lang, maar lang genoeg om te weten waar de kurkentrekker ligt. Karina trekt het dekbed over zich heen en pakt het boek van Pierre Vincente.

Tweeënhalf uur later legt Rohan zijn viool neer en zegt: 'Jemig, is het al zo laat? Sorry, ik was van plan veel eerder te stoppen. Schattebout, je barst natuurlijk van de honger. Er is om de hoek een goeie chinees. Zullen we daarheen gaan?'

Hoewel Karina's maag rammelt, is ze helemaal in haar lectuur opgegaan. Ze leest het boek nu voor de vierde keer; ze is niet op zoek naar wat erin staat, maar naar wat er niet in staat. Met name iemand die Annie heet. Er is een Annette, ja – de dochter van Duplessis. Maar toen die in 1948 in Kaapstad werd geboren, zat Vali al negen jaar in Amerika. Hoe kon ze dan een goede band met Annette Duplessis hebben gehad?

*Duplessis wende snel aan zijn nieuwe leven in Kaapstad. De kleine, maar toegewijde artistieke gemeenschap sloot hem spoedig in haar hart. Als echte Franse componist, zó uit Parijs, werd hij algauw aangezocht door de muziekfaculteit van de universiteit van Kaapstad, waar hij de rest van zijn leven niet alleen lesgaf aan ambitieuze jonge componisten, maar ook hun mentor, rolmodel en surrogaatvader werd. Het klimaat beviel hem goed en het eten vond hij uitstekend vanwege de versheid. Hoewel hij per brief soms klaagde over het gebrek aan verfijning van de Zuid-Afrikaanse keuken, ontdekte hij tot zijn fascinatie veel vissoorten die volgens hem in La Coupole nooit op tafel kwamen. Koningsklip was een van zijn favorieten, en de plaatselijke rivierkreeft was een voortdurende bron van genot.*

*Na slechts één trimester in zijn nieuwe baan ontmoette Duplessis een jonge muziekstudente die Shirley Cohn heette. Op een ochtend, zo vertelde hij me, hoorde hij pianoklanken uit een oefenruimte in de muziekfaculteit komen en herkende hij tot zijn stomme verbazing een van zijn eigen piano-etudes. Hij kwam tot de ontdekking dat de pianiste een aantrekkelijke jonge vrouw was met notenbruin haar, donkere ogen en de liefste lach die hij ooit gezien had.*

*Na een kortstondige romance trouwden Shirley Cohn en Marc Duplessis, ondanks de zware kritiek van haar familie, die niet ingenomen was met het feit dat ze met een man trouwde die ruim twintig jaar ouder was dan zij en bovendien musicus. Nog geen jaar daarna was Duplessis vader. Zijn dochter Annette was zijn trots en glorie, en de vreugde van het gelukkige gezinnetje werd nog groter toen er twee jaar later een zoon, Michael, geboren werd.*

*Wat er echter bij al dat geluk bij inschoot was Duplessis' muziek. Er wordt wel gezegd dat een man perfect moet worden in zijn leven of in zijn werk, maar dat beide onmogelijk is, en toen zijn leven bijna bij toeval perfect werd, begon het creatieve vuur achter zijn composities te doven. Het kostte hem de grootste moeite om een opdracht voor een celloconcert voor het universiteitsorkest uit te voeren; het werk was slechts drie dagen voor de première af en het orkest had niet genoeg tijd om de moeilijke partituur goed te repeteren; de onfortuinlijke solist moest zo ongeveer van het blad spelen. De uitvoering was, zoals te voorspellen viel, een ramp. Duplessis kreeg in de stad geen opdrachten meer, maar zijn professor bleef hem alle steun geven en zijn studenten bleven dol op hem.*

*Het gezin Duplessis vestigde zich in Stellenbosch, in een villa die uitzicht bood op een landschap van golvende heuvels die overdekt waren met wijngaarden. Duplessis verklaarde vele malen dat het een combinatie was van het beste dat Bourgondië en de Provence te bieden hadden. Daar pakte hij een nieuwe hobby – tuinieren – op, en raakten zijn composities langzaam vergeten.*

'Wat eigenaardig,' zegt Karina peinzend in het Chinese restaurant, 'dat hij daarna zo tevreden met zijn leven lijkt te zijn geweest dat hij niets meer gecomponeerd heeft.'

'Als dat inderdaad zo was,' merkt Rohan op. 'Dat boek zegt niet wat er later met hem gebeurd is.'

Vincentes boek eindigt met Duplessis die de suikerbossies in zijn tuin verzorgt terwijl Shirley op de veranda verse limonade serveert en de kinderen in het zwembad spelen. Op de achterflap wordt als datum van zijn dood 1961 vermeld, maar niet de doodsoorzaak. Karina wil Rohan net vragen wat hij nog meer weet, wanneer hij zegt: 'O, Karrie, weet je dat stukje in de Bosscène waarin...'

Julian is alleen in het huis in Lewes. Wat zou het gemakkelijk zijn om terug te rennen naar Fairfallows, naar de troost van zijn moeders maaltijden en zijn vaders gemopper. Als ze hem ten aanzien van Karina de les zouden hebben gelezen, zou ook dat in ieder geval troostgevend zijn geweest doordat het zo vertrouwd was. Wat zijn vader over Andy zou zeggen is weer een ander verhaal. Julian maakt zich zorgen: na Andy's ontslag zal er ongetwijfeld werk weglekken uit het bedrijf. Wanneer een politicus zegt dat hij niet zal aftreden, kun je ervan op aan dat hij dat binnenkort zal doen. Waarom moet dit verdorie juist nú gebeuren?

Hij zit in zijn leunstoel en nipt van zijn whisky, terwijl hij luistert naar een pianoconcert van Mozart. Mooi, maar in wezen emotieloos, vindt hij. Het is interessant om een historisch verantwoorde versie op een fortepiano en met een orkest met authentieke instrumenten te vergelijken met de klassieke opname van Daniel Barenboim uit 1960. Hij doet erg zijn best om de fortepiano mooi te vinden, maar het lukt hem niet. Komt dat doordat hij weet dat Karina het lelijk zou vinden? Hij zet de cd af en neemt impulsief de cd van de plank met Schubert gespeeld door het St.-Francis Quartet. Een schijf die hij zeker niet gekocht heeft.

Dus deze fijne violist is Karina's minnaar. Hij gebruikt een krachtig vibrato. Hij gaat op en neer over de snaren alsof hij in de negentiende eeuw leeft. Hij klinkt als die klote-Kreisler. Julian vindt de seksuele indruk die wordt opgeroepen door de combinatie van intens vibrato en glibberig gemak hevig verontrustend. Hij schakelt de cd-speler uit. Misschien moet hij naar de kroeg gaan, al is het maar om aan de leegte in huis te ontsnappen.

De dichtstbijzijnde kroeg met zijn balkenplafonds en houtvuur in de winter is vijf minuten lopen heuvelopwaarts. Hij komt er al jaren. In de lange vakanties op Cambridge was het voor hem en Hilary, Andy en hun vrienden een favoriete ontmoetingsplaats geweest. Het is een welkom toevluchtsoord en deze avond voelt hij wanneer hij in de buurt komt dat het er gonst van de levendigheid.

Een verzameling muziekinstrumenkoffers attendeert hem op een stelletje uiterst vrolijke muzikanten van het toerorkest van Glyndebourne. Er is één persoon in het gezelschap, een vrouw met licht haar en een glinsterende roze kristallen hanger aan een ketting, die zijn aandacht trekt. Julian loopt naar haar toe en zegt: *'Jó estét, Éva!'*

Tien minuten later, wanneer hij een rondje heeft besteld voor haar en haar drie vrienden, begin Julian zich af te vragen of hij ertegen zou kunnen als hij zich liet troosten door weer een Hongaarse violiste. Éva is meer Hongaars dan Karina ooit was. Ze komt uit Boedapest, heeft iedere biografie over Kodály in het Engels en het Hongaars gelezen, en is een bron van informatie over het land en de geschiedenis. Karina is bij haar vergeleken... tja, een gewoon meisje uit Twickenham.

'Blijf je nog veel langer in Glyndebourne?' vraagt hij haar wanneer de bel voor de laatste ronde gaat. 'Heb je zin om een avond af te spreken? Er is een heerlijk restaurant in Polegate. Ik zou je er mee naartoe kunnen nemen als je dat leuk vindt. Zaterdag zou wel schikken, als je dan vrij bent.'

'Wat aardig van je!' zegt Éva sprankelend. 'Dat vind ik heel leuk! En Julian, misschien wil jij dan ergens met mij heen? Er is een interessante man die op zaterdag in de ontmoetingsruimte van de kerk een lezing houdt. Het is om vier uur en het zou afgelopen moeten zijn om halfzes, en daarna zouden we naar jouw restaurant kunnen gaan.'

Julian kijkt naar de folder die ze in zijn hand heeft geduwd. Aan het kristal had hij het kunnen weten: Éva is een newageadept. En waar gaat het over... Een spirituele goeroe? Een astrologiecursus? Een milieupraatgroep? Niets van dat al, maar wel een bekend gezicht. 'Krijg nou wat,' zegt Julian, terwijl hij naar de naam Christopher Fanning staart. 'Ik heb met die vent op school gezeten. Hij was bevriend met mijn broer en mijn nichtje was waanzinnig verliefd op hem. We kwamen vijfentwintig jaar geleden altijd bij elkaar in deze kroeg. Wat doet hij?'

'Laat je niet door haar meeslepen, maat,' zegt een van de jongens. 'Evie is verslaafd aan dat zelfhulpgedoe.'

De titel van de lezing van Chris is: HOE JE JE LEVEN OP ORDE KUNT KRIJGEN EN HELEN.

'Hij is heel inspirerend,' zegt Éva enthousiast, haar vriend negerend. 'Hij spreekt heel goed. Het is praktisch advies, heel zinvol.'

'Moet jij je leven helen?' Julian neemt Éva's ranke figuurtje in de nauwsluitende spijkerbroek in zich op. 'Nee toch?'

'O, jawel! Julian, mijn leven is een puinhoop, dat wil je niet weten.'

'Het mijne ook,' zegt hij tegen haar. 'Dat wil je ook niet weten. Maar dit is niet mijn ding, hoor, newagelezingen, en ik zou het voor jou niet willen bederven. Zal ik je niet gewoon na afloop ophalen?'

'O, maar Júlian!' roept Éva uit. 'Snap je het dan niet? Het is zo'n ongelooflijk toeval dat er meer achter moet zitten! Jij komt vanavond naar dit café, wij zijn hier, jij kwam hier ooit met Chris, en Chris houdt zaterdag een lezing, en deze zaterdagavond wordt de opera opgevoerd waarin ik niet speel, zodat ik vrij ben! Zie je, het móét gewoon zo zijn dat jij ons vandaag hier treft en naar hem gaat luisteren. Dat hoort bij het grote plan.'

'Welk grote plan?'

'Alles in ons leven is voorbestemd, zelfs als we ons ertegen verzetten,' houdt Éva vol. 'Dit soort toevalligheden wijst ons de weg op ons levenspad.'

'Ja, kom zeg,' begint Julian. Dan aarzelt hij. Hij wil Éva niet zo afschrikken dat ze niet meer met hem uit eten wil.

'Goed dan,' zegt hij dus maar, terwijl hij glimlachend op haar neerkijkt. 'Je hebt me overtuigd. Ik zal voor ons reserveren in het restaurant.'

'Ik verheug me erop,' verklaart Éva. Julian houdt zich nog net op tijd in wanneer hij wil zeggen dat hij haar leven misschien op eigen kracht kan helpen helen. Hij zou dolgraag met haar naar bed willen; welke man zou dat niet willen? Als ze maar geen Hongaarse violiste was.

## HOOFDSTUK 28

Karina neemt de ondergrondse naar Brooklyn. Ze volgt de aanwijzingen van Vali Shapiro op en loopt langs een park waarin perken met tulpen en muurbloemen in volle bloei staan, en dan de heuvel op naar de straat met roodbruine zandstenen huizen waarin Vali woont. Wanneer ze op de bel drukt, hoort ze Vali's stem door de intercom meteen zeggen: 'Hállo, Karina Veres! Kom gauw binnen.'

Aan de andere kant van de hal staat een kleine vrouw met wit haar te wachten om haar te begroeten. Karina loopt op haar af en geeft haar een hand, maar Vali strekt haar armen uit en kust haar op beide wangen.

'Zo!' Ze neemt Karina op. 'Dini's dochter! Wat ben ik blij dat je er bent. Je lijkt erg op je oma. Kom binnen, kom binnen.'

Vali's huis staat vol met Hongaarse souvenirs: beschilderde vazen op een houten dressoir in de keuken, een met volksmotieven geborduurd kleed op de keukentafel en aan de muur oude familiefoto's waarop een dorpje, een vlak, stoffig landschap, kinderen bij een meer en vrouwen met sjaaltjes om hun hoofd te zien zijn.

'Dit was mijn man,' zegt Vali, als ze naar een foto in een zilveren lijstje wijst. 'We zijn vijftig gelukkige jaren samen geweest. Vijftig jaar, Karina! Ik heb in mijn leven erg geboft, ik heb echt geluk gekend. Hij is nu dood, maar er gaat geen uur voorbij waarin ik niet aan hem denk.'

'Het is een knappe man,' merkt Karina op.

'Dat was hij zeker. Hij keurde wat je oma deed niet goed, weet je. Op dat punt werden we het dan ook niet eens. Kom, liefje, ik zal een lekker kopje thee zetten. Daar houden Britten toch zo van?'

'Ja, graag.' Karina gaat aan tafel zitten en kijkt toe terwijl Vali bij het fornuis in de weer is en porseleinen kopjes met een wilgenmotief van een nette plank neemt. Ze probeert zich haar voor te stellen als jong meisje, terwijl ze in Central Park Dénes in zijn kinderwagen voortduwt. 'Dit is zo raar,' bekent ze. Ze voelt zich op haar gemak bij Vali ondanks het vreemde van de gelegenheid. 'Hij heeft me nooit iets over je verteld.'

'Aha,' grinnikt Vali,' maar hij heeft me wel alles over jou verteld! Dat je zo getalenteerd bent. Dat je zo op zijn moeder lijkt.'

'Maar ik lijk helemaal niet op haar, niet echt.'

'O, jawel, dat kan ik zien. Je vader maakte zich heel erg zorgen over je vioolspel, liefje. Hij zei dat je een goede artiest had kunnen worden als je je niet door de verkeerde mensen had laten beïnvloeden.'

'Het orkest? Hij noemde hen rottweilers.'

Vali lacht. 'Ja, maar hij denkt dat je misschien niet had moeten proberen in een orkest te komen, dat je niet zo'n soort musicus was. Je was te sterk, te individueel. Hij zei dat het ongewoon was dat zo'n jonge musicus in zo'n goed orkest komt, zó van de academie. Je moet dus of te goed geweest zijn, of iemand had een oogje op je, ja?'

'Hou jij van muziek?' vraagt Karina haar.

'Ja, ja, ik ben dol op muziek, al weet ik er niet veel van. Maar wat ik weet, liefje, heb ik van je oma geleerd. Heeft ze je verteld over die keer dat professor Bartók bij haar kwam eten?'

*'Bartók?'*

'Ja, ze kenden destijds in New York iedereen. Weet je, Karina, ik doe de deur open en daar staat professor Bartók, die zijn landgenote Mimi Rácz komt opzoeken. Meneer Duplessis werd zo bleek dat ik dacht dat hij flauw zou vallen!'

'Was hij er ook?'

'Ja, natuurlijk.' Vali's sprankelende blik boort zich in Karina's voorhoofd. 'Hij had in de stad zijn eigen appartement, maar hij gebruikte het niet veel. Je weet toch dat ze in feite samenleefden?'

'Niet echt, nee.' Karina's hart begint sneller te slaan. 'Ik wist dat hij verliefd op haar was, maar...'

'Ik zie waarom je op je oma lijkt. Jij leeft voor de liefde, ja?'

Karina is zo verward dat ze haast niet uit haar woorden kan komen. 'Ik leef voor... eh, mijn zoon. Mijn familie.'

'Maar waarom zocht je een baan in een orkest? Je vader zei dat dat was om een man te onderhouden op wie je verliefd was. Een componist, zei hij, die heel slechte muziek schreef! Net als meneer Duplessis. Alleen zeiden de mensen dat zijn muziek goed was, misschien alleen een beetje ouderwets.'

'Maar...'

'En nu ben je hier met een nieuwe vriend? Ik zie hoe je straalt. Houd jezelf niet voor de gek, Karina. Als je voor de liefde leeft, doe het dan ook.

Wees eerlijk tegen jezelf. Wees sterk. De meesten van ons moeten er af en toe aan herinnerd worden hoe sterk ze zijn.'

'Dat is waar. Maar vertel me alstublieft meer over mijn oma en Duplessis.'

Vali neemt een slok thee. 'Toen ik bij Mimi werkte,' begint ze, 'woonden we in een ongelooflijk appartement in het Dakotagebouw, naast Central Park. Ze hebben allemaal in dat gebouw gewoond. Niet zo lang geleden Leonard Bernstein en natuurlijk John Lennon. Wij hadden een van de kleinere appartementen, maar ik had nog nooit zoiets prachtigs gezien. De woonkamer was zo groot als dit hele huis. En buiten waren tennisbanen. Ik vond het niet erg dat ik de personeelsingang moest gebruiken, ik vond het gewoon enig om daar te zijn. Heel wat anders dan Szeged, liefje. Enfin, meneer Duplessis woonde min of meer bij ons in – hij was meer nachten wel bij ons dan niet. Maar mijn verloofde zei dat ik bij je oma en meneer Duplessis weg moest gaan, omdat hij hen zedeloos vond en een slechte invloed vond hebben. Dat was moeilijk, want ik hield heel erg veel van hen allebei.

In Hongarije zou het ondenkbaar zijn geweest: een getrouwde vrouw met haar minnaar, geen scheiding, kinderen, van elk een. Het zou een schandaal geweest zijn; ze zouden uitgestoten zijn, zo ongeveer als duivelaanbidders. Boedapest was in dat opzicht geen geavanceerde samenleving, liefje. In New York roddelden de mensen wel, ik weet niet wie wat geloofde, omdat natuurlijk niemand de waarheid zei, maar het roddelen hoorde bij het glamourwereldje. Zo in de trant van dat je dat kon verwachten van "bohemiens" en "artiesten"...'

'Wat zei je daar?' onderbreekt Karina haar. 'Over kinderen. Zei je van elk één?'

'Inderdaad, ja,' zegt Vali. 'Dénes, je vader, was de zoon van Tamás Veres. En toen kwam Ani er nog bij.'

'Wát?'

'Zo'n lief kindje. Wat een engel. Heel blauwe ogen, altijd lachend.'

'Vali, zeg je nu dat mijn oma nóg een kind had?'

'Wist je dat niet?'

Karina's mond gaat open, maar er komt geen geluid uit.

Vali staat snel op en loopt naar een kast; ze opent hem en rommelt er even in. Karina kan haar gezicht niet zien. 'Sorry,' zegt Vali. 'Ik dacht dat je het wist. Het was een grote tragedie. Van alle domme dingen die een getalenteerde, eigenzinnige jonge vrouw in de jaren veertig kon doen was naar Hongarije teruggaan waarschijnlijk wel het domst, liefje.'

Karina zit zwijgend met haar hoofd in haar handen, terwijl Vali wat koekjes op een bordje legt. Wanneer Karina opkijkt, ziet ze tranen blinken in de parelmoerachtig glanzende staarogen.

'Weet je zeker,' oppert Karina voorzichtig, 'dat... ik... ik weet niet hoe ik het moet zeggen, maar...'

'Was ze echt?' glimlacht Vali. 'Ben ik niet seniel aan het worden? Nee, liefje, ik zal je iets laten zien.' Ze loopt zacht de keuken uit en keert even later terug met een verfomfaaide foto. Karina pakt hem aan en staart ernaar. Mimi, Marc Duplessis, haar vader, ongeveer zes jaar oud, met aan zijn hand een peuter. Een meisje met enorme ogen die een kopie zijn van die van Duplessis. Ze voelt zich kortademig. Vali's hand geeft een kneepje in de hare; de huid met leverkleurige vlekken is even fijn als organza, maar de vingers zijn opmerkelijk sterk en warm.

'Ze hebben het je dus niet verteld,' merkt ze op. 'Tja, dat verbaast me niets. Ani leeft niet meer, je hebt haar niet gekend, en voor je vader moet het moeilijk zijn.'

Karina snuit haar neus. 'Maar ik heb altijd zo'n hechte band met mijn ouders gehad. Ik vertel hun alles. Ik begrijp niet waarom ze me hier nooit iets over verteld hebben.'

'Het kan moeilijk zijn om over het verleden te praten, vooral over een trauma als dat van je vader. Neem je oma haar ontrouw niet kwalijk, liefje. Meneer Duplessis was een heel goed mens. Ze was een jong, kwetsbaar, gepassioneerd meisje. Haar kunst kwam op de eerste plaats, het was voor haar de enige manier waarop ze kon leven. En hij was zo verliefd op haar. Toen ze elkaar net kenden, kocht meneer Duplessis die viool voor haar. Het was een echt liefdesgeschenk. Hij spendeerde er al zijn spaargeld aan; nadat ze hem geprobeerd had, stuurde hij een vriend erop af om hem in zijn plaats te kopen, zodat niemand van enig belang wist dat hij het was. Natuurlijk nam ze hem mee terug naar Hongarije. Ik denk dat de ÁVH hem heeft afgepakt en naar Moskou heeft laten sturen.'

'Mijn partner, Rohan, is violist, en later op de middag gaan we kijken naar een Amati die geveild gaat worden, voor het geval het die van Mimi is,' vertelt Karina haar.

'Dat zal niet het geval zijn, liefje. Je verdoet je tijd.'

'Rohan wil dolgraag een goed instrument hebben.'

'Zie je nu wat ik zeg? Je bent net als je oma, je doet alles voor iemand van wie je houdt. Natuurlijk kwam het niet alleen door haar. Meneer Duplessis aanbad haar. Hij liep als een grote, lieve hond achter haar aan. Toen ze een kind zou krijgen, besloot hij naar Californië te gaan en ons daar een halfjaar schuil te houden; hij zei tegen iedereen dat ze naar Boedapest was gegaan om haar man op te zoeken, maar waarom ze hem geloofden, als ze dat al deden, mag god weten. Ze zou toen de oorlog op zijn hoogtepunt was de oceaan hebben moeten oversteken. Maar het was een tijd waarin iedereen lichtgeloviger was, weet je. Er was niet zo veel informatie beschikbaar als nu, en in Amerika voelde je je op veilige afstand van de verschrikkingen. Hij zorgde goed voor haar, dat kan ik je wel vertellen. Ik weet zeker dat ze van hem hield, maar uiteindelijk kun je niet om het gevoel heen dat ze hem ook heel slecht heeft behandeld. Mooie vrouwen hebben altijd over de mannen die te toegewijd waren, heen gelopen – en omgekeerd, als ik het zeggen mag.

Maar goed, toen de oorlog voorbij was besloot Mimi ineens naar huis te gaan, naar Hongarije, en toen ze in Parijs aan kwamen, nam ze de kinderen mee en liet ze meneer Duplessis achter. Hij wilde Ani houden, haar in Frankrijk grootbrengen, maar Mimi wilde er niets van weten. Ze ging naar haar man, met dit kind van een andere man, en smeekte hem hen allemaal terug te nemen. Ik weet niet wat hij in de tussenliggende jaren gedacht had – waarschijnlijk dacht hij niets, probeerde hij gewoon in leven te blijven – maar hij ging ermee akkoord. Meneer Duplessis miste dat meisje heel erg; ik snap niet hoe hij het uithield. Hij schreef mij altijd over haar. Liefje, ik heb drie kinderen en ik zou niet zonder hen – niet één uitgezonderd – kunnen leven, geen moment! Nu heb ik tien kleinkinderen en vier achterkleinkinderen. Ik ben de hele tijd bezig met cadeautjes kopen en kaarten sturen. Het is iets fantastisch, een grote familie.'

'Maar, Vali, is dat de reden waarom Duplessis emigreerde? Om alles wat met Mimi te maken had, achter zich te kunnen laten?'

'Ik denk dat hij, toen hij wist dat Mimi Ani voorgoed had meegenomen, het gevoel had dat hij in Europa niets meer te zoeken had. Het is heel triest, zijn verhaal.'

'Maar hij heeft het in Zuid-Afrika wel goed gehad. Hij trouwde, stichtte een gezin, maar met componeren hield hij min of meer op. Hij was te gelukkig.'

'Ach, dat zegt die domme biografie. Wat een onzin. Kijk maar hoe hij stierf.'

'Hè?'

'Dus dat hebben ze je ook niet verteld. Aiai. In de boeken staat het niet, en de programmaboekjes lepelen alleen maar op wat er in de boeken staat.

Niemand houdt van de waarheid. Niemand wil zichzelf een spiegel voorhouden, erin kijken en zeggen: Dit zijn jij en ik, dit is onze wereld, een wereld die we samen hebben gemaakt. Het is gemakkelijker alles te ontkennen dan de waarheid onder ogen te zien.'

'Heb je hem nog wel eens gezien?'

'Nooit meer, liefje, maar we zijn blijven schrijven. Misschien zag hij mij als een laatste verbinding met Mimi. Ik heb zijn brieven nog steeds. Hij beschrijft zijn kinderen zo teder; ze noemden hun dochter Annette, wat erg op Ani lijkt, die eigenlijk Anna was. Shirley was een ontzettend lieve meid – ik heb haar ooit ontmoet toen ze naar Amerika kwam, en we correspondeerden af en toe. Hij bofte erg met haar. Maar hij was erg beschadigd. Stel je maar eens voor: eerst was er het schuldgevoel, omdat hij van de vrouw van een andere man hield en met haar een luxeleventje leidde in New York, terwijl er van Europa niets over was. Vervolgens ging Mimi met de kinderen bij hem weg. Zijn muziek werd niet gespeeld – het was geen avant-gardemuziek, het was niet cóól. Ook had hij gezien wat er van Europa was geworden – de vooroordelen, de genocide. Hij droomde van een betere wereld waarin iedereen gelijk zou zijn en niemand naar iets anders beoordeeld zou worden dan zijn eigen aard en capaciteiten. Uiteindelijk kwam hij in Zuid-Afrika terecht. Waar hij ook weer onder een naziregime kwam te leven. Kun je het je voorstellen? Hij dacht dat hij het allemaal wel gezien had: Auschwitz, Bergen-Belsen, Hiroshima, en dan krijg je de apartheid, en de massamoord in Sharpeville. Hij besefte ook, denk ik, dat het er in deze wereld alleen maar slechter op kon worden. Toen hij Mimi kwijtraakte, verloor hij zijn stimulans om muziek te schrijven. Iets dreef hem in een echte depressie, waar Shirley hem niet meer kon bereiken. Op de een of andere manier verloor hij de wil om te leven. Karina, je hebt misschien gelezen dat hij aan een zeldzame vorm van bloedkanker is overleden, maar volgens mij stierf Marc Duplessis van verdriet.'

'O, mijn god.'

'Niet dat Shirley dat ooit zou accepteren. We zijn de optelsom van onze eigen verhalen, Karina. Ze wilde dit idee geen deel van zijn of haar verhaal laten worden. Ze zag erop toe dat er nooit iets over werd geschreven. En toen zij stierf, was niemand meer in Marc Duplessis geïnteresseerd. Niemand speelt nog zijn muziek, behalve de suite.'

'Rohan speelt hem in zijn recital.'

'Meneer Duplessis mopperde altijd dat het grijs werd gespeeld, hoewel het niet zijn beste werk was. Uiteindelijk wilde hij het niet meer horen; ik denk omdat het zo sterk verbonden was met Mimi. Hij schreef het stuk voordat hij haar ontmoette, toen ze nog een snel stijgende ster op het toneel was, een zigeunerin die de klassieke toer op was gegaan en speelde als een engel, of misschien een duivel. Een ideaal, onbereikbaar, in wezen zijn muze. Aan het eind van zijn leven kon hij het stuk niet meer aanhoren, omdat het dat eerste beeld van Mimi voor hem levend hield – even vers en levendig als de dag waarop hij het bedacht. Wacht, liefje, ik heb een paar brieven van Duplessis. Misschien wil je ze zien. Ik zal ze gaan halen...'

Karina haalt diep adem en probeert zichzelf te kalmeren. 'Vali,' vraagt ze, 'wat is er met de... hun dochter gebeurd?'

'Ah.' Het gezicht van Vali betrekt en ze blijft in de deuropening staan. 'Liefje, ik denk dat je dat aan je vader moet vragen.'

Karina is te laat voor haar afspraak met Rohan. Ze sms't hem om dat te melden, want wanneer ze Vali's appartement verlaat, is haar stem opgedroogd. Of ze heeft te veel gepraat, of ze wordt ziek, of ze is in een shocktoestand; mogelijk alle drie.

'Grote goden, wat is er gebeurd?' Rohan is op het trottoir bij het Lincoln Center aan het ijsberen en beoordeelt haar toestand met één blik.

'Dat is een heel erg lang verhaal,' zegt ze kuchend.

'Schat, je zult het me later moeten vertellen, want de kijkdag is om zes uur afgelopen. Is dat goed?'

Karina probeert terug te komen in het hier en nu terwijl ze naar de ingang van het veilinghuis loopt. Ze heeft geen keus. Dit verhaal zal de hele avond in beslag nemen; het kan wachten. Met de monterheid van een pointer die een prooi ruikt, beent Rohan door een glanzende draaideur op een receptioniste af; hij verontschuldigt zich voor het feit dat ze zo laat zijn en informeert waar de betere snaarinstrumenten te vinden zijn.

'Vali zegt dat we onze tijd verdoen,' zegt Karina tegen hem terwijl ze in de hal staan te wachten.

'O ja?' zegt Rohan. 'Geen van hen wil geloven dat die viool nog bestaat. Want als dat zo is, bewijst dat dat het hun schuld is dat ze hem zijn kwijtgeraakt.'

'Ze zijn veel meer kwijtgeraakt, naar het blijkt.'

'Karrie?' Rohan kijkt haar bezorgd aan en neemt haar hand in de zijne. Ze stelt zich Marc met Mimi voor. Ze waren minnaars; ze hadden een kind. Wat betekent dat voor haar en Rohan? Ze heeft geen tijd meer om na te denken: de expert op het gebied van snaarinstrumenten, een zekere meneer Stranin, loopt op hen af om hen te verwelkomen.

De bezichtiging vindt plaats in een ontvangstruimte met foto's van kostbare Italiaanse instrumenten en beroemde musici die ze bespelen. De violen en altviolen die geveild gaan worden, staan samen op een antieke houten tafel gerangschikt, elk met een label waarop het lotnummer vermeld staat. Aan één kant inspecteren twee Japanse zakenlieden met een vergrootglas een altviool.

'U boft, u bent de drukte misgelopen,' zegt meneer Stranin tegen hen. 'Dus u bent geïnteresseerd in de Amati? Hier is hij. Lotnummer 211. Nicolò Amati, 1671.'

Rohan buigt zich over de tafel met violen alsof het een wiegje is en pakt dan de Amati zo teder op als was het een baby. Meneer Stranin brengt hem een strijkstok, waarvan de slof nog warm is van de vorige violist die binnen is geweest om de instrumenten uit te proberen.

De Amati ziet er weinig anders uit dan de violen ernaast: een Guarneri del Gesù, een Storioni en een Gagliano. Het hout is prachtig, taankleurig in de avondzon, en Rohan, die Duplessis uitprobeert, sluit zijn ogen en experimenteert met gewicht, kracht en zachtheid. De klank bloeit op in hun oren.

'Hij is in uitzonderlijk fraaie conditie en de limiet is vierhonderdduizend dollar,' zegt meneer Stranin. Rohan houdt op met spelen; zijn gezicht vertrekt van verlangen. Amati: geliefden, denkt Karina. Verre geliefde, Beethovens *'ferne Geliebte'*. Een muze. Een onbereikbare viool. Hij mag dan minstens twee miljoen dollar goedkoper zijn dan een Stradivarius, maar dan nog zal Rohan er alleen maar aan kunnen komen, of aan een viool als deze, als iemand die aan hem in bruikleen geeft, de aankoop sponsort, een duizelingwekkende lening voor hem regelt, of hem steelt.

'Het is een ongelooflijk goed instrument. Zo gemakkelijk te bespelen. Hij heeft een prachtige resonantie, en hij is heel gelijkmatig van klank. Hij is in alle registers fantastisch.' Rohan slaakt een diepe zucht. 'Hij doet me denken aan iets waar ik eerder op gespeeld heb, maar ik weet niet meer wat. Weet u veel over de geschiedenis?'

Meneer Stranin overhandigt hem een veilingcatalogus waarin de bijzonderheden over de herkomst van de instrumenten staan. Tenzij het namaak is – en aan de klank te horen is dat niet waarschijnlijk – is de geschiedenis van deze Amati nauwgezet gedocumenteerd. In de lijst van eigenaren komen niet de namen Francesco Avignola en Mimi Rácz voor. De eigenaar uit Boedapest was orkestleider geweest voordat Mimi werd geboren.

'Het is niet de viool die het had moeten zijn,' bekent Rohan. 'Maar potverdorie, wat een prachtinstrument.'

Hij loopt met de viool naar de andere kant van het vertrek en begint Bach te spelen, meer voor zichzelf dan voor Karina. Zijn rug is licht gekromd terwijl hij speelt; zijn ogen sluiten zich en hij is vertrokken, innig verbonden met de viool die op zijn schouder rust, bij zijn hart. De wenkbrauwen van meneer Stranin gaan omhoog terwijl hij luistert; hij fluistert tegen Karina dat ze hem beslist moet vertellen wanneer Rohans recital is.

Wanneer ze naar buiten lopen, steekt Karina haar arm door die van Rohan om hem te troosten.

'Hij is zo verdomde mooi,' mompelt hij. 'Ik kan het niet verdragen.'

'Er moet een manier zijn waarop je aan een goed instrument kunt komen,' zegt ze. 'Zijn er geen fondsen voor, of speciale leningen, of...?'

'Schat, ik kan maar net de hypotheek opbrengen,' biecht Rohan op. 'Ik zal een sponsor moeten vinden die de viool koopt en hem dan ook nog aan mij in bruikleen geeft, en ik betwijfel of er iemand is die dat zou doen.'

'Waarom niet? Iemand die je mooi vindt spelen. Iemand die het geld heeft, of eraan kan komen, en echt in je gelooft...'

'Weet je, ik ben geen zestien meer, ik ben geen mooi meisje, ik ben geen Adonis, ik heb nog nooit een competitie gewonnen, ik ben te oud om jong te zijn en te jong om me onderscheiden te hebben, ik leid een kwartet dat zich niet eens kan veroorloven opdracht te geven voor het schrijven van World Music Fusion, en wanneer ik een concert geeft, neemt niemand de moeite het te recenseren. Hoe ik speel schijnt niemand wat te kunnen schelen.'

'Zullen we even wat gaan drinken?' stelt Karina voor. 'Dan zal ik je vertellen wat er vandaag gebeurd is.'

'Laten we naar huis gaan, dan kook ik terwijl jij het me vertelt, wat vind je daarvan?'

In de metro naar de stad staart Karina naar hun voeten naast elkaar: de hare klein, in sportschoenen maat 36, en die van Rohan een forse maat 44 in instappers, als van een andere diersoort. *Elle est le trésor de ma vie.* Ze herinnert zich dat zinnetje, in de brief van zolder gegrift. Het handschrift komt overeen met dat van de brieven van Duplessis die Vali haar heeft laten zien. Nu begrijpt ze het: die brief was van Marc aan Mimi, waarin hij haar vroeg Ani naar hem toe te sturen. En het kostbaarste wat hij bezat, was niet zijn minnares, maar zijn dochter.

Zou ze haar vader nu moeten bellen? Hij heeft haar nog nooit iets verteld, en hij zou waarschijnlijk toch uitvluchten zoeken, zoals gewoonlijk. De kosten van bellen uit New York, het tijdsverschil, een leerling die net binnenkomt. Nee, de enige manier waarop ze hem de waarheid kan ontfutselen, is bij hem te zijn en hem de pin op de neus te zetten. Ze zal wachten tot ze weer naar Forest Road gaat, dan zal hij niet weg kunnen lopen.

Ze lopen de trap naar het appartement op. 'Ik weet dat pasta met pesto een gemakkelijke uitweg is,' merkt Rohan op, 'maar zou je het wel lusten?'

Karina schenkt twee glazen wijn in; Rohan vult een pan met water, brengt hem aan de kook en kijkt hoopvol richting bed.

'Ro,' zegt Karina, 'ga eens zitten.' Ze pakt zijn handen vast en begint uiteen te zetten wat ze die middag heeft opgestoken.

Wanneer het verhaal verteld is, liggen ze roerloos naast elkaar op bed. Rohan zegt een paar minuten niets – hij is zo ontroerd dat hij niet kan praten. Ten slotte strekt hij zijn armen uit en omhelst haar.

'Ik heb hem nooit gekend,' merkt hij op. 'Maar ik weet heel goed wat hij voor Mimi gevoeld moet hebben. Ik weet het precies.'

'Maar ze hebben het me nooit verteld. Dat is toch niet te geloven.'

'Mensen zijn gecompliceerd. Dit is echt gecompliceerd.'

'Het klinkt alsof Shirley alles wist.'

'Ze zal het stil hebben willen houden. In haar familie moet het een enorm schandaal zijn geweest als haar man een onwettig kind bij een andere vrouw had. Ze zal haar mond hebben moeten houden. Karrie, wat is er met Ani gebeurd?'

'Ik weet het niet,' moet Karina bekennen. 'Ze leeft niet meer, meer zei Vali niet... Ze zei dat ik het aan mijn vader moest vragen. Ik heb niet aangedrongen. Het klinkt misschien raar, maar ik wil dat hij me de waarheid vertelt.'

'Dat is helemaal niet vreemd.' Rohan kust haar.

Ze zwijgen lange tijd. Buiten zwiept het rumoer van New York door de blauw-gouden avond de lucht in. 'We kunnen hun fouten goedmaken en de liefde beleven die zij niet konden beleven,' oppert Rohan. 'Dat is wat het voor mij betekent. En voor jou?'

'Ik ben bang, Ro. Er is zo veel dat ik niet weet, en het is zo dichtbij. Maar toen Mimi zich in tweeën splitste, heeft het haar schijnbaar niet zo veel moeite gekost als het mij kost.'

'Voel je je nog steeds gespleten, Karrie? Is de balans niet veranderd?'

'Het verandert niets aan Jamie,' zegt Karina.

Op het fornuis klinkt een gesis en gespetter wanneer de pan met pasta overborrelt. 'Laten we gaan eten,' zegt Rohan terwijl hij zich afwendt.

Het leven gaat door; morgen heeft Rohan zijn uitvoering, dus moet hij die avond nog oefenen. Karina probeert zich weer op het heden te concentreren. Terwijl hij zich door de centrifugale werveling heen werkt die de afsluiting van Ravels *Tzigane* vormt, trekt zij op Sophia's computer het Engelse nieuws na.

Men verwacht dat Andy Williamson snel af zal treden, beweren de krantenkoppen. Hij heeft geen excuses voor zijn daad aangeboden. Zijn vrouw heeft aangekondigd dat ze hem zal steunen. De naam van deze jonge transportminister, die weinigen voorheen herkend zouden hebben, is plotseling op ieders lippen. In iedere krant spuwen columnisten beschuldigingen: vuiligheid, corruptie, het lage allooi van een regering die al te lang aan de macht is. Zou dit voor New Labour de laatste druppel kunnen zijn, vragen ze zich luidkeels af.

Julian belt; Karina loopt met haar telefoon naar de badkamer, zodat hij Rohan niet kan horen oefenen. Ze voeren een stijf, gekunsteld gesprek over Jamie, die, zo blijkt, het weekend op school is gebleven.

'Waarom?' vraagt ze.

Julian klinkt vreemd opgewonden. 'Omdat jij in New York zit en ik het vandaag druk heb gehad.' In Lewes is het een uur 's nachts geweest. Hij weidt niet uit.

'Heb je met Andy gesproken?'

'Ja, de imbeciel. Als je dan zonodig een midlifecrisis moet hebben, doe dat dan waar de kranten je niet kunnen vinden.'

'Maar is hij altijd al homo geweest?'

'Misschien. Ik zou het niet weten.'

'Maar waarom, Jules? Waarom heeft hij het gedaan, waarom nu?'

'Tja, waarom? Nu je het dan toch vraagt: omdat jij mij hebt verlaten. Wanneer je het leuke, stabiele huwelijk van je beste vriend plotseling op de klippen ziet lopen, kan dat twijfels oproepen over zaken waar je voorheen misschien nooit twijfels over had. Er zijn geen zekerheden. We moeten een manier vinden om daarmee te leven.'

'Jules, je klinkt zo anders. Je klinkt... een beetje hyper.'

'Ik ben vanmiddag naar een lezing geweest, door een vent die dikke mik met Hils was op Elthingbourne. Chris Fanning, die knul op wie Lindy viel. Ik ben niet hyper, maar ik heb me gerealiseerd dat het ook geen enkele zin heeft om somber te zijn. Vergeet Jamie morgen niet te bellen, alsjeblieft. Lieverd.'

'Welterusten,' zegt de verblufte Karina.

Ze ligt wakker terwijl Rohan slaapt. Jetlag. Ani. Leugens, doofpotten, boeken die feiten weglaten in plaats van ze te onthullen; trauma's die verborgen zijn gebleven vanwege de pijn; liefdes die zijn weggestopt vanwege de schande. Ze laat haar hoofd tegen Rohans schouderblad rusten. Misschien heeft Vali gelijk. Misschien leeft ze inderdaad voor de liefde.

's Morgens nemen ze de metro naar Fifth Avenue en lopen dan een paar blokken naar de Frick Collection. Henry Clay Fricks herenhuis is een imitatie van een Frans kasteel, dat slecht past tussen het tumult, de wolkenkrabbers en de skateboarders in Central Park aan de overkant. Binnen is het er bedrijvig maar sereen; Karina komt in de verleiding om met de andere toeristen rond te kijken in deze schatkist vol werken van Constable, Rembrandt, Ingres, Vermeer en aardig wat portretten van Gainsborough, en daarbij vergeleken wekt de Gainsborough van Fairfallows niet de indruk tot het beste werk van de kunstenaar te horen, zo meent ze. Ze vraagt zich zelfs af of het wel een Gainsborough is. Misschien bewaken ze hem daarom zo angstvallig, want als ze hem zouden laten taxeren voor een eventuele verkoop, konden ze wel eens tot de ontdekking komen dat het geen Gainsborough is.

In het hart van het museum is er een goed uitgeruste zaal waarin lezingen en concerten worden gehouden; er vinden op de meeste zondagmiddagen recitals plaats. Vlakbij is een overdekte binnenplaats met een fontein, omgeven door bedden azalea's, akeleien en orchideeën in volle bloei. Als ik een New Yorker was, denkt Karina, terwijl ze achter Rohan over de binnenplaats naar de zaal loopt, zou ik naar deze binnenhof gaan als ik even bij moest komen.

'Patrick, dit is mijn vriendin Karina,' zegt Rohan tegen de pianist die indruk zit te maken op de vleugel van het museum.

'Hoi, Karina. Aangenaam.' Hij staat op en schudt haar de hand. Karina babbelt wat. Rohan doet met zijn rug naar hen toe wat opwarmoefeningen op zijn viool. Deze uitvoering kan zijn carrière in de vs maken en breken, afhankelijk van wie er komt.

'Wil je blijven luisteren?' moedigt Rohan haar aan. Hij is nerveus, maar probeert het niet te laten merken. Ze gaat halverwege de zaal zitten. Het programma is ambitieus: sonates van Mozart, Franck en Debussy, de suite van Duplessis en tot slot Ravels *Tzigane*. De promotor schrok ervoor terug Rohans eigen stukken in het programma op te nemen. Zijn viool klinkt warm en lieflijk, zoals altijd, hoewel de projectie het niet haalt bij die van de Amati die hij gisteren probeerde. Wanneer om een uur of een niets erop wijst dat hij zal stoppen, seint Karina hem dat ze even naar buiten gaat. Ze wil een broodje voor hem kopen om er zeker van te zijn dat hij wat eet.

Fifth Avenue is verstopt met verkeer, waarbij een paar fietsende waaghalzen tussen de auto's en bussen door slalommen. Een voetgangerslicht gebiedt: DON'T WALK. Karina blijft staan. Waar moet ze heen? Het Metropolitan Museum is slechts een paar blokken hiervandaan; in de loodrechte zijstraten ziet ze overal koffietentjes; aan de overkant, als ze daar ooit kan komen, lonkt Central Park met vrolijke meibloesems, waar honderden New Yorkers een zondagmiddagwandelingetje maken. Misschien vindt ze een broodjeskraam in het park. Terwijl ze op een gelegenheid wacht om over te steken, vist ze haar mobieltje uit haar tas om te kijken of er sms'jes van Jamie zijn.

Dan kijkt ze op en ziet een gezicht.

Dat gezicht.

Nee.

Ze komt uit het park en loopt naar Fifth Avenue. Ze draagt een lichtblauw nauwsluitend truitje en een denim rok. Haar haar is bruin geverfd, niet zwart, en boven haar blauwe ogen is een glinsterend laagje zilverkleurige oogschaduw aangebracht. De jukbeenderen, hoog, evenwichtig, prerafaëlitisch. De haarlok die uit de paardenstaart is ontsnapt. De indruk van haar huid, haar irissen en haar kleren, zilverachtig blauw, grijs en wit. Dit is waanzin. Lindy is dood.

'Lindy?' zegt Karina hardop. De vrouw loopt met dezelfde energieke tred als Lindy, draagt gelijksoortige kleren en heeft een identieke uitdrukking op haar gezicht. Ze keert zich niet om bij Karina's uitroep; misschien kan ze haar niet horen. Misschien heeft Karina het zich verbeeld – het syndroom van overal mensen zien die te veel lijken op de persoon die we missen.

'Lindy!' schreeuwt Karina, terwijl ze Fifth Avenue op stapt.

Er is een klap, remmen knarsen, knerpend metaal. Ze ligt op de grond, buiten adem, een doffe pijn drukt op haar hoofd. Ze wordt omringd door voeten en ook een paar knieën. Een hand pakt haar pols en drukt op haar slagader. Voor haar ziet ze twee smalle wielen, waarvan een vervormd is. Ze kijkt schuins naar haar donkere katoenen trui en broek. Haar hand is bestrooid met glassplinters – haar horloge is op straat kapotgeslagen. Haar mobieltje ligt in diverse stukken naast haar. Aan haar linkerkant is een lange vlek en op haar heup de stoffige afdruk van een smalle band. Ze begrijpt niet hoe ze hier terecht is gekomen.

'Kunt u me horen?' informeert een stem. 'Hoe heet u? Kunt u me horen?'

'Ik ben Karina,' weet ze uit te brengen. 'Ja, ik kan u horen.'

'Bent u gewond, Karina? Laat me zien waar u gewond bent.'

Karina raakt haar hoofd en haar heup aan. Aan de kant wordt de onfortuinlijke fietser, die helemaal van streek is, aangeklampt door een politieagent. Hij heeft niet alleen Karina omvergereden, maar ook een kopstaartbotsing van auto's veroorzaakt; vandaar het geknars van metaal. 'Maar ze liep vlak voor me de straat op,' protesteert hij.

'Kunt u overeind komen?' vraagt Karina's redder, die, zo ziet ze, ook politieagent is.

'Ja, ik denk het wel. Ik ben alleen een beetje geschrokken, geloof ik...'

'Mevrouw, de ambulance komt zo om u mee te nemen naar het ziekenhuis. Bent u verzekerd?'

'Ik kom uit Engeland. Maar, nee, ik hoef echt niet naar het ziekenhuis.' Alles komt weer terug. Rohan. Als ze in het ziekenhuis ligt, kan ze niet bij zijn concert zijn. Hoe kan ze hem op zo'n vitale dag vertellen dat ze is aangereden door een fiets op Fifth Avenue, alleen maar omdat ze meende iemand te zien die al bijna een jaar dood is?

'Ik denk dat u dat wel moet doen, mevrouw,' waarschuwt de agent haar. 'U hebt een lelijke bult op uw hoofd. Kunt u lopen?'

Karina komt duizelig overeind. Rechts voelt ze een gebonk, alsof ze onder een keteltrom ligt. Haar benen trillen en de kneuzing die de fiets veroorzaakt heeft, klopt. 'Het gaat wel,' zegt ze.

'Als u misselijk of draaierig wordt of als u denkt dat u flauw gaat vallen, moet u meteen naar het ziekenhuis gaan,' waarschuwt de agent. 'Het bevalt me niets, mevrouw. Ik vind het geen goed idee dat u zo uw gezondheid op het spel zet.'

De stem die Karina dan hoort, slaat haar met stomheid.

'Agent, ik heb een EHBO-diploma, en we kennen elkaar. Ik zorg wel voor haar.' Het is Lindy – koel en onverstoorbaar, even natuurlijk als het gras achter het hek. 'Dag, Karrie.'

'Mag ik uw naam, dame?' zegt de agent.

'Caroline Birch,' zegt Lindy. 'Ik ben toneelschrijfster. Ik woon in East Village.'

Lindy's hand op haar elleboog. Blauwe ogen, met leigrijze vlekjes erin. 'Wat..?' zegt Karina.

'Kom, Karrie. Taxi!'

Even later heeft Lindy haar in een taxi geduwd en rijden ze de stad in.

## HOOFDSTUK 29

'Niet bewegen.' Lindy dept Karina's schaafwonden met een roze antiseptische vloeistof.

'Wat gebeurt er allemaal?' vraagt Karina opnieuw. Ze heeft niets anders gezegd sinds ze Fifth Avenue verlaten hebben. Lindy heeft geen antwoord gegeven, maar wel de interessante plekken in de stad aangewezen wanneer ze er langsreden. Zonder te praten heeft ze Karina naar een compact, met boeken volgestouwde etagewoning meegenomen die op een binnenplaats uitziet.

Wanneer ze Karina's wonden heeft schoongemaakt, zet ze een kop thee voor haar. 'Twee klontjes suiker, voor de schrik,' zegt ze. Wanneer Karina de mok aanneemt, begint ze te huilen.

'Lindy, ben je echt?'

'Ik zou jou hetzelfde kunnen vragen. Wat doe je in New York? Waarom werp je jezelf voor fietsen?'

'Lin...'

'Ik heet Caroline,' onderbreekt Lindy haar. 'Mijn vriend noemt me Caro.'

'Je heet Lindy, zo heb je altijd geheten en zo zul je altijd heten.'

'Nee, ik zal het je laten zien.' Lindy stevent op het bureau af en haalt uit een la een Amerikaans paspoort. Karina opent het. Er zit een foto van Lindy in waarvan Karina zich herinnert dat hij is gemaakt in een fotoautomaat op het station Camden Town. De naam die erin staat is Caroline Elizabeth Birch.

'Hoe ben je daaraan gekomen?'

'Vrienden. Contacten. Het was gemakkelijk. Het kost een vermogen, maar het was niet moeilijk toen ik eenmaal mijn besluit had genomen. Beslissen was nog het moeilijkst.'

'Maar dat is een vals paspoort!'

'Nee, het is mijn paspoort. Wettelijk afgegeven door de Verenigde Staten van Amerika. Ik heb een *social security card*, een geboortecertificaat, een groene kaart, een rijbewijs, een paar creditcards, en ik betaal belasting onder mijn naam, die Caroline Birch is.'

'Ik begrijp het niet.'

'Oké.' Lindy gaat naast haar zitten. 'Laten we alles even op een rijtje zetten. Voor het geval je het nog niet had gemerkt: ik ben niet dood. Ik heb besloten een nieuw leven te beginnen. Dankzij de treinbotsing is dat een beetje dramatischer gebeurd dan mijn bedoeling was.'

De hekken om Karina's geest staan in brand.

'Ssst.' Lindy strekt haar armen naar haar uit. Karina laat zich bevend tegen haar schouder vallen. 'Stil maar. Stil maar. Sjjj...'

Terwijl ze opkijkt door wat als een meer van zout water voelt, voelt Karina zich half zo licht als anders. Ze zou naar het plafond kunnen opstijgen en daar blijven hangen. 'Maar we hebben je bijna een jaar geleden gecremeerd.'

'Sorry,' zegt Lindy. 'Vertel me niet wat er in Londen gebeurt, ik wil het niet weten.'

'Jezus, Lin, doe niet zo harteloos! Iedereen die van je hield is door een ware hel gegaan. Heb je dan geen enkel benúl van wat je hebt aangericht?'

'Zoals ik al zei: ik wil het niet weten.'

'Je ouders zijn uit elkaar en hebben het huis verkocht. Je vader is obsessief bezig genoegdoening te krijgen voor de slachtoffers van het ongeluk. Charles gaat met vervroegd pensioen, Hilary is weer opgenomen. En Jamie zegt de hele tijd dat je terug zal komen.'

'Slimme jongen.' Lindy haalt haar schouders op. 'Ik mis Jamie heel erg. Ik mis mijn moeder een beetje en mijn vader helemaal niet. Ze hadden jaren geleden al uit elkaar moeten gaan. Charles is een lul en Hilary had bij zijn geboorte gewurgd moeten worden. Kom, Karrie, laat me eens naar dat been kijken.'

Ze krimpt ineen wanneer Lindy er wat arnicazalf op probeert te wrijven. 'Het doet te veel pijn.'

'Neem dan een paar tabletten. Ze zijn homeopathisch en ze werken echt. Hier. Nou, aangezien je me dolgraag wilt vertellen wat er gebeurd is, moet je me maar meer vertellen.'

'Lindy, je hebt bijna de regering laten vallen.'

Lindy staart Karina stomverbaasd aan en begint dan te lachen. Even later valt Karina ook om van het lachen en samen zijn ze weer net als vroeger, en Karina's tranen en heliumachtige lichtheid vermengen zich tot een gevoel te vliegen, dat zou kunnen duiden op een beginnende hersenschudding, maar ook op doldwaze, pure vreugde.

‘Het is niet te geloven! O, Lin, hoe is het mogelijk? Waarom? Ik kan het niet geloven...’

‘Vertel me nu eens waarom ik bijna de regering heb laten vallen!’

‘Weet je... O, shit, ik moet je eerst uitleggen dat Julian en ik problemen hebben. Het is allemaal mijn schuld; ik ben verliefd geworden op iemand anders en daarom ben ik in New York, ik ben met hem... en ik denk dat als je niet was gestorven, als ik niet had gedacht dat je dood was, ik het nooit gedaan had, dat ik dan niet het risico had genomen... Maar goed, Jules vertelde het aan Andy Williamson, en Andy kreeg toen een soort midlifecrisis en is naar een nachtclub voor homo’s gegaan. En nu staat het allemaal in de krant en zegt iedereen dat het een grote ramp voor de verkiezingen wordt!’

‘Ja, ja, allemaal mijn schuld. Maar, arme jongen, ik heb met hem te doen. Die dingen kunnen je zomaar overkomen. Het ene moment ben je de fantastische persoon voor wie iedereen je houdt en dan opeens... kun je het gewoon niet meer bolwerken.’

‘Is het met jou ook zo gegaan?’

‘Zeker weten.’

‘Ik zou je wel willen slaan, weet je.’

‘Ga je gang,’ zegt Lindy. ‘Sla maar. Het verandert niets.’

‘Ik kan het niet. Ik ben te blij dat ik je zie.’

Karina kijkt om zich heen. De grootste boekenkast bevat alle werken van Shakespeare en studies van Arthur Miller, Tennessee Williams en John Osborne. Aan de muren hangen posters van Broadwayproducties. In de keuken ziet ze een koffiezetapparaat dat veel chiquer is dan het apparaat dat Lindy in Londen had. Dit ziet eruit als een appartement waarin iemand al een tijd woont; niet als dat van iemand die met valse papieren gevlucht is, en niet per se als dat van Lindy.

‘Het is de woning van mijn vriend,’ zegt Lindy. ‘Ik ben een maand geleden bij hem ingetrokken. Hij heet David en hij is toneelregisseur. Dat zijn zijn voorstellingen.’ Ze maakt een handgebaar naar de posters. ‘Gaat het? Wil je een deken?’

Karina, die nog steeds huivert van de shock, laat Lindy een blauw mohair kleedje om haar heen leggen. Ze staart naar Lindy’s silhouet. ‘Vertel me alles,’ eist ze. ‘Vanaf het begin.’

Lindy gaat in de leunstoel tegenover haar zitten, neemt Karina onderzoekend op en haalt dan diep adem.

‘Goed,’ zegt ze. ‘Daar gaat-ie. Ik moest heel snel beslissen. Ik liep er al mee rond sinds die stomme Charles met vrouw en kinderen naar *De verre geliefde* kwam. Vanaf dat moment had ik het gevoel dat ik net zo goed niet kon bestaan. Ik begon me serieus voor te stellen hoe het zou zijn als ik verdween. Ik weet dat volkomen geschift zijn nog geen reden is om iedereen te laten denken dat je dood bent, maar er werd wel een zaadje gezaaid. Verdwijnen. Jezelf uit al je problemen tillen. De avond voor het treinongeluk ging ik met Alban uit en toen ben ik heel erg hoteldebotel geweest en ontzettend dronken geworden. Hij heeft me toen meegenomen naar zijn huis en daar heb ik in de logeerkamer geslapen. 's Morgens probeerde ik met de trein naar mijn werk te gaan en als ik er tien minuten eerder was geweest, zou ik echt in de bewuste trein hebben gezeten. Nou, de treinen reden dus niet, er was overal rook, en terwijl ik me afvroeg wat ik moest doen, schoot me te binnen dat ik wel eens gehoord had dat mensen hun eigen dood ensceneren met een ongeluk of een terroristische aanslag, en zo de mensen laten denken dat ze zijn omgekomen, en dat ze die kans aangrijpen om opnieuw te beginnen.

Ik wilde met de bus naar Camden gaan, maar het was zo ongelooflijk druk... En toen moest ik weer aan jou denken, dat je die dag de bus niet in kon. Ik kon het ook niet. Ik liep dus terug naar Albans huis, en ik wist dat ik niet meer maar mijn werk ging, die dag niet en nooit niet. We hadden het er toevallig over gehad hoe mensen verdwijnen. Weet je nog dat ik na *De verre geliefde* boven zat te bellen? Ik was toen met Alban in gesprek. O, Karrie, ik was er toch zó belabberd aan toe. We hebben het er later die avond nog over gehad. Hij heeft een paar mensen gebeld en me toen verteld wat ze konden doen en wat het zou kosten. Ik had erover gedacht gewoon te verdwijnen, mijn boeltje te pakken en weg te gaan, maar nog niet te doen alsof ik dood was. Alban zei dat ik zeker moest weten dat ik consequent met een heel nieuwe identiteit zou kunnen omgaan.'

'Dus Alban handelt in valse paspoorten en pleegt identiteitsfraude en zo?'

'Soms.'

'Hoe kon je met zo iemand bevriend zijn?'

'Het is geen slechte jongen. Hij heeft me geholpen.'

'Ik noem dat geen helpen.'

'Wil je nou weten wat er gebeurd is of niet? Wat echt de doorslag gaf was dat mijn moeder bij de identificatie vaststelde dat ik dat lijk was.'

'Wil je zeggen dat je al die tijd in Albans huis zat?'

'Min of meer wel, ja. Er stonden foto's in de krant, dus gedroeg ik me zo onopvallend mogelijk. Ik ging een paar keer de straat op in een burka, zodat niemand door zou hebben dat ik het was. Dat was wel een ervaring; iemand noemde me een terrorist en ik kon er maar niet achter komen hoe ik thee moest drinken. Nou ja, mama dacht dat ik dat lijk was; ze kreeg een overlijdensakte en toen ging ze die stomme dienst op touw zetten.'

'Daar wist je van?'

'Natuurlijk. Ten slotte kreeg ik de papieren en het enige wat ik hoefde te doen was naar het vliegveld gaan en een schietgebedje doen. Maar alles liep op rolletjes. Het was een makkie, Karrie.'

'Maar dat is onmogelijk! Dit is Amerika!'

'Precies. Ze hebben al die systemen, biometrie en weet ik veel, maar ik zal je zeggen wat ik denk: ze zijn in eerste instantie alert op Arabische studenten met baarden die met de Koran en kalasjnikovs rondlopen, op mensen die niets hebben en alleen maar Spaans spreken, en op mensen die te veel hebben en alleen Russisch spreken. Waar ze níét op letten is een aardig blank meisje dat Caroline Birch heet en in de States geboren is, in Engeland is opgegroeid en nu huiswaarts keert met een bekakt accent en kloppende papieren.'

Lindy duikt een kast in en haalt haar geboorteakte eruit. Caroline Elizabeth Birch, geboren in 1970 in West Hollywood. Ouders: Harrison P. Birch, ingenieur, en Mary S. Birch, meisjesnaam Wilde, huisvrouw. 'Niet dat ik dit ooit heb hoeven laten zien, maar ik vond het wel iets hebben om de dochter van Mary Sylvia Birch, meisjesnaam Wilde te zijn. Het is een volkomen fictieve naam en niemand heeft er ook maar enige aandacht aan besteed.'

'Maar...?'

'Wat er daarna gebeurde? Ik nam mijn intrek bij de YMCA, en daarna vond ik een kamer in Harlem bij een paar meisjes die een advertentie hadden gezet voor een kamergenoot. Het waren fantastische meiden. Ik was gewoon Caro, zó uit Londen, op zoek naar een baan. We hebben heel veel lol gehad – ze waren dol op mijn eeuwige bonenschotel. Ik ben met mijn groene kaart naar een paar boekwinkels gegaan en heb in een ervan een halfjaar gewerkt. Toen kwam er een vacature in mijn favoriete tweedehandswinkeltje in Greenwich Village en heb ik gesolliciteerd. Nu werk ik daar vier dagen per week en schrijf ik op de andere drie. Het is geweldig. Ik heb een nieuw leven.'

'Je hebt je een nieuw leven in gelogen.'

'Onzin. Mijn referenties mogen dan nep zijn, echte ervaring heb ik ruimschoots. Niks geen probleem.'

'Maar hoe kun je het verdragen?'

'Verdragen? Ik vind het heerlijk! Ik ben vrij. Wat had ik te verliezen? Ik was het zat. In mijn liefdesleven zat geen perspectief, in mijn baan zat geen perspectief, met mijn toneelstukken schoot het ook niet echt op, mijn vader was een vieze klootzak, en mijn moeder was een dom poppetje dat hem zijn gang liet gaan. Ik wilde niet als mijn moeder zijn, of erger nog, niet als mijn beide ouders, te meer daar ik wist dat ik dat ook niet was. Het enige wat ik niet wilde was Jamie achterlaten.'

'En ik?' zegt Karina. 'Wat was ik? Bijkomende schade? Beste vriendin ernstig gewond, o jee, sorry, kon er niks aan doen? Kon je niet een nieuw leven beginnen zonder te besluiten dat iedereen moest denken dat je omgekomen was?'

'Toen mijn moeder dat lichaam eenmaal geïdentificeerd had, was er geen ontkomen meer aan.'

'Natuurlijk wel. Je had haar kunnen vertellen dat ze het bij het verkeerde eind had. Er kan iemand op zoek zijn naar dat lijk. Iemand die nooit zal weten dat het zijn of haar dochter was.'

'Ik kan er niks aan doen dat mijn moeder vaststelde dat iemand anders ik was. Kun je nagaan hoe goed ze me kende. Maar goed, als je verdwijnt zonder dat de mensen denken dat je dood bent, denken ze dat je nog leeft, dus gaan ze naar je op zoek. Ik hoef me niet te verstoppen. Ik kan door New York lopen en in een boekwinkel werken omdat niemand denkt dat ik hier zit. Ik heb nog nooit iemand ontmoet die me van vroeger kent. Ja, ik had terug kunnen komen, maar dat wilde ik niet. Mijn leven is van mij en ik ben er verantwoordelijk voor. Het spijt me als mensen verdriet hebben. Maar misschien heeft het mijn moeder geholpen de zaken op een rijtje te zetten. En ik heb een enige man ontmoet, die niet alleen te gek is in bed, maar ook mijn eerste echte stuk op het toneel gaat brengen. Hij is een ervaren regisseur en hij vindt het werkelijk een goed stuk. Anders zou hij het niet doen. Ik tel dat vreselijke stuk van *De verre geliefde* even niet mee. Dat stelde niks voor.'

'We nemen het op,' vertelt Karina haar. 'Charles heeft het georganiseerd. Het is een aandenken aan jou.'

'Jezus, hou het tegen. Ik wil het niet. Ik neem er afstand van.'

'Dat gaat niet. Je bent dood,' brengt Karina haar onder de aandacht. 'Waar gaat het nieuwe over?'

'Grappig genoeg gaat het over een jonge vrouw die probeert af te rekenen met ouders die ze niet kan uitstaan. Het heet *Leven zonder moeder*.'

Karina's oog valt op een klok op het bureau: het is halfvijf.

'Lin, ik kom ergens te laat. Mag ik je telefoon even gebruiken? De mijne is kaduuk.'

Lindy reikt hem aan. Karina toetst snel Rohans nummer in, maar hij heeft de voicemail aan staan. Over een halfuur moet hij al optreden; hij zal zich aan het opwarmen zijn. Stel dat hij haar is gaan zoeken? Stel dat iemand het ongeluk heeft gezien en hem erover heeft verteld en dat hij nu de ziekenhuizen aan het aflopen is? 'Ro,' spreekt ze in, 'ik ben het. Het is een lang verhaal en mijn mobiel is stuk, maar ik maak het goed en ik zie je straks. Maak je geen zorgen. Ga gewoon spelen. Ik kom zo snel mogelijk.' Ze kijkt naar Lindy's telefoon: het nummer staat prominent in een kader midden op de handset. Ze neemt het snel in zich op.

'Nou, vertel op,' zegt Lindy, wanneer Karina de verbinding verbreekt. 'Deze knul klinkt interessant.'

Karina legt uit wie en wat Rohan is.

'En is het dikke liefde? Ben je gelukkig?'

'Niet echt, nee,' geeft Karina toe, 'maar ik heb het gevoel dat ik leef. Ik kom er eindelijk achter wie ik ben. Hij heeft me van alles en nog wat laten uitzoeken over mijn achtergrond, dingen die ik helemaal niet wist, en over mezelf. Hij is geweldig. Hij heeft me heel erg geholpen. Ik hoop dat ik hem ook kan helpen.'

'Mooi. Hij zorgt ervoor dat je iets voor jezelf doet, en niet alleen voor anderen.'

'Een mens kan ook té zelfzuchtig zijn,' merkt Karina bits op.

'Een mens kan ook té onzelfzuchtig zijn. Je door mensen laten gebruiken, omdat iedereen weet dat je alles zult doen om te bewijzen hoe onzelfzuchtig je bent. Dat is de meest diepgaande vorm van zelfzucht.'

'Waar slaat dat op?'

'Beschuldig mij er niet van egoïstisch te zijn, terwijl iedereen problemen heeft die er nooit zouden zijn geweest als je eerder een beetje zelfzuchtiger was geweest.'

'Ik weet niet waar je het over hebt.' Karina's hoofd doet er werkelijk pijn van. Julian, verlaten in Lewes. Jamie, verlaten op school. Rohan. 'Ik moet weg,' voegt ze eraan toe. 'Rohan moet over een kwartier op.'

'Je redt het niet in een kwartier. Je haalt misschien de tweede helft. Gaat het met je?'

'Ja. Zeg, kunnen we elkaar morgen ontmoeten? Ons vliegtuig vertrekt pas in de avond.'

Lindy drinkt zwijgend thee. Karina's blik dwaalt over de Broadwayposters.

'Nee,' zegt Lindy.

'Hè?'

'Ik zeg nee, en dan bedoel ik nee. Ik wil mijn oude leven niet terug. Ik wil dit leven.'

Nu begrijpt Karina het, en het is erger dan ze dacht. 'Lin, je verwacht toch niet van me dat *ik* je moeder ga vertellen dat je nog leeft?'

'Als je ook maar met één woord rept over mijn bestaan, Karrie, zwaait er wat.'

Karina is even sprakeloos. Hersenschudding, angst, schrik, ze weet niet waarom, maar ze is in haar hele leven nog nooit zo boos geweest. 'En wat zou je dan doen? Albans maatjes op me af sturen? Je zou hem moeten bellen om dat te doen, en ook hij behoort tot je oude leven. Je kunt er niet aan ontkomen: je bent en blijft wie je bent, of je het nu leuk vindt of niet. Je kunt niet van me verwachten dat ik het niet aan je ouders vertel en je kunt ook niet van me verwachten dat ik niet tegen je zeg dat je naar huis moet gaan!'

'Dit is mijn huis. Ik ga nergens heen.'

'Maar hoe kun je daarmee leven?'

'Heel goed. Jezus, ik wil wat drinken. Wil jij ook wat?' Lindy zet met een klap haar kopje in de gootsteen en haalt een geopende fles witte wijn uit de koelkast.

'Ik moet weg,' zegt Karina. Er is bij haar vanbinnen een luik dichtgeslagen.

'Karrie, luister.' Lindy zet de wijn weg, gaat zitten en pakt haar hand. 'Weet je nog dat je me vertelde over de dromen die je had toen we nog klein waren? Dat je tussen de sterren vloog en dan met een noodgang terug op aarde kwam voordat je wakker werd?'

'Ja, en?'

'De avond waarop ik wist dat mijn moeder had geconcludeerd dat ik dood was, gingen Alban en ik een eindje buiten de stad rijden. Er was een onverwachte meteorenregen, de lucht was helder en we wilden er op een donkere plaats naar kijken. We gingen in een weiland liggen. En toen ik al die vallende sterren door de lucht zag vlammen en uit zag doven, voelde ik me ook zo, alsof ik ertussen vloog. Het is natuurlijk om in beweging te zijn, Karrie. Om van het ene stuk lucht naar het andere te gaan. Stilstaan, dat is onnatuurlijk. Er is maar één ding erger dan het vooruitzicht van totale verandering, en dat is het vooruitzicht van helemaal geen verandering.'

'Ik begrijp het volkomen,' zegt Karina. 'Maar nu moet ik weg.'

'Ik ga met je mee,' protesteert Lindy. 'Je maakt het niet goed.'

'Lindy, misschien kun jij hiermee omgaan, maar ik kan het niet.'

'Karrie, wacht.' Lindy pakt haar handen vast. 'Snap je het niet? Je probeert erachter te komen wie je bent, maar je zoekt op de verkeerde plek. Je bent niet je familie! Je moet je losmaken van het verleden, want het verstikt je alleen maar met grenzen die niet de jouwe zijn. Je moet vooruitkijken, niet achterom. Ik heb lang genoeg een hekel aan mijn familie gehad. Nu kan ik zeggen: dit ben ík. En als je daar moeite mee hebt, Karrie, dan is dat naar voor je, want ik ben gelukkig. Ik ben een leven aan het opbouwen en mijn toneelstuk wordt wel even opgevoerd op Broadway.'

'Ik moet weg,' zegt Karina, afstandelijk, om zich heen kijkend om haar spullen te zoeken.

Lindy neemt haar scherp op. 'Denk je,' zegt ze, 'dat het misschien beter zou zijn als ik echt dood was?'

Karina springt op, grist haar tas weg en loopt zonder om te kijken naar de deur.

Buiten, nog voordat Lindy achter haar aan kan komen, ziet ze een bus die juist stopt bij een halte vlakbij en stapt snel in.

'Fifth Avenue?' vraagt ze. 'De Frick Collection?'

'Alles in orde, dame?' vraagt de chauffeur haar, terwijl hij naar haar gekneusde voorhoofd kijkt. Ze legt het uit; hij schudt zijn hoofd en maakt laatdunkende opmerkingen over fietsers. 'Ik zeg wel waar u eruit moet,' belooft hij. Ze laat zich op de dichtstbijzijnde stoel vallen.

De ene helft van New York is wezen lunchen met de andere helft en gaat nu naar huis. De bus vordert uiterst langzaam; de tijd kruipt voort; Rohans recital zal al een tijd gaande zijn. Ze zit in een schipbreuk en klemt zich vast aan wrakhout terwijl het schip uiteenvalt. Heeft Lindy gelijk? Zou het beter zijn geweest als ze werkelijk dood was? Hoewel ze nog leeft, is ze niet de Lindy die Karina kende. Deze Lindy heeft iedereen verraden, zonder enige wroeging. De Frick Collection staat bizar genoeg nog steeds waar ze het die ochtend heeft achtergelaten, aan een Fifth Avenue die veel meer schade heeft aangericht dan alleen aan haar lichaam. 'We zijn er,' roept de chauffeur. 'Frick Collection.'

'Bedankt.' Karina's hooft bonkt. Ze schenkt de chauffeur een stralende lach en loopt voorzichtig de treden op.

De viool en piano klinken door het museum, het laatste deel van de suite van Duplessis; ze heeft bijna alles gemist. Maar goddank, hij speelt. Ze glipt tijdens het applaus na Duplessis naar binnen. De meeste stoelen zijn bezet, maar haar oog valt op een lege stoel aan de zijkant. Rohans ogen zoeken vanaf het toneel de hare; ze vangt zijn snelle warme blik op. Ze denkt aan de muziek van Duplessis, de minstreel. Wie ben je, fluistert hij. Wat verwacht je van me, van iedereen, van jezelf?

Rohans strijkstok gaat met een zwierig gebaar naar de snaren en daar vliegen de eerste gezwollen tonen van Ravels *Tzigane* door de lucht. Hij sluit zijn ogen en gaat helemaal op in de muziek terwijl Ravels fantasiezigeuner een hypnotiserende betovering weeft, dan de piano ter attentie roept en die tranceverwekkende draaikolk begint op te bouwen, die steeds sneller naar het heftige eind wervelt. Karina is verbouwereerd: ze heeft Rohan nog nooit zo zien spelen, met de gloeiend hete dwangmatigheid van een bezeten sjamanistisch medium. En nu ziet ze iets in dat ze zichzelf nooit heeft willen bekennen: als Rohan iemand of iets toebehoort, is het zijn viool. Deze passie is totaal. Als er voor haar niets overblijft, is dat dan wel zo vreemd?

Ze slaat hem met een versplinterende geest gade. Rohan in de trein, die haar om haar nummer smeekt; Rohan in haar keuken, met handen die rood zijn van het kersensap; Rohan die haar voor het eerst kust in de hamburgertent in Boedapest. Maar deze extreme, alles gevende Rohan is zijn essentie; al het andere, de ongedwongen lach, het lieve, bedwelmende enthousiasme, is slechts een vernislaagje. Niet alleen kan ze dit niet temmen, ze zou het niet eens moeten proberen. Haar hoofd klopt en haar schaafwonden prikken alsof ze er zout op gestrooid heeft. Met de viool in zijn hand is Rohan de rondtrekkende minstreel die ernaar verlangt naar de uiteinden van de muziekaarde te reizen, en wiens relaties met Sophia, de fluitiste met hond en god weet hoeveel andere vrouwen, het wel móéten afleggen tegen de demon van wie hij moet spelen, of anders sterven. Logisch dat hij een Amati wil. Want dat wil hij. Heel erg graag.

Opnieuw doet ze plichtmatig wat ze doen moet. Ze taxeert het applaus, hoort de toegift als van grote afstand, en wanneer het publiek samendromt om te vertrekken, baant ze zich een weg naar achter het toneel, waar ze hem drijfnat van het zweet en doodmoe aantreft; hij is opgelucht haar te zien. 'Schat! Tsjee, wat is er met jou gebeurd?' In zijn gulle, vertrouwensvolle omhelzing vergeet ze bijna wat ze besloten heeft.

Even later stelt hij haar aan allerlei mensen voor: een agent, een recensent, de concertmanager van het museum. De zee spoelt over haar wrakhout heen.

'Ro,' zegt ze, 'ik voel me niet zo geweldig. Ik ben gevallen op Fifth Avenue, door mijn eigen schuld. Ik vertel je er later wel over. Ik moet even gaan liggen... vind je het erg?'

Rohan geeft de bult op haar hoofd een kusje. 'Ik kom gauw,' fluistert hij. 'Ik hou van je.'

'Ik ook van jou,' zegt Karina, zonder hem aan te kijken. Even later staat ze buiten in de heldere lenteavond met de gonzende straten en wolkenkrabbers van New York om haar heen.

Ze heeft nog net genoeg contant geld voor de twee tochtjes die ze moet maken. Eerst terug naar het appartement om een paar telefoontjes te plegen, haar koffer te pakken en een paar pillen te nemen. Dan naar het vliegveld.

## HOOFDSTUK 30

De nachtvlucht landt 's morgens vroeg op Heathrow. Een niet al te verstandige combinatie van een stevige borrel en nog meer pijnstillers had Karina een uur na het vertrek in een genadige half bewusteloze toestand gebracht en ze had de hele vlucht geslapen, of in ieder geval gesoesd. Ze stelt zich voor hoe Rohan, met zijn vioolkoffer over zijn schouder, in Sophia's woning haar briefje leest; ze stelt zich Lindy voor die in East Village ligt te slapen, haar lichaam verstrengeld met dat van de minnaar die haar Caro noemt; ze stelt zich Vali in Brooklyn voor, die met de foto van haar overleden echtgenoot praat, terwijl de brieven van Marc Duplessis in hun dozen stof liggen te vergaren.

Met een dof kloppend hoofd slaapwandelt Karina door de paspoortcontrole, de bagageruimte en de douane. Pas wanneer ze haar moeder op haar ziet wachten, merkt ze dat de lichten boven hun hoofd in ellipsen ronddraaien en beseft ze hoe ziek ze zich eigenlijk voelt.

'Domme meid.' Dénes zit op de rand van Karina's kinderbed. Eerst laat je je overrijden, vervolgens ga je niet naar het ziekenhuis, dan laat je die aardige vriend van je hulpeloos achter en vlieg je vijfduizend kilometer – logisch dat je instort! Ik zeg je wel, Karina, je bent me een mooie.'

'Pap, ik ben ziek.'

'Hersenschudding! Je komt bij ons met een hersenschudding in bed liggen!'

'Ik moet Jamie bellen. Hij heeft het hele weekend op school gezeten. Daar is hij niet aan gewend.'

'Die jongen blijft waar hij is totdat jij in staat bent om voor hem te zorgen. Jij blijft hier totdat je in dat arme hoofd van je een beetje verstand hebt gekregen.'

'Ik moet hem bellen. Hij zal mijn mobieltje proberen te bellen en dat is kapot.'

'Maak je niet druk om al die onbelangrijke dingen. Ik heb nog wel een telefoon over. Al mijn oude telefoons zijn hier nog; ze doen het allemaal. Ik geef je er een.'

Karina glimlacht; haar vader die beweert dat hij een hekel heeft aan 'spullen', hamstert oude mobieltjes en sim-kaarten om aan zijn leerlingen te geven. 'Ik zal er een halen,' zegt hij, terwijl hij wegbeent. Hij komt terug met een stokoude telefoon en drukt op een paar knoppen om hem in bedrijf te stellen. 'Hier. Dat is nu jouw mobiel. Ik zal hem voor je instellen.'

'Bedankt, pap. Ik denk dat ik het vandaag niet zelf had kunnen uitdokteren.'

'Dat zou ook niet moeten. Ga nu slapen, Karrie, ik moet lesgeven.'

'Wacht, pap. Ik moet je vertellen dat ik Vali heb gesproken.'

Dénes blijft verstijfd staan. 'Ja?'

'Ik moet je het een en ander vragen.'

'Wat moet je me vragen, Karina? Waar gaat het over?'

'Alles. Ik wil weten hoe je uit Hongarije bent weggekomen.'

'Dat heb je nooit willen weten.'

'Je hebt het me nooit verteld.'

'Oké, goed, dan vertel ik het je. Maar eerst moet je rusten. Je bent heel ziek geweest, je hebt een rare reis achter de rug en mijn leerling kan ieder moment komen. Luister, Karina, het is een lang en ernstig verhaal. Ik ben niet bereid het er even door te jagen.'

'Pap, ik wil weten wat er met Ani gebeurd is.'

Dénes blijft staan; dan strekt hij een slanke hand uit en streelt haar haar. 'Wanneer je je beter voelt, zal ik je alles over mijn zus vertellen,' zegt hij eenvoudig.

Karina legt haar hoofd op het kussen en probeert haar misselijkheid in bedwang te houden. Zoals ze al voorzien had, probeert haar vader ook nu tijd te rekken. Het geluid van de deurbel bewijst echter dat hij de waarheid spreekt, en dat is meer dan zij heeft gedaan. Ze heeft met geen woord gerept over Lindy of de reden waarom ze echt uit New York is weggelopen.

Lindy die leeft? Geen dood, maar verraad? In Karina's duizelige hoofd buitelen de beelden door elkaar: Cynthia die overmand is door verdriet, Martin die als een robot op de tv spreekt over de dochter die hij niet waardeerde, Jamie die bij het raam zijn mantra uitspreekt, het lege Roekennest, het zilveren horloge op het bureau. Al die dingen, en toch zat Lindy de hele tijd in New York, waar ze samenwoonde met een regisseur en haar stuk onder een valse naam op de planken bracht. Karina kreunt hardop. Hoe kon

Lindy hun beider familie, en uiteindelijk haar, zoiets aandoen? En dat was haar beste vriendin?

Karina pakt de oude mobiele telefoon van Dénes en belt naar Lindy's huisnummer, dat ze in haar hersens heeft gegrift. Een antwoordapparaat klikt aan en geeft 'Caro's' mobiele nummer. Ze noteert het en slaat het op in het geheugen van het mobieltje en sms't: **Lindy, kom naar huis. K** Ze gaat liggen en wacht. Het blijft stil, op de leerling van Dénes na, die beneden Elgar speelt.

Erzsébet verschijnt met een kop pepermuntthee in de deuropening. 'Dat is goed om de maag tot rust te brengen,' zegt ze.

Hoe had ze het zonder haar moeder kunnen redden? Kalm, waardig, liefdevol; kon ze maar zijn als zij, in plaats van als de temperamentvolle Mimi. Kon ze haar maar de waarheid vertellen. Als ze aan iedereen zou vertellen dat Lindy nog leefde, zou die meid geen keuze hebben en terug moeten komen. Maar zou het nog meer schade aanrichten als ze het nieuws plompverloren vertelde? Als ze een eind maakte aan illusies die steunden op andere illusies waar al een eind aan gekomen was? Ze drinkt langzaam haar thee op en vecht tegen zichzelf. 'Het is net of ik weer tien ben,' zegt ze.

Erzsébet gaat op de rand van het bed zitten en kijkt glimlachend op haar neer, precies zoals ze deed toen Karina nog klein was. 'Toen ik zo oud was als jij had ik mijn ouders al meer dan twintig jaar niet gezien,' zegt ze. 'We hebben heel erg snel volwassen moeten worden. Weet je, ik praat wel eens met de ouders van mijn leerlingen, en die zeggen dat jonge mensen het nu misschien een beetje te gemakkelijk hebben. Misschien gold dat ook voor jou, Schnoekie, maar dat wilden we graag. We wilden dat je nooit zou hoeven meemaken wat wij hadden meegemaakt. Ik denk dat we daar geen ongelijk in hadden.'

'Ik kan me niet voorstellen hoe dat geweest is,' zegt Karina, 'en ik weet dat ik niets in mijn leven kan vergelijken met wat jullie hebben doorgemaakt. Maar...'

'Wat is er in New York gebeurd, Schnoekie? Er is iets, hè? Iets wat je heeft geschokt.'

'Misschien was het allemaal maar een boze droom.' Karina sluit haar ogen. Ze kan niet tegen fel licht.

'Die blauwe plekken zijn echt. Wat is daar gebeurd?'

'Mam, dat is een heel lang verhaal. Ik kan het pas uitleggen wanneer ik me ertegen opgewassen voel.'

'Ik begrijp het. Wanneer jij zover bent, ja? Zo, drink je thee op en probeer wat te rusten.' Erzsébet sluipt de kamer uit en sluit de deur.

Karina doet de lamp uit en graaft zich in het dekbed in. Haar hoofd is net een rauw stuk vlees dat net is uitgehouwen, en het gemis van Rohan is een lichamelijke pijn die aan haar borstkas rukt. Stel dat ze het nu eens bij het verkeerde eind heeft? 'Schat, ik begrijp het. Ik ga naar huis', had ze geschreven. Maar waar hoort ze thuis? Ze heeft Julian verlaten, ze heeft Rohan verlaten, en terugkeren naar haar jeugd aan Forest Road zal niets oplossen. En dan komt daar nu nog het verdriet om Lindy bij. Zo veel levens die overhoop zijn gehaald... en waarvoor? Haar dood mag dan een grote klap zijn geweest, haar wederopstanding komt nog veel harder aan.

Vroeg in de morgen gaat de telefoon schel over. Karina hoort haar moeder antwoorden: 'Ja, ze is hier; ja, het gaat wel; ik zal haar roepen.' Even later steekt Erzsébet haar hoofd om de deur en overhandigt haar een handset.

'Ro?' zegt Karina.

'Karrie, wat is er aan de hand? Ik sta op Gatwick, ik wil je komen halen.' Hij klinkt doodmoe en eenzaam. 'Ik ben een uur bezig geweest om iemand op te sporen die je vader kende en zijn telefoonnummer had.'

'Ro,' zegt Karina, 'het is voorbij.'

'Nee, Karrie, dat kun je niet doen. Je kunt niet zomaar bij me weglopen en zeggen dat het voorbij is.'

'Je wilt niet mij, je wilt Mimi's Amati en ik ben de enige manier om daaraan te komen, ervan uitgaande dat hij nog bestaat. Dat is niet genoeg.'

'Karrie, dat is waanzin. Ik hou van je. Ik dacht dat je ook van mij hield.'

'Dat doe ik ook, maar...'

'Kwam het door die oude Hongaarse dame? Wat heeft ze nog meer voor verhaaltjes opgehangen?'

'Ro, ik ben ziek. Ik heb een lichte hersenschudding. Ik kom over een paar dagen mijn spullen halen.'

'En wat dan? Terug naar Julian?'

'Ik weet het niet. Ik weet niets meer.'

'Schat, laat me alsjeblieft naar je toe komen om je op te halen. Ik kan de gedachte niet verdragen dat je daar zit te lijden en ik je niet kan bereiken.'

Karina heeft het moeilijk en kan een minuut lang geen woord uitbrengen. De woorden 'Lindy leeft nog' liggen op het puntje van haar tong. 'Ik heb gewoon wat tijd nodig,' zegt ze ten slotte.

De celloklanken beneden houden ineens op en Karina hoort de voetstappen van haar vader op haar kamer af komen. Hij heeft een cd en de gettoblaster uit de keuken bij zich.

'Karrie, ik wil je iets laten horen,' zegt hij zacht. 'Het is saai voor je om naar mijn lessen te luisteren, dus draai dit maar.'

'Wat is het?'

'Bartók, de *Cantata profana*. Het gaat terug op een Roemeens volksverhaal. Ik zal je het verhaal vertellen. Het gaat over negen betoverde hertenbokken. De negen zoons van een jager worden opgevoed om vrij rond te zwerven en zelf grote jagers te worden in de donkere wouden. Geleidelijk veranderen ze in hertenbokken, de dieren waar ze zelf op jagen. Hun vader probeert hen neer te schieten, maar dan vertellen ze hem wie ze zijn. Dan zegt hij dat hun moeder om hen rouwt en hij verzoekt hen met klem naar huis te gaan. Maar dan antwoorden ze dat ze niet meer door de deur kunnen omdat hun gewei te breed is. Ze kunnen niet naar huis omdat ze iets nieuws zijn geworden. Het gaat over hoe mensen achter hun ware zelf aan jagen, dat vinden en het worden, en dan kunnen ze niet meer terug. Bartók had een speciaal plekje in zijn hart voor dit stuk, Karrie. Het gaat over ballingschap, maar ook over transformatie in de ziel. Luister maar.'

Hij laat Karina alleen met de cd. Beneden begint de cello weer. Karina stelt zich haar vader voor als kind in New York: een jongen met grote ogen, net als Jamie, die om de hoek van de deur toekijkt terwijl zijn moeder en Bartók samen muziek maken. Ze sluit het toestel aan, stopt de cd erin en laat zich door Bartóks botsende harmonieën en door elkaar lopende Hongaarse stemmen meenemen naar de schaduwen van Mimi's bossen om er de herten te besluipen.

Dénes geeft les tot in de avond. Elke les duurt eigenlijk een uur, maar dat uur wordt meestal twee uur, soms drie, waarbij hij gaande wordt gehouden door cafeïne, Erzsébets gebak en gesprekken tussendoor over van alles en nog wat, variërend van de prijs van het bespannen van strijkstokken tot de misleidende maatschappelijke scheidslijn tussen immoreel en illegaal. 'Waar moeten kinderen anders nog leren denken?' vraagt Dénes wanneer Erzsébet protesteert tegen de tijd die hij erin steekt. 'Muziek is niet alleen klank, muziek is ook levenskracht en filosofie en menselijkheid. Als ik hun niets leer, leren ze het ook niet van een ander. Ze kijken alleen maar naar die stomme tv en verdoven zichzelf met headbang-popherrie op hun iPod. Daar is vrijheid toch niet voor? Ik zeg je, Erzsi, het is waardeloos!'

Eindelijk gaat om acht uur de voordeur dicht. Karina heeft zich de hele dag nauwelijks uit bed gewaagd. Door haar raam ziet ze de leerling met zijn cellokoffer op zijn rug wegwandelen. Ze trekt een peignoir van haar moeder aan en loopt op kousenvoeten de trap af, waar ze Erzsébet achter het fornuis aantreft.

'Karrie, heb je naar de cd geluisterd?' wil Dénes weten.

'Ja. Hij is schitterend.'

'Mooi. Je begrijpt het dus. En nu ga ik je nog een verhaal vertellen. Het wordt tijd dat ik ophou met om de hete brij heen draaien. Kom bij me zitten, Schnoekie.'

Hij schenkt voor hen beiden een glas wijn in en klopt op de bank naast hem. Hij is moe en bezweet; hij stopt evenveel energie in lesgeven als hij in een recital zou stoppen. 'Aaah, dat is lekker!' Hij neemt een grote slok. 'Wat is wijn toch een goddelijke uitvinding! Goed dan, kind. Je wilt het weten? Ik zal het je vertellen. Waar moet ik beginnen?'

'Bij het begin. Bij Ani.'

'Maar Ani was niet het begin.'

Ze was zijn zus, niets meer, niets minder. Ze werd geboren in Amerika; ze zou Amerikaans zijn, wat hem destijds zorgen baarde, omdat hij zich niet kon voorstellen hoe het voelde om iets anders dan Hongaars te zijn. New York was één reusachtig speelterrein, vooral Central Park; iedere dag was een avontuur. Naar school gaan was, toen hij daaraan begon, fantastisch, en alles gebeurde in het Engels. Toch bleef hij verklaren: 'Ik ben een Hongaarse jongen uit Boedapest.' Hij zwol van trots bij de gedachte aan een stad die hij zich niet kon herinneren. Zijn moeder en Vali spraken thuis Hongaars, dus deden hij en Ani dat ook; soms plaagden zijn klasgenootjes hem met zijn accent. Hij wist vaag dat oom Marc Frans was. Hij wist niet waarom andere kinderen bij vaders en moeders woonden, maar hij woonde bij een moeder en af en toe was er een oom. Hij vertelde anderen daar niets over.

Wanneer hij in de kinderwagen naar het kleine roze kindje met de blauwe ogen en open, schreeuwende mond keek in een poging eraan te wennen dat hij een zusje had, kostte hem dat aardig wat moeite en had hij zich moeten vermannen. Hij had van tevoren niet geweten wat er aan de hand was, alleen maar dat ze een halfjaar in Californië hadden gewoond en dat hij op het strand had gespeeld terwijl zijn moeder steeds dikker werd en tenten van jurken droeg om de bobbel te verbergen. Oom Marc had hem erdoorheen geholpen en in de trein had hij bijna de hele terugreis naar New York zijn hand vastgehouden. Hij had niet geweten dat ze die maanden deels van het geld hadden geleefd dat zijn moeder had gespaard, en deels van het geld dat Marc kon verdienen met pianolessen in plaats van componeren.

Had hij hem gemist? Zou hij zijn rechterarm gemist hebben? Hij mocht dan oom Marc en niet zijn papa geweest zijn, maar hij had Dénes leren ballen, muziek leren lezen, zijn emoties in bedwang leren houden, leren delen, en hij had hem geleerd dat hij zijn kleine zusje mee moest laten doen met zijn spelletjes en van zijn ijsjes moest laten eten. Dénes herinnerde zich dat hij een keer de tien meter lange huiskamer door was gerend en hem in de armen was gesprongen om te kijken hoeveel momentum hij over die afstand kon opbouwen, want oom Marc was zo stevig als een boom en hij kon hem vast niet omver rennen.

Hij had niet begrepen waarom ze uit New York waren vertrokken – hij wist niet of zijn moeder en Marc het wel begrepen – maar de boot was ontzettend leuk geweest. Hij en Ani speelden de hele dag op het dek en genoten van de deinende beweging van het schip en de manier waarop het in de golven dook. Op een middag was er een verkleedpartijtje geweest voor alle kinderen aan boord en hadden Mimi en Marc kostuums voor hen in elkaar geflanst. Hij was een zeerover met een ooglapje geweest en had geroepen: 'Bibber en beef!' Ani zou als elfje gaan, maar ze had zo weinig van een elfje dat Mimi voorstelde haar als melkmeisje te verkleden. Omdat ze niet wist dat een melkmeisje geen sprookjesfiguur was, had de kleine Ani dat best gevonden. Ze was heel goedlachs en blij, omdat iedereen zo veel van haar hield.

Maar wat doe je als de man die je als je vader beschouwt, jou en je moeder en zuster kust, zich omdraait en jou zonder hem in een andere trein laat wegrijden? En als je met zijn drieën voor je gevoel dagenlang naar de opgaande zon toe rijdt en plotseling in een nieuwe stad staat die houtskoolzwart, onbekend en beangstigend is, en waar overal enorme kraters zijn waar de gebouwen zijn weggeslagen, en waar niemand Engels spreekt, en je moeder je vertelt dat je thuis bent? Dan kun je alleen maar de hand van je kleine zus en die van je moeder vasthouden en op hen passen, want jij bent nu de man, totdat je bij je echte vader komt en je moeder je aan hem voorstelt: 'Is het geen knappe man?'

Dat was hij niet. Hij was ontzettend bleek en zag eruit alsof hij elke nacht wakker lag en spoken zag dansen. En met die holle ogen keek hij naar Ani, die stevig Dénes' hand vasthield en op haar duim zoog, en zijn ogen werden vochtig, wat Dénes niet erg mannelijk vond. Even later tilde hij Ani op en omhelsde haar, en Ani was te verbluft om te huilen. 'Ik wil terug naar Amerika,' zei Dénes.

Tamás had de nazi's in 1944 de macht zien overnemen; hij had meegemaakt dat de Joden gedwongen werden gele sterren op hun kleren te naaien en daarna getto's in werden gedreven; daarna de razzia's, de vrachtwagens die met hun menselijke vracht door de straten reden, de colonnes arme, zieke mensen, bejaarden en pasgeborenen zonder onderscheid, die voor deportatie werden weggeleid. Terwijl de omvangrijke Joodse bevolking voor hun ogen verdampte, overwoog Tamás serieus zelfmoord te plegen. Jezelf van het leven beroven, zo schreef hij in een van zijn filosofische traktaten, maakte deel uit van het nationale bewustzijn. Telkens weer konden de Hongaren niet het lot van hun eigen land bepalen terwijl andere naties het aan flarden reten. Daar zou bij zijn leven geen verandering in komen. Maar over hun eigen dood konden de mensen nog wel beschikken.

In plaats daarvan besloot hij echter op zijn manier het gevecht aan te gaan. Hij was een academicus, iemand die gespecialiseerd was in taal, literatuur en filosofie; dat zouden zijn wapens zijn. Hij zou niet op zijn werk schrijven, maar thuis. Terwijl hij op de kinderen paste wanneer Mimi concerten gaf, schreef hij verhandelingen over oorlog, vrede en liefde; over literatuur, muziek en kunst; over de kracht van de menselijke geest, het menselijke uithoudingsvermogen en de stimulerende levenskracht die ons gaande houdt wanneer alles om ons heen uiteen is gevallen. De wil om te leven, te ademen, te bewegen en lief te hebben, of we willen of niet, soms tegen beter weten in.

Sommige kladversies vernietigde hij wanneer er duidelijk gevaar was. Er werden er een paar gepubliceerd in subversieve en academische tijdschriften – natuurlijk alleen in het Hongaars. Dat, zo tobde Dénes, was de tragedie: wie geen Hongaars begreep, zou nooit lezen wat zijn vader schreef. Niemand zou de filosofische uiteenzettingen van een onbekende academicus vertalen, en Tamás had het zelf kunnen doen, maar wilde het niet. Wanneer hij even wat tijd had, tussen de cello-oefeningen en de lessen door, smokkelde Dénes de publicaties mee naar zijn bed; later las hij ze bij het licht van een zaklantaarn onder de dekens. Hij had er destijds niet veel van begrepen. Later, toen hij terugkeek, zag hij dat het allemaal theorie was, geen praktijk; het was vrijdenkerij, geen navolging van Marx of Engels, of God verhoede, Nietzsche. Wat maakt ons mens, vroeg Tamás zich af. Wat onderscheidt ons van varkens en honden, die steeds op zoek zijn naar eten en seks? Niet de *übermensch*, maar de mens op zijn meest transcendent? Het was dan ook niet verbazingwekkend dat de ÁVH hem arresteerde, en het was ook niet verbazingwekkend dat Mimi beperkt werd in haar reizen terwijl andere musici vaak met betrekkelijk gemak het land in en uit konden gaan.

Ze sloegen zich met moeite door de eerste drie grauwe naoorlogse jaren heen, waarin de zware jongens van de pijlkruispartij uit de regering werden geschopt en de regering een coalitie was. Het eerste anderhalf jaar geloofden ze nog dat wat ze voor democratie hadden aangezien, overeind zou blijven. Met de dag werden ze meer een gezin, weliswaar een vreemd gezin, maar niettemin een gezin, met als familie de paar familieleden die Tamás nog had. Dénes sloot vriendschap met twee broers die drie blokken verderop woonden: József, die even oud was als hij, vioolspeelde en Mimi vol ontzag aanstaarde, en Iván, die drie jaar ouder was dan hij en schrijver wilde worden. Dénes maakte goede vorderingen op zijn cello. Ani ontlokte iedereen een glimlach.

Mimi gaf concerten, reisde wanneer ze kon en waar ze kon. Nadat Tamás in 1951 verdween, hadden ze haar carrière volledig om zeep kunnen helpen, maar het enige wat ze deden was voorkomen dat ze naar het Westen ging. Het was een kwestie van pr, meende Dénes: Mimi was in Amerika en West-Europa zo bekend dat het regime haar nodig had voor propagandadoeleinden. Als ze in het Oostblok speelde, maar verder nergens, konden ze rondbazuinen dat dat haar eigen beslissing was geweest.

Treinen door Oost-Europa. De kinderen gingen mee – als het meezat naar Sofia, Boekarest en Krakow, en als het tegenzat naar Minsk, Gdansk en Katowice. Mimi vond het niet prettig Ani, die soms in bed plaste en dat na de arrestatie van Tamás vaker deed, achter te laten.

Dénes kon nauwelijks bevroeden hoe Mimi tot die toestand van totale instorting was gekomen toen ze uit het hoofdkwartier van de ÁVH was teruggekeerd – ze vertelde hem pas wat er gebeurd was toen ze allang in Groot-Brittannië woonden – maar hij klampte zich vast aan haar woorden: 'Je vader leeft.' Zelfs na drie jaar, toen het belachelijk leek zich te verbeelden dat het waar was, geloofde hij daar nog in. Ondanks alles groeiden hij en Ani, zo niet op, dan toch in ieder geval door, zo grapte Mimi, en op de een of andere manier wist het gezin zich staande te houden. Ze studeerden, maakten vrienden en leefden van de ene kleine triomf naar de andere: een geslaagd concert, een celloprijs, een feest op iemands naamdag, waarbij de ene na de andere toost werd uitgebracht op goed gezelschap, de grootste vreugde, en een die hun niet ontnomen kon worden.

Dénes was net achttien geworden toen zijn vriend József, die aan een studie viool aan de Ferenc Lizst Academie was begonnen terwijl Dénes was toegelaten als cellist, op een herfstochtend naar Szeged vertrok om er een oom te bezoeken die aan de universiteit aldaar natuurkunde doceerde. Twee dagen later kwam hij terug. Om een uur of tien uur 's avonds werd er aangebeld en Dénes deed open.

'Józsi! Wat is er?'

'Ik heb zojuist studenten van oom András een standbeeld van Stalin omver zien trekken.'

'Wát?'

Een opstand, een hang naar verandering. Het sproot volgens József allemaal voort uit Stalins dood drie jaar daarvoor en de toespraak die Chroesjtsjov in februari had gehouden, en waarin hij Stalins politiek had bekritiseerd. Er was al onrust in Polen geweest en nu namen de studenten het voortouw. József had vol verwondering toegekeken toen een enorme groep studenten, hecht samenwerkend, het gehate beeld plat op zijn neus lieten vallen. Een stenen kolos, verachtelijk, verschrikkelijk, niet eens goed gebeeldhouwd, en zij hadden het verbrijzeld – en o, de vreugde, de uitgelaten uitdrukking op hun gezichten! De toekomst lag open, de hoop stroomde onbelemmerd, en het begon allemaal in Szeged, op die dag. Het was oktober 1956.

'Ik ga vanmiddag naar de demonstratie,' zei József op 23 oktober tegen hem. Hij was met grote sprongen de trappen op komen rennen en zijn gezicht was rood van de inspanning en de opwinding. Het zonlicht stroomde door hun keukenraam naar binnen. 'We gaan met een heel stel. Mijn broer helpt het organiseren.' Józsefs broer Iván zat op de Loránd Eötvös Universiteit en was lid van de Petőfikring van intellectuelen, van wie velen vrijdenkende communisten en schrijvers in de dop waren, zoals Iván. 'Ga mee, Dini. We verzamelen bij het beeld van Petőfi en marcheren naar het beeld van Bem in Boeda, en daarna naar het parlement.'

'Ik wil ook mee!' riep Ani.

'We gaan allemaal,' kondigde Mimi aan. 'We gaan later, wanneer onze taak voor vandaag erop zit.'

Terwijl de dag voortschreed en Dénes zich probeerde te concentreren op zijn celloles, voelde hij zelfs op de academie dat er iets veranderd was. Door het raam zag hij mensen rennen en met vlaggen zwaaien, hoorde hij vlakbij zingen en schreeuwen. Zijn professor, een kerel met een grote snor, enorme wallen onder zijn ogen en een getergde uitdrukking op zijn gezicht, was ook heel opgewonden, wat voor hem heel ongewoon was.

'Jij bent jong,' bromde hij, toen hij Dénes erop betrapte dat deze plichtmatig een studie zat af te werken terwijl zijn blik steeds naar het raam dwaalde. 'Je zou daarbuiten moeten zijn.'

'Sorry, professor. Ik ga later op de middag.'

'Toe maar, ga er maar heen. Vandaag is geen gewone dag. Kom, ik geef je toestemming om wat eerder weg te gaan.'

Dénes wilde niet wachten tot hij op andere gedachten zou komen. Hij haastte zich naar de dichtstbijzijnde grote weg, maar er waren zo veel mensen op straat dat de trams niet reden en Dénes zich ook niet snel kon verplaatsen. Hij draafde dus maar via achterafstraatjes met zijn cellokoffer op zijn rug naar huis om Mimi en Ani te gaan halen.

Twee studentengroepen rukten op naar het Bemplein; ze kwamen uit verschillende richtingen samen, de ene uit Pest, de andere uit Boeda. Toen Mimi, Dénes en Ani de deur uit renden, was de actie van die dag al een tijdje gaande. Dénes zou die spannende momenten nooit vergeten: al die lijven die daar liepen en zich bundelden, en de vlaggen die boven de massa uit staken, en de opschudding, het rumoer, de opwinding. Als je zoiets meemaakt, dacht Dénes, weet je wat hoop is.

In de menigte begon zich een nieuwe energie te manifesteren. Misschien was het osmose, want zover Dénes wist, waren er geen andere plannen geweest dan solidariteit met de Polen in Poznań betuigen, waar de studenten een opstand leidden. Hij voelde een verandering in de lucht: alsof iemand de elektriciteit had ingeschakeld en er plotseling in iedere geest in de straat elektrisch licht brandde, puur en krachtig.

Ze bewogen zich voort door Pest, dicht bij de Donau. Mimi kreeg een buurvrouw in de gaten wier zoon bij Iván op de universiteit zat en vroeg haar of ze misschien wist waar hun groep was. De buurvrouw hield haar hand achter haar oor om Mimi in het lawaai beter te verstaan. 'Ze zouden naar het parlement gaan,' zei ze. 'Het Kossuthplein. Ze zullen er nu wel zijn. Ik heb net gehoord dat ze om Imre Nagy roepen. Ze willen dat hij opnieuw wordt aangesteld!'

'Het radiogebouw,' riep iemand anders. 'Ze gaan naar het radiogebouw. Iemand zei dat de Zestien Punten misschien worden uitgezonden.'

'Wat zijn dat?' vroeg Ani.

'De belangrijkste eisen die de leiders van vandaag hebben geformuleerd,' legde Dénes uit. 'Hier, ze staan op deze pamfletten.' Hij raapte er een op om aan haar te laten zien.

Ze waren stil blijven staan, niet goed wetend waar ze heen moesten gaan: naar het parlement of naar het radiogebouw. Mimi staarde naar de grond – ze kreeg een voorgevoel. 'Ik denk dat we naar huis moeten gaan,' zei ze. 'Het bevalt me niets. Het is allemaal gerucht, speculatie. Ze zullen nooit toelaten dat de Zestien Punten op de radio te horen zijn.'

'Nee!' Dénes had nog nooit zo graag ergens willen zijn als die avond in de straten van Boedapest. 'We kunnen niet naar huis gaan. Laten we gewoon naar het parlement gaan.'

'Nee,' zei Mimi. 'Er klopt iets niet.'

De gebeeldhouwde stenen torentjes en het reusachtige koepeldak verrezen zwart tegen de avondlucht, terwijl de Donau in zijn brede bedding even rustig langsgleed als hij zou hebben gedaan als er geen jongeren met vlaggen waar in het midden de hamer en sikkel uit waren gescheurd, over de bruggen waren gestroomd, *'Russkik haza!'* – Russen ga naar huis! – roepend en eisend dat Imre Nagy hen toesprak.

'Dit is ongelooflijk,' mompelde Dénes.

'Wie zijn dat?' vroeg Ani hem, wijzend naar vrachtwagens met jongeren, niet veel ouder dan zij, die langszoefden.

'Die komen van de wapenfabrieken van Csepel,' zei Dénes. 'Geloof me, ik kan het weten.' Een uiterst sexy meisje dat in een koffiehuis dicht bij de academie werkte en dat met hem flirtte als de pest, had een broer die er werkte. Maar op dat moment doemde wel het eerste vraagteken in zijn hoofd op.

Ze werkten zich in het oprukkende duister door het gedrang heen in de richting van het parlement; de vele rijen donkere jassen en hoeden maakten het onmogelijk om nog veel dichter bij te komen. Het Kossuthplein bevatte duizenden mensen die schreeuwden en scandeerden, en toen Dénes naar het gezicht van zijn moeder keek, zag hij tranen in haar ogen omdat plotseling de last van al die jaren waarin haar echtgenoot kapotgemaakt was, loskwam. Net toen Dénes dacht dat er niet nog meer magie kon plaatsvinden, gingen de lichten in het parlement uit. Iedereen op het plein hield de adem in en even later drong het tot Dénes door dat overal in het donker brandende lantaarns schenen. Hij had een exemplaar van *Een vrij volk*, de communistische krant bij zich, en zonder erover na te denken had hij hem even later al opgerold en aangestoken. Ani slaakte een zucht van vreugde toen de vlam de opgeheven, zoekende gezichten om hen heen verlichtte.

Om een uur of negen verscheen er eindelijk een gestalte, een gestalte met een flinke snor en een bril met ronde glazen, op een balkon hoog in het parlementsgebouw: Imre Nagy. Hij begon te spreken; ze konden maar net verstaan wat hij zei.

'Beste kameraden,' zei Imre Nagy.

Dénes sloeg zijn vlakke hand tegen zijn voorhoofd. 'Beste kameraden?' Een kind kon zien dat deze demonstratie ging over het feit dat niemand ooit nog 'kameraad' genoemd wilde worden.

'We zijn geen kameraden!' gilde hij. Terwijl zijn stem uit de menigte opsteeg, klonken er ook andere stemmen op. Boegeroep. Gefluit. Hij had in zijn hele leven nog nooit zo veel spontaniteit gekend, niet hier, waar applaus meestal gereserveerd was voor zaken die de mensen verafschuwden. En dit was de man die ze opnieuw aangesteld wilden zien als hun leider?

Nagy smeekte de menigte verstandig te zijn, braaf te zijn en naar huis te gaan. Vergeet het maar, dacht Dénes. Niet vanavond, niet met deze energiegolf. Hij keek om zich heen. Achter in de menigte stonden een paar gewapende ÁVH-mannen. Er kwam een busje met gierende banden langs, toen nog een.

'Snel!' riep een van hen, Dénes kon niet zien wie. 'Naar het radiogebouw! De ÁVH schiet op de menigte, houd hen tegen!'

Later vroeg Dénes, en met hem vele andere vluchtelingen, zich af of de mannen in de busjes infiltranten waren. Was het schieten pas later begonnen, toen meer demonstranten zich door deze kreet naar het radiogebouw hadden laten lokken? Of was het waar dat het eerste schot gewoon in paniek was gelost, zonder bevel van bovenaf, nadat de verontwaardiging die losbrak toen de menigte hoorde hoe de gehate premier Ernő Gerő hen beledigde, terwijl ze hadden gehoopt de Zestien Punten te zullen horen, de demonstranten te veel werd? Dénes, Mimi en Ani werden nu in de algehele stormloop voortgestuwd. Pas toen ze gas roken en het als prikkeldraad in hun ogen voelden steken, en geweerschoten door de smalle straatjes met kinderkopjes die naar het radiogebouw leidden, hoorden weerkaatsen, leken ze de controle over hun eigen voeten terug te krijgen. Mimi begon te rennen. Dénes deed dat niet en Ani bleef onzeker, bang, dicht bij hem. Hun moeder bleef staan en schreeuwde.

'We gaan naar huis, nú, om je zus in veiligheid te brengen! Anders sta ik niet in voor de gevolgen!'

'Mama, dit is de belangrijkste dag van mijn leven en ik ga niet weg.'

'Goed. Als er iets met haar gebeurt, Dini, onthoud dan goed dat het jóúw schúld is.' Dénes was niet tegen Mimi opgewassen wanneer ze zo fel was. Over Ani's hoofd heen voerden ze een wilsstrijd – hij verloor. Ani keek van haar moeder naar haar broer en van haar broer naar haar moeder, niet bij machte iets te doen.

'Goed dan.' Hij stak zijn arm door Ani's weerspannige arm en die van Mimi. Ze togen naar huis. In de keuken hoorden ze in de verte de geluiden van een veldslag terwijl Boedapest een gooi naar de vrijheid deed. Dénes stond voor het raam te luisteren naar de symfonie van geweervuur, vol verlangen er deel van uit te maken.

De Russische militairen die vlakbij gestationeerd waren, kwamen de Hongaarse regering te hulp om de orde in Boedapest te herstellen. Met andere woorden, zo morde Dénes, ze probeerden de demonstranten te vermoorden; ze schoten op hen vanaf het Kossuthplein, op de plek waar Dénes, Mimi en Ani een etmaal eerder hadden gestaan. Toen trokken de Russen zich tot Dénes' stomme verbazing terug. David was Goliath aan het verslaan. Hij wist niet hoe dat zo was gekomen, maar het was te mooi om waar te zijn. De serveerster uit het koffiehuis vroeg hem met haar mee te gaan naar het ziekenhuis om bloed te geven. Daar kwam hij langs patiënten met schotwonden die ondanks de pijn lachten.

Mimi en Ani gingen samen weg om eten te kopen. Voor de verandering was het eens ruim voorhanden, in plaats van gerantsoeneerd. Uit solidariteit met de hoofdstad waren de boeren vanuit de collectieve boerderijen toegestroomd, en ze hadden alles wat ze konden missen aan voedsel meegenomen om de vechtenden te helpen. De blije Ani droeg een hele zak met appels en nog een met wortelen en aardappelen, en iemand die Mimi herkende van een concert, gooide haar een geplukte kip toe en weigerde er geld voor aan te nemen. Maar terwijl ze de kip opving, meende Mimi twee blokken verderop een lange grijze zak met een scheve paarse bal erop aan een boom te zien bungelen. Ze greep Ani beet en keerde haar gezicht de andere kant op. De menigte had een man van de geheime dienst gelyncht. In de Vácistraat kwam er rook in hun neusgaten. Verschroeide papiersnippers dwarrelden neer en bleven op hun jas liggen. Er werd voor de sovjetboekwinkel een stapel boeken verbrand. Communistische traktaten?

'Niet alleen die,' vertelde József aan Dénes toen ze bij elkaar kwamen om de laatste nieuwtjes uit te wisselen. 'Iván zegt dat het niet alleen boeken van Marx en Lenin zijn. Nee, ook een heleboel die erop lijken. Niemand probeert van het communisme af te komen, maar gewoon van die corrupte kliek: Gerő, Rákosi, de zware jongens. En er worden natuurlijk ook zomaar boeken verbrand. Alles wat het intellect vertegenwoordigt. Als ze de kans krijgen, zullen ze ook het proefschrift van je vader verbranden, en het studieboek van oom András.'

'Als dat zo is, moeten we nu naar buiten gaan.' Dénes verbeeldde zich dat hij de vlammen al aan zijn huid kon voelen likken. Thuis vertelde hij Mimi wat hij nog meer had gehoord: 'De grenzen zijn open – duizenden mensen zijn op weg naar Oostenrijk. Wij moeten ook gaan.'

'Ik kan niet weg,' verklaarde Mimi. 'Ik heb op 3 november een concert.'

Hoewel Mimi haar status van internationale beroemdheid in het Westen kwijt was, kon ze nog wel op één ding bogen: haar professionele instelling. Ze liet nooit iemand in de steek, behalve tijdens die niet-geplande periode van een halfjaar in Californië, waarin ze niet opgetreden had wegens een 'blessure'. Ze had met hoge koorts concerten gegeven; eenmaal had ze zich, nadat ze bedorven oesters had gegeten, gracieus tussen de coulissen begeven en daar overgegeven; ook nu, terwijl ze zelfs te bezorgd was om te slapen of te eten, zette ze alle andere zorgen opzij wanneer het tijd was om op te treden. Met een man die gearresteerd, gemarteld en waarschijnlijk vermoord was, vond ze dat ze in haar handen mocht knijpen dat ze überhaupt nog viool kon spelen. Haar geweten vrat aan haar.

Ze geloofde er heilig in dat alles wat hen overkwam, goddelijke vergelding was voor alles wat voordien was gebeurd: dat ze haar ouders, haar erfgoed en de Frankls de rug had toegekeerd. Vergelding ook voor haar ontsnapping naar de Verenigde Staten, het leven dat ze daar had geleid en haar relatie met Marc. Ze was heel zelfverzekerd, heel arrogant geweest. Dat was de zonde: arrogantie. Haar confrontatie met het hoofdkwartier van de ÁVH had het laatste beetje vernietigd. Vergeefs probeerde Dénes haar aan het verstand te brengen dat de regering van Hongarije niets met haar persoonlijke moraal te maken had.

Op de avond van 3 november schreed Mimi het podium van de Ferenc Liszt Academie op en veranderde ze haar programma. In plaats van de aangekondigde werken – Mozart, Beethoven en Prokofjev – zou ze muziek spelen van Brahms die was opgedragen aan zijn Hongaarse violistenvriend József Joachim, plus een paar van zijn Hongaarse dansen; daarna muziek van Bartók, de suite van Duplessis en Ravels *Tzigane*, geschreven voor Jelly d'Arányi. De rij voor de kassa reikte tot ver in de straat, hoewel de winter was ingevallen en het al flink koud was. 'Laat ze binnen,' verzocht Mimi toen alle kaartjes weg waren, maar de rij nog niet. Ten slotte gingen de deuren gewoon open en drongen de wachtenden de foyer binnen. Ze bleven daar het hele concert als betoverd staan; deze ene keer leek iedereen in Boedapest bereid haar zigeunerafkomst te vergeten.

Dénes' ogen vulden zich met tranen van trots. Terwijl zijn moeder voor de zesde keer een open doek kreeg en er vanaf het balkon goudgele herfstbloemen naar haar toe geworpen werden, kwam er door de lucht een bundel stof op haar af: iemand had een Hongaarse vlag het toneel op geworpen waaruit het gehate ronde middengedeelte was gescheurd. Mimi raapte hem op, vouwde hem open en drapeerde hem met een zwierig gebaar om haar schouders. Haar pianist kwam terug met een stapel muziek en ze speelden toegift na toegift. Dénes had nog nooit zoiets gezien, en zou zoiets ook nooit meer zien.

Het concert werd rond kwart over elf eindelijk afgesloten. Toen ze weer thuis waren, sloten Mimi, Dénes en Ani en hun vrienden de avond feestelijk af met thee, gebak en palinka. Toen iedereen weg was, viel Dénes in slaap met op de achtergrond de stem van zijn moeder die in de aangrenzende kamer zachtjes aan het zingen was – een zigeunerslaapliedje, of misschien een liefdesliedje, waarvan hij de woorden nooit zou weten.

Voor het ochtendgloren werd hij door een ander geluid gewekt. Een metaalachtig gekletter dat onverbiddelijk door de straat ratelde. Toen het langsreed, stonden de muren te beven. Boedapest trilde op zijn grondvesten. Nu, na vijftig jaar, kon Dénes nog de vibratie door de dunne matras heen voelen. Hij stond op en liep naar het keukenraam. Ani kwam bij hem staan. Boven hen in de donkere lucht vlogen vreemde groene lichtjes.

'Wat is dat?' fluisterde Ani.

'Russische verkenningsprojectielen,' zei Dénes, die meteen begreep wat er aan de hand was. 'En dat geraas komt van tanks.' Ani kroop tegen hem aan en ze hielden elkaar vast. 'Niet bang zijn,' fluisterde hij. Het volgende geluid dat hij zich herinnerde was het gefluit en geknal toen de Russische aanval begon.

Op ieder ander moment, placht Dénes te denken, zouden ze nooit ongestraft hebben kunnen doen wat ze die dag en tijdens de daaropvolgende dagen in Boedapest deden. Het Westen hield zich bezig met de Suez-crisis, niet met Hongarije. Op ieder ander moment zouden ze te hulp zijn geschoten. Toch?

Het duurde een paar uur voordat de omvang van de aanval tot hen doordrong. Ten slotte, rond het middaguur, haastten Mimi en Ani zich de trap af, naar de kelder, waarin vele buren al hun toevlucht hadden genomen.

'Lijkt nog maar kortgeleden,' merkte een joviale kerel op die al vijftien jaar op de etage onder hen woonde. Niemand lachte.

Dénes aarzelde. Hij wilde zien wat er gebeurde. Terwijl hij weifelend zijn moeder en zuster in veiligheid bracht, zag hij József met wilde blik in de deuropening staan.

'Iván is op straat.' Meer hoefde József niet te zeggen; Dénes vloog naar buiten om zich bij hem te voegen.

De jongens werkten zich door de straten heen, wegduikend in dreigende deuropeningen en onder stenen bogen, hun kleren stoffig van het vallende pleister. Dénes kon niets in zich opnemen: het lawaai, de geweerschoten en de granaten, allemaal lagen, perspectief op perspectief, dichtbij, verder weg en nog verder weg, mensen die haastig dekking zochten, de donkere jassen om zich heen getrokken, de gezichten beschermd door opgeheven armen. Machinegeweervuur, van welke kant kon hij niet waarnemen. Een stad van gezichtloze, wegrennende jassen, wanhopig op zoek naar veiligheid.

'Józsi, stop,' drong Dénes aan. 'Dit is waanzin.'

In de Rákóczistraat reed een vrachtwagen met een zwarte vlag langs hen heen, volgeladen met Hongaarse lijken. In de novemberlucht kon hij, hoewel zijn neusgaten en keel vol stof zaten, rook, bloed en kruit ruiken. Om hen heen ontrolde zich de nachtmerrie van vallende steen en bakstenen, vertrapt onder hun voeten terwijl ze de Stalinlaan overstaken – zelfs toen hij die voor het eerst gezien had, toen ze na de oorlog uit Amerika kwamen, was de verwoesting niet zo totaal geweest. De laatste kans was verkeken. De stad werd zo ongeveer aan flarden geschoten.

Dénes zag een hoop puin, het enige wat nog over was van een groot huizenblok met sierdeurposten en ijzeren balkons; tussen de resten zag hij iets wat op een hobbelpaard van een kind leek, en een blauwe glimp van iets wat misschien ooit de sjaal van een vrouw was geweest. Daartegenover, bij wat ooit het lievelingskoffiehuis van zijn vader was geweest, lagen stapels borden die allemaal aan gruzelementen waren geslagen. Ze liepen door, langs jongenssoldaten met regenjassen aan die machinegeweren vasthielden. De mensen om hen heen stapten gewoon over de lijken van de Russische soldaten heen die waren neergeschoten; niemand haalde ze op. 'Het is hopeloos,' zei József met betraande wangen. 'Hij is dood. Hoe kunnen we hem ooit vinden?'

Zoals alles in deze krankzinnige twaalf dagen, dacht Dénes, gebeurde het toevallig. Ze struikelden over Iván op de stoep van de Museumboulevard. De vrachtwagens hadden zijn lichaam nog niet bereikt. Hij had een kogel in zijn hoofd gekregen en was naar opzij gevallen. Zijn vingertoppen waren langs een rooster van een afvoerput gegleden. Uit zijn jaszak stak het programma van Mimi's recital. József knielde neer en stak zijn hand uit om de starende ogen van zijn broer te sluiten.

'Help je me hem op te tillen?' vroeg hij, terwijl hij Iváns schouders in zijn armen nam. En terwijl Dénes de zware, bebloede benen ophief, nam hij zich in stilte voor nooit te zullen wijken: niet voor de Russen, niet voor de schurken van de ÁVH, voor niemand.

Er zouden kampen zijn vlak over de grens in Oostenrijk om degenen die Hongarije uit waren gevlucht op te vangen, althans, dat had hij gehoord. Het was een risico, maar andere mensen hadden het gedaan, dus konden zij het ook. 'We moeten weggaan,' zei Dénes. 'We hebben verloren. Ze hebben zich van Nagy ontdaan en János Kádár is een Russische marionet. Kloterottweilers!'

'Ik ben artiest,' protesteerde Mimi. 'De mensen kennen me. Er moet een betere manier zijn. Wacht, ik zal Saul in New York schrijven.' Ze schreef al biddend een brief. Als Saul hen hielp, konden ze wachten tot de rust een beetje was weergekeerd en dan legitiem het land verlaten. Dus wachtten ze. Ze hoorden niets. Veel later vernamen ze dat Saul de brief nooit had ontvangen.

'Ani zou kunnen gaan,' zei Dénes. 'Die is nog steeds Amerikaans staatsburger.'

Mimi wilde er niets van weten. 'Nee. Ze is te jong om alleen door een land als dit te reizen. We moeten bij elkaar blijven.'

Józsefs oma, die over de tachtig was, was overgeplaatst naar het platteland en Józsefs moeder had erop gestaan met haar mee te gaan. Nu Iván dood was, wilde ze dolgraag dat haar enige overgebleven zoon zich bij hen voegde. József, die sinds hij het lijk van zijn broer had gevonden, niet geslapen had, vroeg aan Dénes of hij met hem mee wilde gaan. Na zijn lessen repte Dénes zich naar het station om samen met József een vroege avondtrein te nemen.

'Identiteitsbewijzen,' snauwde een beambte met leren jasje toen ze een halfuur onderweg waren. De jongens haalden hun papieren voor de dag. Hij nam ze in beslag en liep stampend het rijtuig uit. Hun identiteitsbewijs zagen ze niet meer terug.

Zonder dat bewijs zouden ze verloren zijn. Zonder identiteitsbewijs kon je je niet verplaatsen. Dénes voelde zijn laatste restje aanvaarding wegglijden; hij vroeg zich af hoe hij het zo lang tegen had kunnen houden. 'Józsi,' zei hij, 'dit is geen leven.'

'Maar wat moeten we met onze studie?' protesteerde József, die zijn viool had meegenomen.

Wat was belangrijker: studeren of vrijheid? Wat had het voor zin je muzikale vermogens goed te ontwikkelen als je de rest van je leven een gevangene was? 'Het kan me niet schelen,' zei Dénes. 'De academie krijgt wel andere studenten.'

József aarzelde. 'Maar, Dini, we hebben het geprobeerd. Hongarije heeft zijn trots terug omdat we het geprobeerd hebben, ook al hebben we verloren. Was dat niet de moeite waard?'

'Natuurlijk was het de moeite waard. Maar het is niet genoeg, niet voor mij. En na wat er met Iván is gebeurd, begrijp ik niet hoe je zelfs maar kunt dénken dat het voor jou genoeg is.'

Toen hij weer thuis was, na een terugreis tijdens welke hij nauwelijks adem had durven halen uit angst voor wat er zou gebeuren als iemand deze keer om zijn identiteitsbewijs zou vragen, staarde Dénes naar zijn moeder, die eenenveertig was maar er uitzag als vijfenvijftig, en zijn kleine zus, die dertien, mager en bleek was van de spanningen en de angst. Was het de moeite waard? Was het genoeg? Ani's gezichtje gaf de doorslag.

'Ik ga het land uit,' zei hij. 'Ik ga met Józsi.' József was na twee weken teruggekomen van het platteland, en op de academie deed Dénes zijn best om hem om te praten.

'Ik wil mee,' verklaarde Ani.

'Ani, je bent nog niet eens veertien,' wierp Mimi tegen. 'We moeten bij elkaar blijven.'

'Ik wil het! Als Dini gaat, ga ik ook. Dini, neem je me alsjeblieft, alsjeblieft met je mee?'

Dénes boog zich voorover en hield de ijskoude handen van zijn moeder tussen de zijne. Buiten sneeuwde het. 'Mama, ga met ons mee,' fleemde Dénes. 'Laten we bij elkaar blijven, maar niet hier. Het is riskant, maar ik red liever mijn geestkracht dan mijn leven. Papa is dood, we kunnen niet blijven hopen. Wat is er nog over? Laten we weggaan. Laten we een poging wagen. Als we in Engeland kunnen komen, zal Ursula ons misschien helpen. Ze zei dat ze me les wilde geven.'

Mimi pakte haar vioolkoffer op en nam hem in haar armen, alsof ze er troost bij zocht. 'Ik weet niet hoe het moet,' zei ze, meer tegen de Amati dan tegen haar kinderen. 'Het is zo gek. Ik kan de moeilijkste vioolmuziek spelen die ooit geschreven is, ik heb zes jaar in New York gewoond, maar nu weet ik niet hoe ik dit land moet verlaten.'

'Ik zal alles doen, mama. Laat het maar aan mij over,' zei Dénes, die het ook niet wist, maar zich daardoor niet uit het veld wilde laten slaan. Het was een kwestie van improviseren. Hij ontmoette József buiten de academie om een plan te maken.

'Het is te laat,' zei József. 'We hadden in het begin kunnen gaan, maar niet nu. We zijn al drie weken verder. Ze zullen de grenzen veel strenger bewaken.'

'Toch gaan we,' hield Dénes vol. 'Als we het niet redden, dan is dat maar zo, maar ik geef het niet op zonder het geprobeerd te hebben. Ga met ons mee.'

'Mijn moeder laat mijn oma niet in de steek. En ik kan haar niet achterlaten.'

Dénes stampvoette van frustratie, maar hij kon de weerspannige violist niet in beweging krijgen. Ironisch genoeg won József een paar jaar later een internationaal concours, reisde zonder het minste probleem Hongarije uit om een concert te geven in Frankrijk, en keerde niet terug. Het was een heel wat simpeler vertrek dan dat van Dénes, Ani en Mimi.

Wanneer wanhopige mensen een land willen ontvluchten, is er altijd wel iemand, een Alban misschien, die bereid is hen, voor de juiste prijs, te helpen. Dénes hoefde maar een paar uur te observeren, luisteren en vragen te stellen in het stadscentrum om erachter te komen dat er de volgende ochtend vroeg een bus zou vertrekken die naar de Oostenrijkse grens reed.

Mimi wilde zo veel aandenkens meenemen als ze in een koffer kon proppen, en Ani wilde een afgekloven Amerikaanse teddybeer uit haar kindertijd meenemen, waarvan ze niet wist dat het een geschenk van haar echte vader was. 'Laat die papieren maar hier,' onderhandelde Dénes, toen hij zijn moeder wanhopig zag kijken naar dozen vol oude programma's en brieven. 'Ik geef ze wel aan Józsi, die zal ervoor zorgen en ze later naar ons opsturen.' József willigde hun verzoek in; als bezetenen waren de jongens die laatste avond een paar uur bezig met het uitzoeken van Mimi's archief, terwijl zij in tranen toekeek. Ze weigerde de zilveren lepels die de Frankls haar en Tamás op hun trouwdag hadden gegeven, achter te laten.

'Wat moet er met al onze spullen gebeuren?' vroeg Ani. 'Papa's boeken, en mama's jurken, en...'

‘Vergeet die nu maar. Dat zijn maar dingen.’ Voor zichzelf had Dénes alleen wat schoon ondergoed, twee overhemden en een foto van zijn vader ingepakt.

Voor het ochtendgloren wekte hij zijn moeder en zuster en nam hen mee de winterse ochtend in. Ani keek nog één keer over haar schouder naar het gebouw waarin ze gewoond hadden. Zij droeg Mimi’s koffer met viool; dat was haar taak, haar kleine ritueel wanneer ze met hun moeder op tournee waren. Dénes had zijn cello bij József achtergelaten. Als hij het haalde, zouden er in Engeland genoeg cello’s zijn. Als hij het niet haalde, zou hij hem niet meer nodig hebben.

De rit duurde de hele dag, waarbij ze over eindeloze wegen met diepe gaten reden. De bus stopte een paar maal, maar niemand stapte uit; iedere passagier wilde het land verlaten. Toen de schemering inviel, stopte de chauffeur bij de op één na laatste halte en zette de motor uit. ‘Als er mensen zijn die “nergens heen hoeven”,’ kondigde hij aan, ‘dan is het een goed idee om hier uit te stappen. De Russen patrouilleren vlak bij onze laatste halte.’

Dénes, die hun tassen vasthield, liet alle anderen eerst uitstappen. Mimi volgde hem; de laatste die uitstapte was Ani met de Amati in zijn foedraal tegen haar borst geklemd.

‘Kom hier, Ani,’ zei Mimi. ‘Er zit een vlek op je wang.’ Ze veegde roet van Ani’s gezicht met de aandacht van iemand die een dochter voorbereidt op haar eerste bal.

Omdat ze niet wisten wat ze nu moesten doen, begonnen ze over de weg in dezelfde richting te lopen als waarin de bus had gereden. Misschien zouden ze een huis of een dorp tegenkomen waar hulp te vinden was, of anders in ieder geval aanwijzingen. Het geluid van een motor deed Dénes omkijken. Er kwam een vrachtwagen op hen af. Hij zwaaide om aan te geven dat hij moest stoppen en praatte met de chauffeur, die een donkere huid had, misschien een Roma. De man staarde hem aan, zoals de Roma wel meer deden. Was hij een van hen? Dénes voorzichtige woordkeus duurde niet lang – dit type had meteen door dat ze naar de grens wilden. ‘Goed,’ zei hij, ‘ik kan jullie helpen.’

‘Hoeveel?’ vroeg Dénes.

‘Hoeveel heb je?’

Dénes vertelde het hem.

‘Dan is dat de prijs.’ De ogen van de chauffeur lichtten op bij het zien van Ani’s blonde haar. ‘Kom, stap in.’

Hij opende de achterdeuren en Dénes moest bijna hardop lachen: de vrachtwagen zat al vol met vluchtelingen. Het waren er misschien wel achtentwintig: kinderen, jonge ouders en oude mensen, op elkaar gepakt, muisstil. Twee mannen die eruitzagen als de broers van de chauffeur, zaten waakzaam achterin; ook hun blikken gingen af en toe naar Ani. Dénes installeerde zijn moeder zo comfortabel mogelijk en ging toen met Ani dicht tegen zich aan zitten terwijl de vrachtwagen zich door de nacht slingerde. Een opeenhoping van lichamen, allemaal met hetzelfde idee en hetzelfde gebrek aan ideeën. De geuren van vochtige stof en zweet vermengden zich met die van aarde en beginnende schimmel – de wagen was tot voor kort waarschijnlijk gebruikt voor het vervoeren van aardappels. Niemand sprak.

Er werd gestopt. Ze klommen eruit, koud en stijf. Bevroren grond. Zwarte lucht. Een boer van middelbare leeftijd met een baard nam de vluchtelingen achterdochtig op, eerder met minachting dan met medelijden, zoals iemand die in een abattoir werkt naar een groep verdwaasde zeugen zou kunnen kijken. Geen licht behalve in de verte een blauwe lichtbundel van een wachttoren. Die kant op was de grens. Geen maan, dus geen maanlicht. Dénes had per toeval de juiste dag voor hun ontsnapping gekozen.

De boer en de bemanning van de vrachtwagen zetten de vluchtelingen in een kring. De portemonnees en bankbiljetten kwamen tevoorschijn. Alles. De mannen lieten zelfs Ani haar zakken omkeren. Ze moesten het fortuin van hun dromen bijeen hebben vergaard, maar het kon niemand iets schelen wat het kostte, zolang ze maar wegkwamen.

'Het duurt een uur of zes,' verklaarde de boer met baard. 'Ik loop voorop, mijn vriend in het midden en de laatste achteraan. Niet praten, gewoon doorlopen. Jullie zullen lichten zien. De Russen patrouilleren langs de grens en wij gaan tussen de lichten door. Als je ineens fel licht ziet, ga je liggen en verroer je geen vin. Er komen drie grote vijvers, die bevroren zijn. Er zijn een rivier en een brug. Steek die over, dan ben je in Oostenrijk. Er is in het volgende dorp een opvangkamp.'

Dénes hield Ani's hand vast. Hij had twee koffers in zijn andere hand en liet zijn moeder de laatste dragen. Ani droeg de viool – de routine had een wonderlijk troostgevende werking. Om de zoveel tijd waren er bevroren plassen; de sneeuw lag dun en bros op de grond: de smurrie was telkens opnieuw bevroren, waardoor het oppervlak verraderlijk was. 'Loop op de plekken waar je gras ziet, dat is minder glad,' fluisterde Dénes Ani toe. Hij dankte God dat hij stevige schoenen aan had. Ani droeg echter haar vakantielaarzen, het enige aardige paar schoenen dat ze bezat; ze had geweigerd ze achter te laten en Dénes was, in de haast hen allemaal op tijd in de bus te krijgen, vergeten tegen haar te zeggen dat ze verstandig moest zijn. Nu deden haar voeten pijn en lieten haar hakken gaatjes achter in de bevroren aarde.

De rest van de groep hield zich niet stil genoeg. Achter hen was een bejaarde vrouw aan het hijgen en het hoesten. Er krijste een baby; de ouders maakten wild sussende geluiden, die bijna even luid waren als het gehuil. 'Papa, zijn we er bijna?' vroeg een kleine jongen luid, waardoor iedereen moest lachen. De lichten kwamen dichterbij; de knaap had het goed gezien.

Wat even later gebeurde, ging zo snel dat Dénes geen tijd kreeg om na te denken. Een schreeuw: 'Handen omhoog! Wij zijn gewapend!' De vluchtelingen verspreidden zich alle kanten op. Hij nam drie sprongen en wierp zich voorover op de grond. Met dichtgeknepen ogen, terwijl de kou zijn buik in sijpelde, hoorde hij fluisteren, bidden. Iemand jammerde: 'Lieve Heer, laat ons in vrede gaan...' Dan stilte. Hij wachtte. Hij telde tot tien, tilde toen zijn hoofd op en opende één oog. Hij zweette overvloedig, ondanks de kou. Het was te donker om iets of iemand te zien. 'Ani?' fluisterde hij. 'Mama?'

Hij sloop op zijn knieën naar voren, met één hand om zich heen voelend. Na een paar afschuwelijke ogenblikken in de leegte rondgetast te hebben, stuitte hij op iets stevigs, iets bemodderds – een meisjesschoen, met een ongeschikte hak. 'Dini?' klonk Ani's stemmetje. Hij slaakte een zucht van opluchting. Toen hij gesprongen had, waren Mimi en Ani hem gevolgd; ze lagen bij elkaar op de grond op hem te wachten. Ani rilde hevig van de angst en de kou. Hij kon niemand anders van hun gezelschap zien.

'Denk aan wat hij zei over tussen de lichten door lopen,' zei hij.

Ze bewogen zich naar voren. Tussen de zilverblauwe stralen door strekte zich een corridor van duisternis uit. Gebukt gingen ze voort, half lopend, half kruipend. Wanneer er een lichtbundel door het duister zwenkte, wierpen ze zich voorover. De tijd werd vloeibaar. Dénes had geen idee hoe lang ze daar al waren. Tot zijn stomme verbazing was hij niet bang. Hij wilde gewoon de grens oversteken zonder het leven te laten. Zo hij al angst voelde, was dat om zijn zuster en moeder, die minder sterk en vrouw waren en de verkeerde leeftijd hadden. Als jongen van achttien had hij niets te verliezen.

Ze waren voorbij de lichten. De duisternis verdiepte zich; de donkere corridor ging op in het vlakke land vóór hen. Dénes meende in de verte glimpen op te vangen van een paar grijze vlakten. Drie keer water, vijvers, bevroren. De brug zoeken, die oversteken en je bent in Oostenrijk. Met droge mond mompelde hij Mimi en Ani bemoedigingen toe. Ze hielden hun blik strak op het ijs gericht en liepen door.

Achter hen schoot een fel verkenningslicht de lucht in. Een lichtflits, een gil; een schot. Dénes voelde de grond tegen zijn gezicht en lichaam slaan. Hij kon een paar decimeter bij hem vandaan zijn moeders snelle ademhaling horen. Ratelend machinegeweervuur. Blijven liggen, je niet verroeren. Nog meer fel licht, vuurwerk, Nieuwjaar, ha ha, de mooie blauwe Donau. Dan plotselinge beroering; iemand die in paniek opsprong, struikelde en viel. Ani? Toch niet Ani? Het licht ving haar; de schoten en de kreet zou hij de rest van zijn leven iedere nacht in zijn slaap horen. Hij pakte zijn moeder beet en schoof een hand voor haar mond. Mimi, stevig in zijn armen geklemd, wiegde vol pijn stil heen en weer.

De patrouille ging achter de rest van hun gezelschap aan. Om hen heen werd alles stil. Dénes verslapte behoedzaam zijn greep op Mimi.

'Ik moet naar haar toe,' snikte Mimi. 'Ik kan haar niet achterlaten.'

'We zullen wel moeten, want anders worden we ook doodgeschoten. We kunnen niets doen,' drong Dénes aan. 'Ze is dood.'

'De viool,' zei Mimi.

'Laat dat stomme ding!'

'Maar als ze nou niet dood is? Hoe kunnen we daar zeker van zijn?'

'Blijf hier. Ik ga wel.'

Dénes kroop, terwijl zijn adem in zijn keel raspte, in de richting van Ani's schreeuw. Hij had de afgelopen weken in Boedapest genoeg meegemaakt om te weten hoe een kreet klonk van iemand die sterft.

Ze lag voorover, haar muts schuin op haar blonde staartjes, de slungelige armen en benen in onmogelijke hoeken gespreid. Donkere plekken bloed sijpelden uit haar rug waar ze met kogels doorzeefd was. De dood moest onmiddellijk zijn ingetreden. Dénes huilde. Een meisje met haar vakantielaarzen aan, die niemand kwaad deed, die niets anders wilde dan de kans een volledig leven te leiden. Afgeslacht, net als die gelynchte ÁVH-zwijnen. Dénes herinnerde zich hoe Marc Duplessis hem geleerd had greep op zichzelf te krijgen: razernij verandert niets; wees een man, wees sterk.

Zachtjes rolde hij het lichaam van zijn zus om. Haar linkerarm was nog steeds om zijn moeders vioolkoffer geklemd. Hadden ze haar van voren beschoten, en niet van achteren, zoals laffe misdadigers als zij altijd deden, dan zou de viool haar misschien het leven hebben gered. Maar nu had zij de viool gered. Hij tilde de koffer op. Er had zich een kogel dwars doorheen geboord.

Hij zag de soldaat niet naderen. Een Russische soldaat. Hij stond naast hem, en staarde op het slappe lichaam van het dode meisje neer met een afgrijzen dat, zo begreep Dénes abrupt, even groot was als het zijne. De ogen van de soldaat keken in de zijne – hij was zelf nog maar een jongen, niet ouder dan zeventien, met de brede jukbeenderen, schuine ogen en het donkere haar die duidden op de buitengewesten van de sovjetrepubliek, de oostelijke gebieden die door het monsterregime als melk in Stalins riet waren opgezogen. Hij dacht waarschijnlijk dat hij in Suez zat, en niet in Hongarije. Hij geloofde waarschijnlijk dat Hongaars Arabisch was; hij kon waarschijnlijk niet begrijpen waarom het sneeuwde, of waarom er geen kanaal was.

'Mijn zus,' zei Dénes, zonder te bewegen. Als de soldaat hem nu neerschoot, kon hem dat geen bal schelen. 'Toe dan. Dood mij ook. Waarom zou ik leven als mijn zuster dood is?'

Maar deze jongenssoldaat zou hem, om redenen die hij zelf het beste kende, niets doen. Het kon zijn, dacht Dénes, dat hij in zijn hele leven nog nooit iemand had doodgeschoten. De jongen keek naar de viool, liet toen zijn wapen zakken en stak een hand uit naar de rouwende Dénes. Zijn vinger raakte Dénes elleboog. Even was er contact, contact tussen twee vijanden, de een even bang als de ander. De knaap mompelde iets: een betuiging van medeleven, misschien een gebed. Toen maakte hij een beweging met zijn hoofd en zei in het Russisch: 'Ga. Snel.'

*'Köszönöm, barátom,'* zei Dénes. Dank je, vriend. Met zijn moeders viool in zijn armen keerde hij zich om en liep hij weg in de richting van Oostenrijk.

Karina's gezicht is nat van de tranen. Dénes geeft haar een kus en neemt dan een grote slok wijn. Hij heeft tijdens het laatste gedeelte van zijn verhaal haar hand vastgehouden, waarbij zijn greep steeds steviger werd. 'Begrijp je nu waarom we het je niet hebben verteld?' zegt hij.

'Hier heb je al die jaren mee geleefd.'

'Wat kon ik anders doen? Misschien ben ik verantwoordelijk voor de dood van mijn zus. Je oma gaf me destijds de schuld, en doet dat nog steeds. Weet je, toen we op weg waren naar Engeland en het Kanaal overstaken, een paar dagen nadat we Oostenrijk hadden bereikt, wilde ze nauwelijks met me praten. Maar we hadden het overleefd, en we hadden alleen maar elkaar, een beetje hoop en twee of drie telefoonnummers. Hoe we ermee leven? God mag het weten. Zij heeft het het zwaarst te verduren gehad.

Ik heb een vader en een zuster verloren. Zij een man en een kind. En in Duplessis haar minnaar. En lang daarvoor had ze natuurlijk ook haar echte ouders, haar broer en haar pleegouders verloren. Maar op de dagen die we haar slechte dagen noemen, weet ik dat ze om Ani huilt. De dromen blijven bij je, Karina, die houden nooit op. Ze is eenennegentig en iedere nacht beleeft ze alles opnieuw...'

'En toen jullie in Groot-Brittannië aankwamen...?'

'Ja, na een paar weken in een kamp voor vluchtelingen opgesloten te hebben gezeten, slikten we onze trots in en belden we Ursula. Ze zei dat we naar haar konden komen en dat deden we, want we voelden ons helemaal niet veilig waar we zaten. Ik zal nooit die eerste ochtend in het kamp vergeten, Karrie. We aten cornflakes. Ik had mijn hele leven nog nooit één cornflake gezien. Ik snapte niet dat zoiets ooit was uitgevonden. Er zaten heel wat fatsoenlijke mensen daar, net als wij, maar er waren ook een paar echte desperado's. We waren doodsbang, we moesten daar weg. Ursula stond borg voor ons; ze vond een onderkomen voor ons, ze vond iemand die me een cello kon lenen, ze gaf me les en in plaats van haar te betalen, maakte ik tweemaal per week haar huis schoon. Ik kan je wel zeggen, Karina, dat als zij er niet was geweest, als ik haar niet zo gecharmeerd had met mijn 'nectar en ambrozijn'... Nou, twee jaar later won ik een beurs voor Hongaarse vluchtelingen en ging ik eindelijk naar het conservatorium. Er was naar je oma veel vraag natuurlijk, zodra de mensen wisten dat ze in Groot-Brittannië was.'

Dénes glimlachte. 'Een maand na onze komst werden we bij Yehudi Menuhin op de thee gevraagd. En omdat zo veel mensen mijn moeder kenden, kwamen we in het hart van dat prachtige wereldje, de Londense muziekwereld, terecht. Het duurde even voor we dat allemaal hadden opgebouwd, voordat we de concerten kregen, maar we hadden toen nog geen idee wat voor geweldigs ons nog allemaal te wachten stond. De jaren zestig, Karina! Alles bloeide. Het was als een wedergeboorte. Ze speelde met iedereen: Daniel Barenboim, Jacqueline du Pré, Leonard Bernstein, Stephen Kovacevich, Georg Solti, de beste musici ter wereld.'

'Ik snap niet hoe ik me zorgen kan maken om dat stomme leventje van mij als ik hoor wat jullie allemaal hebben meegemaakt,' zegt Karina in haar vaders schouder. 'Ik kan het niet bevatten... dat er op één wereld zo veel verschillende ervaringen tegelijk kunnen zijn. Mijn leven leek gisteren nog zo somber. En nu schaam ik me gewoon tegenover jou en oma. Vergeleken bij dit moet het jullie allemaal wel banaal voorkomen.'

'Rare meid.' Dénes streelt haar haar. 'We hebben het allemaal voor jou gedaan. Als jij lijdt zoals wij hebben geleden, dan hebben we niet genoeg gedaan. Maar ikzelf denk dat we dat wel hebben gedaan! We leven samen in deze enorme soep, we zijn allemaal anders en toch zijn we allemaal hetzelfde. Meer is het leven niet: één groot samenraapsel van klootzakken en rottweilers en af en toe een engel. Je moet doen wat je kunt met dat beetje dat jou is toegewezen. En als er niemand doodgaat, is het leven goed.'

'Vergeleken bij dit alles is het lot van een viool niet zo belangrijk,' zegt Karina. 'Maar jullie hebben hem dus meegenomen?'

Dénes pakt de fles wijn en vult hun glazen opnieuw. 'De viool is er niet helemaal ongeschonden doorheen gekomen. Die kogel ging dwars door het bovenste gedeelte van de koffer heen. De krul werd er finaal af geschoten.'

'De krúl?'

'Ja. Dus toen zijn we ermee naar Jonny Goldsmith senior gegaan, de vader van jouw Jonny Goldsmith, die toen de zaak leidde. Hij repareerde de krul, bouwde hem op en lijmde hem weer vast. Het is een kwestie van oplappen, want een kogel blijft een kogel, als je snapt wat ik bedoel. De klank was nog even mooi als vroeger, maar toen mijn moeder erop wilde spelen, werd het haar te machtig. De wond in die viool deed haar telkens weer denken aan Ani's dood. Toen kocht een sponsor een prachtige Guadignini voor haar waar geen herinneringen aan kleefden, en daarop heeft ze de rest van haar carrière gespeeld. Maar er is nog steeds een gehavende oude Amati met een beschadigde en gerepareerde krul en die is heel goed verborgen gehouden.'

'Maar, pap...?'

'Zoals ik al zei, Karina, tegenwoordig wil iedereen die klereviool hebben!' "O, meneer Veres, wat is er met de Amati van uw moeder gebeurd? Mag ik hem alstublieft hebben?" Karina, zeg eens, als jij je wilt verstoppen, waar doe je dat dan?'

Karina denkt aan Jamie onder het bed op Fairfallows, overdekt met stof, gemakkelijk te vinden door een verraderlijk kuchje; en aan Lindy in New York, die als Caroline Birch in het doodnormale dagelijks leven niet wordt opgemerkt.

'We hebben dat flauwekulverhaaltje verzonnen toen je achttien werd,' verklaart haar vader, 'en toen hebben we jou die stomme Amati gegeven met de mededeling dat het een Pools luciferdoosje was. Maar dan wel een overtuigend luciferdoosje. Hij heeft in zijn leven de nodige klappen gehad. En als hij er oud uitziet, komt dat doordat hij dat ook is. Heel oud.'

Karina heeft haar viool niet meegenomen naar New York. Hij is in Brighton, onder Rohans bed. Haar vaders ogen twinkelen. Ze zou hem wel heel hard door elkaar willen rammelen. 'Maar hoe kon je mij er al die tijd mee rond laten lopen terwijl hij voor vijftienduizend pond verzekerd was?'

'Tja, als je de viool kwijtraakt, denk je dat hij vijftienduizend waard is, en dan koop je er weer een voor vijftienduizend en zul je nooit het verschil weten.' Dénes zucht. 'Waarde zit in het hoofd. Het draait allemaal om wat de mensen je laten denken.'

'Wist Jonny Goldsmith niet wat het was?'

'Ja, natuurlijk wel. Maar mijn moeder was zo van streek door dat hele klotedrama dat ze erop stond dat hij niemand iets vertelde. Ze heeft ervoor betaald om hem die viool niet in zijn archief op te laten nemen. Ja, Karina, het was omkoperij. Hij was er niet blij mee, maar desondanks nam hij het geld aan en deed hij wat ze vroeg. En toen jouw Jonny Goldsmith de zaak erfde, behoorde dit allang tot het verleden. Ben je ermee bij hem geweest?'

'Nee, nooit. Ik ga gewoon naar een lokale reparateur. En hij heeft altijd gezegd dat het volgens hem een beter instrument was dan ik zei... maar ik geloofde hem niet.'

'Jij dacht dat hij met klantenbinding bezig was!' zegt Dénes lachend.

'Maar, pap... het is idioot. Ik begrijp nog steeds niet waarom je mij de Amati gaf zonder me te vertellen wat het was.' Karina worstelt met een nieuwe indruk van haar vaders geest: verwrongen, beschadigd, een beetje paranoïde? Het is te begrijpen.

'Idioot? Natuurlijk is het idioot,' zegt Dénes. 'Je kunt het aan een willekeurige leerling van me vragen, Karina, en ze zullen allemaal zeggen: die Veres, die gekke Hongaar, we mogen hem graag, maar hij is wel getikt.'

Karina staart naar de oude vlekken in het tapijt. Mimi raakte haar ouders, haar pleegouders, haar broer, haar man, haar minnaar en haar dochter kwijt. Nu, vijftig jaar later, huilt ze om haar dochter meer dan om de anderen. 'Ik moet nog even naar Jamie bellen voordat hij naar bed gaat,' zegt ze.

'Goed, Schnoekie. Ik zal tegen je moeder zeggen dat ik het je heb verteld. Ze moet het weten.'

Karina pakt haar telefoon. 'Jamie, met mama, schat.'

Dénes, eindelijk ontlast, zet de tv aan, waarop het nieuws van zeven uur net begint, en valt dan in slaap in zijn stoel. 'Crisis in de ondergrondse,' klinkt de luide vooraankondiging. 'Reizigers door ontsporing in "veewagenomstandigheden"...'

# HOOFDSTUK 31

Julian zit klem in een hoek van de ontspoorde trein en probeert lucht te krijgen. De metro is gebouwd voor mensen uit de victoriaanse tijd; tegenwoordig moeten langere mensen als hij bukken en bidden dat hen niets overkomt. Hij zit er al een uur in en de mensen om hem heen beginnen in te zakken, hoewel het rijtuig zo vol is dat velen nauwelijks kunnen bewegen.

In zijn hoofd gonst het: Waarom hier, waarom nu? Waarom precies op de dag dat de Jag een servicebeurt krijgt? Er was een bonkend geluid geweest, een slingerende beweging, opschudding, enige rook, gegil, duisternis. De bestuurder had aangekondigd dat de voorste paar rijtuigen ontspoord waren, en Julian zit in een van de achterste. Maar als het nu eens een bom is en ze het niet aan de mensen vertellen om paniek te voorkomen? Het is nu opvallend rustig; sommigen proberen hun hachelijke positie luchtig op te vatten, anderen zijn in tranen. Ondanks de drukkende warmte en de afnemende voorraad zuurstof, neemt Julian de gelegenheid te baat om na te denken.

Neem het heft in handen, had Chris in Lewes gezegd, terwijl Éva en het geboeide publiek aan zijn lippen hingen. Je schrijft je eigen geschiedenis. Neem het heft in handen. Pijn hoeft niet per se iets op te leveren, maar hard werken doet dat wel. Zoek geen uitvluchten, geef geen draai aan de werkelijkheid omdat dat jou beter uitkomt. Kijk goed, neem helder waar. Vertel het zoals het is, dan kun je de gebieden aanwijzen waar verandering nodig is. Stel vast welke elementen je tegenhouden, welke ingesleten, overgeërfde patronen je ervan weerhouden je potentieel waar te maken. Als er iets is wat je belemmert, zelfs als je ervan houdt, moet je beslissen het los te laten.

Hij heeft hier telkens over nagedacht en is verbaasd hoe moeilijk dat is.

'Jules, wat een verrassing!' Chris had hem na zijn lezing enthousiast de hand geschud. 'Wat bijzonder leuk je weer te zien, jongen! Dat is lang geleden.'

'Ik ben door mijn vriendin meegenomen,' had Julian gezegd, en hij stelde Éva voor. 'Ze is een grote fan van je.' Hij merkte meteen dat Chris, die even oud was als Hilary, er tien jaar jonger uitzag. Het oude charisma was sterker dan ooit. Zijn gezicht was vriendelijk en zelfverzekerd, zijn huid opmerkelijk rimpelloos. Hij had nog bijna al zijn krullen. Hij is een goede reclame voor zijn eigen filosofie, dacht Julian.

'Hier is mijn kaartje,' zei Chris. 'Als je wilt praten, bel je gewoon even, oké?'

'Dank je. Daar houd ik je misschien aan.'

Waarom heeft hij er een newagelevenscoach voor nodig om te beseffen dat hij Karina los moet laten? Hoe hard moet hij met zijn neus op haar verraad worden gedrukt? Waarom zou hij zich door de problemen van haar familie – de temperamentvolle oude oma, de moeilijke vader, de vluchtelingengeschiedenis – mee moeten laten slepen de diepte in? Hij kan ze niet verhelpen, evenmin als Karina de problemen van zijn familie kan verhelpen. Groei en verandering horen volgens Chris van nature bij iedere cel in ons lichaam, en daarom ook bij het leven en hoe zich dat ontwikkelt. Erken ze, aanvaard ze, verwelkom ze. Ooit zou Julian daar om hebben gelachen, maar nu pakken die woorden hem bij de ballen.

Terwijl de trein op hulp wacht, bedenkt Julian dat als er niet gauw iets gebeurt, deze spitsuurwagon alle inzittenden zou kunnen verstikken. Er staan aan de beide uiteinden raampjes open, maar is dat genoeg? Het enige wat er binnen lijkt te komen is rook en stof. Waarom doen ze daar bij de metro niet wat ze doen moeten en leiden ze hen door de tunnel weg? Er moet iets zijn wat hen tegenhoudt, iets ergs, misschien een brand. Of giftige dampen.

Branden worden hellende tunnels in gezogen en worden daardoor extra fel. Denk maar aan Lindy. Kunnen twee leden van dezelfde familie binnen een jaar op dezelfde manier omkomen? Zouden de wetten van de waarschijnlijkheid dat niet verhinderen? En Jamie... Julian slaat zijn hand voor zijn gezicht. Jamie is acht, hij heeft hem twee weken niet gezien, en hij kan Karina daar niet de schuld van geven. Iedere dag dat de jongen op school is, is één dag minder bij hem.

'Je moet de gedachtepatronen die je belemmeren, loslaten,' had Chris hun voorgehouden. 'Inzien en loslaten. Laat ze gaan. Het is trouwens heel waarschijnlijk dat ze niet eens van jou zijn, maar van je ouders.'

Ergens in het midden van het rijtuig heeft een klein kind in zijn broek geplast en het brult het uit van ellende. De geur is doordringend, overdreven. Vermoeide, bange passagiers schuifelen zo goed en kwaad als het gaat weg bij de plas en proberen het niet nog erger te maken voor de beschaamde moeder. De onaangename geur brengt Julian in één klap terug in de slaapzaal op school. Vijf jaar oud. Een gevoel van verlatenheid. Heeft het hem nooit verlaten? Heeft Karina hem verlaten omdat hij verwacht verlaten te worden, omdat dat in feite het enige is wat hij kent? Is dat het patroon dat hem belemmert?

Met het transportsysteem is het al niet veel beter gesteld, ondanks de uren die hij aan de wetsaspecten ervan besteedt. Zonder hem zou alles vrijwel onveranderd doorgaan. Vertel het zoals het is, zei Chris. Kijk naar de realiteit, niet naar hoe je de realiteit wilt hebben. Hoe hulpelozer de passagiers worden, hoe meer Julian beseft dat zijn werk in geen enkel opzicht de dagelijkse ervaringen van mensen heeft verbeterd. Hij heeft al zijn denkkracht gestopt in de juridische kant van wat de verjonging van het spoor had moeten worden. Maar Andy had – in zijn laatste telefoontje voor zijn ontslagindiening – het laatste advies van de regeringsadviseur doorgegeven: de Britse transportproblemen zouden moeten worden opgelost door plannen voor hogesnelheidsverbindingen te schrappen, tol te heffen op verkeerswegen, en vliegvelden uit te breiden. Het enige wat Julian uiteindelijk heeft gedaan, is geld verdienen voor zijn bedrijf, wat hij gebruikt om zijn zoon naar een dure school te sturen, waardoor hij Karina, die het kostbaarste in zijn leven had moeten zijn, van zich vervreemd heeft.

Hij sluit zijn ogen en stelt zichzelf de vraag wat nu de onverhulde waarheid is. De waarheid is dat hij van zijn vrouw houdt, meer dan ooit. De gedachte aan een leven zonder haar hangt als een guillotine boven hem. Maar nu is het te laat, na alle schade die is aangericht in haar familie, haar overtrokken reactie op Fairfallows, haar overdreven vereenzelviging met Jamie en ten slotte haar affaire; hoezeer hij ook van haar houdt, hij moet inzien dat ze deel is gaan uitmaken van het probleem, en niet van de oplossing.

Stel vast wat het probleem is, zei Chris, en laat het dan los. Julian stelt vast wat het is. Het is niet alleen Karina. Het is de rattenval van het leven dat ze leiden. Als hij een andere manier van leven zou kiezen, misschien zelfs in een ander land, zou niemand hem kunnen tegenhouden. Met Karina een regeling treffen en weggaan. Wat is daar zo moeilijk aan? Hij is goed opgeleid, hij heeft een MBA, en een graad in de rechten, hij kent de transportbusiness vanbinnen en vanbuiten. Hij zou waar hij maar wil een adviesbureau kunnen beginnen. Maar hij krijgt misschien nooit de kans om dat te doen, omdat hij mogelijk niet levend uit deze trein komt. Is dit het einde van zijn leven? Heeft hij de hele clou gemist?

Er zijn twee uren verstreken. Een jonge vrouw zakt bewusteloos in elkaar.

Als ik hier ooit uit kom, besluit Julian, terwijl hij probeert haar te helpen, wordt het leven anders. Daar zal ik voor zorgen.

De volgende middag is Karina's hoofd vrij van de effecten van de hersenschudding, zij het niet van andere zaken. Haar vader moet lesgeven, haar moeder is ongerust; ze moet hen niet langer in de weg zitten. Haar auto, haar viool, haar computer, het grootste deel van haar kleren en al haar leerlingen bevinden zich in Sussex. Erzsébet brengt haar met de auto naar het station en ze zet koers naar Brighton.

Lindy heeft haar sms'je niet beantwoord. Terwijl de trein van Clapham naar Haywards Heath dendert, pakt ze haar mobieltje en probeert het nog eens: **Lindy/Caro, kom svp naar huis**

Deze keer klinkt er na vijf minuten een piepje.

**Première Leven z moeder 21 okt kom svp**

**Niet de clou**, sms't Karina.

**Ja**, sms't Lindy.

**Ja, je komt?**

Haar mobieltje gaat over en Karina springt bijna op van schrik. De vrouw die met een langharige yorkshireterriër op schoot tegenover haar zit, doet alsof ze de andere kant op kijkt.

'Lindy,' zegt Karina in de telefoon.

'Caroline,' zegt Lindy. 'Karrie, dit is geschift. Je kunt me niet per mobiel lastigvallen.'

'Dat kan ik en dat zal ik ook, totdat je ermee instemt, ten eerste dat ik het aan je moeder vertel, en ten tweede dat je terugkomt en vrede sluit.'

'Kom naar het stuk kijken. De acteurs zijn geweldig en David maakt er iets prachtigs van.'

'En als het nu eens een groot succes wordt?'

'Niets anders dan een luchtkasteel...' merkt Lindy op. 'Die zie je boven East Village vrij vaak.'

'Maar het zou kunnen,' houdt Karina vol. 'Het zou een enorm succes kunnen zijn. Als dat gebeurt verspreidt het zich als een lopend vuurtje over het internet, en dan zal iemand je ongetwijfeld vinden. Je had misschien kunnen verdwijnen als je in een supermarkt werkte of op een boerderij, maar...'

De wenkbrauwen van de vrouw met de hond gaan onwillekeurig omhoog. Karina vraagt zich af wat ze hier in godsnaam wel van moet denken. De hoopvolle hond probeert zich los te wriemelen.

‘Dan knip ik mijn haar kort,’ zegt Lindy, na even nagedacht te hebben. ‘Of ik draag een pruik.’

‘Je hebt je haar al zo vaak veranderd dat dat niets meer uitmaakt.’

‘Dan doe ik een zonnebril op.’

‘Doe niet zo stom, Lin. Het werkt niet, en diep in je hart weet je dat.’

‘Nou, en toch kom ik niet terug en je mag het ook niet aan mama vertellen,’ zegt Lindy botweg. Karina merkt echter dat Lindy Cynthia zojuist ‘mama’ heeft genoemd, voor het eerst sinds Lindy weer is opgedoken.

‘Als ik het niet aan haar vertel, zal iemand anders het vroeg of laat doen,’ zegt ze. ‘Het zou heel wat beter zijn als je het haar zelf vertelde.’

Lindy haalt lang en diep adem. ‘Karrie,’ zegt ze vijfduizend kilometer verderop, ‘hoe zou jij dat doen, als je in mijn schoenen stond?’

‘Ik weet het niet, maar ik zou er wat op vinden.’

‘Ik moet weg. Anders kom ik te laat op mijn werk.’

‘Ga. En neem namens mij een bagel. Maar ik bel je weer, en ik blijf je bellen totdat je tot inkeer komt.’

‘Fuck.’ Lindy verbreekt de verbinding.

De trein passeert Haywards Heath. Karina moet aan Rohan denken, toen hij, nog maar acht maanden geleden, die herfstavond uit de trein stapte. Haar hoofd zit vol met mensen die weggaan. Die doorgaan, opnieuw beginnen, haar achterlaten. Ze wrijft over haar ogen en haar pijnlijke voorhoofd. Dan glimlacht ze naar de vrouw tegenover haar en zegt: ‘Mag ik uw hond misschien even vasthouden?’

Rohan is er niet wanneer ze, nog steeds hondenharen van haar katoenen trui vegend, in zijn woning aankomt. Deze lichte, aangename ruimte stond tot voor kort op het punt haar thuis te worden. Ze kijkt om zich heen naar de tekenen die op Rohans aanwezigheid duiden: zijn bruine jasje aan een haak, een pak linzensoep in de koelkast, de intens geannoteerde muziek op de standaard. Ze loopt naar de slaapkamer, trekt haar vioolkoffer onder het bed vandaan en opent hem.

De Amati glanst in haar handen. Luciferdoosje, ja ja. Ze tilt hem op en kust de gerepareerde krul. Tja, ze heeft altijd wel geweten dat de klank goed is. Te goed. Logisch dat de kracht en lieflijkheid van de klank in het orkest zo waren opgevallen. Hoe kan een houten kistje dat meer dan drie eeuwen geleden is gemaakt, de ziel van alles wat het heeft gezien herbergen? Ach, wat een onzin. Ze moet wegwezen voordat Rohan terugkomt. Ze wikkelt de viool in zijn zijden sjaal en begint dan haar kleren in te pakken.

Beneden is een klik, voetstappen die de trap naar de eerste verdieping op gaan. De deur gaat open en dicht. 'Karrie?' roept Rohans stem. Ze heeft er te lang over gedaan. Ze loopt naar hem toe. Hij heeft gerepeteerd met het kwartet. Hij zet zijn vioolkoffer neer en staart beteuterd naar haar en de geopende koffer op de grond. 'Je bent aan het pakken?'

'Ik kan hier niet blijven, Ro. Ik moet thuis proberen het een en ander te herstellen, want het enige wat ik echt heb is Jamie. Weet je wat het is: jij hebt me niet nodig en hij wel.'

'Karrie, ik heb je zo nodig als ik nog nooit in mijn leven iets nodig heb gehad. En wie zegt dat je Jamie niet kunt hebben als je met mij samenleeft? Mijn hemel, haal hem dan hierheen...'

'Ik moet pakken.' Ze keert terug naar de slaapkamer. Hij loopt zonder iets te zeggen achter haar aan. 'Hoe gaat het met het kwartet?' vraagt ze, om de stilte te verdrijven.

'Ik ga eruit als ik kan bedenken hoe ik moet rondkomen. Ik moet hier en daar solliciteren naar lesbaantjes, misschien nadenken over het opzetten van een nieuwe groep. Alhoewel ik moet zeggen dat er in New York een paar goede dingen zijn gebeurd waarvan je nog niets weet.'

'Vertel op.'

'Je wilt het weten?' De suiker in Rohans stem is in azijn veranderd.

'Natuurlijk,' zegt ze, terwijl de pijn door haar heen trekt.

'Een dirigent heeft me een paar concerten aangeboden. In een orkest uit de staat New York. Er zit misschien een kleine tournee in, inclusief Carnegie Hall, en dan speel ik Bartók, het tweede concert.'

'Dat is fantastisch!'

'Het kan me niet schelen. Ik wil het niet. Het betekent niets voor me als jij er niet bent.' Hij kijkt naar de geopende vioolkoffer. 'Was je aan het oefenen?'

'Niet echt, nee. Ik heb gisteren met mijn vader gepraat over hoe het kwam dat de krul eraf is geweest. Ik zal het je nog wel eens vertellen.' Ze vouwt haar bronsbruine trui op en legt hem in de koffer.

'Wat is er gebeurd?' Rohan gaat naast de viool zitten waarvan hij niet weet dat het de viool is waarop hij geaasd heeft.

'Dat is een heel lang verhaal,' zegt Karina.

Hij pakt haar viool en strijkstok, speelt een paar figuraties en een flard Duplessis. 'Niet gek,' merkt hij op. 'Rare viool, dat luciferdoosje van jou. Hij is best goed. Hij is zo gelijkmatig, bij alle snaren, veel gelijkmatiger dan de mijne, en hij heeft zo'n prachtige resonantie...'

'Ja.' Karina haalt haar toiletbenodigdheden uit de badkamer. Ze heeft de juiste beslissing genomen: Rohan, die haar gadeslaat terwijl ze pakt, praat nog steeds het liefst over haar viool.

'Ga alsjeblieft niet weg. Toe, Karrie. Geef het niet zomaar op.'

'Ik ga liever nu dan over een jaar, of twee jaar, of tien.'

'Waarom hou je ineens niet meer van me? Omdat ik in New York moest werken toen je viel en ik erbij had moeten zijn om je op te vangen? Karrie, ik had geen idee waar je was! Ik was doodongerust en dat weet je best.'

'Vraag me alsjeblieft niet meer waarom.' Karina ritst haar koffer dicht. 'Het is niet omdat ik niet van je houd. Ik moet gewoon doen wat ik doen moet.'

'Karrie, kom nou alsjeblieft even hier.' Rohan gaat staan en steekt zijn armen naar haar uit. Ze houden elkaar een lange minuut vast.

'Ik moet weg.'

'Wacht, Karrie. Ik zal je niet meer vragen te blijven, maar wil je één ding voor en met me doen?'

'Wat dan?'

'Wil je met me meegaan naar Kingsbury om kennis te maken met mijn moeder?'

Karina bijt op haar lip.

'Ik heb steeds gewild dat je kennis met haar zou maken,' zegt Rohan, 'maar ze was weg, ze gaf les in Soweto, en na haar terugkeer heeft ze het een en ander aan haar huis laten doen. Maar ze wil heel graag dat ik een keer samen met jou kom, en ik heb liever dat je haar nu ontmoet dan helemaal niet.'

Karina aarzelt. 'Waarom?'

'Ik zeg niet waarom totdat je zegt dat je het doet.'

'Maar, Ro...'

'Aanstaande zondag?' dringt Rohan aan. 'Toe, Karrie. Je zult er geen spijt van krijgen. Ik beloof het je.' Hij pakt haar hand en geeft er een kneepje in.

'We praten nog wel.' Karina knijpt terug; ze kan het niet nalaten. Ze kijken elkaar met verstrengelde handen aan.

'We praten nog wel,' zegt Rohan.

Karina doet de voordeur van haar huis in Lewes open. Het huis voelt vreemd normaal aan. Jamies foto staat op de schoorsteen, de terrastuin is één groot meifeest van rozen en muurbloemen, en een stapel cd's duidt erop dat Julian thuis is geweest en heeft zitten luisteren en vergelijken. Op de salontafel naast zijn stoel ligt een programma van een lezing: *Chris Fanning: Hoe je je leven op orde kunt krijgen en helen.*

Ze slentert naar Jamies kamer en gaat op zijn bed liggen, waar ze naar de plaatjes staart: een foto van een popgroep, een poster van de Simpsons en een panoramaopname van Fairfallows. Wat raar dat ze nooit zal weten hoe het is om Jamie te zíjn. Hij zal altijd los van haar staan, en met de jaren alleen maar meer. Hoeveel dichters en filosofen hebben in de loop der eeuwen niet geschreven dat als het erop aankomt, wij allemaal alleen zijn? Dat zo velen dat gezegd hebben, maakt het nog niet minder waar.

Ze belt Julian op zijn mobiel. Hij klinkt afwezig, afgeleid.

'Jules,' zegt ze, 'kun je praten?'

'Wat is er?'

'Het is uit. Tussen mij en Rohan.'

'Je meent het. Wat een verrassing. Waar ben je?'

'Thuis.'

'Lewes?'

'Ja, natuurlijk.'

'Karina,' zegt Julian. 'Ik wil dat je weggaat, alsjeblieft.'

Karina gaat geschokt zitten. Ze kan geen woord uitbrengen.

'Te veel bagage. Wij allebei. We hebben het tien jaar geprobeerd, maar als je er met een ander vandoor gaat zodra er iets in je leven niet zo lekker loopt, dan zijn we denk ik niet echt voor elkaar gemaakt. We kunnen beter uit elkaar gaan en het afsluiten.'

'Jules...'

'Ik heb na zitten denken en ik heb een paar dingen besloten, die je moet weten. In de eerste plaats overweeg ik bij het bedrijf weg te gaan. Ten tweede overweeg ik om, als ik dat doe, naar Europa te verhuizen. Ik weet nog niet precies waarheen, maar mogelijk naar Zweden. Ik kan overal een transportadviesbureau opzetten en Martin heeft daar goede contacten. En last but not least wil ik Jamie meenemen.'

'Wát?'

'Ik moet toegeven, Karrie, dat je gelijk had wat de kostschool betreft. Het is niet goed voor Jimbo. Enfin, die slopende concurrentiestrijd is niets voor een kind. Ik wil dat hij ergens opgroeit waar het dagelijks leven eenvoudig en ongekunsteld voelt.'

'Jules, ben je gek geworden?' weet Karina uit te brengen.

'Integendeel. Karina, ik heb gisteren in die ondergrondse trein gezeten die ontspoorde. We hebben bijna drie uur vastgezeten en ik dacht dat mijn laatste uur geslagen had. Het bood me de gelegenheid van alles en nog wat te overdenken. Ik wil scheiden.'

'Jules, we kunnen dit niet door de telefoon afhandelen.'

'Best. Dan praten we wanneer ik thuis ben. Maar ik waarschuw je wel, Karrie, ik ben niet van plan tijd te verspillen. Blijf vannacht als dat niet anders kan, maar je slaapt in de logeerkamer.'

In wat ooit haar huis was, zit Karina vijf minuten roerloos met haar handen voor haar gezicht. Dan schenkt ze een grote dosis van Julians whisky in en zet ze de televisie aan zodat ze zich niet zo alleen hoeft te voelen.

Het plaatselijke nieuws toont uitgerekend beelden van Fairfallows. De woonwagenbewoners worden van het weiland verwijderd. Karina ziet Caitlin met haar kinderen; de medewerkers van de milieudienst staan erbij, evenals potige deurwaarders en politieagenten met weggestopte, maar nog zichtbare wapenstokken. De woonwagens worden verplaatst naar een woonwagenterrein een paar dorpen verderop. Dave, die op een haar na gearresteerd was, gaat voor de camera tekeer over het regeringsdecreet waardoor gemeenten niet langer verplicht zijn om aan woonwagenbewoners land beschikbaar te stellen, en over de richtlijnen van de gemeente die duidelijk stellen dat ze op dezelfde wijze dienen te worden behandeld als ieder ander, en dat dit bewijst dat de gemeenteambtenaren eraan herinnerd moeten worden. Onlangs, zo meldt de journalist, zaten er menselijke uitwerpselen op de deur van Fairfallows Place gesmeerd. Arthur tiert over rechten van landeigenaren en de schade die de reputatie van Fairfallows is toegebracht. Waarom, moppert hij, heeft het bijna een jaar geduurd voordat er werd ingegrepen?

Karina merkt dat ze bibbert van de kou hoewel het een warme dag is. Ze houdt zichzelf voor dat ze zich op praktische dingen moet concentreren. Het is het enige wat zal helpen. Ze werpt een blik op haar viool en haar koffer en pakt dan de telefoon op om Jamie te bellen.

'Hoor eens, liefje,' zegt ze, 'hoe zou je het vinden om het volgende weekend bij mij en je opa en oma in Twickenham door te brengen? Ik verzet mijn lessen. Dan kunnen we je overgrootmoeder bezoeken en naar Londen gaan en leuke dingen doen. We kunnen naar het reuzenrad gaan.'

'Ja, mij best,' zegt Jamies stemmetje, berustend. Hij probeert er het beste van te maken. Het is de verslagen, moedeloze klank van zijn stem die haar zo tegenstaat; vóór kostschool was die er niet. Vermoeidheid...

'Je hebt toch geen nachtelijke feestjes meer gehouden, hè?' informeert ze.

'We werden betrapt en toen liet meneer Whitehouse ons dagenlang binnenblijven. En nu gaan ze camera's in de gang ophangen.'

Camera's om te voorkomen dat kleine jongens chocolademuffins eten? Karina voelt – niet voor het eerst – haar maag omdraaien van afschuw. 'Tot heel gauw, schat,' zegt ze, en ze verbreekt de verbinding.

Er is nu nog maar één ding dat haar gezelschap kan houden. Ze haalt de Amati uit het foedraal en begint een paar oefeningen te spelen waarbij ze schuins langs de klankkast van de viool en de gehavende krul naar de haard, de tegels met rozenpatroon en de tuin in lentetooi kijkt.

Wat moet ze doen? Waar kan ze heen? De Roma, denkt ze, zijn altijd ronddolende minstrelen geweest. Mimi's familie behoorde hun instrumenten en elkaar toe. Misschien geldt dat voor haar ook: ze hoort bij haar zoon en haar viool. Ze kan het verdragen Julian, haar huis en Lindy, opnieuw, kwijt te raken, mochten haar pogingen geen succes hebben; ze kan het zelfs verdragen Rohan kwijt te raken, maar Jamie verliezen, dat niet. Als ze hem bij zich wil houden, zal ze meer werk moeten hebben. Lesgeven is goed, maar nu ze de weg naar haar viool heeft hervonden, en de viool zijn ware Amati-identiteit terug heeft, wordt het tijd om aan te pakken. Ze moet advies vragen aan de persoon die het leven en de viool beter kent dan wie ook: Mimi.

Jamie zit bij Mimi thuis op de bank en probeert stil te zitten. Een bezoek brengen aan zijn heel oude en behoorlijk afschrikwekkende overgrootmoeder is niet zijn idee van hoe hij het liefst zijn eerste weekend thuis sinds hij weet niet wanneer zou willen doorbrengen, maar aangezien zijn ouders niet met elkaar praten, is het geen slechte optie. Ze praten natuurlijk wel. Ze praten beleefd, kalm en redelijk. Wat erop neerkomt dat ze niet praten.

Om de een of andere reden zegt zijn vader, die een beetje gek geworden is, steeds dat hij erover denkt hem mee te nemen naar het buitenland om daar te gaan wonen. Mama zegt dat papa geen wettig been heeft om op te staan als hij zou proberen een kind mee overzee te nemen zonder de toestemming van zijn moeder, en dat zegt de geestelijk begeleider op school ook, wat een opluchting is, maar wel gek als je bedenkt dat papa advocaat is. Jamie wil niet naar het buitenland, maar hij wil wel thuis wonen, en niet op school.

Hij kijkt naar zijn moeder terwijl ze de strijkstok aandraait en de viool stemt, en dan naar oma Mimi's ogen wanneer mama haar het instrument aanreikt en het haar laat vasthouden. Jamie heeft nog nooit zo wonderlijke ogen gezien als die van oma Mimi. Wanneer ze de viool aanpakt, smelten ze door meer emoties, en vreemdere, dan hij dacht dat er bestonden.

'Dus je weet het?' zegt ze tegen mama, die stil knikt, met een lach op haar gezicht maar ook met tranen in haar ogen. Mama is de laatste tijd ook een beetje malende geworden. Jamie zucht. Wat zijn volwassenen toch stom. Als ze ooit te maken zouden krijgen met het huisarrest van meneer Whitehouse, om het nog maar niet eens te hebben over veldlopen, laat staan schooleten en, als klap op de vuurpijl, schooltoetsen, dan zouden ze weten hoe ze boften.

'Ik weet alles, oma,' zegt mama. 'De viool. Marc. Ani.'

'Goed, liefje. Het werd tijd. Oké, speel voor me, dan zullen we werken.'

'Ik wil je niet overbelasten.'

'Ik voel me vandaag goed en blij, kind, dankzij jou. Ik heb nu niet meer zo veel slechte dagen. Ergens is iets vrijgekomen. Kom, speel Marcs werk voor me.'

Ze speelt de suite over de zigeunerjeugd, en oma Mimi praat haar erdoorheen. Jamie raakt geïnteresseerd, of hij wil of niet. Hij wist niet dat zijn overgrootmoeder lesgaf. Hij dacht dat ze niet helemaal meer spoorde, maar zo klinkt ze niet. Ze is nog geen honderd, maar het kan toch niet meer zo lang duren. Hij hoopt dat ze een telegram van de koningin krijgt, en dan wil hij erbij zijn wanneer ze het openmaakt.

Hij kent de muziek goed, want mama oefent die vaak, maar oma Mimi geeft raad en zingt met haar bibberstem, en ze zegt tegen mama dat ze zachter moet spelen in plaats van harder, of de strijkstok anders moet bewegen, of haar vingers anders moet neerzetten, en plotseling klinkt het dan anders en ook wel beter.

'Je zou een concert op onze school moeten geven, mam,' zegt hij. 'Of misschien kun je bij ons komen lesgeven. De vioolleraar gaat weg.'

'Schnoekie, dat is een heel goed idee.' Mama kijkt echt blij en Jamie voelt zijn buik gloeien. Als hij een lach op mama's gezicht brengt, geeft hem dat een fijn gevoel; wanneer zij lacht, doen anderen dat ook. Hij is er trots op dat hij de geschiktste moeder van de hele klas heeft.

Oma Mimi geeuwt hartgrondig en zegt dat ze genoeg gedaan hebben. 'Maar, liefje, als je advies wilt, kan ik je wel vertellen dat je heel mooi speelt,' zegt ze tegen mama. 'Je moet hard werken, maar je hebt het op die reis naar Boedapest ook goed gered. Je hebt strijkkwintetten van Mozart gespeeld nadat je een poos heel weinig had gespeeld, dus je redt het wel. Werk hard, en hou deze keer níét op.' De woorden klinken fel, maar mama kijkt zo blij dat

Jamie vanzelf ook zit te stralen, ook al begrijpt hij niet goed waar ze zich zo druk om maken. Natuurlijk speelt mama mooi. Dat is altijd zo geweest.

'Ik zou graag een cursus willen volgen,' zegt ze, 'om te leren spelen in de zigeunerstijl. Er zijn er vrij veel – ik heb op het internet gekeken.'

'Internet,' snuift Mimi. 'Ik heb het tweeënnegentig jaar heel goed zonder kunnen stellen, liefje. Ga naar Hongarije, Karina. Vergeet die computerschermen en dure Engelse scholen. Ga voor, en met, de Roma-kinderen spelen. Daar, of in Roemenië, of in Slowakije. Leer de taal, praat met hen; ze hebben je nodig. Je zult geschokt zijn door de discriminatie en de vooroordelen, maar nu zou je kunnen helpen, en je zult van hen leren.'

'Misschien doe ik dat wel,' antwoordt mama. 'Eén ding tegelijk, maar als ze me willen hebben, zal ik het misschien doen. Oma, zou je me iets kunnen vertellen? Heeft Duplessis dat concert ooit afgemaakt?'

'Het zigeunervioolconcert? O ja. Hij heeft het afgemaakt.'

'Heb je het ooit gespeeld?'

'We hebben het op de piano gespeeld, thuis. Samen. Het was goed, kind. Het was geen meesterwerk, niet als de concerten van Bartók, maar het was goede muziek, aantrekkelijk, met karakter, en ook echte schoonheid. Hij had er zo veel liefde in gestopt. Als er echte liefde is, kun je die horen. Ook al is de structuur een beetje zwak, of was het niet de juiste tijd ervoor – stel je voor: een 'Zigeunerconcert' in de jaren dertig, aiai – toch zit er liefde in.

'Maar waar is het gebleven?'

'Hij heeft het meegenomen naar Parijs, en ik ging naar Boedapest. Ik heb hem of het concert nooit meer gezien. Misschien heeft die schrijver het erover in dat domme boek dat zo veel leugens bevat, of liever gezegd, dat niet helemaal de waarheid vertelt. Maar goed, het is weg, verdwenen, met hem, en onze liefde en onze dochter.'

'Heb je niet geprobeerd hem te vinden? Nadat Tamás gestorven was en jij hierheen was gegaan?'

'Ik hoorde dat hij in Zuid-Afrika zat en gelukkig getrouwd was. Het was beter de zaak te laten rusten. Ik heb hem pijn gedaan, zoals ik iedereen pijn heb gedaan. Altijd maar pijn, terwijl het niet mijn bedoeling was. Ik wilde het niet nog erger maken. Ik hield van hen allebei, weet je. Het was niet of-of. Ik hield niet meer van de een dan van de ander. Het was echt, de liefde, altijd echt...'

'Stil maar, oma. Het spijt me. Ik had het niet moeten vragen.' Mama stelt haar gerust. Stomme vrouwen ook, denk Jamie, altijd maar aan het huilen. Hij is blij dat er geen meisjes op zijn school zitten.

‘Nee, kind, het is goed dat je het vraagt,’ zegt oma Mimi, terwijl ze weer kalm wordt. ‘Weet je, ik kan me één melodie nog herinneren, de beste. Het langzame gedeelte. Een prachtig liefdeslied – zoals hij zich een zigeunerliefdeslied voorstelde, de schat.’

Ze begint te neuriën. Karina zit heel stil, met haar hoofd scheef, en probeert het wijsje in zich op te nemen.

‘Nee,’ zegt Mimi. ‘Lieve kind, geef me mijn viool eens aan.’

Mimi’s handen, even knoestig als houtsnijwerk, sluiten zich om de hals en de strijkstok. Jamie merkt dat haar vingers trillen. *Mijn* viool? Hij dacht dat ze al ik weet niet hoe lang geen viool meer had gespeeld. Terwijl hij toekijkt, sluit Mimi haar ogen, vlijt haar wang tegen de kinsteun en voelt zich een weg over de snaren. De klank begint te spreken; aarzelend, trillend, als uit een andere wereld. Hij ziet dat zijn moeder zich concentreert en probeert iedere noot van het vreemde thema dat de viool zingt, te onthouden.

‘Mag ik het eens proberen?’ vraagt ze, wanneer Mimi klaar is.

‘Ja, Karina. Neem de melodie maar. Speel hem, want anders gaat hij voor altijd verloren. Hij is nu van jou.’

Jamie ziet zijn moeder gehoorzamen. Ze speelt. Mimi corrigeert haar; ze gaan door en doen het telkens opnieuw, steeds weer, totdat de melodie perfect klinkt en mama hem vloeiend kan spelen.

‘Wat kwam er daarna?’ vraagt ze, wanneer ze bij de laatste frase zijn aangekomen. ‘Hoe ging het verder?’

‘Nee, het gaat niet,’ zegt Mimi. ‘Ik heb dit stuk al ruim vijftig jaar niet meer gezien. Ik weet zeker dat hij het verbrand heeft. Probeer dit gedeelte te onthouden, ja? Maar onthoud ook dat het enige wat telt is dat jij hier bent, dat Jamie hier is, en dat we elkaar hebben. De familie leeft voort. De liefde leeft voort, de lieflijkste melodie die er is.’

Mama buigt zich voorover en kust haar oma. Jamie voelt dat er om hem heen iets verandert, al weet hij niet wat. Het leven begint als een avontuur te voelen. Hij voelt een venster openspringen, er danst lucht naar binnen. Je zou je eigenlijk niet lekker moeten voelen wanneer je ouders gaan scheiden. Hij zegt er niets over.

Mama heeft eten gekocht om voor hen drieën een warme maaltijd te bereiden. Ze maakt in het keukentje van oma Mimi kip met paprika en pastaslierten. Mimi eet weinig, maar lijkt het lekker te vinden. Mama’s handen gaan naar Jamies bord om zijn kip voor hem te snijden.

‘Ga weg, mam,’ zegt Jamie. ‘Dat kan ik zelf wel.’

# HOOFDSTUK 32

Op zondagochtend laat Karina Jamie bij zijn grootouders aan Forest Road achter en haalt Rohan op bij station Twickenham. Ze voelt zich niet op haar gemak. Wie is er nu zo gek om erin toe te stemmen op zondag te gaan eten bij de moeder van een partner die ze wil verlaten? Karina Veres, beroepswatje, die op zoek is naar haar identiteit in het verleden van anderen. Misschien zou ze Rohan bij een station van de ondergrondse moeten afzetten en ertussenuit moeten knijpen.

Hij staat op de stoep te wachten, ijsberend, met zijn vioolkoffer in zijn hand. Ze voelt nog steeds de aantrekkingskracht, de intuïtieve verwantschap die haar zegt dat ze hem langer kent dan dit leven. Daar verandert niets aan, maar het wil nog niet zeggen dat ze samen gelukkig zouden zijn. Hij stapt in de auto, kust haar op de wang en laat zijn arm om haar heen glijden.

'Ik kom niet eten,' zegt ze tegen hem. 'Ik zet je ergens af waar je de metro kunt nemen, misschien Richmond, en...'

'Jezus. Ik wist dat je dat zou zeggen. Karina, je gaat mee naar Kingsbury en je zult er geen spijt van krijgen, ik beloof het je.'

'Je zei ook "ik beloof het je" met mijn telefoonnummer toen. Je zwoer me dat je wist dat ik getrouwd was en dat je me niet zou lastigvallen.'

'En dat heb ik ook niet gedaan. Ik werd verliefd op je.'

'Ik zet je af. Dan ga ik terug naar Mimi en dan ga ik weer voor haar spelen als ze dat aankan.' Haar vioolkoffer ligt op de achterbank.

'Onzin,' zegt Rohan. 'Laten we gaan, anders komen we nog te laat.'

'Anders kom jij nog te laat.'

'Karina, wat moet ik doen om je mee te laten gaan naar Kingsbury? Jezusmina. Weet je niet dat ik je nooit had gevraagd mee te gaan terwijl we in deze klotesituatie zitten als het niet verdomde belangrijk was?'

'Hoe bedoel je?'

'Laten we gaan, dan zie je het wel. Goed. We moeten de noordkant van de ringweg hebben.'

Straten met kleine huizen als dat van de familie Veres; een groenstrook op een heuvelhelling, een school, een zwembad, overal Indiase restaurants. In de lucht de reusachtige schuine boog van het nieuwe Wembley Stadium. Dus hier is Rohan opgegroeid. Hij had natuurlijk wel elders op school gezeten. In zijn opleiding had de viool centraal gestaan, zoals alles in zijn leven. Rohan wijst. 'We zijn er, Karrie. Het is de volgende rechts.'

Karina parkeert de auto iets verder in de straat en tilt haar viool uit de auto. Diana Mastersons kleine voortuin is rijk voorzien en goed onderhouden. Door het raam ziet Karina rieten matten op de grond en gesneden houten dierfiguren naast een schoorsteen. Rohan drukt een ritme op de bel. Binnen voetstappen en de deur zwaait open. Rohans moeder: lang, grote bruine ogen als die van Rohan. Een woud van krullen, die ooit bruin moeten zijn geweest maar nu grijs zijn. Lange armen en benen, grote, maar sierlijke handen en Rohans jukbeenderen.

'Karina,' zegt ze, als ze haar hand vastpakt. 'Ik kan je niet vertellen hoe blij ik ben je te ontmoeten. Ik ben Diana Masterson.' Er schiet een pijl door Karina heen; deze warme, uitnodigende, artistieke vrouw had haar schoonmoeder kunnen zijn.

Het huis is qua indeling bijna identiek aan dat van haar ouders. Ze kijkt om zich heen en stelt zich Rohan hier als kind voor. De gesneden Afrikaanse dieren zijn van donker hout gemaakt: een liggende leeuw, een antilope, een giraf van bijna een meter hoog. Aan de muur van de zitkamer hangen grof uitgehakte houten maskers, een schild bedekt met gestreept vel en een schilderijtje van de Tafelberg dat met D. MASTERSON gesigneerd is.

'Ik heb altijd willen schilderen,' vertelt Diana aan Karina. 'Ik mis Ian heel erg, maar ik heb eindelijk de moed gevonden om zijn werkkamer leeg te halen, er een daklicht in te laten zetten en hier achterin een werkruimte voor mezelf te maken. Ik probeer elke dag wat te schilderen.' Door de deuropening naar de ruimte naast de zitkamer ziet ze een ezel met een doek erop staan.

'Jouw huis is precies als het onze,' zegt ze. 'Het is net of ik het huis van mijn jeugd ben binnen gelopen, maar dan anders ingericht.'

'Lieve schat, de helft van de huizen in Engeland ziet er zo uit.' Diana lacht. 'En, wat kan ik je te drinken geven? Ro zal je wel verteld hebben dat ik net terug ben uit Zuid-Afrika en ik heb een hoeveelheid fantastische rooibosthee meegenomen. Kan ik je verleiden?'

'Ja, graag,' zegt Karina. Diana heeft hetzelfde zachte magnetisme als Rohan; ze lacht breeduit en haar lach is zacht en verblindend, net als de zijne. Er staan foto's op de schoorsteenmantel van Rohans vader Ian; zij en haar man met een twaalfjarige Rohan en zijn kleine zus die het enig vindt om op de foto te gaan; en daar, in zwart-wit, zijn de veel jongere Ian en Diana met hun Zuid-Afrikaanse buren: Marc Duplessis, ouder maar gelukkiger, en een heel kleine vrouw met donkere ogen die Shirley moet zijn.

'Het atelier ziet er geweldig uit, mam,' zegt Rohan.

'Had je het nog niet gezien?' vraagt Karina hem.

'Het is gloednieuw.'

'Ik heb het achttien jaar lang niet over mijn hart kunnen verkrijgen om deze kamer te veranderen,' bekent Diana. Karina merkt dat er tranen dreigen op te wellen; deze vrouw heeft liefde gekend. 'Maar nu ben ik blij dat ik die stap heb genomen. Ik moest heel wat papieren opruimen en ik kan je wel vertellen dat de moed vinden om die weg te gooien een van de moeilijkste dingen was die ik ooit heb moeten doen.'

'Je zei dat je wilde dat we ergens naar keken?' moedigt Rohan haar aan.

'Ja. Ik heb iets gevonden dat Karina zou moeten zien, denk ik.'

Ze loopt met een oude envelop, beduimeld en verbleekt, naar de tafel en legt hem voor hen neer. Karina houdt haar adem in. Rohan hád een reden om haar mee hiernaartoe te nemen, zoals hij haar had verzekerd.

Rohan haalt de brief uit de envelop. 'Hoe is het mogelijk... dat is het handschrift van mijn oma,' zegt Karina.

*Londen, 2 september 1958*

*Lieve Marc,*

*Ik hoop dat je het goed maakt. Ik begrijp dat je getrouwd bent en dat je twee kinderen hebt. Ik ben blij voor je. Ik wens jou, je vrouw en de kleintjes het beste. Wat zou ik ze graag willen zien.*
*Dénes en ik wonen nu in Londen. Je vindt ons adres onder aan deze brief. Dénes vordert goed in zijn studie. Hij wordt een prima cellist, hoewel zijn karakter een beetje moeilijk is en onlangs nog wat moeilijker is geworden. Maar dat is niet zo gek. We hebben allebei geleden, lieve Marc, en met zijn twintig jaren heeft mijn zoon meer geleden dan de meeste mannen die tweemaal zo oud zijn als hij.*
*Ik heb slecht nieuws voor je. Er is geen verzachtende of gemakkelijke manier om je dit te vertellen. We hebben in de winter van 1956 met veel*

*moeite Hongarije kunnen verlaten en tijdens onze ontsnapping is Ani om het leven gekomen. In de dagen die daarop volgden, moest ik in mijn verdriet weer denken aan je aanbod om haar mee naar Parijs te nemen en aan mijn koppige weigering. Ik neem mezelf deze tragedie kwalijk. Ani's dood zal de rest van mijn leven als een smet op mijn hart rusten. Er gaat geen moment voorbij waarop ik haar niet mis.*
*Ik wil je laten weten dat je dochter een mooi, lief meisje was dat de wereld zelfs in onze donkerste dagen licht schonk. Ze was het kostbaarste dat jij bezat, en ook dat ik bezat. Het heeft bijna twee jaar geduurd voordat ik de woorden kon vinden om je dit te vertellen, lieve Marc, en om je te smeken me te vergeven.*
*Ik vraag je om vergeving voor alles wat er tussen ons is voorgevallen. Geloof me alsjeblieft wanneer ik zeg dat mijn andere grote verdriet is dat ik weet dat ik de mensen van wie ik houd, pijn heb gedaan, hoewel ik hen alleen maar liefde wilde schenken. Wanneer we elkaar in deze waanzinnige wereld niet kunnen bereiken, wanneer idiote dingen in onze omgeving, in de conventies van de maatschappij en ook in onszelf verhinderen dat we samen zijn, is de oprechte liefde altijd het eerste dat sneuvelt. Toch is liefde het enige wat ons kan redden.*
*Ik hou nog steeds van je, net als toen, en ik zal altijd van je blijven houden.*

*Voor altijd de jouwe,*
*Mimi*

'Hoe kwam je man aan deze brief?' vraagt Karina aan Diana, terwijl ze nauwelijks opkijkt.

Diana begint behoedzaam te vertellen: 'Het is waarschijnlijk dat Shirley hem die gaf om hem goed te bewaren, misschien om te voorkomen dat Marc hem verbrandde, of misschien om ervoor te zorgen dat niemand anders hem tussen zijn spullen zou vinden. Ik had er geen idee van dat hij een dochter bij Mimi Rácz had, totdat ik dit twee weken geleden voor het eerst zag. Ik weet dat Marc de laatste jaren van zijn leven ontzettend depressief werd. Hij legde vuren aan waarin hij zijn oude manuscripten en brieven verbrandde. Maar ik denk dat deze iets met hem heeft gedaan... Ian zei altijd tegen me dat mensen niet sterven aan een gebroken hart, maar aan een ziek hart, of in Marcs geval, kanker, maar dat dat soms de fysieke manifestatie van een geestelijke crisis is.'

Karina staart naar het papier en haar zicht wordt een beetje wazig. 'Ik denk dat hij in een depressieve toestand is geraakt toen mijn oma hem deze brief schreef om hem te vertellen dat Ani dood was.'

'Wie zal het zeggen? Maar het lijkt mogelijk,' stemt Diana in. 'Het is goed om het hele verhaal te hebben. Als je dergelijke feiten weet, hoeft dat nog niet je hele leven te veranderen, maar het kan wel helpen dingen met elkaar in verband te brengen, het hele plaatje te krijgen. En hoe duidelijker het plaatje achter ons wordt, hoe duidelijker het plaatje voor ons kan worden. Heb jij dat gevoel ook?'

Rohan luistert niet. 'Mam,' zegt hij, 'je hebt zeker niets gevonden wat met het concert te maken had, hè?'

'Ik weet dat je dat dolgraag wilde, Ro... maar ik kan je verzekeren dat ik alles heb uitgevlooid. Er was geen muziek. Ik weet zeker dat Marc het heeft verbrand. We zouden het inmiddels weten als hij dat niet had gedaan.'

'Dat is dan heel tragisch.' Rohan schudt zijn hoofd. 'Al dat werk, al dat gevoel, allemaal in rook opgegaan. Wat een verspilling.'

De melodie die Mimi haar had geleerd, aan haar had doorgegeven op de manier waarop István Rácz muziek aan zijn kinderen moest hebben doorgegeven, hangt in Karina's hoofd en dwingt haar te spreken – het is nu of nooit. Ze zou het kunnen laten rusten, net als degene die het schiep. Of...

'Ro,' zegt ze, 'ik heb gisteren een interessante sessie met mijn oma gehad. Ik wil iets voor je spelen.'

Rohan kijkt op.

'Ik weet niet waarom ze besloot het me nu te leren, en niet eerder, maar misschien was ik er niet eerder aan toe het te horen.' Karina pakt haar viool. Ze hoopt dat ze het thema nog weet. 'Het is niet veel, maar meer kan ze zich niet herinneren. En deze viool kan het waarschijnlijk op eigen kracht spelen.'

Rohans mond vormt 'Hoezo?', maar er komt geen geluid uit.

'Ik heb met mijn vader gepraat. Er was een goede reden waarom we de Amati niet konden vinden. De krul werd er door een kogel af geschoten toen hij en mijn oma uit Hongarije ontsnapten.'

Karina zal nooit de uitdrukking op Rohans gezicht vergeten wanneer het tot hem doordringt wat ze zegt.

Een zigeunerliefdeslied, of wat Duplessis daarop fantaseerde: een flard herinnering, een essentie gedestilleerd in een paar volmaakte frasen die als enige van zijn droom resten. Ze tilt de viool op en de noten vinden hun weg uit de herinnering van Mimi en die van haarzelf, uit haar viool, de zinderende lucht in.

'Mijn hemel,' verzucht Rohan. 'Het is prachtig. Speel het nog eens?'

Karina speelt; de melodie koestert zich onder haar vingers. Als dit geen liefdeslied is, wat dan wel? Als Brahms het had geschreven, of Bartók, of Kodály, zou het nu al honderd keer door de beste violisten ter wereld zijn opgenomen. Wanneer ze klaar is, valt er een heel lange stilte.

'Karrie,' zegt Rohan, zachtjes haar pols pakkend, 'wil je even met me meelopen naar boven? En de viool meenemen?'

In Rohans vroegere kamer loopt Karina naar het raam en kijkt naar Diana's tuin beneden. Ze stelt zich Rohan voor die voor de vakantie thuiskomt in dit kleine kamertje. Een muziekstandaard, boeken op de planken, lp's bij de oude grammofoon. Buiten merkt ze in de volle zon een struik op die overdekt is met bloemetjes in drie verschillende kleuren: paars, lila en crèmekleurig.

'Wat een schattige plant. Wat is dat?' vraagt ze aan Rohan. 'Die bij het hek? Ik herken hem niet.'

'Die komt uit Zuid-Afrika,' zegt hij tegen haar. 'Een van mijn moeders lievelingsplanten. Hij heet gisteren, vandaag en morgen.' Hij loopt naar zijn oude bureau dat bij het raam staat, net zoals dat van Karina in haar ouderlijk huis, en trekt de onderste la open. Er ligt een boek met blanco muziekpapier in. 'Ja!' Hij zwaait er triomfantelijk mee. 'Ik dacht wel dat het er nog lag. Dit was voor mijn harmonieoefeningen voor muziek op A-niveau. Oké, Karrie, speel het nu langzaam voor me. Ik ga het noteren.'

'Echt?'

'Ja, natuurlijk. We kunnen het niet opnieuw kwijtraken. Starten maar.'

Rohan haalt een pen uit zijn zak en gaat met het muziekpapier aan het bureau zitten. Karina zet de eerste frase in.

'Stop. Nog eens,' zegt Rohan na een paar maten. Karina wacht, speelt, en slaat hem gade terwijl hij controleert wat hij heeft opgeschreven. Langzaam, terwijl ze het herhaalt, neemt de melodie vorm aan op de bladzijde. Rohan schrijft, stelt scherpe vragen, concentreert zich. 'Is dat een verlengde noot of een triool?' vraagt hij van tijd tot tijd. Of: 'Denk je dat daar een pauze moet komen?' Of: 'Opstreek aan het begin van die maat?'

Ten slotte merkt Karina op: 'Ro, maak je niet zo druk om de details. Het is een fantastische herinnering, maar hij is nu van jou en je mag er je eigen ideeën aan toevoegen.'

Hij keert zich met de pen in zijn hand om, en Karina ziet zijn ogen glanzen zoals ze dat al een tijd niet gedaan hebben. 'Ik wil een nieuw stuk voor je schrijven dat hierop gebaseerd is,' zegt hij. 'Als het je bevalt, wil je het dan spelen?'

'Je zou het zelf moeten spelen. Schrijf een nieuw zigeunerconcert. Het is precies wat je nodig hebt – je primeur, je doorbraak. Je zou de oorspronkelijke viool hebben, het oorspronkelijke thema en een wereldpremière. Het zou alles kunnen zijn waar je op hebt gewacht.'

'Nee. Ik wil het alleen voor jou schrijven.'

Karina knijpt even in zijn schouder; zijn hand gaat omhoog en overdekt de hare. Hij trekt haar neer en zet haar op zijn schoot; ze verstopt haar gezicht in zijn hals. Haar ribben zakken ineen.

'Je mag de viool gebruiken wanneer je maar wilt,' zegt ze.

'Nee, hij is van jou. Dat is hij altijd geweest.'

'Maar je zou hem mogen gebruiken. Het is het instrument waar je van gedroomd hebt.'

'Dit wordt jouw dag, Karrie. Ik wil dat je de viool hebt én het stuk – als het überhaupt iets wordt, wat ik niet kan beloven.'

'Zou je die kans opgeven voor mij?'

'Het is helemaal van jou.'

'Maar de viool...'

'Zou die niet van óns kunnen zijn?'

'Ik weet het nog niet, Ro.'

'Waarom niet, Karrie? Wat heeft je in de war gebracht?' Hij leunt achterover en kijkt haar met een scheef hoofd aan. 'Moet je horen. Ik weet dat je van me houdt, dat kan een kind zien. Er is iets tussengekomen. Zeg me wat. Wil je? Anders wordt het niets tussen ons en dat kan ik niet verdragen. Als er iets is gebeurd, vertel het me dan alsjeblieft, nu.'

Moegestreden, en omdat ze behoefte heeft aan de Rohan die haar gedachten kan lezen, laat Karina haar reserve varen. Ze zegt: 'Ro, Lindy leeft nog.'

'Nee,' zegt Lindy. 'Mijn stuk wordt gerepeteerd.'

Karina zit in de kleine muziekkamer van de basisschool te wachten op haar volgende leerling, die te laat is. Ze pendelt vanuit Twickenham heen en weer naar Lewes, en leeft uit een koffer. 'Ik kan zo niet doorgaan,' zegt ze in haar mobieltje. 'Ik heb je gevonden en vroeg of laat zal iemand anders dat ook doen. Je kunt je niet blijven verschuilen, en hoe langer je het uitstelt, hoe erger het wordt. Je moet terugkomen.'

'Karrie, het is *mijn leven*.'

'En het vergalt het mijne. Je vraagt te veel.'

'Dat kan me geen ene moer schelen. Ik had zo mijn redenen om te vertrekken en het is het beste wat ik ooit gedaan heb.'

'Maar snap je het dan niet?' Karina heeft haar vingers tot een vuist gebald en ziet de rode afdrukken in haar handpalm. 'Je hebt nu je kracht gevonden en als je terugkomt heb je die nog steeds. Dat verandert niet.'

'Jij vindt het moeilijk? Verplaats je maar eens in mij.'

'Lin, in je hart weet je dat je dit doen moet. Zelfs als je te veel gegroeid bent om nog met je gewei door de deur te kunnen, moet je vrede sluiten, anders zal het eeuwig als een wolk boven je hangen. Ja?'

In New York is een aarzeling te bespeuren. 'Wat bedoel je met "mijn gewei"?' vraagt Lindy. Karina merkt dat haar stem wat minder vastberaden klinkt.

'Je bent gegroeid, dus kun je niet meer terug naar je oude leven, en ik zeg ook niet dat dat moet. Maar je kunt je moeder niet laten lijden.'

'O, stik.' Karina hoort Lindy's schoenen tikken terwijl ze op een houten vloer heen en weer loopt. 'Nee, het is uitgesloten.'

'Waarom?'

'Nou, zou jij het kunnen? Wat moet ik zeggen?'

'Je hoeft niets te zeggen. Je hoeft er alleen maar te zijn.'

Lindy zwijgt.

'Toe nou, Lindy. Op een dag zul je me dankbaar zijn. Kom nou gewoon terug. Ik zal je hand vasthouden als dat moet. We improviseren wel.'

'Weet je hoe ik Alban heb betaald?'

'Ik vrees dat ik het niet wil weten.'

'Ik kon niet bij mijn spaargeld komen, omdat ik zogenaamd dood was. Dus zei Alban dat ik hem naderhand kon betalen. Nu betaal ik iedere maand, met rente, af, en ik zal nog een jaar of tien de helft van wat ik maandelijks in de boekwinkel verdien, moeten afdragen.'

'Dat is je verdiende loon,' zegt Karina tegen haar. 'Ik wist dat het een oplichter was, maar dat wil nog niet zeggen dat je niet terug kunt komen. Ik wil een heel goeie reden, en die heb ik nog niet gehoord. O ja, enne, ik heb het toch aan iemand verteld.'

'Fuck you, Karrie! Godsamme, aan wie...?'

'Aan Rohan. En vloek niet tegen me.'

'En wat zou ik volgens dat liefje van jou moeten doen?'

'Praat niet zo over hem.'

'*Ontrouw is altijd verkeerd, hoe sterk de liefde ook is.* Weet je nog?'

'Als je het dan wilt weten,' zegt Karina, haar zelfbeheersing bewarend, 'hij vond dat ik meteen naar je moeder moest gaan om het haar te vertellen. Ze heeft al veel te veel geleden.'

'En de inschikkelijke, gehoorzame Karina deed wat hij zei?'

'Nee. Ik wil dat je het haar zelf vertelt.'

'Karina, hou hiermee op!' snauwt Lindy. 'Ik kan het niet, ik wil het niet en ik doe het niet, dus laat me nu met rust, ja? Jezus, je hebt tonnen boter op je hoofd. Kijk naar jezelf! Wat een puinhoop! Je zit weer op Forest Road bij pappie en mammie, je kind weet niet wat hem overkomt, jij en je man en je minnaar zetten elkaar allemaal het huis uit, en dan moet ík naar jouw advies gaan zitten luisteren? Los je eigen problemen op in plaats van je met de mijne te bemoeien! En heb niet het lef dat je me nog eens belt, nu niet en nooit meer.'

De telefoon valt stil. Karina drukt haar handen tegen haar ogen. Het is voorbij. Ze heeft het verknald.

Op de gang hoort ze voetstappen, en dan klopt haar leerling, toevallig Olly Pearson, op de deur, achttien minuten te laat. Ze doet open en probeert het kleine, schuldbewuste gezichtje voor haar een standje te geven.

Er is één persoon die ze terug kan halen, al is dat dan niet Lindy.

Jamie, puffend en zwetend in de zon tijdens de veldloop, ziet het rekenhuiswerk met angst tegemoet en vraagt zich af wie er deze keer een grap met zijn bed uitgehaald zal hebben, zodat hij er niet in kan, of wie hem beledigende sms'jes zal sturen waarin hij een zigeunerjochie wordt genoemd. De loop is bijna voorbij. De groep kleine jongens in trainingspak jogt de weg af en slaat af naar de hoofdingang van St.-Matthew, via de oprijlaan langs het parkeerterrein. Jamie knijpt zijn ogen tot spleetjes. Verbeeldt hij het zich, of staat daar een rode Golf?

De auto flitst met zijn lichten en toetert. Jamie staat stil.

'Rookfield! Doorlopen!'

'Sorry, meneer. Dat is mijn moeder.' Op dinsdagmiddag? Als hij op de auto afstormt terwijl Karina uitstapt, vindt Jamie de energie om sneller te rennen dan hij het afgelopen halfuur, of waarschijnlijk ooit tevoren, gerend heeft.

Ze omhelst hem even stevig als hij haar wil omhelzen. Hij stopt zijn gezicht in haar katoenen blouse en voelt de platte paarlemoeren knoopjes tegen zijn wang. Hij snuift haar geur op, iets uit een fles met een goudkleurige dop die voor hem staat voor... hij weet niet wat. Gewoon voor haar. Gewoon voor zijn moeder.

'Pak je spullen, Jimbo,' zegt ze. 'We gaan naar huis.'

# HOOFDSTUK 33

Kerstmis in Mimi's aanleunwoning heeft het voordeel dat de bewoners een officiële boom hebben waarvan ze kunnen genieten zonder dat ze er zelf een hoeven opsporen, vervoeren en versieren. Mimi kijkt meestal neer op de koffieochtenden in de gemeenschappelijke ruimte, om maar niet te spreken over liedjes zingen rond de piano op zondagmiddag, maar de festiviteit die Karina voor de dag voor kerst heeft georganiseerd is wel heel uitzonderlijk.

Mimi neemt, wat heel ongewoon voor haar is, de moeite om op de voorafgaande dagen haar buren te bezoeken. Er zal geschiedenis worden geschreven, zegt ze tegen hen, in deze bescheiden uithoek van Middlesex. Ze is dolblij met hun enthousiasme; iedereen neemt familie of vrienden mee. 'Er zitten hier mensen van negentig,' zegt ze tegen Dénes, 'die meer pit hebben dan de meeste jongeren van twintig. Lieverd, ik heb in drie uur tijd vijftien vrienden gemaakt!'

De Rookfields arriveren het eerst. Julian staat er glimlachend en ontspannen bij, bruin als hij is van een verkenningstocht door Spanje; hij overweegt naar Barcelona te verhuizen in plaats van naar Zweden, waar het te koud is. Martin zit bij hem, erop gebrand de mogelijkheid te bespreken om samen een bedrijf te starten. Arthur speelt met zijn orthodox-katholieke kruis en Anne omhelst Cynthia, die op eigen kosten haar memoires heeft laten drukken en gloeit van de catharsis van de ophanden zijnde wraak. Dénes komt met een opgewekte, algemene begroeting binnen. Andy en Sarah Williamson zitten bij elkaar, maar praten niet met elkaar, noch met de anderen, behalve met Julian. Jamie reserveert voor zichzelf een plekje naast Olly Pearson, die er aarzelend in heeft toegestemd weer zijn beste vriend te zijn; dan rent hij de kamer door en slaat wild zijn armen om zijn broze overgrootmoeder heen, die, zo heeft hij besloten, van alle familieleden toch zijn favoriet is.

Cynthia slaat geen acht op Martin. Ze loopt naar Mimi toe, kust haar en stopt een cd in haar handen: de pas uitgebrachte opname van *De verre geliefde*. Dan klopt ze op de deur van Mimi's woning om Karina een briefje van Charles te geven; hij heeft vanuit Frankrijk geschreven om zich te verontschuldigen voor zijn afwezigheid, en hij heeft een foto bijgesloten van zichzelf met Nicki, voor wie hij zijn gezin heeft verlaten.

Jamie en Olly hebben volgens de instructies van Karina programma's gemaakt; ze staan bij de ingang van de algemene ruimte om ze uit te delen.

ROHAN MASTERSON, naar een thema van MARC DUPLESSIS:
Andante amoroso alla zingaresca, wereldpremière
Karina Veres (viool), Erzsébet Veres (piano)
In memoriam

Rohan glipt naar binnen. Jamie kijkt naar hem op en zwaait. Hij zwaait terug. Julian kijkt boos de kamer door. Rohans blik ontmoet de zijne, hij knikt beleefd, en gaat dan naast de stralende Diana zitten, van wie Martin zijn ogen niet kan afhouden. Sarah, die naast Andy zit, vangt Rohans blik op en loopt vuurrood aan. Uit de verte bereikt hen een ijl vioolgeluid: Karina, die zich in Mimi's woning aan het opwarmen is.

Ze staat in de deuropening van Mimi's keukentje, in het denim gestoken, weer blond, met kringen onder haar ogen door de jetlag en minder bang kijkend dan Karina zou verwachten. Haar koffer staat ongeopend bij de deur; om de greep zit nog een plakkerig luchthavenlabel. 'En, mevrouw Last-Minute,' zegt Karina, 'hoe voelt u zich?'

'Herinner je je *Een wintervertelling* nog?' zegt Lindy. 'Wanneer koningin Hermione terugkomt?'

'Dat kun je nauwelijks met elkaar vergelijken.' Karina kiest een patroon op de viool, een figuratie uit de rapsodische cadens die Rohan voor haar heeft gecomponeerd. 'Jezus, Lin, je had me wel even mogen waarschuwen.'

'Sorry. Ik was bang dat ik niet meer zou durven. Ik denk dat ik hen nu wel onder ogen kan komen. Eerder kon ik dat niet.'

'Waarom niet?'

'Misschien omdat ik het van me af heb geschreven met dat stuk. Om dat te doen moest ik me in mijn moeder verplaatsen. Mijn vader zal ik nooit begrijpen, ik zal nooit echt van hem houden, maar... haar mis ik. Ik kan er niets aan doen. Ze is en blijft mijn moeder, en ze blijft in mijn hoofd zitten, waar ik ook ben.'

Karina concentreert zich op haar viool. Ze wil niet huilen.

'Het is heel goed dat je speelt, Karrie,' merkt Lindy op. 'Het is jaren geleden dat ik je zo hard heb zien werken.'

'Je hebt me geholpen om verder te komen, ook al was dat je bedoeling niet,' geeft Karina toe. 'Ik had me nooit gerealiseerd hoezeer de viool bij me hoorde, hoeveel ik ervan hield en hoe erg ik hem miste. De viool is mijn leven en ik wil het terug voordat het te laat is. Ik weet nog niet wat ik ga doen, maar ik zie wel waar het heen gaat.'

'Mooi zo.' Lindy knikt goedkeurend. 'Je had gelijk, trouwens: ik ben sterker geworden en dat raak ik niet meer kwijt.' Ze grijnst. 'Mijn moeder zal ongetwijfeld een vervolgdeel gaan schrijven. Oei, wat een timing. Ik hoop dat het drukken haar niet te veel heeft gekost.'

'En je cd?'

'Die kan me geen moer schelen. Te veel slechte herinneringen. Je hebt vandaag toch niet Alban uitgenodigd, hè?'

'Ik weet niet waar hij is. Jij?'

'Ik heb zijn bankgegevens. Ja, het is een oplichter. Maar aan de andere kant is hij ook mijn toverfee.'

Karina plukt aan een snaar. 'Dan wordt het tijd dat je hem weer in een pompoen verandert.'

Lindy observeert haar, alsof ze een nieuwe incarnatie van haar vriendin aan het beoordelen is. 'En hoe zit het met jou en Julian?'

'Het is gek, maar er is iets in Jules veranderd. Hij heeft eindelijk wat perspectief. Misschien komt het doordat hij Chris weer heeft ontmoet, of doordat hij die dag in de metro heeft vastgezeten.'

'Kletskoek. Het kwam doordat je hem verliet. Dat was vast wat hem echt wakker heeft geschud.'

'Ik ben nog steeds met hem getrouwd, hij is de vader van Jamie en ik mag hem zelf heel wat meer nu hij besloten heeft anders te gaan leven. Hij is meer ontspannen, hij is gevoeliger en staat meer open, en hij zit er niet mee dat ik Jamie van school heb gehaald.'

'En hoe zit het met Fairfallows en dat vreselijke testament van Arthur?'

'Daar is vooruitgang te bespeuren, als je het zo wilt noemen. Jules heeft lange gesprekken met Arthur gevoerd en ik denk dat hij hem vroeg of laat wel tot rede zal brengen.'

'Maar je gaat toch scheiden... Wat doet het er nog toe?'

'Ik weet het niet, Lin. Hij zegt niet meer dat hij subiet wil scheiden en ik begin te denken dat er werkelijk mogelijkheden zijn om de boel te lijmen, als hij ermee akkoord gaat. Het probleem is alleen dat ik nog steeds verliefd ben op Rohan.'

'O, fuck. En wat ga je daaraan doen?'

'Mimi zegt dat ze evenveel van Tamás als van Marc Duplessis hield, ieder op zijn eigen manier, en misschien is mij hetzelfde overkomen. Er is geen gemakkelijk antwoord. Ik woon in Lewes om voor Jamie te zorgen, maar ik spreek Rohan iedere dag. Ik ontmoet hem af en toe in Brighton en soms zeg ik dat ik niet meer met hem kan omgaan, maar dan liggen we even later weer in bed. Het ene moment denk ik dat we samen nooit gelukkig zouden kunnen worden en dan denk ik weer dat ik nooit gelukkig zou kunnen zijn zonder hem.' Ze speelt een frase van het nieuwe stuk. 'Momenteel zijn we in ieder geval met elkaar verbonden door de kunst. Misschien ga ik uiteindelijk op mezelf wonen met Jamie, maar als ik dat doe, is dat geen probleem. Ik red het wel. Een jaar of twee geleden had ik dat niet gekund. En Jamie kan heel wat meer hebben dan ik dacht.'

'O, Karrie, ik kan haast niet wachten tot ik hem weer zie. Ik heb hem toch zo gemist. Ik heb jóú zo gemist.'

De meisjes omhelzen elkaar. Hun tranen komen bij elkaar en vermengen zich. Niet veel mensen hebben het geluk dat ze hun gestorven dierbaren weer tot leven zien komen. 'Je hebt bij ons allemaal iets goeds aangericht,' zegt Karina. 'Ook al was dat niet je bedoeling.'

Lindy snuit haar neus. 'Ik wacht hier wel. Ik vind het jammer dat ik je niet Rohans stuk zal horen spelen.'

'Kom in april terug. Dan ga ik de orkestversie spelen in een programma voor nieuwe muziek in de St.-Luke's Academy in Londen. Het zou uitgezonden worden op de radio, dus het kán Rohans doorbraak zijn, in ieder geval als componist. Ik wilde dat hij het speelde en de primeur als violist had, maar hij staat erop dat ik het doe.'

'Dan zou het ook jouw doorbraak kunnen zijn,' merkt Lindy op.

Karina wil er even niet aan denken. 'Laten we eerst maar eens vandaag afwerken. Wanneer het stof weer een beetje is gaan liggen, Lin, moet je eens de *Cantata Profana* van Bartók opzoeken, die gaat over jagers die veranderen in de dieren waar ze op jagen. Als ik veranderd ben in het mannetjeshert, of liever gezegd, in de violist die ik najoeg, en ik niet meer naar huis kan omdat mijn gewei te groot is geworden, verschilt dat misschien niet zo veel van wat jij hebt gedaan.'

'Wat ik heb gedaan was onvergeeflijk. Maar vergeef je het me?'
Karina glimlacht. 'Misschien wel.'

De vrouw die naast Mimi woont, heeft voor het feestje na de uitvoering gekruide warme wijn gemaakt. Karina glipt de gang op, waar Erzsébet op haar staat te wachten, en ademt de kruidnagelgeur van het heden, de kou van het verleden en de broze moleculen van de toekomst in. Terwijl ze de viool die ooit de stem van haar oma en nu die van haar is, teder vasthoudt, kust ze haar moeder op beide wangen. 'Klaar, mam?'

'Nu,' Erzsébet pakt haar hand, 'hangt alles van jou af. Jij bent de kunstenaar, de bouwmeester en de regisseur van je eigen leven. En onthoud vandaag goed dat jij de viool bent.'

Samen gaan ze de zaal in; er klinkt een klaterend welkomstapplaus van vijftig mensen, van wie de meesten geen benul hebben hoe betekenisvol deze middag is, maar er wel van willen genieten. Rohan zet een minidiscrecorder aan. Jamie straalt van trots. Dénes, met zijn ondoorgrondelijke half lachende, half boos kijkende gezicht, zit naast de piano en keert voor Erzsébet de door Rohan beschreven muziekbladzijden om. Hij heeft deze melodie niet meer gehoord sinds 3 november 1956, toen Mimi zichzelf er na haar concert mee in slaap zong.

In de stilte die volgt heft Karina de Amati op en voelt zich een weg door de eerste indringende, gezwollen frase van Duplessis' zigeunerliefdeslied. Erzsébet laat op de piano het cimbaalachtige tremolando dat Rohan heeft neergepend, onder haar vingertoppen trillen. Karina vormt de Hongaarse frase-einden en klimt op naar de arabesken; ze sluit haar ogen, maakt zich vrij en geeft zich over aan de muziek alsof ze Rohan was. Even later zijn de toehoorders in vervoering.

Mimi zit roerloos te luisteren terwijl het nieuwe stuk dat uit de oude melodie is ontstaan, zich voor haar ontvouwt. Ze denkt aan hoe Jamie haar zojuist omhelsde: een jong kind, barstend van de energie, dat haar nieuw leven inblaast, net als Rohans muziek wat er nog rest van Marc omarmt en nieuw leven inblaast.

*'Mimi?'*

*'Marc, lieverd.'*

*'Kom bij me. Er is hier genoeg liefde voor iedereen.'*

Zilveren sterren, een wiegende wagen, alles is in zijn noten bewaard gebleven, opnieuw tot leven gewekt door Rohans werk in Karina's handen. Misschien zijn ze eindelijk allemaal één. Mimi vlijt zich met een stille zucht tegen de rugleuning van haar stoel. Niemand let echter op Mimi wanneer de laatste noot verklinkt. Karina kijkt strak naar de deur en knikt. In de donker geworden ramen weerspiegelt zich Lindy's gestalte, die naar voren loopt, het licht in.

Heel wat mensen hebben geholpen dit boek tot stand te brengen. Allereerst ben ik enorm veel dank verschuldigd aan de Author's Foundation, die zo vriendelijk is geweest me financieel te steunen, en verder aan mijn agente, Sara Menguc, aan Carolyn Mays, Kate Howard, Kerry Hood, Marissa Cox en iedereen bij Hodder en Stoughton, en aan Éva Norton en de British Hungarian Fellowship, die een waardevolle bron van informatie en steun zijn geweest.

De warmste dank voor violist Philippe Graffin, die bij toeval mijn muze werd. Zonder zijn cd *In the Shade of Forests* met twintigste-eeuwse door zigeuneridioom beïnvloede muziek, uitgevoerd met pianiste Claire Désert en opgenomen door Avie Records, zou deze roman misschien nooit hebben bestaan. De fictieve suite *Dans l'ombre des forêts* van Marc Duplessis is naar de cd vernoemd. Het is me een eer en grote vreugde dat Philippe en Claire een nieuwe opname hebben geproduceerd, speciaal als aanvulling op *Hongaarse dansen*, met daarin een deel van de vioolmuziek die in het boek voorkomt.*

Voor advies op allerlei gebied, van de Hongaarse geschiedenis tot Amati-violen en de eigenaardigheden van het Britse spoorwegstelsel, wil ik graag de volgende personen en instellingen bedanken: Het Hungarian Cultural Centre in Londen, John Batten, Sarah Bowles, Simon Broughton, Katalin en Stephen Cass, András Hangveto, Agnes Havás, John Hornsby, Angela Impey, József Koos, Judit Körös, Susan Kramer, Sharon Little, Tasmin Little, Miklós Lojko, Stephen Macklow-Smith, Ben Mandelson, Melanne Mueller, Peter Nall, Jonathan Orr-Ewing, Tony Palmer, Jeremy Preston, Juliet Reingold, Naomi Sadler, Florence Schoemann, Sylvia Szabó, Ariane Todes, Eleanor en Tom Stanier en Katalin Várnagy. Mijn uitbundige dank gaat naar Lady Ellen Dahrendorf en Lady Valerie Solti voor hun enthousiasme, nuttige advies en morele steun. Voor de cafeïne, de chocola en

* De cd heet *Hungarian Dances* en is uitgebracht op het label Onyx.

het eindeloze geduld, evenals voor een paar nuttige aanwijzingen, dank ik Michael, Laura, Hannah, Ben en Luca, en bovenal Tom, omdat hij mijn geschrijf zo geduldig heeft verdragen.

Het zou onmogelijk zijn alle mensen te noemen die betrokken zijn geweest bij dit boek, dus mijn verontschuldigingen aan iedereen die ik heb overgeslagen. Het is even moeilijk alles wat ik tijdens mijn research heb gelezen, een plaats te geven, maar de volgende boeken bleken van wezenlijk belang: *The Voice of Freedom: Remembering the 1956 Revolution* van Katalin Bogyay, *My Happy Days in Hell* van György Faludy, *Revolution in Hungary* van Eric Lessing, *The Sisters d'Aranyi* van Joseph Macleod, *Land, land!* van Sándor Márai, *En de violen zwegen* van Alexander Ramati, *1956 De Hongaarse opstand* van Victor Sebestyen, *Solti on Solti: A Memoir* van Sir Georg Solti, *The Life and Music of Bela Bartók* van Halsey Stevens en Malcom Gillies, en *Wij zigeuners* van Jan Yoors. En dat is nog maar het topje van de ijsberg.

Een paar van de talloze websites die van wezenlijk belang bleken: The Patrin Web Journal (http://www.geocities.com/~patrin/history.htm), The Hungarian Quarterly, met name het artikel van Bálint Sárosi 'The Golden Age of Gypsy Bands in Hungary' (http://www.hungarianquarterly.com/no173/17.htm), het terreurmuseum (Hongaarse naam: Terror Háza Muzeum) in Boedapest (http://www.terrorhaza.hu/terror2.html), het Institute for the History of the 1956 Hungarian Revolution (http://www.rev.hu), het Office of Rail Regulation (http://www.rail-reg.gov.uk) en de schitterende muziekuitvoeringen die gesampled kunnen worden op de site van de Hongaarse zigeunerviolist Roby Lakatos (http://www.robylakatos.com).

Hongaars is een afschrikwekkende taal, maar ik zal de lezer een paar elementaire aanwijzingen geven omtrent de uitspraak. De klemtoon valt bijna altijd op de eerste lettergreep van een woord. De a lijkt op de o in 'bot', tenzij er een accent aigu op staat: dan klinkt hij als de Nederlandse dubbele a; de s klinkt als 'sj'; cz klinkt ongeveer als 'tsj'; gy klinkt als 'dzj'. Tamás Veres wordt uitgesproken als 'tomasj veresj', István Rácz is 'isjtvaan raatsj', György is 'dzjeurdzj' en Dénes is 'denesj'. De accenten op de klinkers zijn van vitaal belang. Als je ze niet uitspreekt in *egészségedre* – 'proost!' – kom je tot de ontdekking dat je op iemands achterste geproost hebt. Maar na een paar palinka's klinkt het meestal prima.

*Jessica Duchen, Londen, 2007*

# Lees ook van Jessica Duchen:

Alicia is vier jaar wanneer ze thuis op de piano op het gehoor een klassiek stuk speelt dat ze 's morgens op de crèche heeft gehoord. Haar ouders, Kate en Guy, staan versteld. Zeker wanneer al snel de omvang van haar talent duidelijk wordt.

Ze weten niet goed hoe om te gaan met een wonderkind als Alicia. Kate, vroeger zelf een verdienstelijk violiste, wil Alicia stimuleren alles uit haar talent te halen: ze zet haar ertoe aan zes uur per dag te studeren en op te passen met sporten voor het geval er iets met haar handen gebeurt. Guy, daarentegen, heeft het liefst dat Alicia een onbezorgde jeugd heeft, dan maar met het risico dat haar talent verloren gaat.

Langzaam maar zeker wordt de situatie thuis onhoudbaar: het huwelijk van Kate en Guy komt onder grote spanning te staan, Alicia's broer wordt steeds onhandelbaarder en de druk op Alicia's schouders neemt met de dag toe.

Met *Wonderkind* heeft Jessica Duchen een indringende roman geschreven over de grote gevolgen van het hebben van een hoogbegaafd kind, het effect dat zij heeft op het gezin, en het effect van hen op haar.

Paperback, 384 blz., ISBN 978 90 325 0177 8